MARIÉE DANS L'ANNÉE !

MELISSA HILL

MARIÉE DANS L'ANNÉE !

Traduit de l'anglais (Irlande) par Valérie Dayre

Titre original :
Not What You Think

© Melissa Hill, 2004

Pour la traduction française :
© Presses de la Cité, un département de Place des Éditeurs, 2006

À papa et maman,
Avec tout mon amour et mes remerciements

Prologue

Avril

Chloé aurait dû, oui, mais impossible de se concentrer sur sa conduite. Impossible de détourner les yeux. L'objet était là, scintillant dans le soleil de l'après-midi, brillant et merveilleux, au majeur de sa main gauche. Franchement, existait-il chose plus grisante qu'une bague de fiançailles – quand il s'agissait de la vôtre ?

De l'avis de Chloé, la réponse était non.

— Alors, qu'est-ce que je mets dimanche ? questionna Lynne, sa meilleure amie.

Chloé gémit intérieurement. Lynne la tenait au téléphone depuis vingt minutes. Certes, Chloé aimait autant parler chiffons qu'une autre mais le moment était mal choisi pour comparer les mérites des soutiens-gorge avec ou sans bretelles sous un top transparent.

— Lynne, il faut que je raccroche… J'ai une voiture de police devant moi, fit-elle, décidée à accorder plus d'attention à la route.

— Oh, d'accord. On se revoit au barbecue d'Alison. Vous venez, Dan et toi ?

— Sans doute. On se rappelle. Souhaite-moi bonne chance.

— Ah oui, j'avais oublié que tu y allais aujourd'hui. Bonne chance.

Chloé jeta son portable sur le siège du passager. Bien sûr que Dan et elle iraient au barbecue dimanche. Elle avait déniché un petit haut cousu de perles de chez Gharani Strok qui irait à ravir avec son pantacourt Karen Millen, et plutôt mourir que de manquer l'occasion d'étrenner cette tenue.

En approchant de Wicklow, elle frissonna de plaisir. Quel dommage que Dan n'ait pu venir avec elle ; il s'était contenté de rire quand elle avait suggéré qu'il prenne sa demi-journée pour l'accompagner.

Dan ne comprenait pas toujours à quel point cela comptait pour elle.

Elle s'engagea dans l'artère principale, étonnée par l'animation de la ville, mais, alors qu'elle tentait de se faufiler entre deux files de véhicules garés de part et d'autre de la rue, elle constata avec horreur que non seulement elle avait abîmé son rétroviseur mais que sa Rav4 avait de surcroît pulvérisé celui de l'Astra rangée à sa droite.

Le cœur battant, Chloé poursuivit sa route comme si de rien n'était. Il n'y avait personne dans la voiture, et elle ne pensait pas qu'on l'ait vue… De toute façon, l'autre n'avait pas à se garer en double file, se dit-elle afin de se rassurer. C'était à la limite de la provocation, et elle n'était pas censée avoir au volant la dextérité d'un Michael Schumacher. Et puis elle était pressée, elle n'avait pas le temps d'attendre pour discuter d'un rétro explosé. Elle pourrait toujours repasser et laisser un mot sur le pare-brise. Peut-être. Oh, pourquoi fallait-il que ça arrive aujourd'hui – un miroir brisé, en plus ! Lynne, si superstitieuse, n'aurait pas manqué de lui prédire sept ans de malheur. Or, en ce jour crucial, Chloé refusait d'envisager l'éventualité du malheur.

Ayant trouvé une place à proximité de la rue principale, elle ôta ses lunettes de soleil et s'examina dans le rétro intérieur. Un trait de rouge à lèvres, une légère retouche de fond de teint et, satisfaite, elle descendit de voiture, verrouilla la Jeep, non sans vérifier une dernière fois son image. Les lunettes noires relevées de façon à coincer ses courts cheveux blonds derrière les oreilles, elle ajusta sa jupe puis se mit en marche d'un pas décidé. Les sifflements admiratifs d'une bande d'adolescents qui traînaient devant une boutique de vidéo la firent sourire. Sans doute appréciaient-ils ses longues jambes, songea-t-elle avec un rien de suffisance.

Quelques minutes plus tard, elle poussait la porte de l'imprimerie Projets des Grands Jours, et se dirigeait droit vers le comptoir clients.

— Bonjour, j'aimerais voir Debbie, déclara-t-elle d'un ton de femme d'affaires. Nous nous sommes parlé au téléphone hier.

— Partie déjeuner, rétorqua, revêche, la très jeune vendeuse, sans même lever les yeux de son magazine.

Chloé écarquilla les yeux devant le titre de l'article que lisait la fille : *Sexualité orale : vaut-il mieux donner que recevoir ?* Voilà qui ne faisait pas très bonne impression dans un endroit pareil. Et quelle façon d'accueillir une cliente !

— Alors, vous allez sûrement pouvoir m'aider, reprit Chloé. Je viens consulter des…

— Bonjour, Chloé !

La susmentionnée Debbie arrivait, sa pause repas terminée.

— Désolée de vous avoir fait attendre, je ne pensais pas que vous seriez là avant deux heures.

Chloé ne dit rien. D'après sa montre, il était deux heures passées, mais inutile d'en rajouter.

— Je meurs d'envie de voir vos propositions, dit-elle, le plus cordialement qu'elle put.

— J'ai préparé quelques modèles qui pourraient vous convenir. Venez derrière, que je vous les montre.

Chloé passa prestement dans l'arrière-boutique.

— Vous disiez au téléphone qu'une amie m'avait recommandée à vous ? s'enquit Debbie.

— Alison Caffrey… enfin, Alison Kelly maintenant. Tout le monde s'est extasié sur ses faire-part il y a quelques mois, et lorsque j'ai commencé à préparer mon propre mariage, je lui ai demandé vos coordonnées.

Ça avait tué Chloé de devoir se renseigner auprès de cette bêcheuse d'Alison mais, dans la mesure où Dan comme elle-même exigeaient le meilleur, il avait bien fallu avouer à son amie qu'elle avait adoré ses invitations.

— Ah, oui, Alison, se rappela Debbie. Si mes souvenirs sont exacts, elle avait opté pour une gravure en doré. Mais vous souhaitiez quelque chose d'un peu moins traditionnel…

Chloé acquiesça. En fait, elle voulait quelque chose de très différent d'Alison. Que les gens n'aillent surtout pas raconter qu'elle piquait ses idées à son amie.

— Regardez ceci, continua Debbie. À partir des informations que vous m'avez fournies la semaine dernière, j'ai conçu quelques échantillons personnalisés.

Chloé resta bouche bée devant l'assortiment de cartons.

— C'est splendide !

Elle examina une carte au relief martelé, avec sur le dessus un couple souriant dans un pot de fleurs, et attachée par un ruban écarlate – la couleur des robes des demoiselles d'honneur de Chloé. C'était joli, peut-être un peu vulgaire ; elle avait imaginé quelque chose de plus classe. Une seconde carte attira alors son attention : un carton blanc lisse, orné d'une bordure argentée en relief et de cœurs argentés en son centre.

Elle l'ouvrit et son cœur bondit d'orgueil en découvrant les mots gravés en lettres métalliques :

Monsieur et madame John Fallon
seront heureux de recevoir
....
à l'occasion du mariage de leur fille
Chloé Maria
avec
monsieur Daniel Ignatius Hunt
en l'église Saint-Antoine de Donnybrook,
le vendredi 25 septembre
et ensuite à la réception qui se tiendra
à l'hôtel des Quatre Saisons, Ballsbridge, Dublin 4

— Magnifique ! s'exclama Chloé.

Elle allait se marier. Elle allait réellement se marier. Elle avait rêvé de son mariage durant la quasi-totalité de ses vingt-huit ans d'existence, et pourtant elle ne l'avait pas vraiment réalisé avant cet instant – avant de voir les mots gravés sur le papier.

Certes, elle avait fait tout le reste : retenu la robe chez Sharon Hoey, commandé les fleurs, réservé l'hôtel… mais la robe ne lui appartenait pas encore ; quant aux fleurs, elles n'étaient qu'un « concept artistique » dans la tête d'un fleuriste. Or, là, elle tenait en main la preuve tangible de son prochain mariage, et sans doute n'avait-elle jamais de sa vie éprouvé une telle allégresse.

— Vous allez bien ? entendit-elle Debbie lui demander.

Chloé tourna vers elle des yeux pleins de larmes.

— C'est agréable de vous voir réagir ainsi, poursuivit Debbie devant son absence de réponse. J'ai toujours pensé que les faire-part de mariage devaient être choisis avec autant de soin que la robe, sinon plus. Ce sont quand même eux qui inaugurent la fête. Vos invités les découvrent avant la robe, les fleurs et le reste.

— Ce n'est rien… Je suis idiote, fit Chloé en se ressaisissant.

Elle n'aurait pas dû se laisser aller. Debbie allait en profiter pour lui faire payer le prix fort.

— Il n'y a pas de mal, reprit Debbie, prenant son changement d'expression pour de la gêne. Vous n'avez pas à vous justifier. Voulez-vous une tasse de thé, le temps de faire votre choix ?

— Le modèle m'a déjà choisie, je crois.

— Vous êtes sûre ? Vous ne consultez pas votre fiancé ?

— Non, c'est moi qui prends la décision, et il sera d'accord. De toute façon, vous savez comment sont les hommes.

Comme si elle avait besoin de consulter qui que ce soit !

— En effet, mais on peut avoir des surprises. J'ai reçu un couple la semaine dernière, l'homme a passé en revue tous les modèles et sa fiancée ne pouvait pas placer un mot. C'est l'un des clients les plus tatillons que j'aie eus. Il voulait connaître l'origine du papier, savoir si l'encre respectait les normes écologiques, et tout à l'avenant. Et ce monsieur portait une veste en cuir ! Sa pauvre fiancée était morte de honte.

Chloé ne fit pas de commentaire. Quel manque de discrétion ! Le client était roi et elle n'appréciait pas trop la médisance de Debbie. Enfin, le commérage faisait partie du mode de vie dans la région. Chloé aurait préféré recourir aux services d'une entreprise dublinoise, mais aucune imprimerie de la capitale ne pouvait rivaliser avec Projets des Grands Jours. Subir une conduite aussi peu professionnelle était sans doute le prix à payer pour bénéficier de ses services.

Son fiancé était fier d'être né et d'avoir grandi à Longford. Bien éduqué comme il l'était, ses racines ne transparaissaient pas, et c'était ce qui comptait pour Chloé. M. et Mme Hunt n'étaient pas des paysans. En semi-retraite, le père de Dan possédait une entreprise de bâtiment, et Mme Hunt l'avait secondé durant son existence laborieuse. Ce qui ne risquait pas d'être le cas de Chloé une fois mariée. Elle détestait son job de secrétaire juridique auprès d'un associé de son père, dans le cabinet d'avocats de celui-ci, quoique cela présentât certains avantages ; par exemple, prendre son vendredi après-midi pour aller choisir des faire-part.

Chloé soupira en contemplant l'invitation. Dommage que Dan ne s'implique pas davantage dans les préparatifs de mariage. Il était très pris, surtout à cette période de l'année. La plupart des clients de la Société d'expertise O'Leary & Hunt clôturaient leur comptabilité annuelle en mars, et donc à la mi-avril Dan était jusqu'au cou dans les bilans. C'était tout juste si Chloé arrivait à lui mettre la main dessus le week-end.

— Cœurs argentés en relief, conclut Debbie.

Comme elle prenait note dans son carnet de commandes, Chloé constata que celui-ci semblait plein. Cela n'avait rien d'étonnant. La petite imprimerie s'était fait un nom, et l'on comprenait vite pourquoi. L'ennui était que tant de gens en aient entendu parler... Chloé faisait-elle le bon choix ? Et si les invitations de Projets des Grands Jours étaient devenues banales d'ici à son mariage ? Ferait-on des gorges chaudes de son manque d'originalité ?

— Le mariage a lieu... en septembre ? reprit Debbie, son stylo entre les dents. Et vous souhaitez assortir les cartes marque-place ainsi que les invitations à la soirée ?

Chloé acquiesça.

— D'accord. Je devrais vous les avoir pour la première semaine de juillet. Ça irait ?

— Je préférerais plus tôt, s'empressa de répondre Chloé. Nous en avons besoin avant.

La première semaine de juillet ! Dans quatre mois... Combien de temps fallait-il pour imprimer quelques cartons ?

— Le modèle que vous avez choisi fait partie de notre nouvelle gamme et, malheureusement, l'ensemble de l'assortiment ne sera pas disponible avant début juin. Et ensuite, bien sûr, il me faudra quelques semaines pour procéder au lettrage.

Chloé se retint de manifester son agacement. Au moins, elle était certaine d'avoir opté pour un modèle original.

— Aussi, reprit Debbie, je vous le dis parce que vous commandez très en avance... Je suggère toujours à mes clients de retarder le plus possible l'impression des cartons, au cas où il faudrait y apporter une modification.

Chloé prit la mouche.

— Je sais quand même ce que j'ai à inscrire sur mes faire-part de mariage ! Pourquoi devrais-je changer quelque chose au dernier moment ?

— Je vous parle simplement d'expérience, mademoiselle Fallon. On ne sait jamais. Si quelqu'un tombe malade, s'il survient un imprévu, s'il faut changer la date...

— Écoutez, puis-je les avoir en juin ou pas ? Sinon, je devrai m'adresser ailleurs.

— Bien, convint Debbie, interdite. Je ferai de mon mieux.

— Parfait. Passez-moi un coup de fil quand ce sera prêt.

Sur un bref adieu, Chloé rabaissa ses lunettes de soleil et cingla vers la sortie, son modèle à la main.

Debbie sortit à son tour de l'arrière-boutique pour échanger un regard avec la vendeuse, qui, à cette occasion, leva les yeux de son magazine.

Voilà une sacrée pimbêche, songea Debbie comme la porte se refermait sur sa cliente.

Dans ce métier, elle en rencontrait beaucoup.

1

Nicola Peters acheva de se vêtir, rassembla ses boucles blondes en queue-de-cheval et attendit dans son fauteuil le retour de Jack Collins. On était à la mi-juin mais, malgré la température clémente, elle frissonnait.

Elle l'entendit frapper à la porte.

— Tout va bien ? s'enquit-il.

— Oui, je suis rhabillée. Vous pouvez revenir.

Le Dr Collins était un amour, pensa Nicola. Elle le voyait depuis longtemps et, à ce stade, il n'était pas indispensable d'essayer de ménager sa pudeur.

Son dossier à la main, le médecin réapparut et s'assit auprès d'elle.

— Eh bien, Nicola, je suis heureux de vous annoncer que vous êtes plutôt en bonne forme.

— Vraiment ?

— Oui. Les douleurs de dos et la fatigue que vous ressentez ces temps-ci sont probablement dues au stress et à la surcharge de travail mais...

— Je m'en doutais, coupa-t-elle, mais j'ai jugé préférable de m'en assurer.

— Vous avez eu raison. Bon, votre tension a légèrement baissé, ce qui est une bonne nouvelle, néanmoins il me semble que vous devriez faire un peu plus d'exercice.

Nicola baissa les yeux en grimaçant.

— Inutile de me dire ça à moi, docteur. Sans compter qu'à mon âge les choses ne peuvent qu'empirer.

— Ce qu'il ne faut pas entendre ! J'aimerais voir encore le monde avec des yeux de trente ans. Mais, pour votre bien, nous devrions nous préoccuper de cette surcharge pondérale. Sortez faire un tour, des courses, promener le chien... tout ce qui peut vous remuer un peu le sang.

— Bon, grogna Nicola. Je vous promets de faire un effort. Merci, docteur.

Il était onze heures et quart lorsqu'elle quitta la consultation, et elle devait reprendre le travail à midi. Comme elle avait sauté le petit déjeuner, elle décida de s'arrêter quelque part en route.

La circulation du centre-ville vers Rathfarnham étant bloquée, elle comprit vite qu'il n'était plus question de pause déjeuner. C'était dans des moments pareils que son vélo lui manquait le plus. À bicyclette elle sillonnait la ville en un rien de temps, sans parler des bienfaits pour la silhouette. Hélas, au jour d'aujourd'hui elle était scotchée dans cette fichue bagnole.

Un peu plus loin, un panneau signalait le centre commercial Nutgrove. Impeccable ! Elle pouvait y faire un saut, acheter un petit quelque-chose-vinaigrette (et, malgré les sages conseils du Dr Collins, un peu de chocolat) puis filer.

Le parking était bondé, pas une place près de l'entrée, constata-t-elle, agacée. Elle n'avait pas le temps de chercher... Et puis zut, un emplacement réservé aux mères de famille ferait l'affaire – plusieurs se trouvaient vacants et elle ne resterait pas plus d'une minute. Au moins, en se garant là, on ne s'attirait pas les foudres des gens, contrairement aux places pour handicapés.

Elle parvint à se présenter au bureau peu avant midi.

— Le boss est sorti déjeuner, lui annonça la réceptionniste. Il m'a dit de te dire qu'il te verrait plus tard.

— Merci, Sally. Je vais grignoter dans mon bureau, mais si tu as besoin de quoi que ce soit, appelle-moi.

Peu après deux heures, Nicola noua les mains sur sa nuque et bâilla. Malgré le soleil qui avait brillé plus tôt, le temps se faisait humide et gris – l'été irlandais typique – et elle n'était pas d'humeur à s'occuper de toute cette paperasse. Malheureusement, la fin du mois était de retour, ce qui signifiait régler les factures et mettre les comptes à jour. Vivement que le club Motiv8 tourne assez bien pour embaucher une comptable à plein temps. Alors elle pourrait ne plus s'occuper que de diriger le centre.

Nicola gagna la fenêtre et régla les lames du store afin de mieux laisser entrer la lumière. Durant quelques instants, son regard suivit le cours de la rivière Dodder en contrebas, jusqu'à ce que le téléphone l'arrache à sa rêverie.

La réceptionniste était tout excitée.

— Tu ne devineras jamais qui est en ligne ! Une journaliste du nouveau magazine *Mode* !

Nicola réajusta sa queue-de-cheval et sourit. Sally était si juvénile, parfois… Le magazine irlandais *Mode* avait été lancé récemment, à grand renfort de publicité tapageuse, et nul doute que la crédule Sally avait bu comme du petit-lait la couverture de l'événement.

— Écoute, si elle veut s'inscrire, donne-lui les renseignements et…

— Non, non ! Ils veulent faire un article sur nous !

— Un article… sur le club ?

— Oui ! Elle s'appelle Fidelma Corrigan et elle est sur la ligne deux. Tu la prends ?

— Bien sûr.

Nicola était intriguée. Un article sur Motiv8 ! Que leur valait pareille faveur ?

Charmante, la journaliste expliqua que son magazine préparait un supplément santé et loisirs pour un prochain numéro. Motiv8 désirait-il y participer ? Il fallait être fou pour manquer ce genre d'occasion, une publicité inégalable au tarif le plus compétitif... Nicola leva les yeux au ciel. Laisse tomber le baratin commercial et dis ton prix, la pressa-t-elle silencieusement.

Quand la rédactrice finit par annoncer un tarif, Nicola jugea que c'était effectivement une belle occasion.

— Ce sera avec plaisir, répondit-elle.

Que le club enregistre seulement trois nouvelles adhésions et la publicité serait remboursée.

— Nous aimerions traiter en particulier des thérapies alternatives que vous proposez, madame Peters. Je crois savoir que votre nouvelle installation d'hydrothérapie connaît un grand succès. Et évidemment vous faites le classique : aromathérapie, massage, cure de rajeunissement, jacuzzi, etc.

Nicola lui prêtait une oreille distraite. Cette publicité rédactionnelle pouvait leur amener de nouveaux adhérents et, en conséquence, lui attirer les compliments de Ken – pour une fois.

Lorsque Ken Harris – autrefois son patron dans un autre centre de fitness – l'avait contactée voilà un an pour lui proposer la direction de son nouveau club, Nicola n'avait pas hésité. Au bout de presque deux ans, elle en avait assez de la vie à Londres et, pour avoir travaillé avec Ken au Metamorph Club, l'un des centres de remise en forme les plus connus de Dublin, elle savait que le changement serait tout bénéfice. Ken connaissait le business à fond, ayant débuté très tôt dans la partie.

Cependant, cette première année avait été difficile pour le club. Ken et ses associés avaient beau avoir énormément investi pour transformer l'ancien moulin de Rathfarnham en un centre de remise en forme ultramoderne, les premières adhésions s'étaient faites au compte-gouttes, et leur nombre restait au-dessous du niveau fixé.

Nicola avait été surprise par la taille du bâtiment une fois les travaux achevés. Si de l'extérieur le lieu semblait quelconque, une fois entrés les clients étaient frappés par le hall spacieux et lumineux décoré dans les tons crème et pourpre. De grands bananiers, palmiers et ficus apportaient leur touche tropicale et une sensation de luxe rehaussée par les gravures modernes accrochées aux murs.

La salle de relaxation et de méditation était attenante à la réception, et le gymnase en partie vitré permettait au personnel de surveiller les éventuels excès des fanatiques du fitness. Une piscine de vingt mètres, carrelée en mosaïque, ainsi qu'un jacuzzi occupaient ce qui avait été un silo à grain. Le centre proposait également le sauna basique, mais ce qui séduisait le plus la clientèle était la partie réservée aux thérapies alternatives. Si la première mission de Nicola avait été d'embaucher un aromathérapeute qualifié, son coup de maître avait été la création de l'unité d'hydrothérapie ; elle avait insisté, ayant elle-même bénéficié des bienfaits de ce genre de traitement à Londres.

Par chance, Ken n'avait pas contrecarré ses projets et lui avait laissé carte blanche pour les mener à terme. Néanmoins, il ne cédait pas sur la question du personnel et Nicola, au lieu d'utiliser ses compétences commerciales pour recruter de nouveaux membres, se voyait contrainte de se consacrer aux tâches plus monotones de la gestion quotidienne.

« Jusqu'à ce que nous trouvions nos marques, avait promis Ken alors que Nicola se plaignait pour la énième fois de crouler sous la paperasserie.

— Nous n'y arriverons pas tant que je ne pourrai pas faire de promotion. Nous n'avons même pas de site Internet, aucune visibilité nulle part. »

Il avait tenu bon, et Nicola avait dû plier, pour cette fois. L'article serait peut-être l'étincelle qui lancerait l'affaire et légitimerait sa place de directrice.

La rédactrice de *Mode* continua à l'autre bout du fil :

— Pour le moment, je recense les participants, et j'aurai besoin d'infos générales sur le centre. Puis-je vous recontacter plus tard pour l'interview ? Afin de ne pas abuser de votre temps, nous ferons la séance photo en même temps.

— Oui, prévenez-moi à l'avance, c'est parfois mouvementé ici, fit Nicola, qui ne tenait guère à la séance photo.

— Bien, je vous rappelle dans deux semaines, et nous conviendrons d'un rendez-vous. Merci encore.

— Merci à vous.

Nicola souriait en raccrochant.

Elle s'apprêtait à appeler Ken quand il apparut sur le seuil.

— Madame Peters, ce n'est pas en travaillant une demi-journée qu'on arrive à quelque chose, fit-il sans préambule.

— Je suis désolée, monsieur Harris, mais j'ai le souvenir de vous avoir prévenu que j'avais un rendez-vous important ce matin.

— Peu importe, madame Peters. Nous avons besoin de vous ici… J'ai besoin de toi.

— Vraiment ? rétorqua-t-elle. Je croyais que vous pouviez très bien vous débrouiller tout seul, monsieur Harris.

— Eh bien, tu te trompes.

Nicola sourit lorsqu'il contourna le bureau pour venir lui déposer un baiser sur le front.

— Je ne m'en sors pas sans toi.

— C'est trop affreux, plaisanta-t-elle en l'enlaçant.

— Alors, cette visite chez le Dr Collins ? s'enquit-il en s'accroupissant près du fauteuil de la jeune femme.

— Tout va bien.

— Rien d'autre ? Tu lui as parlé de ta fatigue ?

— Il n'y voit rien d'inquiétant, mais ma tension est encore trop élevée, et je devrais faire davantage d'exercice.

— Ne t'ai-je pas suggéré d'aller barboter dans la piscine ? Tu as tout ce qu'il faut autour de toi. Oh, tant que j'y pense, poursuivit-il en se redressant, l'Association des paralysés aimerait avoir des renseignements sur l'unité d'hydrothérapie. Peux-tu les contacter ? Leur proposer une ristourne, peut-être ?

— Ce serait intéressant. Je les appellerai.

— Et que dirais-tu d'une session de piscine matinale maman-bébé ?

Nicola fit la grimace.

— Pas sûr que ce soit rentable si nous leur réservons le bassin ; il faut compter avec les faiseuses d'histoires.

Certaines femmes amenaient leur bambin à la piscine mais négligeaient de s'en occuper.

— Nous devons trouver quelque chose, Nicola. Les chiffres sont mauvais ces derniers mois.

Nicola observa Ken. Ces temps-ci, il paraissait las, affichait un certain laisser-aller. Sans doute ses associés lui mettaient-ils la pression. Ses cheveux foncés, ordinairement coupés court, commençaient à boucler sur ses oreilles, et ses yeux brun chocolat – incontestablement son principal atout physique – n'avaient pas aujourd'hui leur gaieté habituelle.

— Justement, j'ai peut-être le remède, annonça Nicola.

L'exposé des bénéfices que la publicité rédactionnelle pourrait apporter à Motiv8 le soulagerait sans doute.

— Super ! s'exclama-t-il, ravi. Je savais que je ne t'avais pas seulement engagée pour ta beauté.

— Ha ! Ha !

Quand elle avait commencé à sortir avec Ken, quelques mois plus tôt, Nicola s'était d'abord demandé si elle continuerait à travailler au club. Pendant des années, ils n'avaient été liés que par une relation professionnelle, agréable mais pas forcément amicale. Puis, comme Nicola occupait depuis quelques mois son poste à Motiv8, ils avaient fait connaissance de façon plus intime. Alors qu'elle avait toujours pris son ancien collègue pour un drogué du travail, le temps passant elle l'avait vu sous un nouveau jour. Assez vite et par mégarde, elle était tombée amoureuse de lui et, lorsqu'il eut admis éprouver les mêmes sentiments, ils ne regardèrent plus une seule fois en arrière. Ken était tout ce que Nicola recherchait chez un homme : honnête, désintéressé, simple et, estimait-elle, séduisant sans ostentation.

Bien décidés dès le départ à faire de Motiv8 un succès, ils étaient néanmoins convenus que, si le fait de travailler ensemble devait nuire à leur relation, ils y remédieraient sans hésitation. Jusqu'ici cela ne s'était pas produit, et chacun était heureux dans sa vie professionnelle comme dans sa vie amoureuse.

— Oh, autre chose, reprit Ken. Laura t'a appelée ce matin. Elle m'a paru un peu survoltée. Ses préparatifs de mariage doivent la mettre à cran.

Laura, la meilleure amie de Nicola, allait convoler dans quelques mois.

— Je ferais bien de la rappeler, dit Nicola, soulagée d'avoir un prétexte pour échapper à la paperasserie.

Son poste sonna à cet instant.

— Ken est avec toi ? questionna la réceptionniste. Le comptable le cherche.

Le personnel de Motiv8 n'ignorait pas la relation qui liait Ken à Nicola mais nul ne s'en formalisait dans la mesure où le couple ne s'affichait pas dans le cadre du travail.

— Je te l'envoie, Sally.

— Ce maudit comptable est bien la dernière personne que j'aie envie de voir, gémit Ken. Je sais d'avance qu'il ne m'apporte que de mauvaises nouvelles.

Il donna à Nicola un ultime baiser rapide.

— Sûre que tu ne veux pas que je t'appelle chez toi ce soir?

— Non, profite de ta partie de golf. Je garde Kerry ce soir. Et puis, ajouta-t-elle avec un sourire malicieux, ça ne me fera pas de mal de passer une nuit sans toi… Tu es un peu envahissant parfois.

— Je m'en souviendrai, plaisanta Ken, la prochaine fois que tu auras envie d'une Ben & Jerry's et que ma bonne vieille pomme devra traverser la moitié de Dublin pour aller te le chercher!

— Ce qui prouve que tu es au moins bon à quelque chose!

— Ah oui? fit-il en commençant à la chatouiller. Tu ne t'es pas trop plainte la nuit dernière!

— D'accord, d'accord, excuse-moi! s'exclama-t-elle en riant. Tu possèdes de multiples talents, je le reconnais!

— Je préfère ça, dit-il en rajustant sa cravate. Maintenant, assez tiré au flanc, madame Peters. Il semble que vous ayez beaucoup de travail.

— Je travaillais, justement, avant d'être interrompue par un grossier personnage!

Ken avait à peine franchi la porte que le téléphone sonna de nouveau. Cette fois, c'était Laura.

— Dis, je peux passer te voir ce soir? Il faut que je te parle de quelque chose.

— Bien sûr. Non, attends… Je garde Kerry et je lui ai promis de l'emmener au cinéma. À moins que tu veuilles venir avec nous…

— Non, merci, répliqua Laura. Je ne suis pas d'humeur à endurer le dernier Disney.

— Qu'est-ce qui ne va pas ? Tu as l'air toute triste.

— C'est ce fichu mariage, grommela Laura. Ma mère commence à me taper sur le système. Maintenant, c'est mon photographe qui ne lui convient pas, sous prétexte qu'il serait « un peu folle sur les bords » ! Nicola, j'étais à l'école avec Kieran Molloy, et il est aussi gay que toi et moi ! D'ailleurs, en ce qui me concerne, il peut sauter qui il veut !

Nicola sourit mais elle comprenait la colère de son amie. Laura et son compagnon, Neil, s'étaient fiancés à Noël et avaient fixé la date du mariage pour septembre. Ils souhaitaient une cérémonie sans chichis, ce que Maureen Fanning (un parfait exemple de mère envahissante aux yeux de Nicola) ne pouvait tolérer. D'autant moins qu'elle avait toujours rêvé d'orchestrer le Grand Jour de sa fille aînée.

Or le couple avait une bonne raison de ne pas vouloir les grandes orgues : la mère de Neil s'était récemment découvert une tumeur maligne au sein et s'apprêtait à commencer une chimiothérapie.

— Tu pourrais tout laisser tomber pour choisir de vous marier rien que tous les deux, suggéra Nicola.

Comme je l'ai fait, ajouta-t-elle in petto.

— Tu es folle ? Ma mère aurait une attaque ! Elle se porte assez mal comme ça.

Nicola se rembrunit. Laura n'avait jamais le cafard à ce point.

— Ne la laisse pas t'imposer sa volonté. Tant que Neil et toi êtes contents de vos projets, quelle importance ?

— Tu connais ma mère ! Et malheureusement Neil ne m'est pas d'un grand secours.

— Sans doute préfère-t-il rester en dehors de tout ça.

Neil Connolly, le plus accommodant des hommes, était l'une des rares personnes capables de manœuvrer Maureen Fanning sans recourir à une extrême violence.

— À vrai dire, il a beaucoup à faire à l'agence. Actuellement, il est en repérage à l'île Maurice, le veinard.

Associé dans l'agence de voyages familiale, Neil était toujours sur la brèche quand il s'agissait de prendre de nouvelles parts sur le marché des destinations lointaines.

— En fait, je t'appelais pour autre chose que le mariage, déclara mystérieusement Laura.

— Oh? fit Nicola, appâtée. Tu m'intrigues.

— Puisqu'on ne peut pas se voir ce soir, tu vas devoir attendre.

— C'est trop injuste! Dis-moi!

— Non. Je préfère t'en parler en face.

— Je meurs de curiosité, bravo! Bon… Si tu venais demain soir? Je vois Helen, justement, tu peux te joindre à nous.

Nicola, Laura et Helen étaient amies depuis de longues années mais ces derniers temps, constatait Nicola, elles n'avaient guère eu d'occasions de se retrouver ensemble. Ce serait sympa de bavarder toutes les trois.

Comme Laura hésitait, Nicola se ravisa :

— Si tu préfères un autre soir… rien que nous deux…

— Non, non, c'est bien. J'apporte une bouteille de vin.

— Parfait. On causera un peu, on saura tout du nouveau mec de Helen et, oh… je te montrerai mon nouveau bolide!

— Encore! plaisanta Laura. Qu'as-tu choisi, cette fois? Un coupé, un roadster, un modèle Ferrari?

— J'aimerais bien… Il faut que je raccroche, j'ai un autre appel. À demain soir, vers huit heures?

— Super. J'ai hâte!

Quand elle raccrocha, Laura semblait en meilleure forme.

Nicola répondit sur l'autre ligne. Parviendrait-elle à travailler un peu aujourd'hui ?

— Tu peux venir à la piscine ? demanda une Sally inquiète. C'est encore Mme Murphy-Ryan avec ses jumeaux. Tu ne devineras jamais ce qu'ils ont inventé cette fois.

Laura reposa le combiné en souriant. Comme chaque fois, elle se sentait mieux après avoir parlé à Nicola. Quel dommage qu'elles ne puissent se voir ce soir !

Mais demain serait aussi bien ; elle n'avait pas vu Helen depuis une éternité. Nicola avait fait allusion à un nouvel homme dans la vie de leur amie commune, ce qui n'avait rien de surprenant : Helen allait d'un homme à l'autre, assurée du succès grâce à une alliance délicieusement attirante de blondeur, de peau mate, et d'yeux d'un ocre sombre quasi irrésistible. Helen Jackson était tout ce que Laura aurait voulu être : séduisante, mince sans effort, sûre d'elle et comblée par sa vie professionnelle.

Les hommes qui tombaient sous son charme étaient tout autant glamour, si l'on pouvait s'exprimer ainsi. Laura s'empara de la photo encadrée de son fiancé. On ne pouvait pas en dire autant du pauvre Neil.

Laura l'avait rencontré chez Penny's, un magasin d'O'Connell Street, un vendredi matin où, la pluie ayant surpris tout le monde, ils avaient tous deux essayé d'acheter le dernier parapluie disponible.

Si Helen avait un nouvel amant, l'histoire ne durerait pas une semaine, pluvieuse ou pas. La stabilité n'était pas son point fort et, aussi beau soit le nouveau venu, il y avait peu de chances pour qu'elle s'engage. Laura eut un sourire un peu triste. Quand elles étaient adolescentes, à Glengarrah, Helen plaisait aux garçons qui avaient des airs de star de cinéma tandis que Laura ne récoltait que les lourdauds.

Non pas que Neil fût repoussant. Avec un costume sombre et une cravate de couleur vive, il possédait un certain charme, mais on ne risquait pas de l'engager pour tourner une pub Coca Light.

La perspective de rencontrer Helen chez Nicola le lendemain soir n'emballait pas Laura. Amies depuis l'enfance, elles n'avaient plus grand-chose en commun, et leur amitié était davantage un écho du passé qu'une véritable intimité. C'était regrettable mais, sans Nicola, Helen et elle se seraient perdues de vue depuis longtemps – et son amie d'autrefois n'en eût pas été contrariée outre mesure.

La jeune femme consulta sa montre. Presque trois heures : il était temps d'appeler l'imprimerie à propos de ses faire-part de mariage, puisqu'elle avait promis de leur indiquer son choix avant la fin de la semaine.

Laura avait été affolée lorsqu'une amie de sa mère lui avait recommandé la petite société de sa nièce. Connaissant le goût de la dame, elle avait redouté une avalanche de colombes, rubans et Saintes Vierges, or Projets des Grands Jours s'était révélé un excellent choix.

Lors de sa récente visite avec Neil à la boutique de Wicklow, la conceptrice leur avait montré de magnifiques échantillons déjà personnalisés, et le sens artistique de Laura avait été comblé par l'originalité et la qualité du travail.

La sonnerie du téléphone ne retentit pas deux fois.

— Projets des Grands Jours, Debbie à l'appareil.

— Bonjour, Debbie. Ici Laura Fanning. C'est à propos de mes invitations.

— Merci de me rappeler. Eh bien, qu'avez-vous décidé ?

Après bien des hésitations, Laura et Neil avaient opté pour une présentation traditionnelle sur papier parcheminé ivoire et or, avec un carton séparé pour la réponse. Une fois le texte dûment vérifié, Debbie annonça que le modèle était en stock et que tout serait prêt d'ici deux semaines.

— Mais passez-moi un petit coup de fil avant de venir, histoire d'être sûre.

En raccrochant, Laura songea combien c'était agréable de traiter avec Projets des Grands Jours. Malheureusement, le reste n'était pas à l'avenant et les préparatifs tournaient à la chamaillerie perpétuelle. Sa mère la rendait tout bonnement folle en n'acceptant pas qu'elle n'invite pas tout le comté de Carlow.

Dès que Laura avait annoncé que ce serait un mariage modeste – seulement les amis et la famille proche – dans son village natal de Glengarrah, et qu'il n'était pas question de rameuter les quatorze pique-assiettes qui constituaient la fratrie et consorts de Maureen, celle-ci avait été consternée.

« Mais c'est une fête de famille importante ! » avait-elle grogné, tourmentée par les cancans à venir.

Enfin, inutile de ruminer ça, se dit Laura. Son patron allait bientôt quitter le bureau pour le reste de la journée, il était temps de s'atteler à la tâche. Elle referma le tableur de son PC, ouvrit son traitement de texte et commença à taper, non sans éprouver un frisson de plaisir.

Puis elle s'interrompit en pensant au lendemain soir. Que diraient ses amies en apprenant la nouvelle ? Seraient-elles contentes, la soutiendraient-elles, ou la croiraient-elles complètement folle ? Pourvu que non… Non, elle était certaine d'avoir pris la bonne décision.

Neil, lui, était à son côté depuis le début, sans qu'il ait été besoin de le convaincre. Son enthousiasme sans restriction avait donné à Laura le courage de réfléchir très sérieusement à son projet. Oui, elle en était capable, et même, elle aurait dû sauter le pas depuis longtemps.

Bien que ce fût une perspective angoissante, elle ne voulait plus différer. Elle ne le pouvait plus. Le choix du moment était primordial. Elle avait accompli tout le travail préparatoire, savait ce qui l'attendait, les sacrifices qu'il lui faudrait consentir. Elle y était prête, plus que prête. Dans l'idéal, elle aurait peut-être dû attendre le mariage, mais elle était incapable de remettre à si loin. Elle avait suffisamment attendu.

Elle vérifia l'orthographe de sa lettre avant de l'imprimer, la relut, la signa et, d'une main nerveuse, la glissa dans une enveloppe.

Puis elle gagna le bureau de son patron.

2

De quelle couleur, la pochette? Helen Jackson présenta d'abord la noire puis une autre, argentée, devant sa robe Maria Grachvogel en satin prune dont, au passage, elle ajusta l'encolure. Ce décolleté plongeant n'exposait-il pas trop ostensiblement la naissance de ses seins?

Helen sourit à son reflet dans le miroir.

Ce soir serait *le* soir. Richard Moore et elle se voyaient depuis un moment et elle estimait qu'il était temps de pousser un peu plus loin leur relation. En même temps, cette perspective la rendait plus nerveuse que ce qu'elle s'autorisait d'ordinaire.

Sans doute parce qu'elle aimait beaucoup Richard – à vrai dire, plus que beaucoup – et bien plus qu'aucun de ceux qu'elle avait fréquentés ces dernières années. Richard était intelligent, amusant et très sexy. Directrice d'une équipe de conseil en gestion d'entreprise pour la société XL Business Software à Sandymount, elle avait rencontré Richard lorsque l'agence de recrutement de celui-ci avait eu recours aux services de XL. Lors de leur première rencontre, elle s'était montrée comme à son habitude avec un client : vive d'esprit, très pro, mais impudemment aguicheuse. Ainsi qu'elle le répétait à son personnel, le féminisme ne rapportait à personne d'assez grosses primes pour s'offrir un F3 en bord de mer.

Cela dit, Helen n'avait pas à se forcer pour flirter avec un homme du genre de Richard Moore. Peu après leur première réunion, suivie de quelques consultations téléphoniques tout aussi empreintes de coquinerie, l'agence avait optimisé son réseau, et Richard l'invitait à dîner.

Helen avait apprécié chacune de leurs sorties et, malgré quelques étreintes brûlantes, ils n'avaient jusqu'ici pas fait l'amour. Elle y voyait un bon augure : Richard ne s'intéressait pas seulement à son corps de trente ans, mais à elle en tant qu'individu.

Oui, décida-t-elle, cette soirée serait décisive.

Peut-être aurait-elle enfin quelqu'un pour occuper cette chaise éternellement vide en face d'elle, chaque fois qu'une occasion la réunissait avec d'autres. Ses amies, ses collègues, toutes s'asseyaient toujours à table face à leur conjoint, et elle héritait invariablement de la chaise vide. Elle et la chaise avaient fini par nouer des liens intimes au fil des ans, au point de devenir d'excellentes camarades.

Souriant un peu amèrement, elle revint au présent.

La pochette argentée se révélant plus glamour que la noire, elle plongea dans sa penderie pour, quelques secondes plus tard, en ressortir avec une paire d'escarpins à bride fine et aux talons ridiculement hauts. D'accord, il ne s'agissait que d'une imitation de Manolo mais, plus important, ils étaient parfaitement assortis à la pochette. Pour chacun de ses sacs à main, Helen possédait toujours la paire de chaussures assortie. Jusqu'à celles assorties aux sacs en plastique du supermarché, plaisantaient ses amies.

En tout cas, songea-t-elle, personne n'ignorait que ça portait la poisse d'avoir des accessoires mal coordonnés. Dieu seul savait comment s'y soustrayait Laura à force d'arborer ces bijoux où l'or s'alliait à l'argent, assemblages improbables dont elle avait fait son violon d'Ingres.

Un coup de brosse dans ses boucles blondes, puis Helen regarda sa montre. Bientôt sept heures et elle avait rendez-vous avec Richard à la demie. Elle ferait bien de filer, surtout qu'il ne serait pas facile de trouver un taxi pour le centre-ville un vendredi soir ! Elle attrapa pochette et manteau, descendit l'escalier d'un pas mal assuré et claqua la porte derrière elle. L'écho de la vibration résonna dans le grand appartement vide.

— Tu es superbe ! fit Richard avec un sourire.

D'un pas chancelant, Helen le rejoignit devant le restaurant. Son cœur bondit lorsqu'il se pencha pour l'embrasser doucement sur les lèvres. Ces talons hauts argentés n'avaient pas été conçus pour les pavés inégaux de Dublin, pensa-t-elle en le suivant à l'intérieur, mais l'accueil de Richard compensait l'inconfort. Dieu merci, elle n'avait encore jamais porté ses précieux Jimmy Choo, même si la possibilité demeurait qu'elle les mette un jour hors de chez elle.

— Tu n'es pas mal non plus, dit-elle, surtout pour un homme qui arrive droit du bureau.

Richard était en effet très attirant. Il s'était récemment fait couper les cheveux et une barbe naissante ombrait la peau mate de son menton. De l'avis de Helen, rien n'était plus sexy qu'une barbe naissante : elle détestait tout autant les vraies barbes que les visages fraîchement rasés de petit garçon à sa maman.

— À quelle heure dînons-nous ? s'enquit-elle en considérant la salle comble.

— Bientôt, j'espère.

Fort à propos, une serveuse s'approcha et les conduisit à leur table, qui, par chance, nota Helen, était située au fond, dans un coin tranquille à la lumière tamisée.

Parfait pour l'intimité.

La jeune femme parcourut la carte, sans la lire vraiment, tant elle était nerveuse. Elle observa Richard du coin de l'œil. Concentré sur la carte des vins, il hésitait sans doute entre ses préférés : un australien ou un cabernet d'Afrique du Sud. C'était un peu effrayant : ils se connaissaient depuis peu, or Helen pouvait déjà le décrypter comme elle parcourait les pages mode de *Cosmo*. Ç'avait été la même chose avec son ancien conjoint, Jamie, aussi transparent que peut l'être un homme. Trop, probablement. Franc au point qu'il lui avait déclaré un jour, tout à trac, qu'il se sentait prisonnier, qu'il en avait marre de sa vie, et qu'il allait faire un tour en Afrique du Sud histoire de « se trouver lui-même ».

Cela remontait à près de quatre ans, et depuis Jamie avait trouvé non seulement lui-même mais – c'était bien commode – aussi quelqu'un d'autre. D'accord, décida-t-elle en continuant d'observer Richard plongé dans la carte, s'il commande l'australien c'est un bon présage ; si c'est le sud-africain, un très mauvais.

— Avez-vous fait votre choix ? demanda la serveuse.

— Oui, merci. Helen ?

En parfait gentleman, Richard attendit tandis qu'elle hésitait entre l'agneau et le porc. Elle finit par choisir l'agneau, lui opta pour un tournedos à point.

— Et comme vin ? questionna la serveuse.

Helen sourit à son compagnon.

— Je laisse le sommelier décider, fit-elle, sachant que Richard se considérait comme un connaisseur.

Son cœur se mit à battre plus vite. *Je t'en prie, prends l'australien !* Richard rendit la carte à la serveuse.

— Merci, mais j'ai envie de vivre dangereusement ce soir. Pouvez-vous nous conseiller quelque chose ?

La fille hésita un instant.

— Eh bien, vu vos plats, je vous recommande le cabernet sud-africain Guardian Peak. C'est l'un des vins les plus appréciés de notre carte, il accompagne parfaitement les viandes, en particulier l'agneau, ajouta-t-elle en souriant à Helen.

— Parfait, conclut Richard, radieux. C'est ce que nous prendrons, merci.

Tandis que la serveuse ramassait les cartes et quittait la table, Helen se traita d'idiote. Comme si le vin qu'ils allaient boire devait influencer l'évolution de leur relation ! Il fallait qu'elle cesse de voir partout des signes et des présages ; c'était ridicule, un jeu tout juste bon pour les enfants.

Richard tendit le bras et lui prit la main.

— Alors, qu'as-tu fait cette semaine ? demanda-t-il.

— Pas grand-chose. J'ai juste signé les contrats avec Carver Property et Tip-Top Distribution. Une semaine tranquille, quoi, ajouta-t-elle avec un haussement d'épaules et en réprimant un sourire.

Richard eut un rire sceptique.

— À d'autres ! Tu es un as, Helen Jackson, tu sais ça ?

Précédemment, elle lui avait parlé des difficultés que XL rencontrait depuis un moment pour décrocher ces deux contrats, en particulier auprès de Carver, qui menaçait de lui préférer un concurrent. En dernière instance, suite à un entretien des plus convaincants avec Helen, Ronnie Carver avait changé son fusil d'épaule et signé pour cinq ans avec XL, ce qui signifiait pour la jeune femme une prime plus que rondelette en fin de mois. Elle détailla les développements de l'affaire pendant qu'ils attaquaient leurs entrées.

— Dis donc ! fit Richard en entrechoquant son verre avec le sien. Je crois que je vais te garder. Une battante pareille…

Une injonction assourdissante traversa le cerveau de Helen. *Dis-lui. Dis-lui maintenant !*

Elle inspira profondément. *Du calme,* continua la voix intérieure. *Vous vous entendez bien tous les deux, il t'apprécie vraiment. Qu'est-ce que ça peut changer ?*

Elle avala une longue gorgée de vin, reposa son verre.

— Richard ? fit-elle doucement, et les mots jaillirent presque sans qu'elle le veuille : Quels sont tes sentiments à l'égard des enfants ?

Tu ne devais pas sortir ça si brutalement, il fallait le glisser habilement dans la conversation. C'est tout toi, ça, tes grands pieds dans le plat !

Richard la considéra comme si elle venait de lui proposer d'avaler un testicule de taureau.

— Les enfants ? répéta-t-il, circonspect. À quoi rime cette question, au juste ?

Un sentiment de défaite s'abattit sur Helen. Ça allait recommencer, elle le savait.

— Je veux dire... aimes-tu les enfants ? reprit-elle avec une feinte légèreté. Peut-être en as-tu déjà ou... ou aimerais-tu en avoir un jour ?

Grands dieux, elle s'embourbait !

La mine de Richard donnait maintenant à penser qu'on lui proposait une pleine assiette de testicules de taureau.

— Bon sang, où veux-tu en venir, Helen ? Tu sais que je n'ai jamais été marié...

Avant qu'elle ne réplique, son expression se modifia.

— Attends... tu dérailles ou quoi ? reprit-il d'une voix sifflante. Si tu es en cloque et que tu crois pouvoir me faire porter le chapeau, je crois que tu as loupé une case. Au cas où tu l'aurais oublié, je te rappelle que nous n'avons même pas baisé, à proprement parler, donc ça ne peut pas être moi ! Tu ne...

— Laisse tomber, coupa Helen.

Le visage empourpré, elle se saisit de son sac. Était-ce possible ? S'il réagissait ainsi au seul mot « enfant », dans quelle vulgarité ne sombrerait-il pas quand il connaîtrait la vérité ? Disparu, le parfait gentleman.

Richard s'adoucit devant son visage bouleversé.

— Excuse-moi, je ne voulais pas te répondre de cette façon… C'est juste que… je sais que je n'aurais pas pu…

— Ce n'est pas ce que tu crois, Richard. Je ne suis pas enceinte. Je ne le suis plus, en tout cas.

Il la considéra d'un air abasourdi.

Autant mettre un terme à son supplice, songea Helen.

— J'ai une fille de trois ans et demi, continua-t-elle, dont je ne t'ai jamais parlé. Comme nous étions de plus en plus proches l'un de l'autre, que notre relation devenait – du moins l'ai-je cru – plus sérieuse, je pensais que tu devais le savoir.

— Helen… Je… je suis désolé.

Si la voix de Richard s'éteignit, elle lut sur ses traits tout ce qu'elle avait besoin de savoir.

C'était fini.

L'histoire habituelle.

À cet instant, la serveuse apparut avec les plats.

— Je crois que je vais y aller, dit Helen en se levant.

— Non, reste… S'il te plaît. Parle-moi de ta… ta fille, articula Richard.

À l'entendre, on aurait dit qu'elle venait de lui annoncer qu'elle était atteinte d'une forme de lèpre particulièrement grave.

Non, elle ne resterait pas pour sauver la face. Le scénario devenait trop répétitif.

— Je préfère m'en aller. Merci en tout cas… pour le dîner.

Richard hocha lentement la tête.

— Tout le plaisir a été pour moi.

Brusquement, il redevenait aussi guindé que le premier jour dans son bureau.

— Je t'appelle ? ajouta-t-il – machinalement, comprit Helen, sans sincérité aucune.

— D'accord.

Ses pieds eurent certainement pitié d'elle, car elle ne les sentit pas une fois en gagnant Grafton Street et la station de taxis. Elle refoula ses larmes en grimpant dans la voiture qu'elle n'avait eu aucune peine à trouver ; évidemment, il n'était que neuf heures du soir. Personne ne rentrait chez soi si tôt un vendredi. Personne sauf les mères célibataires dans son genre.

Un moment après, le taxi s'arrêtait devant chez Nicola. Helen demanda au chauffeur de l'attendre puis revint bientôt en compagnie d'une version miniature d'elle-même, une fillette de trois ans aux cheveux ébouriffés, au minois rougi par les plis de l'oreiller. Si Nicola avait été surprise de voir revenir son amie si tôt, elle avait eu la discrétion de ne pas poser de questions.

Helen fit monter la fillette à moitié endormie sur la banquette arrière, referma la portière et s'installa sur le siège passager avant.

Ce soir, pensait-elle en regardant droit devant elle, après avoir fait comprendre au chauffeur qu'elle n'était pas prête à échanger des banalités, ce soir, elle ne supportait pas la proximité de cette enfant.

3

— Ah bon? s'étonna Nicola. Tu ne vas plus le revoir?

C'était le lendemain soir. Les deux jeunes femmes buvaient un verre de vin dans la salle de séjour de Nicola tandis que Kerry, la fille de Helen, jouait avec le chien sur la moquette.

— Je pense que non, répondit Helen avec un haussement d'épaules nonchalant.

— Mais pourquoi? Enfin... J'avais l'impression que tu tenais beaucoup à ce Richard...

— Au début, oui, mais, à mesure que le temps passait, je me suis rendu compte que nous n'étions pas vraiment assortis.

— Oh.

— Allons, Kerry, il est temps d'aller au lit, déclara Helen, heureuse de changer de sujet.

Kerry leva un minois déçu, tout comme le labrador Barney, qui appréciait les attentions de la fillette.

Nicola était stupéfaite. Ces derniers mois, elle avait souvent gardé Kerry afin de permettre à Helen de sortir avec Richard Moore. Et voilà que son amie lui annonçait qu'elle ne le verrait plus! Helen avait le chic pour plaquer les hommes sans raison particulière.

Mais à son ton (comme à la promptitude avec laquelle elle entraînait sa fille vers la chambre d'amis), il était clair qu'elle ne souhaitait pas en discuter davantage.

Peu après le retour de Helen au salon, Barney bondit pour s'élancer vers la porte d'entrée, signalant à sa maîtresse l'arrivée d'un nouveau visiteur.

Laura se tenait sur le seuil, repoussant d'une main anxieuse les cheveux sombres qui encadraient son joli visage, l'air mal à l'aise. Comme d'habitude, songea Nicola, non sans une pointe d'ironie tendre et désabusée. Laura était presque toujours mal à son aise.

Barney, qui adorait Laura, lui sauta dessus avec tant d'ardeur qu'il faillit la renverser.

— Doucement! protesta la jeune femme en riant.

Elle se pencha pour lui flatter les oreilles.

— Entre donc, l'invita Nicola. Helen est déjà là, mais elle vient de coucher Kerry, alors il ne faut pas faire de bruit pendant un petit moment.

Dressé sur ses pattes arrière, Barney referma la porte d'entrée.

— Waouh! souffla Laura, admirative. Tu sais, parfois j'oublie à quel point ce chien est intelligent.

— C'est un bon garçon! acquiesça Nicola en caressant la tête de l'animal.

Barney les suivit au salon, la langue pendante et la queue remuant de joie.

— Salut, Helen, fit Laura avec un sourire. Comment va?

— Salut, répondit Helen, décollant à peine les yeux de la télévision.

Laura jeta un regard entendu à Nicola ; leur amie était dans un jour sombre.

— Bon! s'exclama gaiement Nicola dans l'espoir d'alléger l'atmosphère. Assieds-toi, Laura. Je vais te chercher un verre.

— J'y vais, fit Helen en filant vers la cuisine.

— Qu'est-ce qu'elle a?

— Devine. C'est à peine si elle a prononcé deux mots depuis une heure qu'elle est ici avec Kerry. La pauvre gosse... Elle sent si bien que sa mère a le cafard qu'elle n'arrêtait pas de lui offrir des bonbons. Helen l'a plutôt rembarrée, conclut Nicola.

— Un problème d'homme ?

— Inévitablement.

— Ah… En ce cas, je devrais peut-être attendre un moment plus propice, fit Laura.

— Propice à quoi ? s'enquit Helen qui revenait avec une bouteille tout juste débouchée et un troisième verre à pied.

Laura s'assit et commença à caresser le pelage soyeux de Barney.

— C'est-à-dire que… commença-t-elle d'un ton hésitant. Je le disais au téléphone hier à Nicola… j'ai une grande nouvelle.

— Une grande nouvelle ? répéta Helen. Oh, je sais : tu es enceinte.

Nicola guetta prudemment la réaction de Laura. Elle avait soupçonné la même chose.

— Non, pas du tout. C'est que… hier après-midi… j'ai donné ma démission.

Nicola ne s'était pas du tout attendue à cela.

— Tu quittes ton boulot ? Tu as trouvé une autre place ?

— J'envisage de lancer ma propre affaire, déclara timidement Laura. D'ailleurs, le mot est impropre. J'ai décidé de créer ma propre affaire.

— Dans quelle branche ? questionna Helen.

— Je vais concevoir, fabriquer et vendre mes bijoux.

— Quoi ? Mais c'est fantastique, Laura ! s'exclama Nicola. Il était grand temps.

Laura avait étudié à l'école des Beaux-Arts mais, ne trouvant pas de travail après son diplôme, pour des raisons financières (ou plutôt, pensait Nicola, par manque de confiance en soi), avait accepté plusieurs emplois de bureau au lieu de persister dans sa passion pour le dessin. Récemment, pourtant, elle avait renoué avec ses anciennes amours et créé des pièces uniques et raffinées, de superbes bijoux contemporains pour elle autant que pour sa famille et ses amies.

Nicola ne doutait pas que Laura possédât tous les atouts pour réussir dans sa partie, dotée de l'excellent bagage que lui avaient procuré ses études sur les métaux et la joaillerie, allié à un sens artistique très sûr. Elle adorait le bracelet en perles de verre et argent que Laura lui avait offert pour ses trente ans, quelques mois auparavant. Le bijou lui convenait à la perfection, c'était ce qu'elle aurait choisi. Elle avait été stupéfaite lorsque Laura avait fini par admettre qu'elle avait elle-même dessiné et fabriqué l'objet.

« Je bricole un peu à la maison, avait-elle avoué timidement. Neil m'a fourni le matériel. »

Depuis sa rencontre avec son fiancé, Laura était devenue une autre. Neil Connolly avait révélé le meilleur d'elle et, découvrant la passion de la jeune femme pour la conception et la fabrication de bijoux, l'avait fortement encouragée. Au point, apparemment, de lui insuffler suffisamment d'audace et de confiance en elle pour proposer ses créations sur le marché.

— Vous ne me trouvez pas dingue ? De laisser tomber mon job et tout ?

Se mordillant la lèvre, Laura guettait la réaction d'une Helen très occupée à allumer une cigarette.

— Ne dis pas de bêtises, fit Nicola comme Helen se gardait de répondre. C'est une idée géniale et tu t'en sortiras très bien. Je suis sûre qu'il existe un marché pour ton travail. Aujourd'hui, tout le monde veut du différent, de l'original… quelque chose qui en fiche plein la vue.

— Tu le penses vraiment ?

— Absolument ! C'est formidable ! insista Nicola en lui tendant les bras pour l'étreindre. Neil doit être ravi que tu te sois finalement décidée.

— Oh, oui. Il me soutient à fond.

Rien d'étonnant, pensa Nicola. Neil adorait Laura, et savoir ce que c'est que d'être son propre patron ne l'empêchait pas d'encourager les rêves de la jeune femme.

— Il sait comme moi que tu as plein de talent et de courage. Tu ne regrettes pas de quitter Morley's ?

Nicola savait que Laura n'avait jamais été heureuse au service comptabilité du grand magasin de Dublin. D'ailleurs, jamais elle n'avait vu Laura heureuse dans aucune place. Le travail de bureau n'étant pas sa tasse de thé, elle avait décidé d'exploiter ses talents artistiques.

— Pas du tout. Maintenant, je suis libre ! Et si heureuse que tu me soutiennes. Je me demandais comment vous réagiriez. Je ne l'ai pas encore annoncé à grand monde.

— Quand on a vu tes bijoux, on sait que tu peux réussir. Tu as déjà un plan d'activité ?

Laura acquiesça avec sérieux.

— La banque est d'accord pour m'accorder un financement, et avec Neil nous avons décidé d'investir une partie de nos économies. Je me suis inscrite à la Chambre de l'artisanat et au Registre du commerce ; ils ont vu quelques-unes de mes productions et, vous n'allez pas me croire, ils les ont trouvées très bien, ce qui va peut-être me permettre d'obtenir une aide. Ce n'est pas encore sûr. Reste à attendre…

Le joli visage de Laura irradiait d'enthousiasme, et ses yeux sombres, presque noirs, pétillaient d'ardeur. Elle y arriverait, songea Nicola. Avec un peu de temps, elle atteindrait son but.

Le seul problème était le silence de Helen.

Apparemment inconsciente de ce mutisme, Laura détaillait son avenir :

— La Chambre de l'artisanat m'a déjà fourni une grande aide pour démarrer ma comptabilité et m'y retrouver dans les paperasses, aussi j'espère être à pied d'œuvre d'ici deux semaines, bien avant le mariage. Nous sommes en juin, j'ai donc quelques mois pour trouver mes marques, avant une offensive promotionnelle tous azimuts en novembre, à point pour Noël. Avec tout ça et, j'espère, un peu de bouche-à-oreille, je devrais me faire un nom assez vite.

— Je vais parler de toi à tout le monde, assura Nicola. Et quand les gens me demanderont d'où je sors le bracelet fabuleux que tu m'as fait, maintenant je pourrai leur répondre qu'ils peuvent s'en procurer un !

Elle pressa la main de son amie.

— C'est fantastique, vraiment. Je suis tellement fière de toi. Tiens, à propos de fierté, que dit ta mère ? Elle doit être aux anges !

Tout en parlant, Nicola suppliait intérieurement Helen de dire quelque chose – n'importe quoi.

Laura secoua la tête et regarda de nouveau Helen.

— Je n'ai encore rien dit à mes parents. Ils se feraient seulement du souci à cause de ma démission, et ça, ajouté au mariage… Bref, je préfère que tout soit en place avant de leur en parler.

— Ils seront fous de joie ! Tu imagines ! Leur fille qui fonde sa propre entreprise !

— Je pense.

Laura eut un sourire timide. Puis elle vida son verre et se leva.

— Excusez-moi une minute. Un besoin pressant.

Dès qu'elle fut hors de portée de voix, Nicola posa sur Helen un regard contrarié.

— Pourquoi n'as-tu rien dit ? Tu ne voyais pas qu'elle attendait ta réaction ?

L'air sombre, Helen exhala un nuage de fumée.

— Je risquais de dire des choses désagréables, rétorqua-t-elle. Personnellement, je la crois complètement folle. Tu vois une fille comme Laura diriger une société ?

Nicola soupira. Parfois, elle aurait aimé que Helen soit plus généreuse, en l'occurrence qu'elle oublie la timidité de leur amie pour considérer son courage. Hélas, Helen avait le chic pour communiquer à Laura un sentiment d'infériorité.

C'était ainsi depuis que Nicola avait fait leur connaissance. Amies depuis l'enfance, nées dans le même village, elles s'étaient réparti les rôles : Helen sûre d'elle et indépendante, Laura maladroite et effacée, dans l'ombre de sa camarade.

Nicola avait rencontré Helen plusieurs années auparavant, quand Helen avait eu une brève aventure avec Jack, le frère aîné de Nicola. Les deux jeunes femmes avaient sympathisé sur-le-champ et étaient restées liées après la rupture du couple éphémère. Nicola avait ensuite connu Laura par l'intermédiaire de Helen, et rapidement découvert qu'on ne pouvait trouver amie plus loyale et plus généreuse que Laura Fanning. À maintes reprises, surtout ces dernières années, Laura avait volé à son secours.

Aujourd'hui, elle s'apprêtait à lui rendre la pareille, à lui dispenser sans compter soutien et sympathie, et elle aurait aimé que Helen fasse de même.

— Franchement, je trouve débile de lâcher un bon boulot pour se mettre à bricoler dans son salon.

— Tu ne peux pas faire semblant d'être contente... pour son bien ? Elle est complètement emballée par son projet.

— Peut-être, mais tu sais aussi bien que moi que Laura n'est pas une battante.

— Une battante ? grimaça Nicola. C'est-à-dire une fille comme toi ? Oh, laisse-la un peu respirer.

— Sérieusement, Nic, que connaît-elle à la vente ? Elle est trop émotive, trop gentille pour survivre dans l'univers impitoyable des affaires, tu le sais bien.

— Je pense que Laura le sait aussi. Écoute, il lui sera déjà assez difficile de démarrer sans que nous y allions de nos commentaires pessimistes. Pour une fois, peux-tu garder tes opinions pour toi, et l'encourager un peu ? C'est ce qu'elle ferait à ta place.

— D'accord. Mais ça se finira dans les larmes, crois-moi.

— Chut, elle revient, murmura Nicola.

Encore tout heureuse, Laura les rejoignit, s'assit sur le canapé et fixa Helen droit dans les yeux.

— Et toi, qu'en penses-tu ? lui demanda-t-elle.

Helen écrasa sa cigarette avant de répondre :

— Es-tu bien sûre d'avoir suffisamment réfléchi ?

Le cœur de Nicola chavira, tout comme l'expression de Laura.

— Je sais que ça a toujours été ton truc, poursuivit Helen, mais soyons réalistes, Laura. Est-ce que ça va te payer tes traites ?

Laura détourna le regard.

— Je ne me lance pas à l'aveuglette. Neil et moi en avons longuement parlé. Une partie de nos économies servira de fonds de roulement, et Neil est sûr que ça marchera. Je vous ai dit aussi que je m'étais inscrite à la Chambre de l'artisanat et ils pensent que…

— Je regrette, mais je n'ai jamais vu personne faire fortune en vendant des colifichets faits main – en tout cas pas quelqu'un comme toi.

— Helen ! s'exclama Nicola, indignée.

La peine se lisait sur les traits de Laura.

— Je ne cherche pas à être méchante ou négative, rétorqua Helen. Mais il faut avoir la peau dure en affaires. Il faut en vouloir, avoir de l'assurance, de la tchatche et, franchement, Laura, ce n'est pas ton genre.

— Elle apprendra, j'en suis sûre, affirma Nicola.

Sans doute Helen comprit-elle la contrariété de leur hôtesse, car son ton s'adoucit.

— Je dis surtout que ce ne sera pas si facile que ça. Toi et Neil allez bientôt vous marier, et je suppose que cela a grignoté vos économies...

Laura acquiesça.

— Et votre emprunt logement ? Comment vivrez-vous avec un seul salaire ? Laura, es-tu certaine d'avoir fait le tour de la question ?

— Bien sûr que oui ! Je n'en ai pas parlé mais je ne réfléchis qu'à ça depuis un an et demi. J'ai effectué une étude de marché, j'ai un plan d'activité et Neil pense... Neil pense que c'est une idée super, qu'il existe un marché, et que j'y arriverai.

— Bon, quelle est ta cible ?

— Pardon ?

— Ta cible. Comptes-tu vendre directement à la clientèle, ou chercheras-tu à approvisionner des boutiques de cadeaux, d'accessoires, etc. ?

— Eh bien, les deux, je pense.

— Tu *penses* ? Tu devrais savoir, Laura.

— Mais je sais ! assura la jeune femme d'un ton qui trahissait son doute. C'est juste que... j'ai besoin de prendre mes marques pour commencer, et...

Sa voix mourut. Nicola comprit qu'elle était déstabilisée. Sacrée Helen. C'était typique de sa part. Quel besoin la poussait à faire ça ? D'accord, elle n'était pas en forme, sa soirée avait mal tourné la veille, mais ce n'était pas une raison pour le faire payer à Laura.

Elle se pencha vers Laura et posa la main sur son bras.

— Moi, je persiste à penser que c'est une idée géniale, dit-elle avec gaieté. N'écoute pas Helen, tu sais comment elle est. Une mouche la pique et il faut qu'elle la ramène.

Dans l'espoir de détendre l'ambiance, elle conclut par une grimace comique adressée à Helen.

— Elle a raison, abonda celle-ci en emplissant à nouveau leurs verres. Excuse-moi, Laura, je suis injuste. Je me fais du souci, c'est tout. Ne m'en veux pas. Tu sais, si tu débarquais ici en annonçant que tu viens de gagner au Loto, j'essaierais de te démontrer que non.

— Il n'y a pas de mal, répliqua Laura avec un gentil sourire. Je savais en arrivant que tu étais de mauvais poil. J'aurais dû me taire mais je n'ai pas su tenir ma langue.

Très excitée à nouveau, elle frotta ses mains l'une contre l'autre.

— J'ai gardé ça pour moi pendant tellement longtemps, et je suis si heureuse !

Voyant Helen esquisser un semblant de sourire, Nicola en remercia silencieusement le Ciel. Helen finirait par changer d'avis, et même l'individu le plus buté pouvait se rendre compte que Laura possédait un véritable talent.

Certes, Nicola aussi se demandait si la timide Laura parviendrait à survivre dans un univers souvent impitoyable, mais elle ne doutait pas que, bien conseillée et encouragée, son amie s'en sortirait. En tout état de cause, ça valait le coup de courir le risque. Ne savait-elle pas elle-même – trop bien – que la vie était ce qu'on en faisait ?

Et avec tout ce que Laura s'apprêtait à assumer, sur qui pouvait-elle compter, sinon sur ses proches ?

4

Agacé, **Dan Hunt** attrapa le combiné du téléphone.

— Quoi ? aboya-t-il à l'adresse de la énième stagiaire qui officiait au standard.

Bon sang ! Était-il vraiment indispensable d'accueillir à la fin juin ces gamins fraîchement émoulus de l'école pour rendre la vie impossible à tout le monde ? Ce n'était pas une crèche, ici.

— Euh… bafouilla la fille. M. Dooley, de Dooley Interiors, demande à vous parler. Sur la ligne deux.

Encore ce fichu Lorcan Dooley ! Ce même Lorcan Dooley qui harcelait Dan depuis deux semaines sous prétexte que son entreprise avait mystérieusement égaré la majeure partie de ses certificats ouvrant droit aux déductions de charges de personnel ; Dan ne pouvait-il en glisser un mot à l'oreille des Impôts ? Comme si le fisc était une personne en chair et en os, au lieu d'une multitude de fonctionnaires routiniers accoutumés à entendre encore et toujours les mêmes doléances… Eh bien, Lorcan Dooley pouvait aller se rhabiller s'il croyait que Dan allait passer les trois heures suivantes à tenter de démêler son affaire.

Il éprouvait déjà une raideur douloureuse à la nuque lorsqu'il prit la ligne deux.

— Comment allez-vous, Lorcan ? lança-t-il cordialement.

Il fallait rester courtois. En plus d'être malgré tout un très bon client, Dooley Interiors avait recommandé le cabinet de Dan à la totalité des environs.

— Je n'ai toujours pas remis la main sur ces papiers, Dan. Pensez-vous pouvoir faire quelque chose ?

— Je vous l'ai déjà dit, Lorcan, vous devez être en mesure de présenter ces documents. Je sais que cela paraît vain d'en reparler maintenant mais, je vous le répète, une société de la taille de la vôtre devrait envisager de s'informatiser.

La conversation s'éternisa. Dan était à bout lorsqu'il raccrocha. Il s'apprêtait néanmoins à composer le numéro des Impôts quand son poste sonna de nouveau.

— Oui ? siffla-t-il, les dents serrées.

— Jolie façon de répondre à ta fiancée, répliqua avec humeur une voix féminine.

Dan soupira. Voilà bien ce qui lui manquait : une scène de Chloé.

— Désolé, chérie, j'ai une journée infernale. Toi, comment vas-tu ?

— Très bien. J'ai besoin que tu me rendes un service.

— Vas-y.

Tout en massant sa nuque douloureuse, Dan bouillonnait intérieurement. C'était à croire que personne ne pouvait se débrouiller tout seul aujourd'hui !

— Je sais que tu as du boulot par-dessus la tête, mais je viens de recevoir un coup de fil de Debbie.

— Debbie ?

— À propos de nos invitations de mariage ! reprit Chloé, sachant qu'il risquait de ne pas se rappeler qui était Debbie. Dan, est-ce qu'il t'arrive de m'écouter quand je te parle ?

— J'avais oublié. Eh bien ?

— Elles sont enfin prêtes, et je me suis dit que tu pourrais passer les prendre. Tu n'es qu'à vingt minutes de la boutique.

— Il le faut vraiment, Chlo ? gémit-il. J'avais prévu un golf avec John ce soir. Tu ne peux pas y aller, toi ? Ou si nous remettions ça à demain ?

— Demain, j'ai un essayage pour ma robe de mariée, tu le sais bien. Et ne t'ai-je pas dit que ce soir je voyais Lynne pour les cocktails ? Je n'aurai pas le temps de faire un saut à Wicklow, et il faut que les invitations partent vite.

— D'accord, concéda Dan, prêt à tout pour être tranquille. Où ça se trouve, au juste ?

À dix-sept heures trente, un Dan épuisé ramassait sa serviette et quittait son bureau. Affronter les embouteillages du vendredi soir pour rejoindre Stillorgan, où ils demeuraient, depuis Wicklow serait un véritable cauchemar. Enfin, il jugeait préférable d'obtempérer. Il adorait Chloé, mais il était stupéfait de constater à quel point les préparatifs d'un simple mariage pouvaient transformer une femme ordinairement raisonnable en une espèce de chien enragé. Pire encore ces derniers temps : à mesure que le grand jour approchait, Chloé tournait carrément au pitbull.

À sa surprise, Dan constata que la circulation était fluide sur la N11. Seuls quelques camping-cars gagnaient la côte pour le week-end. Les veinards, pensa-t-il. Il serait bien parti quelques jours. Ces derniers mois, il avait travaillé comme un fou, sans compter l'affairement de Chloé, qui lui mettait les nerfs à rude épreuve. À voir toute cette agitation et ces embarras autour des fleurs, du gâteau, de la robe et de ces fichues invitations, on aurait juré qu'ils étaient les premiers au monde à se marier. Sans doute aurait-il dû se montrer un peu plus coopératif, un peu plus enthousiaste aussi, mais cela ne lui venait pas.

Pas cette fois.

Assez, se dit-il, tu vas épouser dans deux mois une fille formidable. Il était inutile de penser au passé. Et Chloé était sensationnelle. Il aurait juste aimé qu'elle lui fiche un peu la paix avec le mariage.

Il trouva sans difficulté la boutique de Projets des Grands Jours.

— Je viens chercher des invitations de mariage, au nom de Hunt, annonça-t-il à la vendeuse.

La fille n'avait pas l'air d'avoir plus de dix ans mais elle arborait le maquillage le plus hideux qu'il eût jamais vu. Ombre à paupières violet scintillant, rouge à lèvres grenat, et épais fond de teint orange fluo – certainement le dernier cri. Les mâchoires de la gamine cessèrent de mâchonner pendant une seconde tandis qu'elle considérait Dan avec intérêt. Il y était habitué. Avec son mètre quatre-vingt-cinq et sa ressemblance avec Mel Gibson jeune (le lui avait-on suffisamment dit), il plaisait aux femmes, même si, à bientôt trente-cinq ans, il se voyait menacé par une petite bedaine – ce à quoi Chloé l'avait mis en demeure de remédier avant la cérémonie.

Après un examen complet, la fille finit par plonger sous le comptoir, exposant ostensiblement une naissance de poitrine maigrichonne.

— Pour quand la noce ?

— Pardon ?

— La noce, répéta-t-elle avec lassitude. C'est quand ?

— Oh... Le 15 septembre.

Un affolement soudain le gagna. Il n'en était pas certain !

— Non, non. C'est le 25 septembre... Oui, c'est ça. Le 25.

Il gonfla le torse, histoire de paraître plus sûr de lui.

— D'toute façon, j'vois pas de Hunt pour septembre, fit la fille en se tortillant une mèche de cheveux.

— Et au nom de Fallon ? Ma fiancée a peut-être donné son nom de jeune fille.

La fille disparut à nouveau sous le comptoir et, un instant plus tard, réapparut avec une boîte cartonnée ivoire.

— Merci, fit Dan en glissant le paquet sous son bras. Je crois que Mlle Fallon a déjà payé.

La fille opina en silence, déçue de voir son séduisant client filer si vite vers la porte.

Soulagé d'en avoir fini, Dan monta à bord de sa Saab et déposa la grosse boîte sur le siège passager. À six heures passées, la circulation promettait d'être délirante. Peut-être ferait-il mieux de retourner à Bray pour boire un demi avec les autres en attendant que le gros du trafic soit passé. Oui, une bière ne lui ferait pas de mal, il la siroterait lentement. C'était mieux que de rester scotché sur son siège dans un bouchon de trois kilomètres avant la sortie d'Ashford, avec pour seule compagnie un paquet de faire-part fantaisie.

Nicola savourait son samedi de liberté. Laura avait eu l'excellente idée de lui proposer cette journée à Wicklow. Il faisait doux bien que le ciel fût nuageux. Après avoir flâné dans les boutiques la majeure partie de la matinée, les deux jeunes femmes déjeunaient dans une petite brasserie.

Laura considéra avec envie l'assiette de son amie puis, avec dépit, sa salade de crudités.

— Vivement que je puisse à nouveau manger des lasagnes !

— Pense que tu seras superbe dans ta robe de mariée, plaisanta Nicola en plongeant sa fourchette dans son plat. Alors, raconte où en sont tes affaires. As-tu des nouvelles de la Chambre de commerce ?

Le regard de Laura s'éclaira.

— Pas encore, avoua-t-elle néanmoins, et je pense que l'attente sera longue. Pour le reste, ça avance. Je vais utiliser l'une des chambres du bas comme petit bureau en attendant que Neil aménage un véritable atelier-bureau dans le garage.

— D'ici là, tu vas donc travailler chez toi ?

— J'ai faxé quelques communiqués de presse aux journaux et magazines que ça pourrait intéresser, et puis je suis dans les Pages jaunes, alors on ne sait jamais…

— Et quelqu'un peut t'installer un site web ?

Laura espérait exposer et vendre certains de ses modèles en ligne.

— Le cousin de Neil. Il n'a que quinze ans mais c'est un as de la Toile. Tu devrais voir les logos et les animations qu'il a proposés. Je suis sûre qu'il fera un tabac dans l'infographie ou un truc dans le genre.

— Un site Internet te donnera de la visibilité, surtout si les gens peuvent te commander directement des bijoux.

Laura était toute frémissante d'émotion.

— Je n'arrive toujours pas à croire que je vais travailler à mon compte, confia-t-elle à son amie. J'ai presque peur de le dire à voix haute, comme si ça risquait de me porter la poisse. Ma propre entreprise, tu imagines ?

— Va savoir : tu deviendras peut-être la nouvelle Anita Roddick ! Non, sérieusement, Laura, c'est courageux, ce que tu tentes. Tu peux être fière de toi.

— Espérons que je ne me casserai pas la figure…

— Et quand bien même ? la rassura Nicola. Au moins, tu auras essayé. Peu de gens osent se lancer dans ce type d'aventure, c'est une réussite en soi. De toute façon, je ne te vois pas échouer. Tes bijoux sont superbes. Ken était très content pour toi quand je lui en ai parlé. Il m'a d'ailleurs chargée de te dire que si tu as besoin d'aide pour trouver un bon comptable, tu peux l'appeler.

— Comme il est gentil ! Tu as beaucoup de chance, Nicola.

— N'est-ce pas ? approuva celle-ci avec un large sourire. Tu n'es pas trop mal lotie, toi non plus, entre ton grand mariage et ton grand projet.

Laura en convint avec un sourire alors que le serveur ramassait leurs assiettes vides.

— Tu vois, Nic, j'ai pour la première fois le sentiment de savoir ce que je fais de ma vie, où je vais. Oh, excuse-moi, continua-t-elle en riant, je dois t'ennuyer à force, mais parfois je déborde tellement d'allant que je ne me tiens plus !

Nicola hocha gravement la tête.

— Tu as remarqué que mon regard se voilait d'ennui chaque fois que tu ouvres la bouche ? plaisanta-t-elle.

Riant toujours, Laura lui lança une serviette en papier.

— Si nous y allions ? Je dois passer prendre mes faire-part, et je me disais qu'en revenant à Dublin nous pourrions nous arrêter aux jardins du mont Usher. Ils doivent être magnifiques en cette saison.

Nicola rassembla ses affaires et suivit son amie vers la rue principale.

Quelques minutes plus tard, elles ressortaient de Projets des Grands Jours où Laura venait de se faire remettre une boîte en carton blanc des mains d'une employée maussade – la même employée, précisa-t-elle à Nicola, qui avait ouvertement reluqué Neil lors de leur première visite à la boutique quelques semaines auparavant.

— Montre-les-moi, la pressa Nicola qui s'efforçait de rester à sa hauteur dans la rue étroite et encombrée.

— Quand nous serons dans la voiture.

— Oh, je t'en prie ! J'ai tellement hâte…

— Nicola Peters, tu es trop impatiente !

— C'est bon, c'est bon. J'attendrai cette maudite bagnole.

Dès que les deux jeunes femmes furent à l'abri dans la Ford Focus de Nicola, Laura s'empressa d'ouvrir la boîte. Comme elle se penchait pour jeter un œil, son visage se chiffonna.

— Ce ne sont pas les miens ! s'exclama-t-elle d'un ton irrité. D'ailleurs regarde, il y a écrit *Fallon* sur le couvercle.

— Mince, la fille a dû mal comprendre ton nom. Allez, on y retourne.

Nicola s'apprêtait à descendre du véhicule quand elle s'immobilisa en découvrant Laura pétrifiée devant la boîte ouverte.

— Qu'est-ce qui se passe ? s'enquit-elle.

Laura la regarda, manifestement gênée.

— Le marié… dit-elle sourdement. Ce doit être… Enfin, c'est Dan… ton Dan. Nicola… il se remarie.

5

Dan n'allait pas se laisser impressionner.

— Comment ça, une « erreur compréhensible » ? Vous allez me dire que votre godiche d'employée ne sait pas lire ?

— Monsieur Hunt, je crois que vous étiez pressé hier après-midi, et...

— Ça va être ma faute, en plus ! Non seulement vous m'avez remis une boîte qui ne m'était pas destinée, mais vous avez donné *mes* invitations à quelqu'un d'autre !

C'était là le pire, pensa-t-il. Passe encore qu'il soit parti avec la mauvaise boîte, mais songer que Laura était en possession de ses faire-part...

Lui-même n'avait rien remarqué, ayant oublié jusqu'à l'existence des invitations. En fait, elles se trouvaient encore dans sa voiture quand Chloé était rentrée chez eux ce matin. La jeune femme avait passé la soirée en ville avec son amie Lynne et dormi chez elle. Elle était en pleine forme, l'essayage de sa robe s'étant apparemment « bien passé ». S'il n'imaginait pas comment il aurait pu en aller autrement pour un simple essayage, Dan s'était gardé de poser des questions.

Chloé aurait soupiré, lui aurait jeté un regard méprisant et expliqué qu'il ne pouvait pas comprendre. D'ailleurs, elle avait raison. Dan ne comprenait pas, ne *pouvait* pas comprendre le pourquoi de tout ce tralala. Aussi étrange que cela paraisse, il n'arrivait pas à se mettre en tête qu'il allait épouser Chloé, qu'elle n'était plus sa petite amie mais sa fiancée.

Sans doute parce que tout s'était passé trop vite. Ils n'étaient ensemble que depuis huit mois quand Chloé s'était mise à égrener d'incessantes allusions à propos de demandes en mariage et de bagues de fiançailles. La plupart des femmes de son entourage étaient mariées et elle ne comptait pas rester en plan. Dan ne souhaitait pas non plus finir sa vie en célibataire, quoique ce ne fût pas la seule raison : il aimait Chloé. Elle était intelligente, belle, très amusante (quand elle n'organisait pas des mariages) et Dan reconnaissait qu'ils étaient bien assortis.

Hélas, il n'éprouvait pas le même enthousiasme qu'elle à propos de ce mariage. Peut-être parce qu'il avait déjà vécu tout cela ; même si les choses avaient été très différentes alors.

Peu après son retour de chez Lynne, Chloé poussait un hurlement propre à réveiller les morts.

— Ce ne sont pas les nôtres ! criait-elle en agitant le couvercle au-dessus de sa tête.

— Hein ? Bien sûr que si, avait-il répliqué sans même lever les yeux de son journal. Ce seraient les invitations de qui d'autre ?

La réplique perçante de Chloé lui vrilla les tympans.

— À moins que tu n'aies changé de nom pour t'appeler désormais Neil Connolly, et que tu n'épouses une certaine… comment déjà… « Laura Fanning »…

Là, Dan leva les yeux de son quotidien.

— Qu'as-tu dit ? demanda-t-il en quittant son fauteuil.

— À moins que tu n'aies changé de nom pour…

Chloé se tut quand il lui arracha l'invitation des mains pour la lire avec fièvre.

Incroyable. Saleté de coïncidence ! La boucle était bouclée.

Nicola serait certainement l'une des demoiselles d'honneur puisque Laura et elle étaient amies depuis des années. Soudain, une pensée terrible le traversa et, le cœur battant à se rompre, il relut la date du mariage de Neil et Laura : 26 septembre. Le lendemain du sien. Et si par hasard… ?

Il devait foncer à Wicklow, malgré les protestations de Chloé :

— Remettons ça à lundi, Dan. En attendant, je les appelle pour leur passer un savon. Et je n'attends pas seulement leurs excuses, mais un joli rabais.

Dan avait tenu bon dans sa résolution. Il devait s'assurer que Laura n'aurait pas vent de son mariage, pas ainsi en tout cas. Oh, il avait voulu le dire à Nicola, espéré pouvoir lui dire qu'il avait rencontré quelqu'un d'autre, mais pour d'obscures raisons il avait différé, et encore différé. De toute façon, il n'avait aucun moyen de la contacter, se disait-il afin de se rassurer. À sa connaissance, elle habitait toujours Londres. Sauf qu'elle reviendrait immanquablement pour le mariage de Laura…

Et si Laura découvrait qu'il se remariait, Nicola ne tarderait pas à l'apprendre. Il fallait à tout prix empêcher ça.

Or à peine avait-il posé le pied dans la petite imprimerie que Debbie commençait à s'excuser abondamment, et il comprit que ses pires craintes s'étaient réalisées. Laura était passée aujourd'hui même, peu de temps avant lui, et avait emporté les invitations au nom de Fallon…

— Je vous comprends, monsieur Hunt, susurrait Debbie. Mais ce genre de chose peut arriver. Entre deux noms qui se ressemblent et deux dates si proches…

— Assez ! coupa Dan. Si vous n'êtes pas capable de vérifier les patronymes et les dates, dans votre métier… Je ne sais pas… conclut-il, la voix éteinte.

Debbie tenta une nouvelle tactique :

— Je peux vous proposer une réduction…

— Je ne veux pas de votre foutue réduction ! Je veux une explication ! Comment cela a-t-il pu se passer ? Avez-vous seulement idée du pétrin dans lequel vous nous mettez ?

— Indéniablement, une erreur a été commise, monsieur Hunt. Mais l'autre personne s'en est rendu compte sur-le-champ et nous a rapporté la boîte. Alors que vos invitations sont revenues, Mlle Fanning attend toujours les siennes.

Dan vit trop bien où elle voulait en venir : suggérer que c'eût été à Laura de faire un scandale. Décidément, cette fille ne comprenait rien à rien.

— Pouvez-vous me donner le numéro de téléphone de l'autre personne ? demanda-t-il soudain. C'est important. Il faut que je lui parle… que je lui explique.

— Monsieur Hunt, nous ne communiquons pas les coordonnées de nos clients, répondit Debbie. Mais je puis vous assurer que j'ai expliqué la situation à Mlle Fanning, qu'elle a été charmante et…

— Allez-vous me donner ce foutu téléphone ? brailla Dan.

Debbie recula d'un pas et, à son attitude, il comprit qu'elle perdait patience.

— Il n'y a rien eu d'intentionnel, monsieur Hunt, et ces choses-là peuvent arriver, déclara-t-elle en croisant les bras sur sa poitrine. L'autre dame a été très gentille, et cette erreur n'a causé aucun dommage à personne. Maintenant, je le regrette, mais je ne peux pas faire plus que…

Sans attendre qu'elle ait terminé, Dan attrapa sa boîte d'invitations et gagna la porte.

Ces choses-là peuvent arriver. Aucun dommage !

Cette fille parlait sans savoir.

6

— Hé, Helen, devinez un peu mon plan pour ce week-end !

En route vers la porte, Helen se retourna et fixa sur le jeune Tom Russell un regard glaçant.

— Nous n'avons pas gardé les vaches ensemble, Tom. Chez moi, on n'interpelle pas les gens de cette façon.

Le voyant désarçonné, elle sourit pour ajouter :

— Alors, que faites-vous ce week-end ?

Tom fut soulagé. On ne savait pas toujours sur quel pied danser avec la patronne. Elle pouvait se montrer rieuse et amicale et, l'instant d'après, tranchante comme un rasoir. Sans doute était-ce pour cette raison que certains dans l'équipe la craignaient, ce qui en contrepartie les rendait très performants – et cela expliquait peut-être les bons résultats de leur unité, meilleure que bien d'autres.

— Direction Anfield, annonça-t-il, radieux. Deux places, en piquet de coin.

— Sans blague ! s'écria Helen, très intéressée. Pour le match avancé contre Madrid ? Avec notre buteur vedette qui va leur bousiller leur défense ? Quel match ça va être !

Tom acquiesça, très content de lui. Le foot était l'un des trucs qui faisaient immanquablement démarrer Helen Jackson au quart de tour. Ses yeux brillaient alors comme ceux de la plupart des autres femmes devant une bonne affaire dans un magasin. Tom trouvait que c'était la femme la plus sexy au monde. Mieux encore, c'était une fan de Liverpool.

— Comment vous êtes-vous débrouillé ? Il est quasi impossible d'avoir des billets !

— Pas quand vous avez un pote en cheville avec le bureau de vente.

— Vous ne m'aviez jamais dit ça.

— Vous ne me l'avez jamais demandé. Enfin, on y va mon copain et moi ce week-end, mais si ça vous intéresse pour une autre fois...

— Je risque de vous prendre au mot un jour, Tom, conclut Helen en riant.

Tom dut se retenir pour ne pas hurler quand elle passa devant son bureau pour gagner la sortie. Même sa démarche était carrément érotique ! Regardant l'heure, il se demanda s'il allait la suivre ; ils pourraient discuter encore quelques minutes, peut-être même lui proposerait-elle de le déposer. Soudain décidé, il attrapa sa veste, lança un au revoir rapide aux autres, mais quand il parvint à l'ascenseur, elle avait disparu.

Tom soupira. Bon sang, que ne ferait-il pas pour emmener Helen Jackson à un match de foot ! Le paradis puissance dix.

Helen quitta le parking de XL et se dirigea vers Cornelscourt. La « proposition » de Tom lui avait rappelé qu'elle n'avait pas assisté à un match depuis au moins quatre ans. La faute en incombait à Kerry, qui de toute façon avait privé sa mère d'à peu près tout loisir.

Par exemple, quand donc avait-elle quitté l'Irlande pour la dernière fois ? Avant la naissance de Kerry. Jamie et elle prenaient des vacances au moins deux fois l'an : l'hiver aux Canaries, puis deux semaines dans un pays encore plus lointain : les Caraïbes, la mer Rouge, et une fois, merveilleuse, aux Maldives. Sans parler des sorties match en Angleterre. Comme Jamie et elle partageaient la passion du foot, ils assistaient à une rencontre au moins trois fois par an.

Or un matin fatal tout avait basculé, le matin où le test de grossesse s'était révélé positif.

Pendant les six ans qu'avait duré leur relation, Jamie et elle n'avaient jamais sérieusement parlé d'enfants. Rien ne pressait à leur âge, et puis ils étaient trop occupés à dépenser leurs confortables salaires dans des week-ends au pied levé, des dîners romantiques, des soirées au pub avec d'autres couples sans progéniture. Dans leur cercle d'amis, personne n'envisageait de devenir parent. La vie était trop drôle, ils avaient vingt-cinq ans, des tonnes de plaisir à engloutir. Quelle personne de bon sens eût troqué tout cela contre des couches souillées, des nuits sans sommeil et des vêtements informes ?

Pas Helen, en tout cas. Elle ne s'était jamais senti la fibre maternelle, contrairement à Laura ou Nicola, qui gâtifiaient devant un nouveau-né durant des heures. Non qu'elle n'aimât pas les enfants, c'était juste qu'ils symbolisaient une vie différente, qui ne l'attirait en rien. Certes, les bébés étaient mignons, câlins et tout et tout, mais ils se montraient également bruyants, exigeants, dotés d'une fâcheuse tendance à projeter – sans prévenir – un vomi en travers du salon. Jamie et elle verraient après leur mariage, dans longtemps.

Or, quelques mois après l'achat en commun de leur appartement (ils avaient passé un week-end magnifique à étrenner chaque meuble, et pas seulement chaque pièce), Helen commença à ne pas se sentir dans son assiette. Elle éprouvait de légers vertiges, des faiblesses et, pire encore, Jamie lui fit remarquer qu'elle avait pris du poids. Au travail, elle se montrait distraite, apathique. Elle alla jusqu'à confier à Laura qu'à vingt-cinq ans elle se sentait usée jusqu'à la corde.

« Tu es peut-être enceinte », avait ingénument suggéré son amie, et Helen avait frôlé la crise cardiaque.

Tout comme Jamie, quand elle eut réalisé le test à domicile puis qu'un médecin lui annonça gaiement qu'elle attendait un bébé depuis déjà trois mois.

« Qu'est-ce qui s'est passé ? l'accusa Jamie alors qu'ils quittaient la consultation.

— J'allais le dire », répliqua une Helen aux abois.

Et ce fut le commencement de la fin.

Si elle envisagea l'avortement, elle comprit en même temps qu'elle serait incapable de s'y résoudre. Et puis, se disait-elle, peut-être s'y habitueraient-ils, avec le temps. Peut-être serait-ce le meilleur qui puisse leur arriver. Ils finiraient par se marier. Ainsi décida-t-elle, en faisant des vœux pour que tout se passe au mieux.

Hélas, Jamie ne voyait pas les choses ainsi. Pas question pour lui de s'accoutumer. Pendant la grossesse, il fut incapable de regarder Helen, sans parler de la toucher.

Elle vécut une grossesse difficile, plus proche d'une maladie incurable que d'une « bénédiction ». Elle passa les derniers mois au lit, condamnée à regarder croître le ressentiment de Jamie à son égard.

Il sortait le soir, la laissant seule dans l'appartement, et le jour où elle lui téléphona, au beau milieu d'une partie de poker avec les copains, pour lui annoncer qu'elle venait de perdre les eaux, elle comprit à l'expression de son visage à son retour qu'il s'était mis à la détester.

Ce ne fut guère mieux après la naissance de Kerry. La petite souffrait d'un problème à l'œsophage et passait la majeure partie du jour comme de la nuit à hurler. Durant les quatre premiers mois, Helen ne dormit que par tranches de deux ou trois heures. Le cinquième mois, alors que la santé du bébé s'améliorait, Jamie s'en alla.

« Ce n'est pas ce dont je rêvais pour nous, dit-il. Je me sens prisonnier. »

Sur le coup, elle n'eut pas l'énergie de chercher à le convaincre de rester. Le connaissant, elle savait la bataille perdue d'avance.

L'arrivée de Kerry signifia la fin de la vie sociale de Helen : les nuits de goguette, les soirées romantiques, les vacances tant attendues. Ses seuls déplacements aujourd'hui aboutissaient au sinistre Glengarrah, dans la ferme paternelle où Kerry et elle passaient un week-end de temps en temps. La fillette adorait les animaux de la ferme et prenait un plaisir sans mélange à aller ramasser les œufs des poules chaque matin avec son grand-père.

Tant mieux pour elle.

En se garant devant chez l'assistante maternelle, Helen se morigéna pour ses mauvaises pensées. Elle détestait se sentir à plat mais parfois tout l'enfonçait dans sa non-existence.

— Bonjour, Helen ! lança la nourrice, qui l'attendait sur le seuil de sa maison.

Replète, bienveillante, archétype de la mère nourricière, Jo gardait Kerry depuis près de trois ans.

Ah non, pensa Helen, comprenant sur-le-champ que Jo souhaitait « causer un peu ». Jo avait souvent envie de « causer un peu ». Sans doute était-ce une bonne chose qu'elle s'intéresse au bien-être de Kerry, mais parfois…

— Il y a un problème ? questionna Helen. Où est Kerry ?

— Non, tout va bien. Elle est en train de jouer avec Mark, le petit voisin.

Jo s'effaça pour l'inviter à s'avancer dans le couloir.

— Vous allez me dire, Helen, que je ferais bien de me mêler de mes affaires, mais…

La nourrice tournicotait ses doigts d'un air d'excuse.

— Ça fait bien deux mois, maintenant, poursuivit-elle, et il n'y a pas vraiment d'amélioration. Je dirais même que c'est de pire en pire.

Helen la regarda.

— Je suis désolée, Jo, mais que voulez-vous que je fasse de plus ?

— Je ne voudrais pas être indiscrète…

Loin de moi cette idée, pensa Helen, peu charitable.

— Faites-vous toujours les exercices avec elle ?

— Je fais ce que je peux, dit Helen. Le temps de rentrer à la maison, de dîner et de ranger, la soirée a filé.

Jo parut encore plus gênée.

— Je sais que ça ne me regarde pas, Helen, et, franchement, je me tairais si je n'étais pas inquiète. Mais occupez-vous bien d'elle, d'accord ?

Bon Dieu, pour quel genre de mère me prend-elle ? songea Helen, gagnée par la colère. Mais elle n'avait pas l'énergie de discuter aujourd'hui.

— Je n'y manquerai pas. Bon, si elle est prête…

— Bien sûr.

Kerry jouait par terre dans la salle de séjour avec un petit garçon du voisinage. Dès qu'elle aperçut Helen, son visage s'illumina.

— Môman !

— Salut, ma belle. Tu es prête à rentrer à la maison ?

— Ouiii ! s'emballa la fillette en courant vers sa mère.

— Alors, ramasse tes affaires, et dis au revoir à Mark et Jo.

Kerry considéra l'un puis l'autre.

— O-oua', m-m-m-m-m…

La fillette s'empourpra puis, du regard, quêta un secours auprès de sa mère, mais Helen était incapable de la regarder dans les yeux.

— Respire, Kerry, lui enjoignit-elle.

L'enfant essaya de nouveau.

— O-oua', m-m-m...

Jo lui prit la main.

— C'est bon, mignonne. Il sait que tu t'en vas. On se voit demain, d'accord ?

Kerry hocha la tête mais conserva sa frimousse triste.

Dans le couloir, Helen surprit chez Jo un regard entendu qui acheva de la contrarier.

Elle commençait à en avoir assez de voir l'assistante maternelle se mêler de l'éducation de Kerry. D'accord, sa fille avait un développement lent, mais qu'y pouvait-elle ? Ne faisait-elle pas de son mieux pour Kerry, à travailler à longueur de temps pour les entretenir ? Elles habitaient un appartement bien plus luxueux que celui qu'elle avait acquis avec Jamie, elle achetait les plus beaux vêtements, les plus beaux jouets, les plus beaux *tout*.

N'avait-elle pas déjà fait l'effort d'emmener Kerry chez le phoniatre quand Jo avait remarqué ses problèmes de langage ? Ne lui avait-elle pas acheté le logiciel recommandé par l'homme de l'art ? L'idée était que Kerry puisse améliorer son élocution en regardant des images sur l'écran et en écoutant la prononciation correcte des mots. La fillette avait donc, évidemment, son propre ordinateur ! Combien d'enfants de trois ans et demi possédaient leur ordinateur personnel ?

Au départ, même si elle avait effectivement remarqué quelques approximations et hésitations dans le langage de sa fille, Helen ne s'en était pas souciée outre mesure. Kerry n'avait même pas quatre ans ! Le problème se résoudrait seul avec l'âge.

Qu'attendait Jo ? Que la petite récite l'intégralité des œuvres de Shakespeare ? Malgré sa certitude que l'assistante maternelle exagérait, afin de ne plus l'avoir sur le dos, elle avait accepté d'emmener Kerry consulter un phoniatre recommandé par son médecin généraliste.

Un spécialiste hors de prix.

La première consultation avait eu lieu quelques mois plus tôt. Le médecin avait recommandé à Helen de consacrer chaque jour à Kerry un moment d'« écoute privilégiée », un temps de détente durant lequel la fillette pourrait bavarder à son rythme.

« Essayez de ne pas vous montrer pressée face à sa parole, madame Jackson. Tous les adultes, surtout les mères qui travaillent, subissent des contraintes de temps, le mesurent aux autres, et ont donc tendance à parler aussi vite que cela leur est physiquement possible. Kerry, apprenant tout juste à coordonner les mécanismes du langage, a besoin de s'exprimer lentement.

— Vous êtes en train de me dire que la rapidité de ma diction peut entraver les progrès de Kerry ?

— D'une certaine façon, oui. Certains jours, il doit vous arriver de rentrer à la maison éreintée, peut-être avec une pile de dossiers à étudier. Vous êtes alors contrainte par le temps. Kerry, bien sûr, va le sentir, et risque de l'interpréter en sa défaveur, comme quoi elle n'est pas intéressante, qu'il n'est pas nécessaire de prendre la peine de l'écouter. »

Une écoute privilégiée ? Où trouver le temps pour ça ?

La première consultation auprès du Dr Davis avait duré plus de deux heures, le spécialiste diagnostiquant presque sur-le-champ chez la fillette une « difficulté d'élocution modérée à sévère ».

Alors quoi ? avait pensé Helen sur le coup. Modérée ou sévère ?

Et Kerry avait évidemment un problème, songeait-elle encore avec scepticisme. Si elle n'avait pas de problème, comment diable le Dr Davis pourrait-il se payer ses prochaines vacances dans le Pacifique sud ?

Le médecin avait débité ses conseils : Helen devrait consacrer du temps à des moments de conversation de qualité avec Kerry, aider l'enfant à développer des «attitudes de communication saines et opportunes».

Si Helen abhorrait une chose, c'était bien le jargon psy. Kerry ne souffrait de rien que le temps ne puisse guérir. De l'avis général, la fillette était timide et nerveuse, or les enfants nerveux n'avaient-ils pas toujours du mal à s'exprimer ?

«Kerry ne bégaie pas parce qu'elle est nerveuse, avait expliqué le Dr Davis. C'est l'inverse : elle est nerveuse parce qu'elle bégaie. C'est un cercle vicieux. Même une enfant aussi jeune se rend compte qu'elle ne parle pas aussi bien que les autres personnes, mais le plus important est qu'elle n'en tire pas une image négative d'elle-même, ni qu'elle soit honteuse ou mal à l'aise. Plus elle souffre de ses difficultés de langage, plus elle risque de lutter pour tenter d'avoir une élocution fluide, et alors le problème ne peut que s'aggraver. C'est là que votre rôle est essentiel, madame Jackson. Comme vous êtes sa mère, Kerry guette chez vous une réaction. Pour peu que vous manifestiez le moindre signe d'agacement, d'appréhension ou de colère, il ne se passera pas longtemps avant qu'elle n'adopte des réactions similaires. Aussi, tout en accentuant le mal-être de Kerry vis-à-vis de son langage, ce comportement risque d'accroître son bégaiement. Votre approche personnelle du bégaiement, comme celle de l'assistante maternelle, joue un rôle décisif dans le développement d'une attitude saine chez Kerry.

— Je ne suis pas sûre qu'elle ait vraiment un problème, avait rétorqué Helen, sur la défensive. Elle ne bégaie pas tout le temps, c'est même rare.»

Rare en ma présence, en tout cas, pensait-elle.

« Une personne atteinte d'épilepsie n'a pas non plus des crises à longueur de temps, madame Jackson. Par définition, le bégaiement est simplement une panne dans nos mécanismes de langage internes, et le système n'a pas des ratés tout le temps. Je vous déconseille de prendre le problème à la légère. Il est essentiel d'intervenir le plus tôt possible. »

Essentiel pour votre compte en banque, sans doute, avait pensé Helen.

« Je ne sais pas… Peut-être allons-nous laisser passer un peu de temps et voir. »

Le thérapeute l'avait regardée.

« Croyez-moi, madame Jackson, le bégaiement est un problème terrible et l'attentisme n'est pas une solution. Vos efforts personnels sont cruciaux pour empêcher que cela devienne chronique. »

De l'avis de Helen, tout cela n'avait été qu'une vaste perte de temps.

Jo, à l'inverse, s'était jetée de tout cœur dans le programme conseillé par le Dr Davis. Elle s'attachait à ne jamais réagir ouvertement aux blocages de Kerry, ne l'interrompait jamais ni ne finissait une phrase à sa place.

Helen continuait de croire que cette dramatisation, ce surcroît d'attention accordé au prétendu problème de Kerry ne contribuait qu'à l'aggraver. En général, Kerry ne bégayait que lorsqu'elle était surexcitée ou surprise par quelque chose. Tous les enfants n'avaient-ils pas du mal à formuler des phrases quand ils étaient énervés ?

Qu'était-elle censée faire ? se demandait-elle en installant Kerry sur le siège arrière de la Golf. Elle n'allait pas lui arracher les mots, quand même ! À entendre Jo, on aurait juré que c'était sa faute si Kerry avait des problèmes. Or ne faisait-elle pas de son mieux ? De toute façon, Kerry commençait à aller au jardin d'enfants, quelques heures le matin ; la fréquentation d'autres enfants résoudrait le soi-disant problème une fois pour toutes, sans compter qu'elle rentrerait à l'école en septembre. Rien de tel qu'une maîtresse en rogne pour vous remettre dans le droit chemin, pensa Helen en se remémorant sa propre scolarité.

Elle jeta un coup d'œil dans le rétroviseur. Installée sur son siège, Kerry se taisait.

— Alors, qu'as-tu fait chez Jo aujourd'hui ? questionna-t-elle.

Tout en parlant, elle se rappela vaguement une autre recommandation du Dr Davis : éviter de poser des questions qui requièrent une trop longue réponse.

— On a fait du kwumble aux pommes, répondit Kerry, émettant une phrase entière sans buter sur aucun mot.

Et voilà, songea Helen. Elle savait bien que Jo exagérait. D'ailleurs Jo exagérait en tout. Elle l'imaginait en train d'essayer de faire dire différentes choses à Kerry au cours de la journée. Il n'y avait rien d'étonnant à ce que la fillette rencontre parfois des difficultés.

— Est-ce que Mark a fait le crumble avec vous ?

— Oui, rétorqua vivement Kerry. M-m-m-m-m...

Hésitante, elle surprit le regard de sa mère dans le rétroviseur. Sans en avoir conscience, Helen fronça les sourcils.

— Mais quoi ? termina-t-elle à la place de sa fille.

Kerry s'agita, mal à l'aise.

— Des fois, les m-m-m-mots se co-co-co-collent dans ma bouche, môman, fit-elle tristement. Jo dit que ça s'appelle bé-bé-bé-gayer.

— Quoi ? Ce sont des histoires, ça. Tu es encore une petite fille, c'est tout.

Peu satisfaite de la réponse fuyante de sa mère, Kerry détourna les yeux pour regarder par la vitre.

Helen était livide. À quoi cela rimait-il ? Jo mettait des idées dans la tête de sa fille, et maintenant Kerry allait *croire* qu'elle avait un problème.

Il ne manquait plus que ça !

Elle se sentit gagnée par une colère familière. La vie quotidienne était assez dure comme ça sans avoir à consoler Kerry de chagrins imaginaires au sortir d'une journée de travail éreintante. C'était bon pour Jo, qui avait un mari pour partager les soucis domestiques et satisfaire ses caprices, sans autre préoccupation que de savoir ce qu'on allait regarder à la télé ce soir. Jo n'avait pas à affronter une montagne de lessive, à ranger un appartement en désordre, à bosser toute la soirée sur un dossier, sans oublier de réserver une « écoute privilégiée » à une gamine de trois ans et demi !

Jo l'avait contrariée en suggérant qu'elle n'en faisait pas assez pour aider Kerry à parler correctement. Que savait-elle de la façon dont il faut s'y prendre avec un enfant ?

Helen soupira. Tout lui tombait dessus, ces jours-ci. Elle savait qu'elle avait été injuste et négative avec Laura, puis elle s'était montrée impatiente et pénible au bureau. En temps normal, elle avait à cœur de se tenir correctement avec son équipe, estimant que le respect mâtiné d'une pointe de crainte aboutissait à de meilleurs résultats qu'en traitant les gens comme des bébés. Or aujourd'hui, quand l'une des nouvelles des forces de vente lui avait demandé un conseil, elle avait réagi comme une furie. Comment s'attendre à ce que les affaires tournent bien si elle se conduisait en caractérielle ?

Obliquant à droite, elle se dirigea vers son appartement de Monkstown.

Elle avait besoin de s'accorder une pause. Même une bonne nuit de sommeil lui ferait du bien – à quand remontait son dernier vrai repos ?

Comme prévu, le délicieux Richard Moore ne s'était plus manifesté. Tout comme les autres hommes avec lesquels elle était sortie un temps et qu'elle n'avait jamais revus, dont elle n'avait plus entendu parler une fois qu'ils avaient appris l'existence de Kerry.

Ce n'était pas juste. Pourquoi était-elle condamnée à une vie entière de solitude sous prétexte qu'elle était mère isolée ? Elle avait fait de son mieux pour Kerry, continuait à faire de son mieux pour Kerry, et quels remerciements recevait-elle en retour ? Aucun. Kerry était crampon, pleurnicharde, tyrannique et à présent, grâce à Jo, elle allait se complaire dans ses difficultés de langage. Helen s'était toujours sentie coupable de sortir le soir sans elle, même si la fillette aimait aller chez tatie Nicola, où elle pouvait jouer avec Barney, ou parfois chez tatie Laura, où Neil était aux petits soins pour elle.

Mais elle, dans tout cela ? Qui était aux petits soins pour elle ?

Arrivée dans son immeuble, elle prit le courrier dans la boîte à lettres. Il n'y avait qu'une seule enveloppe à son nom, dont elle reconnut aussitôt l'écriture. Super... le prix de la culpabilité de Jamie. Au moins, cela contribuerait à payer les visites chez le phoniatre.

Elle glissa la clef dans la serrure de leur très moderne et très luxueux duplex. Que lui arrivait-il ces derniers temps ? Pourquoi était-elle si cafardeuse ? Inutile de chercher bien loin pour trouver la réponse.

Helen était désespérément seule. Elle avait envie – non, elle avait *besoin* – d'avoir quelqu'un. Quelqu'un avec qui bavarder le soir à l'issue d'une longue journée au bureau, quelqu'un avec qui s'emballer sur les résultats du foot. Elle avait besoin d'une conversation

intelligente, passionnante, quelque chose de plus palpitant que les ânonnements et les questions d'une
gamine de trois ans et demi. Elle avait besoin de bras
où se blottir quand elle était triste, quelqu'un à qui
confier ses problèmes et qui lui dirait que tout allait
s'arranger.

Quelqu'un qui ne sèmerait pas la pagaille dans la
cuisine ni ses jouets partout dans le salon.

Helen avait simplement besoin de quelqu'un pour
l'aimer, la combler, la rendre *heureuse*.

Exactement comme l'avait fait Jamie avant que
Kerry n'arrive pour tout gâcher.

7

Ce mardi matin, Nicola bâillait en approchant du club. Elle détestait faire l'ouverture, surtout à cette heure où quelques clients particulièrement matinaux devaient déjà attendre à la porte, pressés et contents de caser leur séance d'entraînement avant d'attaquer la journée de travail.

La directrice adjointe de Motiv8, qui en général se chargeait d'ouvrir, avait appelé Nicola à six heures du matin pour lui signaler qu'elle avait une angine et serait absente durant quelques jours. Elle avait demandé à Jack Duffy de la remplacer à la piscine mais, dans la mesure où l'un des employés était déjà en arrêt maladie, Nicola allait devoir assurer l'accueil au moins jusqu'en milieu de matinée, au lieu du travail administratif qu'elle avait prévu.

S'ajoutait à cette contrainte la séance de piscine mamanbébé du mardi que Ken avait instituée dans l'espoir de drainer une nouvelle clientèle. Formidable, songea Nicola en saluant les membres qui patientaient à l'entrée. Il ne lui manquait plus que ça aujourd'hui : entendre pendant des heures les braillements des mômes et les réclamations des mères ! Elle alluma l'éclairage général et bientôt les premiers clients surgirent des vestiaires, pleins d'allant pour démarrer l'échauffement.

Bien qu'elle ne l'eût pas reconnu devant Laura, Nicola avait reçu un choc en apprenant le remariage

74

imminent de Dan. Sur le coup, après avoir décrypté mot à mot l'invitation, elle avait feint de ne pas être touchée.

« Ce qu'il fait aujourd'hui ne me regarde pas », avait-elle déclaré avec légèreté, puis elle avait attendu dans la voiture tandis que Laura rapportait les invitations à Projets des Grands Jours. Revenue les mains vides, son amie lui annonçait que ses cartons à elle avaient été remis aux autres la veille, et n'avaient pas encore été restitués.

Nicola se demandait à présent si Dan avait été au courant de la méprise, s'il avait vu les invitations de Laura – il reconnaîtrait certainement le nom.

C'était comme si quelqu'un quelque part, en constatant qu'il n'avait pas pris la peine de l'en informer lui-même, avait voulu qu'elle connaisse les intentions de Dan. Elle ignorait même qu'il avait une relation amoureuse. Cela dit, pensa Nicola en vérifiant le pH de la piscine, pourquoi aurait-il dû l'en aviser ?

Leurs vies s'étaient séparées depuis longtemps – depuis des années, à vrai dire. Mais le divorce n'avait été prononcé que l'année passée. Ce bon vieux Dan n'avait pas perdu de temps...

Quoique, là encore, elle ne pût rien lui reprocher. Ken et elle avaient noué leur relation amoureuse avant que le divorce ne soit effectif, et elle ne s'était pas précipitée pour mettre Dan au courant. Enfin, c'était différent, pensa-t-elle sans conviction, et, surtout, Ken et Dan s'étaient connus autrefois, lorsqu'elle travaillait avec Ken.

À quoi ressemblait la future Mme Hunt ? se demandait-elle aussi. À en juger par l'allure des invitations et l'hôtel somptueux où se déroulerait la réception, la famille de la promise devait peser une petite fortune. Et elle devait être jeune, en tout cas plus que Dan. Elle était certainement blonde. Dan avait toujours eu un faible pour les blondes.

Nicola souriait en réglant les remous de la piscine.

Ainsi Dan sautait à nouveau le pas. Devait-elle en être surprise ? Elle s'interrogeait. C'était à peine si elle avait pensé à lui depuis son retour en Irlande.

Oh, à quoi bon réveiller tous ces souvenirs ? Après tout, n'était-ce pas elle qui avait insisté pour qu'ils se séparent ? N'était-ce pas elle qui était partie – partie loin de la déception et des chagrins qui l'auraient rongée si elle était restée ?

Après leur séparation officielle et son départ pour Londres, elle avait demandé à son avocat d'entreprendre les démarches en vue du divorce et, par chance, Dan n'en avait pas discuté les modalités, pas plus que de son projet de vendre leur maison et d'en partager le produit.

À son retour, elle avait acheté une petite villa de trois pièces à Stepaside, non loin de la maison de Laura à Ballinteer, et, au début, s'était installée chez sa mère pendant qu'elle faisait procéder aux modifications indispensables.

À peine un an plus tard, son divorce était prononcé sans tapage, alors que Dan et elle ne s'étaient plus parlé depuis des années. Et voilà qu'il se remariait. Devait-elle en être peinée ? Devait-elle être contrariée qu'il ne lui ait rien dit ? Mais, au fait, comment aurait-il pu l'informer, même s'il l'avait souhaité ? Durant une période, elle avait vécu chez sa tante à Fulham, et il n'aurait pu la contacter qu'en passant par sa famille ou par Laura. Or il devait se douter que Laura ne l'aurait pas accueilli à bras ouverts, pas plus que sa famille chez qui la blessure était encore vive.

Nicola soupira. Elle n'avait pas encore parlé à Ken de cette confusion dans les invitations et, ne lui en ayant soufflé mot sur le coup, ignorait maintenant comment aborder le sujet. Devait-elle reconnaître que cela la contrariait ? Était-ce seulement le cas ?

Ses réflexions furent interrompues par un puissant beuglement venu du gymnase. Super, le premier accident de la journée ; sûrement une victime du tapis de jogging !

Ce soir-là, au dîner, Laura narrait les récents événements à son fiancé, qui rentrait d'un nouveau voyage à l'étranger.

— C'était affreux, Neil. Je ne savais pas quoi lui dire, avoua-t-elle en se servant une cuillerée de purée. Je me sentais un peu coupable de lui avoir proposé de m'accompagner à Wicklow. Si j'y étais allée toute seule, j'aurais vu les invitations de Dan et je ne lui aurais rien dit.

Neil lui lança un regard perspicace.

— Tu ne lui aurais rien dit ? Je ne pense pas, mon cœur. Tu aurais été incapable de lui cacher une chose pareille.

— Peut-être, en effet. En tout cas, elle a réagi comme si ça ne lui faisait rien, alors qu'elle devait sûrement ressentir quelque chose.

Or Nicola s'était tue, sur le coup et par la suite : pas un mot. Laura la connaissait assez pour se douter que la nouvelle avait dû l'ébranler. Comment aurait-il pu en aller autrement ? Elle-même avait reçu un choc. Dan qui se remariait ! Cela paraissait irréel.

— Peut-être que ça ne lui a fait ni chaud ni froid, reprit Neil. Leur histoire est terminée depuis longtemps. Dan est sorti de sa vie.

— Tu l'as revu, toi, récemment ? s'enquit Laura.

Les deux couples s'étaient beaucoup fréquentés par le passé et elle savait que Dan et Neil avaient continué à boire un verre ensemble de temps en temps après la séparation, jusqu'à ce que leur effort partagé pour ne pas évoquer Nicola ait raison d'une amitié en fin de course.

— D'accord, répondit Neil en posant couteau et fourchette. Autant le reconnaître : j'étais au courant du mariage.

— Quoi ?

— Je ne te l'ai pas dit parce que ce ne sont pas mes affaires.

— Neil !

— C'est mon avis. Bref, John O'Leary m'a passé un coup de fil parce qu'il cherchait un voyage pas cher, et on a parlé un peu.

— C'est tout lui, ricana Laura.

Radin au possible, l'associé de Dan dans leur cabinet d'expertise comptable aurait fait les pieds au mur pour décrocher une ristourne.

— Nous avons déjeuné ensemble, naturellement je lui ai demandé des nouvelles de Dan, et il m'a dit qu'il allait épouser, je cite, une « mignonne petite blonde roulée du tonnerre ».

— Ce qu'il peut être vulgaire, grimaça Laura.

— Je suis d'accord, je ne l'ai jamais trouvé sympa.

Sur ce, Neil se remit à manger.

— Il t'a dit autre chose ? interrogea Laura.

— Dan et cette fille sortent ensemble depuis un moment et, apparemment, ils se sont fiancés peu de temps après que le divorce a été prononcé.

— Le rat !

— Allons, Laura. Qu'aurais-tu voulu qu'il fasse ? Nicola voulait divorcer.

— Minute ! Et elle, qu'était-elle censée faire ? Rester sa femme, après tout ça ?

— Je suppose que c'est une question de point de vue.

— Ah, ne recommence pas.

— Quoi donc ?

— Ne recommence pas à prendre sa défense.

— Laura, ça remonte à des années. Tu ne crois pas que Dan a suffisamment souffert ? Il n'a pas droit à un peu de bonheur, lui aussi ?

— Qu'entends-tu par « lui aussi » ?

— Nicola va bien à présent, non ? Sa vie a repris son cours, elle a Ken, elle réussit bien…

L'air de se désintéresser de la question, Neil haussa les épaules et reprit ses couverts.

— Non, mais tu t'entends ? protesta Laura. Tu prends carrément le parti de ce… de ce lâche ! Nicola est notre amie, quand même.

— C'est vrai, tu as raison. Excuse-moi. C'est juste que parfois…

La voix de Neil mourut.

— Parfois ? relança Laura.

— Eh bien, parfois je ne sais qui plaindre le plus. Je sais que Nicola a vécu de très sales moments, mais Dan… Il a été le proscrit dans toute cette histoire, non ?

— À juste titre !

— Oui, si on veut… Oh, écoute, n'en parlons plus. On ne va pas se disputer à cause de ça.

— Non, mais j'ai du mal à croire que tu ne m'aies pas prévenue de son remariage.

— À quoi cela aurait-il servi ? Ils ont divorcé, ils ont tourné la page. Fin de l'histoire.

Fin de l'histoire ? Laura l'espérait, pour le bien de Nicola.

Elle savait que Dan et Nicola ne s'étaient pas adressé la parole depuis leur divorce. D'ailleurs, ils avaient cessé de se parler bien avant, quand la blessure était encore à vif, pour Nicola en tout cas. Dan aurait dû avoir l'honnêteté d'informer son ex-épouse de ses projets, lui faire savoir qu'il démarrait une nouvelle vie, une vie définitivement sans elle. Mais Dan avait changé, songea Laura, il avait commencé à changer longtemps auparavant.

Elle débarrassa la table et, tout en lavant la vaisselle, laissa ses souvenirs remonter à la toute première fois où Nicola et elle avaient croisé le regard de Dan Hunt.

Se rendant en ville pour un shopping nocturne, les deux amies s'étaient retrouvées coincées, durant plus de trois quarts d'heure, dans un embouteillage monstre qui bloquait O'Connell Street.

« Ce que je peux en avoir marre ! avait gémi Nicola qui, la plupart du temps, détestait la ville.

— De quoi ? »

Laura répondait distraitement, occupée à chercher une brosse à cheveux au fond de son sac à main.

« De cette saleté de circulation. »

Elles n'avaient pas avancé d'un mètre pendant vingt minutes et, du moins pour Nicola, la pluie battante ajoutait au supplice. Le plus souvent, elle roulait à vélo chaque fois qu'elle le pouvait, afin d'éviter ce genre de situation.

« Tout ce stress nuit à ma santé ! » assurait-elle, et Laura soupçonnait que le concept même de « violence routière » avait été inventé par égard pour son amie. La circulation la rendait bel et bien folle alors que ces temps-ci Dublin était toujours sujet aux engorgements routiers. Laura, pour sa part, estimait inutile de criser à propos d'un phénomène incontrôlable. Et puis, tout le monde n'était-il pas dans la même panade ?

« Je me demande comment tu arrives à rester de bonne humeur, lâcha Nicola. Tu ne risques pas d'être en retard chez le coiffeur ? »

Laura regarda sa montre.

« Oh, merde ! J'avais oublié ! »

L'heure du rendez-vous était passée d'un quart d'heure, or elles étaient encore loin du parking du centre commercial.

« Vas-y sans moi, suggéra Nicola. Si j'arrive à me garer avant la fin du prochain millénaire, on se retrouve après.

— Tu penses ? Ça ne devrait pas être long, c'est juste pour un brushing. »

Laura jeta un œil dans le rétro extérieur afin de s'assurer qu'aucun cycliste imprévu n'allait surgir au moment où elle ouvrirait sa portière – cela lui était arrivé.

«Vas-y, soupira Nicola. Je t'envoie un message sur ton portable pour te dire où je suis. Enfin… si je me sors de là…

— C'est ma faute. Je n'aurais pas dû te proposer cette sortie. Quand il y a nocturne, la circulation est dingue.

— File, insista Nicola en grimaçant un sourire. Pour te faire pardonner, tu pourras toujours m'inviter à manger un petit truc sympa chez Bewley.

— Tu es vraiment sûre?

— Oui. Disparais!»

Laura sauta sur le bitume humide et, le parapluie courageusement brandi contre le vent et la pluie, se faufila entre les véhicules immobilisés.

Elle se désolait de laisser son amie en plan. En plus, c'était elle qui l'avait entraînée en ville ce soir alors que Nicola n'était pas une fan du shopping. Elle appartenait à une espèce rare de consommatrice dans la mesure où elle perdait très facilement patience. Ce n'était pas son genre de flâner de boutique en boutique, et les je-vais-voir-ailleurs, je-reviendrai, je-vais-réfléchir de Laura l'agaçaient. Si elle voulait quelque chose, elle l'achetait sur-le-champ.

Une fois tirée du bourbier, elle serait encore moins d'humeur à flâner, songeait Laura en pressant le pas vers le salon de coiffure. N'avait-elle pas déjà une tête d'enterrement quand elles s'étaient séparées?

Elle était confortablement installée dans le salon, à discuter aimablement avec la coiffeuse, lorsqu'elle reçut le SMS : *Retrouve-moi devant Arnotts quand tu auras fini*.

C'était rapide. Laura rangea son portable dans son sac tout en s'efforçant de garder la tête immobile. Le bouchon avait dû se débloquer tout de suite après son départ. Tant mieux. Nicola serait un peu plus détendue.

Peu de temps après, Laura quittait le salon bien coiffée et gagnait le grand magasin Arnotts. Elle repéra très vite Nicola, appuyée à l'embrasure d'une porte, en train de fumer une cigarette. Comme elle approchait, elle s'aperçut que son amie n'était pas seule. Un homme de grande taille, vêtu d'un pardessus, semblait en pleine « discussion » avec elle. À voir sa mine congestionnée et la façon dont il agitait les bras, il ne se contentait pas de déplorer ce temps de chien.

« Mais… mais vous ne pouvez pas tout planter là et vous en aller ! » l'entendit éructer Laura.

Ciel ! Qu'avait encore fait Nicola ? se demanda-t-elle en s'approchant.

« Et pourquoi pas ? »

Nicola souffla sa fumée de cigarette et décocha à son interlocuteur un regard qui aurait terrassé Lennox Lewis.

« Est-ce ma faute si personne dans cette ville de paumés n'est fichu d'organiser la circulation ?

— Alors vous résolvez le problème en plaquant tout !

— Ouais, répondit Nicola d'un ton qui ne souffrait pas de réplique.

— Et les autres ? s'écria l'homme, stupéfait. Que deviennent les pauvres types comme moi qui se retrouvent coincés derrière votre satanée Polo jaune pendant une heure ?

— Adressez votre réclamation à la municipalité, rétorqua Nicola. Maintenant, vous voudrez bien m'excuser mais je n'ai pas le temps de continuer à bavarder. Mon amie est arrivée et nous allons faire les magasins, hein, Laura ?

— Que se passe-t-il ? Où est la voiture ?

— *Elle demande où est la voiture ?* brailla l'homme. Où est la voiture ! Je vais vous le dire, moi, où est cette foutue bagnole : elle est *abandonnée* au beau milieu de cette foutue O'Connell Street. Voilà où elle est !

— Oh, tu n'as pas fait ça ? » fit Laura, considérant Nicola avec une stupeur absolue.

Nicola haussa les épaules.

« Je devenais dingue. Je ne pouvais pas rester en carafe une éternité.

— Alors elle est descendue, a balancé son sac sur l'épaule, claqué la portière, pour partir d'un bon pas en direction de Henry Street ! s'exclama l'homme, qui, au demeurant très séduisant, n'avait pas encore pris la peine de se présenter. Je n'en ai pas cru mes yeux !

— Mais tu vas te faire embarquer par la fourrière, ou te faire mettre un sabot », s'alarma Laura.

Nicola aurait encore de la chance de ne pas se faire emmener au poste. Mais c'était bien elle, de perdre patience au point de n'en faire qu'à sa tête. La situation était terriblement embarrassante !

« C'est mieux que d'avoir poireauté encore une heure avant même de commencer à chercher une place. Allez, viens, on a perdu assez de temps.

— Incroyable, incroyable, répéta l'homme en secouant la tête. Je n'en crois ni mes yeux ni mes oreilles. »

Laura guetta une réaction chez son amie qui, manifestement peu compatissante, haussa de nouveau les épaules. Sans doute était-ce à elle d'adresser des condoléances au pauvre homme.

« Je suis sincèrement désolée, monsieur…

— Hunt, fit-il en passant la main dans ses cheveux humides. Dan Hunt.

— Je suis certaine, monsieur Hunt, que Nicola a agi sur un coup de tête. La circulation est bloquée ce soir et…

— Eh bien, si c'était pénible avant, ça l'est encore plus maintenant ! Je ne peux plus bouger, nom de Dieu ! Et je me trempe jusqu'aux os en courant après cette… cette fichue bonne femme !

— C'est bon, je retourne chercher ma saleté de bagnole ! »

Nicola jeta son mégot au sol, l'écrasa d'un pied assassin puis partit d'un pas martial en direction d'O'Connell Street, Laura et l'homme en pardessus s'efforçant de rester à sa hauteur sous la pluie battante.

Laura entendit le concert d'avertisseurs avant même qu'ils n'aient atteint le haut de la rue. Et là, à l'endroit exact où elle l'avait quittée, elle reconnut la Polo jaune vif. Sauf qu'à présent la chaussée était entièrement dégagée devant le véhicule. La circulation continuait de s'écouler avec une lenteur désespérante sur l'unique voie non obstruée, sans aucune chance de déboîter pour les conducteurs bloqués derrière la voiture de Nicola.

Le retour de la coupable fut accueilli par une cacophonie de klaxons et de noms d'oiseaux émis par les malheureux automobilistes coincés derrière la Polo.

« Virez-moi d'là ce putain d'tas de boue ! » brailla un chauffeur de bus.

Nicola acheva d'humilier Laura en adressant au gueulard un doigt d'honneur bien senti avant de déverrouiller tranquillement sa portière et de s'installer au volant. Laura tenta désespérément de se rendre invisible le temps que son amie lui ouvre la portière passager.

Dan Hunt cogna à la vitre côté conducteur.

« Merci, dit-il, au comble de l'exaspération, la pluie gouttant le long de son nez. Franchement, merci beaucoup. Non seulement j'ai loupé mon putain d'avion mais j'ai probablement attrapé une putain de pneumonie pour avoir couru après une frappée totale. »

Il s'essuya le nez avec la manche de son pardessus dégoulinant.

« Eh bien ? ajouta-t-il.

— Eh bien quoi ? s'exclama Nicola avant de tirer la langue à un autre conducteur qui l'injuriait en silence sur l'autre file.

— Vous n'avez rien à dire ? »

Le ton de Dan Hunt gagnait en fureur à mesure qu'il s'efforçait d'essuyer les gouttes d'eau qui tombaient de sa frange brune. Ses yeux étaient d'un bleu saisissant, constata Laura, muette et impuissante.

« À moins que vous ne trouviez tout ça très drôle…

— Excusez-moi », lâcha enfin Nicola.

Et elle eut un sourire effronté en démarrant.

« Incroyable, incroyable », répéta l'homme.

Mais alors qu'il détournait la tête, Laura vit poindre au coin de ses lèvres – certainement à son corps défendant – l'esquisse de ce qui, quelques instants plus tard, devint un sourire éblouissant.

8

— Une nouvelle ? Quel genre de nouvelle ?

À l'autre bout de la ligne, Laura détecta une note d'appréhension dans la voix de sa mère.

— Plutôt bonne, maman, mais je ne t'en dis pas plus. Je te raconterai tout dès que nous serons chez toi, d'accord ?

— Comme tu veux, rétorqua Maureen Fanning d'un ton où perçait la contrariété. Mais n'allez pas lambiner en route. Le dîner sera servi à sept heures, pas plus tard.

Laura raccrocha après avoir promis à sa mère que Neil et elle ne manqueraient pas d'être à l'heure au repas familial. Puis elle retourna au salon où Neil, affalé devant la télévision, le chat Eamonn sur les genoux, savourait un moment de détente devenu rare ces derniers temps.

— Alors, tu lui as dit ? s'enquit-il en caressant paresseusement la fourrure du chat.

Laura fit signe que non.

— Je lui ai dit que j'avais une nouvelle à lui annoncer mais elle a paru inquiète. Je crois que je ferais mieux d'attendre encore un moment… au moins que le mariage soit passé.

— Pourquoi est-ce que tu recules comme ça ? Ils seront ravis quand ils sauront. Et tu as dit toi-même qu'il y aurait tellement de monde au mariage que ce serait dommage de ne pas en profiter pour te faire un peu de pub.

— Je sais, mais…

— Mais quoi ? Viens un peu ici.

Il enlaça Laura quand elle s'assit auprès de lui. D'un regard, le chat Eamonn manifesta sa désapprobation devant pareil entassement.

— Je sais que ça te rend nerveuse, continua Neil. C'est une chose d'en parler entre nous, mais une tout autre paire de manches de l'annoncer à tout le monde…

Elle acquiesça.

— Mais c'est justement ça, de lancer une affaire, mon amour. Tu dois faire savoir aux gens que tu existes, sinon comment vendras-tu la moindre broche ?

— Je sais, convint Laura. Je suis idiote. Mais j'ai tellement travaillé pour mettre ça en route… J'ai peur que les gens pensent que je commets une énorme bêtise.

— Pourquoi te soucier de l'opinion des autres ? Qu'est-ce que ça représente pour eux ? C'est toi qui cours le risque, c'est toi qui abats le boulot. Et c'est toi qui gagneras de l'argent, ajouta Neil avec un sourire. Je comprends ce que tu ressens. Si tu préfères, ne dis rien aux gens avant le mariage. Mais vis-à-vis de ta famille, c'est différent. Tu ne peux pas le leur cacher. Sans compter qu'avec une pipelette comme ta mère, tu bénéficieras d'autant de publicité qu'avec un panneau d'affichage sur Times Square.

— Je n'avais pas pensé à ça.

Neil avait raison. Elle n'avait encore rien dit à ses parents de peur qu'ils ne s'inquiètent de savoir le couple dépendant d'un seul revenu, surtout avec la perspective du mariage et de l'emprunt de la maison. Mais elle avait oublié à quel point sa mère aimait s'enorgueillir auprès de n'importe qui des faits et gestes des membres de sa famille.

Lorsque Cathy, la sœur cadette de Laura, avait trois ans auparavant mis au monde des jumeaux – les premiers petits-enfants Fanning –, Maureen, au comble de l'extase, avait tellement répandu la nouvelle que personne à Glengarrah n'en ignorait les détails, depuis le poids des bambins jusqu'au nombre de points de suture qu'avait nécessité l'état de la pauvre accouchée.

Maureen serait dans son élément quand il s'agirait de faire savoir au monde entier que sa fille aînée lançait sa propre entreprise. Il n'était pas difficile de l'imaginer à la sortie de la messe dominicale : « Laura ? Elle est à Dublin maintenant. Oui, elle a épousé un garçon charmant et tout à fait comme il faut. Oh, vous ne saviez pas qu'elle a monté son affaire ? Oui, elle s'en sort très, très bien, elle a même du mal à faire face à la demande. Mais évidemment, nous avons toujours su qu'elle réussirait. »

Le tout débité de ce ton suffisant que Laura ne supportait pas mais qu'elle se préparait à tolérer si Maureen daignait parler d'elle.

Ce serait drôle de donner à sa mère l'occasion d'une vantardise – pour une fois. Elle n'avait pas particulièrement brillé dans sa scolarité, et il valait mieux taire ses résultats aux examens (à l'exception des beaux-arts).

De l'avis de sa mère, l'obtention de son diplôme d'Art & Design n'avait été qu'une perte de temps.

« Tu ne trouveras jamais d'emploi en faisant du dessin et en fabriquant des bonshommes en allumettes, avait-elle déclaré à Laura peu après la remise du diplôme. Tu ferais bien de retourner au lycée technique pour apprendre le secrétariat. »

Laura reconnaissait que la formation d'un an en informatique qu'elle avait suivie après les beaux-arts s'était révélée fort utile pour trouver du travail. De ce côté-là, elle n'avait jamais rencontré de difficulté. Les adjectifs qui revenaient dans ses lettres de référence étaient « dévouée, consciencieuse, sérieuse », termes qui dans son esprit se résumaient à un mot : ENNUI. Elle ne trouvait ni plaisir ni intérêt ni stimulation à rédiger des rapports ou à pondre à la chaîne des tableaux à partir de progiciels programmés à l'avance. Au début, elle avait cru que l'informatique attiserait son imagination et que la comptabilité serait un peu moins monotone que les opérations bancaires ou la vente, tâches auxquelles elle s'était également astreinte.

Son violon d'Ingres avait été sa seule évasion hors de cet univers mortel au possible, et c'était seulement lorsqu'elle avait rencontré Neil – Neil qui lui donnait le sentiment d'être *capable* de quelque chose – qu'elle s'était mise à envisager de faire bon usage de son talent.

Les semaines écoulées avaient été un bonheur absolu. Elle ne se rappelait pas s'être jamais sentie si vivante, si merveilleusement heureuse. Pour la première fois, elle avait le sentiment de savoir exactement à quoi rimait sa vie.

Ce serait formidable de le dire à ses parents, de voir la fierté se peindre sur leur visage. Leur fille devenue une femme d'affaires, un courageux entrepreneur.

Toute la famille se réjouirait.

— Comment ça, tu as lâché ton travail ? hurla Maureen Fanning. Comment as-tu pu faire une chose aussi stupide ?

Laura et Neil étaient arrivés à Glengarrah à l'heure pour le dîner, et la table venait juste d'être débarrassée quand Laura s'était décidée à annoncer sa grande nouvelle.

Son cœur se mit à battre à coups redoublés.

— Je ne suis pas idiote, maman, répliqua-t-elle. Je n'ai jamais aimé ce que j'ai fait jusqu'à présent, tu le sais très bien.

— Tu en connais beaucoup, des gens heureux de ce qu'ils font ? lança Maureen en s'emparant d'un balai. Il faut se résigner, c'est tout. Tu crois que moi, j'ai été heureuse coincée ici toute ma vie à faire la servante pour vous ! Je n'avais pas le choix !

— Justement, maman. Moi j'ai le choix. Et j'ai décidé...

Laura regarda Neil qui lui adressa un clin d'œil d'encouragement.

— ... J'ai décidé de créer ma propre entreprise, de vendre mes bijoux.

Le rire cassant de sa mère lui serra le cœur.

— *Tes bijoux ?* Tu veux parler de ces bouts de plastique que tu n'arrêtes pas de bricoler pour t'amuser ? Pourquoi voudrais-tu que des gens s'intéressent à ce genre de chose ?

— Parce qu'elle a du talent, Maureen, intervint Neil, manifestement fâché. Votre fille est l'une des personnes les plus créatives et les plus travailleuses que je connaisse.

— Ce n'est qu'un passe-temps, Laura ! continua Maureen, feignant de n'avoir pas entendu son futur gendre. Ta bimbeloterie est bonne pour les gens comme nous mais, sérieusement, tu n'espères pas que des gens comme il faut mettront de l'argent dans ces machins ?

— Pourquoi pas ?

Laura sentait le sang lui battre les tempes, deux taches roses étaient apparues sur ses joues, et sa voix montait dans les aigus.

— Jusqu'à maintenant, ces *machins* étaient assez bons pour toi et tes copines du club floral quand l'une de leurs filles se mariait. Je me trompe ?

Très surprise par la véhémence de sa fille, Maureen serra les lèvres et se remit à balayer sans ajouter un mot.

Comme chaque fois que sa mère se livrait à ce genre de manœuvre, Laura se fit l'effet d'être une ingrate, une mauvaise fille.

— Excuse-moi, maman… Je ne voulais pas m'emporter, mais c'est important, c'est une période cruciale pour moi. J'avais espéré que tu serais contente.

— Et comment comptes-tu t'y prendre ? En faisant les marchés ?

— Non, maman, ce sera une véritable entreprise.

Maureen cessa de balayer.

— Je vois. Je pense que tu te trompes lourdement en croyant pouvoir gagner ta croûte avec ça. On est des gens ordinaires, Laura, des travailleurs ordinaires. Nous ne sommes pas du genre à nous lancer dans les affaires. Tu n'en connais pas le premier mot.

Comme elle lançait un coup d'œil sournois en direction de Neil, celui-ci se sentit obligé d'intervenir à nouveau :

— Avec tout le respect que je vous dois, Maureen, si c'est ce que vous pensez, je peux vous dire que vous ne connaissez pas bien votre fille. Elle a travaillé pendant des années dans la comptabilité et la vente au détail, et elle s'y connaît sans doute autant en affaires qu'un diplômé d'une école de commerce. Sans parler que vous semblez ignorer l'essentiel : elle est au top comme créatrice.

Maureen parut accueillir ce plaidoyer comme une insulte personnelle.

— Maman, soupira Laura, je ne me lance pas en aveugle. J'ai fait une étude de marché. Il y a vraiment un créneau.

— Mais lâcher ta place… Et maintenant, en plus, persista tranquillement Maureen. Alors qu'il y a ton mariage et tout.

Incapable de déchiffrer l'expression de son père, Laura n'aurait su dire s'il se rangeait ou non à l'avis de son épouse.

— Vous devriez voir certains de ses derniers modèles, reprit Neil dans l'espoir d'inverser le courant. Tous les gens qui les ont vus en sont dingues.

— Oh, pour l'amour de Dieu, gardez un peu la tête froide ! le reprit vertement Maureen. Les gens sont dingues de mon gâteau de Savoie, ce n'est pas pour ça que je me prends pour le nouveau pape de la cuisine !

Laura retenait ses larmes.

— Je crois que tu t'es fourré de mauvaises idées en tête, Laura. Et parce que je suis ta mère, je me dois de te mettre en garde : tu cours après une chimère, et plus dure sera la chute. Lancer ta propre affaire ! Non, mais on aura tout vu !

Un silence tendu s'installa.

— Et Mlle Jackson ? reprit Maureen avec – semblat-il à Laura – une once de sarcasme. Je suppose qu'elle trouve ça formidable ?

— Helen me soutient à fond, oui, affirma Laura.

Elle n'allait pas apporter de l'eau au moulin de sa mère en admettant qu'au départ Helen ne s'était guère montrée enthousiaste. Au départ seulement car, récemment, son amie avait fait un effort pour l'encourager, allant jusqu'à lui proposer de lui faire rencontrer certains de ses contacts dans le monde des affaires.

— Ça ne lui coûte pas grand-chose d'encourager les autres, railla Maureen. Quand on pense à son pauvre père qui vit tout seul dans sa ferme… Il paraît qu'il n'a reçu aucune nouvelle d'elle depuis plus d'un mois.

Maureen n'avait jamais caché son antipathie pour l'amie d'enfance de sa fille.

— Helen est très prise par son travail, maman. Elle n'a pas beaucoup de temps.

— Je suis sûre qu'elle en a bien assez pour courir le guilledou. C'était sa principale activité quand elle vivait ici.

Les charmes de Helen lui avaient toujours assuré un grand succès auprès des hommes mais, contrairement à certaines de leurs amies, elle n'avait jamais couché à droite et à gauche.

— Et je présume que le père de l'enfant n'a toujours pas pointé le nez ? ajouta-t-elle.

Le statut de mère célibataire de Helen achevait de nourrir son acrimonie.

— En effet, maman. Je te rappelle qu'il a abandonné Helen.

Pour d'obscures raisons, Laura se sentait toujours obligée de prendre le parti de son amie – non que cette dernière eût besoin de quiconque pour la défendre, habituée qu'elle était aux jugements peu charitables des habitants de Glengarrah.

— Je ne suis pas étonnée qu'il ne l'ait pas épousée, commenta encore Maureen avec une moue dédaigneuse. Cette fille a toujours voulu péter plus haut que son derrière.

Du coin de l'œil, Laura vit Neil secouer la tête. Si l'étroitesse d'esprit de Maureen était pour lui du plus grand comique, Laura, elle, s'exaspérait de ne jamais entendre de la bouche maternelle le moindre commentaire aimable sur quiconque vivait à sa guise. Helen faisait de son mieux. De quel droit Maureen la critiquait-elle ?

— Helen travaille très dur pour élever sa fille, maman.

Maureen se retourna, les sourcils froncés.

— N'est-ce pas ce que nous faisons tous, Laura ? Et cela ne garantit pas que l'enfant tournera bien !

Laura essaya de se convaincre que sa mère n'avait glissé aucune allusion dans ce dernier commentaire, qu'elle parlait bien de Helen et non d'elle. Mais pourquoi ces mots sonnaient-ils si lourdement ? Pourquoi avait-elle toujours l'impression d'avoir déçu sa mère, sans savoir en quoi, et que, quoi qu'elle fasse, elle la décevrait toujours ? Elle avait été tellement certaine que sa famille serait fière de la voir prendre un risque, décider de sa voie... Or – elle ne le pensait que maintenant –, connaissant sa mère, elle aurait dû s'attendre à une réaction négative. Maureen ne savait être que négative. Ne voyait-elle pas ce que cela signifiait pour elle ? Ne comprenait-elle pas à quel point elle désirait ce changement de vie ? Il ne s'agissait pas tant pour elle de chercher la réussite que de simplement faire quelque chose de sa vie, quelque chose de valable, poursuivre un rêve, au fond. Cela n'avait-il aucune valeur aux yeux de Maureen ?

Non, répondit Laura aussitôt après s'être posé la question. Cela n'avait aucune valeur. La seule jauge de Maureen était le succès.

— Je ne suis pas étonnée que cette petite ait des problèmes avec une mère pareille, poursuivait-elle, bien déterminée à continuer.

— Maman, le bégaiement de Kerry n'a rien à voir avec Helen, répondit Laura avec lassitude. Ce sont des choses qui arrivent.

— Par hasard ? Je n'en crois rien, ma fille. Ne lui a-t-elle pas fait couper les cheveux bien avant que la petite ait prononcé son premier mot ?

— Pardon ?

— Quel est le rapport, Maureen ? s'enquit Neil, curieux de la nouvelle perle que sa belle-mère n'allait pas manquer de leur dispenser.

— N'importe quel crétin d'ici à Tombouctou vous le dira : c'est pour ça que les enfants bégaient, déclara doctement Maureen. On ne doit pas couper les cheveux d'un enfant avant qu'il ait dit ses premiers mots.

— Je vois, fit Neil en réprimant un sourire.

Maureen avait une bribe de prétendue sagesse populaire pour toute occasion.

— Helen emmène sa fille chez un phoniatre maintenant, dit Laura, alors tout devrait s'arranger.

94

— Un phoniatre, rien que ça! ricana Maureen. Autrefois, on bâillonnait l'enfant avec un torchon, mais sûr que celui qui ferait ça de nos jours se retrouverait au tribunal pour maltraitance.

— Maman! s'offusqua Laura devant le sérieux de sa mère. Ce n'est pas la faute de Kerry si elle a un problème, et ce n'est pas avec des méthodes pareilles qu'on aide un enfant à s'en sortir.

Maureen prit un air boudeur.

— Je te dis simplement ce qui marchait de mon temps, Laura. C'était soit ça, soit se promener avec des billes au fond de la bouche.

Neil pouffa et Laura lui décocha un regard lourd de reproches. D'accord, venant d'un milieu tolérant et plutôt cultivé, il trouvait hilarante la survivance de ce genre de discours, mais l'amusement avait des limites.

— Ce ne sont que des contes de bonne femme, maman. Je ne pense pas…

— Ah, ta mère ne se trompe pas complètement, Laura, intervint Joe depuis le coin où il était assis. Les superstitions ont toujours un fondement, et d'ailleurs on en retrouve des versions similaires dans toutes les cultures.

Laura sourit. La lecture assidue du *Reader's Digest* et autres publications du même genre faisait de lui une référence en matière de lieux communs. Il lisait tout ce qui lui tombait sous la main, jusqu'au dos du carton de lait parfois, faute de mieux.

— J'imagine que tu as pêché ça dans un livre, Joe.

Cette fois, le ton méprisant de Maureen indiquait clairement que la lecture des livres était à ses yeux aussi répréhensible que l'ivresse sur la voie publique – deux activités que, pour autant que Laura le sache, elle n'avait jamais pratiquées de sa vie.

— Eh bien, moi je n'ai pas besoin des livres pour m'apprendre ce qui relève du simple bon sens.

Si Joe resta apparemment indifférent au jugement de sa femme, Laura en revanche détesta la façon dont sa mère le rabaissait. Il en avait toujours été ainsi, à croire que Maureen se sentait menacée par quiconque paraissait en savoir un peu plus qu'elle sur un sujet ou un autre.

Son coup porté, Maureen revint à elle.

— Alors, cette… *affaire* ? Elle aura un nom ? Un nom tout à fait fantaisiste, je suppose.

Laura s'empourpra. C'était l'instant redouté.

— En fait… euh… J'ai décidé de l'appeler Laura… euh… Laura Connolly Créations.

Pendant quelques secondes, elle ne put soutenir le regard de sa mère.

— Ah bon ? Et qui est Laura Connolly pour le moment ?

— Disons que comme je vais changer de nom après le mariage, je n'allais pas…

Sa voix s'éteignit. Inutile d'essayer de s'expliquer.

— Je vois, fit Maureen.

L'expression de son visage disait assez ce qu'elle taisait. Elle se tourna vers l'évier et se lança bruyamment dans la vaisselle.

La discussion était close.

9

Confortablement installée sur le lit, la tête de sa fille reposant sur sa poitrine, Helen tourna la page.

— *Alors Blanche-Neige ouvrit les yeux et découvrit sept petits visages attentifs penchés sur elle…*

Kerry se redressa, les yeux écarquillés.

— Oh! B-b-b… Banche-Neille… tè peu', môman? questionna- t-elle craintivement.

Helen la regarda.

— Pourquoi aurait-elle peur, doucette? Les sept nains sont ses amis, tu te rappelles?

— S-s-s-sept nains ses amis? Pas peu'?

Kerry évitait souvent d'utiliser les verbes. Le constatant cette fois encore, Helen s'en désola. Bien qu'elle le reconnût à contrecœur, et malgré son espoir que la fréquentation d'une collectivité améliore les choses, elle avait ces derniers temps commencé à admettre la justesse du diagnostic de Jo et du Dr Davis quant aux difficultés de langage de sa fille. Le problème s'était reposé récemment lorsque l'éducatrice du jardin d'enfants lui avait téléphoné afin de lui parler des évidentes carences de communication de Kerry.

Aussi Helen s'efforçait-elle désormais de dépasser son propre rejet et son perpétuel sentiment d'insécurité pour considérer d'un esprit plus ouvert les préoccupations de Jo.

Certes, Jo était une vieille pie plutôt envahissante mais, au bout du compte, elle avait à cœur le bien-être de la fillette. Sans doute Helen avait-elle d'abord fait la sourde oreille aux craintes de la nourrice parce que Kerry n'avait jamais été un bébé bavard. Mais maintenant qu'elle allait avoir quatre ans, sa façon de mal prononcer certaines consonnes et de ne recourir qu'à des mots isolés au lieu de formuler des phrases devenait préoccupante. À la suite de sa longue conversation avec l'éducatrice, Helen s'était empressée de prendre un nouveau rendez-vous avec le Dr Davis. Lors de la consultation, la semaine passée, le praticien lui avait suggéré de passer davantage de moments de détente avec Kerry et de lui faire chaque soir la lecture à haute voix – lentement, afin de familiariser l'enfant avec une prononciation correcte. Helen s'y était astreinte quotidiennement, même quand elle aurait préféré s'affaler devant la télé.

— On dit peur, Kerry, pas *peu'*, corrigea Helen. Dis-le encore.

Très concentrée, Kerry essaya de répéter :

— P-p-p-peuh.

Helen poussa un soupir.

— Non, non, écoute-moi bien. C'est peurrrr.

Le minois de Kerry se chiffonna et elle essaya encore, mais sans parvenir à prononcer correctement le mot.

Helen se souvint trop tard des conseils du phoniatre : la fillette avait perçu son dépit, ce qui entraînait chez elle pression et sentiment de maladresse.

— Je d-d-dodo main'nant, môman, fit-elle doucement.

— D'accord, ma douce.

En l'embrassant sur le front, Helen songea qu'elle avait été trop dure. Kerry était fatiguée, et ses difficultés empiraient dans ces cas-là.

Une fois la veilleuse allumée, Helen s'apprêtait à quitter la chambre quand l'enfant se redressa subitement, l'air d'avoir oublié quelque chose. Elle regarda sa mère et désigna la penderie.

— Môman, monssse.

Helen se dirigea vers le placard et l'ouvrit, ainsi qu'elle l'avait fait maintes fois.

— Il n'y a pas de monstre ici, Kerry. Tu sais, il n'aurait même pas la place de se cacher au milieu de tous tes jouets. Et puis, tu oublies le panneau.

En effet, accrochée à la porte de la chambre, une pancarte offerte par Laura pour aider Kerry à maîtriser ses peurs signalait *Interdit aux monstres*.

Après avoir regardé Helen, la pancarte sur la porte, la penderie, Helen à nouveau, la fillette sourit et se rallongea pour se pelotonner sous la couverture.

— B-b-b-bonne nuit, dit-elle.

— Bonne nuit, doucette.

—'Nuit, Michael, l'entendit encore murmurer Helen.

Ceci adressé au poster du footballeur Michael Owen. Apparemment, Kerry partageait avec sa mère la passion du football – sans doute parce qu'elle voyait souvent des matches à la télévision quand elles se trouvaient ensemble à la maison.

Helen referma la porte de la chambre derrière elle. Elle ne comprenait pas pourquoi Kerry était si anxieuse, parfois. Bien qu'elle eût entendu maintes fois le conte, l'enfant redoutait encore que les nains ne fassent du mal à Blanche-Neige. De la même façon, elle avait peur que des monstres ne hantent sa chambre, ou que Helen oublie de venir la chercher chez la nourrice.

Et puis elle devenait encore plus crampon en grandissant. Peut-être était-ce son bégaiement et le malaise qui en découlait qui déclenchaient ces peurs tous azimuts.

Il était également préoccupant qu'elle ne se soit pas fait sa place au jardin d'enfants. Helen avait appris par Mme Elliot, l'éducatrice, qu'en plus de son problème de langage, Kerry se montrait fort timide avec les autres enfants, éprouvait des difficultés à lier connaissance. Ce n'était que le début, mais enfin… Helen avait remarqué son penchant pour la solitude.

La fillette adorait les livres interactifs que Nicola lui avait offerts pour son dernier anniversaire, et elle était capable de passer des heures assise à regarder les images. Parfois, Helen l'entendait essayer de prononcer les mots à voix haute dans sa chambre, quand elle pensait que personne ne risquait de l'entendre.

Bon, il fallait espérer qu'entre ses exercices à la maison et l'aide de Mme Elliot son langage s'améliorerait bientôt. Helen voulait y croire. L'école commencerait sérieusement en septembre et alors les enseignants n'auraient pas le temps de lui consacrer une attention particulière. Quoi qu'il en soit, Helen ne pouvait rien faire de plus. Elle essayait tout désormais, s'astreignait aux exercices recommandés par le phoniatre et insistait pour que Kerry travaille sa prononciation, en particulier les R qui manquaient si souvent à l'appel.

Allez, assez pensé à tout ça, songea-t-elle en regagnant le salon. Elle ferait bien de se livrer à ses propres exercices avant de se laisser aller complètement.

L'exercice physique lui apportait son content d'adrénaline et, ce soir, elle en avait grand besoin.

Elle s'échauffa, fit quelques étirements, ensuite se lança dans ses cinquante abdominaux habituels puis ses cinquante flexions hanches et genoux. Ses cours de gymnastique lui manquaient ; si autrefois elle s'y rendait trois fois par semaine, à présent il était rare qu'elle puisse y aller une fois par mois. Et – horreur – cela commençait à se voir !

La séance terminée, elle se servit un verre de Ballygowan, mit un CD, baissa le volume de la chaîne et s'installa sur le canapé pour reprendre souffle. Durant quelques instants paisibles, elle se laissa bercer par la voix apaisante de David Gray qui l'invitait à « prendre la mer ».

Son regard s'accrocha au téléphone. Le ferait-elle ? Elle était bien décidée un moment plus tôt, maintenant elle doutait… Et puis zut, pourquoi pas ?

Qu'avait-elle à perdre ?

Elle composa le numéro de mémoire. À son corps défendant, les battements de son cœur s'accélérèrent tandis que retentissait la sonnerie.

— Allô ?

— C'est Richard ? demanda-t-elle de son timbre le plus voilé, la voix qu'elle utilisait avec tous ses clients de sexe masculin.

— C'est moi. Qui est à l'appareil ?

Helen fut déstabilisée. On aurait dit qu'elle tombait mal.

— Bonsoir, Richard. C'est Helen.

Il y eut un bref silence à l'autre bout de la ligne.

— Excusez-moi. Qui ?

Elle crut mourir d'humiliation. Malgré le temps qu'ils avaient passé ensemble, Richard Moore ne la reconnaissait pas – ou, pire, il l'avait oubliée !

— Helen Jackson.

Nouveau silence.

— Oh, Helen, salut… je… euh… Je n'avais pas reconnu ta voix.

— C'est ce que j'ai cru comprendre, fit-elle avec coquetterie. Dis-moi, comment vas-tu ? Comment vont les affaires ?

— Très bien. S'agit-il d'un appel professionnel, Helen ?

Le ton de Richard indiquait qu'il tenait à ce qu'elle en vienne au fait.

Soudain, Helen se sentit idiote. Voilà un moment qu'elle prévoyait cet appel, ayant pensé que, peut-être, avec un peu de temps, Richard s'habituerait à l'idée qu'elle avait un enfant. Ils s'étaient si bien entendus et il n'avait pas fait mystère de l'attrait qu'elle exerçait sur lui, alors…

— Non, répondit-elle doucement. Il ne s'agit pas d'un appel professionnel. Je me disais juste…

Vas-y, lui soufflait une voix intérieure. *Au point où tu en es… Qui ne tente rien n'a rien.*

— Je me disais qu'on pourrait se voir un jour, si ça te dit, pour boire un verre par exemple…

Il y eut un nouveau silence, plus long.

— Je regrette, Helen, mais je crois que ce n'est pas la peine. Je veux dire… Tu es quelqu'un de formidable et…

— Écoute, Richard. En quoi le fait que j'aie un enfant doit-il changer quoi que ce soit entre nous ? Ce n'est pas comme si je te demandais de passer du temps avec ma fille, ou bien…

Si elle avait conscience de la pointe de désespoir qui perçait dans sa voix, Helen ne pouvait la dissimuler. Elle *était* désespérée.

— Je regrette, Helen, répéta Richard. Je ne pense pas que ça marcherait. J'ai passé de très bons moments avec toi, mais ce genre de chose… Bon, pour résumer : les mômes, ce n'est pas mon truc. Merci quand même.

Sur ce, il coupa la communication.

Helen fixa le téléphone, mortifiée. Oh, qu'avait-elle fait ? L'idée lui avait paru excellente sur le coup, or elle avait rendu catastrophique une situation déjà déplaisante. Si seulement Richard avait voulu lui donner une chance…

Elle s'écroula sur le canapé. Était-elle donc réduite à ça ? Était-elle devenue l'une de ces femmes collantes, hystériques, désespérées qu'elle avait toujours eues en horreur ?

Pleine de rage et de peine, elle serra les poings. Qu'est-ce qui clochait chez elle ? Depuis quand devait-elle supplier un homme pour un rendez-vous ? Comment était-elle tombée si bas ?

Évidemment, il n'existait qu'une seule réponse à ces questions. Kerry. Si elle était triste, seule et désespérée, c'était à cause de Kerry.

Au cours des quatre années passées, tout ce qu'elle avait fait (ou voulu faire) avait dépendu de Kerry.

N'avait-elle pas droit à une vie à elle ? Certes, elle était mère, mais cela entraînait-il qu'elle doive sacrifier tout ce qui lui importait, tout ce qui la rendait heureuse, simplement parce qu'elle avait un enfant ?

Son visage se décomposa. Le seul fait d'éprouver cela la mettait dans un état pire encore. La culpabilité pouvait être une torture. Elle était là, sur son canapé, amère et déchirée, pendant que la pauvre petite dormait innocemment dans la pièce voisine. Ce n'était pas la faute de Kerry, pauvre chérie, si sa mère n'était en rien maternelle.

Helen n'y pouvait rien. Ce sentiment-là ne lui était jamais venu. Cet amour exceptionnel, débordant, inconditionnel, à l'existence duquel croyaient fermement tous les magazines et les ouvrages de puériculture, cet amour-là n'avait jamais effleuré Helen. Oui, elle aimait Kerry, comme on aime sa petite sœur encore bébé, mais c'était tout. L'amour d'une mère ? C'était hors de son champ de compréhension.

Après les difficultés rencontrées durant sa grossesse puis avec la maladie de Kerry, Helen avait attendu – ardemment attendu – l'illumination, la révélation, ce fameux transport d'amour maternel. Ne voyant rien venir, elle avait d'abord pensé que c'était à cause du départ de Jamie, parce qu'il lui manquait si fort, qu'elle reportait sa souffrance sur l'enfant. Et à l'époque, elle avait été incapable d'en parler à quiconque. Sa propre mère était morte lorsqu'elle abordait l'adolescence, mais Helen considérait que leur relation avait été « relativement normale » : il n'y avait pas de squelette dans le placard à chercher de ce côté-là.

Et puis, ce n'était pas facile d'évoquer cela avec ses amies. Que dire ? « Hé, les filles… voilà, je ne ressens aucune adoration pour ma gamine… Qu'est-ce que je dois faire ? »

Après son accouchement, et surtout pendant la maladie de Kerry, elle avait perdu contact avec la plupart des gens qu'elle fréquentait avec Jamie. Laura avait été super, bien sûr, l'appelant pour la voir, l'aidant comme elle le pouvait, mais c'était Laura.

Nicola, un jour, avait deviné quelque chose alors que Helen se sentait particulièrement abattue, mais elle n'avait pas creusé bien loin.

« Il faut du temps, avait-elle dit. Tu as connu de grands bouleversements dernièrement, la naissance de ta fille et la fin d'une longue relation. Tu as besoin de temps pour retrouver tes marques. Ensuite tout se remettra en place. »

Helen avait presque eu honte sur le coup car à l'époque Nicola elle-même devait faire face à un grand bouleversement, et elle y faisait admirablement face.

Donc Helen s'était contentée d'attendre. Attendre que ça se produise, attendre le big-bang, attendre que les choses se « remettent en place ».

Mais le premier anniversaire de Kerry arrivant, il ne s'était toujours rien produit, aussi décida-t-elle qu'elle n'était sans doute pas de cette espèce. Pas de l'espèce maternelle.

Elle n'était certainement pas la seule mère au monde à ne pas éprouver cette prétendue « passion débordante » pour son enfant. Tous les êtres n'étaient-ils pas différents dans leur façon de ressentir, dans leur façon d'aimer ? N'était-il pas possible que certaines femmes n'aient pas l'étoffe d'une mère ?

À sa grande stupeur, Helen sentit des larmes couler sur son visage. Elle détestait ce qu'elle éprouvait, détestait ce qu'elle était devenue. Quoi, d'ailleurs ? Ne pouvait-elle simplement être normale ?

Mais que signifiait « normale » ?

Elle se souvint alors d'avoir vu un documentaire animalier où une bête, un genre de rongeur, laissait ses petits se débrouiller tout de suite après leur naissance et repartait vaquer à ses occupations. Si cela arrivait chez les animaux, pourquoi pas chez les êtres humains ?

Non qu'elle risque jamais de laisser Kerry se débrouiller seule dans le vaste monde. Elle l'aimait vraiment. Mais elle était déchirée entre ce qu'elle ressentait et ce qu'elle *aurait dû* ressentir – ce que les magazines, la télévision, la société en général imposaient aux femmes comme modèle.

Elle n'était pas dans le moule.

10

Nicola et la directrice adjointe étaient en train d'étudier les rotations de personnel pour la semaine à venir lorsque l'équipe du magazine *Mode* se présenta à la réception de Motiv8.

— Fidelma Corrigan pour Nicola Peters, je vous prie, annonça avec autorité une voix féminine.

Levant la tête, Nicola s'étonna de découvrir une très jeune femme d'à peine vingt-deux ou vingt-trois ans.

— C'est moi, fit-elle. Ravie de vous rencontrer.

Elle se détacha du bureau et tendit la main à la nouvelle venue.

— Oh, je croyais… bredouilla la journaliste. Excusez-moi, poursuivit-elle après s'être ressaisie. En fait, je m'attendais à rencontrer quelqu'un… quelqu'un de plus vieux.

— Dans ce cas, nous sommes deux ! déclara Nicola avec un large sourire.

— Voici Sean Kenny, notre photographe. D'ailleurs, si nous pouvions commencer par un portrait de vous à la réception…

Il s'avéra très vite que la rédactrice était une petite personne très directive, et Nicola n'apprécia guère de recevoir ses ordres. La journée avait déjà été longue et elle ne se sentait pas trop dans son assiette après une nuit de sommeil haché, entrecoupé de rêves déplaisants de par leur précision, rêves qui, de façon inquiétante, avaient Dan pour figure centrale.

— Tournez un peu la tête sur la gauche… Non, la gauche, de l'autre côté. Voilà… parfait. Bon, et encore une fois si votre réceptionniste voulait bien s'écarter du champ… Super !

La pauvre Sally sera inconsolable ! songea Nicola. Elle avait été au désespoir quand Fidelma avait annoncé qu'elle ne voulait *que* Nicola sur les photos, et la jeune fille pouvait-elle « cesser de parader et de grimacer à l'arrière-plan » ?

La séance de pose terminée, Nicola emmena la journaliste dans son bureau pour une brève interview.

— Depuis quand le centre est-il en activité ? s'enquit Fidelma.

— Eh bien, après une première année très encourageante, nous avons largement entamé la seconde, déclara Nicola avec assurance.

Elle n'allait pas avouer à cette femme que leur premier exercice avait été une catastrophe financière. Ken avait anticipé des pertes, mais pas aussi lourdes que ne l'avaient révélé les chiffres. L'enjeu crucial cette année était de maintenir le bateau à flot en pulvérisant des records d'inscription. Avec un peu de chance, cet article devrait les aider à atteindre leur but.

— Je crois savoir que vous avez vécu un certain temps hors d'Irlande, reprit Fidelma.

— Oui, au Royaume-Uni, à Fulham. Je travaillais déjà là-bas dans un centre de remise en forme, et j'ai pu constater que l'hydrothérapie était incroyablement bénéfique pour les clients, sans compter bien sûr que cela représente un formidable atout pour n'importe quel centre de fitness.

Nicola préférait orienter l'entretien vers l'aspect professionnel plutôt que d'évoquer des choses plus personnelles.

— Ken et moi avons estimé que ce genre d'offre avait sa chance ici. Motiv8 propose aujourd'hui l'éventail le plus large du pays en matière de thérapies alternatives.

Fidelma opina.

— En fait, Ken Harris et vous vous êtes retrouvés.

— En effet, nous avions déjà travaillé ensemble dans un autre centre.

Nicola était légèrement surprise. Apparemment la journaliste avait bien préparé la rencontre, car peu de gens savaient qu'elle et Ken avaient parcouru un bout de chemin ensemble. Comme elle ne tenait pas à se laisser de surcroît entraîner sur le terrain de leur vie privée, elle résolut de ne pas répondre à d'éventuelles questions de cette nature.

Au bout d'un moment, Fidelma se pencha vers elle.

— Je dois vous demander… C'est plutôt inhabituel de voir quelqu'un comme vous occuper un poste à responsabilité dans ce genre de milieu, non ?

— Que voulez-vous dire ?

— Eh bien, vous savez…

La voix de la journaliste mourut, son regard se releva sur Nicola puis s'esquiva.

— Normalement, on ne s'attend pas à voir quelqu'un… comme vous… travailler dans une entreprise aussi évidemment «dynamique».

— Ah bon ?

— Oui, insista Fidelma, mal à l'aise. Une personne qui n'est pas… enfin, je suppose… vous voyez ce que je veux dire… active et dynamique elle-même.

Nicola sentit la moutarde lui monter au nez. Elle en avait sa claque d'être considérée de haut par des minettes de ce genre. Comment se faisait-il que des gens soi-disant intelligents se croient capables de percer à jour autrui en ne se fiant qu'à l'apparence ? C'était tellement pénible ! Elle croisa les bras et prit une profonde aspiration.

— Fidelma, si vous essayez de me faire remarquer que j'aurais du mal à animer une séance d'aérobic ou à trotter sur un tapis de jogging, sachez que ma condition physique ne m'empêche pas de faire mon travail. Et de le faire bien.

La journaliste eut enfin le bon goût de paraître gênée.

— Excusez-moi. Je ne voulais pas vous blesser. Je pensais simplement que…

Nicola renonça à discuter. Inutile de compromettre ce qui pouvait représenter une bonne publicité pour Motiv8 en se prenant le bec avec une gamine.

— Pas de problème. Mais je préférerais que vous m'interrogiez sur le centre proprement dit. De fait, vous n'êtes pas venue faire mon portrait.

— C'est vrai, acquiesça Fidelma.

Ayant compris qu'il était inutile d'insister, elle commença enfin à poser quelques questions utiles sur les possibilités qu'offrait Motiv8.

— Eh bien, je vous remercie de m'avoir consacré du temps, dit-elle en guise de conclusion. L'article paraîtra dans le prochain numéro, et nous vous en enverrons un exemplaire.

— Merci, fit Nicola.

Elle était heureuse de la voir s'en aller et de pouvoir s'atteler à un véritable travail.

Peu après le départ de la journaliste, Ken passait la tête dans l'entrebâillement de la porte du bureau.

— Désolé de te déranger, mais si tu pouvais aller remplacer Sally à la réception… Il y a en bas un type qui attend pour s'inscrire et Kelly est occupée à établir le programme d'un autre client. On ne peut quand même pas laisser un futur adhérent patienter indéfiniment…

— D'accord, répondit la jeune femme. Je descends dans une minute.

Son expression intrigua Ken.

— Que se passe-t-il ? demanda-t-il en s'avançant dans le bureau. L'interview ne s'est pas bien passée ?

— Si, soupira-t-elle, agacée. C'était bien sauf que... Ne fais pas attention. Je suis un peu à côté de mes pompes aujourd'hui.

Elle ne lui avait pas encore parlé du remariage de Dan, or plus le temps passait plus il lui devenait difficile d'aborder le sujet. Elle ne voulait pas que Ken pense qu'elle lui dissimulait des choses. Ce n'était pas vrai. Pas tout à fait. C'était juste que...

— Ça peut t'aider ?

Ken était passé derrière elle et lui massait doucement les épaules.

— Mmm... Ça fait du bien, dit-elle, les paupières closes.

Quand il s'inclina pour lui déposer un baiser dans les cheveux, elle se sentit immédiatement coupable. Elle devait lui parler de Dan, c'était la moindre des choses. Ken et elle partageaient tout et il savait mieux que quiconque ce qu'elle avait enduré pour atteindre le stade auquel elle se trouvait aujourd'hui. Il savait à quel point ce qu'elle avait vécu autrefois avec Dan l'avait atteinte, aussi comprendrait-il son malaise actuel, ses sentiments mitigés face à cette situation étrange.

— Ken...

À cet instant, l'interphone bourdonna et la voix de Sally envahit le bureau.

— Désolée de te presser, Nicola, mais Ken a dit que...

— J'arrive, Sal. Je m'apprêtais à descendre.

Elle prit la main de Ken et l'embrassa avec tendresse.

— Le devoir m'appelle.

— Malheureusement. Je regrette de t'imposer ça, mon amour. Je sais que tu as de gros soucis en ce moment...

Nicola sursauta. De gros soucis ? Comment le savait-il ?

— Justement, poursuivit-il, j'envisage de recruter du personnel supplémentaire, ça te soulagera un peu. Je sais que tu détestes être sonnée à tout bout de champ pour remplacer un tel ou tel autre…

Il sourit ; apparemment, il attribuait la fatigue de sa compagne à la surcharge de travail.

— Tout va bien, Ken. Je ne rechigne pas à ma tâche, qui est de faire tourner cette boîte. Tu le sais. Dis, si tu venais à la maison ce soir ? Je cuisinerai…

Il gagna la porte avec elle.

— J'aurais adoré, répondit-il à regret (il se régalait de ses petits plats), mais je joue au squash avec Peter Kelly ce soir.

— Oh, j'avais oublié.

— Mais l'invitation tient pour une autre fois ! À plus tard !

Avec un sourire, il disparut dans son propre bureau, laissant Nicola partagée entre le soulagement et la déception de devoir encore différer ses confidences.

Dans l'ascenseur, elle tenta de se rappeler à quand remontait la dernière fois où elle avait établi le programme de remise en forme d'un client. La plupart des membres du personnel renâclaient devant cette corvée et elle ne faisait pas exception. Sauf un jour, se souvint-elle en souriant. Un jour, elle y avait pris plaisir.

Son rendez-vous avait été retardé et elle trépignait d'impatience à la perspective de devoir rester plus tard. Elle avait prévu de prendre son VTT après le travail et de faire un grand tour, peut-être même jusqu'au pub Johnny Fox's – tout pour tenter de soigner sa gueule de bois.

À l'époque, elle travaillait au Metamorph et, si ses souvenirs étaient exacts, c'était peu de temps après cet « incident » en ville avec Laura.

Apparemment, quelque nouveau membre gonflé d'enthousiasme – dans la catégorie hommes d'affaires, l'enthousiaste ne survivait pas à la première semaine – avait appelé la réception aux aurores et exigé l'établissement d'un programme de remise en forme pour l'après-midi même.

Nicola ne voyait pas l'urgence. Si ce monsieur était en mauvaise forme aujourd'hui, ne le serait-il pas tout autant demain ?

Pour avoir écumé avec Helen la plupart des lieux chauds de Dublin la veille au soir, Nicola n'était pas d'humeur à se consacrer à un énième quadra désireux de gommer ses poignées d'amour tout en prétendant posséder la condition physique d'un garçon de vingt ans.

Un jour, elle avait conseillé un programme modéré au patron d'un célèbre cabinet d'agents de change dublinois, et celui-ci s'était senti gravement insulté lorsqu'elle lui avait suggéré de commencer avec des poids légers.

« Des poids légers ? avait-il répété avec mépris. Sachez que Jim Courtney ne fait pas dans le poids plume. »

Quelques jours plus tard, elle avait dû se retenir de rire quand, à l'issue d'une séance particulièrement désastreuse avec des haltères lourds, le monsieur s'était massacré le dos. Hélas, c'était toujours pareil, les hommes étant les pires. Ils s'inscrivaient uniquement pour jouir de la position de membre du Metamorph mais, dès qu'il s'agissait de leur santé, dédaignaient l'avis de professionnels chevronnés.

Ce type serait sans doute du même acabit.

Peu avant dix-huit heures, la clientèle sortie du bureau commença à affluer, et dans le coup de feu

Nicola ne remarqua pas l'homme de grande taille qui attendait patiemment devant le comptoir qu'elle ait terminé d'enregistrer les arrivants.

— Tiens, comme on se retrouve! s'exclama chaleureusement Dan Hunt. Excusez-moi pour le retard. J'avais rendez-vous à dix-sept heures trente pour un programme de remise en forme, mais j'ai téléphoné il y a un moment pour prévenir que je serais retardé.

Dire que Nicola fut stupéfaite de le voir serait très au-dessous de la vérité.

« Vous! s'exclama-t-elle d'un ton accusateur. Mais le nom inscrit sur le cahier de rendez-vous… »

Elle vérifia, se demandant pourquoi elle n'avait pas réagi plus tôt.

« C'est le mien, j'espère », répliqua Dan en riant.

C'était le cas, en effet, constata Nicola. Le nom lui avait paru vaguement familier plus tôt dans l'après-midi et elle en comprenait soudain la raison. Il s'agissait du beau gosse de l'embouteillage. Que fichait-il ici?

Tout de suite, elle pensa qu'il avait dû la rechercher afin de lui causer des ennuis.

« Comment avez-vous su que je travaillais ici?

— À vrai dire, je l'ignorais, répondit-il innocemment. Je ne viens ici que pour un programme de remise en forme. »

Nicola hésita à le croire. La coïncidence était plus que troublante.

« C'est donc vous l'experte qui va statuer sur mon cas? s'enquit-il, le sourire aux lèvres.

— À ce qu'il paraît. »

Elle rassembla ses affaires et lui fit signe de la suivre en direction du gymnase.

« Entrez, je vous prie. »

Si elle s'efforçait d'adopter une attitude professionnelle, quand il passa devant elle, le léger parfum de son after-shave la troubla profondément. Cela ne lui ressemblait pas. En temps normal, elle était face aux hommes un parangon de tranquillité, de calme, de sérénité. Pourquoi ce type lui faisait-il cet effet ?

Elle se ressaisit et décida de le considérer comme un simple client, rien de plus.

Peine perdue : il devint vite évident pour tous deux que Dan Hunt n'était pas venu en simple client.

« Bien, par où commençons-nous ? » questionna-t-il en arborant de nouveau son sourire éblouissant.

Nicola se planta une main sur la hanche. On respire, on garde son sang-froid, s'enjoignit-elle, ce type ne doit pas m'émouvoir.

« Avant tout, je dois vous mesurer et vous peser. »

Quand il ôta son pull-over, elle ne put que remarquer son buste élancé, bien dessiné de façon naturelle, sans que cela paraisse le fruit d'un effort. Nicola était habituée à voir des torses bien bâtis, pourtant celui-ci était différent.

Très différent.

Lorsqu'elle entrevit l'ombre d'un sourire sur le visage de Dan, elle se rendit compte qu'elle le regardait fixement et s'efforça d'adopter l'expression type de la pro concentrée.

« Vous avez déjà fait de la musculation ? interrogea-t-elle.

— Jamais dans un gymnase, mais il m'arrive de faire des haltères chez moi, quand j'ai un moment. Pourquoi ? ajouta-t-il. Vous trouvez que ça fait son effet ? »

Le double sens de la question échappa si peu à Nicola qu'elle plongea le nez dans son dossier.

« Pas vraiment, répliqua-t-elle. Il faut travailler beaucoup plus que vous ne le faites pour obtenir un résultat tangible.

— Oh, feignit de se désoler Dan. J'avais espéré arriver à quelque chose.

— Désolée, la route est encore longue, insista-t-elle en réprimant un sourire. Bon, d'abord je mesure votre taille puis si vous voulez bien monter sur cette balance afin que je vous pèse... »

Dan s'exécuta sans prononcer un mot tandis qu'elle notait les données sur son tableau.

« Âge ?

— Trente ans. Hétérosexuel. Célibataire. »

Nicola haussa un sourcil sévère.

« Les deux dernières informations n'ont aucun rapport avec votre programme de remise en forme, monsieur Hunt. »

Sans la quitter de ses yeux bleus, il eut un haussement d'épaules.

« C'était au cas où...

— Passons au test de souplesse, reprit Nicola. Asseyez-vous sur ce tapis, jambes tendues, et essayez de toucher vos orteils.

— Je peux vous assurer que je suis très souple. »

Accompagnant cette phrase d'un clin d'œil, il se mit dans la position requise et toucha aisément ses orteils.

« Je suis impressionnée, concéda la jeune femme avec un sourire.

— Bien.

— À présent, voyons votre souffle. »

Elle ouvrit un placard tout proche et en sortit un étrange appareillage en plastique.

« Qu'est-ce que c'est ? s'inquiéta Dan.

— Soufflez là-dedans afin que je mesure votre capacité respiratoire, fit-elle, très amusée par sa mine pétrifiée.

— Oh.

— Pas mal, commenta-t-elle en notant un nouveau chiffre sur son tableau. Maintenant, serrez ça.

— Hein ?

— Empoignez ça et serrez de toutes vos forces. Ça me permet de mesurer la durée de votre effort en continu. Car je suppose que vous avez de l'endurance », ne put-elle s'empêcher d'ajouter.

Dan la fixa droit dans les yeux.

« Tout dépend pour quoi.

— Bien. »

Il la draguait ! C'était vraiment sans équivoque et, malgré elle, Nicola sentit son ventre se serrer légèrement. Arrête, s'ordonna-t-elle une nouvelle fois. Contrôle-toi.

« Vous allez maintenant passer sur ce vélo et pédaler pendant vingt minutes, annonça-t-elle sévèrement.

— Vingt minutes ? Vous ne seriez pas un peu sadique ?

— Je croyais que vous étiez ici pour un programme de remise en forme, monsieur Hunt.

— C'est le cas.

— La réaction de votre corps à un exercice intense est une donnée essentielle pour évaluer correctement votre état général. »

Dan eut un sourire.

« À vous entendre, on penserait que c'est du sérieux, mademoiselle Peters.

— Je suis très sérieuse dans mon travail.

— Aussi sérieuse que quand vous prenez le volant ? »

Elle sourit à son tour.

« Je me demandais quand vous remettriez ça sur le tapis.

— Désolé, fit-il, l'air de ne l'être nullement.

— Ce qui s'est passé ce jour-là n'était pas ma faute, reprit Nicola.

— Non ?

— Non.

— La police a vu les choses de la même façon que vous ? questionna-t-il, fort amusé.

— Pas vraiment. »

Ce soir calamiteux, elle s'apprêtait à repartir quand un motard de la police irlandaise était arrivé sur son engin pour lui dresser prestement trois PV d'affilée :

stationnement illégal, entrave à la circulation et conduite dangereuse pour les autres automobilistes. Nicola s'était insurgée contre ce dernier chef d'accusation, et c'était seulement lorsque le représentant des forces de l'ordre lui avait proposé une quatrième contravention – pour insulte à agent – qu'elle l'avait bouclée, avant de ficher le camp en fulminant.

« Il avait beau jeu de parader sur sa moto, ce petit malin, commenta-t-elle, irritée à nouveau par ce souvenir cuisant. Il n'avait pas été obligé de passer deux heures coincé dans ce bouchon. »

Dan ne répondit rien car il faisait de son mieux pour maintenir un rythme de pédalage régulier. Quelques minutes plus tard, Nicola s'aperçut qu'il peinait réellement. Elle sourit.

« Vous vous en sortez très bien, monsieur Hunt... À peine une goutte de sueur. Cependant, poursuivit-elle après avoir consulté sa montre, afin de mesurer le plus précisément possible votre résistance physique à l'exercice, je crois que je vais vous prescrire vingt minutes supplémentaires. »

Dan souffla et ralentit considérablement.

« Quoi ? Vous êtes donc bien une sadique. Je vais crever ! »

Devant son expression, Nicola faillit exploser de rire.

« Aucun risque, assura-t-elle. Vous êtes ici pour établir un programme de remise en forme, non ? Et vous comprenez bien que je ne peux pas évaluer votre forme physique avant d'avoir tous les paramètres nécessaires. Donc encore vingt minutes de pédalage, après quoi vous passerez aux poids pour que nous nous fassions une idée de la puissance de vos pectoraux. »

Dan cessa net de pédaler.

« D'accord, je laisse tomber ! dit-il, haletant. Je me fous de ce fichu programme de remise en forme.

C'était juste un prétexte. Je ne suis venu ici que parce que je voulais vous revoir. »

Les traits de Nicola ne trahirent aucune réaction.

« Oh ? Comment avez-vous su où me trouver ?

— J'ai été bloqué derrière votre voiture pendant près d'une heure ce soir-là, vous vous rappelez ? Je ne risquais pas de louper l'autocollant « Metamorph » sur votre pare-brise arrière. J'en ai déduit que soit vous étiez adhérente, soit vous faisiez partie du personnel. Je n'avais aucune autre piste. Alors, conclut Dan d'une voix encore essoufflée, vous acceptez mon invitation à dîner ou pas ? »

11

Un pli soucieux assombrit les traits habituellement plaisants de Chloé alors qu'elle observait Dan dans le miroir. Il se comportait de façon très bizarre, ces temps-ci. Là, par exemple, assis sur le lit, l'esprit à des milliers de kilomètres.

Sans compter qu'il n'avait pas dit un mot sur sa nouvelle tenue.

— Alors ? Qu'en penses-tu ? finit-elle par demander.

— Quoi ?

Oui, Dan était à des milliers de kilomètres.

— Ce que je pense de quoi ?

— De ma robe. Tu ne m'en as même pas parlé.

Maussade, Chloé revint à son miroir et à son maquillage.

— Jolie, fit Dan d'un ton évasif.

La jeune femme fit de nouveau volte-face.

— Qu'est-ce qui ne va pas en ce moment, Dan ? Depuis quelques semaines, on dirait que tu es sidéré ! Cette robe est de chez John Rocha, elle m'a coûté une fortune, et tu te contentes de la trouver « jolie » !

Dan se leva, passa une main dans ses cheveux.

— Je t'en prie, Chloé. Que je ne tombe pas d'adoration à tes pieds chaque fois que tu me demandes de te regarder ne signifie pas pour autant que tu es moche ! Tu es très jolie, voilà. Que veux-tu de plus ?

— « Jolie », répéta Chloé, le poing planté sur la hanche. Je suis donc « jolie », c'est ça ?

— Oui, grogna Dan, les dents serrées.

— Eh bien, moi, je ne crois pas être « jolie », Dan. Je crois même que je suis beaucoup mieux que simplement « jolie ». Mais tu te ficherais de me voir sortir ce soir vêtue d'un de tes pyjamas, n'est-ce pas ? Tu ne le remarquerais même pas !

Piquée au vif par son attitude, elle lui tourna le dos. D'habitude, Dan ne manquait jamais de commenter son allure lorsqu'ils se préparaient pour sortir. Il aimait la voir s'habiller, elle aimait l'excitation que ses compliments éveillaient en elle et, neuf fois sur dix, ils s'accordaient un moment pour faire délicieusement l'amour avant de sortir. Or, récemment, Dan semblait avoir perdu tout intérêt aussi bien pour la sexualité que pour elle, ce qui était plus inquiétant.

— S'il te plaît, Chloé, ne commence pas.

Il s'affala à nouveau sur le lit et se massa le front.

— Que je ne commence pas quoi ? s'enquit Chloé en s'approchant du lit. Sérieusement, Dan, qu'est-ce qui cloche chez toi ? Tu es dans les nuages en ce moment. C'est tout juste si je peux t'arracher un mot.

Comme il se taisait, elle continua :

— Tu ne peux pas me dire ce qui te cause du souci ? C'est ton travail ?

Mieux valait que ce soit ça, pensa-t-elle. Mieux valait que ce ne soit pas autre chose.

Une aventure, par exemple.

Mais où Dan trouverait-il le temps d'avoir une liaison ? Et pourquoi ? Revenue à son miroir, Chloé scruta son image. N'était-elle pas aussi bien qu'avant ? Elle n'avait pas pris un gramme ; ses seins étaient petits mais ronds et parfaitement placés ; elle ne pouvait pas en dire autant de certaines de ses amies.

Lors du dernier essayage, elle avait été choquée – quoique secrètement satisfaite, un tout petit peu – de découvrir que les seins de Lynne avaient mis le cap au sud sans grand espoir de retour. Et ce petit bourrelet à la taille – ciel! Lynne avait intérêt à le faire disparaître d'ici le mariage, sinon elle finirait par *gâcher* les photos!

Sa peau à elle était fraîche, claire ; elle avait même récemment cumulé les séances d'UV afin de s'assurer un teint éclatant pour le grand jour. Elle était toujours partante pour le sexe, à vrai dire beaucoup plus que Dan ces temps-ci, donc ce ne pouvait pas être ça. Et si l'ardeur amoureuse de Dan avait quelque peu décliné, peut-être était-ce parce qu'il était beaucoup plus âgé qu'elle.

Chloé grimaça. Il ne la trompait quand même pas!

— Alors? insista-t-elle en revenant vers lui. C'est ton travail?

Dan laissa échapper une plainte sourde.

— Chloé, s'il te plaît, je ne suis pas en forme, c'est tout. Tu sais très bien que je n'ai pas particulièrement envie d'aller à cette foutue soirée, mais tu voudrais que je bondisse de joie comme un môme à qui on a promis le MacDo!

Elle haussa les épaules.

— Je ne vois pas pourquoi ça t'ennuie à ce point. Je croyais que tu t'entendais bien avec Mick. D'accord, Louise peut parfois être pénible mais...

— Ce n'est pas ça. Je ne suis pas d'humeur, point à la ligne. Le boulot m'écrase et...

Bien, c'était donc le boulot. Soulagée d'avoir découvert une explication simple, Chloé revint à son miroir et entreprit d'arranger ses cheveux blonds façon Cameron Diaz comme elle l'avait vu dans un magazine l'autre jour. Ça lui irait très, très bien. Cameron avait toujours un tel chic... D'ailleurs, se dit Chloé en reculant pour vérifier son profil, dans cet accoutrement elle n'était pas si différente de l'actrice. Elle se demanda si quelqu'un d'autre remarquerait la ressemblance.

Oh, et puis que Dan aille se faire voir, conclut-elle en balayant ses soucis. Ce n'était pas parce qu'il était de mauvais poil qu'elle allait se priver de s'amuser ce soir. Il se sentait surmené par son travail, mais n'était-ce pas le cas de tout le monde en ce moment ? Pas de quoi s'inquiéter, il referait bientôt surface.

S'attardant à détailler son image, ravie de ce qu'elle voyait, Chloé se détendit et commença à se réjouir à la perspective de la soirée avec leurs amis.

Si Dan semblait regarder Chloé en train de se pomponner, il ne la voyait pas. Il faudrait qu'il appelle Laura.

C'était entièrement sa faute, en tout cas. Il aurait dû, au moins, essayer de contacter Nicola. Mais pour lui dire quoi ? Peut-être Nicola n'en avait-elle rien à faire, de lui, de sa nouvelle fiancée, de sa nouvelle vie. Et qui l'en blâmerait ? Ne lui avait-elle pas clairement exprimé, voilà longtemps, qu'elle voulait le voir disparaître complètement de sa vie ? Alors quelle importance aujourd'hui qu'il le lui ait dit ou non ?

Une autre pensée le traversa. Et si Laura n'avait même pas lu les invitations ? Si un seul coup d'œil lui avait suffi pour se rendre compte que ce n'étaient pas les siennes et les rapporter illico à la boutique ? La dénommée Debbie lui avait bien spécifié que les cartons avaient été rendus le jour même. Alors peut-être s'inquiétait-il pour rien.

Autre hypothèse : que Laura ait lu les invitations mais qu'elle n'ait pas reconnu son nom... Que ce nom ne lui ait rien rappelé... Non, impossible. Si Laura avait lu le nom de Daniel *Ignatius* Hunt, elle ne pouvait manquer de le reconnaître. Nicola n'en avait-elle pas fait une plaisanterie lorsqu'ils avaient échangé leurs vœux le jour de leur mariage, allant jusqu'à insister auprès de l'officiant pour qu'il prononce bien fort l'horrible prénom ?

Aucune des personnes présentes n'avait pu ignorer à quel point il haïssait son deuxième prénom, surtout quand il avait refusé de le répéter, disant simplement : « Moi Daniel Hunt, je te prends, Nicola Peters, pour épouse. » Toute l'assistance avait ri.

Dan soupira profondément. Quelle belle journée ç'avait été... Une des plus belles de sa vie. Si détendue, si simple, tel que cela devrait être... Pas de grande pompe, pas de grande cérémonie, simplement Nicola et lui, se donnant l'un à l'autre en présence de quelques amis proches.

Pas comme le déballage de faste et de tralalas qui s'annonçait et où, sur l'insistance de Chloé, il devrait arborer ce haut-de-forme et cette queue-de-pie ridicules... un vrai M. Loyal. Pourquoi certaines femmes devenaient-elles timbrées sur ces histoires ? Ce n'était pour lui qu'un ramassis de bêtises. Tout dans la frime, l'exhibition. Il aimait Chloé mais, parfois, son idée fixe d'impressionner les gens lui tapait sur les nerfs.

Et en ce moment, il se fichait royalement de ce qu'on pensait de lui, parce que ce genre de préoccupation lui avait assez nui autrefois.

N'empêche, pensa-t-il encore en s'absorbant dans la contemplation des motifs de la housse de couette, à son corps défendant il s'inquiétait de ce que penserait Nicola en apprenant qu'il se remariait – après tout ce qui s'était passé.

12

Entre « Mandarine-praline », « Cerise au kirsch », « Gianduja » et « Truffe à l'Irish Mist »... que choisir ? L'alléchante sélection de chocolats artisanaux, dont les fragrances mêlées imprégnaient fortement l'atmosphère, frisait le scandaleux.

Ayant fini par se décider, Laura emporta les gourmandises ainsi que sa tasse de chocolat fumante vers une table disponible du Butler's Chocolate Café. Une première gorgée du breuvage... et elle frissonna délicieusement sous l'assaut de l'arôme qui comblait et ses papilles et ses narines.

Une certaine idée du bonheur.

La jeune femme se cala sur son siège. Nicola, qui venait de se mettre au régime, étranglerait Helen pour avoir choisi ce café comme lieu de rendez-vous. Les trois amies avaient décidé de procéder ensemble aux derniers achats en vue du mariage, dans Grafton Street.

Témoin de Laura, Nicola n'avait plus besoin que de chaussures, mais il fallait à Helen chapeau, robe, sac, escarpins... le grand jeu. Quand Laura avait également demandé à Helen d'être sa demoiselle d'honneur, celle-ci avait aussitôt refusé et proposé Kerry pour porter un bouquet de fleurs. Elle avait sans doute ses raisons et Laura n'avait pas pris la mouche, bien qu'elle eût aimé avoir ses deux meilleures amies à ses côtés ce jour-là. Cathy, sa cadette, serait également là, mais les deux sœurs avaient peu de choses en commun et n'avaient jamais été particulièrement proches.

Aujourd'hui elles allaient donc faire les courses pour Helen et cela annonçait une partie de plaisir. Rien n'arrêtait Helen dans sa quête lorsqu'il lui fallait quelque chose ; elle l'obtenait coûte que coûte – avec beaucoup d'à-côtés. Laura avait toujours aimé courir les magasins avec elle. C'était drôle, excitant. Helen avait le chic pour dénicher les petites boutiques connues d'une seule poignée d'heureuses initiées. Sans compter qu'elle possédait un goût extraordinaire.

À travers la vitre, le regard de Laura se perdit dans la rue passante.

— Alors, on rêvasse ?

Elle tourna la tête pour voir Helen, Kerry et une Nicola souriante approcher de la table. Nicola serrait une liasse de magazines sous son bras gauche.

— Page 22, annonça-t-elle gaiement en lançant un numéro de *Mode* sur la table. Maintenant, je comprends ce que ça signifie quand on dit qu'une photo te fait prendre cinq kilos. J'ai l'air d'une baleine, là-dessus. Et mon passage ici ne va rien arranger… Oh, c'est un mandarine-praline que tu as là ?… Merci.

Avec un clin d'œil, elle se saisit d'une bouchée au chocolat et l'enfourna.

— Bonjou', Tatie Lau-Lau.

Kerry souriait à Laura, ses grands yeux bruns pétillant d'amusement. Avec ses boucles blondes rassemblées en queue-de-cheval, sa salopette rose et sa petite veste en jean, elle était mignonne à croquer. Laura lui rendit son sourire. Incroyable comme la fillette commençait à ressembler à sa mère.

Laura observa son amie avec une pointe d'envie. Comment Helen parvenait-elle à être toujours si séduisante ? Aujourd'hui elle avait simplement noué ses cheveux et portait une veste en cuir caramel ceinturée à la taille, une jupe en jean qui lui arrivait aux genoux, et des bottes en daim ocre et caramel à talons hauts – très mode mais terriblement dangereuses, songea Laura, qui n'aurait pas franchi dix mètres chaussée de la sorte. Sans compter qu'elle ne tenait pas à mettre en valeur ses jambes courtaudes et ses cuisses massives. Sur Helen, en revanche, avec son ossature fine et ses longues jambes, cette tenue était d'un effet renversant. Comme chaque fois en présence de Helen, Laura se sentit terne et mal fagotée.

Kerry tendait les bras et Laura l'installa sur ses genoux.

— Bonjour, ma belle ! Tu as fait des courses avec maman aujourd'hui ?

Kerry acquiesça, contemplant sa mère avec bonheur.

— Et qu'avez-vous acheté ?

L'enfant hésita, prit une profonde aspiration.

— B-b-b-b…

Le petit minois se chiffonna ; le cœur de Laura se serra.

— Ba'lbie ! finit par lancer l'enfant victorieuse.

— Une nouvelle Barbie, précisa Helen, sarcastique. Pour tenir compagnie à la centaine qu'elle a déjà à la maison.

Une fois de plus, Laura se demanda pourquoi Helen se montrait si impatiente avec la petite. Chaque fois qu'elle finissait par prononcer à peu près correctement les mots, la fillette quêtait d'un regard l'approbation maternelle, approbation qui n'était jamais acquise.

Helen ôta sa veste et alla commander du café tandis que Laura et Nicola s'absorbaient dans la lecture de l'article consacré à Motiv8.

— Alors, qu'en penses-tu ? s'enquit Nicola avec un large sourire qui ne laissait pas de doute quant à sa propre opinion.

— C'est fantastique, répondit Laura. Tu es super sur la photo, et ça va être une pub du tonnerre pour le centre.

— Je l'espère, renchérit Nicola. Ça s'est passé beaucoup mieux que je ne m'y attendais, et heureusement qu'ils n'ont pas publié les portraits en pied qu'ils avaient faits. Je t'ai déjà raconté ce que cette Fidelma m'avait demandé ?

Laura acquiesça. Elle savait que certaines personnes pouvaient émettre des propos irréfléchis, mais d'autres se montraient carrément bêtes et ignorantes. Nicola était archi-compétente dans son travail et personne n'avait le droit de la faire douter d'elle.

— Je déteste cette photo dans mon bureau, mais l'autre à la réception est plutôt chouette, non ?

Laura sourit. Bien qu'elle ait affirmé que cette pub rédactionnelle causait peut-être plus de remue-ménage que ça n'en valait la peine, Nicola était très satisfaite de la teneur de l'article, à juste titre. Les choses marchaient bien pour elle maintenant – tellement bien qu'en dépit du choc initial que lui avait causé l'annonce du remariage de Dan, elle semblait avoir digéré la nouvelle. Apparemment, les faits et gestes de Dan n'avaient plus aucune incidence sur son existence. Et tant mieux, songeait Laura.

— Je suis bien contente que cette histoire soit bouclée, reprit Nicola qui parlait toujours de l'article. J'y suis allée un peu à reculons, je le reconnais, mais ça s'est avéré efficace. Ce papier devrait contribuer à l'augmentation de la clientèle.

— Absolument ! renchérit Helen, qui venait de réapparaître, portant un plateau, l'air épuisé. Dès qu'ils auront lu ça, des tas de gens prendront d'assaut le club pour en devenir membre. Vous ne ferez pas face, Ken et toi. À ce propos, comment se porte le splendide M. Harris, ces temps-ci ?

— Très bien, répondit Nicola, radieuse. Justement, il me demandait de vos nouvelles, de Neil aussi, bien sûr. Il faudrait qu'on s'organise une petite soirée ensemble bientôt.

Laura eut un nouveau sourire. Ken était fou de Nicola, et un compagnon parfait pour elle. Autrefois, bien avant qu'ils ne nouent une relation amoureuse, Helen avait eu des vues sur lui. Ken n'avait pas répondu à cette inclination, et ce malgré les tentatives d'alors de Nicola pour les rapprocher ! C'était sans doute affreux, une très vilaine pensée, se dit Laura, mais elle était assez contente de constater que certains hommes restaient insensibles au charme de Helen.

— Alors, s'enquit-elle, par où commençons-nous ?

— Le centre commercial de Stephen's Green ? suggéra Helen en regardant Nicola.

Celle-ci fit la grimace.

— Oh, non, trop d'escaliers roulants.

— En effet, reconnut Helen. En ce cas, je suggère les boutiques de Grafton Street. Dis-nous ce dont tu as besoin, Laura.

— De rien, franchement. J'envisageais juste de me promener avec vous, et peut-être de jeter un œil à la concurrence dans les bijouteries fantaisie et les magasins d'accessoires.

— Bonne idée, fit Helen en mettant le pot à lait hors d'atteinte de Kerry. Justement, tu pourrais essayer de caser ta production dans certaines boutiques d'artisanat ou de cadeaux.

Le cœur de Laura s'emballa. Elle ne se sentait pas encore prête à ce genre de démarche.

— Tu te fais du souci à propos de ton mariage ? lui demanda Nicola qui avait senti sa réticence. Après tout, il n'y a plus que deux mois avant le jour J.

— Arrête ! C'est encore sacrément loin ! Et, non, je n'ai pas la moindre inquiétude. J'aime Neil et j'ai hâte de l'épouser.

— Tant mieux, fit Nicola avec un sourire.

— J'ai toujours trouvé toutes ces palabres autour du «Grand Jour» un peu ridicules, déclara Helen d'un ton désinvolte. Si tu ne sais pas aujourd'hui, tu ne sauras jamais. Kerry, veux-tu bien arrêter les bêtises !

Elle arracha le pot à lait aux menottes de l'enfant.

— Moi, j'ai pensé que je savais, fit doucement Nicola. Or je me suis trompée.

Helen lança un regard gêné à Laura.

— Excuse-moi, s'empressa-t-elle de répliquer en essuyant les mains humides de sa fille avec une serviette en papier. Ce n'est pas ce que je voulais dire... Je n'ai pas réfléchi.

Tu as pris la bonne décision au bout du compte, Nicola, renchérit Laura. N'oublie jamais ça.

Face à l'expression troublée de son amie, elle se demanda si elle ne s'était pas trompée un moment plus tôt en estimant que la nouvelle du remariage de Dan ne lui faisait ni chaud ni froid.

— Tu crois vraiment ? fit Nicola avec un sourire tremblant. Je me demande parfois si nous n'aurions pas dû accorder plus de poids au serment que nous avions échangé. Je me rappelle avoir prononcé ces mots : «Pour le meilleur et pour le pire»...

— Nicola...

— Je sais, je sais, c'était il y a longtemps.

Elle souriait mais son regard disait autre chose.

— Excuse-moi, Laura. J'espère que je ne suis pas en train de te dégoûter du mariage.

— Bien sûr que non, assura Laura en lui pressant la main. Nous savons à quel point ça a été dur pour toi et Dan à l'époque.

— Pour Dan ! s'exclama Helen, outrée. Parce que ça a été dur pour ce salaud ?

Il était de notoriété publique que Helen tenait Dan Hunt en piètre estime et ne voyait comme remède à ses tares qu'un coup de massue sur le crâne.

— N'en parlons plus, fit Nicola avec légèreté. Tout ça est terminé.

Malgré son sourire, Laura remarqua la tension qui marquait ses traits. Décidément, elle s'était trompée ; la nouvelle avait bien plus affecté Nicola qu'elle ne l'avait laissé paraître. Comme il était inutile d'essayer d'en discuter en présence de Helen, elle remit à plus tard le face-à-face avec son amie.

— Alors, où en sont les progrès de LCC ? interrogea gaiement Helen qui avait déjà fait de l'entreprise de Laura un acronyme. Ton informaticien est-il arrivé à un résultat ?

Laura répondit par l'affirmative. En dépit de ses préventions initiales à l'égard des projets de Laura, Helen avait été d'un grand secours pour dénicher un concepteur de logiciel CAO fiable. Si les dessins sur papier suffisaient pour le moment, Laura espérait à l'avenir utiliser la technologie 3D pour des créations plus ambitieuses.

— Donc tout est prêt pour le grand lancement ?

— Il n'y aura pas de lancement à proprement parler. Je démarre officiellement la semaine prochaine et tout est en place. Mes parents viennent ce soir voir mon atelier, ajouta-t-elle avec une joie non dissimulée.

— Super. Moi aussi je dois venir visiter. Mon Dieu, Kerry ! Tu ne peux pas rester tranquille deux minutes ?

La remontrance avait claqué alors que Kerry quittait sa chaise pour s'approcher de Nicola.

— Ça va, Helen, fit doucement cette dernière en caressant les boucles blondes de l'enfant. Elle est mignonne.

— Elle n'est pas mignonne ! Pas du tout mignonne ! Kerry, je te préviens. Pour la dernière fois… Assieds-toi !

La dernière phrase avait fusé si violemment que les clients installés aux tables alentour se retournèrent pour comprendre la raison de ce chahut.

Helen se leva et arracha Kerry à Nicola.

— Je ne vais pas la traîner avec nous aujourd'hui. Ce ne serait agréable pour personne. Vous deux, faites ce que vous avez à faire, et je me débrouillerai de mon côté une autre fois.

— Ne sois pas sotte, Helen, plaida Laura, étonnée par cette réaction. Elle ne nous dérange pas. Elle est simplement très excitée de nous voir, rien de plus.

— Ne discutons pas, Laura, coupa Helen avec raideur. C'est fini pour aujourd'hui, elle ne fera que nous ennuyer.

— Je-je-je-je reg'ette, môman, articula Kerry, la lèvre inférieure tremblante, l'air malheureux au possible. Je v-v-v-v... veux 'ler 'vec toi et...

— Plus question, ma petite demoiselle ! Vu la façon dont tu te conduis, on rentre à la maison, point barre. Je t'avais demandé d'être sage, je t'avais dit que nous avions beaucoup à faire pour le mariage de tatie Laura et que tu devrais être gentille. Mais m'as-tu écoutée ? Non !

Laura et Nicola échangèrent un regard choqué. Si Helen se montrait fréquemment sévère avec Kerry, cette fois elle dépassait les bornes. Sans compter que la fillette n'avait rien fait pour mériter ce savon.

— Je t'en prie, Helen, calme-toi, supplia Nicola. Ce n'est qu'une enfant.

Helen se montra intraitable.

— Je suis désolée, dit-elle à Laura. Je t'appelle dans la semaine pour prendre des nouvelles. Peut-être cette fois pourrons-nous parler tranquillement.

D'un geste brutal, elle propulsa dans sa poussette une Kerry maintenant en larmes, jeta son sac sur son épaule et sortit du café d'un pas résolu, laissant ses deux amies abasourdies.

— Je ne sais pas ce qui lui prend, dit enfin Nicola, mais quels que soient ses soucis actuels, elle ne devrait pas les faire retomber sur Kerry.

Laura était bien d'accord.

— Comparée à beaucoup d'enfants, Kerry n'est pas turbulente. Elle est même très sage pour son âge. Si tu voyais les deux gamins de ma sœur… C'est l'inverse. Toujours collés à elle, toujours à geindre pour ci ou ça. La plupart du temps, on ne s'entend pas tellement ils bavardent à tort et à travers. Kerry n'est pas du tout comme ça.

— Quels âges ont-ils, les fils de Cathy ? s'enquit Nicola. Trois ans ? Trois ans et demi ?

— Ils ont eu trois ans en février dernier. Pourquoi ?

— As-tu jamais entendu Kerry bavarder à tort et à travers ?

— Mais c'est parce que la pauvre petite n'arrive pas à bien prononcer les mots.

— Et, à ton avis, pour quelle raison ?

Laura eut un geste évasif.

— Ce sont des choses qui arrivent.

— Je n'en suis pas si sûre. Tu sais que j'adore Helen, et je ne veux pas insinuer que c'est une mauvaise mère ou que sais-je, mais…

— Par sa façon de lui parler, on ne peut pas dire qu'elle encourage Kerry, termina Laura. Je sais. Je l'ai souvent pensé.

— Elle ne lui parle pas, elle lui lance des ordres. C'est toujours : « Kerry, ne fais pas ci, ne fais pas ça. » On dirait qu'elle la gronde constamment. Finalement, je ne crois pas l'avoir jamais entendue parler *avec* Kerry.

— Oui, mais on ne sait pas comment elle se conduit chez elle. Je suis sûre qu'elles passent de longs moments ensemble.

Bien qu'en partie d'accord avec Nicola, Laura répugnait à critiquer trop sévèrement Helen.

Nicola eut une moue dubitative.

— D'après ce que j'ai compris, Kerry se couche une heure après le retour de sa mère. Helen prépare le dîner puis expédie Kerry au lit pour pouvoir travailler sur son PC. Évidemment, je peux me tromper, mais tout me porte à croire qu'elles ne passent pas beaucoup de temps agréable ensemble.

— Tu n'as pas de certitude. Pour autant qu'on le sache, elle fait de gros efforts avec Kerry. Et ce doit être très dur pour toutes les deux…

Laura s'interrompit car la conversation lui devenait pénible, et Nicola le comprit.

— Encore une fois, je ne veux pas dire que c'est la faute de Helen. D'ailleurs, elle a emmené la petite chez un phoniatre. C'est simplement que… je pense qu'une enfant comme Kerry a besoin de plus d'attention et d'encouragement qu'elle n'en reçoit.

— Tu n'en parleras pas ? s'inquiéta Laura.

Sans aucun doute possible, Helen prendrait très mal la moindre suggestion concernant son rôle de mère et sa relation avec sa fille.

— Bien sûr que non. Ce sont ses affaires.

— Pour être juste, c'est très difficile d'élever un enfant tout seul. Tu n'as personne avec qui en parler, personne avec qui se répartir les tâches.

— Question mère isolée, Helen est moins à plaindre que beaucoup d'autres. Elle possède son appartement, a un salaire formidable, une aide maternelle digne de confiance et plusieurs amies sur qui elle peut compter en toutes circonstances. Franchement, il y a pire.

— Mais il est si facile d'en parler. Je n'aimerais pas être dans la situation de Helen. Une telle solitude… Tu m'as dit à un moment qu'elle fréquentait quelqu'un. Ça continue ?

Nicola fit signe que non.

— Il paraît qu'il était bien pour passer un bon moment, mais qu'au bout du compte il ne lui convenait pas. Ah, si au moins elle n'était pas si tatillonne !

— Tatillonne? s'étonna Laura. Tu crois que c'est le problème?

— Évidemment! Réfléchis. Chaque type avec qui elle est sortie depuis le départ de Jamie avait un défaut rédhibitoire. Il était soit trop jeune, soit trop vieux, trop petit, trop grand, trop chauve, trop poilu…!

— Tu as peut-être raison, convint Laura en riant. Il en faut pour satisfaire notre Helen!

— Sans doute.

Riant elle aussi, Nicola termina son café. Les pensées de Laura prirent un autre tour et elle se pencha vers son amie.

— Dis, Nic, comme tu n'as rien dit depuis, je ne sais pas si tu as envie d'en parler mais…

— Tu penses à Dan?

— Oui. Est-ce que tu as digéré? Je veux dire… Ça a dû te faire un drôle d'effet de l'apprendre de cette façon, et je me demandais si…

Nicola haussa les épaules et baissa les yeux vers sa tasse.

— Je suis sans doute idiote, Laura, mais je trouve qu'il aurait pu me dire qu'il se remariait. Oh, je sais, j'en attends certainement trop de lui. Nous savons bien comment il est… et puis nous sommes bel et bien divorcés. N'empêche que si c'était moi qui m'étais remariée, je sais que j'aurais mis mon point d'honneur à l'en informer.

Laura était d'accord mais, encore une fois, comme venait de le rappeler Nicola, ils étaient divorcés. Dan n'était obligé à rien, pas même à la courtoisie, à l'élégance d'un geste.

— Je comprends, mais au-delà de ça… Est-ce que le fait qu'il se remarie te fait de la peine?

Nicola regarda son amie.

— Question délicate. Pour être franche, Laura, depuis que je suis avec Ken, je n'ai pas pensé à Dan. Pourquoi le regretterais-je? Ken est merveilleux, nous

nous entendons formidablement. Et pourtant… Je ne sais pas, on dirait que cette histoire m'a un peu déstabilisée et je ne sais pas vraiment pourquoi.

— Qu'en pense Ken ?

Nicola fit la grimace.

— Je ne lui ai encore rien dit.

— Nic…

— Je sais, j'aurais dû mais, encore une fois, inutile d'en faire toute une histoire. Si je dis à Ken que je suis au courant depuis un moment et que je ne lui en ai pas parlé, là, il se demandera pourquoi ça me pose problème.

Laura acquiesça. Elle était certaine que Ken comprendrait pourquoi Nicola était un peu secouée par le mariage de Dan mais, cela dit, il était inutile d'en rajouter sur ce point.

Le visage de Nicola s'éclaira.

— En tout cas, ce qui est fait est fait. Dan se remarie et il n'a pas eu la décence de me le faire savoir. Très bien. Oui, j'ai d'abord été surprise, mais maintenant ce n'est plus important. Je continue à mener ma vie, Dan continue la sienne… et bon vent.

— Tu es sincère ?

— Oui ! s'exclama Nicola avec un rire qui mettait fin à la discussion. Allons-y. On n'arrivera pas à grand-chose si on continue à bavarder !

Laura attrapa son manteau.

— Commençons par Brown Thomas, histoire de voir leur vitrine. Ça me donnera une idée de la concurrence.

— Parfait.

Dans le mouvement rapide qu'elle effectua pour suivre son amie vers la sortie, Nicola se cogna dans une table qui se trouvait sur le chemin. Consternée, elle regarda les deux femmes assises, en particulier celle qui épongeait les éclaboussures de son cappuccino.

— Oh, je suis absolument désolée ! Permettez-moi d'aller vous en chercher un autre.

— N'en faites rien, c'est sans importance, répondit la femme avec un sourire. De toute façon, il était froid.

Le regard chagriné de Nicola passa de la femme à sa compagne et, subitement, son visage s'éclaira d'un grand sourire.

— Carolyn ? questionna-t-elle, surprise. C'est toi… c'est bien toi ?

— Oh, bonjour, fit la dénommée Carolyn. Je ne t'avais pas reconnue. Pas du tout reconnue.

— C'est que j'ai beaucoup changé depuis la dernière fois que nous nous sommes vues, acquiesça Nicola en riant. Comment vas-tu ? Comment va la vie ?

— Bien, très bien. Je te présente Alma McGuinness. Alma, voici Nicola Hunt.

— En fait, Nicola Peters maintenant.

Alma et elle se serrèrent chaleureusement la main.

— Oh, excuse-moi, Nicola, fit Carolyn, confuse. J'avais presque oublié que Dan et toi… Ça fait si longtemps que nous ne nous sommes vues.

— Je t'en prie, il n'y a rien de grave. Dis-moi, comment va John ?

— Bien, répondit très sobrement Carolyn.

— Tu lui transmettras mon bonjour.

— Sans faute.

Il y eut un silence, un silence embarrassé de l'avis de Laura, mais Nicola ne parut pas le remarquer.

— Je dois y aller, Carolyn, mon amie m'attend. Mais il faudra que nous prenions un café ensemble, un de ces jours.

— Oui, ce serait sympa.

— Je t'appelle chez toi ? Tu as toujours le même numéro ?

— Absolument. Ça m'a fait plaisir de te revoir, Nicola.

— Vous ne voulez vraiment pas que je vous offre une autre boisson ? demanda Nicola à Alma.

Toujours souriante, celle-ci lui fit signe de filer.

— Je pourrais faire plus attention quand je me déplace ! reprit Nicola. J'ai été contente de vous rencontrer, Alma. À bientôt, Carolyn.

On conclut les adieux et les deux amies sortirent dans la rue.

Nicola était songeuse.

— Carolyn O'Leary… Je ne l'ai pas vue depuis une éternité. C'est la femme de John, tu te rappelles ?

— Ah, c'est donc elle. Je n'arrivais pas à la situer.

Laura savait que Nicola et Carolyn, l'épouse de l'associé de Dan, avaient été très proches avant la rupture.

— Elle est superbe, comme autrefois, soupira Nicola. Et elle a sacrément minci depuis que je l'ai perdue de vue. Le choc qu'elle a dû avoir en me voyant !

Laura sourit mais se tut.

— Il faut vraiment que je la revoie bientôt, continua Nicola. Une petite bringue avec elle ne me déplairait pas, elle était toujours partante pour une partie de rigolade. Allez, bougeons-nous. Il ne reste plus que trois heures avant la fermeture des magasins !

Les deux filles se faufilèrent dans la foule en direction de Grafton Street.

Le soir même, Maureen Fanning inspectait l'atelier de Laura, le pas traînant et les lèvres pincées.

Depuis plusieurs semaines qu'elle avait annoncé à ses parents son intention de lancer sa petite entreprise, Laura ne s'était toujours pas remise de leur réaction. Elle leur avait proposé une visite dans l'espoir qu'ils remarqueraient le professionnalisme de son installation et concluraient au sérieux de son projet. Le week-end précédent, elle avait consacré beaucoup de temps à sélectionner pendentifs, colliers et boucles d'oreilles et à les disposer à leur avantage afin d'impressionner ses visiteurs redoutés.

Sans Neil, Laura n'était pas certaine qu'elle aurait eu le courage d'aller au bout de son projet. Lui et Nicola s'étaient montrés si optimistes et enthousiastes qu'ils lui avaient peut-être instillé une confiance qu'elle ne possédait pas réellement. Mais si sa mère avait raison ? Si ses créations n'avaient en réalité rien d'extraordinaire ? S'il ne s'agissait que d'une lubie, un coup de folie ?

Cependant, quelque chose au fond d'elle la poussait à continuer. Le cousin de Neil avait fait un travail fantastique pour le site web, et recouru à tous les stratagèmes pour que le site apparaisse aisément grâce aux moteurs de recherche les plus connus. Laura ne se lassait pas de le vérifier en se passant des commandes fictives !

Mais si son exaltation grimpait parfois en flèche, à d'autres moments sa confiance plongeait aussi sûrement qu'un caillou au fond de l'eau – phénomène directement lié aux commentaires maternels.

— On dirait que tu as mis bien plus d'argent dans cette bêtise que dans ton mariage, disait justement Maureen de ce ton sarcastique qui avait le don de blesser sa fille au vif. Franchement, Laura, tu aurais mieux fait de songer à faire plaisir aux membres de ta famille.

Elle n'avait pas digéré le mariage modeste, ni le fait que les futurs époux aient négligé d'inviter ses frères et sœurs – que Laura tenait, en majorité, pour de désagréables fauteurs de troubles.

— Maman, je sais que tu aurais aimé qu'ils viennent tous, mais nous voulons un mariage tranquille, en petit comité, fit patiemment Laura.

Si seulement sa mère pouvait remarquer certaines de ses dernières créations ! À mesure que croissait sa confiance en elle, ses bijoux devenaient de plus en plus raffinés et audacieux.

— Tu ne te rends pas compte que c'est moi qui vais en subir les conséquences, reprit Maureen, toujours plaintive.

À la grande déception de Laura, elle ignora ses œuvres exposées pour regagner la cuisine.

— Ça va bien pour toi, tu vis à Dublin, mais moi je suis au village ! Tu te rappelles la scène que m'a faite Frances chez le boucher la fois où j'ai oublié les vingt et un ans de sa petite dernière. Jamais de ma vie je n'ai été si mortifiée !

Si l'on en croyait Maureen, sa sœur Frances avait déclaré haut et fort à la clientèle que « certaines personnes s'y croyaient tellement qu'elles ne prenaient même pas la peine d'envoyer une carte ou quelques euros à sa pauvre Farrah ». À l'époque enceinte de sept mois, la « pauvre Farrah » avait certainement besoin du moindre euro qu'elle pouvait récolter… Maureen ne s'était jamais remise de ce qu'elle appelait l'« humiliation de sa vie ».

Laura ne comprenait pas l'aveuglement de sa mère : ne voyait-elle pas que ses frères et sœurs n'étaient qu'une bande de parasites ? Qu'ils aient besoin d'un prêt (plutôt d'un don qu'ils n'auraient pas à rembourser), c'était à Maureen qu'ils s'adressaient en premier. Un trajet en voiture pour aller en ville ou en revenir ? Maureen sautait dans son véhicule sans protester et les conduisait où ils voulaient. Elle ne recevait jamais rien en retour mais redoutait plus que tout au monde de les contrarier.

Le cœur gros, Laura mit de l'eau à chauffer et ouvrit un paquet de biscuits au chocolat, les préférés de sa mère.

— Maman, si tu veux, j'appelle les Kelly pour leur expliquer la situation avec la mère de Neil qui est si malade… Je leur ferai comprendre que ce ne sera pas un jour de fête comme ils l'entendent.

— Ils ne me pardonneront jamais de les avoir snobés, reprit Maureen comme si elle n'avait pas entendu un mot de la proposition de sa fille. J'ai peur de me montrer dans le village maintenant.

— Ce n'est pas toi qui les snobes, maman. C'est Neil et moi qui nous marions.

— Je t'en prie, Laura, c'est la même chose. Si l'un d'eux nous écartait de sa liste d'invités…

Une expression d'horreur se peignit sur son visage.

— Je me demanderais bien ce que je lui ai fait pour le blesser !

Laura soupira. C'était toujours la même chose dans la famille de sa mère : l'un vexait l'autre d'une façon ou d'une autre, et il en résultait une querelle qui pouvait durer des années. Ensuite, après avoir oublié la cause de la brouille, tout le monde redevenait amis… jusqu'à la prochaine querelle. Maureen redoutait cette fois de passer pour l'offenseur.

— Ma chérie, intervint Joe Fanning d'un ton conciliant, si ta mère et moi te donnions un peu d'argent pour ton mariage ? Peut-être pourrais-tu alors envisager quelques invités de plus.

Laura se montra résolue.

— Je suis désolée, papa, mais Neil et moi avons pris notre décision. Nous ne serons pas plus de soixante au repas, les autres peuvent venir pour le dessert. Je regrette mais c'est ainsi.

Le silence qui se fit dans la petite cuisine dura un moment, et bientôt Laura sentit la désapprobation de sa mère la grignoter. Si au moins Neil avait pu être là ! Il aurait trouvé quoi dire pour clore la discussion. En plus, Laura n'avait aucune envie de parler du mariage ; elle souhaitait que ses parents disent quelque chose, émettent un commentaire quelconque – même le plus rudimentaire – sur son travail.

— Alors, papa, que penses-tu de mon atelier ? finit-elle par demander. Neil a bien aménagé la pièce que nous avions en trop, tu ne trouves pas ?

— Je ne sais pas. C'est dommage de gâcher une belle pièce comme celle-ci. Je veux dire… Comment vous ferez quand vous aurez des petiots ? Vous n'aurez nulle part où les mettre.

Le cœur de Laura se serra.

— Ce ne sera pas avant un moment, papa. En tout cas, pas avant que mon affaire tourne. Oh, j'ai oublié de te montrer le site Internet. C'est très pro et…

— Laura, tu ne pourrais pas… ah… tu ne pourrais pas laisser tomber cette lubie et retourner simplement au travail ?

— Quoi ?

Elle fit volte-face, stupéfaite.

— Tu penses donc que c'est une lubie ? questionna-t-elle, la voix étranglée par la déception.

Quoi que pense sa mère, elle avait toujours cru que son père – son père qui savait comme, petite, elle aimait rester à dessiner tranquillement quand ses camarades jouaient dans la rue, comme elle aimait fabriquer de ses doigts décorations de Noël et cartes de vœux – que son père la soutiendrait.

— Ton père a raison, appuya Maureen en souriant à son époux. Je ne sais pas quelle folie Neil Connolly t'a mise dans la tête, mais il est temps que quelqu'un de sensé te remette les idées en place.

— Les idées en place… répéta Laura. Me remettre les idées en place à quel sujet ?

— Tu n'arriveras jamais à gagner ta vie avec ces absurdités de bijoux.

Joe avait parlé brusquement mais il poursuivit d'une voix plus douce en voyant l'expression peinée de sa fille :

— Petite, pourquoi tu n'essaierais pas pendant tes loisirs pour commencer, histoire de voir comment ça marche ? Parce que ça pourrait bien ne pas te rapporter un sou vaillant. Tu n'as pas envie de tirer le diable par la queue, hein ?

— Tu ne comprends pas, papa, fit Laura dans un murmure. C'est ce que j'ai toujours voulu faire. Tu sais que j'ai du talent pour ça. Et il ne s'agit pas pour moi de gagner de l'argent ; il s'agit d'être *heureuse*.

— Il s'agit pourtant bien d'argent quand on achète une maison dans un quartier huppé comme celui-ci, dit Maureen avec mépris. Des crâneurs pareils ! Pour ne rien te cacher, j'ai salué une de tes voisines en arrivant, eh bien elle m'a regardée comme si j'étais une moins que rien. Ce n'est pas chez nous que ça arriverait. Chez nous, chacun sait d'où il vient, et personne n'aurait l'idée de se prendre pour ce qu'il n'est pas.

Laura ignora le sarcasme.

— Nous sommes à Dublin, maman : les gens ne s'occupent pas des autres. La voisine ne t'a pas regardée, comme tu dis ; elle ne te connaît pas, c'est tout. Mon Dieu, moi non plus elle ne me connaît pas !

— Ce n'est pas la peine de me parler sur ce ton, fit Maureen en portant au loin un regard de martyre. En tout cas, il est clair que tu t'es faite à ce genre de vie.

Épuisée, Laura renonça. Comment espérer l'emporter ?

— Joe, il est temps de nous en aller, dit alors Maureen.

Laura comprit qu'elle avait d'ores et déjà perdu la bataille. Ses parents n'étaient pas venus la voir, ni son travail, ni les préparatifs pour son entreprise. Ils étaient venus la convaincre de renoncer. Et, bien sûr, la pousser à inviter les Kelly au repas de mariage.

Elle se sentit dépitée, manipulée, terriblement seule.

Joe aida son épouse à enfiler sa veste.

— Donc il n'y a pas moyen de te faire entendre raison, c'est bien ça ? interrogea Maureen en plantant un regard hostile dans celui de sa fille.

— Non, maman.

Comme c'était certainement le but de Maureen, Laura sentit qu'en décidant de se consacrer à ce qu'elle aimait, de suivre une voie un peu différente, elle franchissait la ligne blanche. Elle voulait « péter plus haut que son derrière » comme disaient les villageois de quiconque avait confiance en ses propres capacités et s'efforçait de sortir du rang.

— D'accord, conclut Maureen. Eh bien, allons-nous-en.

Dans le couloir, elle demanda encore :

— Tu as arrêté de travailler pour de bon ?

Laura hocha la tête.

— Mon affaire débute officiellement la semaine prochaine.

Pendant un instant, nul ne souffla mot, puis Joe finit par s'éclaircir la gorge.

— Alors bonne chance, fit-il gentiment mais, de l'avis de Laura, sans la moindre sincérité.

Sa mère émit une phrase incompréhensible et, à ce moment-là, Laura se sentit triste et seule comme jamais.

Heureuse coïncidence, on entendit alors la voiture de Neil se garer devant la maison et, trois secondes plus tard, le jeune homme déboulait dans l'entrée.

— Salut, la compagnie ! lança-t-il sans remarquer l'ambiance glaciale. Dites, vous ne partez pas déjà ?

— On veut éviter les embouteillages, expliqua Joe en regardant Maureen.

— Il n'y a pas d'embouteillage le samedi, allons. Vous avez bien le temps.

Tout en parlant, Neil avait habilement fait refluer le couple en direction de la cuisine.

— Comme ça, Laura vous a montré tout ce qu'elle a préparé. C'est fabuleux, non ?

— Très bien, répondit Joe.

Un coup d'œil au visage de Laura suffit à Neil pour comprendre la situation.

— Au fait, Maureen, vous le préparez un peu activement, ce mariage ? Je devine que vous allez nous sortir une chouette petite fringue qui fera honte à tout le reste de la noce !

Flattée, Maureen se rengorgea, et pour la millième fois Laura s'émerveilla de la facilité avec laquelle son compagnon manœuvrait sa mère.

— J'ai prévu un ravissant petit ensemble corail et un chapeau, expliquait Maureen, rayonnante. Je ne te l'ai pas encore montré, Laura, pour te faire la surprise. Coûteux, je ne dis pas, mais ça vaudra le coup.

— C'est formidable, maman, fit Laura avec un sourire. Cette couleur te va à la perfection.

— Tu le penses vraiment ? reprit Maureen. Enfin, je le saurai bien assez tôt, quand je me verrai sur la vidéo.

— La quoi ?

Neil et Laura échangèrent un regard perplexe.

— La vidéo.

— Il n'y aura pas de vidéo, maman. Je te l'ai déjà dit.

Maureen écarta d'un geste cette affirmation absurde.

— Ah, tu l'as dit, je sais bien, mais ta sœur t'a déjà commandé une petite caméra comme cadeau de mariage. Il faut bien que tu aies un souvenir de ton mariage. Sinon, ce n'est pas bien.

Maureen comptait bien pouvoir s'admirer – en boucle ! – dans ses plus beaux atours.

Pour Neil, il n'était pas question de filmer cette journée car sa mère était en pleine chimiothérapie et, à sa grande détresse, avait déjà perdu ses cheveux. Ni lui ni Laura ne voulaient que Pamela Connolly se sente mal à l'aise le jour du mariage de son fils.

— Nous avons pris notre décision, Maureen, déclara-t-il avec fermeté. Ma mère a déjà suffisamment de problèmes avec son apparence physique, ce n'est pas nécessaire d'archiver tout ça pour la postérité.

Maureen tenait bon.

— On fait des perruques très bien aujourd'hui, non ? rétorqua-t-elle ingénument. Toutes les vedettes de la chanson en portent et personne ne voit la différence.

— Maman ! protesta Laura, honteuse et devinant que Neil retenait sa langue. Les perruques pour les cancéreux sont différentes. La mère de Neil est quasiment chauve, et elle trouve ces perruques difficiles à porter : ça gratte, c'est trop chaud et ça n'a pas l'air naturel.

— Bah ! dit Maureen en haussant les épaules. C'est étonnant comme ces gens-là sont encore vaniteux.

Laura en resta bouche bée.

— Il est temps de partir, Maureen.

Sentant, à juste titre, qu'ils avaient abusé de l'hospitalité du jeune couple, Joe entraîna sa femme vers la porte.

— Penses-y quand même, petite, glissa-t-il à Laura tandis que Maureen s'installait dans la voiture avec une dignité de reine. Et bonne chance pour le reste.

— Merci, papa.

Pleine d'un sentiment de trahison, Laura referma la porte et gagna le salon où Neil, livide, était assis sur le canapé.

— Je suis désolée, fit-elle en s'installant auprès de lui. Elle ne se rend pas compte. Elle ne comprend rien.

— Je sais, Laura, dit-il en lui étreignant la main. Mais la perte de ses cheveux est une véritable épreuve pour ma mère. Ça n'a rien à voir avec cette foutue vanité ! Comment peut-elle sortir une énormité pareille ?

Laura l'embrassa sur la tempe. S'il montrait rarement ses sentiments et ses inquiétudes à propos de la

maladie de sa mère, elle le savait intérieurement bouleversé.

— Tout se passera bien, murmura-t-elle en l'enlaçant.

Mais elle-même n'était pas certaine d'y croire.
Pamela avait encore à subir cinq mois de chimio, et
les médecins n'avaient aucune certitude quand au
résultat du traitement.

Le mariage avait lieu dans deux mois. Elle lançait
son affaire la semaine prochaine.

Est-ce que tout se passerait bien ?

À cet instant, Laura en doutait.

13

— Oh, c'était tout simplement ren-ver-sant, Lynne. Le petit Jésus en culotte de velours. Et je sentais les kilos s'accumuler en même temps que je l'avalais ! D'accord, je *sais* que je ne suis pas grosse, mais je dois *quand même* faire attention. Je ne voudrais pas avoir l'air d'une meringue pour le grand jour !

Entendant Dan rentrer, Chloé se redressa.

— Lynne, il faut que je te laisse. Dan vient d'arriver et il doit mourir d'impatience de savoir comment je m'en suis sortie. À plus !

Chloé raccrocha et se tourna vers son fiancé.

— Mon chéri, j'ai découvert aujourd'hui le gâteau le plus stupéfiant, le plus incroyable…

Elle s'interrompit en voyant le visage de Dan.

— Qu'y a-t-il ? demanda-t-elle, impressionnée par ses yeux injectés de sang et son attitude fébrile.

— Je me sens affreusement mal, dit-il en lâchant sa serviette sur le sol et en s'affalant dans le canapé. Je viens de passer deux heures épouvantables dans un bouchon, pare-chocs contre pare-chocs, et j'ai l'impression qu'on me cogne le crâne à coups de marteau.

Chloé se hérissa.

— En ce cas, je suppose que le dîner est annulé.

— Quel dîner ?

— Nous étions d'accord, Dan ! rétorqua-t-elle.

Malgré elle, elle avait adopté un ton geignard. Mais aussi, Dan était *toujours* fatigué ces temps-ci.

— Tu avais promis que nous dînerions aux Quatre Saisons ce soir… simplement pour s'assurer que la nourriture est bien à la hauteur avant le mariage, tu te souviens ?

— Chloé, on peut remettre ça à un autre jour, non ? Là tout de suite, je ne m'en sens pas capable. Excuse-moi.

Dan desserra sa cravate et se passa une main dans les cheveux.

— Très bien, reprit Chloé, affichant nettement sa contrariété.

— Je t'en prie, Chloé. J'ai passé une journée atroce, j'ai une migraine d'enfer, et tu voudrais que j'aille me traîner dans je ne sais quel…

— Dan, il s'agit de notre mariage. Ça ne signifie rien pour toi ?

Elle attendait cette soirée depuis une éternité. Faire l'importante aux Quatre Saisons, discuter interminablement des préparatifs… ce serait mieux que de s'envoyer en l'air ! Enfin, presque. Et il fallait que Dan vienne tout gâcher.

— Bien sûr que ça signifie quelque chose, Chloé ! Sauf que si j'avais su quel bazar ce serait, je ne sais pas si…

Il s'interrompit.

— Tu ne sais pas si quoi, Dan ?

Il battit en retraite.

— Mon amour, je t'ai priée de m'excuser. Que puis-je faire de plus ?

— Puisque tu poses la question, il y a bon nombre de choses que tu pourrais faire. Primo, essayer de manifester un minimum d'intérêt pour ce qui est censé être le jour le plus important de notre vie…

— Chloé…

— Mais, évidemment, je me mets le doigt dans l'œil jusqu'au coude ! continua-t-elle, vindicative. Il faudra bien que je comprenne que tout ça n'est que de la ringardise pour toi, un sale moment à passer, c'est ça ?

— Pour l'amour de Dieu, Chloé, calme-toi.

— Me calmer ? Me calmer ? répéta-t-elle alors que des larmes envahissaient ses paupières. Tu crois que je n'ai rien remarqué ? Tu crois que je ne vois pas à quel point tout ça t'indiffère ? Rappelle-toi une chose, Dan, c'est toi qui m'as demandée en mariage. C'est toi qui voulais officialiser notre union. Et il y a encore quelques semaines, tout se passait bien.

Comme il se levait pour la prendre dans ses bras, elle recula.

— Je ne sais pas ce qui t'arrive. Tu as rencontré quelqu'un d'autre, c'est ça ? Si c'est le cas, Dan, tu peux...

— Arrête, Chloé, s'il te plaît. Ce n'est pas ça du tout.

— Pas ça du tout... Alors c'est quoi ?

Avec un soupir, Dan alla de nouveau s'affaler dans le canapé.

— Tu as raison, je suis préoccupé en ce moment. Mais ce n'est pas ce que tu crois. Je n'ai pas rencontré quelqu'un d'autre.

— Eh bien, de quoi s'agit-il ?

— Il s'agit de Nicola, mon ex.

La gorge de Chloé se noua et elle s'assit auprès de lui. Elle ne savait pas grand-chose du premier mariage de Dan, sinon que lui et son ex-épouse s'étaient séparés dans des conditions pénibles. Dan répugnait à en parler, et elle ignorait qui avait demandé le divorce mais, pour autant qu'elle puisse le deviner, Chloé se doutait qu'un événement majeur avait été à l'origine de leur séparation. En son for intérieur, elle avait toujours soupçonné l'ex-épouse d'être un genre de garce, et elle s'interrogeait parfois sur les sentiments de Dan à l'égard de cette Nicola. Avait-elle essayé de renouer avec lui ? Était-elle encore amoureuse de lui ? Tentait-elle de lui soutirer davantage d'argent ? Puisqu'ils n'avaient pas eu d'enfant, que cherchait-elle à réveiller, à raviver ?

— Que te veut-elle ? interrogea Chloé.

Et elle retint son souffle, dans l'attente de la réponse.

— Tu te rappelles l'embrouille avec les cartons d'invitation ?

Les sourcils froncés, Chloé acquiesça.

— Aussi incroyable que cela paraisse, ceux que nous avons reçus par erreur se trouvaient être ceux de la meilleure amie de Nicola.

Bravo pour l'originalité, s'agaça intérieurement Chloé. Maintenant le pays entier recourait aux services de Projets de Grands Jours.

— Les cartons d'invitation de…

— Elle s'appelle Laura.

— Et donc ?

— Comme Laura a reçu par erreur *nos* invitations, il y a de fortes chances pour que Nicola soit au courant de notre mariage.

— En quoi est-ce un problème ?

Dan se massa les tempes d'un geste las.

— Je n'ai pas averti Nicola que je me remariais, or je ne voulais pas qu'elle l'apprenne de cette façon, ou qu'elle croie que j'essayais d'en faire un secret.

Chloé restait perplexe.

— Quelle importance que tu ne lui aies rien dit ? Et qu'est-ce que ça peut faire maintenant ?

— Je ne sais pas, répondit-il d'une voix sourde. Simplement, je ne voudrais pas que ça la blesse, c'est tout.

— Pourquoi est-ce que ça la blesserait ? Vous êtes divorcés, quand même ! Elle aussi pourrait s'être remariée. Franchement, Dan, c'est fou comme tu peux être prévenant, parfois.

— Elle ne s'est pas remariée, fit-il doucement.

— Qu'en sais-tu ?

Bien qu'elle eût posé la question, Chloé n'était pas certaine de vouloir connaître la réponse. Dan avait-il gardé un œil sur cette femme ? Pour quelle raison ?

— Je le sais parce que, crois-le ou non, je suis tombé hier sur un article qui lui était consacré dans l'un de tes magazines. Elle est revenue à Dublin, et elle dirige un centre de fitness.

Chloé vit alors un sourire effleurer les lèvres de Dan.

— Où, dis-tu ? Quel magazine ?

Il éparpilla quelques revues qui se trouvaient sur la table basse, trouva le numéro de *Mode*, l'ouvrit à la bonne page et désigna à Chloé la petite photographie cadrée aux épaules.

— Voilà Nicola.

— Voilà donc Nicola, répéta Chloé en fixant le cliché.

La fameuse Nicola était blonde, dotée d'un teint sans éclat et, si l'on en croyait ses bonnes joues, aurait bien eu besoin elle aussi de faire un peu d'exercice. Curieusement, Chloé s'était toujours imaginé une femme autrement plus glamour. Que l'ex de Dan ne soit pas une beauté était plutôt rassurant.

— Qu'est-ce qui te chagrine, au fond ? s'enquit-elle.

— Hein ?

— Pourquoi cette histoire te tracasse-t-elle à ce point ?

Dan eut l'air épuisé.

— Je me doute que c'est difficile à comprendre pour toi, Chloé, mais tu ne sais pas comment les choses se sont terminées entre nous.

— En effet, acquiesça Chloé, saisissant l'opportunité. Tu aimerais peut-être me le dire.

Le visage de Dan se referma.

— On s'est simplement séparés... Je n'ai pas vraiment envie d'en parler.

— Pourquoi ? Vous êtes divorcés maintenant. Quelle différence cela peut-il faire ?

— Nicola et moi, on... on... On n'y est pas arrivés, voilà, bredouilla Dan sans pouvoir soutenir le regard de sa fiancée. Je n'ai jamais envie d'en parler parce que..., parce que je culpabilise, sans doute, que nous n'y soyons pas arrivés.

— Ça ne peut pas être uniquement ta faute ! trancha Chloé. Elle a sûrement sa part de responsabilité.

— Pas vraiment.

— Et pourquoi cela ?

Il resta silencieux pendant un moment.

— C'était moi... J'étais faible, dit-il enfin. J'aurais dû me battre davantage. J'aurais dû être plus fort, mais je n'étais que... qu'un lâche.

— Ça s'est passé il y a longtemps, Dan.

Chloé n'aimait pas trop le tour que prenait la conversation. Certes, elle était curieuse de connaître les raisons de la rupture, mais il lui déplaisait que Dan pense qu'il aurait dû « se battre davantage » pour son premier mariage.

Elle choisit d'orienter différemment la discussion.

— Puisque tu es si ennuyé qu'elle ait appris notre mariage, pourquoi ne mets-tu pas les choses au point ?

— Que veux-tu dire ?

— Le numéro de téléphone de son centre s'étale en pleine page de cet article. Ils doivent manquer de clients. Pourquoi ne lui passes-tu pas un coup de fil à son travail ?

Si Chloé ne désirait pas particulièrement voir Dan renouer en copain avec son ex, elle estimait par ailleurs que mieux valait en finir avec son cas de conscience.

— Ça ne t'ennuierait pas ? s'enquit-il, incertain.

— Pas le moins du monde.

— Alors, d'accord... Je crois que c'est ce que je vais faire.

Il semblait soulagé mais, jugea Chloé, un peu nerveux.

Tandis qu'il se douchait, Chloé étudia la photographie de plus près. Si le portrait était fidèle, Nicola ne représentait en rien un danger. Dépourvue de séduction, pâle, d'une physionomie banale... De l'avis de Chloé, c'était bien la dernière personne qu'on eût imaginée à la tête d'un centre de remise en forme.

Que Dan l'appelle et en finisse avec cette histoire. La perspective ne l'enchantait pas, mais que faire d'autre ? Plus vite il serait débarrassé de ce souci, plus vite *elle* pourrait cesser de se faire du mauvais sang.

Ah, Dan et ses grands principes ! Il était vraiment trop plein d'égards, parfois, et cela lui nuisait.

Chloé reprit le téléphone et composa à nouveau le numéro de sa meilleure amie.

— Lynne, salut, c'est encore moi... Ne bouge pas, j'arrive.

— Je n'y comprends rien, dit-elle en s'enfonçant dans le luxueux canapé en cuir italien. Pourquoi cette obsession de ce qu'elle peut bien penser... après tout ce temps ?

Toute idée de gâteau de mariage abandonnée, Chloé avait foncé chez Lynne en laissant Dan somnoler comme un bienheureux devant la télévision.

— Peut-être ne s'agit-il que de courtoisie, de bonnes manières de la part de Dan, suggéra Lynne. Après tout, c'est assez vrai qu'il aurait dû lui dire pour vous deux. Ils ont été mariés... quoi ? Deux ans avant leur séparation ?

— Oui, mais s'il est scrupuleux à ce point, pourquoi ne lui a-t-il pas parlé de moi plus tôt ?

— Tu dis qu'elle n'habitait pas en Irlande. Peut-être n'a-t-il pas eu l'occasion de la joindre.

— Franchement, reprit Chloé en se redressant, tu aurais dû voir Dan ces derniers temps. Il n'est que l'ombre de lui-même. Le mariage ne l'intéresse plus du tout. Je lui ai demandé l'autre jour ce qu'il pensait du plan de table, et il est resté muet, comme un idiot, à croire qu'il ne voyait même pas de quoi je parlais. Il a l'air… je ne sais pas… obsédé, hanté.

— Tout ça ne me dit rien qui vaille, commenta Lynne.

— À moi non plus.

— Dis, pourquoi est-ce que Dan et je-ne-sais-plus-comment se sont séparés ? questionna Lynne, faisant écho à la question qui ne cessait de tourmenter Chloé depuis qu'elle avait entendu parler de Nicola.

— Je ne sais pas vraiment, répondit-elle, et elle se sentit idiote.

Dan avait toujours éludé tout ce qui tournait autour de son premier mariage. Chloé n'avait rien demandé car, jusqu'à présent, elle s'en moquait un peu. Pour autant qu'elle le sache, l'ancienne Mme Hunt avait disparu du paysage et, par-dessus le marché, vivait à l'étranger. Pourquoi s'en serait-elle préoccupée ? Tant que cela ne la touchait pas, Chloé demeurait indifférente. Or, soudain, le retour de Nicola et la réaction de Dan l'emplissaient d'un fort sentiment de malaise.

— Je suis sûre que tu pourrais savoir, reprit Lynne. Du moins, connaître la raison officielle.

— Quoi ? s'étonna Chloé. Comment donc ?

— Tu travailles dans un cabinet juridique, s'exclama Lynne en riant, comme si c'était la chose la plus évidente du monde. Si quelqu'un est bien placé pour mettre la main sur des documents, c'est toi. Essaie de savoir incidemment par Dan qui s'est occupé de son divorce, puis téléphone et vois ce que tu peux glaner.

— Lynne, tu es un génie !

Chloé n'y aurait jamais songé. Malgré son apparence un tantinet molle et bornée, Lynne possédait une cervelle en état de marche. Elle eut, face au compliment, un sourire béat.

154

— C'est ce que j'ai toujours pensé, acquiesça-t-elle. Les termes du jugement de divorce peuvent ne rien te dévoiler, mais il doit y avoir une cause inscrite dans les documents de la procédure.

L'esprit de Chloé galopait. Dan n'apprécierait pas qu'elle agisse ainsi dans son dos, mais c'était sa faute puisqu'il ne voulait rien lui dire !

Non, elle avait besoin de connaître le fin mot de l'histoire et, plus important, de savoir si cette Nicola représentait une menace pour son mariage. Pas question de la laisser se mettre en travers de son chemin ! Elle avait attendu suffisamment longtemps que Dan lui demande sa main, passé assez de temps en essayages de robes, choix de fleurs, de gâteau, d'invitations… Elle était bien décidée à ne laisser rien ni personne perturber son grand jour.

— Et je ne m'arrêterais pas là, continuait Lynne. As-tu pensé aux amis de Dan ? C'est par là qu'il faut commencer.

Chloé fit la moue.

— Dan n'a pas tant d'amis que ça, en tout cas pas que je connaisse. Je suppose que Nicola et lui fréquentaient un même cercle de gens, aussi quand ils se sont séparés… En fait, maintenant on ne voit que toi et Nick et les autres.

C'était la vérité. Si elle y réfléchissait, il était assez bizarre que Dan n'ait pas d'amis proches. Elle n'y avait pas prêté attention auparavant, contente d'une certaine façon de l'avoir à elle toute seule… Cela ne l'aidait pas aujourd'hui dans sa recherche d'une personne qui aurait connu Dan et Nicola ensemble.

Une inspiration la traversa.

— Je peux toujours essayer John.

John O'Leary, le très antipathique associé de Dan, devait les avoir fréquentés à l'époque, et sans doute ne verrait-il aucune objection à lui fournir les détails les plus horribles sur la première union de son confrère. D'après Dan, c'était une vraie commère. Et si Chloé n'aimait pas ce type libidineux, elle saurait bien passer outre le temps d'obtenir quelque information qui la rassurerait.

Satisfaite d'avoir établi son plan de bataille, elle se cala à nouveau dans le canapé et sourit à Lynne.

Elle téléphonerait à l'associé de Dan demain à la première heure.

John décrocha dès la deuxième sonnerie sur sa ligne directe.

— Expertise comptable O'Leary & Hunt, John à l'appareil.

— Salut, John, c'est Chloé... La Chloé de Dan.

— Oh, Chloé, quelle bonne surprise ! Comment ça va ?

Il affectait une familiarité amicale alors que Chloé aurait pu compter sur les doigts d'une main le nombre de fois où elle l'avait rencontré. D'après Dan, John O'Leary était loin d'être l'associé idéal, chose qu'il avait découverte peu de temps après leur installation, aussi les deux hommes se fréquentaient-ils assez peu en dehors du bureau.

— Dan est en rendez-vous en ce moment, annonça-t-il. Je lui demande de te rappeler plus tard ?

Chloé toussota. Mince, elle avait le trac. Elle avait passé toute la nuit à réfléchir à ce qu'elle allait dire, à la façon de le formuler, or voilà qu'elle hésitait à l'instant crucial.

— Euh... En fait, c'est à toi que je souhaite parler, John... si tu as un petit moment.

— Oh... Vas-y.

Imaginant la mine stupéfaite de son interlocuteur à l'autre bout du fil, elle décida d'aller droit au but.

— Tu as connu l'ex-femme de Dan, n'est-ce pas ?

— Nicola ? Bien sûr. Il paraît qu'elle est rentrée en Irlande. Pourquoi cette question ?

Le pouls de Chloé s'accéléra. C'était certainement Dan qui avait avisé son associé du retour de Nicola. Pour quelle raison ? Pourquoi lui en aurait-il parlé, à moins… ? Brusquement, Chloé se sentit gravement menacée.

— Sans raison particulière, fit-elle en affectant un détachement qu'elle était loin d'éprouver. Simplement, je me demandais à quoi elle ressemblait. Dan m'a parlé d'elle, certes, mais de façon très édulcorée, et je m'interroge sur la véritable raison de leur séparation.

— Si tu me demandes si leur union était condamnée à l'échec dès le début, rétorqua John, je peux te dire qu'ils ont eu des problèmes dès le premier jour. Dan te l'a certainement dit.

Son ton ne révélait guère d'affection pour Nicola.

— Euh… oui.

Chloé n'allait pas admettre qu'elle n'en avait pas la moindre idée. Dan ne se trompait pas en affirmant que John aimait cancaner. Elle n'ajouta rien, supputant qu'il valait mieux le laisser en roue libre.

— Oui, cette histoire avec les parents de Dan et tout, une vilaine affaire.

Chloé dressa l'oreille. *Les parents de Dan ?*

— Ils n'approuvaient pas le choix de leur fils ? suggéra-t-elle, optant pour le scénario le plus probable.

— C'est peu de le dire. La mère est intraitable, tu es bien placée pour le savoir, ajouta John avec un rire. Quant au père… je ne te raconte pas !

Chloé fut étonnée. Si elle savait que Dan ne s'entendait pas avec ses parents, elle en comprenait maintenant la raison. Il avait dû craindre que la même chose ne se reproduise. Il était bien bête, pensa-t-elle, s'il croyait qu'elle laisserait sa mère, ou n'importe quelle autre femme, se mettre en travers de leur couple. Cette Nicola devait être une cruche.

— Pour être honnête, Chloé, continuait John, je ne sais pas trop comment ça s'est passé à la fin. J'étais bien sûr désolé pour Nicola et tout ça, mais… enfin, disons qu'entre elle et moi ça n'accrochait pas vraiment.

— Oh ?

Cet aveu surprit Chloé, venant de la part d'un homme qui aimait donner l'impression d'être le meilleur ami de tout le monde, « le » copain solide et loyal.

— Oui, Carolyn et elle s'entendaient bien, mais, quand on s'est associés, Dan et moi, elle s'est mis en tête que Dan était le seul à bosser et que je n'en fichais pas une ramée. Mais Dan est comme ça. Tu sais, il adore être aux commandes. Moi, ça me convenait de le laisser faire. Ce n'était pas ma faute s'il restait tous les soirs à travailler au bureau, les premiers temps. Peut-être que s'il avait eu quelqu'un d'un peu plus reposant à la maison, il n'aurait pas eu besoin de ça.

— Parce que Nicola était du genre crispé ? avança Chloé, ravie par cette image de celle qui l'avait précédée.

— Crispée ? Comparé à elle à l'époque, mon percepteur est un modèle de gaieté !

John riait encore de sa piètre blague quand Chloé chercha à clarifier ce qu'elle venait d'apprendre.

— Donc, Nicola et Dan étaient sous pression dès le départ, parce que Dan travaillait trop et à cause de cette histoire avec ses parents ?

— Ouais, mais avec tout ce qui s'est passé, ç'aurait de toute façon été difficile. C'est dommage, et ils formaient un couple super, mais il faut une union sacrément solide pour survivre à ces trucs-là.

Ces trucs-là ? *Quels* trucs ?

— John…

— Pourquoi cet intérêt soudain pour Nicola ? Tu veux savoir si tu tiens la comparaison ? Eh bien, je peux t'assurer que Nicola était belle en ce temps-là, même si maintenant... Enfin, il n'y a pas photo.

— Merci, John, fit Chloé, terriblement flattée.

Elle savait déjà à quoi ressemblait Nicola aujourd'hui ; apparemment, la rupture l'avait éprouvée. Cela dit, ce n'était pas une raison pour s'arrêter là. Au passage, Chloé se demanda si Dan possédait, cachée quelque part, une ancienne photo de Nicola et lui – une photo de mariage, peut-être ?

— C'est surtout que Dan ne parle pas beaucoup d'elle, reprit-elle, et je me posais des questions.

— Ah, tu n'as pas à te faire de souci, ma jolie, assura John d'un ton protecteur. Dan a fini par s'en remettre.

S'en remettre ? Chloé n'apprécia pas la formule. Cela ne pouvait signifier qu'une seule chose : c'était cette Nicola qui avait rompu ! Elle avait toujours espéré que ce soit Dan qui ait plaqué son ex et l'inverse la chiffonnait, car imaginer son fiancé se languissant de sa première épouse...

S'en était-il véritablement remis ? Ou le retour de Nicola avait-il ravivé en lui autre chose que de la culpabilité ? Elle se remémora à quel point il s'était montré distrait, perdu, impatient au cours des semaines passées, jusqu'à ce qu'il avoue enfin ce qui le tourmentait. Qu'avait-il éprouvé en découvrant que Nicola était rentrée au pays ? Plus grave : que ressentirait-il en reprenant contact avec elle ? Chloé avait-elle été la pire des idiotes en lui suggérant de la joindre ?

— Écoute, Chloé, il faut que je raccroche. Je dois préparer mon prochain rendez-vous et...

— Je comprends.

Alors qu'elle s'apprêtait à dire au revoir, Chloé se surprit à demander :

— John, te rappelles-tu lequel des deux a engagé la procédure de divorce ? Dan me l'a dit mais là, tout de suite, je ne m'en souviens pas. Je crois que c'était elle, c'est bien ça ?

— Bien sûr que c'était elle! s'exclama John comme si cela allait de soi. Elle s'est domiciliée en Angleterre et a fait établir les papiers là-bas. Tu sais qu'ils ne s'étaient pas mariés en Irlande?

— Oui, mais quelque part à l'étranger?

En effet, Dan y avait fait allusion.

— Ce fut donc un divorce rapide, sans longue période de séparation ni rien de ce genre.

Chloé se rembrunit. S'il s'agissait d'un divorce anglais, il lui serait quasiment impossible de mettre la main sur les documents. Elle allait être obligée de renoncer à cette partie de son plan!

— Bon, encore une fois, Chloé, j'adorerais continuer à bavarder...

— D'accord, je te laisse. Merci... Dis, tu ne parleras pas de notre conversation à Dan, tu veux bien?

John éclata de rire.

— Tu es folle ou quoi? Il est encore si chatouilleux à propos de Nicola que je n'irais pas courir un risque pareil!

Quand elle eut raccroché, Chloé sentit un malaise la gagner de minute en minute. Les informations de John n'avaient pas vraiment assouvi sa curiosité ; pire, elles l'avaient aiguisée. Elle avait appris quelques petites choses quant à l'origine des problèmes de Dan et de Nicola, mais rien qui puisse représenter une cause de rupture valable. Pourquoi Dan se sentait-il coupable? S'il ne s'agissait que de la dégradation de leur couple entraînée par le refroidissement des sentiments qu'ils avaient l'un pour l'autre, Chloé pouvait comprendre.

Or son intuition soufflait à Chloé qu'il y avait autre chose, une chose plus grave. Elle était incapable d'en expliquer la raison ; elle savait, c'était tout.

Qu'avait voulu dire John par cette phrase : « Il faut une union sacrément solide pour survivre à ces trucs-là » ?

Elle demeurait incertaine. Le mariage aurait lieu dans quelques mois seulement, et Chloé restait bien décidée à ne pas laisser l'ex-épouse de Dan se mettre en travers de son chemin.

Si elle ignorait encore la raison de leur séparation, elle était bien décidée à la découvrir.

14

Laura contenait son excitation à grand-peine. Aujourd'hui, Laura Connolly Créations ouvrait ses portes ! Aujourd'hui, elle devenait officiellement patronne de sa propre société ! Elle contempla son petit atelier avec une immense satisfaction. Les coffrets de présentation étaient arrivés quelques jours auparavant, et Laura ne s'était pas attendue à la joie inouïe qui l'avait envahie en les découvrant. Pour le logo, elle avait opté pour un simple libellé couleur lilas légèrement argenté, sur fond blanc ; et dans l'écrin, le bijou reposerait sur un lit de satin blanc.

Sur le conseil de Neil, elle avait sélectionné de petits échantillons de son travail – boucles d'oreilles, broches, etc. – et les avait envoyés, dans leur écrin, à quelques boutiques de cadeaux et bijouteries soigneusement choisies, dans l'espoir d'éveiller quelque intérêt.

Elle ne se faisait pas d'illusions : il faudrait du temps avant que les choses se mettent en route mais, avec un peu de chance, elle saurait d'ici Noël si sa tarification était correcte et sa marge suffisante. Sans l'avis de Neil, elle aurait vendu ses créations pour presque rien ; il l'avait convaincue de hausser ses prix à un niveau décent.

« Je sais que tu ne veux pas te situer en dehors du marché, mais je te rappelle que ce sont des produits faits main, pas cette camelote fabriquée en série

162

qu'on trouve partout, avait-il dit. Si tu proposes des prix trop bas, les gens penseront que ça ne vaut pas grand-chose. »

Sans Neil, peut-être aurait-elle donné ses bijoux...

Helen avait suggéré un lancement officiel de Laura Connolly Créations, avec invitations tous azimuts, ce qui procurerait peut-être un peu de publicité, mais Laura préférait réserver ce genre de petite sauterie à l'approche de Noël, quand la plupart des gens seraient disposés à acheter des bijoux. Pour le moment, elle était plutôt heureuse de démarrer lentement, de se constituer un beau catalogue, et d'espérer l'appui de la Chambre de l'artisanat ainsi que de quelques clients satisfaits qui lanceraient le bouche à oreille.

Côté familial, elle n'avait guère reçu de soutien. Pour autant qu'elle le sache, sa mère n'avait même pas dit un mot de son entreprise à qui que ce soit.

Neil supportait de moins en moins l'attitude de Maureen, tant envers l'entreprise de sa fille qu'envers le mariage, et Laura s'épuisait à tenter d'apaiser la tension croissante entre la future belle-mère et le futur gendre.

Comme Joe n'avait pas dit grand-chose, elle ignorait ce qu'il pensait. Peut-être était-il secrètement heureux pour elle mais, dans la mesure où il soutenait toujours son épouse, elle n'avait aucun moyen de savoir ce qu'il éprouvait. Joe laissait très rarement percer ses sentiments, sur quelque sujet que ce soit, préférant laisser les palabres à sa femme. C'était bien dommage car Laura aurait apprécié d'avoir un défenseur. Quant au mariage, Joe faisait la sourde oreille aux récriminations de Maureen, peut-être parce qu'il avait déjà entendu la même chanson à l'occasion du mariage de Cathy.

Pour Laura, le flagrant manque de confiance de sa mère était une épreuve difficile à surmonter. Elle avait cru que Maureen serait enchantée, se ferait sa meilleure avocate, or elle se conduisait comme s'il fallait avoir honte des projets de sa fille. C'était pénible à supporter. Laura n'avait pas reçu un mot de ses parents, pas même un rapide coup de fil histoire de lui souhaiter bonne chance, alors qu'ils savaient pertinemment qu'aujourd'hui leur fille devenait chef d'entreprise.

Absorbée dans ses pensées, la jeune femme s'installa à son établi et commença à travailler au dessin d'un collier dont elle espérait de bonnes ventes à Noël. Tout en maniant le crayon, elle essayait de rédiger une description alléchante, destinée à son site Internet.

« *Délicat filet en vermeil ornementé d'un filigrane de boucles et volutes, de fleurs en émaux cloisonnés et d'un rang central de cabochons en verre corail et turquoise... ce collier fera parler de lui...* »

Fera parler de lui? Laura eut une moue dubitative. Pouvait-elle décemment dire des choses pareilles sans qu'on pense qu'elle faisait son propre éloge? Mais peut-être était-ce précisément ce qu'il fallait faire. Elle n'essayait pas seulement de vendre des bijoux, mais aussi une *image*.

Elle s'empara d'une de ses pièces préférées, l'une des premières qu'elle avait créées depuis qu'elle s'était mise à son compte. À son compte! Elle n'y croyait toujours pas... En tout état de cause, ce bracelet était assez spectaculaire, il lui avait fallu un temps fou pour le fabriquer – la fine chaîne en argent étant quasiment impossible à travailler comme un fil de broderie. Elle avait enchâssé dans l'entrelacs de scintillantes perles de cristal et habillé le fermoir métallique de faux diamants éblouissants.

Laura s'approvisionnait auprès d'un distributeur britannique qui achetait les perles en Italie. Comme elle en était satisfaite, c'était par son intermédiaire qu'elle chercherait d'autres matériaux qui lui permettraient d'atteindre véritablement le résultat recherché. Car, tout en se concentrant sur quatre ou cinq lignes fortes, à base de métaux, de perles et de pierres, elle aspirait à faire également ses armes dans le registre ethnique, en utilisant le cuir, peut-être les coquillages ou le bois. Elle ignorait seulement si c'était jouable d'un point de vue commercial, et c'était son gros problème. Les bijoux pouvaient être fantastiques, mais les gens les porteraient-ils ? Non, pour le moment, elle devait s'en tenir à des styles plus conventionnels, en leur donnant sa propre patte contemporaine.

Son mariage lui servirait d'essai grandeur nature. Elle avait une idée précise de ce qu'elle désirait pour cette occasion. Elle se l'était promis : Nicola et Cathy, ses demoiselles d'honneur, porteraient des bijoux fabuleux, des bijoux qu'elles chériraient toujours.

Laura était si absorbée dans son travail qu'elle faillit ne pas entendre la sonnette.

À la porte d'entrée, elle découvrit un livreur chargé du plus stupéfiant, du plus original arrangement floral qu'elle ait jamais vu. Le matin, Helen lui avait fait livrer une corbeille de chocolats artisanaux, Nicola lui avait envoyé un ballon où était écrit « Bonne chance » et la mère de Neil, bien qu'hospitalisée, lui avait fait parvenir un magnum de champagne.

Ce présent-là venait de Neil.

« *Félicitations, LC,*
Ton cœur est mon sublime bijou. »

Après avoir lu la carte accompagnant le bouquet, Laura eut peine à retenir ses larmes. Il était merveilleux – les gens étaient merveilleux. Au diable sa famille ! Qu'importait ce qu'ils pensaient ? Tant qu'elle avait Neil auprès d'elle, tout irait bien.

Helen consulta sa montre. Elle était assise au bar du Stillorgan Park Hotel et Miriam Casey était en retard. En retard de quarante minutes. S'il était une chose que Helen abhorrait, c'était bien l'impolitesse professionnelle. Si cette dame devait être en retard, pourquoi n'avait-elle pas appelé pour le dire ?

Comme à un signal, le portable de Helen sonna.

— Helen ? fit une voix pressée et nerveuse. Miriam Casey à l'appareil… Écoutez, je sais que c'est très désagréable, mais pouvons-nous remettre notre rendez-vous ?

Helen se hérissa. Elle avait travaillé toute la nuit à une présentation pour *Mizz* Casey, et voilà que cette peste annulait !

— Je dois avouer que je suis très déçue, Miriam. J'ai réservé une table et…

— Je sais et je suis sincèrement désolée. C'est que l'un de mes enfants est tombé malade et je ne peux pas le laisser tout seul. Je vais vous dire, vous allez vous offrir un bon déjeuner et mettre ça sur le compte de la société. Je vous en prie, insista-t-elle comme Helen hésitait. C'est le moins que je puisse faire.

En effet, songea Helen, après m'avoir fait venir ici pour rien !

Elle n'était donc pas la seule à tenter de mener de front une carrière et des responsabilités de mère de famille. Quoiqu'elle n'eût jamais laissé la maladie d'un gamin chambouler son calendrier professionnel. À quoi servait la nourrice ?

— Rappelez-moi quand vous pourrez fixer un autre rendez-vous, conclut-elle brièvement.

Super ! songea-t-elle en reposant son portable sur le comptoir. Et bravo pour avoir cravaché comme une dingue toute la matinée, dans le but de libérer son après-midi. Malgré l'offre de Miriam, elle n'avait pas très envie de déjeuner seule ici. Elle hésita à retourner au bureau, mais la journée était si belle…

Il était deux heures et quelques. Bien sûr, elle pouvait aller chercher Kerry au jardin d'enfants et rentrer tôt à la maison, mais il n'y avait pas de raison à cela puisque Jo devait déjà être en route. Et dans la mesure où elle ne reprenait Kerry chez sa nourrice qu'après cinq heures… Quelle merveille ! Pour la première fois depuis une éternité, elle disposait d'un après-midi pour elle ! Génial !

Si elle passait chez Laura, histoire de voir comment celle-ci s'en sortait pour son premier jour ? Ou bien, encore mieux, elle pouvait rendre visite à Nicola au centre, peut-être s'offrir un massage ou une longue trempette dans le spa… Elle soupira. Ce serait carrément l'extase.

Restait l'autre option : une possibilité à laquelle Helen résistait rarement. Grafton Street lui tendait les bras, or comment mieux profiter d'un après-midi libre qu'en faisant les magasins ? Il lui fallait toujours une tenue pour le mariage de Laura puisque les caprices de Kerry avaient gâché leur dernière sortie, alors pourquoi pas ? Elle avait déjà sa petite idée : un petit ensemble Julien McDonald un rien tape-à-l'œil ou un modèle Jenny Packham… Bref, quelque chose qui ferait jaser à Glengarrah.

Helen regarda l'heure. Elle pouvait être en ville à trois heures, ce qui lui laissait largement le temps avant d'être obligée d'aller chercher Kerry. Et même si elle était un peu en retard, Jo n'en ferait pas une maladie.

Elle termina son eau pétillante et s'apprêtait à partir quand son regard tomba machinalement sur l'écran de télévision qui diffusait un bulletin sportif. Elle se pétrifia, les yeux écarquillés. L'un de ses footballeurs préférés souriait aux caméras en arborant le maillot d'une équipe adverse.

— Pas possible ! dit-elle au barman. Vous voulez bien monter le son ?

Amusé, le garçon s'exécuta.

— Un sacré choc, hein ? commenta-t-il. Il va se faire recevoir quand il retournera sur son terrain.

— Mais il jouait avec cette équipe depuis l'âge de quatorze ans ! renchérit Helen, scotchée devant le poste. Je ne peux pas croire qu'il ait signé avec un club rival.

— Disons qu'avec quarante-cinq millions de livres on se laisse convaincre.

Sur cette sage réflexion, le barman alla servir un autre client. Helen s'était rassise sur son tabouret afin de voir la fin du bulletin, toujours abasourdie.

— C'est quelqu'un que vous connaissez ? s'enquit une voix masculine à sa gauche.

— Pardon ? dit-elle en observant l'individu derrière un rideau de cils épais papillonnants.

C'était presque une seconde nature chez Helen, il fallait qu'elle flirte avec n'importe quel homme qui lui adressait la parole. Sans parler d'un spécimen comme celui-ci... Grand, mince, terriblement canon, teint hâlé, pommettes hautes et yeux gris ardoise qui plongeaient droit dans les noires prunelles de la jeune femme.

— Ce type-là, reprit-il en désignant le téléviseur. C'est un ami à vous ?

Helen eut un rire qui recelait de chauds frissons d'anticipation face à ce physique appétissant.

— Oh, non. C'est un footballeur.

— Ah, fit-il, l'air vaguement confus. C'est que...

— Aucune importance, coupa-t-elle. Je m'emballe un peu, parfois.

— Alors, j'aimerais être dans les parages quand vous vous emballez franchement.

Le regard éloquent qui accompagnait ces mots faillit faire rougir Helen. Faillit seulement.

— Paul Conroy, annonça-t-il en tendant la main et en arborant une denture sans reproche.

— Helen Jackson, dit-elle avec son sourire le plus aguicheur.

— Vous attendez quelqu'un, Helen, ou c'est carrément mon jour de chance?

Bon, la manœuvre n'avait rien d'original, mais Helen s'en moquait. Il aurait tout aussi bien pu lui demander si elle venait souvent ici, ç'aurait été la phrase la plus sexy qu'elle ait jamais entendue. Et ces yeux… On aurait dit qu'ils la transperçaient. De cela aussi elle se moquait.

— À vrai dire, j'attendais quelqu'un, mais il semble qu'il m'ait laissée tomber.

Elle soupira. D'accord, c'était assez tarte de quêter des compliments, mais quelle importance? D'autant que ça marchait.

— L'imbécile, commenta Paul en se calant le menton dans la paume.

Sa façon de la regarder la fit à nouveau frissonner. Le duvet brun entrevu à la lisière de son poignet de chemise attisa l'imagination de Helen ; elle sentit naître dans ses doigts le doux fourmillement d'une caresse sur ce torse certainement velu… Partie de son cerveau, la sensation gagna tout son corps. S'il la touchait maintenant, elle ne répondait de rien.

Oh, ça faisait tellement longtemps…

— Alors, que décidez-vous? questionna Paul.

— Pardon?

— Vous prenez un verre avec moi, ou vous avez un meilleur endroit à me proposer?

Helen sourit et croisa les jambes. Jenny et Julien attendraient.

Moins d'une heure plus tard, la fureur de l'étreinte les unissait dans un lit, le corps sculptural de Paul remplissant chacune des promesses que Helen avait devinées.

C'étaient sans doute les préliminaires les plus intenses qu'elle ait jamais connus. Chaque mot échangé, chaque seconde écoulée avaient pesé leur poids de sens et de volupté.

Ce n'était pas non plus la faute de l'alcool, c'était plutôt comme si son esprit s'était trouvé dominé par quelque étrange drogue sensuelle. Cet homme respirait le sexe, et elle s'était trouvée incroyablement excitée du simple fait d'être assise à côté de lui.

Sans doute avait-il lu quelque chose dans ses yeux car à un moment il avait plongé dans le sien un regard profond, avant de désigner, presque imperceptiblement, la réception.

Comprenant sans ambiguïté, Helen avait acquiescé sur-le-champ, avant de risquer de changer d'avis.

— Tu ne le regretteras pas… fit-il avant de se diriger vers la réception.

Cette fois encore, elle s'efforça de dépasser le cliché. Quelle importance ?

Peu importait aussi qu'elle ne le connaisse pas, qu'elle ignore tout de lui : seul comptait ce désir plus brûlant que tout ce qu'elle avait ressenti. Elle se cramponna à son corps humide comme si sa vie en dépendait. Si elle se tenait pour une amante expérimentée et sûre de soi, elle découvrit bientôt qu'elle ne faisait pas le poids avec Paul. Il la prit de façons multiples et incroyables, des façons qui la firent crier de plaisir et de douleur mêlés. Elle avait l'impression de vivre un rêve érotique, sans vouloir qu'il s'arrête.

Au bout d'un moment, Paul s'écroula sur l'oreiller, les cheveux collés sur son front par la sueur, sa peau hâlée scintillant dans le soleil de l'après-midi. Helen jeta un bras en travers de son torse.

Il tourna la tête vers elle, les pupilles encore dilatées par la jouissance.

— Rappelle-moi ton nom, déjà… plaisanta-t-il.

Elle lui décocha un coup de genou dans la jambe.

— Les noms signifiaient quelque chose avant... avant ça, dit-elle avec un sourire timide.

— Tu appelles *ça* ce que j'appelle une baise fantastique.

— Puisque tu le dis !

— Quoi ? Tu me fais marcher, dis ?

Elle nota dans sa voix un léger nasillement qu'elle n'avait pas remarqué auparavant. Elle se mit à rire.

— Bien sûr que c'était fantastique.

— Maintenant, nous devrions commencer à faire connaissance, tu ne crois pas ?

Il promena un doigt le long du buste de la jeune femme et aussitôt elle se cambra pour répondre à sa caresse.

— Oui.

— Alors, parle-moi de toi, Helen Jackson.

Sa langue se mit à jouer sur l'un de ses tétons. La respiration de Helen s'accéléra.

— J'ai trente ans, je travaille dans la gestion d'entreprises, je ne suis pas mariée...

— Non, murmura-t-il en posant un doigt sur ses lèvres. Parle-moi de toi, par exemple... dis-moi ce que tu éprouves maintenant, ce que ça fait.

Sa main était descendue plus bas sur son corps et ravivait des désirs encore brûlants.

— C'est l'exercice 33 du stage de connaissance de soi ? questionna-t-elle en s'enroulant autour de lui.

Un moment plus tard, ils reposaient enlacés dans ce que Helen qualifia intérieurement de silence comblé.

— Et toi, alors ? finit-elle par interroger.

Paul se redressa.

— Quoi, moi ?

— Je suppose que tu es dans les affaires...

— Les pensions, coupa-t-il.

— Les pensions ?

— Et investissements, termina-t-il. Ce n'est pas ce que tu imaginais ?

Helen sourit.

— Non, pas exactement.

Elle l'avait pris pour l'associé de quelque puissant conglomérat, pas du tout pour un VRP en assurances vieillesse.

— Ça pose un problème ? demanda-t-il en lui embrassant la nuque.

— Bien sûr que non.

Elle attira son visage vers le sien et l'embrassa voluptueusement sur les lèvres.

— Alors, qu'en dis-tu ? fit-il avec un sourire hardi.

Helen frémit de plaisir : il souhaitait la revoir.

— Ce que je dis de quoi ?

— De dîner ensemble samedi soir.

— J'adorerais, souffla-t-elle avec coquetterie. Mais je crois que j'ai besoin d'en savoir un peu plus sur toi avant…

Paul accéda obligeamment à sa requête.

15

Incapable de se concentrer sur les chiffres, Nicola ferma son logiciel comptable. Au même instant, on cogna doucement à la porte de son bureau et Jack glissa la tête dans l'entrebâillement.

— Nicola, l'un des petits Murphy-Ryan vient encore d'avoir un accident dans la piscine. J'ai voulu en toucher un mot à la mère, mais elle nous fait une crise.

Oh, non… pensa Nicola, agacée. Une fois de plus !

— Tu t'es occupé de le faire disparaître ? demanda-t-elle.

— Pas encore. Rappelle-toi, tu as dit que la prochaine fois que ça se produirait, avec les Murphy-Ryan en particulier, il fallait le laisser comme « preuve ».

Jack eut un sourire.

— Où est-ce ? grommela Nicola.

— Près de la sortie, côté gauche.

— D'accord, Jack. Peux-tu m'appeler l'ascenseur ? Je descends dans un instant. Et merci de m'avoir prévenue.

Nicola se passa une main dans les cheveux et ferma son col de chemise. Encore cette maudite Mme Murphy-Ryan ! Pour qui se prenait-elle ? Cette fois, elle allait dire le fond de sa pensée à cette cliente indélicate.

Jack réapparut à la réception avec une paire de gants en caoutchouc. Il attrapa une épuisette (qui, en l'occurrence, faisait fonction de ramasse-crotte) et

Nicola le suivit jusqu'à la piscine. Le corps du délit flottait effectivement à quelques centimètres de la surface de l'eau, pas loin de Mme Murphy-Ryan et de ses bambins jumeaux. Pouah!

Prenant la mine la plus menaçante, Nicola s'approcha.

— Madame Murphy-Ryan, je vous ai déjà dit que vos enfants *doivent* porter les protections appropriées quand vous les emmenez dans la piscine, déclara-t-elle sèchement.

— Pardon? répliqua la femme qui faisait nonchalamment du surplace. Que voulez-vous insinuer, au juste?

— Je n'*insinue* rien du tout. Le fait est que l'un de vos garçons s'est sali et, par la même occasion, a sali notre piscine.

La voix de Nicola avait monté d'une octave. Le culot de cette femme était stupéfiant.

— Vous devez vous conformer au règlement, madame Murphy-Ryan. C'est très indélicat non seulement vis-à-vis des autres clients, mais vis-à-vis du personnel. C'est nous qui devons nettoyer vos saletés.

— Comment osez-vous! s'écria la mère, offensée. Comment osez-vous insinuer que l'un de mes enfants ait pu faire une chose pareille?

Nicola la fixa avec froideur.

— Comme vous pouvez le constater, madame Murphy-Ryan, il n'y a pas d'autre enfant ici ce matin.

— Mais ça ne veut pas dire...

Comprenant qu'elle n'aurait pas gain de cause, la cliente termina en marmonnant quelque chose d'inaudible, tandis que Jack sortait l'objet incriminé de la piscine.

Nicola fit la grimace. Pauvre vieux Jack.

Au moment où elle quittait les lieux, elle constata que plusieurs nageurs regagnaient les vestiaires, soudain moins alléchés par l'idée d'une baignade matinale. Mais il y avait de quoi !

Au diable cette bonne femme ! Si Nicola parvenait à ses fins, c'était la troisième et *dernière* fois que Mm Murphy-Ryan se permettait une chose pareille. Elle demanderait à Ken de lui parler puisque jusqu'ici cette cliente soit avait feint de ne pas la remarquer, soit l'avait considérée avec un mépris hautain. Certes, Nicola savait que certaines personnes se sentaient mal à l'aise de la voir diriger un centre de remise en forme. Certaines personnes se sentaient mal à l'aise avec elle, point à la ligne. Et elle détestait devoir mêler Ken à ça, car elle avait l'air de ne pas pouvoir gérer la situation toute seule.

Quand elle alla augmenter le taux de chlore de la piscine, elle vit à travers la vitre de contrôle Mme Murphy-Ryan, nullement perturbée par l'incident, qui continuait de barboter avec ses bambins. Enfin, sans doute ne fallait-il pas accuser les enfants. Ce n'était pas leur faute s'ils avaient des parents irresponsables.

Elle entendit Sally l'appeler depuis la réception.

— Nicola, téléphone ! Ligne trois !

— Je prends en haut, Sally, merci !

Elle s'essuya les mains et appela l'ascenseur. De retour dans son bureau, elle pressa le bouton lumineux de son poste.

— Nicola Peters à l'appareil.

À l'autre bout de la ligne, on toussota légèrement.

— Bonjour, Nicola. C'est Dan.

Il lui sembla que toutes les cellules de son corps se contractaient mais, curieusement, quand elle reprit la parole, ce fut d'une voix normale, presque ordinaire.

— Dan, comment vas-tu ?... Ça fait un moment.

Il s'éclaircit à nouveau la gorge.

— Euh... Bienvenue au pays... euh... c'est que je ne savais pas que tu étais revenue en Irlande et...

Bienvenue au pays ? Il appelait pour ça ?

— Qu'est-ce que tu veux, Dan ?

— Je me disais… si on pouvait se voir… prendre un café… ou que sais-je.

Silence.

— S'il te plaît, Nicola. J'aimerais te parler.

Elle se mordit la lèvre. Elle aussi voulait le voir mais elle ignorait si elle pourrait supporter la rencontre. Comment plonger à nouveau dans ces yeux, ces yeux d'un bleu de glace qui lui rappelleraient ce qu'ils avaient perdu ? Elle s'était battue trop longtemps et trop rudement pour cela. D'un autre côté, elle se sentait bien à présent, elle avait Ken et elle l'aimait, et…

— Je ne sais pas trop. Nous sommes très occupés en ce moment.

— Par le centre de remise en forme, oui. Je suis content pour toi.

Au timbre de sa voix, elle comprit qu'il souriait.

Puis il soupira.

— Nicola, je ne sais pas si Laura t'a dit…

— Pour ton mariage ? Oui, elle m'en a parlé.

Elle n'avouerait pas qu'elle-même avait vu les invitations.

— Je suis désolé que tu l'aies appris de cette façon. J'aurais voulu t'avertir mais je n'avais aucun moyen de te contacter, et je ne savais pas que tu étais rentrée. Excuse-moi. J'espère que…

— Ne t'inquiète pas, Dan. Il n'y a aucun problème, l'interrompit-elle d'un ton léger. Si c'est la raison de ton appel, cesse de t'en faire. Tu n'avais pas à me dire quoi que ce soit. Je te rappelle que nous sommes divorcés.

Elle l'entendit soupirer… de soulagement, pensa-t-elle. Ce bon vieux Dan et sa culpabilité. Non que cette culpabilité l'ait arrêté par le passé. À l'époque, il n'en était pas dévoré…

— Je sais, mais j'ai pensé…

— Excuse-moi, Dan, mais il faut vraiment que j'y aille. Nous avons beaucoup de monde. Je souhaite que ton mariage se passe bien et j'espère que tu seras très heureux.

— Tu es sincère, Nic ? s'enquit-il d'une voix douce et pleine d'espoir.

Le cœur de Nicola chavira. Était-elle sincère, après ce qu'ils avaient vécu ? Disons qu'elle devait être heureuse pour Dan, heureuse qu'il ait trouvé un autre amour, comme elle avec Ken.

Mais avait-elle tourné la page ? Ces temps-ci, elle n'en était plus si sûre. Certes, tout roulait à merveille maintenant pour elle, et elle n'éprouvait aucun regret d'être rentrée en Irlande, aucun regret quant au divorce. Sans compter, évidemment, que tomber amoureuse de Ken était la meilleure chose qui lui soit arrivée.

Et cependant… entendre parler de Dan avait réveillé d'anciens sentiments, qu'elle croyait enterrés depuis longtemps. Pourquoi n'avait-il pas continué son bonhomme de chemin, et elle le sien, sans aucune interférence ? Pourquoi, entre toutes, étaient-ce les invitations de Laura qui s'étaient trouvées confondues avec celles de Dan ? Pourquoi déterrer tout ça ?

Enfin, c'était ainsi, se résigna-t-elle. Elle n'avait pas revu Dan depuis près de quatre ans. Si elle le retrouvait aujourd'hui sans souffrir, peut-être serait-elle libre pour de bon…

Oui, sans doute était-ce le bon choix.

— Tu as raison, finit-elle par répondre. Nous devrions prendre un café ensemble, un de ces quatre. Je serais contente d'entendre parler de la nouvelle Mme Hunt, ajouta-t-elle chaleureusement.

— Ce serait vraiment super, Nic. Je serai ravi de te voir.

Il paraissait satisfait mais, estima Nicola, également un peu surpris.

— Je t'appelle un de ces jours, alors.

— Où habites-tu actuellement ? interrogea-t-il encore, comme s'il ne voulait pas conclure sur-le-champ la conversation.

— À Stepaside, pour le moment, répondit-elle sans donner de détails.

— Oh… joli quartier. À quoi ressemble ta maison ?

— Je préfère qu'on ne se voie pas chez moi.

— Bien sûr, s'empressa-t-il d'acquiescer.

— Donc je t'appelle.

— Tu as mon numéro ?

— Je pense que oui.

Même après tout ce temps, le numéro de téléphone du cabinet d'expertise comptable O'Leary & Hunt était resté gravé dans la mémoire de la jeune femme.

— Bon, eh bien, ça a été sympa de t'avoir au bout du fil, Nic. Oh, au fait, j'ai vu l'article dans le magazine *Mode*. Tu as bonne mine sur la photo.

— Ah ? fit Nicola, étonnée. Merci.

— Alors… à bientôt.

— C'est ça.

Après avoir raccroché, elle resta un temps fou à fixer le téléphone sans le voir, en se demandant si elle avait pris la bonne décision.

Lorsqu'elle rentra plus tard chez elle, son cerveau était en effervescence. C'était tellement étrange de parler de nouveau à Dan après tout ce temps. Et la conversation avait été presque… presque ordinaire.

En outre, il avait vu l'article dans *Mode*. Avait-il compris que Motiv8 appartenait à Ken, même si son nom n'était pas cité dans l'article ? Que penserait Ken de tout ceci ? En tout état de cause, elle allait l'informer du coup de fil de Dan, et lui dire qu'ils avaient prévu de se voir. Sans être transporté par cette perspective, Ken comprendrait qu'elle devait revoir Dan, et surtout pourquoi elle le devait. Dans la mesure où il n'avait jamais écarté la possibilité que Dan réapparaisse dans la vie de Nicola, pourquoi pas maintenant ?

Elle aurait aimé lui parler tout de suite, mais Ken était chez son père ce soir. Nicola sourit. Les Harris formaient une famille soudée, et Ken était le plus attentionné des fils. Au cours des mois passés, elle avait plusieurs fois rencontré Pat et Clodagh Harris, des gens fantastiques qui l'avaient accueillie à bras ouverts, sans la moindre réserve quant à la relation qui l'unissait à leur fils. Si au début elle avait craint que son statut de divorcée ne les embarrasse, elle avait vite été rassurée.

À sa décharge, pensait-elle en s'engageant dans son allée, elle avait quelque raison de s'inquiéter, après tout ce qu'elle avait dû encaisser de la part des Hunt...

Nicola se rappelait fort bien à quel point, au début de sa relation avec Dan, elle avait eu hâte de rencontrer ses parents. Elle n'avait pas la moindre idée de la réception qu'on lui réservait quand, un dimanche, il suggéra une visite à Longford afin de les voir. À ce moment-là, Nicola était certaine que Dan était l'homme de sa vie. Sans l'ombre d'un doute. Elle l'aimait, voulait passer le reste de sa vie avec lui. Pour autant qu'elle le sache, Dan éprouvait les mêmes sentiments.

Aussi fut-ce avec une grande joie, et sans une once d'inquiétude, qu'elle sauta sur l'occasion de faire la connaissance de M. et Mme Hunt.

À y repenser aujourd'hui, Nicola se souvenait que la première fois n'avait pas été si catastrophique.

La demeure des Hunt se situait à la lisière de Longford. Dès les abords, Nicola songea que quelqu'un dans la famille – probablement Mme Hunt – devait être un jardinier hors pair. Le parc était tout bonnement splendide. Une succession de rhododendrons en pleine floraison, certains hauts de plus de quatre mètres, bordait l'allée pavée – et la maison elle-même, un genre d'impressionnant chalet suisse, se parait d'une opulente clématite entrelacée à une treille généreuse. Arbres colonnaires, eucalyptus et araucarias cernaient la propriété, et différentes variétés de plantes ornementales explosaient de mille couleurs sur les appuis de fenêtre. Pour Nicola, qui vénérait le jardinage sans être capable d'entretenir un géranium en pot, ce lieu était une image du paradis.

À en juger par la Mercedes Classe S et la Jeep Cherokee garées devant la maison, les Hunt ne connaissaient pas de fins de mois difficiles. Dan lui avait dit que son père, alors proche de la retraite, était P-DG d'une entreprise de bâtiment, et que sa mère n'avait jamais travaillé.

« Je sais que ça fait démodé de nos jours, mais maman n'a jamais voulu être autre chose que mère au foyer. Ses deux parents étaient médecins, rarement à la maison, aussi a-t-elle décidé de faire le contraire pour moi. Elle voulait être là quand je rentrerais de l'école, et me préparer de bons petits plats. »

Nicola comprenait. Sa mère avait toujours été là pour elle et son frère Jack.

« Eh bien, nous y voilà », annonça Dan comme la voiture s'arrêtait devant la maison.

Avec ses chocolats et sa petite gerbe de lis, Nicola se sentit un peu bête en descendant du véhicule. Dan lui prit la main et l'entraîna à l'intérieur de la demeure.

« Maman, papa !… C'est moi. Où êtes-vous ? cria-t-il.

— Bonjour à vous. »

Une version plus âgée de Dan, plus distinguée mais tout aussi séduisante, apparut dans l'entrée.

— Voici donc la fameuse Nicola, dit-il en tendant la main.

La jeune femme devina aussitôt que Jarlath Hunt avait dû irradier de charme dans sa jeunesse. Même s'il était quasiment chauve, même si son visage était ridé et fatigué, il restait un homme fort attirant. Ce devaient être les yeux. C'était le regard bleu de glace de Dan qui avait d'abord fait fondre le cœur de Nicola. Maintenant, un regard semblable, plus las, plus froid, la scrutait.

« Bienvenue sous notre toit, déclara-t-il poliment. Ma femme est dans la cuisine, par ici. »

Au premier abord, Nicola trouva qu'Annabel Hunt paraissait beaucoup plus âgée que son mari, sans parvenir à déterminer si cette impression venait de son maquillage médiocre ou de ses vêtements informes. Elle était grande, noueuse et, si ses cheveux d'un blond très clair avaient été récemment coiffés, ils ne parvenaient pas à égayer ses traits tirés. Sentant sa poignée de main hostile, Nicola se demanda si la visite lui avait été imposée.

« Vous avez une demeure magnifique, madame Hunt, fit-elle dans l'espoir de briser la glace, et votre jardin est réellement merveilleux... Il a sans doute fallu des années de soins méticuleux pour obtenir ce résultat.

— Demandez donc à Jarlath, rétorqua dédaigneusement la maîtresse des lieux. Ça a toujours été sa passion. Moi, je n'ai pas le temps de jardiner. »

Son ton ne trompait pas : Nicola comprit aussitôt que Mme Hunt ne l'aimait pas. S'agissait-il d'une antipathie personnelle, ou la mère de Dan se défiait-elle de toutes les petites amies de son fils ?

« En tout cas, il est très beau, ajouta-t-elle avec un sourire poli tandis que Mme Hunt retournait à son épluchage de légumes.

— Nic, veux-tu un verre de vin ? » proposa Dan.

Elle sourit avec soulagement.

« Oui, un petit, merci.

— Papa ?

— Boire au milieu de la journée ? Très peu pour moi. »

Nicola le regarda. Ah, d'accord, pensa-t-elle. À croire qu'un verre de vin allait les rendre soûls ! En avalant une longue gorgée, elle pria pour que le vin dissipe quelque peu son malaise.

Au cours du repas, Mme Hunt ne parla guère. Nicola la complimenta pour sa cuisine réellement délicieuse mais, comme la maîtresse de maison se contentait de répondre par un hochement de tête, elle laissa tomber. Quel était le problème ? Nicola connaissait assez la nature humaine pour savoir qu'il était inutile d'essayer d'apprivoiser cette femme. Pour des raisons inconnues, Mme Hunt était décidée à ne pas apprécier celle qu'elle considérait comme une intruse.

Cependant, la curiosité de Jarlath compensa quelque peu l'hostilité de son épouse. Il posait beaucoup de questions, voulait tout savoir d'elle – où travaillait-elle, où vivait-elle, sa famille, ses projets – tout. Et cela d'un ton tellement « chef d'entreprise » que Nicola guettait le fatidique « Et où vous voyez-vous dans cinq ans ? »

« La gestion du loisir ? En quoi est-ce que ça consiste exactement ? À organiser des voyages pour les golfeurs ? »

Il eut beau rire en disant cela, la jeune femme sentit son mépris.

« Pas tout à fait, dit-elle avec un sourire tendu. Il s'agit de diriger au jour le jour un centre de loisirs et de remise en forme : piscine, gymnastique, programmes de fitness, spa, aérobic, ce genre de choses.

— Oh ? Et comment une fille qui semble aussi intelligente que vous se retrouve-t-elle *là-dedans* ?

— J'ai fait trois ans à l'université pour me retrouver "là-dedans" », lui répondit-elle en regrettant de ne pouvoir l'envoyer paître.

Elle avait l'impression d'être soumise à un test. Quand Dan parlait de ses parents, on se figurait des gens parfaits et charmants. Or sa mère s'était montrée grossière dès le départ, et son père affichait à présent sa condescendance.

Après le repas, une fois la table débarrassée, on passa dans le salon spacieux et cossu. Nicola tenta de se détendre et adopta une posture décontractée dans le confortable canapé en cuir.

« Où en sont tes projets d'installation, Dan ? interrogea le père.

— Ça avance bien, fit le jeune homme avec enthousiasme. En ce moment, nous mettons la dernière main à la rédaction de notre accord d'association. Avec un peu de chance, nous signerons le bail du cabinet d'ici la fin du mois. »

Jarlath hocha la tête.

« Tu me montreras l'accord définitif avant de le signer, d'accord ?

— Papa, j'ai travaillé avec John O'Leary pendant des années. Je sais ce que je fais.

— Peu importe. Tout document juridique nécessite l'œil d'un professionnel.

— Parce que tu crois que je me serais lancé là-dedans sans consulter un avocat ? Je ne suis pas idiot, papa. »

Nicola écoutait l'échange avec intérêt. Jarlath s'adressait à son fils comme à un adolescent immature.

« Quoi qu'il en soit… » insista Jarlath.

Dan renonça.

« D'accord. Je te faxerai le texte quand il sera terminé. »

Les deux hommes discutèrent encore un peu du cabinet, laissant Nicola et Mme Hunt assises côte à côte dans un silence désagréable. Pour finir, Mme Hunt se força à articuler quelques mots :

« Ainsi donc, Nicola, vous êtes de Dublin ? demanda-t-elle comme si elle s'adressait à une araignée.

— Pure Dublinoise, fit la jeune femme. Je suis née à Coombe et j'ai grandi non loin de là, à Crumlin.

— Oh... Dans les quartiers déshérités du centre, donc ? résuma avec dédain la maîtresse de maison.

— Pas exactement, mais pas loin. »

Nicola fut tentée de raconter à Mme Hunt qu'elle avait été élevée dans un squat de dealers plutôt que dans un respectable quatre pièces HLM. Cette idiote en aurait eu un choc. Et même si tel avait été le cas ? Les parents de Nicola avaient fait de leur mieux et leurs deux enfants n'avaient jamais manqué de rien. Ils avaient reçu une bonne éducation, avaient suivi des études supérieures – Jack en informatique – et avaient entamé des carrières prometteuses.

Carmel Peters avait inculqué à ses enfants un solide sens de l'indépendance. Nicola était fière et reconnaissante de la façon dont elle avait été élevée, qui faisait d'elle ce qu'elle était aujourd'hui, et elle valait largement ces deux snobs ! Comment Dan, d'un tempérament si doux et si réaliste, pouvait-il sortir de ce foyer ?

« J'habite Rathfarnham maintenant, mais j'aimerais changer de logement. Hélas, c'est impossible. Les prix de l'immobilier là-bas ont crevé le plafond.

— À Dublin, certainement, mais pas dans les *quartiers déshérités* ? »

Cette expression, encore ! se dit Nicola.

« Si, si. C'est *le* quartier chic actuellement. Un peu comme Manhattan... Plus vous êtes près de tout, plus les prix s'envolent. Enfin, mes parents sont encore de ce monde, une chance... assis comme ils le sont sur une véritable mine d'or mais, évidemment, ils ne vendraient pour rien au monde. »

Elle ne risquait pas d'ajouter que les Peters s'échinaient encore à payer les traites de l'HLM qu'ils avaient fini par acquérir. D'ailleurs, la mine ahurie de Mme Hunt valait bien un bobard.

« Je vois », conclut Annabel.

Elle se servit un verre d'eau minérale et ne posa plus de questions. Au bout d'un moment, trouvant le silence et la tension insupportables, Nicola eut hâte de partir. Elle fut soulagée quand Dan regarda sa montre et lui proposa de rentrer à Dublin.

« Je crois qu'ils sont dingues de toi, qu'en penses-tu ? interrogea-t-il alors qu'ils roulaient vers la ville.

— Je n'en suis pas si sûre.

— Oh, allez, mon père était gaga d'admiration !

— Ah bon ? »

Nicola se demanda si elle avait interprété la situation de travers.

« Je suis catégorique. Quant à maman… »

Le visage de Dan s'assombrit légèrement.

« Maman peut se montrer timide quelquefois. »

Timide ? Cette bêcheuse, ce dragon ? À d'autres !

« Ce doit être ça », admit Nicola, diplomate.

Elle soupçonnait les Hunt de la détester mais si Dan pensait le contraire, c'était le principal.

« Une fois qu'elle me connaîtra mieux, ajouta-t-elle avec la conscience aiguë de formuler un vœu pieux, nous nous entendrons à merveille. »

La fois suivante où elle rencontra les Hunt, ce fut pour annoncer les fiançailles. Cela se passa peu de temps après que Dan et John eurent officiellement ouvert le cabinet d'expertise comptable O'Leary & Hunt ; Dan les avait invités à dîner dans l'appartement qu'il louait provisoirement à Bray.

« Papa, maman… nous avons une nouvelle à vous annoncer, déclara-t-il en promenant un regard enfantin de ses parents à Nicola. Nous allons nous marier.

— *Vous marier ?* s'écria Mme Hunt. Comment cela ? Vous vous connaissez à peine. »

Nicola se rappelait avoir senti son cœur choir comme une pierre. Dieu seul sait ce que ressentit Dan.

« Dan, fit nerveusement Jarlath, je crois que tu devrais attendre avant de prendre ce genre de décision, au moins que ton affaire roule.

— De quoi parles-tu, papa ? Le travail n'a rien à voir. J'ai demandé à Nicola d'être ma femme et elle a accepté. Nous comptons nous marier dès que possible.

— Mais pourquoi tant de hâte ? » s'étrangla sa mère.

Puis, posant sur Nicola un regard d'un mépris si flagrant que la jeune femme recula, elle continua :

« Oh, vous êtes parvenue à vous mettre dans une situation délicate, c'est ça ? »

C'en fut assez pour Nicola. Elle rétorqua d'une voix égale mais glacée :

« Madame Hunt, avec tout le respect que je vous dois, nous ne sommes plus au Moyen Âge. Je suppose que par ces termes de « situation délicate », vous sous-entendez que je me serais délibérément fait mettre enceinte afin de piéger votre fils. Je vous en prie, accordez-nous un peu de crédit. Nous ne sommes pas des adolescents. »

Elle put constater que son calme allié à son éloquence déconcertaient Mme Hunt, qui se tenait immobile, les lèvres pincées, tandis qu'elle poursuivait :

« Nous nous aimons et nous voulons nous marier. Quel mal y a-t-il à cela ?

— C'est trop commode ! Voilà quelques mois, nous ne vous connaissions ni d'Ève ni d'Adam, or à peine

Dan est-il installé que vous lui mettez le grappin dessus.

— Maman! s'exclama Dan, atterré.

— Madame Hunt, si vous insinuez que je suis intéressée, permettez-moi de vous rappeler encore une fois que nous sommes au XXIe siècle, et que de nos jours très peu de femmes ont besoin d'un homme pour les entretenir. »

À part vous, eut-elle envie d'ajouter.

« Quelles inepties! Vous et vos pareilles, vous chercherez toujours un homme pour vous entretenir. Vous croyez avoir décroché le gros lot, n'est-ce pas? Eh bien, nous savons tout de vous et de la cité HLM dont vous sortez.

— Quoi? »

Nicola pensa avoir mal entendu. Elle savait les parents de Dan très snobs mais à ce point... Sur le coup, tétanisée, elle ne trouva rien à répliquer. Dan, en revanche, sut réagir :

« Allez-vous-en, tous les deux! s'écria-t-il. Comment osez-vous parler à ma fiancée de cette façon? J'ai rencontré sa famille, et même le chat de la maison vaut mieux que vous deux réunis... Maintenant, foutez le camp! »

Tandis qu'il les escortait sans cérémonie vers la porte, Nicola entendit Jarlath risquer un ultime commentaire :

« Mon fils, tu t'apprêtes à commettre une grave erreur. Nous savons de quoi nous parlons, cette fille ne te convient pas du tout.

— Si c'est pour dire des conneries pareilles, papa, tu peux la fermer!

— En tout cas, lâcha méchamment Annabel, nous ne nous demandons pas où tu as pris ce langage ordurier. »

Dan lui ferma la porte au nez.

Il était bouleversé quand il revint au salon.

« Je suis désolé, Nicola. Je ne sais que dire. Maman a toujours été un peu coincée, mais mon père… je l'aurais cru un peu moins lâche.

— C'est sans importance, fit-elle doucement.

— Si, c'est important ! Ce que je leur ai dit de ta famille était vrai ! Tes parents sont des gens formidables, et les miens ne leur arrivent pas à la cheville !

— Arrête, souffla Nicola, qui ne l'avait jamais vu dans cet état. Tu sais, ça m'est égal. Ils sont comme ça, voilà tout. »

Elle aussi était contrariée mais elle ne voulait pas d'une guerre totale avec les Hunt. Elle aimait trop Dan.

« Ça ne m'est pas égal à moi ! Je regrette tellement, Nicola… Je ne sais pas quoi dire. »

Elle sourit, enlaça son fiancé et lui conseilla d'oublier afin de ne pas laisser l'incident jeter une ombre sur leur bonheur. Néanmoins ses espoirs, si minces soient-ils, d'obtenir un jour un peu d'affection de la part des Hunt furent ce jour-là définitivement balayés.

En revanche, la réaction de la famille Peters à l'annonce de leurs fiançailles compensa le déplaisant rejet des Hunt.

À Crumlin ce soir-là, on versa des larmes de joie et l'on but du mousseux sans retenue.

« Oh, mon Dieu ! s'exclama Carmel, ivre de bonheur quand Nicola montra le ravissant solitaire qu'elle portait au doigt. Ma petite se marie ! »

Sur ce, elle étreignit Dan avec une telle force qu'il eut du mal à respirer.

« Bienvenue dans la famille, mon chéri ! » hoqueta-t-elle entre deux sanglots de joie.

Nicola sourit en voyant son père serrer chaleureusement la main de Dan et lui taper dans le dos.

« Félicitations, mon gars !

— À quand le grand jour et, oh, quand ferons-nous connaissance de ta belle-famille ? s'emballa sa mère. Ah, j'ai toujours eu envie de prononcer ces mots ! »

Nicola se crispa. Comment pouvait-elle dire à sa merveilleuse maman que ses futurs beaux-parents étaient des snobs qui s'étaient fait d'elle une opinion catastrophique ?

« Nous nous verrons certainement tous avant le mariage, intervint Dan en voyant l'expression tendue de Nicola. Mes parents ne viennent que rarement à Dublin, mon père étant très occupé…

— Bien sûr, quand on dirige une entreprise et tout ça, acquiesça gentiment Carmel. Doux Jésus, Nicola, attends que je le dise à Betty Corcoran ! Elle va en être verte ! »

Plus tard ce jour-là, Nicola annonça la nouvelle à son frère, et Jack, tout aussi content pour eux, promit d'arriver bientôt afin que l'on puisse célébrer l'événement en famille.

Ce fut une fête extraordinaire sous le toit des Peters. Nicola regretta de tout son cœur qu'il n'en ait pas été de même avec les Hunt – ce fut l'unique bémol à son bonheur.

Tard le soir, quand ils eurent regagné son appartement, elle avoua à Dan ses inquiétudes à la perspective de la rencontre entre les deux couples de parents lors du mariage.

« Pour ne rien te cacher, je ne me fais pas vraiment de souci pour les tiens. Ils ont clairement exprimé leurs sentiments à mon égard, mais j'ai peur qu'ils ne blessent ma mère. Elle ne mérite pas ça.

— J'y ai pensé aussi. Tu ne sais pas à quel point tout ça me chagrine. J'ai envie de rentrer sous terre quand je pense à tout ce qu'ils t'ont dit.

— Moi, je peux le supporter. Je n'en dirais pas autant de maman. Tu sais comment elle est… Elle sera tout attentionnée pour ta mère, dans l'espoir de nouer avec elle des relations amicales. Et si ta mère la rejette, ça lui brisera le cœur. Le mien aussi, par la même occasion.

— Je le sais, mon amour. Je veux que notre mariage soit le jour le plus heureux de notre vie et, crois-moi, je ne laisserai pas mes parents le gâcher.

— Alors, comment faire ? On ne peut pas ne pas les inviter.

— À mon avis, il n'y a qu'un seul moyen de se tirer de ce mauvais pas… déclara Dan, très sérieusement mais avec une lueur mutine dans l'œil.

— Lequel ?

— Tu as bien dit que tu n'étais pas trop pour la robe blanche, la grande cérémonie et tout le tralala… »

Nicola sourit. C'étaient exactement ses mots.

« Eh bien ?

— Eh bien, pourquoi ne pas aller nous marier… aux Caraïbes ou à Las Vegas ?

— Tu parles sérieusement ? »

Nicola rayonnait. C'était la solution idéale. S'ils partaient se marier seuls à l'étranger, les familles resteraient à l'écart et il n'y aurait quasiment rien à organiser.

« Peut-être que Jamie et Helen, et Laura et Neil voudront nous accompagner », suggéra encore Dan.

Elle ne doutait pas que la bande sauterait sur l'occasion. Jamie et Helen prenaient fréquemment leurs vacances hors du pays, et même si Laura et Neil n'étaient pas ensemble depuis longtemps ils seraient ravis d'assister à ce mariage à l'autre bout du monde.

Certes, sa mère serait déconcertée, déçue qu'il n'y ait pas de Grand Jour mais, Carmel ayant fait de ses enfants des individus autonomes, Nicola savait qu'elle l'approuverait quels que soient ses choix.

Elle éclata de rire comme Dan l'étreignait et la soulevait du sol en poussant des cris de joie.

« Alors, c'est décidé ! À nous les Caraïbes ! »

16

Helen resta clouée sur place devant la vitrine Brown Thomas.

Cette robe ! Enfin, si on pouvait appeler ça une robe. C'était un modèle Issey Miyake, très court – noir et brodé d'argent sur le buste. Assez sage au fond, mais terriblement sexy, qui irait du tonnerre avec les escarpins à talons hauts et lanière argentés qu'elle avait récemment achetés. Si ça ne convenait pas vraiment à un mariage, Paul en revanche adorerait et, songea Helen avec un sourire coquin, il l'adorerait encore plus *sans* la robe.

Ces temps-ci, elle souriait en permanence, se sentant mieux qu'elle ne l'avait été depuis des années. Paul et elle s'étaient revus plusieurs fois depuis ce premier après-midi merveilleux à l'hôtel et, chaque fois, leur relation sexuelle devenait plus intense. C'était fou, ils se connaissaient à peine, et pourtant ils étaient en accord parfait sur le plan physique. À deux reprises, ils avaient prévu de se voir pour déjeuner, et à deux reprises ils s'étaient retrouvés au lit chez Paul à Ranelagh, incapables même d'envisager de manger. Et aujourd'hui, Paul lui avait téléphoné à son bureau pour lui proposer de « déjeuner » ensemble le lendemain. Helen se demandait pourquoi il s'ennuyait encore à parler de déjeuner.

« Dis, on pourrait essayer chez toi, histoire de changer de décor », avait-il suggéré d'un ton qui la mettait déjà en transe.

Mais Helen n'était pas prête à le faire venir dans son appartement. Elle avait besoin de savoir d'abord comment évoluait leur relation, et si leurs personnalités s'accordaient aussi bien que leurs corps.

Sans parler du sujet délicat de Kerry.

Paul en savait aussi peu sur Helen qu'elle sur lui, et c'était à peine s'ils avaient évoqué leurs métiers, sans parler de leurs situations familiales.

Non, décida Helen en imaginant la réaction de Paul lorsqu'il la verrait dans cette robe, inutile de mentionner Kerry avant le moment propice.

Elle jeta un coup d'œil rapide à sa montre. Six heures vingt. Les boutiques fermaient plus tard ce soir, et Jo avait accepté de garder Kerry jusqu'à sept heures afin de laisser à Helen le loisir de trouver une tenue pour le mariage de Laura.

Bien. Elle allait entrer, essayer cette robe, peut-être faire un tour rapide dans le magasin. Elle serait un peu en retard pour prendre sa fille mais il lui *fallait* cette robe. D'accord, elle était coûteuse, mais n'avait-on pas le droit de s'offrir des petits plaisirs de temps en temps ? Et à quoi servaient ces endorphines qui bouillonnaient partout dans le corps si l'on n'en profitait pas ? Et puisque voilà peu de temps encore elle était malheureuse, autant tirer le meilleur parti de son humeur actuelle…

Helen fonça dans le magasin, oubliant fort à propos la razzia sur les chaussures à laquelle elle s'était livrée chez Office une semaine auparavant.

Hélas, Brown Thomas n'était pas de ces boutiques où l'on fait « un tour rapide ». Une fois à l'intérieur, Helen fut éblouie par l'extraordinaire étalage de vêtements, sacs à main, et quant au rayon chaussures… ciel, c'était presque indécent ! Lorsqu'elle quitta les lieux près d'une heure et demie plus tard, elle avait acheté un charmant sac Marni, une autre paire de Jimmy Choo (mais celles-ci iraient avec absolument *tout*), et probablement la totalité de la collection Agent Provocateur printemps/été. Et parce qu'à l'issue de ces acquisitions, elle était quasiment certaine de prendre Kerry en retard, elle avait foncé au rayon parfumerie et maquillage afin d'y choisir pour Jo un flacon d'Eau de Parfum de Gucci. Il y avait quelque chose de terriblement agréable à acheter n'importe quoi de chez Gucci, songea-t-elle en tendant sa carte de crédit et en se demandant si elle ne choisirait pas aussi un parfum pour elle-même, tant qu'elle y était. Non, décida-t-elle fermement. Il fallait savoir s'arrêter. Pourtant, côté maquillage, elle avait besoin d'un petit réassort, et puis Ruby & Millie faisaient de si jolis rouges à lèvres...

Quand elle arriva chez Jo, près de Cornelscourt, il était huit heures largement passées.

— Je suis vraiment désolée, Jo... commença-t-elle à peine descendue de voiture.

La porte d'entrée de la maison était ouverte. En approchant, Helen comprit à l'expression de la nourrice que celle-ci était très fâchée.

— Une circulation monstre et...

— Helen! l'interrompit Jo avec colère. Je vous ai dit que Pete et moi sortions ce soir pour un dîner d'anniversaire. Je n'ai accepté de garder Kerry plus tard que parce que vous m'aviez promis d'être là à sept heures, et que vous ne pouviez pas faire autrement!

Helen se figea. Jamais elle n'avait entendu Jo élever la voix, encore moins la rembarrer. Enfin, le parfum la calmerait sûrement...

— Attendez que je vous explique, Jo. Je ne l'ai absolument pas fait exprès. Je vous dis, la circulation était infernale, il m'était impossible d'arriver ici à sept heures.

Elle regarda derrière Jo dans l'entrée. Où était passée Kerry? Après la journée qu'elle avait eue au

193

bureau, elle n'avait pas envie d'entendre des discours. Elle n'aspirait qu'à attraper sa fille et à filer.

— Au fait, j'ai un cadeau pour vous, ajouta-t-elle en s'empressant de brandir le petit sac Brown Thomas.

— Vraiment ? reprit Jo d'une voix narquoise. La circulation était infernale ? Alors comment ça se fait que mon mari qui travaille au nord, en quittant son bureau à six heures, soit rentré à la maison bien avant sept heures ?

Helen se recroquevilla intérieurement. Elle avait complètement oublié Pete.

— Écoutez, Jo, je jure que je vous dédommagerai, d'accord ? commença-t-elle doucement.

La franchise était peut-être la meilleure parade.

— J'étais au centre-ville, il y avait beaucoup de monde, je n'ai tout simplement pas vu le temps passer, et…

Les yeux de Jo s'étrécirent.

— *Vous n'avez pas vu le temps passer !* Autrement dit, vous avez pris du bon temps sans vous soucier de rien ni de personne.

— Non, ce n'est pas du tout ça.

— Si, c'est ça, Helen Jackson. C'est *toujours* ça avec vous. Pour vous dire la vérité, si je n'adorais pas votre petite fille, il y a longtemps que je vous aurais envoyée promener !

Helen fit un pas en arrière. D'où venait cette hargne ?

— Jo, je n'ai qu'une demi-heure de retard…

— Dites plutôt une heure et demie, mais là n'est pas la question. Vous êtes *toujours* en retard, Helen ! Vous n'arrivez *jamais* ici à cinq heures, alors vous trouvez des prétextes, des justifications, mais vous ne vous excusez pas pour le dérangement. Et le matin, vous débarquez trop tôt ! Bon sang, Helen, quand ce n'est pas notre souper que vous interrompez, c'est notre petit déjeuner, en venant déposer votre petite aux aurores ! Mais encore une fois, on doit s'estimer heureux quand vous n'oubliez pas de revenir la chercher!

Helen s'empourpra. Jo faisait allusion au jour de sa rencontre avec Paul.

Après ce premier après-midi passé ensemble, elle était tellement dans les nuages, tellement euphorique, qu'elle avait directement repris le chemin de son appartement en oubliant presque de passer prendre Kerry. Et, évidemment, il avait fallu qu'elle la ramène et reconnaisse en blaguant son quasi-oubli devant une Jo peu convaincue.

— Attendez, Jo. Ça ne s'est produit qu'une seule fois et...

— Ça n'aurait pas dû se produire du tout! Écoutez, poursuivit l'aide maternelle en jetant un œil dans le couloir, j'ai demandé à Pete d'occuper Kerry parce que je ne voulais pas qu'elle entende ce que j'avais à vous dire quand... ou plutôt *si* vous arriviez. Elle est déjà assez chamboulée.

— Jo, vous êtes injuste.

— Ce qui est injuste, Helen, c'est que ce pauvre petit cœur vous adore et qu'elle ne reçoive rien en retour! Rendez-vous compte : elle passe la majeure partie de ses journées à nous raconter, à sa façon si mignonne, ce que fait maman et ce que dit maman! Mais elle devient inquiète quand arrivent cinq heures et que maman n'est pas encore là. Votre petite est un amour, elle vous porte aux nues, mais vous ne voyez rien. Vous ne voyez pas que cette enfant est une bénédiction. N'importe quelle mère, n'importe quelle mère *normale*, serait fière de l'avoir.

Des larmes brillaient dans les yeux de Jo, et Helen devina qu'elle pleurait l'enfant qu'elle avait perdu l'an passé à la suite d'une fausse couche. Enfin, ce n'était pas une raison pour s'en prendre à Helen avec cette rudesse, Helen qui, après tout, lui payait coquettement le privilège (puisque c'en était un) de veiller sur Kerry!

Les traits de Helen se durcirent.

— Je suis désolée que vous ressentiez les choses ainsi, Jo. Cela dit, vous semblez oublier que je vous paie pour garder ma fille – vous ne me faites aucune faveur. Sans compter que je ne lésine pas sur les cadeaux de Noël ou d'autres petits présents de temps en temps. Ceci est un parfum Gucci, Jo ! Et combien de fois vous ai-je demandé si vous aviez besoin de quelque chose en ville ? C'est drôle, je croyais que nous étions amies, vous et moi. Comment pouvais-je savoir que vous en aviez marre de mes retards ? Vous ne l'avez jamais dit.

Oui, quoi ! Était-elle censée lire dans les pensées de Jo ?

— Grands dieux, Helen…

D'un geste, celle-ci lui intima le silence.

— Non, autant en finir tout de suite. Puisque Kerry semble une telle charge pour vous, vous serez soulagée que je vous en débarrasse pour de bon.

Voilà qui devrait lui faire changer de ton, se dit Helen. Jo et son mari ne roulant pas sur l'or, la garde d'enfants les aidait à joindre les deux bouts.

— Parfait, Helen, rétorqua sèchement Jo. C'est exactement ce que je voulais vous dire. Je ne veux plus prendre Kerry, et Dieu sait que ça n'a rien à voir avec la petite. C'est votre faute, Helen. La faute de votre fichu égoïsme, et de la façon dont vous traitez votre enfant ! Ça me fend le cœur de voir cette gosse faire tous ces efforts pour parler correctement, et je ne sais que trop que vous ne l'aidez pas.

— Dites donc ! Parce que vous connaissez quelque chose à l'éducation des enfants ? lâcha méchamment Helen.

Jo tressaillit, mais Helen ne fit pas marche arrière.

— Oui, vous croyez tout savoir, vissée chaque jour dans votre canapé pour regarder Marty Whelan à la télé pendant que votre mari s'échine dehors à gagner votre pain. Eh bien, vous ne connaissez rien à rien, Jo. Vous ne savez pas ce que c'est que de travailler des heures d'affilée, de suer sang et eau pour faire vivre cette enfant dans le luxe auquel elle est habituée !

Jo lui décocha un regard sceptique.

— Parce que vous suez sang et eau, Helen ? À vous voir, on ne dirait pas. Allez, ne jouez pas les martyres avec moi ! ajouta-t-elle en se détournant vers le couloir. Bon, je vais dire au revoir à Kerry, et Dieu sait que ça me fait de la peine. Si ça ne tenait qu'à moi, je tolérerais sûrement encore vos salades rien que pour le plaisir de passer du temps avec cette merveilleuse petite fille. Mais Pete a décidé d'y mettre le holà.

— De quoi se mêle-t-il, votre Pete ? cria Helen, tremblante. D'abord, je ne vous aurais jamais laissés ni l'un ni l'autre approcher ma fille si j'avais su comment vous me considériez !

À cet instant, un Pete au visage sévère apparut sur le seuil.

— J'apprécierais que vous ne vous conduisiez pas comme une poissarde devant ma maison, Helen.

— Oh, très bien, toutes mes *excuses* ! tempêta Helen. Je vais attendre dans ma voiture, et quand vous aurez fini de « faire vos adieux », soyez gentils de m'envoyer ma fille.

— Vous savez, fit Pete en secouant la tête, j'ai pitié des gens comme vous.

— Pardon ?

— J'ai pitié des gens qui ne mesurent pas le bonheur d'avoir un enfant, surtout une enfant comme Kerry.

Helen leva les yeux au ciel.

— Épargnez-moi les violons, Pete.

Sur ce, elle s'installa au volant de sa voiture et claqua la portière.

Quelques minutes plus tard, une Kerry en larmes la rejoignait.

— J-J-J-J-Jo veut p'us m-m-me ga-ga'der, môman.

Helen fit tourner le moteur.

— Non, *maman* ne veut plus que Jo te garde.

— Alo'q-q-qui…

Kerry essaya de reprendre sa respiration mais son désarroi était tel qu'elle ne put trouver la fin de la phrase. Helen comprit cependant.

— Je ne sais pas qui s'occupera de toi désormais, Kerry, répondit-elle d'un ton contrarié, songeant à son prochain déjeuner avec Paul. Ce qui est sûr, c'est qu'il va falloir trouver quelqu'un.

Le lendemain après-midi, Laura souda la dernière perle sur un fin treillis de fils d'argent. Ensuite, tenant précautionneusement l'ouvrage à l'aide d'une pince, elle prit l'une des feuilles gainées d'argent qu'elle avait minutieusement façonnées la semaine précédente et la positionna à la base de ce qui commençait à ressembler à un diadème. L'objet était si fragile… il ne faudrait surtout pas le maltraiter. Elle demanderait à la coiffeuse à domicile de le manipuler avec mille précautions le jour du mariage.

Ensuite elle travaillerait au sien puis aux colliers des demoiselles d'honneur, sans oublier un modèle réduit de son propre diadème, destiné à Kerry. C'était plutôt bien qu'elle ait tout cet ouvrage sur la planche, se dit-elle, car elle n'avait pas grand-chose d'autre.

Contrairement à ses espérances, l'entreprise Laura Connolly Créations n'avait pas démarré en fanfare. Non qu'elle se fût imaginé que la clientèle se précipiterait mais, après quelques semaines, elle attendait un retour, un écho. Elle avait investi beaucoup de temps et d'argent dans les envois d'échantillons à diverses bijouteries et boutiques de cadeaux, les avait parfois fait suivre de timides appels téléphoniques afin de savoir si l'on souhaitait lui prendre des pièces en dépôt. Or, jusqu'ici, aucune porte ne s'était franchement ouverte.

Au début, Laura n'y avait pas accordé grande importance tant elle était emballée à la perspective d'avoir enfin le temps de travailler à ses créations. Elle s'abîmait souvent dans le labeur et les jours filaient sans qu'elle s'en rende compte. Des jours où, si le téléphone sonnait une fois ou deux, c'étaient soit Neil, soit les amies qui venaient aux nouvelles. Et Laura continuait son bonhomme de chemin, heureuse, exploitant toutes sortes d'idées nouvelles, de formes, de matériaux.

« As-tu au moins vendu quelque chose ? » lui demandait Helen, avec son pragmatisme coutumier.

Laura devait reconnaître que non, elle n'avait pas vendu un bijou. Elle n'avait même pas reçu une seule demande de renseignements. Excepté cette grosse commande sur Internet.

Elle se sentait encore humiliée au seul souvenir de la mésaventure. Comment avait-elle pu être aussi bête ? En consultant son courrier électronique un matin, elle avait découvert avec joie (et soulagement) une énorme commande pour un éventail de pièces parmi celles qu'elle proposait sur la Toile – à savoir des colliers de chien de style ethnique et les bracelets assortis. Elle avait reçu la somme (considérable) par le biais du terminal de cartes de crédit, et passé toute la journée ainsi qu'une partie de la nuit à réaliser les quelques bijoux qui lui manquaient pour honorer la commande.

Neil était ravi pour elle.

« Quel démarrage ! Et quand on pense que c'est depuis l'Indonésie qu'on te passe commande ! »

Le client lui avait ensuite envoyé un courrier électronique de confirmation, la priant d'« activer » l'expédition et d'imputer les frais supplémentaires sur sa carte de crédit. Le trouvant très chouette, Laura s'était exécutée, avait envoyé les bijoux en Indonésie, non sans éprouver un étonnant sentiment d'accomplissement. Les affaires démarraient enfin.

Son sentiment de réussite fut de très courte durée. Peu après, elle recevait une lettre d'Amex Credit Card Services, par laquelle on lui expliquait que la transaction n'était pas valable et que la totalité de la somme allait être retirée de son compte de société.

Presque en larmes, Laura avait appelé le centre de cartes de crédit.

« Comment se peut-il que ce ne soit pas valable ? Le terminal a autorisé la transaction… deux fois ! »

Consternée, elle pensait non seulement au prix de la commande mais également aux frais d'expédition très onéreux.

« Il semble que votre client se soit servi d'une carte volée, lui répondit-on avec sympathie. Malheureusement, si la transaction s'est faite par courrier électronique, vous n'avez aucun moyen de savoir si la personne qui vous a passé commande est l'utilisateur habilité de la carte.

— Mais le système de paiement de mon site web est entièrement sécurisé. Avec un code d'accès, personne ne peut…

— Cela n'a, hélas, aucun rapport avec la sécurité des sites. La personne est entrée en possession d'une carte volée. Comment, nous l'ignorons. Mais en l'absence de signature… »

Et voilà. Laura avait perdu une partie de son stock de pièces parmi les plus coûteuses, les frais d'expédition en envoi express, mais aussi une bonne partie de sa confiance.

Neil s'était efforcé de lui remonter le moral.

« Dis-toi que tu as acquis de l'expérience. Tu seras plus prudente la prochaine fois. Le moment est peut-être venu d'affiner ta gamme de produits et d'augmenter ton stock, afin de vendre directement aux fournisseurs. »

Pour sa part, Helen avait suggéré une stratégie différente :

« Sors de chez toi, va dans la rue ! Adresse-toi aux gérants des boutiques. Ne te planque pas derrière un téléphone. Je parie qu'ils n'ont même pas vu tes pièces... Quelqu'un parmi le personnel y a jeté un œil, a pensé « super » et a emporté tes magnifiques boucles d'oreilles faites main. Pour avoir le moindre espoir de vendre un produit, surtout *tes* produits, tu dois les montrer aux personnes concernées. »

Laura ne parvenait pas à entreprendre ce genre de démarche, en tout cas pas encore. C'était bon pour Helen, qui avait la vente dans la peau, qui était belle, aguicheuse et débordait de confiance en elle. Laura, elle, ne saurait pas quoi dire et il en sortirait vraisemblablement plus de mal que de bien, les clients potentiels se demandant ce que pouvait bien leur vouloir cette cruche. D'ailleurs, ils pouvaient visiter son site s'ils souhaitaient voir ses œuvres.

Si elle recevait aujourd'hui une commande importante, elle n'était pas certaine de pouvoir l'honorer, avec l'approche du mariage et le reste. Peut-être n'était-ce pas plus mal que les choses avancent mollement, du moins pour le moment.

Et le nouvel annuaire n'était pas sorti, aussi ne pouvait-elle espérer des appels quand personne ne risquait de la trouver dans les Pages jaunes. Une fois l'annuaire en circulation, avec sur une demi-page l'encart publicitaire qu'elle avait payé une petite fortune, elle ne doutait pas de recevoir des coups de fil. Ne disait-on pas dans les pubs radiophoniques que les entreprises doublaient – voire triplaient – leur chiffre d'affaires lorsqu'elles figuraient dans les Pages jaunes ?

Quoique le double ou le triple de rien du tout ne fît pas beaucoup...

Laura tenta de se secouer. Elle devait bannir ces pensées négatives. La situation était sur le point de s'améliorer.

En toute justice, le tableau n'était pas si noir. La Chambre du commerce et de l'artisanat avait promis de faire circuler son nom, puis il y avait toujours le Salon de l'artisanat, qui justement aurait bientôt lieu. Oui, au fait... Ce serait peu après le mariage! Laura l'avait presque oublié.

Voilà ce qu'il fallait faire, décida-t-elle dans un sursaut d'énergie. Elle confectionnerait les pièces les plus belles possibles afin de montrer à l'exposition la palette de ses talents.

Il en sortirait forcément quelque chose, non?

Ce fut avec une ardeur renouvelée qu'elle acheva son diadème de mariage et s'attaqua aux parures des demoiselles d'honneur.

Elle était si absorbée qu'elle faillit ne pas entendre la sonnerie du téléphone. Le cœur battant (elle attendait le miracle, comme toujours), elle décrocha.

— Qu'est-ce que tu fabriquais? J'ai failli raccrocher!

Helen paraissait hors d'elle.

— Je travaillais dans mon atelier, répondit Laura. Pourquoi? Que se passe-t-il?

— J'ai une faveur à te demander. Un immense service...

— D'accord. Qu'est-ce que c'est?

— Pourrais-tu aller chercher Kerry au jardin d'enfants? Elle termine à deux heures.

— Là-bas, à Loughlinstown?

— Oui, écoute, je suis désolée de t'appeler comme ça, mais Jo m'a laissée tomber et j'ai des rendez-vous tout l'après-midi. S'il te plaît, Laura. Tu me rendrais un service immense.

Laura réfléchit. Elle ne finirait pas les bijoux de mariage aujourd'hui si elle devait se traîner jusqu'à Loughlinstown et revenir un vendredi après-midi. Mais comment faire autrement? Elle n'allait pas laisser Kerry en plan. Au passage, elle se demanda pourquoi Jo ne s'en chargeait pas. L'assistante maternelle de Helen était d'habitude très fiable. Peut-être était-elle souffrante…

— Laura ? fit Helen qui attendait une réponse.

— Excuse-moi. Oui, oui, j'irai… Pas de problème.

Helen poussa un soupir de soulagement.

— Je te revaudrai ça, Laura, sincèrement. J'y serais bien allée moi-même, seulement… seulement nous espérons conclure un gros contrat ici, et j'ai vraiment besoin de ma commission.

— C'est bon, Helen. Mais n'oublie pas de prévenir l'éducatrice que c'est moi qui viens prendre Kerry. S'ils attendent sa nourrice… Par les temps qui courent, il faut être prudent.

— Oh, je le leur ai déjà dit… C'est-à-dire qu'ils savent déjà qu'une autre personne que Jo doit venir la chercher, s'empressa d'expliquer Helen. Je vais les rappeler tout de suite pour leur dire de te guetter.

— D'accord. Et tu veux que je la dépose à ton bureau ou bien… ?

Helen inspira avec raideur.

— Tu penses que tu pourrais la garder ? Je passerai la prendre chez toi après le boulot.

Laura ne protesta pas.

— Bien. Alors, à tout à l'heure. Et bonne chance pour tes rendez-vous.

— Oui, merci.

Laura raccrocha et regagna son atelier. Comme il était plus de onze heures et demie, elle ferait aussi bien de manger un morceau avant d'aller chercher Kerry. Il fallait partir à une heure et quart au plus tard. Elle soupira. Aucune chance d'avancer son travail. Enfin, ce n'était pas comme si elle croulait sous la tâche, et Helen avait besoin qu'elle lui rende ce service.

N'avait-elle pas la chance inouïe d'être libre de ses horaires ? Sinon, la pauvre Helen aurait été complètement coincée.

À deux heures, cet après-midi-là, à l'heure exacte où Laura prenait Kerry au jardin d'enfants, son téléphone se mit à sonner. Le répondeur se déclencha à la sixième sonnerie, et la voix agréable de Laura emplit l'atelier vide.

« Bonjour, merci d'appeler les bijoux Laura Connolly Créations. Nous ne pouvons actuellement vous répondre mais soyez aimables de laisser votre nom et votre numéro de téléphone. Nous vous rappellerons dès que possible. »

Il y eut un bref silence après le signal sonore. Puis :

— Bonjour. Désolé, je suis sur un portable et ça passe mal. J'ai vu vos bijoux sur Internet et je… rouve géniaux ! Je m'appelle Ge… lden et j'aurais voulu voir avec… ommander une bague de fiançailles. Je voudrais quelque chose de vraiment original, et j'ai quelques petites idées. Quelque cho… cial et l'argent n'est… Je compte faire ma demande bientôt – pendant les vacances, en fait – aussi j'aimerais… quelqu'un le plus vite possible. Voici mon numéro : 086-2… 26… 68. Merci.

17

Le soir de ce même jour, dans un pub tranquille en bord de mer à Bray, Nicola sirotait un cappuccino bien mousseux en regardant par la baie vitrée un jeune couple qui promenait une poussette sur la jetée.

C'était une fin de journée d'août spectaculaire. Les mouettes planaient au-dessus de la mer, effectuant par moments des piqués vers les flots ; plus loin, une flottille de voiliers cabotait paisiblement le long de la côte. Voilà longtemps que la jeune femme n'était pas venue ici.

— Cette place vous convient ? s'enquit le jeune barman en vidant le cendrier. Si la table est un peu trop haute pour vous, je peux…

— Non, non, c'est très bien, merci, fit Nicola en lui souriant.

La clientèle était assez nombreuse et c'était un plaisir rare de rencontrer quelqu'un d'aussi serviable, et même prévenant.

À l'époque où ils vivaient dans leur appartement de location à Bray, Dan et elle avaient passé bien des dimanches après-midi à marcher paresseusement sur la jetée parmi les touristes de passage, les skateurs et les gens qui sortaient leur chien. Dan ne résistait pas à l'achat d'une de ces glaces en cornet dont il était si friand. À condition, affirmait-il, de la noyer sous la chantilly et le coulis de framboise.

— Salut.

Il venait soudain d'apparaître, sorti de nulle part. Nicola sentit son cœur se serrer. C'était la première fois qu'elle revoyait son visage depuis plus de quatre ans. Il avait vieilli, pensa-t-elle. Ses cheveux coupés court soulignaient les rides de son front et il avait pris un peu d'embonpoint. Néanmoins, il demeurait très séduisant.

— Bonjour, Dan.

Il souriait mais lui aussi semblait vaguement mal à l'aise.

— J'ai presque craint de te déranger tellement tu avais l'air absorbée dans tes pensées.

— Assieds-toi, proposa-t-elle en lui désignant la chaise en face d'elle. Tu bois quelque chose ?

Étrangement, elle avait l'impression de ne pas reconnaître sa propre voix.

— J'ai commandé un café au passage.

Il s'installa et posa les bras sur la table.

— Merci d'avoir accepté de me rencontrer, Nic... reprit-il. Je voulais vraiment te voir. Tu as l'air... en pleine forme. Comment vas-tu ?

Elle aurait préféré qu'il ne l'appelle pas « Nic » si familièrement.

— Très bien, je te remercie... Et toi ?

— Pas trop mal.

Quand il toussota, elle devina qu'il essayait d'en dire davantage, de faire progresser la conversation, sans savoir comment s'y prendre. De son côté, elle n'était pas prête à lui faciliter la tâche.

Un silence gêné s'installa.

— Alors, comment ça s'est passé pour toi à Londres ? finit par demander Dan.

Nicola fixa la mousse de son cappuccino.

— Pas trop mal. Je suis revenue telle que j'étais partie, ajouta-t-elle avec un sourire contraint. Excuse-moi, j'aurais sans doute dû te dire que j'étais rentrée.

— Absolument pas. Je n'en méritais pas tant, fit-il, le regard empreint de tristesse. Ç'a été un sacré choc de recevoir les papiers comme ça.

— Je sais, mais je ne pouvais pas faire autrement. À ce moment-là, je ne voulais ni te voir ni même te parler.

— Je comprends. Je suis désolé.

Nouveau silence.

— As-tu reçu… Enfin, est-ce que ta tante t'a fait parvenir ma lettre ?

Ellen la lui avait transmise, bien sûr. À un moment, Nicola en savait par cœur chaque mot, chaque phrase.

— Oui, elle me l'a remise. Dis, si nous ne parlions plus du passé ? ajouta-t-elle en souriant.

Si elle ne savait pas exactement pourquoi elle était venue ici, elle était en revanche certaine de ne pas souhaiter remuer les souvenirs. À quoi bon ? Revoir Dan en chair et en os ne l'affectait pas autant qu'elle l'aurait cru. Durant toute sa période londonienne, elle avait pensé à lui en se demandant quel effet cela lui ferait d'être à nouveau face à lui. Or en vérité elle n'éprouvait rien d'autre que… de la nostalgie. Cela lui procurait un sentiment de libération.

— Si tu préfères, acquiesça Dan. Mais raconte-moi, depuis combien de temps es-tu rentrée ?

— Depuis plus d'un an. Ken Harris m'a demandé de diriger son nouveau centre. Ça se trouve à Rath-farnham.

— Oh, vraiment… et comment se porte ce bon vieux Ken ?

En percevant la dureté avec laquelle il avait proféré sa question, Nicola reposa sa tasse et attrapa son sac à main.

— Ce rendez-vous était une erreur, dit-elle.

Les traits de Dan s'assombrirent.

— Je regrette, s'empressa-t-il de dire. C'est sorti tout seul. Je n'ai aucun droit de...

— Dan, je n'ai pas accepté de te rencontrer pour que nous reprenions là où nous en étions. Si nous voulons essayer d'être corrects l'un avec l'autre, il vaudrait mieux ne pas évoquer le passé – *quoi que ce soit* du passé.

— Je regrette, répéta-t-il. Ça m'a échappé. Moi non plus, je n'ai pas envie de revenir au passé.

Elle tenta de se détendre un tant soit peu. Que cette rencontre puisse s'avérer une perte de temps la déprimait. Cela lui avait beaucoup coûté de venir ici, et elle s'était sentie assez coupable.

Ainsi qu'elle l'avait prévu, elle avait parlé à Ken du coup de fil de Dan, mais il ne s'était pas montré aussi compréhensif qu'elle l'espérait lorsqu'elle avait évoqué un rendez-vous.

« Qu'est-ce qu'il veut ! s'était exclamé Ken d'un ton qu'elle ne lui avait jamais entendu.

— Il veut parler, je suppose.

— Pourquoi maintenant ?

— Que veux-tu dire ?

— Pourquoi n'a-t-il pas eu envie de *parler* quand tu es revenue au pays ? Pourquoi n'a-t-il pas eu envie de *parler* bien avant que vous divorciez ? Mais non, Dan ne ferait pas ça, évidemment ! Il fallait qu'il attende que tu te sois remise, que tu aies recommencé ta vie, pour surgir à nouveau sur la scène et faire le plus de mal possible.

— Ce n'est pas ça, mon amour. »

Nicola était abasourdie. Ken ne pensait pas grand bien de Dan et elle ne pouvait l'en blâmer, mais elle ne s'était pas attendue à tant d'amertume et de véhémence.

« Il ne "surgit pas à nouveau sur la scène", comme tu le dis. Il va se remarier.

— Oh ? »

Ken avait gardé le silence un instant.

« Et qui est la malheureuse élue ?

— Ken !

— Quoi ? Que veux-tu que je dise ? Que je leur souhaite d'être très heureux ? »

Nicola l'avait longuement regardé.

« Que se passe-t-il ? Pourquoi es-tu en colère ?

— Je suis en colère parce que tu as mis assez longtemps à te sortir de tout ça, et voilà que tu as presque l'air contente de le voir revenir dans ta vie, sans même y réfléchir !

— Sans y réfléchir ? Bien sûr que j'y ai réfléchi, Ken ! Je n'ai fait que ça, réfléchir, depuis… »

Elle s'était interrompue, se rendant compte qu'elle en avait dit plus qu'elle ne souhaitait.

« Depuis quoi ? avait interrogé Ken. Tu m'as caché quelque chose, Nikki ?

— Non, pas vraiment, avait-elle soupiré. Sauf que j'ai su que Dan se remariait avant qu'il me le dise de vive voix. »

Elle avait expliqué l'erreur d'attribution des cartons d'invitation.

« Mon Dieu ! Il n'avait donc probablement aucune intention de te prévenir, mais il suffit qu'il claque des doigts pour que tu accoures !

— Je te rappelle que je ne cours plus nulle part ! » s'était exclamée Nicola, le regard étincelant.

Ken avait baissé la tête.

« Excuse-moi. Simplement, je ne comprends pas pourquoi tu as un tel besoin de le rencontrer. Le coup de fil devrait suffire.

— Je n'ai pas besoin de le rencontrer… je le veux. »

Ken l'avait considérée avec tristesse.

« Pourquoi ? Tu éprouves encore quelque chose pour Dan Hunt ? Si c'est le cas, il va falloir t'interroger sur ce que tu fais avec moi. Je t'aime, Nicola, et je sais ce que tu as vécu. Je ne veux pas que tu retombes là-dedans.

— Je sais, mon amour. Mais revoir Dan ne va en rien affecter ce qui nous unit, toi et moi. Il a changé et j'ai changé. Il n'y a rien d'autre à chercher, crois-moi. »

Ken lui avait décoché un pâle sourire mais elle avait compris qu'il continuait de douter et d'être malheureux.

Elle fixa Dan droit dans les yeux.

— Autant que je te le dise… Ken Harris et moi nous sommes ensemble maintenant.

— Ensemble… tu veux dire *ensemble*? fit Dan, les yeux écarquillés.

— Tu as l'air surpris.

Non, corrigea intérieurement Nicola, il paraissait choqué.

— Non, non… pas surpris. Disons que je ne m'attendais pas à ce que tu…

— Que je trouve quelqu'un d'autre? Et pourquoi donc?

Elle eut envie de rire devant son expression paniquée.

— Non, ce n'est pas ça, protesta-t-il. Je veux dire… je savais évidemment que tu rencontrerais quelqu'un d'autre, mais je ne m'attendais pas à ce que ce soit Harris, voilà tout.

Nicola sourit et préféra changer de sujet.

— Et de ton côté, alors? Où en sont tes préparatifs de mariage?

Dan lui lança un regard circonspect, étonné peut-être de la voir si détachée.

— Ah, c'est tout un train. Pour être honnête, beaucoup trop d'agitation à mon goût.

— Je peux imaginer. Ta fiancée est-elle plus jeune que toi?

— Chloé ? Un peu plus jeune : elle aura bientôt vingt-huit ans.

— Joli prénom, Chloé.

— Oui.

— Depuis combien de temps êtes-vous… ?

— Ensemble ? Pas si longtemps, un peu plus d'un an.

— Oh, ce sont donc des fiançailles plutôt courtes.

— Chloé avait hâte de se marier.

Il eut un haussement d'épaules puis se tut le temps de laisser le barman lui servir son café.

— Nic, reprit-il après un soupir, je voulais simplement te dire à quel point je regrette que tu aies appris mon mariage par la bande. Je te l'aurais annoncé directement si j'avais su que tu étais revenue.

— En fait, je n'avais pas prévu de rester aussi longtemps à l'étranger, mais les choses semblaient plus faciles quand j'étais loin.

— Je sais.

Tu sais ? voulut-elle demander. *Tu sais vraiment ?*

— Parle-moi de toi, dit-elle.

— De moi ?

— Oui. Comment tu t'en sors, et si le cabinet marche bien.

Il hocha la tête avant d'avaler une longue gorgée de café.

— Presque trop bien. Nous sommes constamment débordés, et nous pourrions très bien engager quelqu'un à plein temps, mais John insiste pour que nous ne prenions que des intérimaires ou des temps partiels. La plupart finissent tout juste leurs études et n'ont pas la moindre notion du travail.

Nicola sourit malgré elle. Quand bien même ces malheureux auraient été dans la comptabilité depuis des années, Dan aurait pointé du doigt leur incompétence. Quant à John O'Leary, on pouvait compter sur lui pour veiller au grain.

— Comment se portent John... et Carolyn ?

— John va bien, mais Carolyn et lui sont séparés.

— Oh !

Nicola fut étonnée. Elle avait trouvé Carolyn un peu distante le jour de leur rencontre au café. À présent, elle comprenait pourquoi.

— Eh oui, fit Dan. Je croyais qu'ils tiendraient la route tous les deux, mais en fait on ne sait jamais, n'est-ce pas ?

Elle sentit sur elle le poids de son regard.

— On ne sait jamais, en effet, acquiesça-t-elle en tournant les yeux vers la jetée.

Il se fit un silence tendu.

— Et Laura et Neil ? questionna Dan. Ils ont finalement décidé de sauter le pas.

— Oui, fit gaiement Nicola.

— Je suis bien content pour eux.

195

— Elle le mérite, et Neil est quelqu'un de bien.

— Contrairement à certains que nous ne nommerons pas ?

Nicola eut un petit rire, sachant très bien à quoi Dan faisait allusion. Avant leur mariage, et bien avant qu'elle ne rencontre Neil, Laura avait fréquenté un personnage pontifiant du nom de James Gallagher, que tous détestaient. Si Dan avait trouvé avec lui un statu quo afin de sauver les apparences, Nicola et Helen n'avaient eu de cesse de manifester au monsieur leur profonde antipathie.

— Vous lui avez fait passer de sales quarts d'heure, Helen et toi, commenta Dan. Tu te rappelles la fois au restaurant thaï...

— Ah ! gémit Nicola. Il était là à pérorer sur la carte, à jouer le fin connaisseur de cuisine thaïlandaise sous prétexte qu'il avait fait escale à l'aéroport de Bangkok.

— Et Helen qui lui dit que le *nurr pud piroth* était le plat le moins épicé, sachant pertinemment qu'il ne pourrait même pas manger un *tikka masala* !

Dan riait aux éclats en évoquant ce souvenir.

— Je me souviendrai toute ma vie de sa tête quand il l'a goûté. On n'appelle pas ce plat « bœuf furieux » pour rien !

— Il ne l'avait pas volé, renchérit Nicola, rieuse elle aussi. Ensuite, il a fait une scène à Jamie, qui s'était moqué de lui.

— Comment va Jamie, au fait ? On riait bien avec lui. Je ne l'ai pas vu depuis des années.

— Helen non plus, lâcha Nicola.

— Quoi ? Que s'est-il passé ? Je les imaginais ensemble pour la vie, ces deux-là.

— Beaucoup de choses ont changé depuis. Maintenant, Helen a une fille : Kerry, une enfant ravissante, tout le portrait de sa mère.

— Elle a donc rencontré quelqu'un d'autre ?

Nicola se rembrunit. Pour Dan, évidemment, Helen était responsable de la séparation.

— Non. Kerry est la fille de Jamie. Mais cette grossesse n'était pas désirée et ils ont vécu une sale période ensuite. Puis Jamie est parti en Afrique du Sud après avoir décidé qu'il n'était pas capable d'assumer ses responsabilités. Il a laissé Helen toute seule, sans se soucier de savoir si elle ferait face.

— Peut-être, risqua-t-il, a-t-il été effrayé par la situation, et n'a-t-il pas trop su quoi faire.

— Et Helen, là-dedans ? Elle n'a pas vraiment eu le choix. Qu'était-elle censée faire ?

— Lui donner le temps de se ressaisir, peut-être ?

Dan et Nicola se regardèrent droit dans les yeux, sachant tous deux qu'ils ne parlaient plus de Jamie. Elle fut la première à détourner le regard, dans le silence.

— Sacré « bœuf furieux » ! reprit Dan, riant de nouveau à l'évocation du souvenir. On aurait dit qu'il voulait pulvériser Jamie sur place. Je n'ai jamais vu un type aussi vexé !

Nicola choisit de se mettre dans le ton.

— À ma connaissance, le vieux Gallagher n'a pas changé d'un iota.

— Mais il a dû réfléchir à deux fois avant de se risquer à goûter une nouvelle fois la cuisine thaïe, si tant est qu'il s'y soit décidé !

Ils passèrent encore un moment à évoquer leurs amis communs, en évitant de parler d'eux-mêmes, jusqu'à ce que les sujets de conversation inoffensifs viennent à manquer.

— Dis-m'en plus sur Chloé, proposa Nicola, contente de pouvoir faire cette requête si facilement.

— Eh bien, elle travaille comme secrétaire juridique dans le cabinet de son père.

— Son père est avocat ?

— Oui.

— Ta mère doit être ravie, commenta Nicola avec une once d'amertume involontaire.

— En fait, elle ne connaît pas vraiment Chloé.

— Je vois.

Elle attendit que Dan développe mais, au lieu de cela, il tira son portefeuille de sa poche et en sortit la photographie d'une blonde époustouflante.

Nicola scruta le portrait pendant un moment.

— Elle est superbe, dit-elle simplement.

— Ajoute à ça qu'elle le sait ! fit Dan en riant.

La poitrine de Nicola se serra. Était-elle folle ? Elle était là avec Dan, après tout ce temps, en train de plaisanter avec lui sur sa future épouse ! Fallait-il qualifier cela de progrès ou de bêtise crasse ?

À cet instant, le portable de Dan stridula bruyamment.

— Allô ?

Il regardait Nicola mais, quand il entendit la voix de son interlocuteur, son visage se ferma et il baissa les yeux.

— Salut…

Comprenant qu'il s'agissait de Chloé, Nicola détourna le regard.

— Non, je n'étais pas au bureau. Je suis… allé voir un client.

Nicola s'émerveilla de l'aisance avec laquelle il était capable de mentir.

— Non, attends, Chlo… parle plus lentement… je ne comprends rien… quel genre de problème?

Il semblait qu'à l'autre bout de la ligne Chloé piquait une crise de première catégorie.

— *Quoi?* s'exclama Dan, agité à son tour. Tu me fais une blague?… D'accord, d'accord… Donne-moi une demi-heure et je te rejoins là-bas.

Il coupa la communication puis posa sur Nicola un regard où se mêlaient abattement et confusion.

— Je suis désolé, Nic, mais il faut que j'y aille.

— Des problèmes?

— Oui, fit-il en levant les yeux au ciel.

— Ça a l'air grave.

— Je ne voudrais pas…

Nicola posa sa tasse vide sur la table.

— Allez, file. J'ai été contente de te revoir, Dan.

Il hésita un instant puis la regarda franchement.

— Nic, je regrette sincèrement.

À la façon dont il prononça ces mots, elle comprit qu'il ne parlait pas de son départ précipité.

— C'est bon, Dan, tout va bien. Vraiment.

Elle eut un petit sourire.

— On reparlera un de ces jours, dit-elle encore.

— Ça m'a fait du bien de te revoir.

— Moi aussi, fit doucement Nicola.

Et elle laissa l'homme qui avait autrefois été l'amour de sa vie courir vers une autre femme.

18

Dès le début, Nicola avait soupçonné Shannon Fogarty d'avoir des vues sur son mari. Dan et elle travaillaient dans la même agence comptable bien avant que Nicola n'entre en scène, avant aussi que Dan et John ne s'associent. Les membres du trio entretenaient des relations assez intimes, et Shannon ne fit pas mystère de son antipathie envers la nouvelle petite amie de Dan.

Tout se noua au cours d'un dîner entre collègues auquel Dan avait convié son amie. Dan et John devaient venir directement du bureau ; Nicola était convenue avec Carolyn, l'épouse de John, de passer la prendre afin de l'emmener au restaurant. Entre les deux femmes, le courant était passé dès la première rencontre. Carolyn était bavarde, pétillante. Profitant de ce tête-à-tête en voiture, elle mit en garde Nicola, lui décrivant Shannon à sa façon lapidaire.

« Une salope, déclara-t-elle en retouchant son rouge à lèvres dans le miroir du pare-soleil. Terriblement possessive avec ses "hommes". Elle ne t'adressera la parole que si ça lui chante. La première fois que je l'ai vue, je me suis demandé ce que je lui avais fait. Elle me regardait comme si j'étais sa pire ennemie. Donc, je doute qu'elle te fasse un accueil aimable.

— Super, grimaça Nicola. Dan et moi ne sortons ensemble que depuis quelques semaines, je ne connais pas la moitié de ses fréquentations et, déjà, l'une d'entre elles me déteste. »

Carolyn lui décocha un petit sourire.

« Oh, quelque chose me dit que Mlle Fogarty ne fera pas le poids contre toi. J'ai hâte de voir ça... Il va y avoir des étincelles ! »

Elles arrivèrent un peu en retard au restaurant. John était installé à table mais, la chaise voisine étant vide, Nicola en déduisit que Dan se trouvait soit au bar, soit aux toilettes.

Carolyn avança d'un pas chaloupé vers la table ; elle avait déjà absorbé quelques verres de vin en attendant Nicola.

« Salut, la compagnie ! lança-t-elle, rayonnante. Ça fait plaisir de vous revoir. Je vous présente Nicola, la principale raison de l'air réjoui qu'arbore notre Dan ces temps-ci. »

Nicola sut instantanément que la grande rouquine étonnamment jeune qui les fusillait du regard n'était autre que la fameuse Shannon. De son côté, elle aurait été capable de piler Carolyn pour ses propos provocants. À l'évidence, la femme de John prenait un malin plaisir à déstabiliser Shannon. Et tandis que des gens qu'elle ne connaissait pas encore se présentaient et lui serraient la main, Shannon demeura les lèvres closes, le regard ailleurs, bref, l'ignora totalement.

« Salut, les filles ! »

Dan venait d'apparaître à la table et glissa une main protectrice dans le dos de Nicola.

« Excusez-moi... Je bavardais avec un type dans les toilettes. »

Puis il se recula et détailla sa compagne des pieds à la tête.

« Waouh, tu es superbe ! »

Nicola portait une robe en soie blanche longue jusqu'aux genoux, ornée de minuscules papillons dorés qui traversaient la jupe taillée dans le biais. Le profond décolleté en V mettait en valeur la naissance de ses seins, et toute cette blancheur offrait un contraste des plus heureux avec sa peau très bronzée.

« Oui... elle a une classe folle. Je serais capable de commettre un meurtre pour avoir une silhouette comme la sienne... » commenta Carolyn.

Elle-même, qui passait pour un modèle de glamour et s'était également mise sur son trente et un, adressa à Nicola un clin d'œil discret avant de conclure :

« Je n'ai jamais rencontré personne d'aussi bien fichu. »

Souriant timidement, Nicola s'assit à côté de Dan.

De l'autre côté de la table, Shannon l'épingla du regard.

« Je dois vous confondre avec quelqu'un d'autre... Vous n'êtes pas la fille qui fait de l'aérobic, n'est-ce pas ? »

Nicola força son sourire, ayant d'ores et déjà décidé que Shannon ne serait pas une amie.

« Pas exactement. Je suis monitrice de fitness, et nous faisons au centre beaucoup d'autres choses que l'aérobic.

— Oh ? s'écria Shannon en avalant une gorgée de vin. On ne le dirait pas, à vous voir. Tu ne trouves pas, Maurice ? »

L'homme grisonnant assis à côté d'elle parut embarrassé.

« Et vous êtes très différente du genre habituel de Dan, ajouta-t-elle.

— Tu as raison, acquiesça Dan, qui rit sans saisir le sous-entendu insultant. À vrai dire, je ne crois pas à ma chance. Nicola est beaucoup trop bien pour un type comme moi. »

Les autres rirent à leur tour, comme Nicola, mais les hostilités étaient déclarées entre les deux femmes.

Durant tout le dîner, Shannon l'ignora avec une franche impolitesse. À deux reprises, Nicola lui demanda le parmesan, à deux reprises elle fit la sourde oreille. La rouquine tenta bon nombre de fois d'engager Dan dans des discussions concernant leurs expériences passées, leurs connaissances communes, le travail – tout ce qui pouvait empêcher Nicola de participer à la conversation. À un moment, Nicola abandonna sa place auprès de Dan pour se rendre aux toilettes. Lorsqu'elle revint, ce fut pour trouver Shannon installée sur sa chaise et enlaçant Dan d'un bras possessif.

Nicola avait tout de suite compris que Shannon n'était pas une rivale. Elle était commune, tapageuse, vacharde, et le peu de charme qu'elle aurait pu avoir était gâché par un maquillage criard et des vêtements sans chic. Sans compter que si Dan avait été attiré par elle, il le lui aurait fait savoir depuis longtemps.

Non, c'était l'impolitesse de cette fille qui l'exaspérait.

Nicola marcha droit vers sa place. En la voyant arriver, Dan leva la tête et lui sourit. Comme c'était prévisible, Shannon l'ignora et continua dans ses tristes tentatives de flirt. Nicola voyait du coin de l'œil Carolyn les observer avec intérêt.

— Shannon, c'est bien ça ? fit-elle d'une voix douce, comme on essaie de se rappeler quelqu'un que l'on a à peine croisé. Coucou, je suis l'amie de Dan. Nous n'avons pas vraiment eu l'occasion de bavarder. Si vous approchiez une chaise pour prendre le café avec nous ?

D'un seul coup, Nicola avait marqué son territoire, mis Shannon sur la touche et revendiqué sa place – le tout du ton le plus amical. En d'autres circonstances, elle aurait dit le fond de sa pensée à cette fille, mais c'était la soirée de Dan, c'étaient les amis de Dan. Elle ne souhaitait pas le mettre dans l'embarras.

Apparemment, Shannon n'avait pas ce genre de scrupules.

— Vous êtes drôlement possessive, dites donc, rétorqua-t-elle, toujours campée au côté de Dan. On est seulement de vieux copains, lui et moi.

— Vraiment ? Vous n'avez pas l'air si vieille que ça, fit Nicola d'une voix sucrée. Je dirais trente-quatre ans, trente-cinq au maximum.

En vérité, Shannon semblait avoir tout juste vingt ans.

Manifestement peu habituée à être la cible d'une vacherie, elle ne trouva rien à répliquer. Nicola perçut un rire étouffé derrière elle et devina que Carolyn l'applaudissait en silence.

Ce n'était que le début. Si Dan prit peu à peu conscience que son amie et sa collègue ne s'entendaient pas, la plupart du temps cela ne posait aucun problème. Elles se rencontraient rarement en dehors de petites réunions entre membres du cabinet, et celles-ci n'étaient pas fréquentes.

Bientôt, Dan et elle se marièrent et, le temps qu'ils s'installent dans leur appartement de Bray, Nicola avait quasiment oublié l'insupportable Shannon. Dan et John préparaient leur association afin de se mettre à leur compte. John, qui habitait déjà à Bray, avait trouvé de nouveaux clients potentiels et n'hésitait pas à en braconner d'autres susceptibles de confier la gestion de leurs affaires au jeune cabinet. C'était immoral, mais John les avait convaincus de quitter la clientèle d'autres experts-comptables en leur faisant miroiter des honoraires inférieurs ainsi qu'un brin d'« évasion fiscale ». Dan et lui travaillaient vingt-quatre heures sur vingt-quatre pour mettre leur affaire sur les rails.

Puis, quelques mois après le mariage, Shannon se mit à téléphoner à Dan chez lui, à n'importe quelle heure, pour geindre et pleurnicher, dans le but d'obtenir son réconfort.

« Elle est désespérée, expliqua Carolyn quand Nicola se plaignit auprès d'elle. Elle sait que Dan quitte la société, et elle a décidé de mettre le turbo.

— Dan est marié ! Il n'est plus libre. Est-ce que ça ne devrait pas modifier un peu ses plans ? »

Carolyn eut un haussement d'épaules.

« Cette fille est déséquilibrée, il n'y a pas d'autre mot. Va savoir ce qui se passe dans sa petite tête.

— N'empêche que Dan n'y voit toujours que du feu. Il croit qu'ils sont bons amis et n'a aucune idée de la petite garce intrigante à qui il a affaire !

— En tout cas, quoi que tu fasses, ne la laisse pas te déstabiliser. C'est ce qu'elle cherche. »

Pendant quelque temps, Nicola avait suivi ce conseil et n'avait rien dit à Dan. Elle n'avait rien à gagner à la confrontation. Dan demeurait aveugle, ne voyait pas Shannon sous son vrai jour, et Nicola serait perdante si elle se plaignait de leur proximité. Sans compter qu'entre le lancement du nouveau cabinet et l'emploi de salarié qu'il continuait d'occuper, il n'avait pas besoin de ces histoires.

Elle s'en tint à ses bonnes résolutions aussi long-temps qu'elle le put, jusqu'à ce qu'un soir elle trouve Shannon à sa porte, qui cherchait Dan.

« Il est encore au travail, Shannon », répondit-elle depuis le seuil.

L'air surpris, la jeune fille consulta ostensiblement sa montre.

« Vous voulez dire qu'il n'est pas là ? Il a quitté le bureau en début d'après-midi. Je me demande ce qu'il fabrique. »

Il fallut tout son sang-froid à Nicola pour ne pas envoyer valser la petite peste qui s'efforçait d'instiller le doute dans son esprit.

« Vous vouliez autre chose ? demanda-t-elle en affi-chant nettement son ennui.

— Non, pas pour le moment. Mais… continua Shannon avec un sourire calculé, dites à Dan que je le cherchais et que je serai chez moi tout à l'heure, s'il veut me… voir. »

Elle eut soin de teinter ce « voir » d'une note coquettement interrogative, afin que Nicola n'en perde pas une miette.

Nicola et Dan eurent la pire des disputes lorsqu'il rentra peu de temps après. Comme elle en avait sa claque de tout garder pour elle, cette fois elle dit précisément à Dan ce qu'elle pensait de sa prétendue « amie ».

« Je te préviens, Dan, je ne me laisserai pas marcher sur les pieds. Cette fille est une teigne ! Et je vais te dire autre chose : si jamais je découvre qu'il y a eu quelque chose entre cette calamité et toi, ça ne risque pas de se reproduire. "S'il veut me *voir*", tu parles ! Je n'ose pas te dire ce que je serais capable de te faire ! »

Dan redoutait presque de parler. C'était leur première querelle en tant qu'époux mais il avait déjà entrevu qu'une Nicola en colère pouvait s'avérer plus que redoutable. Son visage avait viré au cramoisi et un éclat dangereux brillait dans ses prunelles.

« Nic, il n'y a aucune raison au monde pour que je te sois infidèle ou que je te mente. Tu es ma femme… tu es ma *vie*, bon sang ! Pourquoi ferais-je une chose pareille ?

— Mieux vaut pour toi t'abstenir.

— Mais je n'en ai pas envie ! Je ne sais pas pourquoi Shannon s'est exprimée de cette façon, franchement, je l'ignore ! Nous sommes copains et elle sait pertinemment que je suis fou amoureux de toi. D'accord, je me suis peut-être un peu amusé autrefois, mais c'était bien avant de te rencontrer !

— Encore heureux ! »

Néanmoins, Nicola sut presque d'instinct qu'il disait la vérité. Avec son allure et sa beauté, Dan attirait les femmes où qu'il aille, mais il fallait reconnaître qu'il n'en profitait pas. De plus, elle l'aimait et lui faisait confiance. Et qui ne s'était pas « un peu amusé autrefois » ?

Dan reprit doucement la parole :

« Il n'y aura jamais personne d'autre que toi, Nic. D'accord, tu penses que Shannon a peut-être compté pour moi...

— *Peut-être* ?

— Sérieusement, Nic, tu te trompes sur toute la ligne. Shannon et moi nous nous connaissons depuis longtemps, et ça n'a jamais été autre chose que de l'amitié. De toute façon, elle a ses propres problèmes maintenant, crois-moi. »

Nicola ne dit rien, le laissant mijoter un moment.

« Je n'y penserais même pas, Nic, pas alors que je t'ai !

— C'est seulement parce que tu m'as que tu n'y penses pas, Dan ? Ça veut dire que tu aurais des vues sur Shannon si je n'étais pas dans le paysage ? »

Tout en ayant conscience de sa puérilité, Nicola n'avait pu s'empêcher de poser la question.

« Non, ce n'est pas ce que j'ai voulu dire. »

Dan secoua la tête, ne sachant plus que dire, craignant de s'enfoncer davantage s'il cherchait à se justifier.

Il semblait si perdu, si grave à ce moment-là que Nicola sentit la colère l'abandonner.

Et batailler avec Dan avait le don d'éveiller son désir.

Elle le rejoignit, posa un doigt sur ses lèvres et, sans un mot de plus, l'entraîna lentement vers leur chambre.

C'était bon d'avoir tout déballé, pensait-elle en l'embrassant avec ardeur. À présent que Dan savait ce qu'elle éprouvait pour son « amie », et les coups que celle-ci avait tenté d'infliger à leur couple, sans doute entendrait-on moins parler de Shannon Fogarty...

Ce fut cette nuit-là qu'ils conçurent leur enfant.

Ils avaient essayé pendant un temps fou, bien avant leur mariage, sans se livrer à de triviaux calculs, tous deux espérant avoir un bébé au plus tôt.

Nicola avait arrêté la pilule et ils profitaient de la moindre occasion. Elle se rappelait une fois où Dan, sur l'impulsion du moment, l'avait discrètement rejointe à son travail, et où l'un des vestiaires avait abrité leurs ébats rapides.

À l'époque, ils n'étaient jamais rassasiés l'un de l'autre, mais la conception avait pris plus longtemps que prévu, et Nicola se souvenait de sa joie lorsqu'elle s'était rendu compte que ses règles avaient du retard – elle surveillait alors scrupuleusement son cycle et ce retard avait toutes les chances d'être de bon augure. Au bout de deux semaines, elle ne fit le test de grossesse que par acquit de conscience, mais au fond elle n'en avait pas besoin pour comprendre que leur vœu se réalisait enfin.

C'était à la fin de l'été, peu de temps après le mariage, et Dan guettait avec anxiété le changement de couleur de la petite ligne bleue.

« Rouge ou bleu... Et si c'est violet, qu'est-ce qu'il faut penser ? »

Tendue dans l'attente, elle ne répondit pas. La ligne commença à se teinter, à foncer nettement... et il n'y eut plus de doute : c'était franchement rouge. Dan enleva la jeune femme dans ses bras et la fit tourbillonner dans la pièce en criant de joie.

« C'est rouououge ! On-a-ga-gné !

— Arrête, idiot ! »

Nicola riait et pleurait tout à la fois, puis Dan l'allongea sur le lit et ils firent l'amour passionnément, bouleversés tous deux à l'idée qu'un nouveau lien s'ajouterait bientôt à celui, presque incroyable, qui les unissait déjà.

Nicola ne se rappelait pas avoir jamais ressenti autant d'allégresse. C'était déjà inespéré que le plus merveilleux des hommes ait surgi dans sa vie pour la ravir, et alors qu'elle se sentait déjà au comble du bonheur, voilà qu'elle allait être mère.

Et cependant, tandis qu'elle s'efforçait de ne pas penser à autre chose, de s'abandonner à sa joie immense, une peur demeurait tapie tout au fond d'elle. La peur que le rêve s'écrase, vole en éclats. Qu'avait-elle fait pour mériter ce bonheur suprême ? Elle n'avait rien de remarquable, n'avait rien fait d'extraordinaire dans sa vie. Elle râlait toujours à propos de son boulot, se montrait impatiente avec les gens, et pourtant quelqu'un quelque part avait jugé bon de lui attribuer toute cette félicité.

Dan s'était endormi à côté d'elle. En contemplant son expression paisible, elle éprouva une crainte plus aiguë, plus précise. Que ferait-elle s'il arrivait quelque chose à Dan ? Il était toute sa vie.

Elle avait toujours ricané devant ces films et ces romans ridicules qui affirmaient qu'il existait un « être particulier » pour chacun, s'était gaussée de Laura qui parlait de « moitié ». Or Dan était absolument sa moitié – la meilleure. Son mari était un individu « bien » dans toute l'acception du terme. Elle n'avait jamais rencontré un homme tel que lui, et s'il avait des défauts, elle ne les connaissait pas. C'était un être honnête, doux, aimant, franc, qui ne se cabrait pas devant les sentiments et n'avait pas peur de les exprimer – contrairement à certains de ses ex qui, en comparaison, étaient des hommes de Neandertal.

Malgré elle, Nicola redoutait aussi que ses beaux-parents n'aient raison. Peut-être Dan était-il beaucoup trop bien pour elle, et peut-être s'en rendrait-il compte un jour.

Elle tenta de chasser ses appréhensions. Ils vivaient une relation merveilleuse, et la touche finale venait de s'ajouter à leur bonheur pour en faire une perfection.

Non, elle ne devait pas s'inquiéter. Sans doute était-ce tout à fait naturel pour une future maman d'éprouver ce genre de chose.

Ou alors, pensa-t-elle avec un sourire amusé, elle avait accompli quelque exploit extraordinaire dans une vie antérieure et s'en trouvait récompensée dans celle-ci…

Ken, qui possédait une clef de la maison de Nicola, l'attendait lorsqu'elle rentra chez elle. En s'arrêtant dans l'allée, elle les vit, Barney et lui, debout tous les deux sur le seuil – la queue du labrador s'agitait avec tant de frénésie qu'on pouvait craindre qu'elle se détache !

— Alors, comment ça s'est passé ? demanda Ken quand ils furent rentrés, l'expression indéchiffrable.

Nicola chercha ses mots en caressant le pelage lustré de Barney.

— Le seul terme qui me vient là tout de suite pour t'en parler, c'est… étrange.

— Étrange ?

— Oui. Je ne sais pas ce que j'attendais exactement… Dan est égal à lui-même.

— Mais comment ça s'est passé ? répéta Ken d'un ton un peu plus nerveux. De quoi avez-vous parlé ?

Nicola se cala dans son fauteuil.

— Disons que l'avoir en face de moi après tout ce temps m'a paru très bizarre. C'était plutôt glacial au début. Au bout d'un moment, pourtant, je crois que nous avons tous les deux commencé à nous détendre. J'imagine que pour lui aussi c'était bizarre.

Le visage de Ken se contracta légèrement mais il ne dit rien.

— Et d'un autre côté, poursuivit Nicola, ça n'a pas été l'événement auquel je m'attendais. Après tout, que pouvions-nous nous dire? Tellement de temps a passé…

— Il a quand même dû te demander comment tu allais, comment tu t'étais débrouillée ces dernières années? Il n'a *rien* dit de ce genre?

— En fait, nous n'avons pas vraiment eu l'occasion de parler. La glace était brisée et on était en train de rire d'une histoire idiote quand sa fiancée a téléphoné.

— Oh! Et elle savait qu'il se trouvait avec toi?

— Je ne pense pas. Il est parti presque aussitôt. Mais il m'a montré une photo d'elle.

— Il *quoi*?

La réaction de Ken la fit sourire.

— Comme je te le dis. Elle est blonde, menue, apparemment friquée : le typique beau parti pour secondes noces.

— Il t'a montré la photo de sa nouvelle fiancée! Et ça… ça t'a fait quelque chose?

— Absolument rien.

Nicola se tut puis sourit avant d'ajouter :

— Je suis vraiment contente que tu sois ici.

Il finit par s'asseoir à côté d'elle.

— J'ai hésité à venir, ne sachant pas si tu voudrais de moi ou pas. Disons que je ne t'ai pas encouragée à le voir, et je ne savais pas si tu aurais envie d'être seule après, ou…

— Je ne peux pas t'en vouloir de t'être fait du souci, et bien sûr que j'ai envie que tu sois là. Comme je te l'ai dit avant, Ken, ma rencontre avec Dan aujourd'hui ne va rien changer entre nous. Je t'aime, ça, c'est une certitude. Au fond, je crois que ce rendez-vous d'aujourd'hui a remis les choses en place pour moi.

— Que veux-tu dire ?

— Eh bien… tu vas peut-être trouver ça idiot, mais quand je suis arrivée tout à l'heure en voiture, et que je vous ai vus sur le seuil, Barney et toi, j'ai eu le sentiment… Je ne sais pas… Comme si j'étais enfin rentrée à la maison. Quelque chose de ce genre.

— Tu es sûre que tout va bien, Nicola ? questionna Ken en souriant. Il ne t'est rien arrivé sur le trajet du retour… genre un coup sur la tête, ou que sais-je ?

— Arrête de rire. Tu sais très bien ce que je veux dire, souffla-t-elle, heureuse de le voir plus détendu. J'essaie d'être gentille avec toi, et il faut que tu te fiches de moi !

— Parce que tu es gentille avec moi, là ? répliqua-t-il, l'œil pétillant. Quand donc s'est produit ce changement radical ?

Pour toute réponse, elle le fusilla du regard.

— D'accord, excuse-moi ! Et continue ce que tu étais en train de dire… ton histoire de « rentrer à la maison » et tout ça.

— Ken…

— Non, sérieusement, continue.

— Bon. Sur le chemin du retour, je me suis mise à penser à tout ce qui était allé de travers entre Dan et moi, surtout les derniers temps, et je suis arrivée à la conclusion…

Elle s'interrompit un instant et rougit.

— Je crois que j'ai toujours su que si c'était *toi* que j'avais épousé, si tu avais été mon mari à l'époque, les choses se seraient passées différemment…

Encouragée par la façon dont Ken lui pressa la main, elle poursuivit :

— Et puis en tournant dans l'allée ce soir, et en vous voyant comme ça, Barney et toi, j'ai eu une sorte de… de conscience lumineuse des choses. Comme je te le disais tout à l'heure, j'ai eu le sentiment de revenir à la maison, que c'était là mon véritable chezmoi... avec toi.

Le soulagement de Ken était palpable.

— Alors c'est fini? s'enquit-il doucement. Entre toi et Dan... il n'y a vraiment plus rien maintenant... rien qui traîne, rien d'inachevé?

Nicola l'attira vers elle et l'embrassa.

— C'est fini, déclara-t-elle sans hésiter.

19

Existait-il situation plus mortifiante que d'avoir à repousser un mariage ? Pas de l'avis de Chloé.

Cela avait été si *humiliant* de devoir téléphoner à chacun des invités pour expliquer que le mariage était remis au début de l'année suivante. Elle avait presque senti les ricanements derrière la compassion. Jamais elle ne s'en remettrait.

La semaine passée, à seulement un mois du grand jour, Chloé avait appelé l'hôtel afin de confirmer les dispositions en vue de leur mariage le 25 septembre. Elle aurait dû deviner que quelque chose ne tournait pas rond lorsque la réceptionniste avait d'abord paru embarrassée, ensuite nerveuse quand elle s'était empressée de promettre qu'elle allait vérifier puis que quelqu'un la rappellerait.

Quelques minutes plus tard, le directeur de l'hôtel téléphonait pour informer Chloé d'une voix onctueuse qu'il y avait bien un mariage prévu le 25 septembre, au nom de Collins et Moran.

« J'ai consulté nos registres, et si le mariage Fallon-Hunt est bien prévu chez nous, c'est le 25 septembre de l'année prochaine. »

Il s'exprimait lentement, comme si Chloé était une simple d'esprit.

« Il doit y avoir une erreur, s'empressa de répliquer la jeune femme. Nous avons réservé depuis des mois. J'ai moi-même signé le formulaire de réservation. »

Un bruit de papiers feuilletés se fit entendre à l'autre bout de la ligne.

«En effet, j'ai le formulaire sous les yeux, reprit le directeur. C'est bel et bien la date de l'année prochaine qui y est inscrite, mademoiselle Fallon.

— *Comment?* s'étrangla Chloé. Je suis quand même la mieux placée pour savoir quand doit avoir lieu mon mariage! Pourquoi aurais-je donné la date de l'année prochaine?

— Je suis désolé, mademoiselle Fallon, mais c'est l'information que j'ai sous les yeux. Et, comme je vous le disais, nous avons déjà un autre mariage prévu pour le vendredi 25 septembre de cette année.

— C'est ce que nous allons voir», conclut Chloé avant de lui raccrocher au nez.

Le soir même, après avoir fini par mettre la main sur Dan, en rendez-vous à l'extérieur avec un client quelconque, elle avait foncé à l'hôtel afin d'examiner le registre des réservations. Avec horreur, elle avait découvert que c'était bien la date de l'année suivante qui avait été inscrite – et qu'elle avait signée.

«Je n'arrive pas à y croire, dit-elle. Comment ai-je pu faire une chose aussi stupide? Pourquoi aurais-je fait ça? J'ai pris la peine de téléphoner dès la fin de l'année dernière pour demander si le 25 septembre était libre, et la réceptionniste m'a répondu oui.»

Ensuite, elle se remémora une conversation récente avec l'hôtel à propos des fleurs. Il y avait eu une confusion pour déterminer si le 25 était un jeudi ou un vendredi. Elle se souvenait aussi que la réceptionniste avait paru un peu bizarre au téléphone. Sans doute, songea tristement Chloé, se demandait-elle pourquoi son interlocutrice s'occupait des fleurs un an à l'avance!

Elle aurait dû comprendre à ce moment-là. Voilà qu'un autre couple allait célébrer ses noces ici le jour de son mariage à *elle*. Comment cela avait-il pu se produire ?

« Vous ne pouvez rien faire ? interrogea Dan, rembruni. Nous installer dans une salle de conférence ou que sais-je ?

— *Quoi ?* tonna Chloé sans laisser au directeur le temps de répondre. Je ne vais pas fêter mon mariage – le jour le plus important de ma vie – dans une salle lugubre ! Pas question, Dan ! C'est la salle des banquets, ou rien du tout ! C'est d'ailleurs en partie pour cette raison que j'ai choisi cet hôtel ! »

Le directeur intervint :

« Malheureusement, mademoiselle Fallon, monsieur Hunt, toutes nos salles sont réservées à la date du 25. Mais sans doute avez-vous passé des commandes, et je suppose que vous ne tenez pas à attendre une année entière...

— Nous ne *pouvons pas* attendre toute une année ! gronda Chloé, les dents serrées. Tout est prévu, les fleurs, la pâtisserie, les invitations... »

Elle s'interrompit en se rappelant le jour où elle était allée choisir ces fichues invitations... Ce jour-là, elle avait cassé le rétroviseur extérieur d'une voiture garée dans la rue principale de Wicklow.

Voilà ! comprit-elle brusquement. C'était sa punition : ses sept ans de malheur. D'abord il y avait eu l'embrouille avec les invitations, ensuite la réapparition de l'ex de Dan – et maintenant *ça* !

« Peut-être peut-on réserver ailleurs... suggéra Dan.

— Mais où ? »

Il semblait à Chloé qu'on lui remuait un couteau dans le cœur. Elle ne pouvait pas renoncer à cet hôtel, pas alors que c'était la *pièce de résistance* [1] de son mariage. Elle n'allait pas se rabattre sur un bouge

---

1. En français dans le texte. *(N.d.T.)*

quelconque pour une occasion pareille. Pas question. C'était la seule chose pour laquelle elle ne voulait – ne pouvait – pas accepter de compromis alors que Dan et elle avaient fini par tomber d'accord. Dieu sait qu'elle avait bataillé pour parvenir à le convaincre.

« Tout le monde choisit des hôtels ordinaires, avait-elle déclaré à l'époque. Moi je veux quelque chose de différent, quelque chose d'élégant, quelque chose…

— De très coûteux », avait terminé Dan.

Or il semblait que Chloé ne danserait pas sa première valse en tant que Mme Hunt en ces lieux somptueux. Qu'avait-elle fait pour mériter cela ?

— Nous ne sommes qu'à quelques semaines du mariage, insista-t-elle d'un ton éploré. Quelle chance avons-nous de trouver un autre endroit dans un délai aussi court ?

— Nous n'avons pas le choix, fit Dan avec un haussement d'épaules. »

Pas question. Pas *question* que Chloé fête ses noces ailleurs. Il devait y avoir une solution. Elle se tourna vers le directeur.

« N'avez-vous aucun jour libre dans cette période… Un jeudi, ou même un lundi ?

— Je regrette, mademoiselle Fallon, mais nos réservations courent quasiment jusqu'à la fin janvier.

— Janvier ? »

L'esprit de Chloé se mit à caracoler. Un mariage en hiver ! D'accord, il faudrait sans doute repenser la robe, et à la place du voile opter peut-être pour une cape façon Reine des Neiges, mais ce ne serait pas un problème. Il faudrait modifier les arrangements floraux, mais si les orchidées étaient condamnées à brève échéance au mois de janvier, pourquoi ne pas imaginer des bouquets hivernaux avec des baies, du lierre, des fruits givrés ?

« Janvier serait parfait ! déclara-t-elle gaiement.

« — Un instant, Chloé. »

Dan l'entraîna hors de portée d'oreille du directeur.

« On peut peut-être en discuter… Que fais-tu de… ?

— Discuter de quoi ? l'interrompit-elle. Nous pouvons bien attendre un peu plus longtemps pour nous marier, non ? Nous vivons déjà comme mari et femme, et pour ce qui est du reste, les fleurs, le photographe, je suis certaine que nous pouvons repousser à une date ultérieure. »

Elle voyait déjà, en fond de décor de ses photos, l'église ourlée de neige. Et s'il n'y avait pas de neige, on devait bien pouvoir en faire venir de la fausse le temps des photos.

Mon Dieu, ce serait splendide. Et autrement plus original que ces mariages d'été si convenus. Elle se demandait pourquoi elle n'y avait pas pensé plus tôt. Certes, c'était décevant d'avoir à attendre davantage, mais au moins elle ne serait pas obligée de passer sa nuit de noces dans un hôtel pouilleux !

Songeur, Dan hocha la tête.

« Moi, ça ne me pose pas problème d'attendre, mais es-tu sûre et certaine de ne pas vouloir chercher ailleurs ?

— Je tiens à ce que la réception ait lieu ici. Il faut attendre un peu plus longtemps ? Soit. C'est en tout cas mieux que de patienter une année. »

Il faudrait se remettre d'accord avec le prêtre, mais il y avait fort à parier qu'il serait disponible au mois de janvier. La lune de miel n'aurait pas lieu au même endroit – ils ne tenaient pas à se retrouver en Thaïlande pendant la saison des pluies. Restaient toujours les Caraïbes. Le seul problème…

« Il va falloir faire réimprimer les invitations », fit-elle avec lassitude.

Mais quelle horreur de donner à cette Debbie la satisfaction d'apprendre qu'il avait fallu modifier le texte des cartons… La fille de Projets des Grands

Jours lui avait paru condescendante quand elle avait déclaré : «On ne sait jamais.» Ses paroles revenaient maintenant hanter Chloé.

«Si tu es sûre de toi… conclut Dan en revenant vers le directeur. Si vous pouvez nous trouver une date en janvier, nous vous en serons très reconnaissants.»

Le directeur de l'hôtel sourit et feuilleta l'agenda qu'il avait devant lui.

«Voyons… Nous avons le vendredi 13 ?»

Chloé eut une mine épouvantée.

«Je ne crois pas, non.»

Le directeur réprima un sourire et tourna la page.

«En ce cas, le vendredi suivant ?

— Ce serait génial.»

Le cœur de Chloé s'emballa quand elle le vit inscrire leurs noms dans l'espace vierge à la date du vendredi 20 janvier, l'année suivante.

Un mariage en hiver. Ce serait parfait.

Dans l'intervalle, néanmoins, il leur fallait annuler les fichues invitations portant la date du 25 septembre.

À présent, Chloé observait Dan, très absorbé dans la lecture de son journal. Même s'il s'était montré aussi déçu qu'elle, elle conservait le sentiment qu'il avait l'esprit ailleurs. Elle se demanda s'il avait fini par contacter cette Nicola. Avec ce récent bazar à propos du mariage, elle-même avait oublié jusqu'à l'existence de cette ex.

— Dan ?

— Mmoui ?

— Tu te souviens : tu avais dit que tu prendrais contact avec ton ex-femme… pour lui parler de notre mariage et tout ça ?

À le voir se raidir, elle comprit sur-le-champ que la chose était déjà faite. Pourquoi ne lui avait-il rien dit ?

— Je lui ai parlé la semaine dernière, expliqua-t-il. Ça ne lui pose pas de problème.

Chloé fut aussitôt agacée par cette réponse. Pourquoi cela aurait-il pu lui poser problème ? Et, le cas échéant, que se serait-il passé ? Ils n'avaient quand même pas à lui demander sa permission !

— Est-ce que son amie… tu sais, celle qui avait eu nos invitations… est-ce qu'elle lui a dit, pour nous ?

Il acquiesça.

— Ça n'a pas l'air de l'ennuyer. D'ailleurs, elle nous souhaite tout le bonheur possible. Je lui ai montré une photo de toi et elle t'a trouvée sup…

— Quoi ? l'interrompit Chloé. Ça veut dire que vous vous êtes rencontrés ?

En voyant Dan rougir, elle devina que sa dernière phrase lui avait échappé par inadvertance. Il n'avait pas eu l'intention de lui parler de son petit rendez-vous avec Nicola. Et pourquoi ces cachotteries ? La fureur gagna instantanément Chloé.

— J'avais l'intention de te le dire mais…

— Pourquoi ne l'as-tu pas fait, alors ?

— Parce que je savais que tu réagirais comme ça ! tonna Dan, le regard plein de colère. Je savais que tu en ferais toute une histoire.

— Et c'est moi qui suis en cause ? Alors que tu traficotes derrière mon dos pour des rendez-vous secrets avec ton ex-femme !

— Je ne traficote rien du tout. Ça ne s'est pas passé comme ça. C'était tendu au téléphone et, histoire de briser la glace, je lui ai proposé qu'on prenne un café ensemble. Elle m'a rappelé un jour de la semaine dernière et…

— Et il a fallu que tu ailles la retrouver sans penser une seconde à ce que je pouvais ressentir ! Qu'est-ce qui se passe, Dan ? Elle te mène par le bout du nez, ou quoi ?

— Bien sûr que non. Chloé, je t'ai dit que j'étais ennuyé de ne pas lui avoir parlé de nous et…

— Oui, mais tu as dit que tu lui *téléphonerais*. Tu n'as pas parlé d'un rendez-vous intime !

— Oh, je t'en prie, soupira Dan en portant une main à sa tête. Je n'en peux plus de tout ça, franchement.

— Tu m'en vois dé-so-lée. Mais tu ne penses pas qu'en tant que ta future femme, j'ai le droit d'être au courant de tes rendez-vous secrets avec ta fichue *ex*-épouse ? Que se passe-t-il, Dan ? Pourquoi ai-je l'impression que tu ne me dis pas tout ?

— S'il te plaît, Chloé, change un peu de disque… *pour une fois* !

Il s'était redressé, furieux.

— Que veut dire ce « pour une fois » ? Et, de toute façon, que veux-tu que je pense ?

— Il n'y a rien à penser ! J'ai seulement essayé de traiter ma femme – mon ex-femme – avec un minimum de respect. Après tout ce qu'elle a vécu, elle le mérite bien !

— Que dois-je comprendre par… Où vas-tu ?

La voix de Chloé avait monté d'un ton comme Dan se dirigeait vers la porte.

— Dehors, répondit-il. Là où je n'aurai plus à entendre ça !

Sur ces mots, il attrapa sa veste et ouvrit le battant avant de le claquer violemment derrière lui.

Chloé resta pétrifiée, ses pensées galopant à la vitesse des palpitations de son cœur. Puis elle se laissa retomber sur son siège et, le cerveau en feu, se remémora les paroles de Dan.

Après tout ce qu'elle a vécu ?

Très bien, décida-t-elle en écartant d'un geste la liste des invités à son mariage. Puisque Dan ne semblait pas voir d'inconvénient à lui faire des cachotteries, pourquoi n'en ferait-elle pas autant ? John O'Leary lui avait fourni quelques éléments ; avec un peu d'entêtement, elle parviendrait bien à dénicher quelqu'un qui lui donnerait plus d'informations, lui permettrait d'en savoir enfin davantage sur la relation de Dan et Nicola.

Maintenant qu'elle avait du temps devant elle, elle allait fouiner à droite à gauche, et elle n'arrêterait pas ses investigations avant d'avoir le fin mot de l'histoire.

Dan s'engagea à toute vitesse sur la route à quatre voies de Stillorgan.

Pourquoi avait-il laissé échapper ça ? Chloé n'en aurait jamais terminé, désormais, et c'était une véritable calamité quand elle se mettait à récriminer. Elle ne le lâcherait plus.

Elle était tellement différente de Nicola, pensa-t-il en obliquant vers la route côtière. On ne pouvait imaginer femmes plus dissemblables. Nicola avait toujours été pragmatique, équilibrée, quand Chloé sortait de ses gonds pour un oui ou pour un non. Non que Nicola se dérobât à toute confrontation, songea-t-il avec un sourire désabusé. C'était même le contraire. Mais Nicola ne piquait pas des crises à propos de broutilles. Quand il y pensait... Chloé était capable de hurler à propos de la couleur de son slip, et est-ce qu'on le voyait sous son pantalon, et est-ce que ceci allait avec cette robe, avec ces bottines, ou bien...

Dan faisait en général la sourde oreille quand Chloé délirait sur ses vêtements, ses chaussures et, ces temps-ci, le mariage. D'une certaine façon, il regrettait qu'il ait fallu repousser la date car il allait devoir endurer cinq mois supplémentaires de préparatifs – plus seulement en vue du mariage idéal, mais pour le mariage *hivernal* idéal. Elle parlait déjà d'habiller les hommes genre cosaques, avec toques de fourrure et bottes en cuir. Le père de Dan adorerait !

Qu'est-ce qui se jouait là, dans le mariage, pour Chloé ? Pourquoi tenait-elle tant à impressionner les gens ? Dan n'ignorait pas que beaucoup de femmes devenaient un peu folles à l'approche de leur Grand Jour, mais c'était seulement aujourd'hui qu'il mesurait la chance qu'il avait eue la première fois. Les futilités du mariage n'avaient jamais intéressé Nicola, qui s'était trouvée très heureuse de leur mariage intime aux Caraïbes.

À dire vrai, se dit-il, très peu de choses pouvaient contrarier sa première épouse.

Il s'arrêta dans un parking qui offrait une vue sur Sandymount Strand. À son corps défendant, il pensait de plus en plus à Nicola ces jours-ci, beaucoup plus qu'il n'aurait dû. Bon sang, il allait se marier dans quelques mois ! Et pourtant, depuis leur rendez-vous à Bray la semaine précédente, il n'arrêtait pas de songer à elle.

Elle s'était montrée si calme, si sereine… Il s'était attendu au pire – colère, admonestations, amertume – après tout ce temps. Or elle lui avait semblé à l'aise, forte, paisible et, étonnamment, elle paraissait… heureuse.

Elle lui avait paru belle, aussi, malgré sa prise de poids. Aucun changement physique ne pouvait amoindrir l'éclat fougueux et déterminé de son regard, cette lueur, précisément, qui l'avait attiré dès le début. Elle avait toujours possédé un fort tempérament ; comment avait-il pu envisager qu'elle se brise ? De nouveau, Dan eut un sourire triste : il se rappelait leur toute première rencontre dans O'Connell Street.

Oui, Nicola avait été la force, la colonne vertébrale de leur couple, capable de résoudre tous les problèmes, jamais déstabilisée par quoi que ce soit.

Dan tourna les yeux vers la mer.

Sauf cette fois-là, bien sûr.

À l'époque, ils étaient mariés depuis près d'un an. Nicola venait de perdre l'enfant qu'elle portait, et Dan ne savait comment lui venir en aide. Il avait l'impression de ne plus la reconnaître. Qu'était-il advenu de son épouse merveilleuse, radieuse, insouciante?

Certes, Dan connaissait la raison de cette métamorphose. Cela avait été une tragédie, une déception dévastatrice. Mais quel qu'ait été leur désir de cet enfant et quelle que soit leur douleur, rien, absolument rien ne pouvait le ramener. La fausse couche avait eu lieu. Sans raison, sans explication. Elle avait eu lieu, point à la ligne. Dan voyait les choses ainsi, comprenait en partie, alors pourquoi ne parvenait-il pas à convaincre Nicola?

Comment s'y prendre? Comment la tirer de ce brouillard qui l'avait enveloppée, qui la rongeait – elle, l'être le plus important pour lui?

Il ne pouvait pas se mettre à sa place, pas se glisser dans sa tête, pas même commencer à comprendre ce qu'elle ressentait. « Le temps la guérira », disaient-ils tous – les médecins, les infirmières, Laura, la mère de Nicola.

Aussi chaque jour, à son retour du travail, Dan espérait-il une amélioration : entrevoir à nouveau, même furtivement, la Nicola d'autrefois. Mais non. Il la trouvait invariablement assise devant la télévision, amorphe ; elle n'avait pris la peine que de sortir du lit, pas celle de s'habiller.

Elle se contentait de lever les yeux à son arrivée, semblant n'être sortie de sa torpeur qu'en entendant le bruit de la porte. Et quand il venait l'embrasser, au lieu de se jeter à son cou et de l'étreindre comme

240

avant, c'était tout juste si elle répondait – tout juste si elle remuait.

S'il savait qu'elle avait une peine immense, Dan pensait également qu'elle lui en voulait. Il aurait dû mieux veiller sur elle, ou au moins s'apercevoir que quelque chose n'allait pas. Mais pouvait-il être... avait-il été fautif ? Il estimait que non. Ces choses-là arrivaient, voilà tout. Peut-être n'aurait-il pas dû proposer si souvent qu'ils sortent pendant le week-end – le séjour dans les pubs humides et enfumés n'avait pas dû accroître les chances de survie du bébé.

Ils avaient beaucoup fait l'amour aussi, surtout dans les premiers temps de la grossesse, mais d'après les médecins c'était sans problème. Ce n'était pas comme s'il l'avait poussée ; c'étaient simplement lui et Nicola tels qu'en eux-mêmes, toujours avides l'un de l'autre, réaffirmant leur amour aussi souvent que possible. Et peut-être encore plus depuis que la grossesse avait été confirmée. Ils avaient été si heureux...

Peut-être avaient-ils tort.

Finalement, au bout d'un certain temps, Nicola parut émerger de son brouillard et reprit figure humaine. Après deux semaines, elle se leva, s'habilla, retourna au travail et renoua avec le train-train quotidien.

Pourtant, elle n'était plus la même. Elle demeurait lointaine, préoccupée, au point que Dan ne la reconnaissait toujours pas. Il ne se rappelait pas à quand remontait leur dernière vraie conversation ; ils n'échangeaient guère plus de deux phrases, et uniquement sur les sujets les plus insignifiants. Elle avait repris sa vie comme s'il n'existait pas.

Cela faisait mal. Affreusement mal. Il était en train de la perdre et ne savait comment l'empêcher. Au bout d'un certain temps, il lui devint quasiment impossible de rester soir après soir dans la même pièce qu'elle, sans rien partager, ni parler, ni rire comme par le passé.

Alors Dan se mit à éviter ces tête-à-tête. Au début, ce fut une fuite presque inconsciente ; il restait tard au bureau afin de boucler tel ou tel dossier. Et il disait à John que oui, bien sûr, ils pouvaient prendre davantage de clients, quand bien même leur cabinet connaissait plus de succès qu'ils ne l'avaient espéré et qu'ils se trouvaient déjà en surcharge de travail.

Au bout du compte, ce fut plus facile de cette façon. Dan était bien tout seul. Il était bien tout seul parce qu'il n'avait plus à voir la peine et le désarroi dans les yeux de sa femme chaque fois qu'il la regardait, et il pensa que s'il restait éloigné assez longtemps, un jour, peut-être, la Nicola d'autrefois reviendrait.

Un soir dans son bureau, il fixait l'écran de son ordinateur en songeant à tout ce qu'il était sur le point de perdre, ou pire, à tout ce qui était déjà perdu.

« Dan ? » appela une voix.

Il sursauta.

Une tête apparut dans l'entrebâillement de la porte.

« Qu'est-ce que tu fais encore ici ?

— Tu m'as fichu la trouille, Shannon. Je croyais qu'il n'y avait plus personne. Je travaille sur... sur le P35 pour Manning Packaging. »

Il s'empara du premier dossier qui lui tombait sous la main. Récemment, John avait recruté Shannon comme assistante, avec l'espoir qu'une personne supplémentaire les aiderait à venir à bout du boulot. Nicola n'avait pas apprécié, pas plus que Carolyn. Mais Dan n'avait pas pu s'opposer à la décision de son associé. D'ailleurs, il n'était pas certain de souhaiter s'y opposer ; il aimait bien Shannon.

« À huit heures du soir ? s'enquit la jeune femme. Tu ne crois pas que tu devrais rentrer chez toi ?

— Je termine quelques petits trucs puis je file. Et toi ? Ça ne te ressemble pas de travailler si tard.

— Ce n'est pas le cas, en effet. Je suis partie tôt mais j'avais oublié mon portable, alors j'ai dû revenir le chercher. J'attends un coup de fil important », ajouta-t-elle avec un air malicieux.

Dan lui rendit son sourire.

« Oh ? Je le connais, celui-là ? »

Shannon avait toujours un homme dans sa ligne de mire – qu'il soit passé, présent ou futur.

« Non, celui-là vient de sortir, répondit-elle avec coquetterie. Je l'ai rencontré ce week-end. Il est sympa, et assez dans mon genre.

— Sympa ? Alors, tu dois te tromper : ce n'est pas du tout ton genre. »

Dan riait pour la première fois depuis, lui semblait-il, une éternité.

« Bon, d'accord, admit Shannon. De toute façon, je verrai bien. »

Elle allait partir mais s'arrêta.

« Tout va bien pour toi ? s'enquit-elle.

— Bien sûr, fit-il en se raidissant. Pourquoi en irait-il autrement ?

— Excuse-moi de te dire ça, mais tu as une tête épouvantable.

— Merci pour le compliment.

— Je n'ai pas voulu… bafouilla Shannon. Enfin, je me demandais comment ça allait pour toi… chez toi. Tu n'as pas dit grand-chose et… on n'a pas vraiment eu l'occasion d'en parler. »

Dan regarda la jeune femme. Elle était au courant de la fausse couche, comme tout le monde au bureau. Devait-il lui confier ses craintes à propos de Nicola ? Il avait besoin de s'épancher, mais cela lui faisait l'effet d'une trahison. Surtout dans la mesure où Nicola et Shannon ne s'étaient jamais entendues, avec pour résultat un refroidissement certain des relations de

Dan avec Shannon. Néanmoins, ils demeuraient amis pour avoir été très proches avant Nicola. Il laissa tomber son stylo. Et zut, il avait besoin de parler à quelqu'un, sinon il s'écroulerait bientôt.

« Les choses sont un peu… délicates, finit-il par répondre.

Shannon eut un regard compatissant.

— C'est compréhensible, tu sais. Je suis sûre que perdre ce bébé tant désiré n'a pas été facile pour elle.

— Ça n'a pas été facile pour moi non plus, mais personne n'a l'air de le comprendre, ni même de l'envisager.

— J'imagine, compatit encore Shannon. Écoute, tu as besoin de prendre l'air. Allons boire un verre à côté, et nous pourrons parler longuement. »

Elle affichait un sourire victorieux.

Dan jugea l'idée excellente.

« Tu penses ? Tu n'avais pas prévu autre chose ?

— Pas vraiment. Si mon apollon appelle, je répondrai de là-bas. Allez, range tes affaires.

— Super », fit Dan, soulagé.

En fermant son ordinateur et en prenant sa serviette, il se sentait déjà mieux. Voilà exactement ce dont il avait besoin. Un pub accueillant et douillet, une bonne pinte de bière et une oreille amicale.

Quand il suivit la jeune femme dans le couloir puis verrouilla derrière eux la porte du cabinet, Shannon lui décocha un sourire épanoui.

20

— Laura Connolly Créations, bonjour.

Laura ferma les yeux pour une prière muette. Pourvu, pourvu que l'homme du répondeur rappelle, celui qui souhaitait une bague de fiançailles.

Trois semaines après, c'était fort peu probable. Ce jour-là, après être allée chercher Kerry, elle avait attendu que son correspondant téléphone à nouveau, mais en vain. Sa déception avait été plus que vive. Et impossible, malgré des écoutes successives, de décrypter son nom ou son numéro de portable.

Enfin, Helen s'était montrée très reconnaissante pour le service : en venant rechercher sa fille ce soir-là, elle avait offert à son amie un ravissant et coûteux flacon de parfum, pour le dérangement. Hélas, le « service » avait tendance à se répéter plus souvent que Laura ne l'aurait souhaité. Depuis, elle était allée chercher Kerry au jardin d'enfants trois jours sur cinq, et encore cet après-midi.

— Allô ? fit-elle car elle n'obtenait pas de réponse.

Il y eut encore un bref silence.

— Euh… Allô… C'est Laura ?

— Oui, c'est moi. Qui est à l'appareil ?

— Kathleen Brennan. Comment vas-tu, ma petite Laura ?

— Oh, bonjour Kathleen. Et vous, comment allez-vous ?

Kathleen Brennan, se répéta Laura. Kathleen Brennan de Glengarrah. Se pouvait-il que Kathleen souhaite lui acheter quelque chose ? Peut-être sa mère avait-elle fini par parler de son entreprise autour d'elle... Pourquoi la mouche du coche du village l'appelait-elle ?

— Eh bien, voilà, ma petite Laura, commença Kathleen comme si elle avait deviné ses pensées. Ta mère m'a expliqué que tu t'étais mise à ton compte...

Génial ! s'emballa la jeune femme. Maureen s'était enfin décidée à lui faire un peu de publicité. Restait à savoir ce que recherchait Kathleen. Une broche susceptible d'être portée à la messe le dimanche ? Un cadeau pour son époux ? Elle imaginait déjà de ravissants boutons de manchettes qui iraient très bien à Cornelius Brennan, quelque chose de simple mais de très élégant, quelque chose qu'il aimerait...

La voix de Kathleen interrompit ses pensées.

— ... Et elle m'a dit que tu t'y connaissais très bien en doublevé-doublevé, et que ça ne te ferait rien de me rendre un petit service.

— Pardon ? s'étonna Laura.

Quoi donc ? *Doublevé* ? Avait-elle mal compris ? Elle se rappelait que Kathleen avait eu une attaque sans gravité voilà quelques années mais, autant qu'elle le sache, cela n'avait affecté ni son élocution ni ses capacités mentales.

— C'est que moi et d'autres dames du Loto aimerions beaucoup aller entendre Daniel O'Donnell qui joue à l'opéra de Cork mais, comme nous ne savions pas comment nous y prendre, Maureen a dit que tu pourrais résoudre ça avec le doublevé-doublevé.

Laura était perdue. De quoi parlait-elle ?

— Kathleen, je crains de...

— J'ai tout écrit sur le dos de ma main, reprit Kathleen avant de prendre une grande inspiration pour réciter : Doublevé, doublevé, doublevé, billetterie, point…

— Oh ! la coupa Laura en comprenant enfin. Vous parlez d'Internet !

— Évidemment, fit Kathleen, apparemment froissée. Le doublevé-doublevé. Il paraît qu'on peut acheter des places avec ça. Alors si ça ne t'embête pas d'en réserver douze pour le vendredi 14…

Laura se hérissa. C'était la seconde fois que quelqu'un de Glengarrah lui demandait de jouer les agences de réservation. La semaine dernière déjà, une amie de Cathy l'avait appelée pour qu'elle lui réserve en ligne des billets d'avion pour Londres ainsi qu'un hôtel modeste pour elle et son mari !

« Il paraît que c'est le système le moins cher », avait-elle dit gaiement.

Après une heure et demie de navigation entre divers sites touristiques et hôteliers, Laura avait fini par dénicher un voyage convenable. Pour comble, elle avait dû se servir de sa propre carte de crédit, l'amie de sa sœur n'en possédant pas.

« C'est dangereux, ces trucs-là, avait-elle dit en riant comme Laura entrait ses coordonnées bancaires. En tout cas, je m'arrangerai pour que Cathy te rembourse la prochaine fois que tu la verras. »

Laura voulait bien rendre service, mais elle ne tenait pas à devenir le cybercafé de Glengarrah. Pour résultat de sa gentillesse, sa dernière note de téléphone avait pulvérisé les records, et si Kathleen Brennan et toutes ses copines du Loto découvraient Internet, elle finirait par surfer sur la Toile à plein temps.

Cependant, elle n'avait pas le cœur à refuser.

— Je vais regarder, répondit-elle en se connectant sur le site de réservation. Combien de places, m'avez-vous dit ?

— Douze, s'il te plaît, dit Kathleen du ton qu'elle aurait employé pour demander des champignons au marché, et si tu peux nous mettre le plus près possible de la scène…

En attendant que le site apparaisse sur l'écran, Laura chercha un sujet de conversation. Elle ne connaissait pas Kathleen Brennan si bien que ça…

— Alors, Kathleen, comment ça va au pays ?

— Très bien, ma petite. Tu n'es pas venue depuis un moment, n'est-ce pas ? D'ailleurs, pourquoi viendrais-tu ? Il n'y a plus rien ici pour les jeunes. Vous avez eu une bonne idée, Helen Jackson et toi, d'émigrer à Dublin pour y décrocher de bons boulots.

Émigrer ! Bonté divine, pensa Laura. Glengarrah était, et avait toujours été, de ces villages où l'on se méfie de la « grande ville ». On pouvait à la rigueur s'aventurer à Carlow, une bourgade assez petite, sans craindre qu'on vous poignarde au coin d'une rue pour filer avec votre sac. Puisse le Seigneur leur venir en aide s'ils devaient un jour se rendre à New York !

— À ce propos, comment va Helen ? s'enquit Kathleen.

Laura sentit une once de désapprobation derrière la question apparemment inoffensive. Helen ne pourrait jamais prétendre au titre de citoyenne d'honneur de Glengarrah. À vrai dire, elle détestait son village d'origine et n'y retournait que rarement pour voir son père veuf. La plupart des femmes d'âge mûr jugeaient cette attitude aussi scandaleuse que le fait que Helen ait dit à Maisie Davis, en termes dépourvus d'ambiguïté, où elle pouvait se mettre sa sollicitude, le jour où Maisie avait eu le toupet de s'enquérir du « père de la pauvre petite ».

Maureen avait relaté par le menu l'incident à Laura une heure après qu'il se fut produit.

« Et dire que Maisie voulait seulement être gentille ! »

La réaction de Helen n'avait pas surpris Laura. Dès qu'elles se retrouvaient, les femmes de Glengarrah viraient à la bande de vautours, se repaissaient du moindre ragot.

— Helen va bien, Kathleen, répondit Laura, satisfaite de découvrir qu'il n'y avait plus une seule place à vendre pour le concert de Daniel O'Donnell... Je suis absolument désolée, Kathleen, ajouta-t-elle après avoir expliqué la situation à son interlocutrice. Peut-être que si vous vous y étiez prise un peu plus tôt...

— Tu es bien sûre ? questionna Kathleen, sceptique. Elles ne peuvent pas toutes être parties. Même celles du fond ?

— Je n'ai pas le plan de la salle sous les yeux. On m'indique seulement que les réservations sont closes.

Il y eut un genre de reniflement à l'autre bout du fil.

— J'avais tellement envie d'y aller... Tu es bien sûre, sûre, Laura ?

Kathleen Brennan n'était pas loin de pleurer. Elle et ses copines du Loto seraient au désespoir, Laura ne l'ignorait pas, et ce serait sa faute, à elle qui n'avait pas été capable d'obtenir des billets sur le « doublevé-doublevé ».

— Absolument sûre. Peut-être une autre fois.

Pourquoi fallait-il qu'elle ajoute ça ? Maintenant, la moitié du village allait lui téléphoner pour lui demander de trouver ceci ou cela.

— D'accord, Laura. Je dirai à ta mère que tu as essayé, mais je peux te garantir qu'elle aussi sera très déçue.

Laura soupira. Sa mère allait se ruer sur son téléphone dans quelques secondes, exigeant de savoir pourquoi Laura n'avait pu rendre ce service à Kathleen Brennan.

Peut-être était-ce en partie la raison pour laquelle sa mère répugnait à lui faire de la publicité auprès de ses voisins, pensa soudain Laura. Si l'entreprise échouait – ce qui en l'état actuel des choses était une perspective vraisemblable –, Maureen ne l'oublierait jamais. Peu importerait alors que sa fille soit brisée, peu importerait qu'elle ait tenté de réaliser son rêve et se soit lancée dans une aventure que beaucoup de gens qualifieraient de courageuse. Seul importait le fait qu'aucun voisin ne puisse dire que la fille de Maureen Fanning était une ratée. C'était là l'essentiel.

Quel dommage que sa mère ne soit que l'esclave du qu'en-dira-t-on! Mais, encore une fois, elle avait toujours été ainsi, et il y avait peu d'espoir que cela change à soixante ans.

Malheureusement, ce sage constat ne consola pas Laura. Devenir une ratée? Au train où elle avançait – n'avançait pas, plus exactement – cette éventualité se précisait.

Plus tard dans la soirée, Helen déboula dans le salon de Laura. Elle avait davantage l'allure d'un mannequin sorti des pages de *Cosmo* que de la mère surmenée qu'elle était censée être.

Croyant voir Neil jeter à leur amie un regard admiratif, Laura se sentit aussitôt mal à son aise dans son pantalon et son tee-shirt achetés au supermarché. Helen arborait un top Karen Millen des plus élégants sur un pantalon en laine noir qui semblait avoir été taillé pour elle.

D'accord, travailler chez soi ne requérait pas une belle toilette, et Laura n'était pas très inspirée par le maquillage quand le seul être vivant qu'elle côtoyait de neuf à dix-sept heures était le chat Eamonn, qui se moquait bien qu'elle se soit fait les cils au SuperCurl ou à la Superglu.

Laura décida pourtant de déployer désormais un peu plus d'efforts pour mettre en valeur son côté femme active chef d'entreprise, ne serait-ce que pour Neil.

— Bon'ou', môman! lança gaiement Kerry en voyant apparaître sa mère. Euga'de ce que j'ai f-f-fait aujou'd'hui.

Elle tendait à Helen un dessin fait au jardin d'enfants.

— Ça c'est moi, ça c'est toi, et ça c'est Ba'ney.

Helen prit le dessin et sourit.

— C'est très joli, ma chérie. Tu es une petite fille très douée.

Ravie, l'enfant prit la main de sa mère.

— Môman, quand c'est qu'on au'a un chien comme Ba'ney?

Helen soupira et jeta un coup d'œil vers Laura.

— Mon chou, je sais que tu aimes beaucoup Barney, mais je t'ai déjà expliqué que nous n'aurions pas d'animal. Barney veille sur tatie Nicola parce qu'elle habite toute seule, mais toi, tu n'habites pas toute seule, n'est-ce pas?

Les yeux de la fillette s'emplirent de déception.

— Sauf que tatie Lau-Lau a Eamonn, et elle ha-ha-habite avec oncle Neil, fit-elle valoir.

Comme Helen se taisait, ne sachant que répondre, Neil vint à son secours.

— Oui, mais c'est parce que tatie Laura est toute seule à la maison durant la journée, quand moi je suis au travail.

Kerry considéra sérieusement cet aspect des choses.

— Est-ce que je peux'ester à la maison toute la j-j-j-jou'née quand tu vas au t'avail, môman? Là je peux avoi'un ch-ch-chien pour me teni'compagnie.

— Le jardin d'enfants ne te manquerait pas? questionna Laura.

Kerry secoua la tête.

— Non, je déteste le j-j-j-ja'din d'enfants.

— Ça, ça vient de sortir, soupira Helen.

— Pourquoi n'aimes-tu pas le jardin d'enfants? interrogea Neil. Là-bas, il y a plein de petits camarades pour s'amuser, des gentils petits garçons, des gentilles petites filles…

Kerry continuait de secouer la tête, les yeux écarquillés.

— Il n'y a pas d'enfants gentils, là-bas, aucun? demanda Laura.

— Non… les aime pas.

— Ne vous occupez pas de ce qu'elle raconte, fit Helen en grimaçant. Elle est comme ça depuis qu'elle ne va plus chez Jo.

Cette affirmation laissa Laura sceptique. Elle était souvent allée chercher Kerry au cours des deux semaines passées, et pas une fois la fillette n'avait mentionné un autre enfant, ce qui semblait plutôt étrange pour quelqu'un de son âge. Du fait de son bégaiement, Kerry était particulièrement timide, et Laura se demandait si elle n'avait pas du mal à se faire des amis. Elle se résolut à en parler à Helen. Et à propos de Jo…

— Alors, as-tu fini par trouver une autre nourrice? s'enquit-elle, surprise par sa propre audace.

Helen s'empourpra.

— Je sais, oui. Excuse-moi. Mais j'ai eu du travail pardessus la tête, et pas une seconde pour m'y consacrer sérieusement.

Laura se fit l'effet d'être un chameau. Kerry était un amour à garder, et elle ne pouvait pas prétendre être surchargée de boulot… simplement, elle détestait s'absenter de son atelier durant l'après-midi, surtout depuis qu'elle avait manqué ce coup de fil. Et puis à quoi servaient les amies, sinon à vous dépanner? Laura ne doutait pas que Helen en eût fait autant pour elle si les rôles avaient été inversés.

— Si vous restiez dîner, toutes les deux? offrit-elle, désireuse de compenser sa bourde.

Elle ne voulait pas que Helen la trouve peu obligeante, ou que Kerry se sente indésirable.

— Oh, on peut, dis môman ? s'exclama Kerry aux anges. Tatie Lau-Lau a fait hachis pa'mentier.

— Ça ne vous dérange pas ? questionna Helen, incertaine, regardant tour à tour Neil puis Laura.

— Non, absolument pas. Viens voir à la cuisine. C'est quasiment prêt.

— Alors, d'accord, et merci à tous les deux. Ça va me changer des repas commandés à l'extérieur. Pour ne rien vous cacher, je crois que j'ai mangé chinois toute la semaine.

Une fois encore, Laura eut du chagrin pour Kerry. Le régime de Helen, à base de plats à emporter, grignotés à n'importe quelle heure, convenait mal à une enfant. Elle s'en voulut aussitôt d'avoir eu cette pensée. C'était facile pour elle de commencer à se préoccuper du repas deux heures avant le retour de Neil, alors que certains soirs la pauvre Helen ne regagnait pas son domicile avant sept ou huit heures. À sa place, Laura elle non plus n'aurait pas eu envie de cuisiner.

— Alors, comment vont les affaires ? questionna Helen en piochant de minuscules bouchées dans son assiette copieusement garnie.

La gorge de Laura se noua. Elle n'aimait pas aborder ce sujet avec Helen car celle-ci ne cessait de la pousser à des actions plus offensives.

— Pour le moment, répondit-elle en s'obligeant à l'enthousiasme, le site web fonctionne bien. J'ai reçu des demandes de renseignements des États-Unis, d'Allemagne, et même d'Arabie saoudite.

— Elle va acquérir une stature internationale d'ici peu ! commenta fièrement Neil avant d'avaler une bonne bouchée de purée.

Helen la gratifia d'un sourire sincère et, une fois de plus, Laura se trouva méchante d'avoir pensé du mal d'elle. Helen souhaitait évidemment que ses affaires marchent ; n'était-ce pas tout naturel chez une amie ?

— Aucun commerçant ne s'est manifesté jusqu'ici ? demanda encore Helen en piquant du bout de sa fourchette un morceau de farce.

Laura parut ennuyée. Il y en avait bien eu quelques-uns, mais qui ne commandaient pas en quantité suffisante pour que le chiffre d'affaires s'en ressente. Les commandes en ligne augmentaient, mais Laura s'en méfiait depuis sa première mésaventure.

— La Chambre de l'artisanat m'a bien enregistrée dans son fichier, et je pense que ce n'est qu'une question de temps avant que…

— La foire-expo te donnera aussi un coup de pouce, ajouta Neil. C'est quand, déjà ? Quelques semaines après le mariage, c'est ça ?

Laura acquiesça, et sans doute Helen devina-t-elle ses réticences car elle changea de sujet peu après.

— Tu as vu le coup franc de Henry samedi ? demanda-t-elle à Neil qui, comme elle, était fan des matches de Ligue 1.

Neil approuva avec ardeur.

— Un truc incroyable. Jamais vu un ballon aller à cette vitesse, j'ai cru qu'il allait exploser le filet.

— Je dirais cent soixante-cinq kilomètres heure, supputa Helen en fin connaisseur.

— Sinon plus. Mais, pour commencer, je ne suis pas sûr que l'arbitre aurait dû déclarer faute. C'était un tacle nul et le défenseur a eu nettement le ballon.

— Hein ? s'offusqua Helen en posant sa fourchette. Tu es aveugle ou quoi ? Il a foncé droit sur l'adversaire – le ballon était parti depuis longtemps !

— Il n'aurait jamais mis le but de là où il était : pas la moindre chance de marquer.

À voir son compagnon et sa plus vieille amie discuter passionnément de leur sujet de prédilection, Laura se sentit soudain exclue.

— Franchement, je ne vois pas ce que vous trouvez d'intéressant à regarder chaque semaine une bande de types qu'on suppose pourvus d'un cerveau normal cavaler après un ballon, dit-elle en adressant un clin d'œil à Kerry, qui avalait gloutonnement son dîner. C'est si ennuyeux, et en plus toujours pareil !

Helen et Neil la dévisagèrent.

— C'est sacrément plus palpitant que les séries que tu regardes à la télé, protesta Neil.

— Sacrément plus palpitant, répéta Helen.

— Je ne vois pas en quoi, insista Laura, la mine dégoûtée. Au moins, il y a un peu d'action dans les feuilletons. Au foot, c'est toujours la même chose semaine après semaine. Le seul truc, c'est qu'ils peuvent perdre ou qu'ils peuvent gagner. Quel suspense !

— Pas d'action ? reprit Neil. Explique-lui, Helen.

Helen se redressa sur sa chaise, trop heureuse de pouvoir discuter.

— Bon, et que fais-tu des risques de relégation, des équipes qui bataillent pour rester en vie contre les grosses formations milliardaires ? Chaque partie est lourde de conséquences. Et les matches entre équipes voisines – là, tu as de l'action, Laura. Ces types ne se contentent pas de jouer au football, ils se battent avec ferveur pour leur équipe et pour leurs supporteurs, et ça c'est du vrai !

Neil reprit le flambeau :

— Et la dernière Coupe du monde ? Le monde entier n'a parlé de rien d'autre pendant des semaines !

Laura n'estimait pas que c'étaient là des arguments, cependant elle enviait l'aisance avec laquelle Helen savait lancer puis mener une conversation sur à peu près n'importe quel sujet, que ce soit le foot, les affaires ou même la politique. Elle était si bien informée, si intelligente, et si *intéressée* par toutes ces choses dont elle, Laura, ne se souciait pas le moins du monde...

Cela faisait-il d'elle quelqu'un d'ennuyeux ? s'interrogea-t-elle en laissant les autres continuer de lui vendre les « plus grands moments du foot ». Arrivait-il parfois à Neil de la regarder et de se demander s'il faisait bien d'épouser une personne aussi mal fagotée, terne et inintelligente, alors qu'il aurait pu épouser une fille comme Helen ?

La confiance de Laura s'érodait rapidement à chaque jour qui passait. C'était comme si son amour-propre, toute la conscience de sa valeur se trouvaient intrinsèquement liés à sa tentative de navigation en solitaire, et ce qui avait démarré comme une excellente idée, dans un accès de joie, s'était maintenant mué en quelque chose dont elle n'était pas loin d'avoir honte.

Si elle n'était pas capable de faire ce métier ? Si elle devait reconnaître sa défaite et jeter l'éponge ? Comment parviendrait-elle à leur faire face ? Nicola la soutiendrait mais, en même temps, il éprouverait de la peine pour elle. Helen penserait à coup sûr « Je te l'avais bien dit ». Sans parler de sa propre famille… Là, il n'y avait pas de question à se poser quant à leur réaction ; ils feraient sans doute la fête dans la rue.

Et Neil ? Qu'en serait-il du Neil aimant, encourageant, travailleur ? Serait-il déçu ? Ressentirait-il de la pitié, voire de la rancœur ?

À cause de ses sentiments du moment, tout en entendant sans l'écouter ce qui devait être une conversation palpitante entre son fiancé et Helen, Laura douta de pouvoir continuer très longtemps.

21

— C'est gentil chez toi.

Paul se redressa, remonta la fermeture Éclair de son jean et promena un regard rapide dans l'appartement de Monkstown.

— Apparemment, tu réussis très bien dans ce que tu fais.

Allongée sur la moquette, à moitié dénudée, Helen lui décocha le plus provocant des sourires.

— Je pensais que tu étais bien placé pour le savoir depuis longtemps.

Il rit et l'embrassa.

— Eh bien, si tu bosses aussi bien que tu baises, je peux en effet en avoir une petite idée.

Puis il se passa une main dans les cheveux et regarda sa montre.

— Allons. L'heure de la fermeture approche.

Helen se leva, rajusta ses vêtements puis se rendit dans la salle de bains pour retoucher son maquillage et se brosser les cheveux.

— Je t'en prie, tu n'as pas besoin de tous ces chichis, lança impatiemment Paul derrière elle. Tu es ravissante comme tu es.

— Je ne vais pas dehors avec l'air de sortir du lit, rétorqua-t-elle. Même pour aller au pub du coin.

— C'est quand tu sors du lit que tu es la plus belle, dit-il en l'attirant contre lui pour l'embrasser à nouveau.

En le suivant vers la porte, elle jeta un dernier coup d'œil autour d'elle afin de s'assurer qu'aucun des jouets de Kerry – qu'elle avait pris soin de cacher auparavant – n'avait échappé à sa vigilance. Pourvu qu'une jambe de Barbie ne pointe pas entre les coussins du canapé... l'incident ne manquerait pas de produire son petit effet.

Elle sourit lorsque Paul lui prit la main et ils se dirigèrent vers le pub. Dieu merci, Nicola avait accepté de garder Kerry encore ce soir. Helen avait prétexté un travail urgent mais son amie ne s'en était pas laissé conter.

« Dis donc, on a l'air de savoir s'amuser à XL. Il n'y aurait pas un boulot pour moi, par hasard ? »

Aux abois, Helen avait renoncé à sa fiction.

« D'accord, soupira-t-elle. Autant que je te le dise. J'ai rencontré quelqu'un... quelqu'un de nouveau.

— Oh ?

— Il n'y a pas de « oh » qui tienne. C'est tout ce que je peux te dire pour le moment. »

Quelque chose dans son intonation permit à Nicola de deviner que le quelqu'un n'était pas si « nouveau » que ça.

« Helen, espèce de petite cachottière ! Pourquoi ne nous as-tu rien dit ? »

Helen pouffa.

« Parce qu'il n'y a pas grand-chose à dire, fit-elle sans vouloir en révéler davantage. Alors, Nicola, tu peux me garder ma fille ou pas ? Si c'est non, je vais devoir demander à Laura, et ça me gêne dans la mesure où elle la prend déjà au jardin d'enfants pendant la semaine. »

Car Helen était bel et bien ennuyée, mais elle n'avait pas eu le temps de se mettre en quête d'une nouvelle assistante maternelle. De toute façon, Laura adorait avoir Kerry, et Kerry adorait être chez Laura – à vrai dire, pensa-t-elle, elle ne pouvait espérer trouver mieux que Laura. Et puis tout ça ne durerait pas, puisque Kerry devait commencer l'école dans deux semaines.

« D'accord, je prends Kerry vendredi soir, répondit Nicola. Je n'ai pas prévu de sortir et Ken est absent pour le week-end.

— Oh, se rappela soudain Helen, Laura m'a dit que tu avais revu Dan récemment. Comment ça s'est passé ?

— Pas trop mal. »

Au ton réservé de son amie, Helen comprit qu'elle ne souhaitait pas parler de cette rencontre avec elle. Cela se comprenait, en un sens. Elle n'avait pas été très présente auprès de Nicola pendant la rupture ; c'était aussi l'époque des déchirements avec Jamie.

Aujourd'hui, Helen continuait d'en éprouver de la culpabilité car Nicola lui avait toujours consacré du temps, quoi qu'il se passe. Il faudrait vider l'abcès un jour, avoir une bonne discussion là-dessus, bientôt… mais encore une fois elle ne cessait pas de courir ces temps-ci, entre son travail, Kerry, et tout le reste… D'ailleurs, Nicola avait beaucoup moins besoin de la présence de ses amies depuis qu'elle avait Ken dans sa vie. C'était formidable qu'elle ait trouvé quelqu'un d'autre, même si Helen avait été abasourdie quelques mois auparavant en découvrant que le nouveau compagnon de son amie n'était autre que Ken Harris. Franchement, jamais elle ne les aurait imaginés ensemble, mais enfin…

« Alors, vas-tu finir par me dire quelque chose de ton amoureux ? » la pressa Nicola.

Et Helen sourit, soulagée de revenir sur un terrain plus familier, moins culpabilisant.

« Eh bien, il s'appelle Paul, il est un peu plus jeune que moi, je dirais vingt-huit ou vingt-neuf ans.

— *Tu dirais* ? Tu ne le lui as donc pas demandé ?

— Je n'en ai pas vraiment eu l'occasion, répondit-elle avec un rire tout allusif.

— Depuis combien de temps… Oh! s'exclama Nicola, comprenant subitement. C'est juste une histoire de cul ? »

Helen rit de plus belle. Ce n'était pas seulement ça, même s'ils ne s'en étaient pas privés. Les choses avaient commencé à devenir sérieuses entre eux récemment, tout au moins aussi sérieuses que possible, avec Paul si souvent absent de Dublin. Son métier de conseiller en investissements le menait constamment sur les routes, des jours durant. Et puis sa mère ne se portait pas très bien, aussi passait-il la plupart de ses week-ends à Cork auprès d'elle ; c'était la raison pour laquelle il devait quitter Helen tôt le lendemain matin.

Mis à part son charme puissant, c'était ce lien qui émouvait particulièrement la jeune femme. Qui aurait cru que cet homme sexy et macho était en réalité un tendre ? Parcourir des centaines de kilomètres chaque week-end simplement pour être auprès de sa mère ! Helen ne se serait jamais astreinte à une pareille corvée.

Ce côté sensible de la personnalité de Paul donnait à croire à Helen qu'il finirait par accepter Kerry. Elle en était quasiment certaine. Mais quand lui parler de l'enfant ? Elle y avait souvent songé ces derniers temps, or les semaines filaient et il devenait de plus en plus difficile d'aborder le sujet. Comment annonçait-on une chose pareille ? « Oh, au fait, Paul, j'ai failli oublier… J'ai une fille de trois ans et demi » ?

Non, elle devait réfléchir un peu plus. Après sa triste expérience avec Richard Moore, inutile de se précipiter. Elle devait choisir son heure, attendre le moment opportun. Dans l'intervalle, elle allait savourer la compagnie d'un homme qui, de toute évidence, l'adorait. Cela faisait tellement longtemps…

— Qu'as-tu prévu de faire demain ? lui demanda-t-il.

— Puisque j'ai un jour pour moi toute seule, *pour une fois*, je vais aller faire des courses…

Elle marqua une pause en se rendant compte de ce qu'elle venait de dire.

— Je veux dire, reprit-elle, qu'en temps normal j'ai beaucoup de travail à faire chez moi, mais cette semaine j'ai terminé à temps et…

— Tu es vraiment une accro du boulot, hein ?

Paul n'avait eu aucun soupçon, pas plus qu'il n'entendait les battements apeurés du cœur de la jeune femme.

— Je suppose. N'empêche que demain je fais les magasins… Il me faut un petit ensemble pour le mariage d'une amie le mois prochain. Comme je n'ai plus beaucoup de temps…

— Un mariage ? coupa Paul. J'adore les mariages.

À la façon dont il prononça ces mots, Helen comprit qu'il espérait une invitation. Mais comment pouvait-elle l'inviter, alors que Kerry serait là en demoiselle d'honneur ?

— Je t'aurais volontiers invité, seulement… comme une de mes amies est seule elle aussi, nous avons décidé de rester ensemble, et…

— Seule, toi ? Rappelle-toi que tu n'es plus seule, Helen Jackson, dit Paul en lui ouvrant la porte du pub et en s'effaçant pour la laisser entrer. Ton amie peut faire ce qui lui chante, mais je ne veux pas que tu files avec le témoin ou je ne sais qui !

Ravie de ce qu'elle entendait, Helen craignit de se mettre à rire trop fort. Des frissons de plaisir lui parcoururent la colonne vertébrale. Ils formaient un couple – elle et Paul formaient réellement un couple !

Oh, comme elle aimerait l'amener au mariage de Laura ! Voilà tellement longtemps qu'elle n'avait pas eu de cavalier pour l'escorter à une fête ou à un dîner… Pour une fois, elle ne serait pas seule – et ne serait pas obligée de se contenter de la demi-compagnie de Ken. Elle n'accrochait pas vraiment avec Ken. C'était un type assez sympa, bien sûr, mais il pouvait se montrer ennuyeux par moments.

Helen préférait oublier qu'elle avait envisagé de jeter son dévolu sur ce même Ken Harris, il n'y avait pas si longtemps. «Sûrement une bête de sexe», avait-elle déclaré à Nicola, avant de se rendre compte que l'objet de sa convoitise ne répondait pas à ses avances.

Se mordant la lèvre, elle se saisit d'un tabouret du bar tandis que Paul attendait debout de pouvoir passer commande. Peut-être devait-elle prendre le taureau par les cornes et lui parler de Kerry. Maintenant qu'ils formaient un couple, un vrai… n'y était-elle pas quasiment contrainte?

Le laisser davantage dans l'ignorance ne pouvait causer que du mal. C'était probablement l'erreur qu'elle avait commise avec Richard : elle aurait dû lui dire bien plus tôt. Cela dit, Paul était différent : plus tendre, plus accessible, ce n'était pas un de ces hommes d'affaires impitoyables dans le genre de

Richard. Quelque chose lui soufflait que Paul ne serait pas mécontent – mieux, qu'il serait peut-être heureux. Oui, conclut Helen qui se sentait déjà mieux disposée. Elle parlerait de Kerry à Paul ce soir. De préférence après quelques verres, mais ce soir absolument.

Une gaieté secrète l'envahit lorsqu'elle s'imagina arriver au mariage de Laura dans l'Audi noire brillante de Paul. Elle en descendrait, devant l'église, vêtue d'une tenue stupéfiante, quelque chose de cher, de moulant, et certainement de court jusqu'à l'indécence (bref, de quoi scandaliser les saintes-nitouches de Glengarrah). Puis, sous le regard abasourdi d'une assemblée pétrifiée, elle pénétrerait dans l'église au bras de l'homme le plus sexy d'Irlande. Voilà qui clouerait définitivement le bec à ces vieilles pies qui l'interrogeaient sur le «père de la pauvre enfant» chaque fois qu'elle les rencontrait dans le village.

Elle sourit. Décidément, oui, elle allait parler. Pourvu seulement que son cœur arrête de battre si vite, que ses mains cessent de transpirer. Cela irait mieux quand elle aurait bu un verre.

Son regard se promena paresseusement dans la pénombre du pub, et elle essaya de se rappeler la dernière fois qu'elle était venue là. Généralement, c'était en ville que Paul et elle se retrouvaient pour dîner ou prendre un verre. C'était la première fois qu'ils venaient près de chez elle et, après leur petite partie de jambes en l'air sur la moquette tout à l'heure, Paul resterait probablement avec elle ce soir. Sans doute exagérait-elle d'avoir demandé à Nicola de garder Kerry pendant vingt-quatre heures, mais Nicola adorait la fillette et, par chance, semblait aimer l'avoir chez elle. Franchement, les choses n'auraient pu mieux se dérouler. Pour une fois qu'elle n'avait pas à parcourir des kilomètres aller et retour pour passer quelques heures avec son amant…

Le pub était bondé. Apparemment, quelqu'un fêtait son cinquantième anniversaire. Guirlandes et ballons se balançaient au plafond et une musique des années soixante résonnait dans le baffle à la gauche de Helen. Examinant les convives, la jeune femme s'étonna, vu l'heure qu'il était, de voir parmi eux beaucoup de jeunes enfants. Sans doute les petits-enfants, se dit-elle. Ils semblaient fatigués, à moitié endormis.

Le barman déposa un quart de vin blanc devant elle et une Guinness devant Paul.

— Je crois qu'il est préférable de rester au bar, dit-elle à Paul. C'est dangereux, là-bas.

Elle désignait la salle comble où la reine de la fête et ses amis s'étaient mis à danser autour des tables sur «Brown Girl in The Ring».

Paul secoua la tête.

— C'est pour ça que je ne supporte pas ces pubs de quartier, fit-il avec ce que Helen perçut comme un réel agacement. Il y a toujours des paquets de mômes.

Helen le dévisagea. Elle comprenait ce qu'il voulait dire : parfois, les enfants envahissaient les bistrots comme des sauterelles, causant le maximum de dégâts avec leurs miettes de chips et leurs diabolos grenadine, mais en l'occurrence ceux-là ne représentaient aucune nuisance. Helen avait même vaguement pitié d'eux tant ils paraissaient avoir envie de s'en aller alors que les adultes ne manifestaient aucun signe de départ imminent.

— Au moins, ils ne courent pas dans tous les sens, dit-elle.

Elle avait parlé comme si elle acquiesçait à la remarque de Paul alors que son ton l'avait troublée.

— Ça ne change rien, insista son compagnon. À mon avis, les pubs devraient être interdits aux mouflets, point barre. Ce n'est pas leur place.

Il avala une gorgée de bière tandis que Helen se demandait s'il s'exprimait par souci du confort des enfants ou du bien-être des buveurs. Elle ne sut trancher.

— Si je te comprends bien, tu n'es pas fou des gosses ? s'enquit-elle en affectant un ton détaché.

Paul faillit recracher sa Guinness.

— Dieu m'en garde ! Je ne supporte pas la présence de ces braillards. Ma frangine en a trois, de vrais emmerdeurs. Toujours à geindre et pleurnicher, je veux ci, donne-moi ça. Franchement, où est le plaisir là-dedans ? Tu dois les nourrir, les torcher et les habiller pendant presque vingt ans, et qu'est-ce que tu reçois en retour ? Du malheur et de la déception, rien d'autre !

La gorge soudain très sèche, Helen avala une gorgée de vin blanc.

— Je suis sûre que la plupart des parents ne voient pas les choses ainsi, dit-elle en lui caressant la cuisse de façon suggestive. De toute façon, nous n'allons pas rester ici longtemps.

Toute contrariété oubliée, Paul lui attrapa la main et la pressa dans la sienne.

— Helen Jackson, tu es le genre de femme qui me plaît.

Laura regrettait d'avoir appelé Maureen afin de s'assurer que sa sœur n'avait pas oublié l'essayage des robes du mariage ce week-end.

— Honnêtement, Laura, geignit Maureen, je ne comprends pas pourquoi tu as fait faire ta robe à Dublin. Les couturières courent les rues par chez nous, tu le sais bien. Et la pauvre chère Cathy est obligée de faire tout ce chemin en car pour un essayage chaque fois que tu claques des doigts.

Le cœur de Laura changea de rythme sous le coup de la colère. *Tout ce chemin*! À entendre sa mère, on aurait dit que Dublin se trouvait à l'autre bout du monde! La pauvre chère Cathy, faisant un modeste 38, n'avait pas à venir si souvent pour les essayages. Elle n'était d'ailleurs venue que deux fois, se rappela Laura. Et puis n'était-ce pas lui rendre la pareille puisque lorsque Cathy s'était mariée, elle-même avait dû se taper «tout ce chemin» jusqu'à Carlow pour les essayages de sa sœur? Sans compter qu'il ne déplaisait pas à la pauvre chère Cathy de débouler à Dublin à l'improviste et de descendre chez Laura quand l'envie lui prenait de flâner dans les magasins.

— Et tu sais, Laura, que la pauvre chère Cathy traverse une période difficile en ce moment.

— Ah bon? s'étonna la jeune femme.

Maureen adopta alors un murmure de conspiratrice :

— On dirait que ça ne marche pas très fort entre elle et Packie.

— Vraiment ?

Laura n'était pas au courant mais, en tout état de cause, rien ne marchait jamais « très fort » avec la pauvre chère Cathy. Celle-ci se plaignait constamment. Laura ne se souvenait pas que sa sœur ait enregistré son changement d'activité, sans parler de lui souhaiter de réussir.

— Oui, aussi je pense que tu dois laisser tomber cet essayage inutile et ne pas embêter ta sœur.

Ne pas embêter sa sœur ! Dieu du ciel, Laura ne lui demandait pas de *confectionner* la robe !

Elle respira profondément, s'exhortant au calme. Ces temps-ci, tout ce que disait sa mère – tout ce que disait *quiconque* – avait le don de lui porter sur les nerfs. Habituellement, elle n'était pas si susceptible et irritable, or elle se sentait en ce moment à vif, et cela engendrait des réactions disproportionnées qu'elle avait de plus en plus de mal à contrôler.

— Maman, il s'agit du dernier essayage avant le mariage, déclara-t-elle aussi calmement que possible. Cathy le sait pertinemment.

Maureen n'était pas prête à lâcher.

— C'est bien beau, tout ça, reprit-elle, à la fois désapprobatrice et pontifiante, mais c'est moi qui vais devoir me coltiner les jumeaux pendant que toutes les deux vous ferez la vie à Dublin.

Se coltiner les jumeaux ! C'était Maureen elle-même qui refusait que qui que ce soit d'autre en ait la garde ! Alors qu'elle osait se plaindre d'être commise au baby-sitting, il aurait fallu lui passer sur le corps avant de pouvoir confier les petits à la belle-mère de Cathy.

« Cette femme a nourri Packie au sein quand il était petit, avait-elle un jour expliqué à Laura d'un ton indigné. Rien d'étonnant à ce qu'il soit resté un petit garçon à sa maman. Franchement, a-t-on déjà entendu de pareilles sornettes? Pourtant c'est comme je te le dis, et ils se croient supérieurs à tout le monde avec leurs idées stupides. »

Laura s'interrogeait sur les études qui affirmaient que les enfants allaités manifestaient davantage d'intelligence que ceux nourris au lait maternisé, ou alors son beau-frère était l'exception qui confirme la règle. Packie était l'être le plus borné qu'elle eût rencontré. Ce « cœur simple », ainsi que l'avait qualifié le père de Laura, prenait tout et tout le monde pour argent comptant, et finissait immanquablement par se retrouver empêtré dans des histoires douteuses. Il avait toujours une affaire en train, un « truc sûr » dans lequel il avait investi quelques billets, mais la seule chose sûre était qu'en fin de compte Packie se retrouvait immanquablement dépossédé de sa mise.

Un jour, il avait confié la majeure partie de leurs économies à un arnaqueur, dans l'espoir de rafler le gros lot, et évidemment l'individu s'était évaporé dans la nature. La sœur cadette de Laura pouvant parfois être naïve elle aussi, Cathy et Packie risquaient de rimer avec catastrophe financière et cela expliquait peut-être pourquoi « ça ne marchait pas très fort en ce moment ».

— Dis-lui d'amener les jumeaux si elle veut, suggéra Laura, magnanime.

D'un autre côté, elle supputait que Cathy ne serait pas mécontente d'être soulagée de sa progéniture pendant quelques heures. Les neveux de Laura n'étaient pas à proprement parler des enfants paisibles. En les voyant, on pensait plutôt à de petits singes bondissant sur les braises.

— Ils peuvent rester dormir chez moi, ajouta-t-elle.

— Il n'en est pas question, couina Maureen en manquant de s'étrangler. Je serais obligée d'annuler ma soirée de Loto parce que je me ferais du souci!

Pas question qu'ils traînent dans tout Dublin avec toi. Non, non, Cathy ne les emmènera pas avec elle. Elle va prendre le car samedi matin, en finir avec cet essayage et rentrer directement.

Pour la énième fois, Laura se demanda comment sa sœur parvenait à vivre à proximité de leur mère. Deux maisons plus loin ! Maureen continuait à considérer ses filles adultes comme des enfants, incapables de mener leur barque et toujours prêtes à la mettre dans l'embarras. Cathy éprouvait-elle parfois, elle aussi, l'envie de l'étrangler ? Certes, Laura avait de l'affection pour sa mère, mais celle-ci n'était pas une femme facile à aimer. Elle était si… si épouvantablement têtue.

La jeune femme se rappela la façon dont Maureen s'était acharnée sur elle le jour où elle n'avait pu obtenir les places de spectacle pour Kathleen Brennan.

« Je ne peux pas croire que tu sois occupée au point de ne pas pouvoir rendre un petit service, l'avait-elle réprimandée peu de temps après. Te rends-tu compte qu'après ça je ne vais pas pouvoir me montrer au Loto pendant au moins deux semaines ? »

Je me fous royalement de ton Loto comme je me fous de Kathleen Brennan ! eut envie de répliquer Laura. Mais, fidèle à elle-même, elle pria Maureen de l'excuser à nouveau auprès de Kathleen, et de lui dire qu'elle serait très heureuse de lui réserver des places à l'avenir.

« Voilà qui ne va pas vraiment la consoler. Tout ça parce que tu étais trop occupée pour…

— Je n'étais pas trop occupée, maman, répéta Laura tout en sachant qu'elle parlait dans le désert. Toutes les places étaient vendues.

— La moindre des choses serait que tu les invites au dessert de ton mariage, Cornelius et elle, pour réparer… »

Maureen n'avait pas suggéré, elle avait *ordonné* et, bien qu'elle en eût conscience, Laura avait obtempéré. Alors qu'elle n'avait pas vu Kathleen Brennan depuis des années, alors qu'elle ne l'avait jamais bien connue. Comme à l'accoutumée, la culpabilité de sa mère avait fait son œuvre...

— Il faut que je te laisse maintenant, maman, fit Laura à l'issue de la conversation sur Cathy et sur l'ultime essayage. J'ai un autre appel, peut-être important.

Pourvu que ce soit le cas. Elle en avait tellement *besoin*.

— C'est la nouvelle mode, à ce que je vois, persifla Maureen. Tu évolues dans de trop hautes sphères pour avoir une conversation normale avec ta propre mère ?

Laura serra les dents et s'efforça d'étouffer le ressentiment qui pointait en elle. C'était affreux, elle aurait préféré ne pas éprouver cela, mais ces temps-ci sa famille la rendait folle. Beaucoup de choses la rendaient folle.

— Il faut vraiment que je raccroche, insista-t-elle, refusant de mordre à l'hameçon. Dis à Cathy que je la retrouve devant Easons samedi matin.

— Ne va pas la faire attendre trop longtemps... Avec tout ce qui se passe à Dublin aujourd'hui, on ne sait jamais ce qui peut arriver. Imagine qu'elle se fasse tirer dessus ou...

— Au revoir, maman.

Laura coupa la communication et s'empressa de prendre l'autre ligne.

— Laura Connolly Créations, bonjour.

— Allô, bonjour. J'aimerais parler à la propriétaire ou à la directrice, je vous prie, fit une voix féminine enjouée.

— C'est moi-même. Que puis-je pour vous ? répondit Laura avec un léger sourire.

Propriétaire ou directrice. C'était son statut, assurément. Les choses se présentaient de façon prometteuse.

— Oh, re-bonjour. Je m'appelle Jenna McCauley et j'appelle pour la société Business Network Marketing Management. Nous sommes consultants en marketing, et je me demandais si vous seriez intéressée par nos services.

L'enthousiasme de Laura retomba. Encore un démarchage commercial. Chaque fois que le téléphone sonnait ces temps-ci, il s'agissait de télémarketing ou de sociétés publicitaires qui s'efforçaient de lui vendre des prestations que son entreprise balbutiante était incapable de s'offrir. Neil lui conseillait de ne pas les envoyer promener, arguant que peut-être un jour elle aurait besoin d'eux, mais cela la contrariait de devoir expliquer qu'elle n'était qu'une toute petite structure et que son budget publicitaire était d'ores et déjà clos.

Hélas, certains démarcheurs semblaient avoir été génétiquement programmés pour vendre et se montraient incroyablement pugnaces ; Laura avait toutes les peines du monde à s'en débarrasser. Elle se demandait comment le nom de sa société parvenait à circuler si rapidement chez les vendeurs et si lentement chez ceux dont elle avait cruellement besoin : les acheteurs.

Malheureusement pour elle, la Jenna à la voix si enjouée se révéla être une représentante tenace, pas du genre à se laisser mettre sur la touche avec des histoires de budget marketing inexistant, ni impressionner par les faibles tentatives de Laura pour se montrer déterminée.

— Si vous voulez bien m'accorder quelques petites minutes, ce ne sera pas long. Vous me fournissez quelques informations sur votre société, cela me permettrait de vous donner un échantillon de stratégie d'entreprise et…

— Écoutez, je regrette, fit Laura, mais nous sommes très occupés actuellement.

— Convenons alors d'un moment plus propice. Je peux vous rendre visite à votre siège, et vous expliquer exactement ce que nous pouvons faire pour Laura Connolly Créations. Vous n'imaginez pas ce qu'une solution marketing constructive peut faire pour vous. Disons dix heures lundi matin ?

— Non, honnêtement je ne crois pas que...

— Dix heures, c'est d'accord. J'ai hâte, je sens que Business Network Marketing va vous...

— J'ai dit *non* ! hurla Laura, tremblante sous la poussée d'adrénaline. Je ne *veux* pas que vous veniez ici. Je n'ai pas *besoin* d'une solution marketing constructive... Je vous ai *dit* que ça ne m'intéressait pas. Maintenant, arrêtez de m'importuner !

Le visage brûlant, le cœur affolé, elle raccrocha. Elle demeura un long moment immobile, le regard dans le vide, à essayer de recouvrer son contrôle. Pourquoi tout le monde croyait-il pouvoir la manœuvrer comme un petit animal bien dressé, la manipuler, l'exploiter ? Elle en avait marre, marre d'eux *tous* et d'elles *toutes*, sa mère, sa famille... Helen.

L'autre jour encore, Helen lui avait demandé d'aller déposer une disquette chez un client à Dun Laoghaire.

« Ce n'est pas pressé ni rien. Mais vu que c'est sur le chemin du jardin d'enfants... »

Ce n'était pas du tout proche du jardin d'enfants : en fait, le crochet représentait quarante minutes de plus dans la circulation dublinoise. Laura avait été furieuse, absolument furieuse.

Et qu'avait-elle fait ? Qu'avait-elle dit ? Elle n'avait pas révélé le fond de sa pensée, qui se résumait à peu près ainsi : « Non, Helen. Va te faire voir, Helen. J'en ai ma claque de faire tes livraisons, de réceptionner tes commandes, d'être la nounou de ta fille, bref, ta bonne à tout faire... Encore une fois, va au diable ! »

Non, Laura n'avait rien dit de tel. Au lieu de cela, elle avait répondu :

« Très bien, donne-moi l'adresse et je déposerai la disquette en chemin.

— Merci, Laura. Tu es géniale. »

Au début, Laura avait été heureuse de rendre service à Helen, de lui tirer une épine du pied, mais pourquoi n'y avait-il aucune réciprocité ? Pourquoi Helen ne voyait-elle pas qu'elle travaillait, qu'elle s'efforçait de faire démarrer son affaire, et que s'éloigner du téléphone chaque après-midi pour aller chercher Kerry n'allait pas l'aider ?

Bon, au moins, Kerry allait bientôt entrer à l'école ; avec un peu de chance, Helen n'aurait plus besoin d'elle. Car, encore une fois et pour autant qu'elle le sache, Helen n'avait pas retrouvé de nourrice – pour autant qu'elle le sache bis, elle n'en avait même pas cherché !

L'histoire se répéterait donc encore : Laura irait chercher Kerry tout à l'heure, après quoi elle lui consacrerait son temps jusqu'à ce que sa mère daigne venir la reprendre.

À cet instant, le téléphone sonna de nouveau. Laura attrapa le combiné, bien décidée à dire son fait au nouveau démarcheur qui la sollicitait. Or elle se trompait.

— Allô, je suis bien aux bijoux… ? commença une voix féminine incertaine.

— Oui, Laura Connolly à l'appareil, répondit Laura. Vous désirez ?

— Voilà, reprit l'interlocutrice, je sais bien que c'est un délai un peu court, mais mon ami et moi allons nous marier fin octobre, et nous pensions… Disons que j'ai eu envie d'alliances originales, spécialement créées pour nous. J'ai quelques idées et…

Laura était tellement émue qu'elle entendit à peine la fin de la phrase. Une cliente, une vraie cliente en chair et en os... et qui souhaitait quelque chose d'unique! Oh, c'était bien, carrément bien!

— Aussi je me demandais si je pouvais passer à votre studio pour vous montrer ce que j'ai en tête, continua l'interlocutrice. C'est que j'ai tellement hâte... Vous êtes à Ballinteer, c'est ça? Je pourrais venir pendant ma pause déjeuner. Vers deux heures si ça vous convient. Je suis désolée de vous prendre au pied levé...

— Oui, bien sûr! Ce serait parfait, s'exclama Laura.

Puis elle se souvint. Kerry! Elle devait aller chercher la fillette au jardin d'enfants à deux heures. Oh, et puis zut, ce ne serait pas possible, voilà tout. Il fallait qu'elle soit chez elle. C'était son premier rendez-vous professionnel. Non, décidément, trancha-t-elle alors que ses pensées se bousculaient pour imaginer une solution. Elle allait téléphoner à Helen, lui expliquer la situation, et son amie trouverait un arrangement pour aujourd'hui. Le travail de Helen était important mais, zut à la fin, le sien aussi.

— Oh, c'est parfait, reprit la voix féminine. Je vous remercie beaucoup.

Laura ne put retenir un sourire. C'était une vente. Une vraie vente. Elle le sentait dans toutes les fibres de son corps. Peut-être la situation s'améliorait-elle enfin.

— Alors c'est d'accord, à quatorze heures, conclut-elle après avoir pris les coordonnées de la jeune femme et lui avoir indiqué le chemin de son «studio».

— Mon studio, répéta-t-elle à voix haute pour elle seule.

Oui, le mot sonnait de façon plus chic que le terme vieillot d'«atelier».

— Cet après-midi *je* reçois mon premier rendez-vous dans mon *studio*, annonça-t-elle au chat

Eamonn, qui, assis par terre auprès d'elle, n'en fut pas ému outre mesure.

Aïe, se rappela-t-elle avec une grimace. Restait maintenant la corvée désagréable de prévenir Helen qu'elle ne pourrait pas aller chercher Kerry cet après-midi. Après toutes les pensées peu amicales qu'elle avait eues à son égard un moment plus tôt, elle avait l'impression de la laisser tomber. Helen comptait sur elle, après tout.

Elle composa d'abord son numéro de portable et, n'obtenant pas de réponse, essaya sa ligne directe à XL.

— Bonjour, susurra la voix brûlante de son amie.

Au passage, Laura se demanda si ce ton sensuel d'annonce publicitaire pour messagerie rose contribuait au succès des affaires. Peut-être devrait-elle essayer... Elle allait parler à son tour quand la voix de Helen poursuivit :

— Vous êtes sur la boîte vocale de Helen Jackson. Laissez-moi un message et je vous rappellerai dès mon retour.

Bon sang! Elle n'était pas à son bureau. Que faire ? Impossible de se contenter de lui laisser un message. Pour peu qu'elle soit en réunion ou en rendez-vous à l'extérieur et ne revienne pas avant quatorze heures... La pauvre Kerry serait dans tous ses états. Non, décida Laura. Elle ne pouvait pas faire cela. Elle devait trouver un moyen de joindre Helen à tout prix. Elle réfléchit un instant puis la solution lui vint comme une illumination. La réception ! Elle allait appeler le standard de XL, se renseigner pour savoir où se trouvait Helen et si elle était joignable, ou bien laisser un message que la standardiste se chargerait de transmettre.

— XL, bonjour. Paula à l'appareil.

— Bonjour, je cherche à joindre Helen Jackson, annonça Laura.

— Je suis désolée, Helen n'est pas là aujourd'hui, répondit Paula.

Laura se redressa sur sa chaise.

— Pas là ? Vous voulez dire qu'elle n'est pas dans son bureau ?

— Non, non, il n'est pas prévu qu'elle vienne aujourd'hui.

— Elle est souffrante ? questionna Laura.

Si elle était malade, comment avait-elle emmené Kerry au jardin d'enfants ce matin ?… Minute, pensa très vite Laura, peut-être Kerry n'était-elle pas au jardin d'enfants, elle n'avait alors pas besoin d'aller la chercher, mais en ce cas, pourquoi Helen ne l'avait-elle pas prévenue ?

— Non, elle a pris sa journée, annonça la standardiste. Hier, elle m'a demandé de noter les coordonnées de toutes les personnes qui l'appelleraient. Elle vous contactera demain. Aussi, si vous voulez bien…

— Quoi ? s'exclama Laura. Elle savait hier qu'elle ne serait pas là aujourd'hui ?

— Elle s'est absentée pour convenance personnelle. Mais si vous voulez, je peux vous passer quelqu'un d'autre…

— Ça ira, merci, conclut brièvement Laura.

Et elle raccrocha.

À quoi rimait cette histoire ? La veille, quand Helen était venue chercher Kerry, il n'avait pas été question de jour de congé ni de « convenance personnelle ». Si elle avait pris sa journée, pourquoi diable n'en avait-elle rien dit ? Laura était là à s'arracher les cheveux à cause d'un contretemps malheureux, or Helen n'avait pas besoin d'elle puisqu'elle pouvait aller chercher Kerry elle-même ! Pire encore, elle ne l'avait pas informée du changement de programme !

Laura se leva et, dans l'espoir de s'éclaircir les idées, commença à ranger un peu son atelier afin de le rendre plus présentable pour sa cliente potentielle. Brusquement, elle se figea. Les paroles qu'avait prononcées Helen la veille au soir en passant prendre Kerry lui revenaient en mémoire.

« Je risque d'être un peu en retard demain, si ça ne te dérange pas trop, avait-elle déclaré en gagnant la porte. Le patron a programmé une réunion de dernière minute, et tel que je le connais ça pourrait s'éterniser. J'espère que ça ne t'ennuie pas trop », avait-elle ajouté avec son sourire angélique modèle déposé.

De sa vie, Laura n'avait été aussi contrariée. À quoi jouait donc Helen Jackson ?

Deux heures et une kyrielle de coups de fil plus tard – chez Helen, sur son portable, au jardin d'enfants, à nouveau à son bureau –, Laura n'était pas plus avancée. Si : elle savait que Kerry se trouvait bien au jardin d'enfants et qu'elle n'avait d'autre choix que d'aller l'y chercher. Elle fut cependant satisfaite que le personnel, parce qu'elle était devenue familière des lieux, accepte de la laisser prendre Kerry une heure plus tôt que d'habitude. Ainsi elle serait revenue à temps pour son rendez-vous. D'un autre côté, elle était fâchée d'avoir eu à effectuer cette démarche. Elle n'aurait même pas dû avoir à le faire – bon sang, c'était Helen la mère de l'enfant !

Mais elle était assez anxieuse à la perspective de son rendez-vous sans avoir à se soucier de ce que ferait Kerry une fois chez elle, si elle se tiendrait tranquille dans la pièce voisine devant la télé, ou si elle pointerait son petit minois au beau milieu de l'entretien, donnant par là à la cliente une affreuse impression d'amateurisme.

Au bout du compte, les choses se passèrent au mieux. La cliente était charmante et fut si impressionnée par les créations de Laura qu'elle passa sur-le-champ commande pour deux alliances. Si Laura fut soulagée, en même temps sa colère contre Helen était si forte qu'elle ne put savourer son modeste triomphe. Quand la cliente finit par prendre congé en milieu d'après-midi, elle était sens dessus dessous, épuisée et furieuse.

Pour tout dire, elle était en rage. En rage que Helen puisse lui mentir si facilement, en rage de se faire exploiter, en rage de se faire avoir. Elle en avait par-dessus la tête. C'était toujours « Laura, fais ci », « Laura, fais ça », et personne ne la gratifiait d'un mot de remerciement.

Après s'être assurée une fois de plus que Kerry restait gentiment scotchée devant la télé, Laura regagna son bureau et s'écroula dans un fauteuil, la tête dans les mains. Que lui arrivait-il ? Pourquoi n'en pouvait-elle plus ? Ce n'était même pas comme s'il y avait quelque chose de nouveau sous le soleil. Elle avait toujours été la bonne pâte, la brave fille vers laquelle on se tourne, celle qui ne dit jamais non à personne.

Jusqu'ici cela ne l'avait pas dérangée, or voilà qu'elle était tendue comme une corde sur le point de rompre à force d'effort. Peut-être parce que tout s'était accumulé : le stress du mariage, le souci pour son entreprise, le doute d'elle-même.

Peut-être faisait-elle fausse route.

Eh bien, c'était terminé, décida-t-elle. Quand Helen Jackson daignerait se montrer, ce soir, elle serait servie !

— Salut, Laura !

Helen traversa l'entrée dans un nuage de J'Adore.

— Où étais-tu passée aujourd'hui, Helen ? lâcha Laura.

Sachant Kerry hors d'écoute dans la cuisine avec Neil, elle avait décidé de prendre le taureau par les cornes.

— Comment? Que veux-tu dire?

Helen s'était immobilisée et Laura remarqua son air quelque peu circonspect.

— Eh bien, tu n'étais pas à ton travail, reprit Laura d'un ton sarcastique. Je le sais parce que figure-toi que j'ai essayé de te téléphoner pour t'avertir que j'avais un empêchement, et que je ne pouvais pas faire le coursier pour toi aujourd'hui.

— Le coursier? Excuse-moi, Laura, mais je ne comprends pas. Tu parles du fait d'aller chercher Kerry au jardin d'enfants? Hier, tu m'as dit...

— Non, *tu* as dit, Helen, *tu* as dit que tu passerais tard ce soir parce que tu avais une réunion quelconque, or ils savaient à ton boulot que tu prenais un jour de congé!

Laura avait la voix tremblante de colère.

— Je constate que ça ne te pose pas de problème de prendre une journée et de laisser quelqu'un d'autre s'occuper de ta fille... quelqu'un qui, justement, travaillait aujourd'hui.

— Je suis désolée, Laura, sincèrement, mais nous avions prévu cette virée avec Paul, et...

Helen s'interrompit et s'empourpra.

— Paul? Qui donc est Paul? questionna Laura.

Un seul coup d'œil au visage de Helen l'avait déjà renseignée. Paul était certainement le nouveau Roméo de service. C'était carrément incroyable!

— Écoute, il habite à Cork et on ne s'était pas vus depuis un moment. Je ne pensais pas que ça t'ennuierait. Je n'arrive pas si tard que ça...

— Ce n'est pas le problème et tu le sais très bien. Le problème est qu'il y a plusieurs semaines, tu m'as demandé de te rendre un service, et, parce que tu es mon amie et que tu étais coincée, j'ai accepté. Mais il ne s'agit pas d'un service à vie, Helen. Je travaille moi aussi. Tu n'as pas l'air de t'en préoccuper. Si je bossais dans un bureau, tu me demanderais de prendre tous mes après-midi pour aller chercher Kerry ?

— Non, mais…

— Il n'y a pas de mais qui tienne. C'est la même chose, Helen. Tu ne me prends pas au sérieux, ni mon entreprise, mais ça ne t'autorise pas à me marcher dessus. Pire encore, maintenant tu te sers de moi pour passer du temps avec un mec !

— Ce n'est pas vrai, protesta Helen en posant une main sur son bras. Je te jure, j'ai cherché une autre nourrice, vraiment. Mais c'est très difficile de trouver quelqu'un à cette période de l'année…

Sa voix mourut, ses épaules s'affaissèrent.

— Franchement, je regrette, Laura, et je te prie de m'excuser, reprit-elle dans un murmure. Je sais que j'ai abusé de ta gentillesse, et j'aurais dû te parler de Paul. C'est juste que… disons que c'est seulement le début entre nous deux, et jusqu'à maintenant je ne me sentais pas trop à l'aise pour parler de lui.

— Tu as fait quelque chose de très dangereux aujourd'hui, Helen. Laissons de côté le fait que je n'aie pas pu te contacter pour te dire que ça ne m'arrangeait pas d'aller chercher Kerry – mais s'il s'était passé quelque chose ? Si elle était tombée malade, s'il y avait eu un accident ?

— Je sais, je sais… Je n'ai pas… J'aurais dû penser à laisser mon portable allumé.

Se mordant la lèvre, Helen détourna la tête, le regard attristé.

— Je ne sais pas quoi te dire, ajouta Laura.

Elle poussa un profond soupir et se sentit soudain vidée.

Durant tout l'après-midi, elle avait ruminé ce qu'elle dirait, et comment elle remonterait les bretelles à Helen, mais à présent que l'autre était là, la mine penaude, sa détermination vacillait. Est-ce que ça valait le coup ? Est-ce que ça valait le coup de se disputer avec son amie simplement parce qu'elle avait eu une journée difficile et que Helen était arrivée tard ? Kerry n'était ni pénible ni encombrante et, en fin de compte, tout s'était bien terminé, avec la commande des alliances.

Se lancer dans les affaires n'impliquait-il pas de relever quelques défis ? Si elle n'était pas capable de résoudre un problème aussi simple que la réorganisation de sa journée afin de s'adapter à des circonstances inhabituelles, elle faisait une bien piètre femme d'affaires ! Oh, et puis basta, ça ne valait pas le coup. Pour cette fois, elle accordait à Helen le bénéfice du doute...

Sentant que Laura s'était calmée, Helen posa de nouveau sur elle ses beaux yeux au regard profond et chagriné.

— Je te promets de me rattraper, Laura, et je me mets en quête d'une autre nourrice à la première heure demain. Tu sais, j'apprécie vraiment ce que tu fais pour moi, et je te promets que tu n'auras plus à te soucier longtemps de Kerry.

Silence.

— Laura ? Je te le jure.

Laura finit par soupirer une fois de plus et hocher une tête fatiguée.

Le samedi matin suivant, Laura et Nicola se rendirent à l'essayage, accompagnées par une Kerry anormalement maussade. Helen était repartie filer le parfait amour avec le fameux Paul la veille au soir et avait laissé sa fille à Nicola pour la nuit, arguant qu'il était inutile que Nicola parcoure tout le trajet jusqu'à Monkstown afin de venir chercher la petite pour l'essayage du lendemain matin. Non, non, il était préférable qu'elle reste la nuit chez sa « tatie » baby-sitter.

— Préférable pour Helen, sans doute, avait dit Nicola d'un ton grognon en passant prendre Laura chez elle.

Kerry ne pouvait l'entendre, elle était partie à la recherche du chat.

— Depuis qu'elle connaît ce Paul, la pauvre gosse est transbahutée à droite à gauche. Je l'ai eue chez moi les deux derniers vendredis et samedis, et je peux t'assurer que la pauvre Kerry en a sa claque.

— Pourtant, elle aime être chez toi, fit Laura.

Elle aussi éprouvait de la peine pour Kerry. À l'évidence, Helen faisait de son nouveau mec la priorité des priorités.

— Peut-être, mais je sais qu'elle aimerait passer un peu de temps avec sa maman pendant les week-ends. C'est tout juste si elle la voit durant la semaine.

Nicola paraissait contrariée et Laura ne pouvait le lui reprocher. Même si Kerry était une enfant obéissante, elle restait une enfant et Nicola ne pouvait la surveiller vingt-quatre heures sur vingt-quatre. Depuis qu'elle-même avait assené quelques vérités à Helen l'autre jour, celle-ci s'était montrée beaucoup plus reconnaissante de son aide et recherchait activement une nouvelle nourrice. En attendant, elle mobilisait toujours la bonne volonté de ses amies.

— Il va falloir que je lui en parle d'ici peu, reprit Nicola, l'air sombre. Tout ça n'est pas bon pour cette petite.

Laura fit la grimace. Elle n'appréciait pas de voir Nicola ou Helen se chamailler avec quelqu'un, encore moins l'une avec l'autre. Des disputes les avaient opposées à deux ou trois reprises au cours des années passées, mais heureusement cela ne s'était pas produit récemment. Contrairement à Laura,

Nicola irait droit au but et ne battrait pas en retraite. Si la querelle sur le bien-être de Kerry devait s'envenimer, Laura préférait ne pas traîner dans les parages.

— Je ne comprends toujours pas pourquoi elle a arrêté de la mettre chez Jo, fit-elle, songeuse.

Helen ne s'était pas étendue sur le sujet.

— À mon avis, rétorqua Nicola, Jo en a eu marre, elle aussi, et a fini par l'envoyer paître. C'est dommage parce que Kerry était dingue d'elle. Elle parlait de Jo aussi souvent que de Helen. Et je pense que Jo l'aidait beaucoup pour le langage.

Laura dévisagea Nicola.

— Tu n'as pas l'air en forme aujourd'hui.

En effet, Nicola paraissait fatiguée, comme après une mauvaise nuit. Bien qu'elle affirmât que son entrevue avec Dan le mois précédent avait eu un effet positif, Laura craignait qu'elle ne se leurre elle-même. En tout cas, elle ne tenait pas la grande forme.

Elle soupira profondément.

— C'est Dan, dit-elle, confirmant les soupçons de Laura. Il m'a rappelée hier au travail, il veut qu'on se revoie.

Mince ! pensa Laura. Qu'est-ce qu'il mijotait maintenant ?

— Que vous vous revoyiez… pourquoi ?

— Il trouve qu'on n'a pas eu l'occasion de parler la dernière fois, à cause de son départ précipité.

— Et qu'en penses-tu ? demanda Laura.

— À vrai dire, je n'en vois pas l'utilité. C'est une histoire finie, bouclée. Nous avons tous les deux une autre vie maintenant, nous aimons d'autres personnes, et nous en sommes tous les deux heureux, du moins, c'est mon cas.

— Et lui ?

— Honnêtement, je pense qu'il veut seulement que nous restions amis. Le problème est que je ne veux pas que ça crée des problèmes entre Ken et moi. Il était assez contrarié par le premier rendez-vous, et je sais qu'il n'aimerait pas vraiment que je revoie mon ex de façon régulière.

— On peut le comprendre.

C'était typique de Dan, pensait Laura en installant Kerry sur le siège arrière de la Focus de Nicola. Ne pouvait-il pas la laisser en paix ?

— Je suis d'accord, abonda Nicola en se mettant au volant. C'est pourquoi j'ai dit non à Dan, que je ne voyais pas de raison à ce que nous nous revoyions. Mais je ne sais pas s'il s'en tiendra là. Je n'en ai pas parlé à Ken, parce que pour lui c'est une histoire close. Je déteste lui faire la moindre cachotterie, surtout celle-là.

— C'est ma faute. Sans mon histoire de cartons d'invitation…

— Ce n'est pas ta faute s'ils ont interverti les boîtes à la boutique. De toute façon, je doute que les invitations y soient pour quelque chose. Dan m'a téléphoné après avoir vu l'article dans le magazine. Il m'aurait contactée en tout état de cause.

— Peut-être mais, Nic, est-ce que sa fiancée est au courant pour toi ?

— Bien sûr ! Pourquoi ne le serait-elle pas ?

— Et elle sait que vous vous êtes vus ?

— Pas sûr, fit Nicola. Quoique ça puisse expliquer pourquoi il a dû filer si vite… Oh, je ne peux pas lui en vouloir, poursuivit-elle avec un haussement d'épaules. À sa place, je ne serais pas ravie.

Laura abonda. Que pouvait bien penser de tout cela la fiancée de Dan ?

— Il est temps d'y aller, reprit Nicola en jetant un œil dans son rétro extérieur. Le temps que nous arrivions, la pauvre Cathy se sera fait enlever !

Elle eut un large sourire, Laura lui ayant relaté sa conversation avec sa mère au sujet de la « pauvre

Cathy » livrée à elle-même dans l'Affreuse Grande Ville.

— As-tu pensé à emporter les colliers et les boucles d'oreilles ? questionna-t-elle en démarrant.

— Merde, j'ai oublié !

Les yeux exorbités, Laura porta la main à sa bouche. Elle avait oublié la présence de Kerry sur la banquette arrière.

— Tu ne raconteras pas à maman que j'ai dit un gros mot, lui dit-elle.

Et la fillette eut son premier rire de la matinée.

Laura retourna en courant à son atelier. Elle avait passé un temps fou à fignoler les bijoux pour l'essayage final ; elle s'en serait voulu à mort si elle les avait laissés chez elle.

— Je peux jeter un œil ? demanda Nicola quand elle revint.

— Non. Pas avant que nous ayons les robes sur nous, fit Laura avec un sourire.

Ces pièces-là, elle les avait souhaitées uniques, ne ressemblant à rien de ce qu'on connaissait, et elle espérait avoir créé de précieux souvenirs pour ses amies.

Une heure plus tard, Laura, Nicola, Kerry et une Cathy échevelée se mettaient en ligne pour les ultimes ajustages de leurs robes chez Brid Cassidy Nuptia Couture.

« Je poireaute depuis presque une heure, s'était plainte Cathy lorsque Laura l'avait embrassée devant chez Easons. Qu'est-ce que vous fabriquiez ?

— Ce n'est pas facile pour moi de trouver par ici une place de parking suffisamment grande », avait froidement rétorqué Nicola.

Cathy avait rougi puis gardé le silence jusqu'à la boutique Nuptia Couture.

Enfin, Laura se tenait devant le miroir dans ses plus beaux atours de mariée. La robe était blanche comme neige, avec le bustier moulant, et la jupe en mousseline de soie légèrement flottante – l'ourlet formant sur l'arrière une courte traîne. C'était parfait. Parfait, si l'on exceptait son petit bourrelet à la taille, mais il n'y avait rien qu'une gaine bien ajustée ne puisse déguiser.

Elle regarda les autres. Kerry tourbillonnait dans sa robe violette, se proclamant princesse de conte de fées. Cathy scrutait son image en s'efforçant (péniblement, sembla-t-il à Laura) de rentrer son ventre rond. Son bustier baleiné semblait posé de travers sur sa taille et la jupe en panne de soie se tendait sur ses hanches. Ses prétendus problèmes conjugaux ne devaient pas être aussi graves que Maureen l'avait laissé entendre, car soit Cathy elle-même l'ignorait, soit elle n'avait pas pris la peine d'aviser Laura qu'elle était de nouveau enceinte. Comme Laura lui décochait un regard qui exprimait sa consternation, elle eut le bon goût de paraître honteuse. De fait, elle ne semblait guère heureuse.

La couturière Brid Cassidy ne l'était pas davantage. Elle était secondée aujourd'hui par une assistante nommée Amanda que Laura n'avait encore jamais rencontrée et qui, remarquant la taille de Cathy comprimée par les coutures, jeta un regard complice à Laura. Celle-ci le lui renvoya. Elle savait Brid un tantinet soupe au lait, et la nouveauté risquait de ne pas passer comme une lettre à la poste.

— Bon, il va falloir rajouter un pan à ce bustier, conclut brusquement Brid, avec une sobriété inattendue.

Après quoi, elle se tourna pour examiner Laura.

— Qu'en dites-vous, Laura ? Êtes-vous contente de votre robe ? s'enquit-elle en tirant sur les bretelles. On pourrait peut-être les resserrer un peu, histoire de relever très légèrement le bustier et...

— C'est parfait, fit Laura, quêtant l'approbation de Nicola qui l'examinait avec autant de sérieux que de satisfaction.

— Absolument parfait, renchérit Nicola. Tu es très belle, Laura.

— Merci.

— N'empêche qu'aucune de vous ne m'arrivera à la cheville le Grand Jour, ajouta Nicola avec un sourire malicieux. On ne parlera que de moi à Glengarrah !

Laura accueillit la plaisanterie en riant. Elle avait suffisamment d'empathie avec son amie pour savoir que, malgré sa tendance à se dénigrer et ses blagues désinvoltes, Nicola était gênée de devoir remonter l'allée centrale de l'église. Cependant, Brid avait fait du beau travail avec l'ensemble deux pièces, et Nicola aurait aussi belle allure que les autres le jour de la cérémonie.

Laura ouvrit son coffret et en sortit les bijoux qu'elle avait confectionnés pour ses témoin et demoiselles d'honneur.

— Voyons un peu ce que ça donne, proposa-t-elle avec un sourire timide.

La parure était en fils d'argent si fins qu'on aurait dit une dentelle faite à la main. Cette sorte de tissage composait un entrelacs enchâssé d'améthystes qui faisaient chanter la couleur des robes. Les boucles d'oreilles étaient assorties, et l'ensemble évoquait vaguement une parure de princesse tribale – effet que Laura s'efforçait de perfectionner depuis quelque temps. Au-dessus de la lisière des bustiers sans bretelles et relativement sobres de Nicola et de Cathy, qui auraient de surcroît les cheveux relevés, ces parures produiraient un effet renversant.

Brid et Amanda s'approchèrent.

— Waouh ! s'exclama la couturière. Où avez-vous trouvé ces bijoux, Laura ? Ils sont fantastiques !

Cathy s'avança, intéressée elle aussi, mais son visage s'assombrit en découvrant ce qu'elle devrait porter.

— Je croyais que tu nous achèterais quelque chose, fit-elle d'un ton geignard. Quelque chose de chouette, ou au moins qu'on pourrait garder après.

— Mais tu pourras les garder! rétorqua Nicola en jetant à Cathy un regard moyennement surpris. C'est stupéfiant, Laura, tout à fait original. C'est... c'est... tout simplement incroyable!

Elle manquait de superlatifs pour exprimer son admiration.

Cathy campa sur ses positions.

— Quand j'ai été la demoiselle d'honneur de Sharon Costigan, elle nous a donné à chacune une chaîne en or. Tes trucs en plastique, j'en ai déjà plein chez moi. C'est vrai, quoi, à chaque Noël, à chaque anniversaire...

— C'est vous qui avez fabriqué ça, Laura? l'interrompit Brid, stupéfaite. Mais comment?

— Laura est créatrice de bijoux, déclara fièrement Nicola. Elle ne vous l'a pas dit?

— Non, répondit Brid en lançant à l'intéressée un regard de reproche. Vous n'y avez même pas fait allusion, Laura.

La jeune femme s'empourpra, peu habituée à recevoir tant d'éloges.

— Je ne me suis pas lancée depuis très longtemps, fit-elle, s'excusant presque.

— Montre-nous ce que tu as fait pour toi, la pressa Nicola.

Elle devinait que la parure que se destinait Laura serait plus qu'originale. Elle ne se trompait pas.

Le collier reprenait le même motif de cercles entrelacés, mais en fil d'or et en nacre au lieu d'améthystes. Puis il y avait le diadème assorti et Kerry sauta au plafond en découvrant que tatie Lau-Lau en avait confectionné un plus petit pour elle.

— Voilà pour ma princesse ! dit Laura en coiffant la petite tête blonde.

— C'est absolument magnifique, déclara Brid qui avait attaché la parure au cou de Laura et pris du recul pour admirer l'ensemble. Dire que je me demandais pourquoi vous teniez à une robe aussi sobre… Maintenant, je comprends. Ça rend mon travail nul et non avenu.

— Ne dites pas de bêtises, Brid, protesta Laura en riant. C'est quelque chose de très simple.

— Quelque chose de très simple ! J'aimerais que les colifichets que j'assortis à mes robes ressemblent un tant soit peu à ça. Mais non, je n'obtiens que des perles et des bouts de fil de fer qui tombent tout de suite en petits morceaux. « Diadèmes d'Exception », à d'autres !

Le cœur de Laura se mit à battre plus vite. C'était le moment de proposer à Brid de lui montrer ses autres modèles. Brid pourrait peut-être devenir une cliente… Non, elle ne pouvait pas lui en parler, pas maintenant devant tout le monde. Ce serait trop gênant, et elle ne voulait pas que la couturière se sente obligée de dire oui. Elle était encore sa cliente, il ne fallait pas la mettre en difficulté. Non, elle attendrait que le mariage soit passé – éventuellement.

Amanda examinait en détail la parure que Cathy avait ôtée.

— Êtes-vous spécialisée dans la bijouterie nuptiale, Laura ? questionna-t-elle.

— Pas du tout, répondit Laura, soudain embarrassée par l'intérêt que suscitait son travail. Mais je n'ai encore jamais rien fait d'aussi recherché.

— Vraiment splendide, fit Amanda en reposant le collier pour prendre les boucles d'oreilles qui en étaient la version miniature. Par qui êtes-vous distribuée ? On doit s'arracher vos créations.

Laura rougit jusqu'aux oreilles.

— Disons que... parfois je n'arrive pas à satisfaire à la demande.

Les mots avaient jailli sans qu'elle puisse les contenir, et elle partit d'un bref rire nerveux pour masquer son malaise. Par chance, on aidait Nicola à se défaire de son bustier, et elle n'avait pas entendu. Elle aurait pilé Laura pour n'avoir pas saisi ce qui pouvait être une opportunité.

Mais elle se sentait incapable d'avouer la vérité à cette femme qui s'extasiait devant ses bijoux. Par orgueil elle ne pouvait reconnaître devant un tiers que, la plupart du temps, elle se tournait les pouces dans son atelier.

22

Dès qu'elle fut assurée que Dan et John étaient partis pour leur rendez-vous de fin d'après-midi en ville, Chloé pénétra dans les bureaux du cabinet d'expertise comptable O'Leary & Hunt.

— Bonjour, dit-elle à la jeune réceptionniste qui ignorait avoir affaire à la fiancée de son patron. J'aimerais voir...

Elle fit mine d'examiner le dossier qu'elle tenait en main.

— M. Hunt, je vous prie.

— Je regrette, mais M. Hunt est absent cet après-midi, répondit la fille, l'air de répéter cette phrase pour la énième fois.

— En ce cas, M. O'Leary est-il disponible ? insista Chloé, connaissant par avance la réponse.

— Lui aussi est en rendez-vous à l'extérieur.

— Dommage, feignit de se désoler Chloé.

— Vous aviez rendez-vous ?

— Non. À vrai dire, je suis venue à l'improviste. Je représente une ancienne cliente de M. Hunt, dont je suis la conseillère juridique, et j'espérais pouvoir m'entretenir avec M. Hunt ou son associé à propos des affaires de ma cliente.

Elle brandit fugitivement une carte professionnelle.

— Si vous voulez me laisser vos coordonnées, M. Hunt vous appellera, proposa la réceptionniste.

— Non, je quitte Dublin cet après-midi et j'étais passée par hasard. J'espérais m'entretenir avec quelqu'un...

Chloé poussa un soupir déchirant, puis ses yeux s'agrandirent comme si une idée de génie venait de la traverser.

— Mais vous pouvez peut-être m'aider ! Vous êtes bien la secrétaire de M. Hunt ?

La fille s'empourpra, flattée.

— Non, je suis étudiante et je fais juste un stage d'été. La secrétaire personnelle de M. Hunt est là-haut. Désirez-vous lui parler ?

Chloé s'absorba de nouveau dans l'étude de son prétendu dossier. Voilà exactement ce qu'elle souhaitait. Elle avait parlé à l'assistante de Dan plusieurs fois au téléphone mais ne l'avait jamais rencontrée. Avec un peu de chance, grâce à sa ruse, qui consistait à se faire passer pour une avocate, peut-être glanerait-elle auprès de cette femme quelques informations sur le passé conjugal et le divorce de Dan.

Elle releva les yeux et sourit béatement à la jeune fille.

— Si ça ne vous ennuie pas de lui demander de m'accorder un moment. Il s'agit de Mlle Fogarty, n'est-ce pas ?

La réceptionniste acquiesça et composa un numéro de poste interne.

— Avez-vous un moment, Shannon ? Quelqu'un à la réception désire vous parler.

— Donc, vous connaissiez bien Nicola ? questionna Chloé en offrant une cigarette à son interlocutrice.

Celle-ci haussa vaguement les épaules.

— Pas si bien que ça, mais disons que je savais beaucoup de choses sur elle. Dan et moi étions proches et il s'est confié à moi, en particulier quand les choses n'allaient pas bien.

— Je vois.

— Nicola n'était pas la femme qui lui convenait. Je m'en suis rendu compte dès le départ. Quand ils se sont mariés, on leur a donné trois ans maximum, John et moi.

Elle eut un rire bref avant d'ajouter :

— N'empêche, je ne pensais pas qu'on tomberait si juste !

— Qu'est-ce qui a cloché dans leur couple ?

Il était inutile de tourner autour du pot, d'ailleurs Chloé sentait que cette femme était trop heureuse de cancaner.

— Un bon nombre de choses, fit-elle, répétant ce qu'avait dit John O'Leary. Les parents de Dan la détestaient. Ils ne la trouvaient pas assez bien pour leur fils, ce que je pense aussi.

— Pas assez bien ? Comment ça ?

La femme exhala un nuage de fumée de cigarette.

— Enfin ! Elle n'avait rien pour elle. Dan possédait sa propre affaire, il vient d'un milieu très aisé et son père avait très bien réussi. Ses parents à elle, par contre… Disons que ce n'étaient pas tout à fait les Rockefeller.

Chloé dévisagea son interlocutrice.

— Ça paraît un peu rude, fit-elle.

À son corps défendant, elle éprouvait de la pitié pour Nicola. Dan était-il vraiment du genre à se laisser influencer par ce genre de snobisme ? Qui aujourd'hui se souciait du milieu d'origine pour choisir son conjoint ?

— Vous m'interrogez, je vous réponds, se justifia la femme.

— C'était donc cela ? Les parents de Dan ont réussi à briser leur mariage ?

— On peut le dire comme ça, rétorqua-t-elle d'un ton moqueur. Mais il y a eu d'autres choses.

— Par exemple ?

— Eh bien, Nicola voulait à tout prix un bébé, dès le début. Dan de son côté n'était pas trop sûr. Je crois, non, je *sais* qu'il voulait attendre quelques années, pour ne pas ajouter les soucis d'une famille à ceux que lui causait déjà son cabinet fraîchement ouvert. Mais il m'a dit que Nicola ne l'avait pas

lâché et avait si bien insisté qu'elle était parvenue à ses fins.

— Parvenue à ses fins ? Elle ne s'est quand même pas retrouvée enceinte ?

— Si… au bout du compte.

— Quoi ?

Chloé faillit tomber de sa chaise. Son cœur battait la chamade. Dan ne le lui avait jamais dit. Il avait un enfant avec Nicola et le lui avait caché. Pourquoi ? Et où se trouvait l'enfant aujourd'hui ? Était-ce pour cette raison que le retour de Nicola en Irlande l'avait angoissé ? Parce qu'il dissimulait un enfant secret ?

— Vous ne parlez pas sérieusement ! s'exclama-t-elle. Dan et Nicola ont eu un enfant ?

— Je n'ai pas dit qu'ils avaient eu un enfant. J'ai dit qu'elle s'était retrouvée enceinte. Elle l'a perdu.

— Oh.

Chloé ressentit du soulagement. Cela expliquait bien des choses, énormément de choses. Les choses commençaient à s'éclairer. Dan ne veut pas d'enfant, Nicola en veut un, elle est enceinte, perd le bébé et en veut à Dan de ne pas l'avoir désiré dès le début.

Fin de l'histoire et, plus important, fin de leur union.

Il n'était pas très difficile d'imaginer la suite. Nicola, bouleversée par sa fausse couche et par le refus de Dan d'avoir un enfant, lance la procédure de divorce. Dan, qui en a assez, accepte. Ils se séparent, Nicola quitte le pays, et toutes les personnes concernées (y compris les parents de Dan) sont satisfaites.

— Mais, évidemment, la liaison n'a rien arrangé.

— Pardon ?

Chloé ne put cacher sa surprise. Une liaison ? Incroyable ! Dan avait eu une liaison ! Elle n'avait jamais pensé que c'était son genre.

— Oui. Peu de temps après la fausse couche.

Diable ! Chloé était effarée. Dan n'était pas du style dragueur ; les autres femmes ne l'intéressaient pas beaucoup. Certes, il avait quelques amies femmes mais cela s'arrêtait là. Il ne remarquait pas ce qui remuait beaucoup d'autres hommes, comme les longues jambes ou les gros seins – les trucs normaux, quoi ! Quand ils sortaient ensemble, il arrivait à Chloé de désigner une jolie femme à l'autre bout de la salle, histoire de voir si elle avait attiré son attention, or neuf fois sur dix il ne l'avait même pas vue. Chloé aurait sans doute dû en être flattée, mais encore une fois Dan était tellement habitué à ce que les femmes lui fassent les yeux doux ou se jettent à son cou qu'au fond il s'en moquait. Bien qu'elle rechignât à l'admettre, même en son for intérieur, Chloé elle-même avait mis des semaines à éveiller son intérêt…

La première fois qu'elle l'avait vu, c'était à l'un des barbecues de son amie Alison. Lui et John avaient été invités par le fiancé d'Alison qui recourait à leurs services d'experts-comptables. Chloé se rappelait avoir pensé qu'il était le sosie de Mel Gibson, tout en charme et yeux bleus. Durant presque toute la journée, elle l'avait suivi du coin de l'œil, riant et plaisantant bien fort pour essayer d'attirer son attention. Peine perdue. Pire, il semblait le seul homme de la petite fête à ne pas béer d'admiration devant elle et sa mini-robe rouge Ben de Lisi.

Désespérée, elle s'était résolue à marcher droit sur lui et à se présenter.

« Ne nous serions-nous pas déjà rencontrés quelque part ? »

Chloé s'en ratatinait de honte aujourd'hui mais sur le coup la réplique lui avait semblé aussi valable qu'une autre.

« Je ne le crois pas. »

Un fin sourire jouait sur les lèvres de Dan, faisant clairement comprendre à la jeune femme qu'il était habitué à ce genre de chose.

« Oh, excusez-moi. J'ai pensé que vous étiez peut-être un client de mon père.

— Votre père, qui est… ?

— Jeff Fallon. Comme Fallon & Cie ? Les avocats ? »

Dan avait secoué la tête.

« Vous êtes sûr ? Je jurerais que je vous ai vu au bureau la semaine dernière avec l'un des associés… »

Chloé s'empêtrait et lisait dans ses yeux qu'il le voyait.

« Je crains que non.

— Bon… d'accord, avait-elle conclu avec une feinte nonchalance et jugeant surtout que mieux valait laisser tomber. Eh bien, j'ai été ravie de vous rencontrer… Dan, c'est ça ? »

Il avait acquiescé, pour quasiment la congédier :

« À plus tard.

— Oui. Amusez-vous bien. »

Chloé se souvenait de s'être éloignée en rage. Pour qui se prenait-il, ce type ? Puis une idée l'avait frappée. Peut-être était-il homosexuel ! Bien sûr, c'était certainement ça. Pourquoi sinon l'aurait-il regardée dans les yeux pendant toute la conversation alors que sa petite robe rouge offrait le plus vertigineux des décolletés ? Oui, décidément, il était gay.

« Il est trop beau, non ? avait-elle alors entendu Alison murmurer tout près d'elle. Si je n'étais pas déjà fiancée, moi aussi je lui courrais après. »

Lui courir après ? Chloé n'avait pas besoin de *courir* après qui que ce soit !

«À mon avis, tu perdrais ton temps, avait-elle répliqué d'une voix suave. Je ne crois pas que ses inclinations l'entraînent vers les femmes.

— Hein ? Ne dis pas de sottises. D'après Scott, il est séparé de son épouse depuis peu. Il paraît qu'elle a fichu le camp en Angleterre. Franchement, il faut avoir pété un câble pour quitter un homme pareil, tu ne trouves pas ? C'est un ange, ce type ! »

Chloé mit un terme au défilé de souvenirs et revint au moment présent. Apparemment, Nicola avait eu ses raisons pour fuir en Angleterre.

Son mari chéri n'était pas un ange, finalement.

23

Le poste de Nicola fit entendre sa sonnerie.

— Tu peux venir dans mon bureau un instant?

— Euh, dans deux minutes, Ken. Je suis occupée, là.

Nicola s'empressa de terminer en diagonale l'article de *Cosmo* qui l'avait absorbée. Ken paraissait contrarié au téléphone. Ce qui ne pouvait signifier qu'une chose : il avait pris connaissance des chiffres de la fin de trimestre et les résultats n'étaient pas aussi bons qu'il l'aurait fallu.   .

Elle avait cru que la publicité promotionnelle dans *Mode* ferait décoller le nombre d'adhésions. Sinon, ça n'aurait pas valu le coup de poser pour ces photos embarrassantes.

Comment Ken et elle allaient-ils expliquer leur absence de succès à leurs bailleurs de fonds? Et zut, elle ne se l'expliquait pas à elle-même. Elle n'avait pas le cœur à l'ouvrage ces temps-ci. Beaucoup trop de choses tournaient dans sa tête.

Machinalement, elle se mit à jouer avec une de ses mèches de cheveux. Elle n'avait plus eu de nouvelles de Dan depuis le dernier coup de fil, ce qui était bien. Au moins, elle n'aurait pas à faire de cachotteries à Ken. À présent elle se demandait, comme Laura, si Dan avait informé sa fiancée qu'il l'avait revue et, si ce n'était pas le cas, pour quelle raison...

Elle s'interrogeait aussi, et ce n'était pas la première fois, sur la nature de leur relation. Dan n'était ni tor-

tueux ni dissimulé – du moins ne l'était-il pas autrefois, ni durant les premiers temps de leur vie amoureuse, ni durant leur mariage, excepté à la fin.

Elle se rappelait leur conversation ce jour-là à Bray.
Il avait réagi de façon étrange lorsqu'elle lui avait
parlé de Ken. À l'évidence, cela l'avait ennuyé qu'ils
soient ensemble, mais en quoi cela lui importait-il
maintenant ? Cela ne le concernait plus.

Au fond, pensa-t-elle, assaillie par les souvenirs,
Dan n'avait jamais vraiment digéré l'incident avec
Ken.

À l'époque, Nicola avait pensé ne jamais s'en sortir.
Dan se montrait discret, voire distant. Mais comment
pouvait-elle l'aider à passer cette mauvaise période
alors qu'elle-même n'arrivait pas à sortir la tête de
l'eau ? C'était comme si un nuage noir avait obscurci
leur union depuis... depuis qu'elle avait perdu le
bébé.

C'était trop dur et éprouvant pour y penser, encore
plus difficile d'en parler. Même à mesure que les
semaines s'écoulaient, la douleur restait, physique,
vivace, trop réelle. C'était *là*, voilà tout.

Elle se souvenait de ce que lui avait dit le médecin
à l'issue de la consultation qui avait suivi sa fausse
couche.

« Vous êtes jeune, madame Hunt. Laissez passer
quelques mois, après quoi vous essaierez d'en faire un
autre. »

Nicola avait eu envie de le tuer. De le battre, de
l'étrangler, de lui faire éprouver en partie ce qu'elle
ressentait.

Essayer d'en faire un autre ? Comment pouvait-il
même le suggérer ? Ne comprenait-il rien ? Elle avait
l'impression qu'une partie de ses entrailles était
morte. Son bébé, leur bébé à Dan et elle était mort.

298

Certes, elle n'était qu'à cinq mois et demi de grossesse, mais cet enfant avait tout représenté pour eux.

Ils avaient été si heureux, si transportés. Elle aurait dû se méfier. Elle aurait dû savoir que cela portait malheur de passer à la boutique Tout pour Bébé chaque fois qu'elle se rendait au centre-ville pour acheter ceci et cela.

Quel bébé ? À présent ses achats étaient enfermés dans le grenier obscur, destinés à ne jamais voir la lumière du jour. Comme les sentiments de Nicola.

Dan et elle reverraient-ils jamais la lumière du jour ? Parviendrait-elle à le regarder à nouveau dans les yeux sans y lire le reproche et le chagrin qui s'y reflétaient ?

Parce qu'elle savait qu'il lui en voulait. Elle savait qu'il pensait qu'elle aurait dû foncer à l'hôpital quand les douleurs avaient commencé, au lieu de les ignorer et d'attendre que ça passe. Mais elle se trouvait à son travail à ce moment-là, les douleurs n'étaient pas si terribles et, pour être honnête, elle n'avait pas pensé que quelque chose clochait. Comment aurait-elle pu savoir ?

Oui, Dan lui en voulait. Il lui en voulait pour tout. Elle ne se rappelait pas à quand remontait la dernière fois où ils en avaient parlé, si tant est qu'ils en aient parlé ; ni la dernière fois où il l'avait prise dans ses bras en lui disant qu'il l'aimait. C'était à croire que l'ancien Dan avait été enlevé par des extraterrestres et remplacé par un autre, morose. Il ne riait plus jamais.

Il ne pleurait pas non plus. Jamais.

Nicola avait pleuré et pleuré pendant des jours. Cela lui arrivait encore parfois.

Sans les comprimés que lui avait prescrits le médecin, qui sait de quoi elle aurait été capable, comment elle s'en serait sortie. Les médicaments l'avaient aidée, aidée à dormir la nuit, même quelquefois le jour. Et grâce à eux, elle avait pu donner du temps au temps, accepter – finalement.

Dan, lui, ne se remettait pas. N'acceptait pas. En guise de remède, il s'était mis à travailler tout le jour et souvent tard le soir.

« Le cabinet ne fait que démarrer, avait-il dit. Il faut que je m'y investisse. »

Or le cabinet tournait déjà fort bien auparavant. Le travail avait été un pôle important de sa vie, certes, mais jamais aussi important que leur relation. Dan n'avait pas besoin de travailler le soir, du moins pour le bénéfice du cabinet. Il avait besoin de travailler le soir afin de ne pas se retrouver en sa

présence. Il ne supportait plus de la voir, de l'entendre ni de lui parler, elle le savait pertinemment.

Mais que pouvait-elle faire ? Comment pouvait-elle l'aider ? Encore une fois, peut-être n'y pouvait-elle rien. Peut-être était-il impossible d'aider Dan, peut-être ne le voulait-il pas.

Elle n'ignorait pas qu'il passait de plus en plus de temps avec Shannon Fogarty. Elle sentait sur ses vêtements, chaque fois qu'il entrait dans une pièce, l'odeur des Camel de la jeune femme.

Peut-être Shannon l'aidait-elle.

De son côté aussi, Nicola avait trouvé refuge dans le travail, passant de plus en plus de temps au centre de fitness même si elle demeurait enfermée dans son monde. Jusqu'à ce qu'un jour Ken, son patron, lui parle franchement de son humeur chagrine.

« Qu'est-ce qui ne tourne pas rond, Nikki ? » lui demanda-t-il, le visage empreint d'inquiétude.

Elle ne put soutenir son regard. Ken était la seule personne à l'appeler Nikki et ordinairement elle détestait ça. Cette fois, pourtant, le diminutif lui parut rassurant, agréablement familier.

Elle s'essuya le bout du nez avec un mouchoir en papier.

« Ce n'est rien, Ken. J'ai attrapé un rhume et je marche un peu à côté de mes pompes, c'est tout.

— Ne me raconte pas de boniments. Je te connais, et tu n'es plus la même depuis… enfin, disons que tu as perdu ta gaieté.

— Désolée.

— Ne va pas prendre ça pour un reproche ! »

Il la prit par les épaules et l'entraîna de la réception vers son bureau. C'était bon, ce bras qui l'enlaçait, solide et réconfortant. Quand il la lâcha pour refermer la porte, elle regretta que le contact ait cessé.

« Je ne suis pas en train de te passer un savon, dit-il en l'invitant à s'asseoir. Nous sommes amis. Et les amis se préoccupent les uns des autres, d'accord ? »

Elle se mordit la lèvre et acquiesça.

« Alors tu veux bien me dire ce qui ne va pas ?

— C'est Dan, répondit-elle. Notre mariage est fichu.

— Quoi ? Tu n'es pas sérieuse. »

Elle hocha de nouveau la tête et se moucha.

« Il a une liaison. »

Voilà, c'était sorti. Elle avait fini par le dire, fini par l'admettre à voix haute.

« Quoi ? répéta Ken. Dan a une liaison ! Mais avec qui, bon sang ? »

Sans attendre de réponse, il enchaîna :

« Comment le sais-tu ? Tu l'as surpris ? Il te l'a avoué ? »

Nicola secoua la tête.

« Alors quoi ?

— Je le sais, c'est tout, gémit-elle.

— Oh, nom de Dieu. »

À cet instant, il était écrit sur les traits de Ken que jamais, aussi longtemps qu'il vivrait, jamais il ne parviendrait à comprendre les femmes.

Nicola renifla et leva les yeux.

« Il n'a pas besoin de me l'avouer. Tous les indices sont réunis.

« — Quel genre d'indices ?

— Tu sais bien... Il m'évite, il travaille soi-disant tard, etc.

— Nikki... »

Ken contourna son bureau et vint s'agenouiller près du fauteuil où elle était assise.

« Dan et toi, vous avez enduré une sacrée épreuve récemment, avec le bébé. »

Regardant son bon visage, Nicola remarqua pour la toute première fois à quel point Ken était séduisant. Ses yeux étaient d'un chaud brun sombre, et ses cils si longs, presque féminins.

« Tu cours peut-être à des conclusions hâtives. Dan t'adore. Il ne peut pas te tromper. »

Nicola renifla encore une fois.

« N'en sois pas si sûr.

— Alors explique ce qui te donne cette certitude.

— Il passe ses soirées au pub avec une de ses collègues, une amie prétend-il. »

Nicola aurait volontiers giflé cette garce. Comment osait-elle ? Comment Shannon osait-elle se jeter dans les bras de son mari, en essayant de profiter de leur détresse !

« Elle lui court après depuis des années, précisa-t-elle amèrement.

— En ce cas, pourquoi ne s'est-il rien passé avant ?

— Parce que... parce que tout allait bien entre nous deux. On s'aimait. Il ne m'en voulait pas.

— Il t'en veut pour quoi ? La fausse couche ? questionna Ken en posant une main sur celles de la jeune femme. Bon, je ne connais pas bien Dan mais je suis certain qu'il t'aime. Tout le monde le sait. Et il sait aussi bien que moi que personne n'est à blâmer pour ce qui s'est passé. Ce sont des choses qui arrivent, c'est tout. »

Nicola se taisait.

« T'a-t-il dit franchement qu'il t'en voulait ? interrogea Ken.

— Ce n'est pas nécessaire. Il ne cesse pas de m'éviter. Il ne me touche plus. Il n'arrive même plus à me regarder, Ken. Mon mari me hait tellement qu'il ne peut plus me regarder ! »

Ses larmes coulaient. Ken lui enlaça les épaules et la serra contre lui.

« Je n'aime pas te voir dans cet état, murmura-t-il. Tiens, tu sais, tu vas rentrer chez toi maintenant, te reposer un peu, et ensuite tu lui parleras… ce soir. Vous avez besoin de mettre certaines choses au clair, tous les deux.

— Je ne peux pas.

— Bien sûr que si. Nicola, Dan et toi formez le couple le plus heureux que j'aie jamais croisé, et en plus, vous êtes mariés. C'est presque louche ! »

La jeune femme eut un demi-sourire.

« Il est sûr que vous traversez une passe difficile en ce moment, poursuivit Ken, mais la seule façon de vous en tirer est d'en parler. À mon avis, il n'a pas la moindre idée de ce que tu éprouves, alors dis-le-lui. Dis-lui à quel point tu te sens isolée, anxieuse, abandonnée.

— Ça ne se voit pas ?

— Ce qui se voit, c'est que tu as été très malheureuse ces temps-ci, et à juste titre. Mais tu dois régler le problème avant qu'il ne soit trop tard. »

Nicola se sentait réconfortée dans le creux de son bras. C'était bon. Bon d'être consolée, de recevoir de l'affection. Elle et l'ensemble du personnel du Metamorph avaient toujours plaisanté sur leur impitoyable patron, affirmant qu'il était comme l'homme en fer-blanc dans *Le Magicien d'Oz* – sans cœur. Or aujourd'hui Nicola découvrait que derrière la façade rude et efficace, le cœur de Ken Harris n'était pas en fer-blanc mais en or.

« Merci, Ken, fit-elle en s'essuyant à nouveau les yeux. Pour ne rien te cacher, je me sens un peu gênée maintenant.

— Il n'y a pas de quoi, rétorqua Ken avec un sourire. Je ne peux pas prétendre connaître l'épreuve que tu traverses, mais je peux imaginer combien ce doit être dur... »

Il se tut. Ses yeux étaient emplis d'inquiétude et de compassion.

« Je ne te croyais pas du genre sensible, capable de tant d'empathie, plaisanta Nicola qui commençait à se sentir mieux.

— Tu pourrais avoir d'autres surprises », fit-il d'un air qui en disait long.

Sans que Nicola en saisisse la raison, à cet instant précis l'atmosphère dans la pièce se transforma. Brusquement, elle eut l'impression d'avoir tous les sens en éveil, aiguisés, et son ventre se mit à frémir. Ken lui tenait toujours la main et, quand elle le regarda, elle s'aperçut que son expression s'était modifiée. Elle détailla la courbe séduisante de sa bouche, l'ombre de la barbe naissante sur son menton.

Il avait une bouche très attrayante, dangereusement attirante. À cet instant et pour une raison étrange, Nicola eut fort envie de goûter à cette bouche. Elle l'imagina déposant de légers baisers sur sa nuque, puis descendant dans son cou, puis sur ses seins, puis...

Soudain, elle n'eut pas à imaginer davantage. Soudain, la bouche de Ken fut sur la sienne en un baiser ardent, la langue joueuse, puis ils se retrouvèrent tous deux debout, cramponnés l'un à l'autre, assoiffés l'un de l'autre.

Nicola se pressa étroitement contre lui ; dans un mouvement rapide, Ken la souleva pour l'asseoir sur le bureau, et elle noua les jambes autour de lui dans un désir d'accentuer encore le contact, de ne pas le lâcher, même une seconde. Ils haletaient. Il l'embrassa encore, l'étreignit plus étroitement.

Aucun d'eux n'entendit le léger grattement sur la vitre, ni le bruit de la porte qui s'ouvrait.

« Ken ? Sais-tu à quel poste se trouve Nicola Hunt aujourd'hui ? Oh ! Oh, non ! »

La voix les ramena à la réalité. Ils tournèrent ensemble la tête vers la porte pour découvrir Lisa, la surveillante du gymnase, qui les regardait, aussi stupéfaite qu'embarrassée.

Derrière elle se dessinait le visage livide d'un Dan pétrifié, horrifié.

Le souvenir restait marquant pour Nicola. Elle revoyait l'expression de Dan, consternation, effarement et déception mêlés.

Il avait fallu l'irruption de Lisa pour que Nicola se rende compte de ce qu'elle était en train de faire. De même pour Ken. C'était à croire qu'on leur avait jeté un sort étrange ou fait boire un filtre d'amour car jamais auparavant ils ne s'étaient sentis attirés l'un par l'autre. Après avoir dévisagé Ken puis Nicola, Dan avait tourné les talons et s'était éloigné sans prononcer un mot.

Bourrelé de remords, Ken l'avait suivi. Ce qui s'était passé alors, ou ce que les deux hommes avaient pu se dire, Nicola n'en avait jamais rien su. Tout ce dont elle était certaine à ce moment-là était qu'elle souhaitait sincèrement mourir.

Elle se revoyait assise sur le bureau, figée, bouleversée, incapable de réfléchir sous le regard de la jeune surveillante, mortifiée au possible. Lisa était nouvelle au centre et Nicola la connaissait à peine.

« Je suis tellement, tellement confuse, dit Lisa, très gênée. Je ne pensais pas… Crois-moi, si j'avais cru que… je ne serais pas entrée. J'ai frappé mais… apparemment Ken n'a pas entendu. »

Nicola ne put que hocher faiblement la tête.

« Ton mari est venu te demander à la réception, continua d'expliquer nerveusement Lisa, et je lui ai dit que je ne t'avais pas vue depuis un moment. J'ai cru que tu étais partie plus tôt, à cause de ton rhume, et je lui ai dit que j'allais vérifier auprès de Ken, alors il m'a suivie et… bon, tu connais la suite. »

Nicola enfouit son visage dans ses mains.

« Mon Dieu, qu'est-ce que je faisais ? Lisa, il faut que tu me croies. Il n'y a jamais rien eu entre Ken et moi. C'était juste… une impulsion, un coup de folie. Je… je ne sais même pas comment c'est arrivé… On parlait, j'étais chamboulée, Ken s'est montré tendre, et… »

L'humiliation la consumait à mesure qu'elle s'entendait parler. Pourquoi Lisa la croirait-elle, pourquoi qui que ce soit la croirait ? Leur brève étreinte n'avait rien eu d'un moment de tendresse. Au contraire, elle se rappelait la férocité de leur élan, leur désir ardent, presque animal.

« Que vas-tu faire ? questionna Lisa d'un ton si empreint de sympathie que Nicola eut envie de pleurer.

— Je n'en ai pas la moindre idée, murmura-t-elle. Pas la moindre. »

Comment pouvait-elle rentrer à la maison et faire face à Dan ? Il ne voudrait ni la voir ni l'entendre. À moins – et cette pensée la heurta comme une voiture lancée à toute vitesse –, à moins qu'il n'ait quelque chose à avouer lui aussi, à moins qu'il ne décide de reconnaître son infidélité avec Shannon.

À cet instant, Nicola connut un moment de conscience brutale, et elle se rendit compte du mal qu'elle avait causé à leur mariage au cours des semaines écoulées.

Elle avait été parfaitement égoïste après sa fausse couche, ne cessant de s'apitoyer sur son sort. Au lieu de parler avec Dan de ce qu'elle éprouvait, de ce qu'ils éprouvaient tous les deux après ce drame, elle l'avait tenu à l'écart, repoussé loin d'elle, essayant de rejeter la faute sur lui, de le punir. La douleur était plus facile à contrôler pour elle si elle avait un objet de haine. Et elle avait bel et bien haï Dan.

Oui, elle avait tenté de maquiller le problème, de se persuader que c'était lui qui lui en voulait, mais inéluctablement c'était elle qui commettait la faute. *Elle* qui avait poussé Dan au désespoir, et peut-être dans les bras d'une autre. Et même si ce n'était pas ça, même si Dan n'avait pas pris tant de distance, c'était elle qui lui avait tourné le dos à force d'infantilisme. Elle était allée trop loin. Alors elle résolut de réparer.

Son téléphone sonna de nouveau, la tirant de sa rêverie.

— Qu'est-ce que tu fabriques, Nicola ? Voilà dix minutes que je t'ai appelée !

L'agacement de Ken était manifeste. Zut ! Elle l'avait complètement oublié. Elle gagna l'ascenseur et fut bientôt dans son bureau.

— Excuse-moi, fit-elle avec un sourire malicieux. Je me suis laissé coincer par un client.

Ken lui rendit son sourire. C'était en général l'excuse qu'ils servaient aux autres membres du personnel de Motiv8 quand ils désiraient un moment d'intimité. Soit ils «voyaient un client» soit ils «téléphonaient à un client».

— Oh, et ça valait le coup ?

— Pas autant qu'avec certains.

Elle était surprise de voir Ken si gai.

Il se mit à feuilleter une liasse de listings sur son bureau, en prit un et le tendit à la jeune femme sans un mot.

Le cœur de Nicola se mit à cogner tandis qu'elle commençait à lire. Elle garda le silence pendant un moment. Puis ses yeux s'écarquillèrent et elle releva un visage ravi.

— Je n'arrive pas à y croire ! s'exclama-t-elle. Les chiffres pour juillet-août grimpent en flèche !

C'était tout bonnement incroyable. La fréquentation des adhérents ralentissait toujours au cours des mois d'été. Attirés par le beau temps, les gens ne voyaient pas l'utilité de piétiner sur un tapis de jogging alors qu'ils pouvaient courir au parc ou sur la plage. Or le rapport comptable que Nicola tenait à la main était aussi bon qu'au mois de janvier.

— Cet article a été une aubaine, Nikki, commenta Ken. Ces résultats nous assurent la fin de l'année. Le comptable va être content, comme nos bailleurs de fonds, aussi j'ai bon espoir d'obtenir une augmentation de capital pour l'année prochaine. Ça nous permettra d'investir davantage dans les installations. Bien joué, ma belle ! lança-t-il en lui adressant un clin d'œil. Tu sais, j'ai toujours su que tu étais celle qu'il fallait pour ce job.

Nicola sourit. Au départ, elle avait beaucoup hésité à revenir en Irlande et à accepter l'offre d'emploi de Ken, car elle n'était pas certaine d'être à la hauteur – et pas sûre que ce retour soit une bonne chose. Puis elle s'était montrée quelque peu susceptible, soupçonnant Ken de ne lui avoir proposé ce poste qu'à cause de sa situation, parce qu'il avait pitié d'elle.

Mais Ken avait insisté, assurant qu'elle serait un atout pour Motiv8, et il s'avérait qu'il avait eu raison. Elle aimait ce travail et, au fil des mois, ses doutes s'étaient dissipés quant aux motifs pour lesquels Ken lui avait offert la place de directrice. Elle était bonne dans sa partie, et elle le savait.

Très vite elle s'était rendu compte que Ken avait formulé cette proposition parce qu'il comprenait son besoin d'indépendance, comme celui de recouvrer un semblant de normalité – également parce qu'il lui était profondément attaché.

Nicola n'en avait rien su à l'époque, n'en avait rien su le jour où Dan avait fait irruption dans le bureau, n'en avait rien su pendant encore longtemps alors qu'ils travaillaient déjà ensemble à Motiv8. Mais quand elle l'avait découvert, elle ne s'était pas arrêtée aux intentions premières de Ken, car entre-temps elle aussi était tombée amoureuse de lui.

Elle avait eu une chance inouïe, songeait-elle en observant Ken qui relisait les chiffres avec un plaisir manifeste. Elle avait eu une chance inouïe de trouver un homme comme lui ; peut-être devait-elle s'efforcer de mieux le lui faire savoir.

Et puis, pensa-t-elle joyeusement en se rappelant ses récents débats intérieurs à propos de Dan et de son premier mariage, elle s'était fait du souci pour rien. Dan pouvait continuer à lui téléphoner à sa guise, Ken et elle n'avaient jamais été aussi heureux. Quelles que soient ses intentions, Dan Hunt ne pouvait rien changer à cela.

24

Ah bon, c'était Nicola qui avait eu une liaison ? Chloé ne s'était pas attendue à ça. Pourquoi John O'Leary ne lui en avait-il pas parlé ?

Chloé fit démarrer le moteur de sa Jeep et prit la direction de chez Lynne. Il fallait qu'elle en parle à quelqu'un, qu'elle ait l'opinion de quelqu'un d'autre.

Quelle garce ! Et quelle idiote ! Fallait-il ne pas être dans son état normal pour tromper un homme comme Dan Hunt !

À cet instant, une idée frappa Chloé. Justement, Nicola n'était pas dans son état normal à l'époque. Elle était alors certaine que Dan avait une liaison avec Shannon. Chloé l'avait cru elle aussi, à voir la façon dont l'histoire se déroulait. Après tout, Nicola avait rejeté son mari et continuait à le tenir à distance, refusant de le laisser partager sa peine.

Cependant, Shannon n'avait aucune chance, parce que, à l'évidence, Dan était trop amoureux de Nicola, tenait trop à leur union.

N'empêche, cela n'excusait pas Nicola d'avoir entamé une liaison avec son patron !

Et dire que Dan les avait surpris au beau milieu de leurs ébats ! Il n'y avait rien d'étonnant à ce qu'il n'ait aucune envie d'en parler ! Chloé comprenait maintenant. Aucun homme n'aime raconter qu'il a été trompé, encore moins un homme tel que Dan.

310

Mais si leur mariage s'était brisé à cause de l'aventure de Nicola, Dieu seul savait ce que Dan éprouvait aujourd'hui pour son ex-femme. Peut-être était-il encore amoureux d'elle. Chloé se remémora les paroles de John, comme quoi Dan avait fini par «s'en remettre». Peut-être s'en était-il «remis», en effet, mais la revoir pouvait avoir éveillé les sentiments endormis.

Nicola avait brisé le cœur de Dan et leur mariage avait fait naufrage à cause de sa liaison. Or voilà qu'elle était de retour. Le cœur de Chloé chavira.

Qu'allait-elle faire?

25

Laura passa avec précaution la robe par-dessus ses épaules et tira la jupe sur ses hanches. Pourvu que le fond de teint qu'elle s'était appliqué un moment plus tôt afin d'obtenir un faux bronzage ait séché ; sinon elle aurait de vilaines rayures orange sur sa robe de mariée. Charmant.

Elle se tourna de côté, se dévissant le cou pour tenter de voir son dos. L'important était qu'on ne devine pas la gaine-culotte de choc qu'elle portait sous sa robe.

Elle pouffa de rire en enfilant la jarretière. La fanfreluche en dentelle associée à la triste gaine-culotte ne produisait pas un effet franchement sexy. Mais enfin, Neil s'en ficherait quand ils iraient se coucher ce soir. Pour l'intérêt qu'il accorderait à ses dessous, elle pourrait aussi bien arborer une culotte en alu. Après un certain nombre de verres, il y avait fort à parier que Neil tiendrait à peine debout, sans parler de déployer d'autres capacités. Laura sourit. Neil et elle ne seraient pas le premier couple à ne pas consommer leur union durant la nuit de noces.

Elle espérait que la journée se passerait bien. Le repas la rendait quelque peu anxieuse, et elle se demandait si en fin de compte elle n'avait pas commis une erreur en n'invitant pas la famille de sa mère.

Maureen avait cessé de lui en parler. Si pendant un certain temps, elle avait cru que Laura finirait par se laisser convaincre, elle avait frôlé la crise d'apoplexie quand Neil avait mis les points sur les i en lui révélant que les invitations étaient parties depuis deux mois et qu'aucune n'avait été adressée aux Kelly de Glengarrah.

« Quelles mauvaises manières ! » avait-elle commenté face à son futur gendre, pour la plus grande honte de Laura.

Mais Neil n'avait pas l'intention de battre en retraite.

« Parce que ce n'étaient pas de mauvaises manières qu'aucun d'eux ne félicite Laura pour ses fiançailles ? Ce ne sont pas de mauvaises manières de n'avoir pas mis les pieds à l'église pour le baptême des jumeaux mais d'avoir été les premiers à l'hôtel pour le repas ? »

C'était exact. Les Kelly avaient été si nombreux à occuper d'avance la salle de réception que, à l'arrivée de ceux qui avaient assisté au baptême, l'hôtel avait dû dresser une seconde table – tandis que la belle-sœur de Maureen se plaignait du temps qu'on mettait à les servir ! Laura ne comprenait pas pourquoi Cathy n'avait jamais rien dit, mais au fond sa sœur était pareille à leur mère, toujours désireuse de plaire, craignant toujours de faire offense.

En revanche, ni Cathy ni Maureen ne semblaient craindre d'offenser Laura. Ce matin encore, elle avait entendu Cathy se plaindre de la « camelote bas de gamme » qu'elle devait porter avec sa robe.

Mais Laura n'était pas prête à se laisser abattre par qui que ce soit. Pas aujourd'hui.

Elle acheva de se vêtir puis étudia longuement son image dans le miroir. Elle était tellement contente que le Grand Jour soit arrivé, tellement contente de commencer la vie conjugale avec Neil. Si ces derniers temps elle avait éprouvé des sentiments étranges à propos de son entreprise, de sa mère, de Helen, la journée qui s'annonçait n'était consacrée qu'à deux amoureux : Laura et Neil. Le reste pouvait attendre.

On frappa doucement à la porte.

— Je peux entrer ? questionna Joe Fanning.

— Bien sûr, papa. Je crois que je suis prête.

Elle accueillit son père en souriant – le premier à la voir dans sa splendeur de mariée – et attendit un commentaire. Après tout, ce n'était pas tous les jours que l'on mariait sa fille.

— Tu es très... euh... très jolie, fit-il.

Son ton ne laissa pas de doute à la jeune femme : on lui avait conseillé de prononcer cette phrase. Elle en fut attristée.

— Mais ta mère m'envoie te dire qu'il faudrait se presser un peu. Le photographe est en bas, et elle ne tient pas à le laisser s'installer dans la maison.

Le laisser s'installer... Où Kieran pouvait-il aller autrement ? C'était son photographe, bon sang, et, de plus, un vieux camarade d'école !

— D'accord, dis-leur que je descends dans un instant.

Une fois de plus, sa mère la contrariait en ne la laissant même pas savourer un petit moment de solitude avant son propre mariage. Se presser un peu !

— Bien, fit Joe.

Il se tourna vers la porte, s'arrêta puis revint à sa fille.

— Quoi qu'il arrive, ma chérie, avec ton affaire, avec... tout ça... essaie seulement d'être heureuse. Tu le mérites.

Il avait parlé doucement, presque avec gêne.

Les larmes aux yeux, Laura le regarda disparaître dans l'escalier. Ces quelques mots signifiaient plus qu'un discours pétri de fierté ou des paroles d'encouragement : ils venaient droit du cœur d'un homme taciturne. Laura comprit aussi que c'était sa façon de lui dire de ne pas se laisser abattre par les provocations ou les lubies de sa mère. Son père était l'homme le plus gentil, le plus patient, le plus facile à vivre qu'elle connaisse, et il lui fallait bien toutes ces qualités pour vivre avec Maureen : jamais il ne se plaignait, se contentant d'éviter les querelles et d'aplanir les problèmes sans se départir de sa placidité.

Laura se demanda comment il avait tenu pendant toutes ces années. Pourquoi s'était-il laissé mener – malmener – par le bout du nez et avilir par son épouse, cette femme égoïste qui ignorait le sens du mot compromis ? Maureen avait-elle toujours été ainsi ? À l'âge de Laura, méprisait-elle et dépréciait-elle déjà les gens et leurs projets, ou était-ce le fait de vieillir qui l'avait rendue aveugle et bornée ? Laura l'ignorait, mais elle était bien décidée à ne jamais tourner de la sorte.

Si un jour elle avait une fille, elle lui prodiguerait tous les encouragements possibles, la laisserait commettre ses propres erreurs et serait là pour ramasser les morceaux. Sa mère avait-elle jamais fait cela pour elle ? La réponse était non. Quand Laura était enfant, déjà, elle avait tenté d'étouffer ses talents artistiques, de l'empêcher de suivre ses aspirations, si bien que Laura avait perdu toute confiance en elle. Ce n'était pas parce qu'elle avait *voulu* faire l'école des Beaux-Arts qu'elle avait fini par avoir gain de cause, non, c'était parce que la conseillère d'orientation professionnelle l'avait *recommandé*. Une personne compétente, qui savait de quoi elle parlait, pas « quelqu'un d'ordinaire » comme Maureen. Cette dernière ne voyait pas d'inconvénients à ce que sa fille suive un cursus artistique tant qu'il s'agissait d'obtempérer à l'avis d'un professionnel. Qu'importait le désir de Laura ? D'ailleurs, qu'est-ce que cette petite idiote y connaissait ?

C'était plus tard que le bât avait blessé. Constatant que Laura ne décrochait pas facilement d'emploi dans son domaine, Maureen l'avait harcelée pour qu'elle trouve un travail « convenable ». Elle était trop heureuse de laisser les talents de sa fille se déliter dans une morne carrière d'employée de bureau, ses espoirs et ses rêves s'effacer à mesure que passaient les jours.

C'était seulement en rencontrant Neil, le merveilleux, le généreux, le patient Neil, que Laura s'était autorisée à renouer avec ses ambitions.

Et voilà où cela l'avait menée.

Elle mit un terme à sa réflexion. Ce n'était pas le jour pour réfléchir à son affaire et supputer ses probabilités de réussite. Elle n'allait pas laisser la défiance de sa mère à son égard s'immiscer en elle et saboter ses chances.

Aujourd'hui elle se mariait, et elle allait savourer chaque instant de la fête.

Nicola et les autres attendaient devant l'église l'arrivée de Laura. Helen venait d'apparaître, vêtue d'une tenue très sexy, avait remarqué Nicola – peut-être un peu trop sexy pour un mariage –, et faisait son possible pour calmer une Kerry surexcitée. Sa petite robe Lainey Keogh multicolore était hyper-moulante et d'une longueur tout juste décente. Nul ne pouvait ignorer que la jeune femme était dotée d'une silhouette de rêve et de jambes magnifiques ; à en juger par les yeux exorbités de certains invités de sexe masculin, Nicola devina qu'elle n'était pas la seule à l'avoir remarqué.

— Où est Paul ? demanda-t-elle tout de suite à son amie.

Elle avait espéré rencontrer enfin cette soi-disant bête de sexe.

— Oh, il ne vient pas, fit Helen d'un ton dégagé. Un problème de dernière minute à son travail, tu sais ce que c'est. Waouh, continua-t-elle en désignant le collier de Nicola. Regarde-moi ça. C'est superbe.

Nicola croisa le regard de Ken. Un problème de dernière minute... un samedi ?

Pourvu que le Paul en question ne compte pas parmi les multiples passades de Helen ; si c'était le cas, Nicola espérait que son amie aurait la sagesse de ne pas le laisser trop s'investir avec Kerry. Cela dit, Helen se débrouillait plutôt bien en la matière. Il était rare qu'elle présente sa fille à ses amants, officiellement parce qu'elle ignorait l'avenir de leur relation.

— Tu sais, on devrait prévoir quelque chose après le mariage, dit-elle à Helen. On se retrouverait tous pour un petit dîner à la maison, et tu amènerais Paul.

— Oui, renchérit Ken. Ce serait beaucoup plus facile pour lui que de rencontrer tout le monde un jour comme celui-ci.

— Il devait vraiment travailler aujourd'hui, déclara Helen d'un ton irrité. Ce n'est pas qu'il s'est dégonflé, si c'est ce que vous pensez.

— Ce n'est pas ce que nous voulions dire, conclut Nicola.

Elle songea qu'il valait mieux se taire. Si Helen se montrait chatouilleuse à ce point, ce n'était pas la peine d'insister. Elle ne tenait pas à voir Helen de mauvaise humeur le jour du mariage de leur amie commune.

Laura arriva peu de temps après, aidée par son père à sa descente de voiture. Elle était radieuse, le bonheur incarné. Comme elle souriait à Kerry qui avait couru se jeter dans ses bras, Nicola pensa qu'elle ne l'avait jamais vue aussi belle.

La cérémonie fut splendide. Nicola se sentit idiote de s'être inquiétée de la façon dont elle remonterait l'allée devant Laura – certes, il y eut quelques regards en coin mais nul ne la remarqua particulièrement ; tout le monde contemplait la mariée.

Des larmes brillaient dans les yeux de Neil lorsqu'il aperçut sa future épouse. Nicola savait que Laura n'était pas la seule cause de cette émotion. L'état de la mère du jeune homme s'était aggravé la semaine précédant le mariage et le couple avait craint qu'elle ne puisse y assister. Or Pamela était présente, assise derrière son fils, faisant aussi bonne figure que possible dans son tailleur lilas et coiffée de son chapeau Philip Treacy.

Au cours de la journée, Nicola lui trouva l'air très fatigué, pour ne pas dire épuisé. Manifestement, elle faisait un effort énorme pour profiter de ces instants ; au cours de la réception, elle conserva un sourire fier.

Ce fut aussi pour Nicola l'occasion de rencontrer la famille de Laura. Celle-ci n'avait en rien exagéré le portrait de sa mère, et même, pensa Nicola avec ironie, Laura se montrait bien trop indulgente envers sa génitrice. Pendant la majeure partie de la journée, et en particulier durant le repas, Maureen Fanning resta paralysée de crainte. Crainte que quelque chose aille de travers, crainte que la nourriture ne soit pas assez bonne, crainte que ces bêcheurs de Connolly fassent la fine bouche.

Nicola lisait à livre ouvert sur son visage anxieux. Maureen s'inquiétait de tout, semblait-il, sauf de savoir si sa fille vivait de beaux instants et se régalait de son grand jour. À un moment, comme Neil terminait son allocution et conviait son épouse à prononcer quelques mots, Maureen avait paru au bord de l'infarctus. Laura refusa timidement de prendre la parole, mais Nicola crut comprendre pourquoi Maureen avait connu cette panique. Une jeune mariée faisant des discours, exprimant son bonheur, remerciant tous les participants à la fête ? Ce-la-ne-se-fai-sait-pas !

Proche de sa propre mère comme elle l'était, Nicola trouvait la situation étrange. Pourquoi Maureen Fanning était-elle si guindée ? Elle aurait pu se lâcher un peu, profiter de l'événement, et être fière d'avoir élevé une fille telle que Laura, fière que sa petite soit aujourd'hui la femme la plus heureuse au monde. Nullement. Elle avait l'air d'attendre l'explosion imminente d'une bombe. Tout cela était très triste.

Peu après la fin du repas, alors que les convives allaient et venaient d'une table à l'autre, une foule de – disons qu'ils évoquaient irrésistiblement une bande d'hominidés tout juste néandertaliens... fit irruption dans la salle et colonisa au moins trois tables proches de l'entrée. Nicola n'avait encore jamais vu autant de jeunes enfants à un mariage. Il s'avéra que la horde était composée de parents de Laura qui n'avaient pas été invités au mariage, sans doute parce qu'ils étaient bruyants, grossiers et soiffards. Pour ne parler que des femmes ! L'une d'elles avait failli s'écrouler sur Nicola en se précipitant vers le bar.

Surprenant le regard alarmé de Laura devant cette invasion, Nicola ne douta pas que sa mère ou son père les exhorterait au calme, mais que nenni ! À présent tout sourire, Maureen distribuait des ballons aux enfants, qui s'empressaient de les faire éclater pour la plus grande frayeur de la pauvre Pamela Connolly.

Helen revenait à la table avec un jus d'orange pour Kerry, une bière pour Ken et un peu plus de vin pour elle et Nicola. Regardant autour d'elle, elle fit la grimace.

— D'où ils sortent, ceux-là ?

À peine avait-elle posé la question que la réponse lui vint comme une illumination.

— Oh non, pas les épouvantables Kelly !

— Des cousins de Laura, confirma Nicola.

Elle haussa un sourcil au moment où l'un des dénommés Kelly s'approcha de leur table.

— Bordel de Dieu, Helen Jackson, j'ai failli pas te reconnaître !

Nicola elle-même vacillant devant la puanteur alcoolisée de son haleine, elle se demanda comment Helen pouvait supporter le face-à-face.

— Charlie Kelly, lâcha Helen en guise de présentation.

— Tu t'es sûrement fait refaire les nichons depuis la dernière fois qu'on s'est vus, parce qu'y a du monde au balcon aujourd'hui !

Le regard de Helen se fit glacial.

— Charlie, si tu n'ôtes pas *immédiatement* de moi tes pattes puantes, tu finiras tes jours en eunuque.

Croisant le regard de Kerry, Nicola lui adressa un clin d'œil. La fillette posa la main sur sa bouche et pouffa discrètement. Le ton qu'avait pris sa mère ne lui était que trop familier.

Charlie Kelly, pour sa part, ne fut pas le moins du monde déconcerté.

— Ah, Helen, t'es devenue bien hautaine. Y a pas si longtemps, tu faisais pas la fine gueule devant la moindre braguette qui passait.

Nicola en resta bouche bée et Ken s'apprêtait à intervenir, mais Helen secoua la tête comme pour lui dire « laisse tomber » ; apparemment, elle savait mener ce genre de petite conversation.

Charlie partit d'un gros rire.

— Ah, du calme, je blaguais, rien d'autre, fit-il en poussant Ken du coude. Je peux même dire qu'aucun de nous pouvait l'approcher. Alors, c'est elle, la petite ? continua-t-il en s'asseyant près de Kerry. Bon Dieu, Helen, c'est ton portrait craché. Ça roule, fillette ? Moi, c'est Charlie, et toi ton petit nom ?

Il tendait une énorme main moite et Kerry, loin d'être effrayée par Charlie Kelly comme Nicola l'aurait été à son âge (elle l'était même maintenant !), parut ravie de l'attention.

— Je m'appelle K-K-Kerry, répondit-elle en posant sa menotte contre la grosse patte.

Nicola pria intérieurement pour que Charlie ne se moque pas du bégaiement de l'enfant.

— Si c'est pas mignon, ça, reprit Charlie. Je parie que tu t'entendrais du tonnerre avec ma Shelley. Shelley! brailla-t-il.

Une minuscule petite chose aux yeux sombres, à peu près de l'âge de Kerry, arriva en courant.

— Elle c'est Mary, déclara son père. Je suis sûr qu'elle aimerait voir ta nouvelle Barbie. Pas vrai, Mary?

— Non, c'est *Kerry* mon nom, corrigea Kerry en riant.

Nicola devina que Charlie avait fait exprès de se tromper afin de la mettre à l'aise. Le but était atteint. Quelques instants plus tard, Kerry et la jeune Shelley Kelly jouaient gaiement sous la table avec les poupées Barbie de Shelley.

Pour sa part, Charlie semblait décidé à honorer un peu plus longtemps la tablée de sa présence.

— Vous, vous êtes un des témoins ou une demoiselle d'honneur? supputa-t-il, accordant son attention à Nicola pendant que Ken était parti aux toilettes. Bon sang, quel beau brin de femme! Vous m'accorderez une danse tout à l'heure, quand ma rombière regardera ailleurs?

Il accompagna cette proposition de l'œillade lubrique appropriée. Helen parut horrifiée.

— Peut-être plus tard, répondit Nicola.

Elle souriait, s'étant souvenue que Charlie n'avait pas assisté à la cérémonie à l'église.

— Ah, je sais reconnaître quand on m'envoie promener, reprit Charlie avec indifférence. Vous faites pas de souci.

Puis il s'inclina davantage vers Helen et sa voix baissa jusqu'au murmure.

— Dis un peu, c'est qui la bonne femme avec la perruque?

— Charlie! s'offusqua Helen. C'est la mère de Neil. Elle est gravement malade.

Charlie eut la décence d'adopter un air piteux.

— Oh, mon Dieu... et merde... mes excuses. Je savais pas... J'ai pas voulu dire que... Je savais pas.

— C'est bon, fit Helen. Mais fais gaffe que toute ta bande ne se mette pas à se moquer d'elle. Tu sais comment ils peuvent être quand ils ont quelques verres dans le nez.

Jetant un coup d'œil à la table voisine, Nicola songea qu'elle n'aimerait pas voir à quoi ressemblaient les Kelly « avec quelques verres dans le nez » alors qu'ils avaient déjà l'air complètement pafs.

— Je peux vous demander un truc ? lui dit Charlie après un silence, la mine pensive.

— Allez-y.

Qu'allait-il sortir cette fois ?

— C'est juste mon imagination... ou vous vous êtes mis du grillage à poules autour du cou ?

26

Une semaine plus tard, Nicola et Ken se détendaient devant la télévision, Barney sommeillant à leurs pieds, lorsque la jeune femme reçut un coup de fil.

Elle sourit en reconnaissant la voix qui prononçait son nom.

— Salut, toi. Comment vas-tu ? Je suis contente que tu téléphones. Je parlais justement de toi à Laura récemment. Quand nous retrouvons-nous pour prendre un café ?

— Bientôt, j'espère. Mais, en fait, ce n'est pas pour cette raison que je t'appelle.

— Oh ? Tu as un problème ?

— Quelqu'un est venu me voir il y a quelques jours… Quelqu'un qui m'a posé beaucoup de questions à ton sujet.

Nicola emporta le combiné sans fil à la cuisine et referma la porte derrière elle.

— Qui est ce quelqu'un ? Et quel genre de questions ? demanda-t-elle une fois seule.

— La fiancée de Dan. Elle cherchait à me soutirer des informations sur ton mariage avec Dan. Je n'ai pas réussi à te joindre avant ce soir, et je ne voulais pas te déranger à ton boulot.

— Tu ne parles pas sérieusement ! Que voulait-elle ?

— C'est une petite futée. Elle s'est fait passer pour un genre d'avocat ou je ne sais quoi. Si je ne l'avais pas déjà vue – il se trouve que John me l'avait signalée un soir, je savais donc très bien à qui j'avais affaire – j'aurais pu tomber dans le panneau.

— Elle ne t'a même pas dit qui elle était ?

— Non. Manifestement, elle tient à ce que personne, y compris Dan, ne sache qu'elle mène son enquête. Je ne lui ai pas appris grand-chose, et je lui ai précisé que si nous étions amies toutes les deux, c'était surtout par le biais de Dan et de John.

— Et ensuite ?

— Ensuite, elle m'a affirmé avoir l'impression que j'avais été ton amie intime, ce à quoi je lui ai répondu que si nous avions été si proches que cela, j'aurais été au courant depuis longtemps de ton retour en Irlande… Elle s'est montrée très tenace. Pour ne rien te cacher, je ne l'ai pas trouvée très sympathique.

Nicola avait du mal à y croire. Si la fiancée de Dan cherchait à se renseigner sur son compte, sans doute était-ce parce qu'elle savait que Dan et elle s'étaient récemment revus. Peut-être était-elle jalouse, supputa la jeune femme en se remémorant la réaction de Ken. Mais enfin, si Dan lui avait tout raconté, elle devait bien se rendre compte qu'elle n'avait aucune raison d'être jalouse.

— Tu crois que je devrais en parler à Dan ? fit-elle, réfléchissant à voix haute.

— À ta place, c'est ce que je ferais. Je n'aimerais pas que cette fille continue à fouiner dans ma vie comme ça. Tu te rends compte qu'elle peut s'adresser à n'importe qui ?

Nicola soupira.

— Je me demande justement si elle a déjà frappé à une autre porte.

— Pour parler franchement, j'ai comme l'impression que c'est le cas, parce qu'elle m'a fait l'effet d'en connaître un rayon sur ton mariage. Mais de moi elle n'a pas obtenu grand-chose.

Que cherchait donc à savoir Chloé ? Si Nicola avait d'abord envisagé qu'elle se sente en danger, elle ne pouvait imaginer qu'une femme puisse aller mal au point de recourir à ces petits subterfuges sournois.

— En tout cas, je te remercie pour ta discrétion.

— Je t'en prie. J'ai quand même pensé que je devais t'avertir. Personnellement, je n'aimerais pas qu'on pose des questions sur moi dans mon dos.

— Merci encore. Et dis, si tu passais dîner un soir à la maison ?

— Sans faute. On en reparle bientôt.

— Qui était-ce ? s'enquit tranquillement Ken lorsque Nicola fut de retour au salon.

— Hein ? Oh, c'était Helen qui voulait savoir si je pouvais garder Kerry ce week-end.

Elle se sentait incapable de lui dire la vérité. Il serait furieux. Surtout, elle redoutait qu'il décide d'aller directement s'expliquer avec Dan.

— Ah.

Impassible, Ken changea de chaîne.

— Je vais me préparer une tasse de thé, annonça Nicola qui avait besoin d'un moment de réflexion. Tu veux quelque chose dans la cuisine ?

Ken posa sur elle un regard méditatif.

— Mmm... Je crois que j'aimerais que tu m'apportes la table, s'il te plaît, plaisanta-t-il. Et peut-être deux chaises, tant que tu y es.

— C'est la grande forme ce soir.

Elle sourit d'un air absent puis quitta à nouveau la pièce, préoccupée par ce qu'elle venait d'apprendre.

La fiancée de Dan se renseignait sur elle ? Pourquoi ? Il fallait en aviser Dan et le laisser se débrouiller. C'était à lui de régler ça.

Par chance, ses vieilles copines ne risquaient pas de raconter quoi que ce soit à Chloé. Laura en aucune façon, Helen pas davantage, et Carolyn O'Leary n'hésiterait pas à envoyer paître l'indiscrète. Mais Chloé n'aurait quand même pas le culot de s'adresser à ses plus proches amies… ou bien si ?

Dès le lendemain, toujours contrariée, Nicola composa le numéro de téléphone de Dan.

— Expertise comptable O'Leary & Hunt, répondit une voix qu'elle ne reconnut pas. Vous désirez ?

Nicola s'éclaircit la gorge.

— Puis-je parler à M. Hunt, je vous prie ?

— Il est en réunion actuellement, annonça la standardiste d'une voix chantante. Souhaitez-vous lui laisser un message ?

Nicola réfléchit un instant. Laisser son numéro ? Dan se demanderait pourquoi elle lui téléphonait. Sans doute était-il préférable de rappeler plus tard et de l'avoir directement.

— Ou alors je vous passe son assistante, reprit la réceptionniste, impatientée par l'absence de réponse.

— Non, ça ira. Je vous laisse mes coordonnées, merci.

Après avoir donné son numéro, Nicola raccrocha.

Environ une heure après, elle se trouvait au gymnase en conversation avec l'un des moniteurs récemment recrutés quand Sally se mit à beugler :

— Nicola, téléphone !

C'était Dan.

— Nic ? fit-il, content mais surpris. Tu m'as appelé tout à l'heure ?

— Oui, excuse-moi. Tu veux bien attendre une minute ? Je préfère prendre la ligne dans mon bureau.

— La situation a l'air grave, plaisanta Dan.

Dès qu'elle eut retrouvé la solitude de son bureau, Nicola lui révéla ce qu'elle avait appris à propos de Chloé.

— Tu es sérieuse ?

— Je n'irais pas inventer un truc pareil, Dan.

— Je sais, ce n'est pas ce que je voulais dire… Mon Dieu ! À quoi elle joue ?

La colère perçait dans sa voix.

— Écoute, reprit Nicola, je ne te raconte pas ça pour créer des problèmes entre vous deux, simplement je tiens à te dire que je n'apprécie pas.

— Je ne l'aurais pas crue capable d'une chose pareille. Et elle se fait passer pour une avocate ? A-t-elle imaginé dans sa petite cervelle d'oiseau ce qui arriverait si elle était démasquée ? C'est incroyable !

— La question demeure : pourquoi fait-elle ça ?

— Je ne sais pas… Je… je sais que ton retour l'a inquiétée, et…

— Mais pourquoi ?

Dan garda le silence un moment.

— Je ne lui ai pas… Elle n'est pas au courant, Nic.

— Hein ?

— Je n'ai pas pu… pas été capable de…

Sa voix s'éteignit.

— Oh, Dan…

Presque aussitôt, Nicola éprouva de la peine pour Chloé. La jeune fiancée se sentait menacée par elle, et s'efforçait de dissiper ses craintes en glanant toutes les informations possibles. Nicola tenta de se mettre à sa place et conclut qu'elle aurait probablement agi de même, mais un peu moins sournoisement. Dan était un imbécile de lui avoir caché les faits.

— Tu dois tout lui dire, Dan, reprit-elle. C'est la seule démarche honnête.

— Ça ne la regarde pas, Nic. C'est une histoire entre toi et moi.

— C'est précisément pour cette raison qu'elle fouine à droite à gauche. Elle se sent exclue.

— Bon sang, en quoi est-ce que ça lui importe ?

— Il est clair que ça lui pose problème.

— Ça ne la regarde pas, répéta Dan.

Puis, après un soupir, il ajouta :

— Qu'a-t-elle découvert jusqu'ici ?

— Je n'en sais trop rien. Elle posait des questions sur notre mariage, sur les problèmes que nous avions eus.

— Mais on lui a indiqué où se renseigner ?

— Apparemment.

— Bien, conclut-il d'une voix dure. Je vais régler ça. De ton côté, ne te fais plus de souci.

— Dan... encore une fois, je tiens à ce que tu saches que je ne suis pas en train d'essayer de semer la pagaille entre vous deux. C'est juste que...

— Je le sais, Nic, coupa-t-il, et je suis content que tu m'aies averti. Ça me donne une petite idée du genre de fille que je m'apprêtais à épouser.

Que je *m'apprêtais à épouser* ?

— Je croyais que vous étiez mariés maintenant, fit Nicola, étonnée.

Le mariage était prévu la veille de celui de Laura et Neil. N'avait-il pas eu lieu ?

— Non, c'est une longue histoire, mais l'hôtel s'est emmêlé les pinceaux dans ses dates de réservations. Il a fallu remettre à une date ultérieure, et telles que les choses se présentent, c'est un coup de chance.

Au moins, cela n'avait rien à voir avec elle, pensa Nicola, ne sachant trop si elle était contente ou, pire, soulagée. Elle s'était inquiétée suite au dernier coup de fil de Dan qui souhaitait qu'ils se rencontrent à nouveau, qu'ils puissent instaurer une sorte d'amitié. Mais Dan n'agissait pas honnêtement vis-à-vis de Chloé. Celle-ci méritait mieux.

— Dan, si Chloé pense que tu lui caches quelque chose, tu ne peux pas lui reprocher de vouloir savoir ce que c'est. Elle essaie simplement de se protéger et de sauvegarder votre relation.

— Je sais, acquiesça-t-il d'un ton contrit.

Un silence s'installa, durant lequel tous deux se perdirent dans leurs pensées.

— Écoute, Nic, reprit Dan d'une voix douce, je te promets de résoudre ce problème mais… s'il te plaît, est-ce qu'on peut se revoir bientôt? Nous n'avons pas vraiment pu…

— Non, Dan. Je te l'ai déjà dit, j'ai changé… nous avons tous les deux changé. Je dois penser à Ken, et ça ne sert à rien de ressasser des souvenirs. C'est du passé.

Il poussa un profond soupir.

— D'accord, je comprends. Mais… je sais que tu n'as pas envie d'entendre ça maintenant, surtout venant de moi, mais si… si un jour tu as envie d'en parler, de ce passé, fais-moi signe.

— Je n'y manquerai pas.

Pourquoi ne parvenait-il pas à tourner la page?

— Bon… Porte-toi bien.

Dan raccrocha.

— À quoi est-ce que tu joues, Chloé? tonna Dan, furieux. À fouiner partout… À te faire passer pour quelqu'un d'autre?

— Je regrette, Dan, sincèrement. Je ne savais pas quoi faire d'autre!

— *Quoi faire d'autre!* Je t'ai déjà dit que ce qui s'était passé entre Nicola et moi ne te regardait pas. Nous sommes divorcés maintenant, c'est une histoire finie.

— Tu étais si réticent pour en parler… J'ai eu peur que ça cache quelque chose de terrible.

— Ce que tu as appris t'a-t-il rassurée? lâcha-t-il.

Comme il ignorait ce que Chloé avait découvert – si tant est qu'elle eût découvert quelque chose –, il était particulièrement curieux de sa réponse.

Elle détourna les yeux, honteuse.

— Je sais que vous avez perdu un bébé, et que… qu'elle t'a trompé.

En le voyant ouvrir grand les yeux, Chloé acheva de perdre pied.

— Excuse-moi, Dan. Je n'avais pas idée… J'ai cru que c'était autre chose… Oh, je ne sais plus ce que j'ai cru.

Les pensées se bousculaient dans l'esprit de Dan. Ce que venait de dire Chloé l'avait surpris car à l'époque quelques personnes seulement avaient eu vent de l'«aventure» de Nicola avec Ken.

À moins que Harris n'ait ouvert sa grande gueule. Mais non, même s'il détestait ce salaud, Dan savait que Ken Harris éprouvait le plus grand respect pour Nicola. D'ailleurs, c'était Harris qui avait convaincu Dan qu'il n'y avait rien entre Nicola et lui – qu'ils n'avaient pas entretenu une liaison torride dans son dos, et ce même s'il ne pouvait étouffer les sentiments qu'il avait toujours éprouvés pour la jeune femme, bien qu'elle fût mariée.

Il avait fait cette confession sous l'emprise d'une énorme culpabilité et, malgré son envie de l'étriper, Dan l'avait respecté pour sa franchise. Harris avait même fait de son mieux pour les réconcilier et, pendant un temps, ça avait marché. De toute façon, Nicola et lui étaient «ensemble» désormais – même si cette seule idée ulcérait Dan jusqu'à l'écœurement. Donc Ken avait peu de chance d'être allé bavasser sur le passé de sa compagne. Non. Harris éliminé.

Alors qui ? Dan se repassa le film de cette époque, l'une des périodes les plus difficiles de leur bref mariage. À qui s'étaient-ils confiés, Nicola et lui ? Il n'avait jamais dit un mot à John. Alors qui d'autre ? La réponse lui vint comme un coup.

Il porta la main à son front. Il existait une personne susceptible de se réjouir en colportant des ragots. Dan quitta la pièce comme une flèche, abandonnant une Chloé livide et pétrie de remords.

— Pauvre conne! cria-t-il dans le téléphone. Tu n'as donc pas une once de compassion ou même de décence? Tu sais à quel point ça a été dur pour Nicola. Quel besoin avais-tu de déterrer tout ça?

— Calme-toi, Dan.

— Quoi? Il faudrait que je me calme! D'abord, pourquoi est-ce que tu lui as parlé?

— Pour commencer, je ne savais pas qui elle était, d'accord? Elle m'a montré sa carte professionnelle et elle m'a dit qu'elle était en mission, alors que devais-je faire?

— Tu pouvais la fermer! Je croyais que tu étais une amie.

— Je viens de te dire que je ne savais pas, d'accord? Mon Dieu, ce n'est pas un putain de secret d'État qu'il y avait des problèmes entre Nicola et toi. Vous êtes divorcés, bon sang! La belle affaire, vraiment!

— Tu n'es qu'une garce, et à mon avis tu savais très bien ce que tu faisais.

— Tu penses que j'ai agi par vengeance, Dan? Tu crois que je l'ai fait parce que je te voulais pour moi? Qu'une seule nuit ne me suffisait pas?

Le cœur de Dan chavira. Il n'avait pas envie d'évoquer ça avec elle. Il ne voulait pas se sentir à nouveau coupable.

— Je pense que tu es vexée que ça n'ait été qu'une seule nuit. Tu savais que je n'étais pas moi-même. Tu savais que je traversais une période très pénible…

— Oui, je t'ai traîné au lit de force, fit-elle d'un ton moqueur, et je t'ai obligé à aller jusqu'au bout, pas une fois, mais deux! Lâche-moi les baskets, Dan. Tu en avais envie autant que moi. À d'autres, ta période très pénible! Et mes problèmes à moi? Et tout ce que j'ai dû encaisser? On avait besoin l'un de l'autre à l'époque, et c'est ça qui comptait.

— Nous en avons déjà parlé. Il est inutile…

— En effet. Tout à fait inutile. Pour tout te dire, ce n'était pas si bien que ça. J'aurais fait mieux toute seule.

— Tu es une teigne. Tu prétends être mon amie, et à la première occasion tu me tires dans le dos.

— Je te tire dans le dos ? Je me suis contentée de dire à ta *fiancée* ce qu'elle voulait savoir, et si tu avais un minimum d'honnêteté tu lui dirais le reste. Rien d'étonnant à ce que la pauvre fille soit obligée de fouiner en douce. Il est clair que tu ne lui fais pas confiance.

— C'est indigne vis-à-vis de Nicola.

— Bon sang, Dan, c'est fini, Nicola et toi ! Quand vas-tu l'accepter ? Elle n'a pas été là quand tu avais besoin d'elle ; elle était trop occupée à se lamenter sur son propre sort pour se soucier de ce que tu pouvais éprouver de ton côté. C'est *moi* qui t'ai épaulé, Dan, mais c'est toujours pour *elle* que tu en pinces.

— Tu ne comprends rien !

— Que devrais-je comprendre ?

— Tu ne soupçonnes pas à quel point ç'a été dur pour Nicola. L'as-tu revue depuis son retour ?

— Oui, et elle m'a paru tout à fait bien.

Ceci avait été dit sur le ton le plus dédaigneux.

— Elle est mieux que bien, heureusement, reprit Dan. Elle a surmonté tout ça, c'est derrière elle maintenant, alors pourquoi fais-tu ça ?

— Quoi donc ? Je n'ai rien fait du tout, Dan. C'est Chloé qui m'a posé toutes ces fichues questions !

— Et dire que je t'ai excusée... J'ai été là quand tu étais au plus bas, chaque fois que tu avais des problèmes. Et même quand tu as menacé de tout dire à Nicola, d'essayer de briser mon mariage, je t'ai encore pardonné –, parce que je croyais que tu étais seulement furieuse contre John, et je ne voulais pas que Nicola pense du mal de toi.

— Tu as brisé ton mariage tout seul, Dan, sans mon aide ni celle de quiconque. Tu as été bien content de me trouver au moment où ça t'arrangeait, alors n'essaie pas de te décharger de ta culpabilité sur moi.

— C'était une erreur stupide… Je…

La voix de Dan mourut. Oui, ç'avait été une erreur. Il n'avait rien prémédité, mais il se sentait tellement seul à ce moment-là, et il ne parvenait plus à communiquer avec Nicola – à l'époque elle n'était plus la même personne, et quoi qu'il fasse, quoi qu'il dise, il tombait à côté. Aussi…

— Tu avais promis que tu lui dirais, que tu ne pourrais pas vivre avec ce remords. Or tu n'en as rien fait, n'est-ce pas ?

Absorbé dans le souvenir, il ne répondit pas immédiatement.

— Je n'ai pas pu, avoua-t-il tristement. Je le voulais mais j'en ai été incapable… Ça l'aurait anéantie. Les choses étaient assez pénibles…

Elle émit un rire bref.

— C'est hilarant ! Cette pauvre Nicola n'a jamais eu le moindre soupçon, et le plus drôle est qu'elle continue à penser que nous sommes amies ! Je l'ai rencontrée en ville voilà quelque temps et cette gourde m'a proposé de prendre un café ensemble. Quelle blague !

Dan serra les dents sous le coup de la colère. Cette femme était un poison. Si seulement il s'en était rendu compte à l'époque !

— Je te jure que si tu fais quoi que ce soit, ou si tu dis autre chose à Nicola ou à Chloé, je te le ferai payer. Tu n'as rien à voir là-dedans, alors désormais tiens-toi à l'écart de tout ça.

L'avertissement fit sourire Carolyn O'Leary.

— Ne t'inquiète pas, conclut-elle avec suffisance. Ton petit secret est en sûreté avec moi.

27

Le week-end suivant, Nicola procéda à quelques rangements dans la salle de séjour, secondée par un Barney joueur qui ne la quittait pas d'une semelle.

Absorbée par son activité, elle aurait oublié les pâtes qui cuisaient si le chien ne l'avait rappelée à l'ordre par un aboiement perçant. Elle fonça à la cuisine et atteignit la cuisinière deux secondes avant que la casserole ne déborde. Grand merci, songea-t-elle en se penchant pour gratter le très consciencieux toutou derrière l'oreille. L'arrivée de son invitée étant imminente, elle n'avait pas de temps à perdre en nettoyage.

La sonnette retentit et Nicola leva les yeux vers la pendule. Presque huit heures. L'heure convenue. Elle gagna l'entrée et ouvrit la porte.

— Salut, inconnue ! s'exclama-t-elle en embrassant la visiteuse avec chaleur.

— Quel bonheur de te revoir !

Shannon recula d'un pas pour jauger son hôtesse.

— Comment vas-tu ? demanda-t-elle.

— Très bien, très bien. Entre donc.

Elle la précéda en direction de la cuisine. Fermant la marche, Barney reniflait avec curiosité les talons de la nouvelle venue.

— Ne fais pas attention à lui. Il ne va pas te lâcher pendant un moment, mais il est inoffensif.

Tout en servant le vin, Nicola posa sur son chien un regard faussement sévère.

— C'est qu'il veille très sérieusement sur moi. Pas vrai, Barn?

Barney répondit par un dandinement enthousiaste de toute la moitié postérieure de sa personne.

— Il est stupéfiant, fit Shannon en caressant ses oreilles soyeuses tandis qu'il continuait de la flairer. Depuis quand l'as-tu?

— J'ai l'impression que c'est depuis toujours, mais en fait je ne l'ai eu qu'au moment de mon installation ici.

Shannon regarda autour d'elle.

— C'est très bien chez toi, vraiment bien conçu, je me trompe?

— Ça a nécessité de gros travaux, répondit Nicola en tendant à son invitée un verre de chardonnay. Par chance, je suis tombée sur un maçon très patient.

— Dire que j'ai mis tout ce temps à te rendre visite! fit Shannon en grimaçant. J'aurais dû passer te voir depuis longtemps. Dis, continua-t-elle avec plus de sérieux, j'espère ne pas t'avoir trop perturbée l'autre jour avec cette histoire de Chloé. J'ai juste pensé qu'il fallait que tu saches.

Nicola écarta ses craintes d'un geste de la main.

— Tout au contraire. Je suis contente que tu me l'aies dit.

Elle était reconnaissante à Shannon de l'avoir avertie des manœuvres de Chloé. Jusqu'ici, la fiancée de Dan n'avait approché ni Laura ni Helen, et il restait à Nicola à découvrir si elle avait parlé ou non à Carolyn O'Leary. Si c'était le cas, cependant, Nicola ne se faisait aucun souci. Carolyn serait la première à envoyer promener la prétendue avocate.

Quel dommage qu'elle ait perdu le contact avec Carolyn après son départ... Cela dit, leur relation s'était refroidie quand elle avait noué des liens d'amitié avec Shannon.

Nicola s'était trompée du tout au tout en supposant au début que Shannon avait des vues sur Dan. Après une série de disputes à son sujet, et les reproches maintes fois réitérés comme quoi Dan la fréquentait trop, elle avait fini par découvrir que Dan disait la vérité : il n'était que l'épaule sur laquelle Shannon venait pleurer.

Il avait fini par révéler que Shannon avait eu, durant des années, une liaison intermittente avec John O'Leary, avant que Carolyn n'entre en scène. Profondément amoureuse, Shannon avait eu le cœur brisé quand son amant s'était marié. Carolyn avait pris peu à peu conscience des sentiments de Shannon, et l'inimitié n'avait pas tardé à se faire jour entre les deux femmes.

Le recrutement de Shannon par le cabinet d'expertise comptable avait mis le feu aux poudres entre John et Carolyn. Aujourd'hui, Nicola soupçonnait que cela avait pu être à l'origine de sérieux problèmes dans leur couple et de la séparation finale – dont elle ignorait tout avant que Dan ne la lui apprenne.

Enfin, au moins Shannon et elle s'étaient-elles débarrassées de leur antipathie initiale pour finir par nouer une amitié solide, pensa Nicola avec affection. Après avoir appris la vérité, elle avait eu beaucoup de peine pour Shannon, et bien des regrets pour la façon dont elle l'avait traitée jusque-là.

Pour compléter le sordide de l'histoire, John continuait à mener la pauvre fille en bateau en couchant avec elle chaque fois qu'il en avait envie. Nombreuses avaient été les soirées où Nicola avait écouté jusqu'aux petites heures son amie lui confier ses chagrins et affirmer qu'elle n'en « aimerait jamais un autre ».

Aussi désagréable que ce fût, Nicola n'avait pas une fois parlé à Carolyn de l'infidélité de son époux, Dan lui ayant enjoint de se taire.

« Il n'est pas question que nous nous en mêlions, avait-il déclaré. J'ai déjà essayé d'en parler à John et il m'a proprement envoyé sur les roses.

— Mais Carolyn a le droit de savoir qu'elle a épousé un salaud ! » avait argué Nicola.

Profitant d'un séjour de Carolyn chez sa mère, John venait de récupérer Shannon puis de la plaquer pour la énième fois.

« Vu la façon dont il se conduit, elle le découvrira bien assez tôt, avait répliqué Dan. En attendant, on reste en dehors de cette histoire.

— C'est une amie, Dan. Dans la situation inverse, je souhaiterais qu'elle me le dise.

— D'après ce que j'ai compris, Carolyn n'est pas non plus un ange. »

À l'époque, Nicola avait décidé de se taire, du moins pour un temps. Sa loyauté était mise à rude épreuve. D'un côté, elle détestait cacher à Carolyn l'infidélité de son mari, de l'autre elle éprouvait un grand chagrin pour Shannon. Cette dernière était impuissante à se libérer de l'emprise de John O'Leary.

Jusqu'à une date récente, Nicola et Shannon étaient restées en relation, Shannon ayant compté parmi les premières à venir la voir après la séparation, et Nicola souriait au souvenir de ce que son amie lui avait confié voilà peu de temps : « Je vois quelqu'un, avait-elle annoncé un jour au téléphone. Quelqu'un de gentil. Il est un peu plus âgé que moi mais on s'entend vraiment bien, et j'ai l'impression que c'est le bon numéro. »

Plus romantique, tu meurs, pensait Nicola en espérant que tout irait bien entre Shannon et le « quelqu'un plus âgé ». La jeune femme méritait bien un amour heureux.

Shannon écarta de son visage une mèche de cheveux auburn.

— J'ai cru comprendre que tu as parlé à Dan, fit-elle. Il m'a appelée un soir, le lendemain de celui où je t'avais téléphoné, pour savoir si Chloé avait obtenu des informations auprès de moi.

— Ah bon ? s'étonna Nicola. Il doit bien savoir que tu ne te serais pas livrée à des commérages ?

— Eh bien, apparemment Chloé était au courant pour toi et Ken... je veux dire, à l'époque... tu sais, avant...

Shannon paraissait gênée.

— Quoi ? Tu plaisantes ! Mais comment ?

Où Chloé avait-elle pêché *ça* ? se demanda Nicola, le cerveau en ébullition. Ce n'était pas Shannon qui le lui avait dit, ni Dan, alors qui d'autre... ?

— Carolyn ! s'exclama-t-elle, le souffle court.

Sa compagne acquiesça.

— C'est ce que j'ai pensé, et ce que j'ai dit à Dan. Écoute, reprit-elle après une hésitation, je suis loin d'être impartiale, et je sais que vous étiez amies toutes les deux, mais j'ai toujours tenu Carolyn pour une hypocrite.

Une fois de plus, Nicola se remémora le manque de chaleur de Carolyn à son égard le jour où elles s'étaient croisées au Butler's Chocolate Café. Sur le coup, elle avait mis cette froideur sur le compte de la surprise, ou même du choc de tomber ainsi nez à nez après tant de temps. Elle s'était rendu compte que beaucoup de gens ne savaient que lui dire depuis son retour. Elle s'y était habituée et, en temps normal, ne se laissait pas troubler.

À présent, pourtant, elle comprenait qu'il y avait autre chose. Carolyn avait changé et, comme tant d'autres, elle préférait ignorer l'existence de Nicola. Cela faisait mal. Nicola avait attendu autre chose de sa part. Hormis Laura et Helen, Carolyn était la seule à qui elle avait confié ses problèmes conjugaux, comptant sur son amitié sincère. Apparemment elle s'était trompée.

— J'ai toujours pensé qu'elle te jalousait, ajouta Shannon, l'air songeur.

— Moi ?

— Oui, confirma la jeune femme avant de boire une gorgée de vin. Dan et toi étiez si heureux ensemble ! Si bien assortis !

La mine de Nicola la fit rire.

— Enfin, la plupart du temps, précisa-t-elle. Je crois que Carolyn comparait votre mariage au sien, et tous les manques de son union avec John lui sautaient aux yeux. Elle n'était pas sotte, tu sais, elle savait que John et elle étaient loin d'être parfaits.

Brusquement, Shannon se tut et une lueur amusée s'alluma dans ses yeux devant ce qui avait attiré son attention.

Nicola suivit son regard...

— Oh, Barney, ne fais pas ça ! s'exclama-t-elle.

Le chien était occupé à sortir des vêtements du lave-linge.

— Tu vas me faire honte... Ils n'ont pas encore été lavés !

Obéissant, le chien s'éloigna de la machine et se roula sur le dos avec un air d'excuse, quêtant le pardon. Nicola sourit.

— Désolée, Shannon, continue ce que tu disais. Tu crois que Carolyn était au courant pour toi ?

— Bien sûr qu'elle le savait ! Tu as pu constater à quel point elle me haïssait, et comment elle essayait toujours de dresser les gens contre moi.

Nicola approuva d'un hochement de tête. C'était la manœuvre à laquelle s'était livrée Carolyn le soir où elle-même avait rencontré Shannon. Les deux rivales nourrissaient déjà une longue inimitié, aussi, lorsque Carolyn avait insinué que Shannon courait après Dan, était-elle passée à l'offensive. Ainsi Nicola et Shannon étaient-elles parties du mauvais pied, chacune percevant à tort l'autre comme une sorte de menace.

— Je ne peux pourtant pas lui jeter la pierre, reprit Shannon, un peu honteuse. John est son mari après tout. Je ne suis pas très fière d'avoir entretenu une liaison avec un homme marié mais…

— Tu étais folle de lui, termina Nicola à sa place. Et je te soupçonne de l'être encore, ajouta-t-elle après un silence.

Shannon releva les yeux.

— Est-ce tellement évident ?

Nicola alla voir où en était la cuisson des pâtes. Voilà ce qu'il en était du nouvel amour de Shannon !

— Peut-être que maintenant que Carolyn et lui sont séparés… commença-t-elle.

— Il va renouer avec moi ? J'en doute, fit tristement Shannon. D'après ce que je vois, il savoure pleinement sa liberté.

— Peut-être devrais-tu essayer de renoncer à lui, Shannon. Ça fait des années maintenant.

— Je sais, dit Shannon un peu agacée, et c'est toujours la même vieille histoire. Juste quand je crois m'être débarrassée de lui et être capable d'avancer sans lui, il réapparaît, avec sourires, fleurs et… Oh, quelquefois je ne sais plus quoi faire.

Nicola n'avait jamais pu concevoir ce que Shannon trouvait à John O'Leary, pas plus qu'elle ne pouvait comprendre pourquoi la pétulante rousse ne parvenait pas à se lier avec quelqu'un d'autre. Mais elle savait également qu'une part de Shannon ne souhaitait pas en finir. Elle aimait l'excitation et le danger qu'engendrait une liaison avec un homme inconséquent. Bon nombre de femmes étaient ainsi.

— J'ai quand même du mal à croire que Carolyn ait pu cancaner à propos de cette histoire avec Ken, reprit Nicola. Qu'avait-elle à y gagner ? Elle ne doit rien à Chloé…

— Elle a toujours aimé remuer la merde…

Shannon s'interrompit pour poser sur Nicola un regard penaud.

— Excuse-moi, je ne suis sans doute pas la mieux placée pour parler de ça.

— Il n'y a pas de mal. C'est fini, tout ça. Et Carolyn n'est pas la grande amie que je croyais.

Tard ce soir-là, après que Shannon fut partie en taxi, les deux amies ayant passé une soirée agréable à évoquer le bon vieux temps et à faire des projets pour l'avenir, Nicola se reprit à penser à Dan et à Chloé. Elle était désolée pour la jeune femme. Fallait-il qu'elle ait été inquiète et intriguée, qu'elle se soit même sentie menacée, pour se livrer à ces démarches !

Si Nicola appréciait la discrétion de Dan, en particulier à propos de la fausse couche et de l'histoire avec Ken, elle se demandait en revanche pourquoi il n'avait pas raconté le reste à sa fiancée. Elle pouvait aussi comprendre qu'il n'ait pas eu envie de fouiller trop profondément les erreurs commises dans le passé, surtout devant celle qu'il s'apprêtait à épouser, mais il aurait dû lui expliquer les circonstances de leur séparation.

À l'évidence, il n'avait pas dit grand-chose d'elle à Chloé, supposant ou espérant que les deux femmes ne se rencontreraient jamais.

Voilà où le bât blessait, comprit Nicola. Il n'avait pas parlé à Chloé car il continuait de se sentir honteux et coupable, peut-être même se demandait-il encore s'il aurait dû agir différemment, et sans doute s'interrogeait-il sur le jugement que Chloé, sa future épouse, porterait sur lui.

Bon, conclut Nicola en achevant de ranger la cuisine et en se préparant à aller se coucher, il fallait cesser de tourner autour du pot. Elle n'appréciait pas que quiconque fouine dans ses affaires et, si Dan ne s'y résolvait pas, peut-être se chargerait-elle de mettre un terme aux misères de la pauvre Chloé.

Avec un peu de chance, Dan et ses problèmes débarrasseraient le plancher pour de bon et cesseraient de lui encombrer l'existence. Heureusement, Ken, très occupé au centre ces jours-ci, n'avait pas semblé remarquer qu'elle était ces temps-ci en petite forme. Parfait. Nicola ne voulait surtout pas que cette histoire avec Dan le blesse davantage. Il avait déjà suffisamment encaissé.

— Prêt à aller te coucher, Barney? s'enquit-elle en chiffonnant les oreilles soyeuses du chien.

Barney agita la queue pour signifier son accord puis attendit que sa maîtresse ait pénétré dans la chambre pour, d'un bond, appuyer sur l'interrupteur électrique. Après quoi, il donna un coup de patte à la porte, la refermant sur eux deux.

28

— Laura, peux-tu me garder les jumeaux demain après-midi ? Je vais passer une échographie à Holles Street.

À l'autre bout de la ligne, Laura sentit l'agacement la gagner. Pourquoi fallait-il que Cathy choisisse ce week-end entre tous pour passer son échographie ? On était aujourd'hui jeudi et le Salon de l'artisanat ouvrait ses portes vendredi, pour durer jusqu'au milieu de la semaine suivante. Laura serait sur son stand chaque jour de midi à dix-huit heures.

Elle avait travaillé d'arrache-pied afin que ses collections soient prêtes pour l'exposition ; Neil et elle avaient prévu de ne partir en voyage de noces qu'après Noël, quand l'activité des voyagistes serait plus calme, également pour donner toutes ses chances à la société Laura Connolly Créations à l'occasion de son premier Noël.

Ce soir, elle recevait ses amies à dîner, et l'on espérait bien faire enfin la connaissance de l'insaisissable petit ami de Helen.

— Je suis désolée, Cathy. En temps normal, ça ne m'aurait pas posé de problème, mais j'ai trop de travail actuellement.

Quand elle eut expliqué la situation à sa sœur, celle-ci demeura silencieuse pendant un long moment, et Laura songea soudain qu'elle ressemblait terriblement à Maureen quand il s'agissait de plier autrui à sa volonté.

— Tu ne peux pas demander à maman ? suggéra-t-elle humblement.

Cathy émit un soupir théâtral.

— J'espérais que tu me rendrais ce service, surtout que Josh et Dylan réclament toujours d'aller chez leur tatie Laura à Dublin, vu que tatie Laura ne vient pas souvent les voir chez eux.

Et voilà. Le couplet culpabilisant.

— Je te le répète, Cathy, en temps normal il n'y aurait pas de problème, et ça me ferait plaisir de les avoir, mais le Salon se tient ce week-end et c'est crucial pour moi.

Cathy se mit à rire.

— Laura, quand te mettras-tu dans le crâne que tu perds ton temps avec cette histoire de fabrication de bijoux ?

— Pardon ?

Laura était abasourdie par cette brusquerie. D'accord, sa sœur était furieuse qu'elle ne lui garde pas ses enfants mais ce n'était pas une raison...

— Je sais que tu aimes bricoler tes petits machins, continua Cathy, mais de là à te figurer que les gens vont te les acheter !... Franchement, j'ai eu la honte de ma vie quand j'ai dû porter ta bimbeloterie pour ton mariage. Tout le monde se moquait de nous, tu sais.

— Pardon ? répéta Laura.

Tout le monde se moquait ? Pourquoi cela ?

— Tu devrais revenir sur terre, te rappeler qui tu es et d'où tu viens. Je ne veux pas être injuste, ce n'est pas entièrement de ta faute. Je me doute que Neil t'a mis de drôles d'idées dans la tête, mais...

Bouleversée, Laura lâcha le téléphone. Assise à son poste de travail, les larmes coulant sur ses joues, elle s'efforça d'apaiser la douleur violente que les paroles de sa sœur venaient de lui infliger. Qu'avaient-ils tous dans cette famille ? Pourquoi s'acharnaient-ils contre elle ? Ne voyaient-ils pas à quel point c'était difficile pour elle, et qu'il n'était pas indispensable de lui rendre la situation dix fois plus pénible ? Pourquoi ne lui dispensaient-ils aucun soutien, aucun encouragement ?

Et comment Cathy pouvait-elle l'accuser de vouloir être ce qu'elle n'était pas ? Comment pouvait-elle la culpabiliser parce qu'elle tentait de faire quelque chose de sa vie ? Elle et Maureen étaient de la même étoffe – et Laura avait eu son compte de leur scepticisme et de leurs sarcasmes. Elle ferait tout pour que son entreprise fonctionne. Elle allait exposer au Salon de l'artisanat, et elle n'hésiterait pas à tenir son rôle, à faire l'article comme les autres – encore mieux. Pourquoi pas ? Elle était bonne dans sa partie. Pourquoi fallait-il qu'elle s'en excuse sans cesse ? Une fois qu'elle aurait assuré les bases de sa société, les membres de sa famille la *supplieraient* de leur fabriquer des bijoux.

Cathy n'était sans doute plus en ligne depuis longtemps quand Laura raccrocha le combiné. À l'instant, elle éprouva un assaut d'énergie, un accès d'enthousiasme comme elle ne pensait pas en avoir ressenti au cours de sa vie. Que le Salon ouvre, que les gens s'y précipitent.

Quand bien même ce ne serait que pour clouer le bec à sa famille méchante et méprisante, Laura allait réussir.

Ce soir-là, Nicola et Ken arrivèrent chez Laura à huit heures moins le quart, Ken apportant une bouteille de vin ainsi qu'un paquet de biscuits d'apéritif variés.

— Ken ! protesta l'hôtesse en les voyant débarquer dans la cuisine. Tu as jugé utile d'apporter ça ?

— Quoi ? J'ai simplement pensé qu'on aurait peut-être faim plus tard.

Il adressa un clin d'œil à Neil qui faisait de son mieux pour réprimer son rire.

— Grand merci ! Et moi qui ai sué sang et eau toute la journée devant les fourneaux !

— C'est bien pour ça que nous avons apporté les trucs d'apéro, plaisanta Nicola.

— Allez, Laura, ne fais pas attention, reprit Ken en humant l'air. Ça sent furieusement bon. Quand est-ce qu'on mange ?

— Pas avant l'arrivée de Helen et du fameux Paul, rétorqua Laura. Comme j'ai dit à Helen de venir à huit heures, ils ne devraient pas tarder.

— Kerry vient aussi ? questionna Nicola.

— Non. Une voisine de Helen la garde ce soir.

Au grand soulagement de Laura, cette même voisine avait eu l'obligeance d'aller chercher Kerry à l'école ces derniers jours, libérant la jeune femme pour sa préparation du Salon. Malgré elle, Laura se demandait si la pauvre femme savait dans quoi elle s'était laissé embringuer en acceptant de rendre de « petits services » à Helen.

— Nous ne sommes donc pas ses seules esclaves, commenta Nicola en ôtant sa veste. N'empêche que j'ai hâte de voir à quoi ressemble ce Paul. On dirait que l'histoire devient sérieuse. À quand remonte la dernière fois où Helen nous a présenté l'un de ses jouets ?

— L'un de ses jouets ? répéta Ken d'un ton narquois. Voilà donc à quoi nous sommes réduits ? Bénie soit l'époque où vous, les femmes, ne pouviez remuer le petit doigt sans nous. Aujourd'hui, nous confinons au superflu.

— Pas tout à fait, rétorqua Laura, le visage rouge au-dessus de sa grande marmite de légumes vapeur. Neil, peux-tu servir du vin à nos invités ? Là, je ne peux pas lâcher mes casseroles.

Elle avait parlé d'un ton quelque peu agacé, à la fois parce qu'elle était encore sous le coup de sa conversation avec Cathy et parce qu'elle n'avait pas l'habitude de cuisiner pour plus de deux convives.

— Oh, bien sûr, mon amour, nous ferions mieux de sortir de tes pattes, rétorqua Neil qui avait remarqué un moment plus tôt l'humeur de son épouse. Si vous voulez bien me suivre, les amis. Allons déboucher une bouteille et laissons la patronne veiller à l'intendance.

Il adressa à sa femme un clin d'œil encourageant et, bouteille en main, précéda leurs invités vers le séjour.

Ça suffit, Laura, se réprimanda aussitôt la jeune femme. Ce n'est pas parce que tu n'as pas le moral et que tu es une gourde en cuisine qu'il faut t'en prendre à Neil ! Elle n'était pas vraiment d'humeur à recevoir ce soir, mais le dîner était prévu de longue date et ce n'aurait pas été sympa d'annuler à la dernière minute.

— Ça va ? s'enquit Nicola.

Laura sursauta, tourna la tête et se sentit prise en faute. Elle avait cru Nicola partie avec les autres dans le salon.

— Ça va, répondit-elle d'une voix mal assurée. C'est juste que j'ai chaud et que je ne m'en sors pas très bien avec toute cette bouffe.

— Tu appréhendes la foire-expo, non ? s'enquit Nicola.

— On peut le dire comme ça, admit Laura en souriant.

Oui, malgré sa ferme décision de se montrer combative, elle était terriblement anxieuse à la veille du Salon. C'était pour elle l'heure de vérité. Ça passait ou ça cassait. Pour peu que ses créations ne plaisent pas ou qu'elle ne glane pas suffisamment de nouveaux clients, eh bien… tout serait terminé. Elle n'avait pas eu le loisir d'y songer avant le mariage, mais à présent qu'elle n'avait rien d'autre pour occuper ses pensées…

— Tout se passera bien, assura-t-elle. J'ai quand même eu largement le temps de me préparer.

— Ça ne se joue pas sur un coup de dés, tu sais, reprit Nicola avec un sourire affectueux.

Laura se contracta. En plus d'un don certain pour mettre le doigt sur ce qui faisait mal, Nicola avait parfois bien trop d'intuition. Apparemment, l'attitude bravache de Laura ces derniers mois ne l'avait pas abusée – elle avait compris que tout n'allait pas comme sur des roulettes. Et cependant elle n'avait jamais enfoncé le clou, jamais dit un mot, afin de ne pas pousser son amie à admettre crûment qu'elle courait peut-être à l'échec. Laura lui en fut soudain reconnaissante.

— Je sais, fit-elle. Je me suis toujours dit que je tentais le coup, et que si je ne décollais pas... eh bien, en tout cas, j'aurai essayé.

Elle eut un sourire tremblant.

— ... Mais personne ne m'a avertie que ce serait si dur d'admettre la défaite.

— «Admettre la défaite», qu'est-ce que tu racontes ? protesta Nicola. Ça ne fait pas si longtemps. Tu dois te donner le temps.

Laura la regarda droit dans les yeux.

— Nous savons très bien, toi et moi, que je n'ai peut-être pas suffisamment réfléchi. Helen avait raison... Je ne suis pas apte à réussir ce genre de truc.

— Laura, murmura Nicola en posant une main sur son bras, ne me dis pas que tu envisages de jeter l'éponge. Pas après tout ce que tu as fait.

— C'est bien là le problème. Je n'ai *rien fait du tout*. Quelques commandes par Internet, quelques boutiques qui m'ont manifesté un vague intérêt... Laura Connolly Créations n'a pas vraiment agité le petit monde de la bijouterie fantaisie.

— C'est toujours ça, protesta Nicola, tu peux déjà en être fière. Ne perds pas confiance dans ton talent, Laura, et ne va pas te persuader que c'est terminé.

— Tout dépendra sans doute du Salon, conclut Laura.

Soudain, elle n'avait plus envie de parler de ce sujet.

— Ça se passera bien, affirma Nicola. À mon avis, ton plus gros problème est le manque de publicité. Tes créations sont magnifiques ; simplement, trop peu de gens les ont vues.

— Merci, Nic.

— Euh, Laura... reprit Nicola en désignant le four, je crois que ce que tu as mis là-dedans est à point.

— Oh !

Quand Laura ouvrit le four, une épaisse fumée s'en échappa. Elle regarda Nicola d'un air piteux et furieux à la fois, les joues encore plus rouges.

— Je pense que tu ferais bien de rejoindre ces messieurs, fit-elle, les dents serrées.

— Bien, maman, acquiesça Nicola en s'empressant d'obtempérer.

— Et, Nicola ? rappela Laura.

— Oui ?

— Tu crois que les crackers au fromage ou aux oignons peuvent décemment remplacer des pommes de terre rôties ?

— Pour accompagner de l'agneau ? s'enquit Nicola avec un grand sourire. Ce sera parfait !

— Bon, et j'espère que Helen et son Paul ne vont plus trop tarder, dit Laura en s'emparant d'une bonne poignée de biscuits salés. J'ai une faim de loup !

Une heure et quart plus tard, ils attendaient toujours, Ken et Neil ayant liquidé le saladier de biscuits d'apéritif posé entre eux.

— J'ai essayé le portable de Helen mais ça ne sonne même pas, fit Laura, qui s'efforçait d'endiguer sa contrariété.

— Ils auront été retardés, fit Neil d'un ton apaisant.

— S'ils ont été retardés, elle aurait pu au moins téléphoner, fit Nicola, irritée. Sauf qu'il faudrait pour ça que Helen pense à autre chose qu'à elle-même.

— Ils vont arriver, affirma Ken. Il n'y a pas de raison pour…

Le tintement strident de la sonnette lui coupa la parole.

— Les voilà, déclara Laura en bondissant. Neil, tu vas ouvrir, moi j'apporte les entrées.

Quelques secondes après, Helen rejoignait Laura dans la cuisine. Avec ses cheveux blonds cascadant souplement sur ses épaules, elle était superbe dans sa petite robe noire cousue de strass, qui miroitait sur les courbes de sa silhouette – courbes parfaites, évidemment, songea Laura avec une aigreur inaccoutumée.

— Salut, lança joyeusement Helen en venant l'embrasser. C'est bientôt prêt ? Je meurs de faim !

Laura resta toute bête devant ce bonjour badin et y répondit à peine. Elle s'était attendue à des excuses, au moins à une explication pour ce retard de plus d'une heure.

— Qu'est-ce qui t'a retenue ? Et où est Paul ?

— Dehors. Il montre sa nouvelle Audi à Neil, répondit Helen, rayonnante. On dirait que ça a déjà accroché entre eux, Dieu merci.

Laura serra les lèvres.

— Bon, va rejoindre les autres à côté. Le dîner ne sera pas terrible après avoir été gardé au chaud si longtemps, ajouta-t-elle d'un ton qui révélait son état d'esprit, mais tout le monde a tellement faim que ça n'aura pas grande importance…

— Quels autres ? questionna Helen, les yeux dilatés par l'inquiétude.

— Ken et Nicola, évidemment, répondit Laura, étonnée.

— *Quoi?* Tu ne m'as pas dit qu'ils venaient! Je croyais qu'on serait juste tous les quatre...

— Où est le problème? Vous vous êtes disputées, Nicola et toi? s'enquit Laura, encore plus perplexe.

À cet instant, elle se demanda si Nicola n'avait pas dit à Helen qu'elle en avait sa claque de jouer les baby-sitters. Super, un peu de friction entre amies était justement ce dont elle avait besoin ce soir!

— Non, ce n'est pas ça... C'est juste...

Helen se mordit la lèvre, la mine paniquée.

— Qu'y a-t-il, Helen?

Celle-ci prit une profonde aspiration.

— C'est juste... en fait, je... je n'ai pas encore parlé de Kerry à Paul, et j'espérais que Neil et toi auriez la gentillesse de ne pas parler d'elle ce soir.

— Quoi?

Helen fit la grimace.

— Je sais, je sais. C'est idiot. Simplement, nous ne nous connaissons pas depuis longtemps, et l'occasion ne s'est jamais présentée de...

— L'occasion ne s'est jamais présentée! Il s'agit de ta fille, Helen, s'exclama Laura. C'est malhonnête! Vis-à-vis de Kerry comme vis-à-vis de Paul! Sans compter qu'il l'apprendra tôt ou tard. Qu'est-ce que tu imagines? Que se passera-t-il?

— Je me suis dit que je sauterais le pas le moment venu...

— C'est dingue, Helen!

— Je sais, je sais. Il serait grand temps de lui dire mais je ne suis pas encore prête. Je croyais qu'on serait seulement tous les quatre ce soir, et je ne doutais pas que Neil et toi...

— Nous t'aiderions à garder ton secret?

Laura restait atterrée par l'incroyable stupidité de Helen, sans parler de son toupet d'escompter que ses amis se fassent complices de son mensonge.

— Helen, le mieux que tu aies à faire, c'est de le prendre à part tout de suite pour le lui dire, sinon...

— Mais je ne peux pas lui lâcher ça tout à trac ! s'écria Helen.

Se rappelant soudain que les autres se trouvaient dans la pièce voisine, elle baissa la voix jusqu'au murmure.

— Pas alors que nous sommes avec des gens... Ce serait indélicat !

— Il le faut pourtant ! Que fais-tu de Nicola et Ken ? Et de Neil ? Ils vont forcément parler de Kerry ce soir !

— Mon Dieu, qu'est-ce que je peux faire ? Je peux voir avec Nicola... lui demander de ne pas...

— Essaie toujours ! Tu imagines bien sa réaction ! Mais vas-y...

Laura se figea en voyant s'ouvrir la porte de la salle à manger. Helen, qui lui tournait le dos, ne parut rien remarquer.

— Tu as besoin d'aide, Laura ? demanda Nicola.

Helen faillit faire un bond de trois mètres.

— Nicola... salut ! couina-t-elle d'une voix haut perchée.

— Je constate que tu as finalement décidé de nous honorer de ta présence.

Helen eut un sourire incertain.

— C'est-à-dire que... oui... Paul a travaillé tard et...

Elle se tut en entendant des voix dans le couloir et des pas qui approchaient.

— Laura est par ici, annonçait Neil.

Laura eut le souffle coupé en voyant apparaître derrière son mari l'homme le plus séduisant qu'elle eût jamais vu. Cheveux longs, pommettes saillantes, regard gris ardoise perçant... Sacrée Helen, toujours veinarde.

— Salut ! lança Paul avec un nasillement américain dans la voix. Une chance que vous n'ayez pas commencé la fête sans nous !

Sympa, pensa Laura. Toujours ni excuses ni explication, seulement « salut ! ».

Une Helen très fébrile entreprit alors les présentations, tout en dardant sur Laura un regard qui en disait long.

— Voici ma très chère amie Laura... et voici Nicola.

— Bonsoir, Paul, fit Laura en souriant chaleureusement au nouveau venu. Je suis contente de vous rencontrer.

— Et moi bien content d'être ici, Laura.

Il rendait son sourire à Laura mais son expression se fit moins joyeuse quand il se tourna vers Nicola, qui se contenta de le saluer d'un hochement de tête.

— Contente aussi que vous soyez arrivés, fit Laura.

Elle ne put s'empêcher d'ajouter :

— Même si vous y avez mis le temps.

— Paul travaillait tard, s'empressa d'expliquer Helen. Alors, le temps qu'il arrive chez moi, et, évidemment, notre petit détour...

— Disons que je me suis un peu perdu en route, admit Paul, un rien honteux.

— Dans la métropole qu'est Ballinteer ? plaisanta Neil en adressant un clin d'œil à Laura.

— J'ai bien essayé de lui indiquer le trajet, mais vous savez comment sont les hommes ! s'exclama Helen en papillonnant de tous ses cils pour le bénéfice des individus de sexe mâle.

— Dis donc, protesta Neil, il est prouvé que les hommes ont un meilleur sens de l'orientation...

— De la vantardise, maintenant ! releva Helen. C'est bien ce que je disais : on sait comment sont les hommes.

Elle se baissa pour éviter le torchon que lui lançait Neil.

— Si vous alliez vous installer à table, proposa Laura en évitant le regard anxieux que Helen dardait sur elle.

En réponse à sa suggestion, Nicola gagna la salle à manger, privant de ce fait Helen de toute opportunité d'un tête-à-tête. Du coin de l'œil, Laura vit Neil enlacer amicalement les épaules de Helen et la guider hors de la cuisine dans le sillage de Paul.

Laura était à présent plus qu'agacée. Non seulement Helen les mettait une fois de plus dans une situation épouvantable, mais elle en avait plus que marre du flirt incessant que son amie entretenait avec son époux. C'était la même chose chaque fois que Helen venait chercher Kerry – enfin, quand ils ne parlaient pas football.

Laura n'ignorait pas que c'était plus fort que Helen : dès qu'elle se trouvait à moins de deux mètres d'un homme, il fallait qu'elle batte des paupières comme sous l'assaut d'une tempête de sable, et qu'elle se tortille à la façon d'une pin-up de dessin animé – et ce, même dans son état de tension actuel.

Après avoir pris une minute pour se calmer, Laura emporta le premier plat dans la salle à manger.

— Vous êtes donc agriculteur ou forestier, ou quelque chose dans le genre, Paul ? s'enquérait à cet instant Nicola.

Paul la considéra avec l'air de se demander quelle drogue elle avait absorbée.

— Non, fit-il. Pourquoi ?

— Eh bien, apprenant que vous avez travaillé tard, je me demandais comment il se fait que vous n'ayez pas eu de téléphone à portée de main.

Ken lui envoya un petit coup dans sa chaise sous la table, et Helen lui lança un regard venimeux.

— Paul a mal compris l'heure. Il a cru que je lui avais dit que nous étions attendus à *neuf* heures.

Paul lança à sa compagne un regard de réprobation.

— En tout cas, tout le monde est là maintenant, fit Laura dans l'espoir d'apaiser la tension. Servez-vous donc avant que ça refroidisse.

— Super! commenta Paul en se frottant les mains. Je suis affamé, je n'ai rien avalé de la journée et, je vous préviens, j'ai un sacré appétit.

Il salua cette déclaration d'un clin d'œil à Helen.

— Alors, heureusement que nous vous avons attendus... commenta Nicola.

Elle avait parlé d'une voix sucrée mais le sarcasme était criant pour ceux qui la connaissaient.

Laura leva les yeux au ciel. La soirée promettait d'être longue.

Nicola regardait le superbe Paul engloutir son agneau comme s'il n'avait pas mangé depuis des semaines. Sale crétin! Que pouvait lui trouver Helen? D'accord, c'était évident : il était super beau. Mais quand même! Il était aussi affreusement artificiel. Et où se croyait-il, à leur faire le coup de l'accent américain?

— D'où êtes-vous originaire, Paul? s'enquit-elle innocemment.

Il s'essuya le coin de la bouche avec sa serviette.

— De Mitchelstown.

— Oh!

Helen darda de nouveau un regard hostile sur Nicola, sachant pertinemment où elle voulait en venir.

— Paul passe beaucoup de temps à l'étranger pour ses affaires, expliqua-t-elle.

— Tu es dans quelle branche? questionna Ken.

Paul parut se réjouir qu'on lui pose la question.

— Je suis conseiller en investissements : fonds de pension, actions, obligations, ce genre de choses. Nous conseillons nos clients sur les meilleurs placements où investir leurs liquidités.

— C'est un conseiller génial, s'enthousiasma Helen. Maintenant, je sais quoi faire de mon argent.

— Parce que c'est devenu intéressant d'investir dans les chaussures ? plaisanta Neil.

Helen lui fit la grimace et, tout sourire, il se leva.

— Je vais chercher un peu plus de vin, d'accord ?

— Et moi, le dessert, embraya Laura.

Ils disparurent ensemble dans la cuisine, laissant les quatre autres à table.

Nicola trouvait curieux que, malgré son emballement pour son nouvel amant, Helen soit si tendue ce soir. Chaque fois que Paul ouvrait la bouche pour parler, le regard de Helen volait ici et là, à croire qu'elle redoutait qu'il ne fasse pas bonne impression sur ses amis. Et chaque fois que quelqu'un d'autre s'apprêtait à parler, elle le fixait comme terrifiée à l'avance par ce qui allait sortir. Nicola songea qu'elle avait peut-être été injuste avec elle – il avait apparemment fallu beaucoup de courage à Helen pour présenter son amant à ses amis et, à l'observer ce soir, il était clair qu'elle croisait les doigts pour que tout se passe bien, que tout le monde s'entende bien. Oui, décidément, Nicola n'avait pas été gentille tout à l'heure en leur reprochant leur retard.

Certes, ce type était plutôt m'as-tu-vu, et ses manières assez rustaudes, mais du moment que Helen était heureuse c'était l'essentiel. Pour Helen, donc, elle s'efforcerait de s'entendre avec lui.

— Si j'ai bien compris, vous vous fréquentez depuis un moment déjà, tous les deux ? questionna-t-elle avec un semblant d'enthousiasme.

— Oui, et Helen est une sacrée nana !

Il posa sur la « sacrée nana » un regard empli d'une sincère dévotion, regard que Nicola n'avait surpris, depuis très, très longtemps, que chez Kerry. Oui, les hommes aimaient Helen ; les hommes avaient *toujours* aimé Helen, mais généralement sans espoir pour peu qu'elle ait décidé qu'ils n'étaient pas au niveau.

Paul pouvait-il être celui qui convenait à Helen, celui qui bannirait le fantôme de Jamie ? Nicola l'espérait, pour le bonheur de son amie. Ce serait formidable que Helen trouve enfin quelqu'un à aimer, pour elle aussi bien que pour Kerry.

À ce propos…

— Avez-vous fait la connaissance de Kerry ? demanda Nicola à l'instant où Laura et Neil revenaient de la cuisine.

Les yeux de Laura s'agrandirent comme des soucoupes. Elle lança un coup d'œil vers Helen qui, horrifiée, s'était pétrifiée sur sa chaise, son regard braqué sur Laura quêtant secours, inspiration, n'importe quoi.

Paul observa Nicola d'un air interdit.

— Kerry ?

— Vous savez bien, reprit Nicola, intriguée. La…

— *Chienne !* s'écria Helen. Ma petite chienne.

Paul se tourna vers elle, la bouche pleine.

— Comment ça ?

— Ma petite chienne, répéta-t-elle à la stupéfaction de Nicola. Kerry est ma chienne… de race kerry blue, justement… Une adorable petite chose, je l'ai depuis des années.

Helen lâcha un rire qui se voulait léger mais ses yeux exprimaient tout autre chose.

Paul joignit son rire au sien.

— Ah bon. Tu ne m'as jamais dit que tu avais un chien.

— C'est-à-dire que je dois l'enfermer quand j'ai des visiteurs. Elle est terriblement possessive, au point de se montrer bizarre avec moi et… la personne que j'amène à la maison… Hein, Laura ?

Laura avait pris racine, pétrifiée. Nicola posa sur elle un regard étincelant. *Elle* n'était quand même pas dans ce coup-là ?

— Oui, elle peut se montrer très possessive, articula lentement Laura en offrant à Helen un visage dur comme la pierre.

Nicola considéra l'une puis l'autre. Que manigançaient-elles, toutes les deux ? Elle finirait bien par le savoir. La bouche crispée dans un pli de colère, elle se dirigea résolument vers la cuisine.

— Helen ! Viens m'aider à préparer le café, que Laura se repose un peu !

Seule avec elle dans la cuisine, Helen afficha une mine contrite.

— Écoute, il n'est pas au courant, fit-elle. Je ne suis pas encore arrivée à lui en parler.

Elle contemplait un morceau de carotte tombé au sol.

— Je ne m'attendais pas à ce que vous soyez là ce soir, Ken et toi, et…

— Tu n'es pas *arrivée* à lui en parler ? répéta Nicola. Mais à quoi rime cette justification ? Tu sors avec cet homme depuis près de quatre mois, et tu viens de lui dire que ta fille…

Helen tressaillit et tourna les yeux vers la salle à manger, craignant sans doute que Paul n'entende.

— … Oui, que ta *fille*, Helen, est une chienne ! À quoi est-ce que tu penses ?

— Nicola, je sais, je suis désolée… C'est la première chose qui m'a traversé l'esprit…

— Pourquoi fallait-il que tu inventes un mensonge ? Pourquoi ne lui as-tu pas dit la vérité ? Que Kerry est une petite fille délicieuse et aimante, l'être le plus important de ta vie, la petite personne la plus précieuse pour nous toutes !

C'était vrai. Kerry était l'enfant que Nicola n'avait pas eu, qu'elle n'aurait peut-être jamais, et elle chérissait la fillette de tout son cœur. Pour autant qu'elle le sache, Laura éprouvait un sentiment semblable. Toutes deux avaient été là pour Helen et pour Kerry au travers des épreuves et, s'il le fallait, Nicola se battrait jusqu'à la mort pour Kerry. Puisqu'elle éprouvait une affection si forte, comment était-il possible que la mère de la fillette, oui, sa propre mère, la renie de la sorte?

— Nicola, je t'en prie, je sais que c'est affreux! Je n'ai pas voulu cette situation mais je n'étais pas prête à... Simplement, je...

Les yeux brillants de larmes, Helen secoua tristement la tête avant de poursuivre.

— Je sais que c'était stupide et je me sens tellement coupable de ne pas le lui avoir dit, sincèrement! Mais tu ne comprends pas. Tu ne sais pas ce que c'est. Tu ne sais pas ce que c'est que d'essayer de trouver quelqu'un, quelqu'un d'honnête, de gentil et... et j'ai peur que, si je lui parle de Kerry, ça bousille tout. Les hommes courent à l'autre bout de la terre quand ils apprennent l'existence de Kerry. Je ne veux pas que ça se produise cette fois. Tu ne comprends pas... J'aime beaucoup Paul.

Entendant cela, Nicola sentit une rage familière la gagner, rage qu'elle n'avait pas éprouvée depuis très longtemps. Elle respira profondément, tenta de se remémorer tout ce que l'on conseille pour dominer la colère. Elle entreprit de compter jusqu'à vingt mais atteignit à peine cinq. «J'aime beaucoup Paul.»

Le visage dur, Nicola fixa sa vieille amie droit dans les yeux.

— Tu n'es qu'une sale égoïste, Helen, déclara-t-elle lentement, articulant chaque mot avec clarté et précision.

— Hein? fit Helen, stupéfaite. Tu viens de me traiter de quoi?

— Je t'ai traitée de sale égoïste!

Nicola ne se dominait plus. Elle ne pouvait admettre l'égocentrisme de Helen, son insensibilité, sa cruauté flagrante envers sa propre fille. Kerry adorait Helen, la respectait, aurait fait n'importe quoi pour elle. Mais qu'était-ce pour un individu tel que Helen ? Les gens comme elle avaient tout pour eux, tout ce qu'on peut espérer et pourtant, pourtant ce n'était jamais suffisant.

Helen redressa les épaules.

— Tu es mon amie, Nicola. Je sais que tu es en colère mais, crois-moi, c'est bien la seule raison, la *seule* raison pour laquelle j'accepte ça de ta part.

— La seule raison ? lança Nicola. Vraiment ? La seule ?

— Oui.

Étonnamment, Helen paraissait conserver son calme.

Tout à leur affrontement, les deux femmes remarquèrent à peine Laura qui entrait sans bruit dans la cuisine.

— Es-tu certaine que ce soit la seule raison ? insista Nicola. Parce que je suis une amie si proche ? N'est-ce pas plutôt parce que je sais ce que tu es vraiment ?

— Les filles, arrêtez de... commença Laura dans un désir d'apaisement.

— Ce que je suis vraiment ? questionna Helen. Que veux-tu dire au juste ?

— Tu sais très bien de quoi je parle, ne prétends pas le contraire.

— Nicola, je ne sais pas d'où tu sors tout ça mais...

— Non, bien sûr, tu ne sais pas, Helen. Tu ne sais pas d'où je sors tout ça parce que tu es complètement absorbée par ta petite vie personnelle, tu ne t'intéresses qu'à ce qui t'arrive à toi, alors tu ne sais pas ce qui se passe autour de toi, et d'ailleurs tu t'en fous, n'est-ce pas ?

— Encore une fois, de quoi est-ce que tu parles ?

— Je ne parle pas seulement du fait de nier l'existence de ta fille devant ton nouveau petit ami, mais du fait que tu la nies en permanence. Tu n'es jamais avec elle, Helen ! Quand ce n'est pas à moi que tu la laisses, c'est à Laura, et Dieu sait que celle-ci avait suffisamment à faire ces derniers mois entre les préparatifs de son mariage et la mise sur pied de son entreprise pour ne pas avoir à s'occuper d'une enfant de quatre ans !

— Ça va, intervint Laura. Ça ne me dérange pas d'avoir Kerry...

— Mais tu te moques bien de la façon dont Laura doit se débrouiller, hein, Helen ? poursuivit Nicola comme si Laura n'avait rien dit. Tant qu'elle peut te servir, tu t'en fous royalement ! Sans compter que c'est une amie bien trop gentille et bien trop fidèle pour t'envoyer promener. Elle est trop bien pour toi, et toi comme moi nous savons que tu ne la mérites pas.

— C'est tout ? s'enquit Helen, la main sur la hanche.

— Puisque tu poses la question, non, ce n'est pas tout. Kerry a besoin de l'attention de sa mère, besoin que tu l'aides à parler, besoin que tu l'écoutes. Tu le sais, le phoniatre t'a dit ce que tu devais faire. Mais ça aussi, tu t'en fous ! Tu es incapable d'aider qui que ce soit, tu préfères t'enfouir la tête dans le sable et faire comme si le problème n'existait pas !

À voir Helen, on aurait dit que Nicola l'avait giflée.

— Ce n'est pas vrai... Je fais de mon mieux. Tu n'as pas idée à quel point je fais mon possible, mais ça ne marche pas...

— Si, c'est vrai ! l'interrompit Nicola. Et c'est toujours pareil. Tu n'es là ni pour Kerry ni pour tes amies, ni pour personne. Mon Dieu, Helen, nous avons fait tout ce que nous pouvions pour toi pendant des années, et tu n'as jamais été là pour aucune de nous ! Bien au contraire !

— Oh, ça y est, je percute, rétorqua Helen, le regard encore plus dur. Je comprends enfin où tu veux en venir. Tu me fais le coup du grand déballage, c'est ça ?

— Oui, absolument.

Nicola avait l'impression d'être à bord d'un train lancé à toute vitesse. Bien que sur un terrain dangereux, elle ne pouvait plus s'arrêter : elle tenait à secouer un bon coup cette idiote.

— Nicola, je t'en prie, calme-toi, supplia Laura.

— Laisse-la parler, Laura, lança Helen, son regard étincelant braqué sur l'intéressée. Laissons cette brave vieille Nicola vider son sac. Allez, vas-y ! Tant que tu y es, pourquoi ne pas dire tout ce que tu as sur le cœur, histoire de bien m'enfoncer – tu n'as pas fait ça depuis une éternité, alors vas-y !

— Espèce de conne…

— Si, sérieusement, vas-y, répéta Helen dont la voix avait monté dans les aigus. Je sais que tu meurs d'envie de ressortir ça depuis des années, alors vas-y, crache !

— Helen, *s'il te plaît*… implora Laura.

— C'est bon, reprit Nicola. Vu la façon dont tu le réclames, vu l'espèce de plaisir malsain que tu sembles y trouver, je vais te dire le fond de ma pensée. Tu me prends pour une crétine ou quoi ? J'ai assisté à ton numéro tout à l'heure ; tu ne peux pas t'en empêcher, c'est ça ? Les vieilles habitudes ont la vie dure et salope tu étais, salope tu restes, Helen Jackson. Une triste et égoïste salope voleuse d'hommes !

— Bravo ! Brave fi-fille ! s'exclama Helen en feignant d'applaudir. Ça a dû te faire le plus grand bien, pas vrai ? Le bon vieux ressentiment qui se réveille ! Tout ça parce que *je* n'ai pas tout plaqué pour accourir auprès de toi quand tu le voulais. Tout ça parce que j'ai commis une erreur – une *seule* erreur stupide –, chose qui pourrait arriver à n'importe qui ! Tout ça parce que je n'ai pas postulé au titre de meilleure copine du siècle ! Quoique, ajouta-t-elle d'un ton amer, je n'aie aucune chance de rafler ce prix-là à notre bonne vieille Laura.

— Arrête de débiter tes conneries, Helen.

— Non, sérieux, tu m'en as toujours voulu, c'est ça ? Tu m'en veux depuis l'époque où je ne suis pas venue de tenir la main comme le faisaient tous les autres !

— Je me fichais que tu me tiennes la main ! Je me faisais du souci pour Laura !

— Oh, Nicola, toi non plus tu n'es pas un ange. Tu...

— Pour l'amour de Dieu, *allez-vous enfin arrêter ?*

Secouées, les deux adversaires se tournèrent ensemble pour voir Laura qui tendait les mains vers elles, les yeux emplis de larmes.

— Vous êtes chez moi, murmura la jeune femme. Vous êtes sous mon toit.

Durant un très long moment, un silence vibrant s'installa dans la cuisine.

Puis Helen parut se réveiller et porta la main à sa bouche.

— Laura, je suis désolée, souffla-t-elle. Vraiment, je regrette, nous ne voulions pas... Tu ne sais pas ce dont...

— Ce dont vous parliez ? coupa durement Laura. Bien sûr que je le sais, Helen. Je l'ai toujours su.

Il fallut un peu plus de temps à Nicola pour revenir à la raison. Elle regarda Laura comme si elle la voyait pour la toute première fois.

Oh non, pensa-t-elle, considérant tour à tour les deux femmes. Qu'est-ce que j'ai fait ?

29

— J'ai toujours su, Helen, souffla Laura en se laissant tomber sur l'une des chaises de la cuisine.

Helen restait pétrifiée, incapable de croiser le regard de son amie.

— Crois-tu réellement que Neil – mon *mari* – m'aurait caché une chose pareille ? Vous me prenez vraiment pour une cruche, toutes les deux.

Nicola voulut faire amende honorable.

— Franchement, Laura, ce n'était rien. J'ai tout vu. Et ça s'est passé il y a si longtemps…

— Je sais ! fit Laura en enfouissant le visage dans ses mains. Je sais tout. Sauf que, contrairement à vous deux, Neil a eu suffisamment de considération pour moi pour me le dire. Quel genre de relation croyez-vous que nous ayons ? Neil m'aime ; il n'était pas question pour lui de garder ce secret. Je l'ai su dès que ça s'est passé, Helen.

À cet instant, la porte donnant sur la salle à manger s'ouvrit doucement, et Neil passa la tête dans l'entrebâillement.

— Tout va bien, chérie ? s'enquit-il.

Helen lui lança un regard circonspect.

— Oui, très bien, répondit Laura, sans quitter Helen des yeux.

— Bon, on fait un saut au pub, les copains et moi, histoire de vous laisser un peu en paix. Ça roule ?

— Pas de problème, répliqua Laura avec lassitude.

La porte se referma et Helen tourna vers Laura un visage où se lisait la culpabilité.

— Laura... pourquoi n'as-tu jamais rien dit ? Pourquoi n'as-tu pas cherché à ce qu'on s'explique ?

— Parce que je suis lâche, voilà pourquoi... J'ai failli parler. À vrai dire, je t'aurais flanqué une bonne gifle, mais tu es mon amie et, à l'époque, je savais que tu traversais une période douloureuse.

Mon Dieu, songea Nicola. Elle-même aurait dû avertir Laura à l'époque. Elle avait failli le faire mais ce n'était pas son rôle et elle était restée partagée...

Nicola se rappelait cette période comme si cela s'était passé la veille. C'était Noël, peu de temps après que Jamie eut abandonné Helen et leur fillette de six mois. Nicola vivait alors en Angleterre mais elle était revenue au pays à l'occasion des fêtes, principalement pour convaincre sa famille qu'elle s'en sortait bien, mais également pour participer au réveillon du Nouvel An dans la vieille maison que Laura et Neil louaient alors à Goatstown.

Il y avait du monde à la petite fête, et chacun avait bien bu, à l'exception de Nicola qui ce soir-là broyait du noir. Un réveillon s'avérait la nuit la plus solitaire pour ceux qui étaient seuls, encore plus pour les fraîchement séparés. Plutôt pompette – Neil et elle ayant vidé à deux une bouteille de Southern Comfort –, Laura était allée se coucher tôt, laissant son compagnon s'occuper de leurs invités.

Malgré sa récente grossesse, Helen était séduisante ce soir-là. Hâlée par un bronzage artificiel, elle portait une robe super sexy en maille dorée qui épousait étroitement ses formes, jusqu'à son ventre plat qui avait tout oublié de l'enfantement. Papillonnante, très en verve, elle voletait plaisamment d'un homme à l'autre, flirtant éhontément.

Nicola se faisait baratiner par un copain de Neil qui semblait fort intrigué par sa personne.

— Je te trouve carrément super, disait-il. Cette façon que tu as d'aller et venir, sans te prendre la tête.

— Je ne suis pas une imbécile, tu sais, répondit Nicola.

Elle aurait voulu paraître fâchée mais elle était, à son corps défendant, amusée par la réaction des gens à son retour. À croire que tout le monde s'était attendu à ce qu'elle ait aussi perdu la tête, en plus du reste.

Souffrant d'une vague migraine qui lui soufflait l'idée de se coucher tôt, elle gagna la chambre d'amis en essayant de se souvenir si elle y avait déjà déposé ses affaires pour la nuit ou si elle avait laissé son sac dans le séjour en arrivant. Pourvu qu'il se trouve dans la chambre, sinon elle serait obligée de faire ses adieux à tout le monde.

Cela dit, la fête touchait à sa fin et elle soupçonnait Helen de s'être déjà éclipsée puisqu'elle ne l'avait pas vue depuis un moment. Songeant vaguement que son amie aurait pu lui dire au revoir, Nicola ouvrit la porte de la chambre, pressa l'interrupteur… et se figea.

Là, sur le lit, étroitement pressés l'un contre l'autre, Helen Jackson et Neil Connolly s'embrassaient passionnément.

« C'est quoi, ce plan ? s'exclama Nicola sans pouvoir contenir sa colère. Qu'est-ce que vous foutez, tous les deux ? »

L'œil vitreux, Neil se redressa, horrifié, posa son regard d'homme ivre d'abord sur Nicole ensuite sur Helen.

« Bon sang, grogna-t-il. Grands dieux, Nicola, je… Ce n'est pas ce que tu crois… Jamais je n'aurais…

— Ce n'est pas ce que je crois ? Alors de quoi s'agit-il, Neil ? Parce que je me demande bien ce que ça peut être d'autre ! »

Helen avait roulé de l'autre côté du lit et se taisait, observant Neil qui s'empêtrait.

« Nicola, je te jure solennellement… Je ne sais pas ce qui s'est passé… Je…

— Va-t'en, Neil, ordonna Nicola, ignorant ses tentatives de justification. Je veux parler à Helen. »

Le jeune homme resta cloué sur place.

« Fiche le camp, Neil, et plus vite que ça !

— D'accord, je m'en vais, mais… »

Il se leva et, reboutonnant sa chemise, regarda Helen. Sur une nouvelle injonction muette de Nicola, il finit par quitter la pièce en titubant légèrement.

Cheveux et tenue en bataille, Helen s'assit sur le côté du lit et les deux amies se firent face, toutes griffes dehors. Helen n'affichait pas une once de culpabilité : pire, pensa Nicola, elle paraissait presque triomphante.

« À quoi tu joues ? questionna-t-elle sèchement comme Helen gardait le silence. Laura est ton amie !

— Laura, Laura, Laura, répéta Helen avec un geste aussi nonchalant que méprisant. Il semble que cette bonne vieille Laura peut se retrouver dans la merde comme nous autres.

— Que veux-tu dire ?

— Considère la situation. Tu t'es fait avoir par Dan, je me suis fait avoir par Jamie… Maintenant, nous sommes quittes, toutes les trois. »

Nicola éprouva une telle colère qu'elle eut du mal à reprendre la parole. Elle savait que la vie de Helen n'avait pas été rose ces derniers mois, mais de là à délibérément…

« Tu es en train de me dire que tu as voulu séduire Neil ce soir simplement pour te venger de Jamie ?

— Tu n'y es pas, contra Helen en s'affalant de nouveau sur le lit, complètement ivre. Pour me venger de Laura.

— Hein? Mais pourquoi? T'a-t-elle fait quelque chose? Elle est ta meilleure amie!

— Oh oui, une putain de perfection! siffla Helen en se rasseyant. Tout va toujours tellement bien pour notre chère Laura. Elle a son petit job sympa, son petit ami sympa, et jamais un mot plus haut que l'autre, et tout le monde l'aime, et moi j'en ai ras-le-bol de tout ça!»

Nicola dut se retenir pour ne pas l'étrangler.

«Espèce de crétine! Ce n'est pas parce que tu es jalouse de Laura et parce que ta vie te paraît un gâchis, là tout de suite, que tu as le droit de foutre en l'air sa vie à elle! Elle aime Neil, et malgré ce que je viens de voir je suis sûre qu'il l'aime aussi! Quel genre d'individu es-tu, Helen? Si tout le monde se conduisait de cette façon, sous prétexte que nos vies ne correspondent pas à ce que nous espérions...»

Apparemment, la conversation ennuyait Helen.

«Ouais, je sais, je sais. Ça pourrait être pire. Moi, par exemple, j'aurais pu finir comme toi!»

Cette fois, les limites étaient dépassées. Nicola s'avança et gifla son amie.

Qu'était-il advenu de Helen? Son ressentiment envers Jamie était-il si puissant qu'elle se retrouvait désormais incapable d'éprouver de la compassion pour autrui?

Helen lui avait jeté un regard glacé avant de ramasser ses chaussures et de quitter la pièce.

Néanmoins, les choses n'en restèrent pas là. Dès le lendemain, une Helen ouvertement repentante se présentait chez les parents de Nicola à Crumlin. Elle portait dans ses bras Kerry endormie.

«Je suis désolée, déclara-t-elle. Je ne sais pas ce que j'ai essayé de prouver. Je ne voulais pas faire de mal à Laura... C'est juste que je me sentais si seule, avec une vie merdique et... Excuse-moi pour ce que je t'ai dit.»

Contrairement à elle, Nicola ne s'apitoyait pas sur elle-même.

«Promets-moi seulement que jamais tu ne recommenceras ce genre de chose. Essaie de grandir et d'assumer tes actes. Tu es une grande personne, et maintenant tu as un enfant à élever. Fais face, Helen !

— Je suis désolée. Je trouve tout ça si dur. Jamie me manque tellement, et j'ai une trouille bleue de ne pas être une bonne mère.»

Nicola l'avait fait asseoir et lui avait expliqué que le plus difficile était toujours au début, qu'elle venait de traverser une passe éprouvante, qu'elle était encore en deuil de Jamie, mais que tout finirait par rentrer dans l'ordre.

Et, pensa Nicola, ç'avait été le cas. Visiblement contrite, Helen n'avait plus tenté de s'immiscer dans le couple que formaient Neil et Laura, et s'était mise à rebâtir sa vie saccagée par le départ de Jamie.

De son côté, Neil, pétri de remords, avait téléphoné à Nicola pour la supplier de ne pas le juger trop sévèrement.

«Il faut que tu me croies, Nicola. De toute mon existence, je n'ai jamais fait une chose pareille. Je n'arrive pas à croire que j'aie pu être idiot à ce point. J'adore Laura, je ferais n'importe quoi pour elle, et jamais rien, jamais rien qui puisse la blesser.

— Tu ne t'es pas dit qu'un coup tiré à la va-vite avec sa meilleure amie alors qu'elle dormait à l'étage du dessus risquerait précisément de la blesser ? avait répliqué Nicola.

— Je te jure, Nicola, ça ne s'est pas passé comme ça. On parlait dans la cuisine et brusquement Helen s'est sentie bizarre, et on a atterri dans la chambre, et... Oh, mon Dieu, j'ai envie de mourir !»

Si elle s'était tourmentée pendant un temps, Nicola avait finalement décidé de ne rien dire à Laura, estimant que l'écart de conduite de Neil était surtout dû à l'ivresse et qu'il en souffrait suffisamment. Inutile de raconter à Laura que sa meilleure amie et son compagnon avaient eu un flirt alcoolisé et sans signification au cours de la nuit de la Saint-Sylvestre. Refusant d'envisager ce qui se serait passé si elle ne les avait pas interrompus, Nicola avait donc conclu que se taire était la meilleure solution.

Apparemment, Neil n'en avait pas jugé de même, et cependant l'hypothèse qu'il puisse tout avouer à Laura n'avait jamais traversé l'esprit de Nicola. Il aurait trop peur de la perdre, eût-elle pensé si elle avait envisagé cette éventualité. Or, maintenant qu'elle y réfléchissait, elle ne trouvait pas cette confession si surprenante. Neil Connolly était un homme honnête, prêt à risquer leur relation et, probablement, la confiance que lui vouait Laura, au nom de la franchise. Quoique Nicola ait eu des doutes pour sa part et qu'il lui ait fallu quelque temps pour se fier à lui après cette nuit du Nouvel An, elle devait à présent reconnaître qu'il s'était conduit admirablement.

Maintenant, Laura les regardait toutes les deux, le visage dur.

— Je sais très bien ce que vous avez pensé. « Oh, cette pauvre Laura, nous ferions mieux de ne rien lui dire, elle ne le supporterait pas... inutile de la perturber. » Pourquoi tout le monde pense-t-il ça ? Pourquoi Neil est-il le seul à m'accorder du crédit ? Toi, continua-t-elle en désignant Helen, ma soi-disant meilleure amie, tu as essayé de miner mon couple. Et toi, Nicola, tu étais au courant mais tu ne m'as jamais rien dit !

— Ça ne s'est pas passé comme ça, Laura, commença Nicola. Nous voulions seulement te protéger…

Laura la fit taire en levant les mains en l'air.

— J'en ai marre de tout ça. J'en ai vraiment ma claque. Pourquoi tout le monde croit-il qu'il faut me protéger ? J'ai quand même presque trente ans !

— Mais à l'époque…

À l'époque, Nicola s'était trouvée dans une situation horrible, entre ses doutes à propos de Neil, l'impression de couvrir Helen, et son malaise dû au secret qu'elle taisait à Laura. Ce n'était pas de l'amitié, c'était carrément un cauchemar !

Que leur était-il arrivé à toutes les trois ? Où étaient passées la confiance, la loyauté, la solidarité, toutes ces choses censées constituer l'amitié, la *véritable* amitié ? Comment s'étaient-elles manqué ainsi les unes aux autres ?

— C'était entièrement ma faute, Laura, commença Helen. C'était le soir du réveillon, je me sentais très seule et j'avais juste envie que quelqu'un… un homme, me tienne dans ses bras, me réconforte et…

— Ce n'était pas n'importe quel homme, Helen, coupa Laura d'une voix dure. C'était Neil. Pas franchement une proie rêvée. D'accord, il n'était pas complètement innocent lui non plus, mais au moins il a eu suffisamment de tripes pour venir me le dire, au moins il me respectait assez pour me laisser décider de la suite des événements. Toutes les deux, vous me pensez trop douce, trop émotive. Oh, je sais que vous l'avez toujours pensé. Mais je ne suis pas aussi stupide que vous semblez le croire. Je ne t'en ai pas parlé, Helen, parce que j'avais entendu la version de Neil, et je l'ai cru quand il disait qu'il ne s'agissait que d'un coup de tête idiot dû à l'ivresse, que la situation lui avait échappé. Après tout, je sais pertinemment de quoi tu es capable, Helen.

Comme l'intéressée baissait la tête, le ton de Laura s'adoucit.

— Mais je savais aussi que tu souffrais, Helen, et j'ai essayé de ne pas te faire défaut. Je me suis toujours efforcée d'être là quand tu en avais besoin, sauf que ces dernières années nous sommes devenues étrangères l'une à l'autre. Tu as changé, Helen. Depuis que tu as eu Kerry, tu n'es plus la même.

— Pourquoi est-ce que je ne serais pas différente? questionna Helen d'une voix rauque. Ça fait presque quatre ans que je suis toute seule pour l'élever...

— C'est ta fille!

— Je le sais. Sauf que... je me sens si seule par moments.

— Si on regarde ta vie, tu as tout, Helen! Un boulot merveilleux, des fringues de grand couturier, un appartement génial et, plus important, une fille comme en rêvent toutes les mères. Que te faut-il de plus?

— Quelqu'un, répondit Helen d'une voix sourde. Vous avez tellement de chance toutes les deux, sur ce plan-là, vous ne savez pas ce que c'est que d'être seule, sans personne à aimer.

— Et Kerry? insista Laura, gagnée par l'impatience. Tu ne l'aimes pas?

— Bien sûr que si... mais pas... pas comme il le faudrait... pas comme aiment les autres mères.

— Les autres mères?

Helen parut encore plus mal à l'aise.

— Je n'ai pas l'impression d'éprouver des sentiments... normaux... enfin, je ne sais pas.

Nicola scruta les traits de son amie. Voilà longtemps qu'elle ne l'avait vue baisser sa garde de la sorte. Et jamais elle n'avait vu Laura se conduire aussi froidement avec elle, avec quiconque.

— Que devraient être les « sentiments normaux » d'une mère, Helen? questionna Laura.

— Je ne sais pas ! s'écria Helen. C'est en partie le problème. Je ne sais pas ce que je devrais éprouver. J'aime Kerry mais je ne l'ai jamais considérée comme le centre, l'essentiel de ma vie. C'est pourtant ce que je devrais ressentir, non ? Je devrais être prête à tuer, à *mourir* pour mon enfant !

Elle enfouit son visage dans ses mains.

— Mais je ne ressens pas ça du tout. Je me sens juste… trop seule.

Nicola l'observa. Elle n'avait pas soupçonné cette lutte intérieure chez son amie. Oui, Helen était égoïste, elle avait toujours été égoïste – mais seule, au point d'en souffrir à ce point ? Jamais Nicola ne serait allée chercher cet adjectif pour la décrire. Pas alors qu'elle avait à ses pieds une armée d'admirateurs qui attendaient leur tour.

Laura reprit la parole d'un ton toujours ferme.

— Je ne veux pas être cruelle, Helen, mais vu la façon dont tu te comportes actuellement, ce n'est pas étonnant que tu te sentes seule.

— Je sais.

Helen semblait perdue, pensa Nicola. On aurait dit qu'elle venait d'atterrir dans une contrée inconnue, étrange, dont elle voulait désespérément s'échapper. Elle ne supportait pas les confrontations, les *véritables* confrontations, lorsqu'il s'agissait de donner un peu de soi et de reconnaître ses sentiments réels. Helen subissait une mort lente face à Laura – ses insuffisances et ses défauts mis à nu, étalés au grand jour.

Qu'avait-elle déclenché en se disputant ce soir avec elle ? se demanda tristement Nicola. On aurait dit qu'une boîte grouillante de vers venait de s'ouvrir sous leurs yeux. D'un autre côté, c'était peut-être un bien que toutes ces choses tues et confinées soient enfin énoncées. La relation était inégale entre Laura et Helen, le manque de confiance en soi de la première la poussant à se sentir inférieure, et la seconde profitant sans vergogne de cette situation. Quelle que fût l'affection qu'elle lui portait, Nicola ne pouvait nier la dangereuse fibre égotiste de Helen, penchant auquel elle devrait remédier assez vite si elle ne voulait pas se préparer une existence triste et terriblement solitaire.

Helen comme Neil avaient déçu Laura, mais Nicola ne pensait pas que Helen ait jamais vraiment mesuré à quel point elle avait trahi son amie. Encore une fois, c'était tout elle. Toujours partante pour une partie de rigolade, elle n'avait jamais su affronter les ennuis. Quand Nicola traversait la période la plus sombre de sa vie, période où elle avait besoin de ses amies et de tout le soutien possible, Helen était devenue quasiment invisible. Elle n'était pas à l'aise en sa compagnie, et cela se voyait. Comme elle avait ses propres problèmes, sa relation amoureuse qui se dégradait, Nicola ne s'était pas montrée trop sévère à son égard. Elle la connaissait néanmoins assez pour savoir que, sa vie d'alors eût-elle été un chemin de roses, elle serait demeurée incapable d'affronter la situation de Nicola.

Et pourtant, en dépit de ses manquements, à la voir ainsi honteuse devant Laura, le cœur de Nicola se gonfla de tendresse.

— Je crois que je vais y aller, fit doucement Helen, la tête basse.

— Oui, renchérit Laura, glaciale.

En silence, elle et Nicola regardèrent Helen prendre son manteau et son sac dans la penderie.

— Les hommes sont partis au Bottle Tower, annonça Laura. Ça te fera une petite promenade jusque là-bas. Et, ajouta-t-elle froidement, à l'avenir tu es priée de te débrouiller pour faire prendre Kerry à l'école.

Helen hocha la tête, ouvrit la porte d'entrée, mais se retourna à l'instant de sortir.

— Laura… je suis désolée, et je te le dis sincèrement, murmura-t-elle sans pouvoir soutenir le regard
de celle à qui elle s'adressait. Pas seulement pour
cette histoire avec Neil mais… mais pour tout.

— Tu peux l'être.

Avec un signe de tête à peine perceptible, Laura,
d'un geste décidé, referma la porte sur sa plus vieille
amie.

30

Le lundi suivant, au matin, Chloé était assise à son bureau dans le cabinet d'avocats où elle travaillait, très déprimée. Elle savait à présent qu'elle avait commis une grave erreur.

Une photo de Dan et elle s'affichait sur son écran d'ordinateur, prise le Noël précédent chez ses parents. Chloé adorait ce cliché. Elle se savait particulièrement belle dessus ; d'ailleurs, à bien la regarder, elle se disait qu'elle devrait porter du violet plus souvent. Cette couleur s'alliait à merveille avec celle de sa peau et mettait en valeur ses pommettes. Elle soupira. Dan était tout aussi saisissant sur les portraits, ses traits harmonieux éclairés par un sourire éblouissant. Leurs photos de mariage seraient vraiment magnifiques, meilleures que tout ce qu'on pouvait voir dans *Hello*.

Enfin... si le mariage avait lieu.

Le jour qui aurait dû voir consacrer leur union, Chloé l'avait passé toute seule devant la télévision, tandis que Dan allait à son bureau. Il n'y avait à cela aucune nécessité, mais Chloé avait compris qu'il cherchait à l'éviter. C'était tout juste s'il lui parlait.

Pour couronner le tout, cette histoire de Nicola ne s'était pas révélée si importante que cela.

Chloé soupira de nouveau, puis jeta un œil sur le courrier qu'elle devait taper afin de voir quelles perles l'associé de son père lui avait réservées aujourd'hui.

Stapleton s'occupant des homologations de propriétés et transferts de succession, nul doute que cette correspondance serait passionnante.

Pourquoi s'était-elle mêlée de ça ? La belle affaire si Nicola avait fait une fausse couche, la belle affaire si elle avait eu une amourette avec un autre ! Dan avait raison. Quelle importance maintenant ?

Sa vie se retrouvait sens dessus dessous, la plupart de ses prétendus amis ricanaient dans son dos. Bravo pour le mariage du siècle à l'hôtel Quatre Saisons. Bravo pour la robe de mariée Sharon Hoey, la lune de miel exotique et les invitations originales de Projets des Grands Jours.

Ces maudites invitations ! Sans la stupidité des employés de Wicklow, elle n'aurait pas eu à affronter le moindre problème. D'accord, sans doute le mariage aurait-il été de toute façon repoussé, mais au moins son fiancé continuerait-il à lui adresser la parole et serait-il toujours aussi enthousiaste à l'idée de l'épouser.

Elle était en train de le perdre, elle le savait. Dan n'était plus guère à la maison, et la plupart du temps elle ignorait même où il se trouvait. Il était rare qu'ils passent un moment ensemble – elle ne savait plus à quand remontait leur dernière sortie au restaurant ou au cinéma. Elle s'était excusée, expliquée, elle avait essayé d'améliorer les choses, de lui faire comprendre pourquoi elle avait eu besoin de fouiner dans son dos, mais le résultat était là : Dan ne lui faisait plus confiance.

Elle l'avait meurtri, elle avait manifesté une totale absence de foi en lui.

Et à cause de cela, la vie n'allait plus du tout selon ses vœux.

Quoique… Et si au fond l'évolution des choses avait répondu à sa volonté ? En toute honnêteté, avait-elle une seule fois pensé à Dan dans tout ça ? Avait-elle été un seul instant capable de dépasser ses soupçons, ses inquiétudes, ses méfiances ?

Non. Pas une fois au cours de... cette chasse, cette quête, cette enquête ; quel mot fallait-il employer ? Pas une fois elle n'en avait envisagé les conséquences. Elle ne s'était préoccupée que de ce qu'elle risquait de découvrir, et aucunement de la façon dont cela pourrait affecter sa relation amoureuse. Elle ne s'était pas attendue à ce que Carolyn O'Leary lui en raconte tant, car cette femme était censée être une amie de Nicola. À l'inverse, elle avait été stupéfaite de se faire envoyer sur les roses par l'assistante de Dan. Et dire que, d'après Carolyn, Shannon poursuivait Dan de ses assiduités !

Chloé savait maintenant que c'était Shannon qui avait vendu la mèche. Sur le coup, Chloé avait voulu courir ce risque. Elle éprouvait le besoin de savoir ce qui s'était passé autrefois, ce qui rendait Dan aussi discret sur son premier mariage.

À présent, elle regrettait cette curiosité. Enfin... si Dan ne s'était pas montré aussi secret, elle n'aurait jamais eu la puce à l'oreille. À voir comment il se comportait, on aurait juré que la cause de la rupture de son mariage était le troisième secret de Fatima ! Assez, décida Chloé. Pourquoi devrait-elle supporter l'entière responsabilité de cette histoire ? Dan était aussi fautif qu'elle. Mieux encore : si elle y réfléchissait bien, *rien* de tout ça n'était sa faute. À quoi s'était-il attendu au juste, à force de se taire ? Et elle, comment aurait-elle pu réagir autrement ?

Bon, inutile de ressasser tout cela. Dan était fâché contre elle et elle avait déjà causé suffisamment de dégâts.

La jeune femme s'efforça de se libérer l'esprit afin de lire la note jointe par Stapleton à un dossier en cours. C'était incompréhensible ; autant essayer de déchiffrer des hiéroglyphes. Ce bonhomme n'avait-il pas appris à écrire à l'école autrefois ?

378

Au bout d'un moment, Chloé renonça et appuya son menton dans sa paume.

Il restait un point qui continuait de la préoccuper dans toute cette affaire, et malgré ses efforts elle ne cessait d'y penser. C'était là en permanence, dans un recoin de son esprit ; impossible de l'oublier.

Pourquoi, se demandait-elle, si Nicola avait fait une crasse à Dan, s'était-il battu pour la garder ? Pour autant qu'elle le sache, la liaison de Nicola avec Ken Harris n'avait pas duré : ce n'avait été qu'une aventure stupide et sans lendemain.

Alors que s'était-il passé ensuite pour les mener à la séparation ?

Chloé avait l'intime conviction qu'il y avait eu autre chose. Pourquoi sinon Dan aurait-il accepté si facilement les termes du divorce, principalement en faveur de Nicola ? Pourquoi Nicola était-elle partie pour Londres ?

Plus grave encore, pourquoi Dan avait-il toujours dit qu'il se sentait coupable ?

Après tout, raisonnait Chloé, si Nicola avait été le conjoint fautif et si Dan n'avait rien à se reprocher, au nom de quoi pouvait-il s'en vouloir ?

Plus tard dans l'après-midi, elle continuait à rêvasser quand la réceptionniste lui passa un appel téléphonique.

Chloé crut avoir mal entendu.

— Tu en es sûre ? demanda-t-elle à Carina.

— C'est le nom qu'elle m'a donné, rétorqua la standardiste. Tu la prends sur la trois, d'accord ?

Le cœur de Chloé battait précipitamment. Que lui voulait-*elle* ? Si elle appelait pour lui servir un sermon, elle pouvait aller se…

— Chloé Fallon, j'écoute.

— Bonjour, Chloé. Nicola Peters à l'appareil. Je crois inutile de me présenter davantage…

Nicola paraissait… plutôt aimable.

— Euh, bonjour, fit Chloé, incertaine.

— Je ne veux pas vous faire perdre votre temps, alors j'en viens tout de suite au fait. Seriez-vous libre ce soir après le travail ?

Chloé ouvrit des yeux stupéfaits tandis que Nicola continuait :

— Je me suis dit qu'avec tout ce qui s'est passé ces derniers temps, nous devrions peut-être nous rencontrer, histoire d'assainir l'atmosphère.

— Si vous voulez parler des questions que je me suis permis de poser à vos amies… je suis désolée. C'est que…

— Il n'y a pas de problème, Chloé, coupa Nicola d'un ton léger. J'aurais probablement fait la même chose. Alors, pensez-vous pouvoir passer chez moi tout à l'heure prendre un café, en sortant de votre travail ? J'habite Stepaside.

Chloé était à présent apeurée. Était-ce un stratagème, un piège ?

— Je ne sais pas si…

— J'aimerais sincèrement vous rencontrer, Chloé.

Une curiosité irrépressible finit par emporter la décision. Chloé mourait d'envie de découvrir enfin à quoi ressemblait Nicola. Malgré les quelques informations qu'elle avait pu glaner, rien ne pouvait remplacer un face-à-face avec l'ex-épouse de Dan. Sauf que Dan ne serait sans doute pas trop favorable à cette entrevue, songea-t-elle avec inquiétude. Mais encore une fois, que trouverait-il à redire ? Nicola l'invitait ; ce n'était pas comme si elle agissait en catimini…

Tant pis pour les conséquences, conclut-elle en faisant tournoyer son siège. Elle irait !

— D'accord, dit-elle. Indiquez-moi le chemin et je viens en sortant du bureau. Vers six heures, ça ira ?

— Très bien. J'ai hâte, sincèrement.

Moi aussi, pensa Chloé, le cerveau en ébullition tandis qu'elle notait l'adresse de Nicola sur un Post-it.

Moi aussi.

Dan roulait lentement pour traverser le village de Stepaside, afin de ne pas manquer le carrefour où il lui faudrait tourner pour se rendre chez Nicola.

Il avait hâte de la revoir, trop, probablement, songea-t-il avec une ironie attristée, obligé de se rappeler une fois de plus qu'il s'apprêtait à épouser une autre femme. En tout cas, il était heureux qu'ils aient une nouvelle occasion de parler ; il était honteux aussi, plus qu'embarrassé par l'histoire avec Chloé. Dans l'intervalle, Nicola avait sans doute compris que Carolyn avait cancané sur son compte. Il devrait tenter de lui expliquer cela également, même s'il n'était pas prêt à dire l'entière vérité – à parler de cette nuit où la femme de John et lui avaient fini par coucher ensemble.

Dan avait regretté son incartade presque aussitôt, surtout quand Carolyn s'était mise à le traquer ! Sale concours de circonstances ! Dan ignorait ce qui lui avait pris ce soir-là. À l'époque, l'état de Nicola le tourmentait, au point qu'il avait envisagé de revendre sa part de la société d'expertise comptable. Dans cette période sombre, il avait grand besoin de réconfort. Carolyn n'avait été que trop heureuse de le lui prodiguer…

Il savait déjà que cette femme était une teigne, que son mariage avec John était un ratage complet et qu'elle ne supportait pas la liaison de son mari avec Shannon. Dieu sait qu'il en avait eu sa claque de les entendre toutes les deux geindre et se lamenter à propos de John. Dans sa perversité, Carolyn avait fait son possible pour entraîner Dan avec elle vers l'abîme, gâcher son existence comme elle gâchait la sienne. Elle avait presque réussi mais pour une fois – une seule fois dans sa vie – il avait su donner la priorité à un autre que lui-même.

Voilà pourquoi il avait laissé partir Nicola. Il n'était pas assez bien pour elle, il le savait. Il était inutile de se bercer d'illusions, de feindre de croire que tout s'arrangerait, qu'ils ramasseraient les morceaux et reprendraient une vie normale. Ils n'étaient pas assez forts pour cela – *lui* n'était pas assez fort. À partir du moment où il s'était laissé embobiner par Carolyn, il avait pris la mesure de ses propres limites. Pour survivre à tout ça, un mariage devait être solide comme le roc, or le leur avait été trop éprouvé.

Non, il avait fait ce qu'il devait en quittant Nicola.

Pourtant, après toutes ces années, il conservait un sentiment d'inachevé, comme s'il restait entre eux quelque chose de non terminé, dont ils n'avaient même pas égratigné la surface lors de leur dernière rencontre. Encore une fois, il ignorait à quoi il s'était attendu, mais pas à découvrir cette Nicola forte et sûre d'elle. Certes, elle avait pris du poids, mais elle semblait si bien dans sa peau que c'en était presque effrayant.

Il aurait dû savoir qu'elle s'en tirerait, pensa-t-il. Elle avait toujours été la plus forte des deux ; ne l'avait-elle pas prouvé à plusieurs reprises durant leur brève union ? Non, c'était lui qui s'était écroulé, lui qui l'avait laissée tomber de la pire façon. Était-il possible qu'elle soit maintenant prête à pardonner – et même à oublier ?

Dan l'espérait.

L'invitation de la jeune femme ce soir chez elle l'avait mis sur les charbons ardents – surtout une invitation à dîner – quoique, à bien y réfléchir, il ne fût plus certain qu'elle ait parlé de dîner, mais c'était sûrement son intention. C'était en tout cas un pas en avant ; elle ne l'aurait jamais convié chez elle deux mois auparavant.

En tout cas, il avait décidé d'arriver un peu avant l'heure convenue afin de lui donner un coup de main pour la préparation du repas. Cuisiner ensemble avait été l'un des plaisirs de leur vie commune ; renouer avec cette activité contribuerait peut-être à détendre l'atmosphère, à rendre leur tête-à-tête moins formel que s'il arrivait pour mettre les pieds sous la table. Il ne boudait pas son plaisir de savourer à nouveau un petit plat de son ex-épouse. Nic avait toujours été un cordon-bleu, et Dan devait reconnaître que ses talents culinaires lui avaient manqué. Chloé savait à peine confectionner un sandwich.

Quant à cette « histoire » avec Harris, ça ne devait pas avoir grande importance puisque Nicola invitait son ex à dîner ce soir. Dan ne s'inquiétait pas de ce côté-là. S'il existait une chance que Nicola et lui puissent s'expliquer et se réconcilier, Harris pouvait aller se faire voir.

Avisant le carrefour, Dan mit son clignotant et pressa la pédale de freins. L'assourdissant coup d'avertisseur qui retentit derrière lui parut suggérer qu'il n'avait pas manifesté ses intentions assez tôt.

— Chauffard ! tonna-t-il.

Et il adressa un geste hargneux à l'autre conducteur avant de tourner sur sa gauche. Il roula encore un moment, conformément aux indications que lui avait fournies Nicola.

« Huit cents mètres environ, troisième maison sur la gauche, un pavillon jaune en rez-de-chaussée. »

Qu'elle ait acheté un pavillon surprenait Dan. Elle avait toujours détesté ce genre d'habitation.

« Dépourvu d'imagination et uniquement fonctionnel, avait-elle déclaré lorsque Dan et elle avaient envisagé d'acquérir leur propre demeure. Aucun caractère, surtout. »

Elle était tombée amoureuse d'une maison style chalet qui était à vendre dans les monts de Wicklow, un espace immense avec une maçonnerie et des boiseries traditionnelles, bref une «personnalité dingue». Une sacrée baraque, pensa Dan avec un émerveillement rétrospectif. Lui aussi avait été partant ; résidence parfaite pour un homme d'affaires dynamique et plein d'avenir tel que lui, elle correspondait en tout point à leur vision de la «maison idéale». Pour la énième fois, Dan se demanda comment aurait tourné leur vie commune si tout n'avait pas été pulvérisé.

Dire qu'après tout ça, Nicola s'était installée dans un pavillon. Pour quelle raison ? Ce n'était pas une question d'argent, elle était plutôt à l'aise financièrement. Et ce n'était pas comme si elle n'avait pas eu le choix ; il existait bon nombre de demeures anciennes dans le coin, en particulier à Bray ou à Enniskerry. Si Nicola tenait au charme de la maison de caractère, pourquoi s'était-elle entichée d'un pavillon de banlieue ? Après quelques instants de réflexion, Dan mesura l'étendue de sa bêtise. Crétin total !

Un alignement d'habitations de plain-pied se dessinant sur sa gauche, il ralentit. Il devait être arrivé.

Une, deux, trois… compta-t-il. Il resta pétrifié en découvrant la troisième maison.

— Qu'est-ce que… ? marmonna-t-il à voix haute.

Il venait de reconnaître la Rav4 de Chloé, qui s'engageait dans l'allée de Nicola. Mais ce ne pouvait pas… Pourquoi serait-elle… ?

Son cœur s'emballa quand il vit la Jeep de sa fiancée s'immobiliser. Chloé descendit du véhicule, jeta un regard rapide et incertain autour d'elle, puis verrouilla sans conviction sa voiture.

Bon sang ! Dan devait la rattraper avant qu'elle n'entre… il le fallait absolument !

Les doigts fébriles, il chercha le bouton de commande de la vitre côté passager. Mais dans sa hâte il pressa le mauvais bouton et fit descendre sa propre vitre.

Se passant une main dans les cheveux, Chloé se dirigeait à présent vers la maison, d'un pas hésitant. Elle avait presque atteint la porte quand Dan passa la tête par la fenêtre, espérant que sa fiancée l'entendrait malgré la distance.

Il fallait qu'il lui parle d'abord, qu'il lui explique…

Lorsqu'il vit Nicola tout sourire accueillir sa fiancée sur le seuil du pavillon, il comprit qu'il était trop tard.

Ken caressa le diamant étincelant d'un index léger. L'aimerait-elle ? Il l'espérait. Il avait couru un grand risque en choisissant la bague à l'avance, il le savait, mais il tenait à une vraie demande en mariage, dans les formes. Il referma l'écrin et le glissa dans la poche de son manteau.

Très nerveux, il passa la première et prit la direction de Stepaside. Jamais il n'aurait cru que la démarche puisse être aussi terrifiante ! Dirait-elle oui, emballée à l'idée de l'épouser, ou lui demanderait-elle le temps de réfléchir ? Ken se préparait à toutes les éventualités, même à un non catégorique. Peut-être n'était-elle pas prête ; le cas échéant, bien sûr, il s'inclinerait. Attendre Nicola ne lui posait pas de problème. Il savait qu'elle l'aimait ; et elle était la femme de sa vie. Parfois même, la force de son amour pour elle semblait le dépasser.

Il se félicitait que l'histoire avec l'autre minus soit close, bouclée. Certes, le risque avait toujours existé que Nicola puisse revoir Dan Hunt – puisse avoir *besoin* de le revoir – surtout après tout ce temps, et après ce qu'elle avait enduré.

Ken avait détesté la façon dont Dan était réapparu récemment dans la vie de Nicola, avec désinvolture, comme on se ravise. Ken n'aurait jamais traité la jeune femme ainsi, pour commencer il ne l'aurait jamais laissée partir. Dan Hunt n'était qu'un imbécile égoïste et dépourvu de caractère. Et si l'imbécile en question venait seulement de comprendre ce qu'il avait perdu, tant pis pour lui.

Ken savait que Hunt avait rappelé Nicola. Il était au courant car ce sale con avait téléphoné à la maison à deux reprises, et c'était Ken qui avait répondu. Hunt avait sans doute reconnu sa voix mais – c'était tout lui – il avait été trop lâche pour parler, et s'était contenté de raccrocher. Ken était sûr qu'il s'agissait de Dan parce que ces derniers temps Nicola s'était montrée préoccupée ; puis, quand il avait évoqué les raccrochages, elle avait réagi avec nonchalance, presque trop de nonchalance.

Ken ne lui reprochait pas son silence car il n'avait pas très bien réagi quand elle lui avait confié la première fois le désir qu'avait Dan de la revoir.

Le principal était que Nicola n'éprouve aucun désir semblable. De cela, Ken était certain ; Nicola s'était débarrassée de Dan, en avait terminé avec lui. N'avait-elle pas dit à Ken qu'elle aurait aimé l'avoir épousé, lui, autrefois ? Ne lui avait-elle pas dit que lui et Barney étaient désormais sa famille ?

Eh bien, songea Ken en s'engageant sur l'axe routier qui menait chez la jeune femme, si les choses se passaient ce soir aussi bien qu'il l'espérait, ils formeraient incessamment une véritable famille.

Il entreprit de répéter mentalement les mots qu'il prononcerait : introduction, développement... Une grimace déforma ses traits. Les nerfs à vif, la tête en feu, il était incapable de regarder dans la direction de la maison ! Il s'était pourtant amplement préparé ces derniers jours, et avec un peu de chance tout se déroulerait selon ses plans.

Quel dommage, cependant, qu'il doive se rendre à Galway demain pour une réunion impromptue avec les associés de Motiv8... En toute logique, il aurait dû remettre ça à son retour. Mais il avait trouvé la bague idéale pendant le week-end, et il avait l'impression que le bijou lui brûlerait la poche s'il ne faisait pas sa demande au plus tôt. Il se sentait surtout incapable d'attendre plus longtemps. Dès qu'il arriverait chez Nicola, il lui déclarerait qu'il ne faisait que passer, un petit coucou au pied levé avant son départ pour Galway, le tout d'un ton parfaitement badin, et puis il se lancerait, prendrait la...

Brusquement, il écrasa la pédale de frein, tandis qu'un frisson glacé lui parcourait la colonne vertébrale.

Hunt ! Qu'est-ce qu'il fabriquait là ? Bien qu'il se trouve à quelque distance de la maison, Ken ne pouvait pas ne pas le reconnaître. Dan Hunt qui remontait d'un pas impatient l'allée de Nicola, comme s'il courait vers quelque chose, ou quelqu'un...

Ken resta paralysé, assommé.

Lui avait-elle menti pendant tout ce temps ? Lui avait-elle dissimulé qu'elle revoyait Hunt plus fréquemment – et autrement – qu'elle ne l'avait laissé entendre ? Au fond, elle s'était montrée bien secrète au sujet des coups de fil... Que lui avait-elle caché d'autre ?

Ken attrapa l'écrin dans sa poche et, d'un geste furieux, le jeta sur le plancher de la voiture. Après quoi, le visage rouge de colère, faisant hurler ses pneus, il alla faire demi-tour dans l'entrée d'une allée et repartit à toute vitesse.

31

— C'était fantastique, Neil !

Laura virevoltait dans la cuisine. Elle rentrait d'une nouvelle journée au Salon de l'artisanat, et si Neil était venu avec elle le premier jour pour installer le stand, elle s'y rendait seule depuis que les portes étaient ouvertes au public.

— Tu n'imagines pas la foule de gens qui se sont intéressés à mon travail. J'ai dû distribuer au moins deux boîtes de cartes de visite !

Neil la serra ardemment dans ses bras.

— C'est génial, mon amour. Ne t'avais-je pas dit que ça marcherait du tonnerre ?

Laura leva vers lui un visage radieux. Oui, du tonnerre ! Ses créations avaient enfin été vues par les gens susceptibles de s'y intéresser – le « marché potentiel », aurait dit Helen – et la réaction se révélait absolument positive.

Helen. Le cœur de Laura vacilla à la pensée de son amie. Elle n'avait eu aucune nouvelle d'elle depuis l'autre soir.

Peut-être Helen ne tenait-elle pas à revenir sur tout ça. Peut-être n'avait-elle aucune envie d'affronter le problème, préférant en rester là et bannir Laura de sa vie ainsi qu'elle l'avait déjà fait la première fois. C'était sa manière d'être, après tout. Face à des soucis, elle choisissait en général d'ignorer l'existence du problème. Elle avait agi de la sorte avec Nicola, et dans une moindre mesure avec Laura, aussitôt après l'histoire avec Neil.

Laura doutait que Helen fût très affectée, quoiqu'elle eût paru secouée au moment de son départ l'autre soir. Laura ne se rappelait pas l'avoir vue aussi honteuse.

En tout cas, c'était bien d'avoir tout déballé au grand jour. Elle était contente aussi d'avoir eu le courage de se défendre, sans laisser Helen s'abriter derrière de plates excuses et des prétextes d'ivresse. Elle se sourit à elle-même. Nicola avait été stupéfaite de découvrir qu'elle avait toujours su et n'en avait jamais dit un mot. À quoi cela aurait-il servi ? Neil lui avait appris tout ce qu'elle avait besoin de savoir. Et parce qu'il ne le lui avait pas caché, parce qu'il la respectait suffisamment pour opter pour la franchise et courir le risque de la perdre suite à son incartade, Laura avait accordé tout son crédit à ses paroles.

Et pourtant, malgré tout, malgré les hauts et les bas, Laura ne voulait pas perdre Helen en tant qu'amie. Elles avaient vécu bien des choses ensemble et ces dernières années la vie n'avait pas été tout à fait rose pour Helen. Celle-ci souffrait de la solitude : qui l'aurait cru ?

Laura s'assit sur une chaise, refusant de se laisser abattre par l'évocation de Helen.

— Devine qui j'ai rencontré ! s'écria-t-elle.

— Qui ? demanda Neil, souriant de la voir si enthousiaste.

— Debbie. La fille de Projets des Grands Jours à Wicklow.

Neil n'eut pas l'air de voir de qui il s'agissait.

— L'imprimeur qui nous a fait nos invitations.

— Oh, j'y suis.

— Elle est charmante. Nous avons bien discuté.

Laura était tombée sur Debbie en courant se chercher un café – elle avait confié la surveillance de son stand à sa voisine qui confectionnait des caramels. Tandis qu'elle faisait la queue pour son café, quelqu'un lui avait tapé sur l'épaule et, en se retournant, elle avait découvert une Debbie souriante qui patientait derrière elle.

« Je croyais bien vous avoir reconnue tout à l'heure, fit gaiement Debbie. Vous êtes venue ici en badaud, ou…

— Non, j'expose, dit fièrement Laura. Je suis joaillier. »

Maintenant qu'elle se trouvait parmi d'autres artisans et recevait des échos plus que favorables à son travail, elle n'avait plus honte de donner un nom à son métier.

« Vraiment ? fit Debbie. Je ne le savais pas. Il faut que je passe voir votre stand. Vous savez déjà à quoi ressemble le mien. Au fait, ajouta-t-elle, merci pour votre mot de remerciement. Savez-vous que vous êtes la première mariée à m'en envoyer un ? »

Laura s'en étonna.

« Mais vous faites un boulot fantastique ! Nous étions ravis de vos invitations ; nos amis ont adoré.

— Fantastique, peut-être… sauf que nous avons donné vos cartons à quelqu'un d'autre !

— C'est exact ! » s'exclama Laura.

Elle préférait feindre d'avoir oublié afin de ne pas laisser penser à Debbie que l'incident avait été grave.

Debbie acheta deux cafés et, leurs gobelets à la main, les deux jeunes femmes retournèrent vers les stands.

« En fait… Je ne veux pas cancaner, reprit Debbie, mais l'autre femme était une sacrée bêchcuse et vous, vous avez été si gentille…

— Eh bien ? la pressa Laura, intriguée par cette entrée en matière.

— En fait… »

Debbie s'interrompit net devant le stand de Laura en découvrant les modèles exposés.

« Ce sont vos bijoux ? Ils sont fabuleux ! »

Laura l'entendit à peine, dévorée par la curiosité.

« Alors, dites-moi à propos de cette autre femme.

— Ah oui… »

Debbie baissa la voix, comme si Chloé risquait de surgir entre deux piles de pulls des îles d'Aran exposés sur un stand voisin.

« … en fait, son mariage a dû être repoussé.

— Repoussé ? Et pourquoi ?

— Elle ne me l'a pas dit. Je sais que ça l'a ulcérée de devoir me téléphoner pour me demander une réimpression avec une autre date, mais elle n'avait pas le choix. Ça lui aurait coûté une fortune de commander de nouvelles invitations ailleurs. »

Le mariage de Dan avait été repoussé ! Laura en resta interloquée. Cela avait-il un rapport avec Nicola ? Question plus importante : devait-elle en aviser Nicola ? Non, c'était idiot, cela risquait d'aggraver la situation.

Mais la coïncidence n'était-elle pas curieuse que le mariage de Dan ait été remis peu de temps après qu'il eut revu Nicola ? Sans omettre le fait qu'il l'avait harcelée.

— Voilà, disait maintenant Laura à Neil. Nous sommes allées boire un verre après la fermeture du salon. Elle m'a raconté comment elle avait lancé son entreprise et qu'il lui avait fallu un temps fou pour sortir la tête de l'eau. Neil, quand je l'écoutais parler, j'avais l'impression d'entendre ma propre histoire ! Sa famille qui débarquait tout le temps à l'improviste pour prendre le café alors qu'elle essayait de travailler, et elle aussi s'est retrouvée à garder les enfants de ses copines quand celles-ci allaient courir les magasins. Les gens l'envoyaient chercher leurs vêtements au pressing ou lui demandaient de venir attendre chez eux une livraison de meubles, des trucs comme ça.

Les expériences de Debbie avaient eu le don de l'aider à relativiser les siennes.

« Ils se conduisaient comme si je restais chez moi à me tourner les pouces devant la télé, avait confié Debbie. J'ai été obligée d'y mettre le holà. Je n'arrivais pas à travailler, et m'absenter de chez moi si fréquemment n'aidait en rien les affaires.

— Que leur avez-vous dit ? »

Laura était très intéressée par la façon dont elle s'y était prise, quoique Debbie ne semblât pas être le genre de femme à s'en laisser conter.

« Je me suis brouillée avec certaines personnes pendant quelque temps. La plupart de mes amies ont compris, mais seulement quand je leur ai expliqué entre quatre-z-yeux que même si je travaillais chez moi, je *travaillais* quand même et qu'elles ne pouvaient pas débarquer comme ça en comptant sur ma disponibilité. Après, elles m'ont soutenue. Une fois que j'ai eu la boutique, évidemment, les choses ont été plus claires et ça m'a beaucoup aidée. Mais ça n'a pas été facile. »

Laura acquiesçait en toute compréhension, songeant à sa propre situation.

« Si vous voulez tenir, reprit Debbie, il faut garder confiance en votre production, mais surtout en *vous-même*. Et il faut conditionner votre esprit avec l'idée que l'échec n'est pas au programme. Ce n'est pas facile et, quoi que racontent les journaux, on voit rarement des gens réussir et devenir milliardaires d'un jour à l'autre. Vous devez conserver votre détermination, continuer à travailler, et au bout du compte, la chance finira par pointer son nez. »

Elle pressa la main de Laura d'un geste encourageant.

«Vous savez, quelquefois ça suffit... rien qu'une petite chance. Et en exposant dans ce salon, Laura, vous êtes sur la bonne voie.»

Assise dans sa cuisine, Laura s'interrogeait.

Rien qu'une petite chance? Si c'était suffisant, saurait-elle reconnaître l'opportunité, le coup de pouce quand il se manifesterait?

Ou bien, se dit-elle nerveusement, se souvenant de l'intérêt de Brid Cassidy pour ses bijoux de mariage, l'occasion était-elle déjà passée?

Ce même après-midi, une Helen abattue se dirigeait vers l'école de Kerry.

Elle restait ébranlée par ce qui s'était passé avec Laura. Comment son amie pouvait-elle avoir été au courant pendant toutes ces années et n'en avoir jamais soufflé mot? Helen ne comprenait même pas comment Laura avait pu se contraindre à rester son amie, et une amie si proche.

Elle avait considéré comme toute naturelle cette amitié, lui demandant d'aller chercher Kerry et de la garder pendant qu'elle se livrait à ses étreintes torrides avec Paul. Elle avait profité du bon cœur de Laura et de son tempérament gentil de la même façon qu'elle avait maltraité Jo : Jo qui s'était toujours montrée serviable et conciliante lorsqu'il s'agissait de Kerry, même quand Helen la traitait comme de la merde.

Elle avait rompu avec Paul ce soir-là. À quoi bon? Nicola avait raison. Elle était allée trop loin dans le mensonge, au point même de renier l'existence de sa propre fille. Il n'y avait pas d'excuse à cela, quel qu'ait été son désir d'avoir quelqu'un dans sa vie. En fin de compte, elle n'avait même pas parlé de Kerry à Paul, préférant lui laisser penser qu'elle s'était simplement lassée de lui.

Il n'avait pas semblé bouleversé. Ce n'était pas comme si leur relation avait été profonde et essentielle, songeait Helen ; ils avaient surtout passé leur temps au lit. Et Helen était persuadée que la « maman malade » à qui il rendait visite tous les week-ends était plutôt une petite amie de longue date. Connaissant suffisamment les hommes pour décrypter les signaux, Helen devait admettre qu'elle n'avait été pour Paul qu'une aventure pour jours ouvrables.

Cette fois-là avec Neil… bien sûr qu'elle s'était sentie coupable ensuite, et très moche de s'être attaquée à lui de cette façon. Le pauvre était tellement bourré qu'il n'avait pas la moindre chance. Cependant, la culpabilité ne s'était pas éternisée, et en tout cas n'avait pas été assez puissante pour permettre à Helen de mesurer les ravages qu'elle aurait pu commettre.

À l'époque, elle n'y avait pas attaché grande importance. Nicola les ayant interrompus, ils n'avaient pas couché ensemble, alors franchement il n'y avait pas de quoi en faire une histoire, à peine une anecdote. Pourquoi se sentir coupable quand il n'y avait aucune raison ?

Or le fait que Laura l'ait toujours su – soit restée son amie, prête à voler à son secours et à l'aider sans poser de conditions – engendrait à présent chez Helen une sincère culpabilité. La loyauté de Laura à son égard, qui avait perduré sans même faiblir après cette histoire, jetait une lumière crue sur les propres insuffisances de Helen.

Elle en avait la nausée rien que d'y penser. À la place de Laura, se serait-elle conduite comme elle ? Aurait-elle pris le temps d'analyser la situation, de réfléchir à l'état psychique de son amie, et aux motivations qui la poussaient à essayer de lui voler son homme ? Helen ne le pensait pas. Elle lui aurait plutôt écrasé le nez d'un coup de poing. En toute certitude, elle ne serait pas restée son amie, et n'aurait rien compris !

Comment Laura parvenait-elle à se montrer toujours si compréhensive et si indulgente avec autrui ?

Helen avait toujours tenu ce trait de caractère chez sa vieille amie pour une faiblesse flagrante, or elle comprenait maintenant qu'elle s'était trompée. Il s'agissait au contraire d'une force, une force incroyable, une force de caractère que personne, pas même Nicola, n'avait soupçonnée chez Laura.

Et lorsque Nicola aussi bataillait pour survivre après Dan, quand sa vie s'était retrouvée en lambeaux, c'était Laura qui l'avait aidée à se reconstruire, Laura qui était restée auprès d'elle jour après jour, prêtant l'oreille à ses angoisses de ne plus jamais être la même.

Sur ce plan-là aussi, Helen ressentait de la honte à ne pas avoir été capable de cela. C'était une autre tache dans sa vie : elle avait purement et simplement abandonné Nicola quand celle-ci était au fond du trou. À l'époque, elle s'était convaincue qu'elle avait ses propres problèmes, que Jamie s'apprêtait à la quitter, mais bien sûr ce n'était pas la question.

La vérité était qu'elle avait peur : peur de ce qui risquait d'arriver à Nicola, peur de se laisser dépasser, elle, en tant qu'amie de Nicola.

En se garant sur une place de parking gratuite, Helen parvint à la conclusion qu'elle était non seulement une amie impossible et une mère impossible, mais carrément une femme impossible.

Campée derrière son bureau, Mme Clancy, la directrice de l'école, la considérait avec gravité. Helen n'ignorait pas que cette femme lui en voulait de ne pas être venue la voir plus tôt. Kerry était entrée à l'école au début du mois de septembre et ne s'y était pas encore intégrée.

Mme Clancy avait tenté de fixer un rendez-vous avec elle depuis quelque temps. Après avoir longuement fait traîner les choses, surtout suite aux récents événements, Helen s'était décidée à ravaler sa morgue et à accepter l'entrevue. Elle savait d'avance sur quoi porterait l'entretien : les problèmes de langage de Kerry entravaient son apprentissage ; la directrice lui demanderait certainement de retirer l'enfant de l'école jusqu'à l'année suivante, avec l'espoir qu'elle aurait alors progressé.

— Comme je ne doute pas que vous en soyez consciente, madame Jackson, commença la directrice, Kerry a un grave problème d'expression.

— Je sais. Elle a vu un phoniatre mais, apparemment, ça ne va pas mieux. J'avais espéré, continuat-elle, sentant la directrice près de l'interrompre, j'avais espéré que le fait d'aller à l'école et de se trouver parmi d'autres enfants l'aiderait, mais je me rends compte aujourd'hui qu'elle doit avoir des problèmes pour suivre.

Les yeux de Mme Clancy s'agrandirent de surprise.

— Loin de là, madame Jackson. Kerry fait au contraire partie des enfants les plus éveillés de sa classe.

— Oh ?

— Oui, même si Mme Cosgrove… Au fait, c'est son institutrice, ajouta-t-elle avec une raillerie mal déguisée face au manque d'intérêt qu'avait manifesté cette mère d'élève. Mme Cosgrove, donc, lui demande rarement de s'exprimer devant les autres à cause de son bégaiement. Mais Kerry, d'après ce que je sais, fait tout son possible pour suivre en classe.

— Je suis perdue, avoua Helen. Je pensais que vous alliez me dire que son bégaiement lui causait des difficultés rédhibitoires.

Elle ne s'était pas attendue que Mme Clancy souligne la bonne volonté et les progrès de Kerry.

La directrice posa sur elle un œil perçant.

— Madame Jackson, comment Kerry vous paraît-elle à la maison ?

— À la maison ? Tout va bien, en général. Pourquoi, au juste ?

— Kerry vous semble-t-elle tranquille, distante… ou même triste ?

— Kerry est toujours tranquille, madame Clancy. Elle passe beaucoup de temps dans sa chambre et, puisque vous en parliez, elle passe beaucoup de temps seule à dessiner.

— Madame Jackson… puis-je vous appeler Helen ?

La jeune femme perçut une intonation amicale dans le ton de son interlocutrice, et se demanda ce qui allait suivre.

— Du fait de son bégaiement, Kerry a essuyé quelques railleries de la part de ses camarades de classe.

Mme Clancy semblait s'excuser, comme si elle s'estimait responsable de cette situation.

Helen s'agita sur son siège.

— Cela ne me surprend guère, madame Clancy. Les enfants comme Kerry sont condamnés à la moquerie, surtout à cet âge. Vous savez aussi bien que moi à quel point les enfants peuvent se montrer cruels, mais ils ont l'excuse de la jeunesse, ils ne connaissent pas la différence. J'ai toujours su qu'elle risquait d'essuyer des insultes.

Le regard de la directrice se fit plus dur.

— Il ne s'agit pas que d'une question verbale, Helen, mais d'un problème très sérieux. Kerry a reçu des crachats, s'est fait tourner en ridicule, et a été jetée à terre, pas seulement par les garçons mais aussi par certaines filles de sa classe. Il ne s'agit pas seulement de vilains sarcasmes, Helen, mais de brutalités flagrantes, et je suis terriblement contrariée que cela se soit passé dans mon école, surtout chez les petits. Elle ne vous a pas montré les marques sur ses bras ?

Durant un long moment, Helen eut l'impression d'avoir surpris une conversation qui ne la concernait pas. Des crachats ? Jetée à terre ? Des marques sur ses bras ? Pourquoi Kerry ne lui avait-elle rien dit ?

Question plus troublante encore : pourquoi n'avait-elle rien remarqué ?

Helen n'eut pas à creuser très profondément pour trouver la réponse. Comment aurait-elle pu remarquer ? Elle avait été si égocentrique, si absorbée par sa liaison avec Paul ces derniers mois qu'elle n'avait même pas noté que les vêtements de Kerry devenaient trop petits !

— Madame Jackson ?

— Excusez-moi... vous disiez ?

Plongée dans ses pensées, elle avait presque oublié la présence de la directrice.

— Écoutez, reprit cette dernière, je viens de vous causer un choc. Nous aurions voulu vous en parler plus tôt mais...

— Kerry vous a demandé de ne pas le faire, termina Helen en secouant tristement la tête. Kerry n'a pas voulu me faire de la peine, c'est ça ?

— À vrai dire, répondit la directrice, une expression étrange sur le visage, ce n'est pas tout à fait exact. Votre fille craignait que vous ne soyez *fâchée* contre elle. Elle a dit, je vous cite ses paroles : « Maman dit que je n'arrive pas à parler correctement parce que je ne m'applique pas assez. Si vous parlez à maman des vilains garçons, elle saura que je ne m'applique pas assez, et elle sera très en colère. »

— Mon Dieu, souffla Helen.

Comme si un nœud venait de se serrer dans sa poitrine, elle porta la main à sa bouche, et les larmes se mirent à couler sur ses joues avant même qu'elle se rende compte qu'elle pleurait.

Qu'avait-elle fait ? Qu'avait-elle fait à son enfant ? Pourquoi n'était-elle pas venue voir Mme Clancy plus tôt ? Pourquoi avait-elle différé comme si le bien-être de sa fille ne représentait pour elle qu'un à-côté encombrant ? Son égoïsme ne connaissait-il pas de limites ?

Elle n'imaginait que trop Kerry, gênée et honteuse, suppliant les enseignantes de se taire parce qu'elle pensait que sa maman serait fâchée, en colère contre elle à cause de son bégaiement – que sa maman dirait que c'était sa faute si elle essuyait des railleries et des méchancetés puisqu'elle était incapable de parler correctement. Quelle sorte de mère était-elle pour causer à sa propre enfant un pareil dommage affectif ?

— Ne soyez pas bouleversée à ce point, Helen, lui enjoignit Mme Clancy, troublée par sa réaction. Je comprends ce que vous ressentez, mais n'oubliez pas que Kerry a juste quatre ans. Les enfants de cet âge ont l'imagination très fertile. Aucun enseignant de l'équipe, pas plus que moi-même, n'a pris ses affirmations au pied de la lettre. Pas un instant nous n'avons cru que vous rejetteriez sur Kerry la faute de ses difficultés. Et pour autant que je sache, le bégaiement est un problème physiologique, non psychologique. Toujours est-il que son manque de confiance en soi risque d'empêcher ses progrès. C'est là, je pense, que les parents jouent un rôle essentiel. Je précise que nous avons déjà parlé aux parents des coupables, et que nous prendrons toutes les mesures nécessaires contre ces petites brutes, mais...

Helen secoua la tête.

— Ce qui s'est passé est *ma* faute, pas celle de Kerry ni celle des autres enfants... Je ne l'ai pas suffisamment aidée. Je ne lui ai pas fait faire les exercices qu'avait indiqués le phoniatre depuis un temps fou. En fait, ajouta-t-elle, blêmissant brusquement, je ne l'ai même pas ramenée chez le phoniatre depuis... Oh, qu'est-ce que j'ai fait ?

Submergée par la honte, elle se cacha le visage dans ses mains.

Mme Clancy garda le silence pendant un moment.

— J'ignore à peu près tout de votre vie personnelle, Helen, dit-elle enfin, mais d'après ce que je sais, vous n'êtes pas mariée ?

Helen acquiesça.

— Personne ne niera qu'élever seule un enfant est difficile, continua la directrice, surtout pour une femme qui travaille. Vous le reconnaissez vous-même, n'est-ce pas ?

Comme Helen ne répondait pas, Mme Clancy se leva de son fauteuil et contourna le bureau pour venir poser une main réconfortante sur l'épaule de la jeune femme.

— Je vous en prie, Helen, ne vous tourmentez pas davantage. Je suis certaine que vous avez essayé de faire de votre mieux pour Kerry, mais peut-être faut-il maintenant que vous mettiez au clair certaines choses, toutes les deux.

Certaines choses ? Jamais auparavant Helen n'avait connu cette culpabilité brutale et totale qui la submergeait. C'était comme de la lave en fusion, qui lui brûlait les entrailles et détruisait son être infatué jusqu'à la boursouflure. Existait-il une seule personne qu'elle n'ait pas blessée au cours des années passées dans sa fièvre foncière à se satisfaire elle-même, pour compenser le sentiment de rejet et de deuil qui ne l'avait pas quittée depuis le départ de Jamie ?

Au bout d'un moment, elle se redressa et serra résolument la main de Mme Clancy.

Elle allait rentrer à la maison maintenant. Là elle parlerait à Kerry des brimades qu'avait subies la fillette, et de son bégaiement, elle essaierait de lui insuffler un peu de confiance en soi, en tout cas elle se conduirait comme une bonne mère, une mère *convenable*, pour une fois.

Durant le trajet dans sa voiture, elle se représenta le visage souriant et épanoui de sa fille, mais très vite l'image fut remplacée par l'affreuse vision de Kerry agressée par ses camarades de classe. Helen fut prise de l'envie terrible d'attraper ces petits montres et de les gifler, de leur infliger un peu de la souffrance qu'avait endurée Kerry. Elle les saisirait par les cheveux, et cognerait l'une contre l'autre leurs têtes de petites brutes, sans compter qu'elle aurait deux mots à dire aux parents, et elle...

Son esprit fut comme traversé par un éclair. Elle freina et se gara sur le côté de la route... C'était ça? se demanda-t-elle, les mains tremblantes sous la poussée d'adrénaline. Cet élan, ce désir ardent de protection quasi primitif – ce besoin *maternel* de protéger son petit. Était-ce enfin le sentiment qui s'était dérobé à elle durant tant d'années?

Elle n'en savait toujours rien.

Pour le moment, elle savait seulement qu'elle avait beaucoup de dégâts à réparer.

32

— Voulez-vous boire quelque chose, Chloé ? proposa Nicola. Du café, du thé, un verre de vin ?

— Du café, s'il vous plaît.

Chloé promena dans la pièce un regard nerveux.

— Euh... Vous avez une très jolie maison, fit-elle sans enthousiasme.

Nicola eut de la peine pour elle. C'était contrariant que Dan soit apparu comme ça, en même temps. Elle ne l'attendait qu'une heure plus tard au minimum, et elle avait prévu de passer un moment seule avec Chloé, afin de la préparer avant la venue de Dan. Mais Chloé était arrivée en retard, et Dan bien trop en avance...

À présent, la pauvre fille n'avait plus qu'une hâte : partir d'ici.

— As-tu besoin d'aide ? Je peux préparer le café, si tu veux, fit Dan d'un ton qui en disait long.

Nicola le laissa la suivre dans la cuisine.

— Dans quel guêpier essaies-tu de me fourrer, Nic ? s'exclama-t-il une fois certain que Chloé ne pouvait l'entendre.

Nicola se tourna vers lui après avoir mis en route le percolateur.

— Je n'essaie de te fourrer dans aucun guêpier, Dan. Je pense même que je te rends un service.

— Un service ? Tu plaisantes !

— Pas du tout. Voilà un moment que Chloé est intriguée par moi. Je veux lui rendre la paix de l'esprit.

— Es-tu certaine qu'il n'y a rien d'autre ? Es-tu sûre de ne pas y prendre un peu trop de plaisir ?

— Du plaisir ? répéta Nicola en le regardant. Quel plaisir au juste puis-je trouver dans cette histoire ?

— En ce cas, pourquoi nous as-tu invités tous les deux ce soir ?

— Je ne souhaitais pas que vous arriviez ensemble. Je t'ai demandé de ne pas venir avant sept heures parce que je souhaitais parler d'abord avec Chloé pour...

— Tout envenimer ?

— Non, pauvre idiot, pour expliquer ! Dire ce que tu n'as pas su dire, lui faire savoir qu'en ce qui te concerne je ne représente pas une menace pour elle ! Ce que tu aurais dû faire dès le début !

— Je le sais, fit Dan en se passant une main dans les cheveux, mais je ne savais pas quoi lui dire... J'avais la trouille.

— Quand je t'ai revu à Bray, j'ai cru que tu avais changé, mûri, et même que tu avais pris le dessus. Mais tu es toujours terrorisé, n'est-ce pas ? Alors que tu n'as plus rien à voir avec moi depuis longtemps, tu as encore peur, c'est ça ?

— Non, ce n'est pas ça, Nic... Je ne pouvais tout bonnement pas...

— Assumer, termina Nicola à sa place. Tu n'as pas pu assumer à l'époque et tu ne peux pas assumer aujourd'hui. C'est assez logique. Mais ce que je n'arrive pas à comprendre, c'est pourquoi tu ne l'as pas dit à Chloé.

Dan avait la mine d'un enfant qu'on réprimande.

— Bon, tu as raison. Je sais que tu as raison. Simplement, je ne voulais pas reconnaître que... oh, je ne savais pas comment elle le prendrait, voilà ! Peut-être qu'elle me condamnerait, peut-être qu'elle ne comprendrait pas ce que ça a été pour moi.

— Bon sang, Dan, tu n'es pas le seul concerné! s'exclama Nicola d'une voix tremblante. Crois-tu que ça m'amuse d'avoir fait venir Chloé ici aujourd'hui? Ne va pas interpréter mes paroles de travers. Je ne suis pas jalouse d'elle ni rien de semblable, mais crois-tu que c'était facile pour moi de me donner ainsi en spectacle?

— Écoute, je sais que ça peut être bizarre pour toi de me voir avec une autre femme...

— Oh, là, là! protesta Nicola en levant les paumes vers le ciel. Ne va pas t'imaginer que ça a un rapport avec toi. Ce que nous avons vécu ensemble est terminé, bouclé, balayé. Pour moi, tu n'es plus qu'une petite tache sur l'horizon, et, si je fais ça, c'est parce que je veux que tu sortes de ma vie une fois pour toutes!

— Nicola...

— Tu ne soupçonnes pas à quel point ça a été dur pour moi de revenir ici et de recommencer à zéro.

Elle était furieuse de devoir lui enfoncer ça dans la tête, de devoir s'expliquer et se justifier.

— Et je crois que je m'en sors bien, poursuivit-elle. Plus exactement, je m'en *sortais* bien avant que cette histoire commence. Je peux aller partout où je veux. J'ai ma maison à moi, un métier que j'adore, un homme que j'aime et qui m'aime. Je n'ai besoin de m'appuyer sur personne, Dan, encore moins sur toi!

— Je sais, et c'est super...

— Ne prends pas ce ton protecteur! s'enflamma Nicola, le regard étincelant. Tu l'as fait trop souvent par le passé.

Dan adopta un profil bas et, durant un moment, aucun d'eux ne prit la parole. Quand elle le fit, Nicola avait une voix plus douce :

— Ne peux-tu oublier ta petite personne pour une fois, et dire la vérité à cette fille?

— Je le ferai, soupira Dan. Je te le promets. Et je regrette sincèrement, Nic. Je n'avais pas envisagé les choses de ton point de vue. J'ai été furieux contre Chloé quand j'ai appris qu'elle avait parlé avec Carolyn, mais je ne lui ai rien expliqué pour autant. Je pensais que ma colère suffirait à la faire renoncer à son enquête. Il est clair que je n'ai pas imaginé les conséquences que ça aurait pour toi.

— La vieille rengaine. Toujours toi, toi, et encore toi

— C'est vrai, convint Dan sans oser la regarder. Mais je te promets que je lui raconterai tout.

— Bien.

Il semblait contrit. Une lueur amusée dans les prunelles, Nicola se croisa les bras.

— Ce n'est pas le tout, fit-elle, mais en dépit de mes grands discours sur l'autonomie, je vais te demander d'emporter ce plateau pour moi. Tu veux bien ?

— Bien sûr.

Prenant le plateau sur lequel elle avait disposé café et pâtisseries, Dan s'apprêtait à quitter la cuisine quand il s'arrêta net, les sourcils froncés.

— D'où vient ce gémissement ? s'enquit-il en regardant autour de lui.

Nicola eut un sourire espiègle.

— Je ne savais pas si Chloé aimait les chiens…

— Elle les adore. Enfin, je crois.

— Vrai ? Super.

Nicola ouvrit la porte de la buanderie et Barney s'élança, la langue pendante et l'arrière-train frétillant. Il s'immobilisa en découvrant Dan, et Nicola remarqua que le poil de son cou se hérissait légèrement face à ce visiteur particulier. Excellent jugement, Barn, songea-t-elle en souriant pour elle-même.

— Oh !

Dan était manifestement mal à l'aise et Nicola réprima un petit rire en regagnant le salon. Son ex restait paralysé devant les chiens – depuis toujours.

Suivant aussitôt sa maîtresse, Barney repéra sur-le-champ un deuxième visiteur et se précipita vers Chloé pour lui renifler les chevilles d'une truffe intriguée.

— Oh, qu'il est beau !

La jeune femme oublia un instant sa gêne pour caresser avec plaisir le pelage luisant de l'animal. Celui-ci répondit en lui flairant les paumes et en se collant à ses jambes, sans cesser de remuer la queue.

— Je ne sais pas ce que je ferais sans lui, fit gaiement Nicola, contente de voir son invitée plus à l'aise. Voulez-vous un muffin, Chloé, ou un morceau de gâteau ?

— Non, merci, répondit sagement Chloé.

— Je suppose que vous surveillez votre ligne pour le mariage, dit aimablement Nicola. Vous devez avoir hâte, maintenant.

Manifestement, Chloé ne trouva rien à répliquer, et Nicola se sentit coupable. Elle n'avait pas voulu créer une situation de malaise pour Chloé ; en l'occurrence, c'était elle l'innocente, et son fiancé qui méritait une leçon.

Le portable de Dan se mit à sonner à ce moment. Dans sa hâte à répondre, Dan laissa l'objet tomber de sa poche et glisser sur le parquet. Barney bondit et attrapa le téléphone dans sa gueule pour le rendre à son propriétaire surpris et quelque peu nerveux.

Chloé regarda Nicola avec étonnement.

— Comme il est intelligent ! s'exclama-t-elle.

Ainsi que Nicola l'avait espéré, la présence du chien avait contribué à détendre la visiteuse. Barney ne manquait jamais d'impressionner les gens par ses cabrioles.

— Dan n'a pas l'air de partager votre avis, rétorqua Nicola.

Ce fut en riant franchement qu'elle regarda son ex essuyer d'un air dégoûté son portable avec son mouchoir avant de prendre la communication.

— Personne d'autre ne peut s'en charger ? l'entendirent demander les deux femmes. C'est que je suis occupé, là, tout de suite…

Il eut une mimique d'excuse avant de battre en retraite dans la cuisine.

Saisissant cette occasion de s'entretenir seule à seule avec Chloé, Nicola se tourna vers son invitée.

— Excusez-moi, j'ai l'air de vous avoir prise en traître, dit-elle. Je ne voulais pas que Dan et vous arriviez en même temps. J'espérais que nous aurions un petit moment pour bavarder toutes les deux.

Chloé pressa sa tasse de café dans le creux de sa main.

— C'est moi qui devrais m'excuser, fit-elle sans regarder Nicola dans les yeux. Je n'aurais pas dû fouiner derrière votre dos de cette façon… Si j'avais su…

— Ce n'est pas grave. Je sais que Dan s'est montré plutôt secret.

Très préoccupée, Chloé secoua la tête.

— Je n'avais aucune idée…

— Comment auriez-vous pu deviner ? Vous savez, je peux comprendre votre curiosité à mon endroit, surtout que j'ai quitté le pays pendant longtemps pour réapparaître brusquement – juste avant votre mariage. Mais vous devez vous mettre dans la tête que je ne suis pas revenue en Irlande pour reconquérir Dan. Cela n'a jamais été dans mes intentions, ajouta-t-elle avec un rire bref. Je suis avec quelqu'un d'autre maintenant, quelqu'un que j'aime profondément.

Il y eut un silence.

— Je me demandais pourquoi Dan tenait tant à vous revoir, reprit Chloé, pourquoi il évitait toute discussion sur les causes de votre rupture. Dès qu'il s'agit de vous, il est plutôt… plutôt…

Elle cherchait l'expression adéquate.

— Sur la défensive ? suggéra Nicola.

Chloé approuva d'un hochement de tête.

— Je me suis sentie menacée.

— J'imagine, acquiesça Nicola en se penchant pour caresser Barney derrière les oreilles. Mais ce n'est pas à propos de moi que Dan est sur la défensive... C'est en rapport avec sa propre conduite. Enfin, maintenant que nous nous sommes rencontrées, ressentez-vous toujours cette menace ?

Chloé secoua la tête. Il était manifeste que cette entrevue la déconcertait.

— Pour être franche, Nicola, je ne sais plus ce que j'éprouve. Je ne m'attendais pas à ce que vous soyez si... si sympathique.

Elle eut un sourire piteux.

— Excusez-moi, je ne m'y prends pas très bien...

— Ça va, la rassura Nicola avec un sourire.

Dan revint dans le salon et considéra les deux femmes l'une après l'autre.

— C'était le bureau, annonça-t-il. Il y a un problème. Le cabinet d'architectes Temple menace de nous retirer sa clientèle. Ils ont appelé et laissé des messages pour John à quatre reprises cette semaine, et John ne les a pas contactés. J'ai essayé son portable mais je n'obtiens que sa messagerie. Aussi je dois filer, aller essayer d'amadouer Harry Temple et le convaincre de ne pas nous quitter. J'en ai marre de tout ça.

Nicola savait différencier un prétexte d'une véritable obligation.

— Tu t'en vas... tout de suite ? s'enquit Chloé, dont le soulagement était palpable. Eh bien, je vais y aller moi aussi. J'ai été heureuse de vous rencontrer, Nicola, continua-t-elle en se levant. Merci pour le café.

— Moi aussi, j'ai été ravie de vous connaître.

— Euh... Passez nous voir un de ces jours.

Nicola s'efforça de conserver l'expression la plus neutre.

— Certainement… un de ces jours.

Dan regarda sa montre.

— Désolé de devoir partir comme un voleur, Nic, mais on se revoit bientôt, d'accord ?

— D'accord.

Le couple gagna l'entrée, accompagné jusqu'à la porte par Barney.

Depuis la fenêtre de son séjour, Nicola les regarda se diriger vers leurs voitures. Chloé marchait lentement à côté de Dan. Sans aucun besoin d'être télépathe ou experte en lecture sur les lèvres, Nicola pouvait deviner ce que la jeune femme était en train de dire à son fiancé.

— Mon Dieu, Dan, murmurait Chloé, bouleversée. Pourquoi ne me l'as-tu pas dit ?

33

Dan marchait tout près d'elle.

— Écoute, dit-il, monte dans ta voiture et suis-moi jusqu'au village.

Chloé n'ajouta rien. Elle sortit en marche arrière de l'allée de Nicola dans un état cotonneux. Au passage, Dan la vit jeter un œil interrogateur sur la Ford Focus garée devant la maison.

Dan passa devant au volant de son propre véhicule et, quelques minutes plus tard, les deux voitures se rangeaient sur le parking du pub local. L'expression indéchiffrable, Dan vint s'asseoir auprès de sa compagne.

— Je suis désolé, commença-t-il. Je ne savais tout simplement pas comment te le dire.

— Mais comment as-tu pu… comment as-tu pu me cacher une chose pareille, Dan ? Comment as-tu pu tenir si longtemps sans rien dire ?

— Je…

— Ce chien, l'interrompit Chloé sans lui laisser le temps de répondre. Le chien de Nicola… c'est une de ces… un de *ces* chiens, c'est ça ? Comme un chien d'aveugle sauf que…

— Oui, c'est un chien d'assistance, précisa Dan.

— Que lui est-il arrivé ? Elle n'a pas toujours été comme ça, n'est-ce pas ?

— Non, répondit tristement Dan, elle n'a pas toujours été comme ça.

La présence du chien lui avait causé un choc. Tout en étant parfaitement conscient que, les années passant, Nicola avait recouvré son autonomie, il ne s'était pas attendu au rôle du chien dans cette conquête. Il se rappela la façon dont Barney avait rattrapé le téléphone portable tombé à terre, et comment il avait refermé la porte derrière eux après leur départ. À l'évidence, ces chiens d'assistance étaient capables de véritables prouesses, telles qu'allumer et éteindre les lampes, ou charger et décharger les machines à laver. Ce devait être également un bon chien de garde, capable d'avertir sa maîtresse d'un danger imminent.

— Pourquoi ne m'as-tu rien dit ? répéta Chloé.

Le regard de Dan s'abaissa vers le tableau de bord.

— Je regrette. À mesure que le temps passait, c'était de plus en plus dur de dire quoi que ce soit. Je me demandais ce que tu penserais de moi et...

— Que s'est-il passé ? insista Chloé.

— Je ne savais pas comment en parler, Chloé. Il faut que tu comprennes...

— Réponds à ma question et dis-moi enfin !

Il perçut une note désespérée dans la voix de la jeune femme. Voilà, ça y est, pensa-t-il avec un malaise croissant. Le moment qu'il redoutait depuis le retour de Nicola était arrivé.

Il s'éclaircit la gorge avant de parler.

— Bon, comme tu le sais déjà, Nicola et moi avions vécu des choses pénibles, avec la fausse couche et, évidemment, cette histoire avec Ken Harris.

Chloé hocha la tête, l'invitant à poursuivre.

— Mais on s'en était sortis. En vérité, nous avions refait surface plus vite, et sans doute plus facilement, que ce que nous avions cru. Nous nous aimions énormément, Chloé, et nous étions tous les deux bien décidés à sortir vainqueurs de ces épreuves, bien décidés à ce que notre mariage réussisse.

Il avala sa salive avant de continuer.

— Bien sûr, ça ne m'était pas facile de pardonner à Nicola son bref flirt avec Harris, mais en même temps je comprenais pourquoi ça s'était produit. Pendant un temps, nous nous étions non seulement évités l'un l'autre mais nous avions aussi évité, inconsciemment, ce qui nous était arrivé. Nous n'avions jamais parlé de la fausse couche, jamais partagé notre chagrin. Après l'histoire avec Ken, je crois que nous avons tous les deux compris notre erreur, et que nous étions en train de saboter notre mariage.

Tout en sachant que ce n'était pas agréable pour Chloé d'entendre cela, Dan éprouvait en même temps un étrange soulagement à mettre enfin des mots sur son passé.

— Après nous être dit ce que nous ressentions, après avoir reconnu ensemble à quel point notre union était devenue fragile, nous avons conclu que, même si notre mariage battait de l'aile, nous nous aimions encore et que ça valait le coup de nous battre. Alors c'est ce que nous avons fait. Pour commencer, nous avons envisagé de quitter notre appartement à Bray et d'acheter une maison. Nous savions que, si notre mariage devait survivre, il nous fallait redémarrer avec du neuf.

Une nouvelle maison signifiait un nouveau départ, un nouveau chapitre de leur vie commune.

— Pendant un moment, ce fut génial. Nicola quitta Metamorph et trouva une autre place dans le centre de remise en forme d'un hôtel. Sans doute voulait-elle me rassurer en ne voyant plus Ken Harris, mais je savais qu'il ne représentait aucune menace. Tout ce qui m'importait c'était d'avoir retrouvé ma Nicola – ma Nicola d'autrefois.

À ces mots, Chloé tressaillit légèrement.

— Excuse-moi, Chloé. C'est aussi la raison pour laquelle je ne voulais pas t'en parler. Ce genre de chose n'est pas facile à entendre pour toi.

— Ne t'inquiète pas de ce que je pense. Continue.

— D'accord, soupira Dan. Je disais donc que la Nicola d'autrefois était de retour et, crois-moi, il y avait le bon côté et le revers de la médaille !

L'afflux de souvenirs le fit rire brièvement.

— Nicola possède une énergie incroyable, toujours à courir à droite et à gauche. Elle n'a pas la moindre patience et parfois tu ne peux pas la faire tenir en place plus de trois secondes !

Dan s'interrompit en se rendant compte qu'il parlait au présent.

— Toujours est-il, reprit-il, qu'elle s'est consacrée entièrement à la recherche de la maison. C'était très important pour elle, c'était devenu une quête, un but essentiel. Je dois reconnaître que ça me plaisait à moi aussi. Les samedis et dimanches après-midi, nous enfourchions nos vélos pour aller visiter des maisons témoin.

— À vélo ?

Dan soupçonna que c'était difficile pour Chloé de l'imaginer à bicyclette. Il adorait sa voiture.

— Oui, Nicola n'était pas franchement fan de la voiture ; elle y était même carrément allergique.

Il eut un sourire presque affectueux puis son visage s'assombrit.

— Mais alors que tout semblait se remettre en place pour nous, juste au moment où nous avions retrouvé nos repères et où tout se passait bien, presque trop bien… Nous avions connu tant de choses difficiles ensemble, poursuivit-il d'une voix plus sourde, attristée. L'hostilité de mes parents, la fausse couche, Ken… Nous avions surmonté tout ça, Chloé, et nous étions finalement convaincus de pouvoir survivre à n'importe quoi.

Oui, ils en avaient été certains. Peu importait ce que la vie leur réservait encore, ils s'étaient convaincus que leur amour était assez puissant, leur union assez forte pour tenir bon face à n'importe quel événement.

Dan eut un rire bref et amer.

— Pourtant, c'est vrai ce qu'on dit… Si tu veux faire rire Dieu, raconte-lui tes projets.

— Nicola a eu un accident, déduisit Chloé.

Dan acquiesça.

— À vélo. C'était son après-midi de congé, elle circulait près de Glendalough. Un touriste qui ne connaissait pas la route a pris un virage et l'a percutée de plein fouet.

Chloé secoua la tête.

— Sur le coup, je n'ai pas voulu le croire, Chloé. Pas voulu y croire. Après tout ce que nous avions traversé, après nous être battus, il fallait qu'une chose pareille arrive… Pourquoi ?

— Je suis désolée, Dan.

— L'ambulance a conduit Nicola à Loughlinstown, et de là on l'a transférée à St Vincent. Ils ont essayé la traction, mais le diagnostic n'a pas tardé. Une section de sa colonne vertébrale était atteinte irrémédiablement. Elle garderait sa motricité jusqu'à la taille, mais les médecins doutaient qu'elle recouvre l'usage de ses jambes.

— Ce qu'elle a dû souffrir, la pauvre… Ce que ça a dû être !

Dan eut du mal à poursuivre. Arrivait le moment qu'il haïssait, ce qu'il redoutait de dire à sa fiancée. Que penserait-elle de lui ?

— Aussi dur que ça ait pu être, j'ai rendu les choses dix fois pires, articula-t-il d'une voix rauque, la gorge nouée. J'ai eu un tel choc quand ils nous ont dit la vérité. Je ne pouvais pas l'admettre, et pendant longtemps j'en ai été incapable. Je refusais d'y croire. Après tout… Je voulais croire à une mauvaise blague, tu sais, un jeu télévisé idiot. Je ne le supportais pas.

— Quoi donc ? questionna Chloé en le regardant. De quoi parles-tu, Dan ? C'était Nicola qui était bousillée, pas toi. Qu'entends-tu en disant que *tu* ne le supportais pas ?

Il fallut à la jeune femme plusieurs secondes avant d'entrevoir la vérité. Bien qu'elle eût rencontré Nicola, elle n'avait toujours pas compris. Elle n'avait pas compris pourquoi Dan avait tenu à lui cacher ce passé. Or voilà qu'elle réalisait soudain : ce n'était pas tant l'invalidité de sa femme que Dan lui avait dissimulée, mais sa propre réaction au handicap.

Dan avait honte, et à juste titre.

— Oh... mon... Dieu, fit la jeune femme, prononçant chaque mot avec lenteur. Tu l'as quittée, Dan, c'est ça ? Tu l'as laissée se débrouiller toute seule...

Dan ne répondit pas. Ce n'était pas nécessaire. Son expression de honte parlait pour lui.

34

Quelques jours plus tard, Laura feuilletait une liasse de factures dans le but de boucler sa dernière déclaration de TVA.

— Qu'en penses-tu ? demanda-t-elle à Eamonn, qui se prélassait sur le parquet à côté du bureau. Les coffrets cadeaux rentrent-ils dans la catégorie «Achats pour revente» ou dans la catégorie «Achats pour non-revente» ?

Le chat bâilla, exprimant que cela lui était indifférent.

— Ça devrait être « pour revente », non ? Parce qu'ils font partie du tout... sauf que je ne les vends pas à proprement parler, et donc...

La jeune femme se massa le front d'un geste impatient. Elle avait passé des heures là-dessus or le langage administratif continuait à n'avoir pour elle ni queue ni tête.

Sans compter que tout ça ne rimait pas à grand-chose, pensa-t-elle. Le Salon de l'artisanat n'avait pas engendré le grand succès qu'elle avait imaginé. Oui, elle avait distribué des tonnes de cartes de visite, oui, elle avait reçu des tonnes de compliments sur son travail, mais il n'y avait toujours rien de concret.

Laura ne vendait pas assez pour justifier son existence en tant que joaillière-créatrice. À défaut de gagner de l'argent, elle en perdait, entre le stock qu'elle avait dû constituer, les emballages, les coffrets et écrins, et toutes les dépenses invisibles telles que le téléphone, l'électricité, le chauffage et tout le reste ! Cela devenait trop lourd.

Il lui fallait admettre que son entourage avait peut-être eu raison ; Helen, sa mère, tous les sceptiques avaient vu juste. Ce n'était pas possible, point à la ligne. Ce genre de choix n'était pas viable, en tout cas par pour quelqu'un comme elle. Ils avaient eu raison dès le début. Elle ne possédait pas la ténacité, l'assurance, la confiance en soi indispensables à pareil projet.

Laura commençait enfin à comprendre qu'elle n'était pas une gagneuse.

— Et sur ce plan-là, on ne peut pas faire semblant, pas plus qu'on ne peut s'améliorer. Tu es d'accord, Eamonn ?

Les discours ineptes qu'elle tenait à son chat ces temps-ci – à peu près tout ce dont elle se sentait capable – l'inquiétaient eux aussi.

Elle quitta son bureau pour aller se faire un café et, avec un peu de chance, s'éclaircir les idées. Sur le réfrigérateur trônait un portrait d'elle et Neil devant l'autel lors de leur mariage, photo prise par Maureen. Elle s'attarda à contempler l'expression sérieuse de son mari, celle-là même qu'il avait mis un temps fou à mettre au point pour le Grand Jour. « Je ne peux pas montrer mes dents écartées », avait-il déclaré des semaines auparavant.

Mais le temps que le photographe mette et remette tout le monde en place pour les photos, le marié avait oublié l'espace entre ses incisives, qu'il jugeait disgracieux. Laura était contente. Au moins, sur les photos du professionnel, Neil ressemblerait à *son* Neil, pas au jeune homme emprunté qui figurait sur ce portrait.

Que ressentirait-il lorsqu'elle lui annoncerait qu'elle renonçait à son rêve ? Qu'elle allait retourner dans les bureaux, dans le monde du salariat où elle serait à nouveau l'inadaptée de service...

La sonnette de la porte retentit à cet instant. Elle alla ouvrir et faillit lâcher sa tasse en découvrant la visiteuse.

— Bonjour, fit Helen d'une voix tendue. Je peux entrer?

— Bien sûr, répondit Laura.

La vue de son amie lui causa un choc. On aurait dit que Helen n'avait pas dormi depuis plusieurs jours. Ses yeux étaient rouges, son visage livide, et elle était vêtue d'un tee-shirt flottant sur un pantalon de survêtement – un *pantalon de survêtement*!

— Tu voudrais un café? J'étais en train de m'en préparer.

— Si ça ne t'ennuie pas.

Helen semblait peu sûre d'elle et, se dit Laura, nerveuse. Voilà qui était bizarre : Helen en survêtement et *nerveuse*!

— Entre donc.

Laura la précéda en direction de la cuisine où elle jeta un coup d'œil à la pendule. Bientôt deux heures. Pourquoi Helen n'était-elle pas au travail?

— Tu ne travailles pas aujourd'hui?

— J'ai pris quelques jours, fit doucement Helen. J'avais besoin de temps... pour réfléchir.

— Oh.

Helen prit une profonde inspiration.

— Laura, je suis venue te voir non pas pour te demander de me pardonner ou de comprendre, ni rien, mais juste pour te dire que je suis sincèrement, profondément désolée pour ce que j'ai fait.

— C'est bon, Helen.

— Pas seulement pour l'histoire avec Neil, même si c'était vraiment moche, et encore aujourd'hui je ne sais pas pourquoi j'ai fait ça... En fait, si, je le sais. Je voulais foutre ta vie en l'air, pour qu'elle soit comme la mienne. Je crois que j'ai toujours été envieuse de toi et…

— Envieuse… de moi ? coupa Laura, surprise.

— Oui. Tout te réussit dans la vie, tu prends chaque jour tel qu'il vient, tu n'as pas de soucis, tu as un mari merveilleux, une maison fantastique… tout !

Laura la dévisagea. Elle avait cru que Helen venait s'excuser pour sa conduite. Elle ne s'était pas attendue à une justification aussi pathétique. Envieuse, à d'autres !

— Et ça, continua Helen en tendant le bras vers l'atelier. Tu as pris un risque et tu t'es forgé toi-même ta réussite en suivant ton rêve. Combien d'entre nous ont ce courage ?

— Tu cherches à être drôle, c'est ça ? s'enquit Laura. Toi, Helen Jackson, avec tes vêtements de luxe, ton appartement de luxe et ta… ta vie de luxe… tu essaies de me faire croire que tu m'envies !

— Je n'essaie pas de te le faire croire, c'est la vérité ! Tu as tout ce que je désire, tout ce que j'ai toujours voulu. Je ne prétends pas que tu ne le mérites pas, c'est tout le contraire, mais tout semble te venir si facilement !

— Facilement ? répéta Laura, les yeux agrandis par l'incrédulité. Tu crois que les choses me sont venues facilement ! Moi qui pendant des années t'ai vue rafler tout ce qu'il y avait de mieux : les mecs les plus chouettes, les boulots les plus chouettes, et même les meilleurs résultats aux examens ! Pourquoi tu m'envierais alors que tu as eu ton putain de bac avec huit notes au-dessus de 15 !

Les deux femmes se faisaient face et, pendant un bref moment, un silence tendu régna dans la cuisine.

Finalement, Helen haussa un sourcil amusé.

— Huit notes au-dessus de 15 ? questionna-t-elle en réprimant un sourire.

Laura sentit aussitôt le rire la gagner.

— Oh, mon Dieu, pouffa-t-elle, les yeux pétillants, je ne peux pas croire que je viens de dire ça… J'ai carrément remis sur le tapis les résultats du bac !

Helen joignit son rire au sien.

— Excuse-moi, excuse-moi de me moquer de toi. Je vois ce que tu veux dire… c'est juste que… Oh, là, là, tu aurais dû voir ta tête ! « Tu as eu ton putain de bac avec huit notes au-dessus de 15 ! » Franchement, Laura, j'aurais voulu que tu voies ta tête !

Elles rirent de plus belle puis, comme elles s'asseyaient pour boire leur café, Laura songea que quoi qu'il se fût passé entre elles – aussi distante et médiocre qu'ait pu être leur relation ces dernières années – Helen et elle auraient toujours ce lien, un lien d'amitié étrange, bizarre et souvent fragile, mais un lien néanmoins.

Helen était sa plus vieille amie. Oui, elles avaient laissé les choses se déliter ; oui encore, Helen avait à plusieurs reprises mis leur amitié en péril, mais Laura pouvait-elle assurer honnêtement n'avoir pas fait de même ? N'avait-elle pas elle aussi commis l'erreur de tenir pour parfaite la situation de Helen, de croire que son amie était le genre de personne qu'elle-même rêvait d'être ?

Et ne l'avait-elle pas enviée, elle aussi, n'avait-elle pas jalousé son aisance, son assurance, son allure – même sa vie ? Laura se souvint de toutes les fois où seule chez elle, dans son atelier, elle avait douté de ses talents, de son apparence, de sa situation, regrettant de ne pas posséder même le dixième de l'éclat de Helen. Puis Helen surgissait, gracieuse, vive, superbe, sûre d'elle, accentuant encore son sentiment d'insignifiance.

Laura ne pouvait se cacher à elle-même l'amertume qu'elle avait éprouvée face à Helen – amertume secrète parce que son amie était plus belle, plus compétente. Parfois même, elle en voulait simplement à Helen d'être ce qu'elle était.

Mais n'était-ce pas tout naturel entre amies, entre femmes, d'ailleurs, songea Laura, que quel que soit le soutien, la sympathie, la compassion qu'on se prodigue, on espère de temps en temps que l'autre échoue ? Non par jalousie, se dit-elle, mais parce qu'en comparant ses propres succès aux échecs des autres, on finit par se sentir un peu mieux avec soi-même, un peu plus valorisée. Laura se rappelait s'être maintes fois sentie coupable vis-à-vis de Helen, précisément pour cette raison.

— Excuse-moi, répéta Helen en retrouvant son sérieux. Je suis venue aujourd'hui pour te dire ça, pour te dire aussi que si tu veux que je disparaisse de ta vie, je comprendrai très bien.

— Je ne veux pas que tu disparaisses de ma vie. Nous avons été idiotes toutes les deux. Et puériles. D'accord, je n'ai peut-être pas essayé de te voler ton petit ami, mais...

Voyant Helen tressaillir, elle poursuivit plus doucement :

— Écoute, tu n'avais pas les idées en place, tu souffrais. Et puisque nous nous disons tout, je crois qu'à ce moment-là je me suis sentie un peu supérieure à toi, pour une fois.

— Supérieure ?

— Oui. Tu te retrouvais mère isolée, une femme qu'on avait quittée, qui avait perdu ce qui lui était cher, et moi j'étais follement amoureuse d'un homme qui m'aimait en retour, je le savais, et ne voulait pas me perdre. En un sens, continua Laura avec un petit rire, tu m'as rendu service, parce que quand Neil m'a avoué ce qui s'était passé et que je l'ai vu anéanti, j'ai su que ses sentiments pour moi étaient vrais. Au fond, cette histoire nous a rapprochés et a renforcé notre amour. Pendant ce temps-là, tu te retrouvais toute seule. Alors, oui, je me suis sentie un peu supérieure.

Helen la dévisagea.

— Bon sang… Nous ne sommes pas les candidates rêvées pour un remake de *Thelma et Louise*!

Laura eut un haussement d'épaules.

— On sait bien, toi et moi, que ça ne se passe pas toujours de cette façon. On ne passe pas notre temps à se pleurer sur l'épaule et à s'étreindre comme elles le font dans le film. La véritable amitié n'est pas fleur bleue ; c'est brutal et sans flatterie.

— Je me demande si Nicola éprouve la même chose… vis-à-vis de moi, je veux dire, fit pensivement Helen.

— Nicola, c'est une autre paire de manches, remarqua Laura en souriant. Elle ne se laisse jamais abattre.

— Je ne l'ai pas aidée, hein ? Après son accident… Je ne suis pas allée la voir souvent à l'hôpital, et quand Dan est parti elle a vraiment eu besoin de ses amies, or…

— Nicola va bien, Helen. Elle n'a eu besoin de l'aide de personne – jamais. C'est le genre de fille qui a décidé à sa naissance qu'elle s'en sortirait toujours, et elle y parvient.

— D'où tient-elle ça, Laura ? Moi je ne sais pas si je m'en serais sortie… En fait, si, je sais : je n'aurais pas pu supporter !

— Personne ne sait d'avance comment il fera face à ce que la vie lui réserve, Helen. Généralement, on s'adapte, comme Nicola.

Laura s'interrompit et sourit.

— Dis donc, nous sommes bien philosophes aujourd'hui ! Mais non, Nicola n'est pas fâchée contre toi, Helen. Aucune de nous ne l'est.

Helen lui lança un regard oblique.

— En es-tu sûre ? Jamais tu ne m'avais parlé comme l'autre soir, tu sais. D'ailleurs, c'était assez effrayant. Mais tu m'as fait réfléchir.

— Bien, approuva Laura sur le ton de la plaisanterie.

— J'ai beaucoup réfléchi, mais pas seulement sur
moi-même.

— Sur Kerry?

Helen acquiesça par-dessus le rebord de sa tasse.

— Je n'aurais pas dû la renier de cette façon.

— As-tu fini par parler d'elle à Paul?

— Non. Je me suis contentée de lui dire qu'à mon
avis nous n'avions pas d'avenir ensemble, expliqua
Helen en dessinant des guillemets dans le vide.

— Ah bon?

— Ça ne rimait à rien. De toute façon, il était limite
crétin.

— Si tu le dis, fit Laura en réprimant un sourire.

— Reconnais-le!

— D'accord. Disons que l'accent américain craignait plutôt chez un natif du comté de Cork...

— J'ai fini par m'en apercevoir au bout d'un
moment, admit Helen en pouffant de rire.

— Je suis certaine que tu finiras par rencontrer
quelqu'un.

— Tu sais, pour le moment ce n'est pas tellement
mon problème, avoua Helen avec un sourire tremblant.

— Alors, oui, dis-moi, comment va Kerry?

L'expression de Helen s'assombrit.

— J'ai appris l'autre jour que ses camarades la bru-
talisent à l'école, souffla-t-elle d'un ton coupable.

— Je m'en doutais plus ou moins. Elle déteste
l'école, tout comme elle détestait la garderie. Elle doit
trouver difficile de se faire des amis, et son bégaiement sape sa confiance en elle.

— Je sais. Il va falloir que j'arrive à l'aider sur ce
plan-là, sur le plan de la confiance aussi.

— Elle en sera ravie, assura Laura en souriant. Tu
sais qu'elle t'adore.

— Là aussi j'ai fait un gâchis terrible, n'est-ce pas ?

— Il faut que tu commences quelque part.

— Sans doute... Bon, parlons un peu de toi. Le Salon s'est-il bien passé ?

— Je crois que je perds mon temps. Je ne réussirai jamais.

— Que veux-tu dire ?

— Tu as eu raison dès le début. Je ne suis pas faite pour ce genre d'existence.

— Mais, Laura, c'était simplement ma jalousie qui parlait ! Je ne te l'ai peut-être pas montré, mais j'ai toujours été avec toi. Ne me dis pas que tu envisages de renoncer. Après tout le chemin que tu as déjà parcouru, il faut que tu te laisses une chance, une vraie chance de réussite.

— Facile à dire.

— Absolument, acquiesça Helen avec véhémence. Je n'ai pas le même attachement que toi pour mon travail, pas la moindre idée de ce qu'on ressent en créant quelque chose à partir de rien puis en l'exposant et en laissant les gens décider si ça vaut ou non quelque chose. Je suppose que ce n'est pas facile. Mais le succès ? Tu ne dois pas t'embourber dans ce genre d'idée, Laura. Ne peux-tu te contenter d'être fière de ce que tu fais ?

Laura fut surprise de sentir les larmes lui monter aux yeux.

— C'est que je ne sais pas si c'est quelque chose dont je puisse être fière. Tu comprends, mes parents, Cathy, tout le monde à Glengarrah... tous pensent que je suis débile. Ils croient que je me la joue !

— Eh bien, qu'ils aillent se faire voir, tous ! Qu'importe ce qu'ils pensent ! Tant que tu sais, toi, que tu fais de ton mieux, le reste ne compte pas. Moi, je suis fière de toi, Nicola aussi, Neil aussi... Nous sommes tous derrière toi. Que veux-tu de plus ?... Oh, j'y suis. Il s'agit de ta mère, c'est ça ?

Laura hocha la tête.

— Je sais que c'est stupide. Je vais avoir trente ans et j'attends encore que ma maman soit fière de moi, qu'elle me dise : « Bravo, Laura, d'avoir couru le risque. » Je ne sais pas pourquoi j'en ai un tel besoin, mais c'est comme ça.

— Et c'est très naturel. Ne cherchons-nous pas tous à ce que nos proches soient fiers de nous ? D'abord, es-tu sûre que Maureen n'est pas fière de toi ?

— Sûre et certaine.

— Mon Dieu, soupira Helen, je ne sais que te dire, mais tu devrais essayer de ne pas t'occuper de ce que les gens pensent de toi. C'est inutile et nuisible. Crois-moi, je connais Glengarrah comme ma poche, et je sais à quel point ils peuvent être bornés. Si ta mère est impossible à satisfaire, eh bien qu'elle le reste. Si elle te refuse son soutien, le mieux que tu as à faire est de l'oublier.

Helen reposa sa tasse de café.

— Puisque nous sommes d'humeur philosophe, reprit-elle en souriant, autant que j'ajoute ma modeste contribution. L'opinion des autres ne compte pas du moment que tu as le sentiment de faire une chose importante et que tu y prends plaisir. Tu peux réussir comme tu peux échouer au regard des autres, mais le seul fait d'avoir suivi ton rêve, le seul fait d'avoir couru le risque signifie déjà que tu as réussi, et c'est ça qui doit avoir de la valeur... pour toi.

Elle appuya le dos au dossier de sa chaise et fit la grimace.

— Ce que je viens de dire a-t-il le moindre sens ?

Laura rit, mais elle avait compris.

— Parfois, j'aimerais avoir la moitié de ton ressort...

Elle s'interrompit en voyant Helen ricaner.

— Et voilà, reprit-elle piteusement, c'est reparti !

— Pour résumer, je pense que tu ne devrais pas laisser les autres influer sur tes décisions. Cela dit, si tu penses *réellement* que cette entreprise est une erreur – si tout ça commence à te déprimer –, peut-être dois-tu réfléchir avec Neil à la suite des événements. Il est inutile de t'échiner à continuer pour le principe.

— Je sais, approuva Laura en agitant un reste de café au fond de sa tasse, mais je crois que les comptes de ce mois-ci vont décider pour moi.

Elle entendit alors le téléphone sonner dans son bureau.

— Je te laisse travailler, déclara Helen en se levant. J'ai un nouveau rendez-vous avec l'équipe enseignante de Kerry aujourd'hui ; nous allons tâcher de trouver une solution.

— Bon courage, fit Laura en regagnant son atelier. Préviens-moi si tu as besoin de quoi que ce soit.

Elle atteignit le téléphone juste avant que le répondeur ne se mette en marche.

— Laura Connolly Créations, bonjour.

Helen lui lança un au revoir muet et referma doucement sur elle la porte d'entrée.

— Laura Fanning ? demanda une voix à l'accent britannique.

— C'est moi.

Puisqu'on l'appelait par son nom de jeune fille, il ne s'agissait pas d'un appel professionnel, déduisit Laura.

— Voulez-vous ne pas quitter, je vous prie ? Je vous passe votre correspondante.

Laura patienta quelques secondes sur l'air de *Candle in the Wind* avant d'entendre une autre voix féminine, cette fois à l'accent irlandais.

— Allô, Laura ?

— C'est moi, bonjour.

— Amanda Verveen à l'appareil. Nous nous sommes rencontrées récemment.

Amanda Verveen? La *couturière irlandaise* Amanda Verveen? Comment cela? Laura ne l'avait *jamais* rencontrée!

— Excusez-moi, je… Êtes-vous certaine de vous adresser au bon numéro?

Un rire léger fusa sur la ligne.

— Je crois… Vous confectionnez bien des bijoux artisanaux?

— En effet…

Les pensées de Laura se bousculaient. Comment était-il possible qu'Amanda Verveen ait entendu parler de ses bijoux? Elle n'était pas venue à l'exposition. Un grand couturier international qui comptait parmi ses clientes Halle Berry ou Catherine Zeta-Jones ne courait pas les modestes salons de l'artisanat. Elle serait assaillie par la foule! Au fait, Nicole Kidman ne portait-elle pas une robe Amanda Verveen à la dernière cérémonie des Golden Globes?

Laura plissa le nez. Ce devait être une plaisanterie.

Malgré ses doutes, cependant, son cœur battait la chamade.

— Vraiment, vous ne vous souvenez pas de moi? questionna Amanda.

— Je regrette, mais je ne vois pas.

— J'étais là le jour où vous êtes venue avec vos demoiselles d'honneur pour le dernier essayage chez Brid Cassidy. Brid est une grande amie. Nous avons fait nos études ensemble.

Brid? la lumière se fit dans l'esprit de Laura. L'assistante de Brid! Enfin, Laura avait supposé qu'il s'agissait d'une assistante – elle ne soupçonnait pas derrière «Amanda» la grande couturière Amanda Verveen. Et si elle était capable de reconnaître un modèle Amanda Verveen en un clin d'œil, elle ignorait à quoi ressemblait la créatrice. C'était incroyable! Mais que… que voulait-elle?

— Je me doute que vous êtes terriblement occupée, mais j'espère néanmoins que vous pourrez envisager de travailler pour moi.

Laura resta pétrifiée pendant un long moment. Ce devait être une blague, décidément, un rêve...

— Travailler ? fut tout ce qu'elle parvint à articuler.

Amanda rit de nouveau.

— Oui, excusez-moi si je vous appelle à un mauvais moment...

Laura se ressaisit. Était-ce vraiment en train d'arriver ? Elle avait intérêt à assurer, à essayer au moins d'avoir l'air professionnel au lieu de se tenir comme une poule qui vient de trouver un couteau. Même si c'était une blague...

— Non, non, vous tombez très bien. Simplement, je... je suis un peu abasourdie, pour ne rien vous cacher.

— En ce cas, nous sommes deux, car j'ai été abasourdie par votre travail ce jour-là.

— Vraiment ?

Laura sentit les larmes lui venir. Était-ce vraiment en train d'arriver ? Puis elle se redressa sur son siège. Arrête un peu tes pleurnicheries !

— Merci... Je vous remercie beaucoup, dit-elle de la voix la plus calme possible.

— Je vous en prie. En fait, je voulais vous proposer de passer à mon bureau de Pembroke Street un jour prochain. Actuellement, je suis à Londres, mais je reviens à Dublin dans la semaine. Voilà de quoi il s'agit : je prépare pour la saison prochaine des modèles marqués par une forte influence ethnique tout en gardant ma signature gothique, et j'aimerais leur adjoindre certains de vos bijoux. Je sais que le délai est peut-être un peu court pour vous mais...

La prochaine saison ? Parlait-elle de la collection de la prochaine saison ? Londres, Milan, Paris ?

— Non, non, ce n'est pas court du tou... enchantée... Je serais...

Amanda reprit son exposé dans un débit un... rapide.

— Ce que je voudrais en fait, Laura... Je me disais que nous pourrions varier les matériaux afin de les assortir aux étoffes. Verriez-vous un inconvénient, vous ou votre personnel, à travailler d'autres métaux que l'argent ? Et ce serait génial si nous pouvions utiliser non pas de l'ivoire, mais peut-être un matériau primitif... comme le bois ou la pierre...

Laura sentit ses lèvres remuer, mais il lui sembla que c'était quelqu'un d'autre qui s'exprimait.

— En fait, j'ai déjà travaillé ces matériaux, Amanda. J'ai réalisé quelques pièces, plusieurs variations en alliage sombre et en pierre, et je pense que ça pourrait vous convenir. Bien sûr, il faut que je voie vos propres projets. Je pourrais passer... jeudi ou vendredi ?

— Formidable ! Je vous laisserai le numéro de Jan – c'est mon assistant, il vous donnera tous les détails et vous arrangerez le rendez-vous avec lui. Bon, je regrette de ne pouvoir bavarder plus longtemps. J'ai une réunion avec Harvey Nicks qui doit commencer à... Oh, qui a commencé depuis une demi-heure !

À voir l'expression tétanisée de Laura à ce moment-là, on aurait dit qu'elle venait d'apprendre la pire nouvelle de sa vie.

— Pas de problème, fit-elle.

— Mais nous nous reparlons bientôt ?

— Oui, merci d'avoir appelé.

— Super. J'ai vraiment hâte de vous revoir, Laura. Je sens que vous et moi avons une approche similaire de la création contemporaine, et je pense que nous allons bien travailler ensemble. Salut !

Amanda raccrocha et Laura resta à fixer le téléphone pendant une éternité, incapable de penser, ıncertaine de ce qu'elle éprouvait. Amanda Verveen, la créatrice bien-aimée des défilés de mode internationaux, souhaitait travailler avec elle – avec *elle*, la terne et insignifiante Laura Fanning de Glengarrah.

Ça ne pouvait pas être vrai.

Laura décrocha de nouveau le combiné et, d'un doigt tremblant, composa le numéro de Neil à son bureau.

— Coucou, ma douce, comment va ?

Ce fut à cet instant qu'elle secoua sa torpeur. Entendre la voix de son mari à l'autre bout du fil la sortit de son état de sidération.

— Ça y est, Neil ! hurla-t-elle dans le combiné. J'y suis enfin arrivée !

35

La sonnerie du téléphone tira Nicola du sommeil. Son réveil indiquait six heures trente. La jeune femme gémit. Cela signifiait forcément qu'un membre du personnel de Motiv8 était souffrant ; elle allait devoir trouver un remplaçant ou faire le travail elle-même. Il s'avéra que la malade n'était autre que Sally, ce qui laissait la réception du club déserte jusqu'au changement d'équipe à quatorze heures.

Il fallut à Nicola un suprême effort de volonté pour s'extirper du lit. Elle avait passé une nuit agitée, ponctuée de brusques réveils, et n'avait enfin glissé dans un sommeil paisible que peu de temps avant l'appel téléphonique.

Sa voiture commençait à donner des signes de faiblesse. Les commandes manuelles, en particulier les freins, ne répondaient pas aussi bien qu'ils l'auraient dû et la jeune femme ne tenait pas à courir de risques. Il était prévu que le garage passe prendre le véhicule dans la semaine mais, si Nicola se fiait à ses expériences précédentes, elle ne récupérerait pas son moyen de locomotion avant un bon moment.

Il lui faudrait donc se déplacer en taxi jusqu'à la semaine suivante au moins. Ken avait dû rentrer la veille au soir de son séjour à Galway, très fatigué sans doute, aussi n'était-il pas question pour elle de l'appeler si tôt le matin afin de lui demander de la conduire.

e d'indépendance, ne plus
lui semblait quand bon lui
il n'était pas facile de trouver
taxi capable de charger un fau-
le arriva au centre beaucoup plus
e l'avait escompté. Sans oublier le fait
recourir à son fauteuil manuel à la place
de l'auteuil électrique, celui qu'elle avait qualifié en riant de « nouveau bolide » le jour où Laura
l'avait appelée pour lui faire part de ses projets
d'installation. Dieu, cela semblait si loin, bien plus
loin que le remue-ménage de Dan et de sa nouvelle
fiancée. Nicola était heureuse que cette histoire
soit maintenant bouclée et que Dan soit enfin sorti
de sa vie.

Cette pauvre Chloé... Elle avait reçu un choc en
arrivant à la maison. Nicola y était habituée à présent.
Les réactions de la plupart des gens face à son fauteuil roulant oscillaient entre malaise et terreur. Si
elle n'y accordait plus d'importance aujourd'hui, il
n'en avait pas toujours été ainsi.

En allumant son ordinateur, elle eut un sourire au
souvenir des difficultés qu'elle avait eues, au début, à
s'adapter à l'attitude des gens. Cela dit, pensa-t-elle
avec une ironie désabusée, elle avait tout de suite été
à bonne école puisque le premier à être saisi de
panique avait été Dan.

Au départ, Nicola avait été soulagée d'être encore
en vie. Le spécialiste lui assurait qu'elle avait eu
beaucoup de chance.

« À la vitesse à laquelle vous avez été heurtée, et vu
la violence de votre chute, c'est un miracle que vous
ne soyez pas plus abîmée. Ç'aurait pu être bien pire.

C'était la vérité, et ces paroles lui avaient paru raisonnables. Elle savait qu'une lutte difficile et doulou-

reuse l'attendait, d'autant qu'elle était très active, mais, croyait-elle, elle y était prête.

Durant les trois mois qu'elle avait passés couchée sur le dos à l'hôpital, elle avait eu largement le temps de réfléchir à la façon dont elle apprivoiserait son handicap. Elle pouvait se lamenter sur son sort et pleurer la perte de son ancienne vie, ce qu'elle fit en maintes occasions, ou alors s'accommoder et faire de son mieux.

Le dilemme n'existait pas. Bien sûr qu'elle pouvait s'accommoder. Bien sûr qu'elle pouvait s'en tirer. Elle n'avait que vingt-six ans, il n'était pas question de renoncer ; elle n'avait perdu que l'usage de ses jambes, pas l'usage de sa vie.

Pendant une période, ce raisonnement fut suffisant pour lui maintenir la tête hors de l'eau. Elle était clouée dans un lit d'hôpital, d'accord, mais elle était vivante.

Il y eut des moments, inévitablement – en particulier durant sa pénible rééducation –, où elle se sentit moins optimiste quant à l'avenir, mais que faire ? Elle ne pouvait rien changer à sa situation, ni revenir à une vie normale, aussi était-il parfaitement inutile de se rendre malheureuse.

Elle connut bien des crises – de longues crises, qui duraient des jours, des nuits, voire des semaines – où elle se répandait en invectives contre le chauffard, contre les médecins incompétents, et même contre les infirmières, encore plus nulles ! Mais à quoi bon ? Elle ne pouvait pas remonter le temps, elle ne pouvait rien changer à son état. Encore très marquée par le souvenir du deuil et de la désolation qu'elle avait connus après sa fausse couche, de la façon dont, consumée par le chagrin, elle s'était absentée de sa propre vie, elle était bien décidée à ne plus vivre cela.

Pour Dan, cependant, c'était autre chose. Elle vit le changement qui s'opérait en lui ; elle sentait sa peur et son désespoir chaque fois qu'il venait la voir. Il feignait autre chose, arguant qu'il s'inquiétait au sujet de l'assurance et des factures de l'hôpital, mais Nicola savait que c'était plus grave. Dan perdait foi en leur couple.

Immédiatement après l'accident, il avait affirmé que tout allait bien, qu'ils s'en sortiraient, mais Nicola lisait dans ses yeux qu'il n'y croyait pas lui-même.

Et il s'avéra bientôt que la présence renfrognée et la conversation contrainte de son époux pendant les visites commençaient à entamer son optimisme du début.

Lorsqu'elle quitta enfin le centre de rééducation, elle alla s'installer chez sa mère – la raison avouée étant qu'elle ne pouvait habiter au troisième étage alors qu'elle savait à peine manier son fauteuil roulant. À l'époque, elle avait également besoin de soins constants, soins que Dan ne pouvait lui prodiguer et pour lesquels Carmel Peters s'était portée volontaire.

Nicola se rappelait ces premières semaines en fauteuil comme la pire épreuve sur la route de son rétablissement. Elle avait recouvré de la force grâce à la rééducation, mais ses bras s'épuisaient à tenter de manœuvrer l'engin, et ses escarres la faisaient souffrir – toutes choses contre lesquelles les médecins l'avaient mise en garde, mais elle ne s'était pas attendue à ce que ce soit pénible à ce point. Comme elle faisait beaucoup d'efforts et progressait peu, elle devint irritable, d'autant qu'elle ne pouvait rien faire par elle-même – sa mère la portait, la baignait, la couchait et la sortait du lit.

À ce moment, Nicola crut perdre la raison. D'accord, elle avait la chance d'être en vie, mais pour quelle vie ?

Si Dan continuait à lui rendre visite chaque jour, elle comprit à cette époque qu'ils étaient déjà séparés. Ils étaient mal à l'aise l'un avec l'autre, lui s'efforçant de ne rien dire qui pût la blesser, elle facilement aga-

cée par ses propos. Elle en avait assez de le voir s'apitoyer sur lui-même, assez de son manque de soutien,
de sa mine sinistre. Elle avait besoin de choses posi-
tives, que son mari la rassure, lui dise qu'elle s'en sortirait, qu'il serait toujours là pour elle, que tout irait
bien. Or ils n'évoquaient jamais l'avenir, ni où ils
vivraient ni ce qu'ils feraient quand Nicola aurait
retrouvé son autonomie.

Elle n'ignorait pas que son comportement durant
cette période avait contribué au problème. Au cours
de ses premiers jours «roulants», comme elle les
appelait, elle était fréquemment fatiguée, énervée, et
parfois – malgré ses bonnes intentions – geignarde.
Rien de ce que Dan disait ou faisait ne la contentait.
Elle le repoussait, à son corps défendant.

Un jour, il vint la voir après son travail. Il était
épuisé, morose et, simplement parce qu'il ne l'avait
pas embrassée, Nicola le traita d'égoïste.

Quelque chose se cassa en lui.

«As-tu jamais songé, fit-il en articulant lentement
chaque mot, que tout ça pouvait me faire beaucoup
de mal ?

— À toi ! s'exclama Nicola avec un rire amer. Ce
n'est pas toi qui restes assis là toute la journée, incapable de faire quoi que ce soit, à devoir compter sur
d'autres pour les choses les plus élémentaires. Non,
toi tu continues à mener la grande vie, à traîner partout – Dieu sait avec qui ! »

Elle n'avait pu retenir cette tirade.

«Mener la grande vie ? croassa Dan. Comment
peux-tu dire une chose pareille ? Je sais à quel point
c'est dur pour toi, ma chérie, je ne l'imagine que trop,
mais c'est dur pour moi aussi. Je ne sais plus comment te parler, je ne sais pas comment t'aider. On
dirait que tu m'en veux de ne pas être auprès de toi.

— Si tu le voulais vraiment, tu pourrais prendre un congé pour t'occuper de moi. »

Bien que consciente de sa colère, elle n'avait rien trouvé d'autre à répliquer. Elle ne souhaitait pas ça, elle aurait détesté que Dan fasse tout à sa place, et elle n'aspirait qu'au jour où elle aurait acquis un peu d'autonomie. Pour l'heure, malheureusement, ce jour semblait bien lointain.

« Prendre un congé ? As-tu idée de ce que nous devons à l'hôpital ? »

Si leur assurance maladie couvrait la quasi-totalité du séjour hospitalier, elle ne remboursait pas la rééducation.

« Nous ne savons toujours pas ce qui va se passer avec l'assurance du chauffard qui t'a renversée ; il peut s'écouler des années avant que le problème soit résolu. Je vais peut-être devoir vendre ma part du cabinet pour rassembler du liquide !

— Le fric ! Les assurances ! Tu crois que ça me préoccupe en ce moment ? Tu crois que je me soucie de ce que nous devons à l'hôpital ? »

Il se passa une main dans les cheveux.

« Je ne pense pas pouvoir continuer comme ça, Nicola, finit-il par déclarer. Ça fait des mois que ça dure, et je ne sais toujours pas ce que tu veux que je fasse, ce que tu veux que je dise ! Bien sûr que c'est dur pour toi, je le sais, mais c'est sacrément dur pour moi aussi ! Je ne pensais pas que ça tournerait comme ça ! »

Le cœur de Nicola cognait de peur – une nouvelle peur.

« Qu'est-ce que ça veut dire ?

— Ça veut dire... fit-il dans un murmure, ça veut dire que je ne sais pas quoi faire. Notre vie a été bouleversée. Je ne sais pas comment on peut s'en sortir. Je ne vois pas de fin, pas d'issue. Tu te débrouilles du mieux que tu peux, je le sais, mais il n'y a rien dans les brochures qui me dise *à moi* comment me débrouiller. »

Il posa sur elle des yeux emplis de désespoir.

« Tu peux me le dire, toi ? Quelqu'un veut-il bien m'indiquer ce que je dois faire pour ne plus me sentir comme ça ?

— Qu'est cc que tu veux me signifier ?

— Je ne sais pas. Je pense seulement que... qu'on devrait peut-être passer un peu de temps chacun de notre côté.

— Quoi ? souffla-t-elle, abasourdie.

— Je ne vois pas d'autre moyen. Tu t'en sortiras peut-être mieux si je ne suis pas toujours dans les parages. Nicola, parfois tu me regardes comme si tu me haïssais. Je ne sais pas comment me prémunir contre ça. Je ne suis pas un bloc de pierre.

— Pauvre... pauvre, pauvre Dan, fit Nicola d'une voix de plus en plus dure. Qu'est-ce que tu croyais ? Que dès que j'aurais mon fauteuil, je redeviendrais comme avant, que je m'affairerais joyeusement chez moi, à jouer le rôle de l'heureuse petite épouse que tu veux que je sois ? »

Voilà qu'elle pleurait maintenant, des larmes chaudes qui lui dégoulinaient sur les deux joues.

« Et qu'en est-il de toi ? poursuivit-elle. Qu'en est-il du « pour le meilleur et pour le pire », Dan ? N'as-tu pas prononcé ces mots-là un jour, n'as-tu pas promis d'être à mes côtés en toutes circonstances ? Tu l'as dit, et je l'ai dit... alors que s'est-il passé ?

— Je ne savais pas, murmura Dan, les yeux brillants de larmes. Je ne savais pas que ce serait si dur. »

Et ce fut la fin.

Nicola resta chez sa mère, et les visites de Dan s'espacèrent jusqu'à cesser complètement. Les dernières fois où il vint, il n'y avait plus grand-chose à dire tant le ressentiment et la souffrance avaient tout balayé.

Leur séparation finale fut une illumination pour Nicola. Un matin peu de temps après, au réveil, elle éprouva une sensation d'incroyable clarté, comme si on avait ôté de son cerveau une énorme tumeur cancéreuse. Bien que profondément blessée par le rejet de Dan, elle décida de reprendre sa vie en main et, pour ce faire, de s'éloigner pour un temps de son pays – de tout.

Elle répondit à l'invitation que lui avait déjà faite la sœur de sa mère, Ellen, de séjourner un moment avec elle au Royaume-Uni. Sa tante habitait près de Fulham.

« Ça te fera le plus grand bien de partir un peu, avait assuré la pimpante quinquagénaire. Sans compter que ta mère sera contente d'être débarrassée de toi ! »

C'était ce que Nicola avait tant aimé dans la vie avec Ellen. On ne passait pas son temps à ruminer et à pleurnicher. En revanche, toutes deux avaient fréquemment de longues conversations paisibles, où il était question de la vie, de l'amour – et de Dan.

Nicola était partie pour Londres sans l'en aviser, assez injustement, se disait-elle à présent. Durant des mois, elle n'avait plus entendu parler de lui, jusqu'à ce matin où Ellen lui avait tendu une lettre postée de Bray. Dan tentait d'expliquer dans sa missive ce qu'il avait ressenti, et combien il regrettait l'échec de leur couple. Ce courrier eut un effet purifiant sur Nicola, et elle comprit que c'était sa façon de lui dire que c'était fini – terminé pour de bon. Cela avait été étrange sur le coup, mais curieusement libérateur.

Était-ce seulement dû à eux, se demandait-elle, ou existait-il un point de rupture dans toute union – un point au-delà duquel il n'y avait pas de retour, aussi forte qu'ait pu être la relation ? Dan et elle avaient surmonté beaucoup de choses ensemble, mais peut-être tout mariage avait-il son quota, son seuil de tolérance.

Une semaine plus tard, elle prenait contact avec un avocat.

Évidemment, songeait-elle aujourd'hui, se guérir de Dan et finir par accepter la vie en fauteuil roulant n'était que le commencement, et elle s'était trouvée complètement démunie face à la réaction du monde extérieur. C'était à croire qu'elle n'était plus une personne, plutôt une *infirme*. Les qualificatifs «handicapée», «invalide» étaient certes inévitables mais chargés de connotations qu'elle n'avait pas soupçonnées.

Une fois habituée à son fauteuil, quand elle avait commencé à sortir seule, elle avait été stupéfiée par l'attitude des gens. On la traitait parfois comme si elle avait perdu non seulement l'usage de ses jambes mais également celui de sa cervelle, comme la journaliste à Motiv8 : «Je dois vous demander… C'est plutôt inhabituel de voir quelqu'un comme vous à un poste de responsabilité dans ce genre de milieu, non?»

Elle avait lu une certaine gêne dans le regard des gens au mariage de Laura quand elle avait remonté l'allée en fauteuil roulant, devant la mariée. Pour rien au monde elle n'aurait pu refuser à Laura d'être son témoin, et la couturière avait fait un joli travail pour l'habiller élégamment, néanmoins elle continuait d'éprouver un sentiment de décalage, d'inopportunité.

Si par moments l'attitude de certaines personnes était démoralisante, à d'autres elle se révélait franchement comique. Nicola ne pensait pas s'y habituer un jour, mais elle avait fini par apprendre à ne pas laisser ces réactions la meurtrir.

Il n'était pas non plus toujours facile de manœuvrer son fauteuil dans les lieux publics. Au début, il lui était souvent arrivé de mal calculer sa trajectoire et de se cogner dans les chaises ou dans les tables. Aussi agaçant et vexant cela soit-il, elle savait qu'elle ne devait pas se laisser abattre.

Il était également difficile de faire certaines choses qui allaient de soi pour les gens valides et se révélaient délicates pour elle, comme monter et descendre un trottoir, ouvrir des portes – quant aux escaliers, mieux valait oublier ! Les escaliers roulants étaient impraticables, ce qui expliquait qu'elle ne pouvait pas flâner dans n'importe quel centre commercial.

Les installations et les cheminements urbains s'étaient améliorés au cours des années passées, mais Nicola avait plusieurs fois emprunté un plan incliné pour s'apercevoir que la porte du bâtiment où elle souhaitait entrer s'ouvrait vers l'extérieur – cas plus qu'épineux ! Beaucoup de parkings offraient désormais des places réservées aux handicapés, mais celles-ci étaient plus souvent l'effet d'une bonne intention que le fruit d'une véritable réflexion : leurs dimensions, semblables à celles des places ordinaires, ne permettaient pas de monter en voiture ou d'en descendre avec un fauteuil roulant !

Sans parler des crétins qui se garaient trop près d'une place réservée, empêchant tout conducteur en fauteuil roulant d'ouvrir sa portière et de se mouvoir dans son véhicule. Heureusement, pensa Nicola en souriant, il existait les places immenses réservées aux mères avec enfants… À l'évidence, la maman surmenée chargée d'une poussette méritait, aux yeux des concepteurs de parking, plus de considération – eu égard aux épreuves qu'elle endurait – que l'handicapé en fauteuil ! Sans parler de ces bons citoyens qui croyaient que le clignotement de leurs feux de détresse leur conférait une excuse pour s'être garé sur un emplacement réservé aux moins valides.

En tout état de cause, conduire représentait un énorme avantage pour Nicola. Ce n'avait pas été évident d'apprendre à se servir des commandes à main ;

au début surtout, s'installer en voiture et en sortir s'était révélé un véritable défi.

Enfin, l'un dans l'autre, Nicola ne pouvait pas trop se plaindre. Oui, cela avait été un coup terrible, et oui, un changement de vie radical, mais elle avait fini par le prendre pour ce que c'était – un changement de vie. Peu de choses se révélaient infaisables. Certes, elle devait réfléchir davantage pour aller d'un endroit à l'autre, et parfois la dépense physique lui manquait – les promenades à bicyclette dans les montagnes, et quelquefois des trucs idiots, par exemple danser dans une boîte de nuit.

Après qu'elle eut appris à s'en servir correctement, le fauteuil était devenu comme une extension d'elle-même. Elle avait un boulot formidable, des amis formidables, sa maison à elle entièrement aménagée pour sa vie en fauteuil et, bien sûr, Barney qui veillait sur elle.

Sans parler du merveilleux Ken Harris. Nicola sourit. Après Dan, tomber de nouveau amoureuse était bien la dernière chose à laquelle elle s'était attendue.

Sa voiture était une fois de plus en panne, et elle avait appelé un taxi pour la reconduire de son travail à chez elle. Ce jour-là, se rappelait-elle, elle était sur les nerfs. Du fait que son véhicule était hors service, elle devait recourir à son fauteuil manuel à la place du fauteuil électrique, or elle détestait le manuel.

« Tu attends quelqu'un ? » s'enquit Ken, qui traversait la réception, un porte-documents à la main.

Nicola se trouvait sous le porche vitré de l'entrée.

« Mon tacot, répondit-elle en gardant un œil sur la rue.

— Ta bagnole t'a encore lâchée ? Tu aurais dû me le dire plus tôt. Nous aurions organisé tes déplacements. »

Elle eut un geste de refus.

« C'est bon. D'ailleurs, je crois que le voilà. »

Ken suivit son regard.

« Ah, il ne semble pas », commenta-t-il.

Le taxi était en effet destiné à Nicola, mais le standard avait négligé de préciser qu'il s'agissait de transporter une personne handicapée. Le chauffeur eut un regard confus en désignant sa berline Ford Mondeo dans laquelle il n'était pas question de caser une poussette d'enfant pliante, encore moins un fauteuil roulant.

« Désolé, ma belle, lança-t-il par sa vitre ouverte. Je préviens le centre, qu'ils vous envoient tout de suite un véhicule adapté.

— Ça ira, rétorqua Ken. Je vais la conduire. C'est sur mon chemin.

— Sûr, mon gars ? fit le chauffeur en les regardant l'un puis l'autre.

— Ça ira, s'empressa de répéter Ken en voyant que Nicola allait protester. Merci, en tout cas. »

Comme le taxi s'éloignait, Nicola darda sur Ken un regard furieux.

« Je suis capable de me débrouiller pour rentrer chez moi, merci bien.

— Ne monte pas sur tes grands chevaux, fit-il en refermant la porte derrière eux. Tu as besoin d'une voiture, et je vais justement dans cette direction.

— À Stepaside ?

— Oui, mais je dois déposer quelque chose à Terenure auparavant. »

Nicola immobilisa son fauteuil.

« Je m'en doutais ! Tu te mets en quatre juste parce que je suis coincée et... »

Ken leva les yeux au ciel.

« Peux-tu m'épargner tes discours pour une fois, et te contenter de dire merci ? »

Elle ne s'était pas attendue à ce genre de sortie.

« Bon, alors merci », fit-elle en se faisant l'effet d'une gamine effrontée.

Ils atteignirent la voiture de Ken.

« As-tu besoin d'aide ou est-ce trop dangereux de te le proposer ? » demanda le jeune homme en débloquant le verrouillage central.

Nicola réprima un sourire. Était-elle donc susceptible à ce point ?

« Ça devrait aller », dit-elle, manœuvrant prudemment pour s'extirper de son fauteuil et s'installer sur le siège passager.

En moins de temps qu'il n'en faut pour le dire, Ken avait replié le fauteuil et le rangeait dans le coffre de sa spacieuse Citroën Picasso.

Nicola l'observa, surprise par son habileté.

« Quoi ? fit-il en surprenant son regard interrogateur.

— Je sais que c'est faux, mais on dirait que tu es habitué à ce genre de manœuvre. »

Il eut un haussement d'épaules.

« Tu ne sais peut-être pas tout. »

Nicola regarda droit devant elle, ne sachant que répondre.

« Rien à répliquer, Nicola ? reprit Ken en souriant. Ça ne te ressemble pas.

— Que veux-tu que je dise ? » fit-elle d'un ton froissé.

Ken avait le don de la rendre particulièrement irritable parfois, et apparemment c'était le cas aujourd'hui.

Au bout d'un moment, il reprit la parole.

« Bon, je te le dis pour que tu ne restes pas sur une idée fausse : mon père est tétraplégique C4.

— Vraiment ? » souffla Nicola sans pouvoir dissimuler sa surprise.

Au cours de sa rééducation, elle avait connu plusieurs tétraplégiques. Le niveau de lésion de la moelle épinière C4 représentait le handicap le plus lourd, la pire atteinte qui soit.

« Oui. Un accident de voiture. Il est en fauteuil roulant depuis mes douze ans.

— Je ne savais pas. »

Ken haussa de nouveau les épaules.

« Il y a beaucoup de choses de moi que tu ne sais pas. »

C'était certainement vrai. À y réfléchir, l'attitude de Ken envers elle prenait maintenant tout son sens. Il la traitait de la même manière qu'avant l'accident. C'était d'abord pour cette raison qu'elle avait accepté son offre de travail. On aurait dit que Ken ne voyait même pas son handicap, et cela s'expliquait par la pratique, l'habitude.

« Il est donc complètement paralysé ou...

— Des bras et des jambes. Il peut bouger le cou et les épaules, et il n'a plus de sensation que dans un doigt. Mais ça va. »

Nicola se sentit soudain honteuse. Elle se lamentait sur son sort et se considérait comme immobilisée quand sa *voiture* était en panne.

« Est-ce qu'il vit avec toi, ou bien... »

Elle se demanda pourquoi elle avait soudain du mal à finir ses phrases. Elle voulait en savoir davantage, mais craignait en même temps de paraître curieuse.

« Non, il vit à la maison avec ma mère. Elle est super avec lui mais, comme tu peux l'imaginer, ce n'est pas toujours facile. Une infirmière vient plusieurs fois par semaine, et souvent le week-end je l'emmène en promenade, histoire de le sortir un peu de chez lui. »

Il décocha à sa passagère un sourire en coin.

« Alors, au cas où tu te serais demandé pourquoi je roule en monospace plutôt qu'en petite voiture de sport tape-à-l'œil, maintenant tu sais. »

Ils gardèrent le silence jusqu'à Terenure, où Nicola attendit que Ken fasse sa course. Ensuite, en prenant la route de Stepaside, ils se retrouvèrent bloqués dans un bouchon.

« Ce n'est pas du tout sur ton chemin, Ken, dit Nicola en faisant des vœux pour que la circulation reparte. Franchement, tu n'aurais pas dû m'emmener. »

Il mettrait des heures pour rentrer chez lui.

« Il n'y a pas de problème, dit-il.

— D'accord, mais j'aurais pu attendre le taxi, et à l'heure qu'il est tu serais chez toi. »

Il la regarda.

« Nicola, l'idée a-t-elle jamais traversé ta petite tête que je puisse avoir *envie* de te raccompagner ?

— Comment ça ? »

Ken tapota son volant. La voiture restait immobilisée dans la file.

« On se connaît depuis… quoi ? Cinq, presque six ans maintenant ?

— Hmm.

— Et pendant tout ce temps, nous n'avons jamais rien fait ensemble en dehors du boulot. Donc je te raccompagne chez toi car je me considère comme un vieil ami, et que j'ai envie de voir où tu habites. »

Le visage de la jeune femme se fendit d'un grand sourire.

« Tu veux voir ma maison ?

— Et comme il faudra attendre que les poules aient des dents pour que j'obtienne une invitation de ta part, je préfère m'inviter moi-même. »

Nicola réfléchit. Ken avait raison. Ils se connaissaient depuis longtemps, elle l'avait même connu avant de rencontrer Dan. Et alors qu'ils s'accordaient merveilleusement bien dans le travail, les choses s'arrêtaient là. Généralement, le personnel avait peu d'occasions de se fréquenter en dehors de Motiv8 du fait des horaires et du roulement par équipes. Elle n'y

445

avait pas vraiment songé auparavant, mais il n'y avait aucune raison pour que Ken et elle ne soient pas amis en dehors du travail.

« D'accord, s'exclama-t-elle comme la circulation reprenait. Je serai très heureuse de te faire faire le tour du propriétaire et, si tu es sage, je pourrai même te préparer à dîner. »

Ken lui adressa un sourire.

« Voilà une proposition qui ne se refuse pas. »

Si Barney était toujours ravi de recevoir de nouveaux visiteurs, il fut complètement séduit par Ken. Apparemment, c'était réciproque, constata Nicola. Le chien se dressait sur ses pattes postérieures et Ken plongeait vers le sol pour le chatouiller, le tout accompagné de grands coups de langue affectueux sur les oreilles du jeune homme.

« Hé, il est super ! s'enthousiasma Ken. Pas vrai, mon bon chien ? Allez, viens, viens ! »

Ils se pourchassèrent d'un bout à l'autre de la pièce. Barney était au septième ciel.

« Faites comme chez vous ! » plaisanta Nicola.

Puis, se rappelant qu'elle avait promis un repas, elle battit en retraite vers la cuisine afin de passer en revue le contenu du réfrigérateur. La barbe ! Une carotte ratatinée, deux oignons, un poivron à moitié entamé et six Petit Filou périmés. Même Jamie Oliver n'aurait rien trouvé à faire avec ça, pensa-t-elle en jetant les yaourts dans la poubelle. Et pas un plat tout prêt dans le congélateur !

« Sympa chez toi, commenta Ken derrière elle. Et accessible, on dirait.

— Oui. L'Association des paralysés m'a aidée à trouver les entreprises, et ils ont fait un super boulot. Avant, j'adorais cuisiner mais ces temps-ci je ne fais rien de bien compliqué. Ça ne vaut pas le coup pour moi toute seule, mais j'aime savoir que si j'en ai envie, je pourrai m'y remettre.

— Donc, tu manges souvent dehors ?

— Non, fit-elle avec un rire bref. Je *commande* souvent.

— Oh. Bien, je sais que tu as dit que tu ferais à manger, mais ne va pas te décarcasser pour moi. Un repas chinois ou indien m'ira très bien. »

Nicola fit la grimace et désigna le réfrigérateur quasi vide.

« J'ai peur que ce soit la seule solution. »

Elle téléphona à un restaurant puis, en attendant la livraison, Ken et elle s'installèrent au salon et parlèrent agréablement du travail, de la famille, et de la trilogie du *Seigneur des Anneaux*.

« J'ai adoré, dit Ken. Je l'ai vu cinq fois.

— Hein ?

— Oui, c'est un chef-d'œuvre absolu. Le meilleur film que j'aie jamais vu.

— C'était bien, d'accord, mais je ne serais pas allée le voir cinq fois.

— Quel est le meilleur film que tu aies vu ? »

Nicola réfléchit longuement avant de répondre.

« *La Planète des singes*.

— Vrai ?

— Oui… Pourquoi me regardes-tu comme ça ?

— Parce que je ne t'aurais pas classée dans la catégorie science-fiction, dit Ken en se calant confortablement dans le canapé.

— Ah ? Et dans quelle catégorie m'aurais-tu classée alors ?

— Plutôt genre *Pretty Woman*, répondit-il, les yeux pétillants. Ou *Dirty Dancing*.

— *Quoi ?* »

Ken éclata de rire et poursuivit la plaisanterie :

« Toutes les filles craquent pour ce genre de films, non ? Ces trucs qui finissent bien et tout le tintouin.

— Pas moi, protesta Nicola en feignant d'être offensée.

— Sans doute que non, approuva Ken, riant toujours.

— Que sous-entends-tu par là ? »

Il leva les mains comme on se rend à un ennemi.

« Rien, rien, rien, je le jure ! »

Nicola joignit franchement son rire au sien. Ce badinage la régalait même s'il lui semblait bizarre que ce soit en compagnie de Ken – entre tous !

À cet instant, un aboiement de Barney dans l'entrée leur signala l'arrivée de leur repas chinois. Tandis que Ken allait accueillir le livreur, Nicola retourna dans la cuisine et, devant le frigo, se demanda si elle ouvrirait ou non une bouteille de vin. C'était imprudent, Ken conduisait. Et puis ce n'était pas comme s'il devait rester longtemps. Il l'avait simplement raccompagnée chez elle.

Elle se sentit obscurément déçue. Cela faisait une éternité qu'elle n'avait pas reçu à dîner en dehors des copines. D'accord, il ne s'agissait pas d'un dîner au sens strict, mais elle était vraiment heureuse de cette soirée.

« Je prendrai un verre si tu en bois aussi », annonça Ken, comme s'il avait deviné ses pensées.

Il ouvrit les placards, en sortit assiettes et couverts avec l'assurance d'un familier des lieux. Curieusement, Nicola n'eut pas l'impression qu'on agissait à sa place et ne se froissa donc pas. Ken avait des façons si simples, si évidentes qu'il n'y avait rien de déplaisant à le voir s'affairer dans la cuisine. C'était un sentiment étrange.

« Tu es sûr ? Je te rappelle que tu conduis.

— Je ne boirai qu'un verre ou deux, et puis... »

Il s'interrompit pour regarder sa montre.

« ... le temps qu'*EastEnders* soit terminé, j'aurai retrouvé mes esprits ! »

Nicola essaya de réprimer son sourire.

« Tu ne vas pas regarder *EastEnders* chez moi.

— Oh, allez. Si je ne peux pas rater un épisode, c'est bien en ce moment. »

Nicola s'installa face à lui à la table de la cuisine.

« L'intrigue est toujours la même. Il la déteste, elle le déteste, pourtant ils finissent par avoir une liaison torride, alors son mari à elle, qui déteste encore plus le type, se venge en lui piquant sa femme, et tous finissent par se castagner au pub.

— Exactement ! C'est génial ! assura Ken en avalant une bouchée de riz. Comme dans la vraie vie. »

Nicola se mit à rire.

Pendant un moment, ils mangèrent dans un silence agréable, puis Ken reprit la parole :

« Tu sais, Nicola, ça fait plaisir de te voir rire. »

Elle le dévisagea, étonnée.

« Que veux-tu dire ? »

Se montrait-elle collet monté à Motiv8 ? Elle ne le pensait pas.

« Excuse-moi de te dire ça, répondit-il, mais tu n'as pas l'air dans ton assiette ces temps-ci… C'est Dan ? ajouta-t-il comme elle se taisait.

— Qu'est-ce qui te fait penser ça ?

— Allons, Nicola. Je répète ce que je disais, on se connaît depuis un bail maintenant. Quand tu es venue travailler avec nous au début, tu pétais le feu, tu étais positive, enthousiaste. Mais ces derniers temps, tu es devenue plus ombrageuse, et même chatouilleuse. La dernière fois que je t'ai vue ainsi… poursuivit-il en rougissant légèrement, vous traversiez votre période la plus noire, Dan et toi. Alors je me demandais si… je ne sais pas… s'il t'enquiquinait… »

Nicola fut émue. À entendre Ken, on aurait presque dit qu'il souhaitait la protéger. Elle repoussa des morceaux de poivron vert sur le bord de son assiette.

« Eh bien, le divorce doit être prononcé bientôt, je suppose que ça me travaille un peu.

— C'est compréhensible, évidemment, mais…

— Quoi ? fit-elle en le voyant hésiter.

— Tu peux me dire de me mêler de mes affaires, mais je trouve que tu t'en sors bien sans lui. Pense à ça : tu es indépendante, tu vis seule, tu conduis ta voiture et… tu as un job du tonnerre, ajouta-t-il avec un sourire.

— Je sais tout ça, acquiesça Nicola avec un sourire tremblant. Tout va bien, mais c'est précisément ça.

— Pardon ?

— C'est ça. Ce que tu viens de dire, ma vie résumée en quelques mots. Je sais que j'ai une vie formidable, vu ce qui m'est arrivé, et j'apprécie par-dessus tout mon indépendance mais… c'est ça.

— Je ne te suis pas.

— J'ai mes amis et ma famille est super, mais…

— Ah, fit Ken qui parut comprendre. Tu te demandes ce que tu vas faire à partir de là.

— Oui. »

C'était étrange d'évoquer un sentiment aussi intime avec lui, et non avec Laura ou avec sa mère – mais il était si facile de se confier à lui.

« Je ne me préoccupais pas de ce genre de chose avant. Quand j'étais à Londres, je consacrais la majeure partie de mon temps à récupérer une vie. Quand je suis revenue, j'étais décidée à me prouver à moi-même que je pouvais mener à peu près la même existence qu'avant d'être accidentée… enfin, dans des limites raisonnables ! Mais je n'ai pas encore trente ans, mes amies commencent seulement à se fixer, et moi je suis divorcée. »

Ken se carra sur sa chaise.

« Tu te demandes si ça signifie que tu vas rester toute seule jusqu'à la fin de tes jours ?

— En fait, oui. Et je réfléchis maintenant à des choses que je n'avais jamais eu à envisager avant, des choses auxquelles je n'ai jamais eu le temps de penser.

— Par exemple?

— Je n'ai pas besoin de te faire un dessin pour t'expliquer que je ne suis pas la fille idéale avec qui sortir en ville, alors comment puis-je rencontrer quelqu'un d'autre? Par où commencer?»

Ken la dévisagea.

«Tu penses que personne ne peut s'intéresser à toi, à cause de ton handicap?»

Nicola hocha la tête et attendit. Attendit qu'il lui dise que *bien sûr* des hommes s'intéresseraient à elle, que *bien sûr* elle ne passerait pas le reste de sa vie toute seule, pas alors qu'elle était si jeune, qu'elle avait tant à offrir et...

«Tu as probablement raison, fit-il en avalant une bouchée de riz.

— Ah...?

— Voyons les choses en face. Admettons que tu sortes en ville un samedi soir avec tes copines, et que vous alliez en boîte. Je ne veux pas enfoncer le clou mais, aussi fabuleuse sois-tu, les mecs ne tomberont pas à genoux devant toi.»

Nicola le regarda, choquée et blessée. Que cherchait-il? À la déprimer encore plus?

«Je vois ça tout le temps avec mon père, poursuivit Ken. Quand il sort de chez lui, les gens ne voient que son handicap, rien d'autre. Si toi tu vas dans un pub le soir, ou en boîte, le fait est que la majorité des types ne te considéreront pas comme une petite amie potentielle... bien que tu sois *extrêmement* mignonne.»

Soupçonnant que le compliment était destiné à lui remonter le moral, elle eut un léger sourire.

«Mais la plupart des gens ne regardent pas au-delà, ils en sont incapables. Ils ont peur de ce qu'ils ne connaissent pas. Et, soyons honnêtes, la plupart – ceux avec qui de toute façon tu ne voudrais pas être – n'ont aucune envie de se tracasser.

— Se tracasser?

— Oui. Avant son accident, mon père était comme toi, il avait une vie très active. Escalade, randonnée, golf... sans compter que ma mère et lui fréquentaient un tas de gens. Mais quand il s'est retrouvé paralysé...

— Les gens changent, fit Nicola, qui le savait trop bien.

— Ce n'est pas que les gens changent, c'est *toi* qui as changé. Et ils ne savent pas comment se débrouiller avec ça. Ils ont peur, et sans doute n'ont-ils pour la plupart pas trop envie de méditer sur cet aspect de leur personnalité. Peut-être ont-ils un peu honte d'eux-mêmes. »

Nicola était d'accord. Elle avait déjà eu cette discussion avec sa mère. « Le moment viendra où tu devras virer de bord », avait déclaré sa mère, ignorant dans son innocence le sens particulier que pouvait revêtir cette expression. Virer de bord! Sur le moment, Nicola n'en avait pas tenu compte. Mais là, à entendre un discours similaire dans la bouche d'un homme, elle se sentait plutôt abattue.

Ken se rendit compte qu'elle devenait plus sombre. « Ne fais pas cette tête!

— Quelle tête?

— Je ne cherche pas à te déprimer. Tout ce que je dis, c'est que si tu espères rencontrer quelqu'un, ça n'arrivera pas dans un lieu aussi superficiel qu'un bar ou une boîte de nuit. Mince, c'est déjà assez dur pour les gens valides, continua-t-il en riant. Quand je pense à la fortune que j'ai claquée pour payer à boire à toutes ces filles d'un soir... »

Nicola haussa un sourcil intrigué.

« Je ne t'imagine pourtant pas en peine pour trouver quelqu'un.

— Tu serais surprise », fit-il en la fixant droit dans les yeux.

Le cœur de Nicola trébucha et elle s'empressa de détourner les yeux.

« N'en parlons plus, déclara-t-elle. De toute façon, même si je trouvais quelqu'un, pourquoi s'encombrerait-il de moi ? Ce n'est pas comme si je pouvais réinventer le *Kama Sutra* avec lui ! »

L'humour, pensait-elle, la meilleure défense.

« Il y a des moyens, tu sais ! rétorqua Ken en riant. À ton avis, d'où viennent mes deux jeunes sœurs ? »

Elle joignit son rire au sien ; la discussion n'était plus si démoralisante.

« Changeons de sujet, s'il te plaît », suggéra-t-elle néanmoins.

Mais Ken n'était pas prêt à renoncer.

« Tu penses vraiment que tu n'as rien à offrir à un homme ? fit-il.

— Je ne sais pas, répondit-elle en haussant les épaules. Mais tu l'as dit toi-même, je ne suis pas un cadeau. »

Ken darda sur elle un regard direct et cependant indéchiffrable.

« Tu veux que je te dise, Nicola ? Tu te trompes à un point que tu n'imagines pas. »

La jeune femme souriait en évoquant ces souvenirs. Elle aurait dû comprendre à ce moment-là – sinon bien avant – qu'elle plaisait à Ken, qu'elle lui avait toujours plu. Après cette soirée, tout était allé très vite. Ken avait passé de plus en plus de temps chez elle, lui avait bientôt avoué ses sentiments, et ce qu'il avait éprouvé le jour où Dan avait fait irruption dans son bureau. Cela avait été merveilleux sur le moment, et c'était merveilleux depuis. Ken était honnête, aimant, aimable, et elle savait au plus profond d'elle-même qu'il ne la laisserait jamais tomber comme Dan.

Nicola regarda l'heure sur l'écran de son ordinateur. Bientôt huit heures. Ken devait être arrivé. Elle prit le téléphone et composa le numéro de son poste, désireuse de savoir comment s'était passée la rencontre avec les associés. Pas de réponse.

Elle appela la réception.

— Jack, as-tu vu passer Ken ? Je pensais qu'il revenait aujourd'hui.

— Il est même revenu hier soir, il est d'ailleurs passé avant la fermeture. Mais il prend un congé aujourd'hui… Il ne te l'a pas dit ?

— Bon… ce n'est pas grave. Comment t'en sors-tu ? Tu as besoin d'aide en bas ?

— Merci, mais c'est très calme pour le moment. Je t'appelle si j'ai besoin de toi.

Nicola raccrocha. Un jour de congé ? Ken s'investissait tellement dans le club qu'il prenait rarement des congés, même quand il était malade ! Oh, c'était lui le patron après tout, songea tendrement la jeune femme. Tout en composant le numéro du domicile de Ken, elle se demanda si, malgré les chiffres encourageants des derniers mois, les choses s'étaient déroulées plus mal que prévu à Galway.

— Allô ? répondit un Ken ensommeillé à la deuxième sonnerie.

— Salut, toi ! Tu ne m'as pas dit que tu faisais l'école buissonnière aujourd'hui ! Comment s'est passée la réunion ?

Il y eut un bref silence à l'autre bout du fil.

— Ken ?

— Pourquoi te le dirais-je ? rétorqua-t-il avec brusquerie. Tu ne me dis pas tout, toi.

— Comment ça ? fit Nicola stupéfaite.

— Je ne peux pas te parler maintenant. À plus tard.

Sur ce, il raccrocha, laissant Nicola bouche bée devant le combiné. Qu'est-ce qu'il lui prenait ? Puis elle songea qu'il n'était que huit heures du matin et qu'il avait eu de dures journées à Galway. S'il avait pris un jour de congé, ce n'était pas pour qu'on interrompe sa précieuse grasse matinée ! Elle attendrait un moment avant de le rappeler. D'ici là, elle allait entrer sur son ordinateur les salaires du mois et préparer le tableau de service de la semaine suivante.

Or, à la deuxième tentative de conversation, Ken se montra tout aussi ronchon. Cela ne lui ressemblait pas d'être d'une humeur aussi maussade.

— Qu'est-ce que tu as aujourd'hui ? demanda Nicola d'un ton léger. Ça ne s'est pas bien passé à Galway ?

— Ce que j'ai ? Ce que j'ai ? répéta-t-il. Je vais te le dire, ce que j'ai, Nicola ! J'ai que je n'arrive pas à imaginer comment tu as pu me mener en bateau... si facilement et pendant si longtemps !

— Comment ?

— Reste à savoir quand tu avais l'intention de me le dire. Et d'ailleurs, *si* tu avais l'intention de me le dire !

— Mais que... ? Ken... Je ne...

Elle avait peur maintenant.

— Pourquoi, Nicola ? Pourquoi avoir passé tout ce temps avec moi, m'avoir laissé croire que nous allions quelque part, que nous avions un avenir ensemble, alors que ce n'était absolument pas dans tes projets, pourquoi ce gâchis ?

Sa voix sonnait étrangement, comme s'il avait bu.

— Ken...

— Explique-moi cette putain d'attirance ! Tu aimes qu'on te malmène, c'est ça ? Tu ne peux pas résister à un branleur, à un salopard dans son genre !

— Un salopard dans le genre de qui ? questionna Nicola, complètement perdue.

— Ne me fais pas le coup de l'innocence ! Dans le genre de Hunt, qui d'autre ?

— Dan ? Mais je ne l'ai pas vu depuis des lustres.

Nicola se retrouvait sans arguments. De façon stupide, elle n'avait pas confié à Ken son projet d'inviter Dan et Chloé chez elle. Elle avait agi sur l'impulsion du moment, et elle doutait que Ken apprécie son ingérence ; il n'aurait pas apprécié qu'elle revoie Dan quelles que soient les circonstances !

— Je l'ai vu, Nicola ! fit-il froidement, et le sang de Nicola se figea. Je vous ai vus tous les deux ensemble ! Je ne peux pas croire que tu me mentes de cette façon !

Nicola se retrouvait coincée, désormais. Comment pouvait-il avoir vu ? Qu'avait-il vu ? Oh, merde, pourquoi ne lui en avait-elle pas parlé avant ? Il l'avait su d'une façon ou d'une autre, et c'était la catastrophe.

— Mon amour, je ne sais pas pourquoi je ne t'en ai pas parlé, mais le fait est que j'ai invité l'autre soir…

— Je me fous de ce que tu vas raconter, Nicola. Pas la peine. Laisse tomber. Je croyais qu'il y avait quelque chose d'important entre nous, alors que pendant tout ce temps tu ne faisais qu'attendre, espérer qu'il te revienne. Et dire que tu m'as servi tes conneries, comme quoi c'est moi que tu aurais aimé avoir épousé. Tu l'as dans la peau, Nicola, et j'ai été assez crétin pour croire autre chose. Après tout, tu es tout de suite revenue vers lui la dernière fois.

Parlait-il de la toute première fois ?

— Mais… il était mon mari à l'époque, et je ne savais pas que tu…

Elle ignorait comment la conversation en était arrivée là, à son prétendu retour vers Dan !

— Laisse tomber, je te dis. J'ai déjà perdu assez de temps avec toi. Va retrouver Hunt, et bonne chance. On peut dire que vous vous méritez bien tous les deux.

Sur ces mots, Ken coupa la communication.

Nicola resta hébétée à son bureau, le cerveau en feu. C'était irréel. Ken devait avoir *vu* Dan entrer chez elle l'autre soir. Mais il lui avait dit qu'ils ne se verraient pas le lundi soir, puisqu'il partait pour Galway tôt le lendemain matin, alors comment avait-il pu apercevoir… ?

Pourquoi avait-elle menti, même par omission ? À l'évidence, Ken avait assisté à quelque chose l'autre soir, mais il n'en avait pas vu assez pour savoir que Dan n'était pas son unique invité. Maintenant, elle avait l'air de lui avoir dissimulé cette visite – elle-même eût été furieuse si Ken avait agi de même. Il fallait qu'elle lui parle, lui explique, lui fasse comprendre la situation de son point de vue…

Mais si Ken refusait de lui parler, s'il ne la laissait pas s'expliquer, que faire ?

36

Quelques jours plus tard et après une rencontre des plus agréables avec Amanda Verveen, Laura nageait dans le bonheur.

Amanda avait adoré ses créations et, pour sa part, dès qu'elle avait vu certains modèles de la couturière, Laura avait su sur-le-champ qu'elle pouvait saisir l'occasion et créer des bijoux tout bonnement exceptionnels.

« Il ne s'agira pas exactement de prêt-à-porter, avait précisé Amanda en désignant les silhouettes en carton figurant les mannequins qui se promèneraient sur le podium, mais depuis quand est-ce qu'on se préoccupe de ça ? L'important est que nous utilisions vos bijoux pour transformer radicalement le look. »

D'après ce que Laura avait pu glaner auprès de Jan, l'assistant d'Amanda, et auprès d'Amanda elle-même, la terminologie des défilés de haute couture ne signifiait pas grand-chose ; l'artiste elle-même n'avait pas de temps à perdre à décrire son travail que Jan, pour sa part, qualifiait de « brut, sauvage et carrément apocalyptique » ! Si elle se demandait combien de paires de boucles d'oreilles elle vendrait en imprimant ce genre de slogan sur ses cartes de visite, Laura avait par ailleurs l'impression de comprendre ce que souhaitaient communiquer ses commanditaires.

Dès l'issue de la première réunion, elle avait senti qu'Amanda et elle étaient sur la même longueur d'onde.

Elle ignorait si Amanda envisageait de travailler avec elle sur le long terme, mais c'était pour le moment sans importance. Au début du printemps son travail serait montré dans les défilés de haute couture à Londres, Milan, Paris, ce dont elle n'aurait pas osé rêver.

Pcu après le premier coup de fil d'Amanda, Laura était passée voir Brid à sa boutique. À voir la mine enjouée de la couturière, elle comprit que celle-ci était déjà au courant.

« J'espère que vous ne m'en voulez pas de lui avoir donné votre numéro, commença Brid, presque en s'excusant. Je ne savais pas trop si vous étiez disponible, mais elle me harcelait depuis le jour où elle avait vu votre travail...

— Vous plaisantez ! s'exclama Laura en l'embrassant chaleureusement. Je vous suis infiniment reconnaissante. Je ne me doutais de rien quand je l'ai vue chez vous !

— Amanda se fait discrète à dessein. Elle pense que ça la rend beaucoup plus mystérieuse... comme ses vêtements, continua Brid en riant. C'est son image et, pour ne rien vous cacher, je trouve tout ça un peu prétentieux... mais enfin, c'est la raison pour laquelle j'ai préféré travailler dans la robe de mariée plutôt que dans la haute couture. »

Neil avait été ravi.

« Je savais que ça arriverait, avait-il déclaré le soir du coup de fil d'Amanda, en arrivant à la maison avec une énorme gerbe de roses et une bouteille de champagne. D'accord, je n'avais pas imaginé tout à fait ça mais... Hourra ! »

Il souleva la jeune femme dans ses bras et la fit tournoyer.

« Ma femme créatrice de mode !

— Pas tout à fait, nuança Laura. Je ne fournis que la déco.

— N'empêche, tu ne sais pas jusqu'où ça peut te mener. Accole le nom d'Amanda Verveen… puisqu'elle a l'air célèbre, ajouta-t-il, n'étant guère familier de l'univers de la mode, accole ce nom aux bijoux Laura Connolly, et les affaires vont s'envoler !

— Je l'espère, renchérit Laura, qui redoutait presque d'y croire. »

Les copines avaient été stupéfaites, surtout Helen.

« Je te tire mon chapeau. Même quand nous pensions tous, enfin, moi en particulier, que tu ferais aussi bien de tout plaquer, tu as persévéré. Sans compter que pour ma part je ne t'ai pas rendu les choses faciles… »

Nicola elle aussi avait été enchantée d'apprendre la nouvelle, pourtant Laura devina au téléphone que son amie avait l'esprit ailleurs.

« Ken est parti, annonça-t-elle avec inquiétude.

— Parti ? »

Nicola la mit au courant de la situation et lui raconta sa dernière conversation avec Ken.

« J'ai voulu aller le voir chez lui, mais le temps que j'arrive il était parti. Ensuite j'ai appris par Sally qu'il avait pris quelques jours de congé. Je me suis sentie mortifiée… Tu comprends, pour Sally il est clair qu'il y a de l'eau dans le gaz, surtout qu'il a déposé sa clef de chez moi au centre !

— Il a peut-être besoin de prendre un peu de distance, suggéra Laura.

— Je l'espère. »

Laura ne se faisait pas trop de souci. Ken et Nicola traversaient peut-être une zone de turbulences, mais elle ne doutait pas que leur couple sortirait vainqueur de la tempête. En tout état de cause, merci et encore bravo à ce bon vieux Dan...

« Je suis si heureuse pour toi, reprit Nicola d'un ton plus enjoué. Dire que ma meilleure amie va devenir une célèbre créatrice de bijoux !

— Ah, ne nous emballons pas », avait tempéré Laura, bien qu'elle goûtât secrètement l'attention et la joie de son entourage.

Elle n'avait encore rien révélé à ses parents. Pas avant sa première rencontre avec Amanda, et là, elle avait été convaincue que oui, ce qui lui arrivait était bien réel. Jamais elle n'aurait survécu à une annonce prématurée à sa famille, si le château de cartes avait dû s'effondrer.

Or, après avoir vu Amanda, après avoir compris que la chose se ferait bel et bien, que la grande couturière était tout autant enthousiaste qu'elle, elle se sentait prête.

Cet après-midi-là, Neil et elle roulaient vers Glengarrah, afin d'annoncer la nouvelle de vive voix. Laura brûlait d'impatience de voir la réaction de sa mère, d'un côté parce qu'elle voulait lui prouver qu'elle s'était trompée, lui faire savoir que sa fille aînée avait du talent, que des gens aimaient ses créations, mais surtout parce qu'elle désirait que ses parents, Joe inclus, partagent son bonheur. Comment espérer davantage ? Une grande couturière de stature internationale demandait à l'une de ses filles de concevoir ses bijoux ! Maureen en tirerait de quoi pavoiser longtemps à son club floral ; il serait impossible de la faire taire. À présent, l'affaire était sûre, Maureen n'aurait plus à redouter l'échec – le rêve de Laura était devenu réalité.

En début de soirée, Neil gara la voiture devant le cottage familial, puis Laura et lui pénétrèrent dans la maison par la porte de derrière.

— Qu'est-ce que tu fais ici ? aboya Maureen comme si elle venait de surprendre un intrus dans sa cuisine.

Accoutumée depuis longtemps, Laura ignora cet accueil hostile.

— Salut, maman.

— J'espère que nous arrivons pile pour le dîner, fit Neil en louchant vers les casseroles qui mijotaient sur la cuisinière.

— Et Neil est là aussi... Que se passe-t-il, Laura ?

La jeune femme et son époux arboraient de larges sourires.

— J'ai une bonne nouvelle à vous annoncer, commença Laura en regardant sa mère puis Joe, qui restait assis à la table de la cuisine, silencieux, attendant son repas.

Maureen lâcha son torchon.

— Tu es enceinte ! gémit-elle gaiement. Oh, merci mon Dieu, merci mon Dieu !

Le sourire de Laura s'effaça. Merci mon Dieu ? Maureen récitait-elle son rosaire dans l'espoir que sa fille aînée tombe enceinte ?

— C'est la meilleure chose qui pouvait arriver !

Laura ne se rappelait pas avoir jamais vu sa mère si joyeuse.

— Maintenant que tu vas avoir une bouche à nourrir, tu vas enfin devoir abandonner tes lubies d'entreprise !

La phrase fit à Laura l'effet d'un couperet.

— Je ne suis pas enceinte, maman, lâcha-t-elle sèchement, toute joie évanouie.

Comment Maureen pouvait-elle être aussi égoïste ? Elle savait pertinemment que Laura et Neil ne prévoyaient pas d'avoir d'enfants tant que la petite société ne serait pas viable. Qu'est-ce qui n'allait pas chez elle ? Pourquoi était-ce toujours elle qui décidait de ce qui était bon ou non pour sa fille ? Pourquoi ne prenait-elle jamais en compte les véritables désirs de Laura ?

La jeune femme était dégoûtée. À présent, elle n'avait plus envie d'annoncer la nouvelle.

— Laura n'est pas enceinte, confirma Neil, mais elle a une grande nouvelle en ce qui concerne son travail.

Laura vit sa mère lever ostensiblement les yeux au ciel. Elle ne cherchait même pas à dissimuler son mépris ou son désintérêt.

C'était donc bien ça. La jeune femme se sentit saturée.

— *J'allais* t'annoncer ma bonne nouvelle, maman, commença-t-elle d'une voix glacée. *J'allais* te dire qu'une célèbre créatrice de mode m'a demandé de créer les bijoux de sa prochaine collection : une collection qui va faire le tour du monde, qui sera dans tous les magazines, à la télévision et dans les journaux. *J'allais* te dire que moi, petite personne insignifiante, inutile, pétrie de lubies et de grands discours, j'ai enfin commencé à réaliser mon rêve, que j'ai enfin réussi dans la partie où j'ai toujours voulu travailler. *J'allais* te dire que quelqu'un, quelqu'un *d'important*, a eu suffisamment

confiance en moi, et en mon travail, pour miser sur moi. Mais à voir ta tête, je crois que je vais m'épargner cette peine.

Jamais encore Laura n'avait parlé de cette façon à sa mère. D'ailleurs, c'était à se demander si Maureen l'avait un jour laissée parler aussi longtemps sans l'interrompre.

Maureen parut abasourdie et Joe s'agita nerveusement, comme pris dans l'œil du cyclone.

Le silence s'appesantit dans la petite cuisine, jusqu'à ce que Neil juge utile de le meubler :

— Maureen, je peux comprendre que vous vous soyez méprise tout à l'heure. Laura n'est pas enceinte, mais avez-vous entendu ce qu'elle vient de vous annoncer ? La créatrice de mode en question s'appelle Amanda Verveen.

Il eut un haussement d'épaules presque exaspéré.

— D'accord, moi non plus je n'en ai jamais entendu parler, poursuivit-il, mais elle est apparemment très connue. Et puis elle est irlandaise… Je crois même qu'elle a gagné quelque chose à *The Late Late Show* il y a quelques années… enfin bref, elle demande à Laura de travailler avec elle… Ce n'est pas génial ?

Maureen se laissa tomber sur une chaise.

— Qu'est-ce qui ne tourne pas rond chez toi, Laura ? demanda-t-elle, sidérée. Qu'est-ce que tu essaies de prouver ?

— De *prouver* ?

— Avec cette histoire de bijoux et tout ça ?

— Maureen, vous n'avez pas compris…

— Ça suffit, Neil ! coupa Maureen. Pour vous dire le fond de ma pensée, c'est votre faute si Laura a tous ces problèmes. Elle était parfaitement heureuse avec son emploi de bureau avant que vous arriviez pour lui mettre ces idées dans la tête !

— Non, je n'étais pas heureuse, maman. Tu sais que je n'étais pas heureuse ! protesta Laura, les yeux étincelants. Pourquoi crois-tu que j'ai passé toutes ces années aux beaux-arts ? Pour m'amuser ? Pourquoi crois-tu que je consacrais tous mes moments libres à dessiner et à fabriquer des choses, à faire ce que j'aimais réellement ?

— Mais tu avais une bonne place… se lamenta Maureen.

— Mais je n'étais pas heureuse, bordel de merde ! tonna Laura. Ne m'as-tu pas entendue ? M'as-tu jamais écoutée ?

Neil regarda son épouse. Depuis qu'il la connaissait, pas une fois il ne l'avait entendue prononcer un gros mot. C'était tout juste si elle s'autorisait parfois un « zut ».

— Le fait que je sois heureuse ne compte pas pour toi, n'est-ce pas ? C'est ce qui te rend, toi, heureuse qui compte, c'est ça ? Tant que tu peux raconter que Laura s'en sort bien et qu'elle a une bonne place à Dublin, tu te fiches qu'elle haïsse son boulot au point d'avoir l'impression qu'une part d'elle meurt à chaque jour qui passe… Tant que tu peux raconter que Laura fait *comme il faut*, là *tu es* heureuse ! Eh bien, je vais te dire, poursuivit la jeune femme en se plantant une main sur la hanche, désormais, je me fous de ce qui peut te rendre heureuse. J'ai passé presque toute ma vie à *essayer* de te rendre heureuse, à *batailler* pour que tu sois fière de moi, et je n'ai fait que me rendre malheureuse parce que ça ne marchera jamais, putain de merde ! *Rien* ne peut te satisfaire. Je ne suis pas Cathy ! Mon rêve n'était pas d'épouser un gars du coin, de pondre vingt mômes et de passer mon temps à cancaner sur tout le monde, pendant que la vie s'écoule ailleurs. Je veux une vie à moi, une vie qui me plaise. Et à partir de maintenant, je vais l'avoir ! Et tant pis pour ce que tu penses, maman, à partir de maintenant je m'en contrefous !

Sans un autre regard vers sa mère ou son père, Laura tourna les talons et quitta la pièce en claquant violemment la porte derrière elle.

Le visage de marbre, Maureen leva le menton.

— Une part d'elle meurt à chaque jour qui passe, répéta-t-elle d'un ton de sarcasme. A-t-on jamais entendu une telle ineptie ?

Puis elle renifla.

— Eh bien, Joe, après tout ce que nous avons fait pour elle, au moins nous savons maintenant ce qu'elle pense de nous.

Depuis le seuil, Neil secoua tristement la tête.

— Vous êtes une femme profondément stupide, Maureen Fanning, dit-il, parce que vous n'avez aucune idée de ce que vous avez perdu.

Plus tard ce même soir, assise à la table de sa cuisine, Laura était inconsolable.

— Je ne peux pas le croire, Neil, disait-elle en pleurant abondamment, les mains enfouies dans celles de son époux. Je ne peux pas croire qu'elle ait réagi comme ça. Elle n'en a vraiment rien à faire ? Prend-elle un plaisir malsain à me rabaisser, à saper ma confiance en moi, à me donner l'impression que je ne vaux rien ?

Neil était inquiet. Laura avait répété des choses de ce genre durant tout le trajet de retour. La situation pouvait être pire qu'elle ne le paraissait, dégénérer en une rupture rédhibitoire, conséquence que Laura risquait de ne pas supporter. Malgré tous leurs problèmes relationnels, la jeune femme aimait profondément sa mère, pour des raisons que Neil ne comprenait pas vraiment.

Sa mère à lui s'était réjouie pour Laura ; mieux, la grande nouvelle lui avait donné un coup de fouet cette semaine. Pamela adorait Laura et n'ignorait rien des réticences de Maureen, mais ne les comprenait pas plus que quiconque. Cela dit, la mère de Neil était issue d'un milieu d'entrepreneurs, son père étant ébéniste à son compte, son mari et ses fils travaillant dans le tourisme. À ses yeux, le désir d'entreprendre devait être valorisé, fêté, et non ridiculisé comme le faisait Maureen.

Pour l'heure, Neil aussi en avait assez des Fanning. Ils avaient malmené sa femme et profité d'elle pendant suffisamment longtemps – jusqu'à leur mariage qui, censé être une fête tranquille et intime, avait failli être gâché par les membres de la famille de Maureen, venus faire les idiots, s'affaler sur la piste de danse et importuner les autres invités par leur ivresse tapageuse. Furieux, Neil avait bien failli dire son fait à Maureen mais, afin de ménager Laura aussi bien que Pamela, il n'avait pas voulu faire d'histoires et finalement s'était tu.

Oui, Neil en avait plus que sa claque de la famille de Laura, voilà pourquoi lorsqu'il alla ouvrir la porte – car on sonnait – il ne fut pas franchement heureux de découvrir sur le seuil un Joe Fanning piteux.

— Je me demandais si je pourrais dire un mot à Laura, commença Joe à sa manière nerveuse. Je suis tout seul, ajouta-t-il en voyant Neil jeter un regard vers sa voiture.

Neil s'effaça pour lui laisser le passage.

— Elle est bouleversée, Joe. Ce qui s'est passé chez vous est d'une injustice terrible pour elle.

— Je sais, mon garçon, et j'ai bien essayé de raisonner Maureen, mais c'est une femme terriblement têtue.

Quel euphémisme ! songea Neil.

— Papa ! s'exclama Laura, surprise.

Aussitôt son expression se durcit.

— Si elle est là, je refuse de lui parler.

— Elle n'est pas là. Je suis venu seul.

— Oh.

En règle générale, son père ne se mêlait jamais de ce genre de chose. Les disputes le mettaient dans ses petits souliers. Laura se demanda s'il avait pris l'initiative de venir lui demander « de revenir s'excuser ». Si c'était ça, il pouvait tout de suite laisser tomber.

Joe toussota et regarda Neil.

— J'aimerais bien que nous parlions rien que tous les deux, Laura…

— Ça te va, Laura ? demanda Neil, circonspect.

— C'est bon, Neil. Je ne me suis pas une seule fois disputée avec papa et ce n'est pas maintenant que je vais commencer.

Comme elle refermait la porte sur Neil qui s'était retiré au salon, elle adressa un gentil sourire à son père.

— Comment va-t-elle ? questionna-t-elle en essuyant ses joues humides avec la manche de son pull.

Joe émit un rire sourd.

— Je vais te dire une chose, Laura. Il n'y a que toi pour poser une question pareille. N'importe qui d'autre s'en foutrait complètement.

— Je n'ai jamais voulu lui faire de la peine.

À présent que son père se trouvait devant elle, Laura se sentait coupable de sa conduite. Si, pendant le trajet du retour en voiture, elle avait été contente et soulagée d'avoir dit ce qu'elle avait dit, maintenant elle ne savait plus.

— Je ne suis pas forcément d'accord avec les termes que tu as employés, mais ta mère avait peut-être besoin d'entendre certaines choses... Je ne dis pas que c'est ce qu'elle souhaitait, mais enfin c'est fait.

— Je ne comprends pas... souffla Laura.

Son père soutenait systématiquement sa mère, même dans ses positions les plus excessives, *particulièrement* dans ses excès.

Joe tira une chaise et s'assit.

— Laura... voilà près de trente ans que je travaille à l'usine, c'est ça?

— Je crois, oui, depuis ma naissance...

— Je t'ai dit que j'avais travaillé pour le journal local, *The Herald*, tu te rappelles?... Ah, c'est loin maintenant. J'ai arrêté peu de temps avant que tu naisses.

Laura se demanda où il voulait en venir. Elle savait que son père avait travaillé au journal; il était chargé de l'entretien des machines.

— En fait, ni moi ni ta mère ne vous avons parlé de cette époque à toi et Cathy. J'étais rédacteur au journal. Je tenais une rubrique hebdomadaire.

Journaliste? Son père? La faisait-il marcher?

— Tu écrivais pour *The Herald*?

— Pas seulement.

Joe prit une profonde aspiration et détourna le regard, comme embarrassé par ce qu'il s'apprêtait à dire.

— J'écrivais aussi d'autres choses, Laura. Des romans, des nouvelles…

— Des *romans* ? répéta Laura.

Elle se fit l'effet d'un perroquet, mais c'était la première fois qu'elle entendait ça. Non, son père n'était pas écrivain ; il n'était qu'un ouvrier d'usine. Elle ne pensait même pas qu'il ait terminé ses études secondaires !

— Quand j'ai rencontré ta mère, elle était enthousiaste. Elle avait lu certaines de mes productions et elle me soutenait à fond. À l'époque, nous ne doutions pas que quelqu'un d'important lirait mes textes et finirait par me publier. C'était le délire quand nous en parlions.

Joe souriait à ce souvenir.

— Nous allions être célèbres, disait ta mère. Ah… mais ce n'étaient que des châteaux en Espagne, Laura… Je n'étais pas assez talentueux.

— Tu as gardé tes textes ? questionna la jeune femme, curieuse de ce que son père, *son* père pouvait avoir écrit dans sa jeunesse.

— Ta mère a dû les ranger quelque part, ça n'a aucune importance maintenant.

— Que s'est-il passé ? le pressa Laura en constatant qu'il se taisait. Tu n'as pas abandonné d'un coup ?

— Les temps étaient durs à ce moment-là. Il y avait des usines qui fermaient, un taux de chômage élevé, et le pays traversait une période très noire. J'ai épousé ta mère, et pendant longtemps nous avons vécu de nos rêves, enfin, ça plus les quelques papiers que je rédigeais pour le journal. Et puis comme je possédais une machine à écrire, certaines petites entreprises du coin me donnaient aussi un peu de travail de frappe.

— Et tu attendais ta chance, le jour où tu serais publié ?

— C'était tout ce que je désirais, acquiesça Joe. Ça m'absorbait complètement, j'en étais obsédé au point de ne pas trop me soucier des vêtements que nous portions ou de ce qu'il y avait dans nos assiettes. Je m'enfermais pendant des heures pour travailler à mon chef-d'œuvre.

— Et maman ?

— Ta mère s'est mise à m'en vouloir, et peut-on lui jeter la pierre ? Il ne se passait rien. Les lettres de refus des éditeurs s'empilaient à la même vitesse que les factures. Puis le journal a fait faillite, et je me suis retrouvé sans emploi mais, comme la moitié du village était au courant que j'écrivais et que je faisais des petits boulots de dactylographie, je ne remplissais pas les conditions pour toucher une allocation chômage. On se méfiait vaguement de moi. Tu connais Glengarrah, poursuivit-il en soupirant. Le pire crime qu'on puisse commettre dans ce village est d'essayer d'être différent, de se démarquer d'une façon ou d'une autre. Comme je ne menais pas une « vie normale », j'étais plutôt un paria. Ta mère, continua-t-il d'une voix plus hésitante, ta mère qui était née et avait grandi à Glengarrah souffrait de cette désapprobation, elle trouvait la situation très pénible. Quand j'ai dû quitter le journal, Maureen a travaillé un peu à l'usine, mais elle n'a pas pu continuer, l'odeur des saucisses la rendait malade et…

— Elle était enceinte, comprit Laura. Enceinte de moi.

Joe acquiesça d'un hochement de tête.

— Nos finances étaient plus que justes mais je continuais à m'acharner dans l'écriture, à poursuivre mon rêve. Un jour, pourtant, ta mère y a mis un terme pour de bon.

— Comment cela s'est-il passé ?

— Nous étions fauchés, et ce n'est pas une figure de style. Pas fauchés comme on le dit aujourd'hui, quand on ne peut pas se payer deux fois des vacances ou changer de voiture chaque année. Non, fauchés dans le sens où nous avions à peine de quoi manger. Alors un jour, ta mère a ravalé ce qu'il lui restait de fierté, et elle est allée demander de l'aide aux Kelly.

Aux Kelly ? Ces Kelly à qui il manquait toujours huit sous pour en faire dix ? Laura avait du mal à l'imaginer.

— Ç'a été une petite victoire pour Joan Kelly. Depuis des années, elle répétait à Maureen que je n'étais «qu'un feignant qui s'y croyait» et qu'il ne sortirait rien de bon de mes «griffonnages». Joan a eu le sentiment d'avoir vu juste. Elle a donné un peu d'argent à Maureen, de quoi vivoter un moment, mais c'est sans doute le pire qui pouvait arriver à ta mère parce qu'ils ne lui ont jamais laissé oublier leur générosité. Tu te doutes bien qu'aujourd'hui l'aumône de Joan a été remboursée au centuple.

Laura s'efforça de se mettre à la place de sa mère. Pour commencer, elle avait du mal à se figurer à quel point ses parents s'étaient retrouvés sans ressources. Glengarrah était un village où il fallait choisir entre le travail agricole et les usines de Carlow, or ses parents n'étaient pas des gens de la terre. Elle imaginait fort bien la honte qu'avait ressentie sa mère à l'époque, la blessure d'amour-propre que cela avait dû être.

— C'est pour cette raison qu'elle s'inquiète tellement de ce que les gens pensent d'elle, de *nous*.

— Et la raison pour laquelle elle s'inquiétait tant de te voir prendre la même route que moi, compléta Joe. Elle a détecté ton inclination plus vite que moi. Quand tu ne faisais pas des dessins, tu fabriquais des trucs avec des morceaux de papier. Tu as été artiste dès le berceau. Maureen était terrifiée.

— Elle a donc essayé de me brider, de me faire prendre une autre direction…

— Elle a cédé pour les beaux-arts, pensant que tu finirais peut-être par t'en détourner, et pendant un temps c'est ce que tu as fait. Et tu as occupé ce que les gens dépourvus de sens artistique appellent des «emplois convenables». Mais j'étais heureux pour toi en secret, ma chérie, quand tu as lancé ton affaire. Bien sûr, moi aussi je me faisais du souci. Je me demandais comment tu t'en sortirais, toi qui es d'un tempérament si doux, mais je n'ai jamais dit un mot pour prendre ta défense et c'était une erreur. J'aurais dû. J'aurais dû m'opposer à Maureen, lui faire admettre qu'elle devait te laisser suivre ta voie. Les choses sont différentes aujourd'hui. Les jeunes ont davantage d'assurance. Ils ont aussi davantage d'opportunités, et tu as un talent fou. N'empêche, ajouta Joe en riant, tu tiens plus de ta mère que je ne le croyais, ma chérie. Tu as suivi ton bonhomme de chemin, et voilà.

Laura se carra sur sa chaise. Jamais elle n'avait envisagé que ses parents puissent avoir eu leurs propres espoirs, leurs rêves à eux, des rêves que les circonstances avaient fini par étouffer. Comment avait-elle pu ne pas s'en douter?

Rétrospectivement, elle constatait que c'était toujours son père qui les avait aidées, Cathy et elle, pour leur travail scolaire – jamais leur mère. Il était le seul à connaître toutes les réponses aux questions de culture générale dans les jeux télévisés, le seul qui eût des opinions mesurées, qui manifestât une ouverture d'esprit dans ses jugements. Joe était l'un des rares habitants de Glengarrah à ne pas prêter l'oreille aux ragots ou aux discussions oiseuses.

Laura n'y avait jamais réfléchi ; elle pensait que son père savait des choses car il lisait beaucoup de livres et de journaux. En vérité, Joe lisait sans cesse. Un souvenir traversa soudain l'esprit de la jeune femme : son père en train de gribouiller dans un carnet, notant des choses qu'il trouvait intéressantes ou qu'il souhaitait se rappeler. Mais pas une fois elle ne s'était demandé de quoi il pouvait s'agir.

À présent elle aurait donné beaucoup pour lire certains écrits de son père.

— Écoute, je ne suis pas venu pour te culpabiliser, reprit Joe en voyant son expression tourmentée. Et ne va pas imaginer que c'est ta naissance qui m'a fait renoncer à l'écriture. Nous voulions très fort un enfant, et ton arrivée a représenté plus de bonheur que tout le reste. Je n'étais pas assez bon, tout simplement, et avec le temps j'ai fini par accepter cette vérité. De toute façon, j'avais d'autres priorités dans ma vie. Je devais nourrir ma famille et c'est ce que j'ai fait.

— Et tu n'as plus rien écrit depuis ? J'imagine bien que c'était impossible avec Cathy et moi dans les parages, mais la maison est paisible maintenant. Tu ne peux pas t'y remettre ?

Les yeux de Joe se mirent à pétiller.

— Ah, je repique bien de temps en temps, quand ta mère n'est pas là. J'y prends toujours autant de plaisir, mais je doute que ça vaille quelque chose.

— Papa… J'aimerais voir ce que tu as écrit. Tu me le laisserais lire ?

— Pourquoi pas ? Sauf que c'est devenu un violon d'Ingres pour moi aujourd'hui, pas une tâche à laquelle je puisse m'atteler régulièrement, alors ne va pas te faire des idées. Et puis, évitons de rendre folle ta pauvre mère ! ajouta-t-il en riant.

Laura dévisagea son père, songeant qu'elle ne l'avait jamais entendu parler autant, ni si aisément. Mais quand en aurait-il eu l'occasion ? Maureen parlait au moins pour deux !

— En fait, j'aimerais juste que tu essaies de voir les choses du point de vue de ta mère, reprit Joe. Ce qu'elle ne comprend pas, ce qu'elle ne peut contrôler la rend nerveuse et méfiante. Après ce qu'elle a vécu avec moi, elle a développé un besoin maladif de stabilité, et sans doute ne peut-elle pas comprendre comment tu as pu renoncer à une petite vie tranquille et lâcher un emploi sûr. Reconnaissons, ma chérie, que parfois le pire que puisse faire un Irlandais « ordinaire » est de réussir et, par là même, de donner à penser à tous les autres qu'il se croit meilleur qu'eux.

Joe eut un sourire désabusé, et Laura comprit ce qu'il voulait dire. Il y avait à la racine du problème de Maureen un profond sentiment d'infériorité, et c'était ce qui la déstabilisait tant dans les « lubies » de Laura.

— Ça a été si blessant, papa, alors que j'ai essayé de toutes mes forces de lui faire comprendre à quel point c'était important pour moi, et pourquoi je devais le tenter. Mais il est impossible de parler avec elle, et elle me traite comme une enfant… Je n'imagine pas que nous allons la changer maintenant.

— En effet, nous n'y arriverons pas, approuva Joe avec un rire sourd. D'une certaine façon, je crois qu'elle te considère en effet comme une enfant. Mais ce que j'essaie de te dire, Laura, c'est que tu ne dois pas commettre la même erreur que moi, laisser les jaloux, les mauvais coucheurs et Maureen influencer tes choix. Ta mère ne peut pas s'en empêcher mais, à mon avis, elle ne se rend pas compte qu'elle te fait du mal.

— Je sais.

Et pendant un long moment, son père et elle gardèrent le silence, perdus dans leurs pensées.

— Bon, petite, il est tard et je ferais mieux de rentrer, finit-il par dire.

Il se mit debout, pressa légèrement la main de sa fille.

— Est-ce que je dis à ta mère que tu lui passeras un petit coup de fil demain ?

— Sans faute.

Sachant maintenant ce qu'elle savait, elle avait hâte de faire la paix avec Maureen, mais elle désirait d'abord réfléchir.

— Merci, papa, merci pour tout.

Après l'avoir serré dans ses bras sur le seuil, elle referma la porte derrière lui et retourna à la cuisine. Elle raconterait tout à Neil, mais avant tout elle avait besoin d'un café.

Malgré tout, elle se sentait un peu mieux maintenant qu'elle connaissait les raisons de la dureté de sa mère envers elle. Elle s'était crue médiocre, pas assez bonne, mais c'était le contraire... elle était trop bonne, et cela avait terrifié Maureen.

Le manque de confiance de celle-ci à son égard la blessait encore mais il était devenu décodable. Comme l'avait dit son père, Maureen avait grandi à une autre époque – une époque où les gens élevaient leurs enfants, allaient au travail durant la semaine, à la messe le dimanche, et s'en contentaient parfaitement. Sa mère était incapable de comprendre l'ambition, les rêves et les folies de ce genre car pour Joe rien ne s'était passé comme il le désirait. Et peut-être, songea Laura, peut-être elle-même avait-elle hérité du complexe d'infériorité de Maureen – sentiment que l'Église avait bien inculqué à la plupart des femmes de sa génération, et dont elle-même tentait à toutes forces de se défaire.

Mais il était toujours là.

Ce bon vieux sentiment de culpabilité. Au fond, Laura avait osé rêver, mettre concrètement en œuvre ses ambitions, mais dès que quelque chose de bien se produisait, il fallait qu'elle doute de l'avoir mérité. Après l'appel d'Amanda Verveen, la première idée qui l'avait traversée était que cela ne pouvait pas lui arriver à elle, qu'elle n'en était pas digne – et ce alors même qu'elle avait travaillé avec acharnement pour atteindre ce but.

La culpabilité, elle pouvait s'en débrouiller. Mais pour le moment, la priorité était de parler à sa mère, d'abord pour s'excuser de la dispute, ensuite pour s'expliquer à propos de son entreprise. Certes, cela prendrait du temps, Maureen restait une vieille tête de mule, mais peut-être qu'avec de la patience, également avec l'aide de Joe, elle finirait par l'emporter. Et Laura était bien décidée à rendre ses parents véritablement fiers d'elle.

Tous les deux.

Un sourire plus franc se dessina sur le visage de la jeune femme tandis qu'elle attendait que la bouilloire chante. Son père écrivain ! La vie ces temps-ci lui réservait bien des surprises.

37

Nicola leva la tête et les battements de son cœur s'accélérèrent.

— Salut, fit-elle d'une voix sourde.

Ken se tenait sur le seuil de son bureau, l'expression indéchiffrable, les traits tirés.

— Salut, répondit-il.

— As-tu bien profité de tes vacances ?

— Oui, merci, dit-il sans croiser le regard de Nicola.

— Tu es allé loin ou bien… ?

Ken ignora la question pour demander sèchement :

— Je voulais juste savoir s'il y a eu des problèmes pendant mon absence.

— Non, rien de particulier.

Il paraissait si froid, si distant… Pourquoi se comportait-il ainsi ? Anxieuse, elle pencha le buste en avant.

— Si tu entrais et que tu fermais la porte, Ken… s'il te plaît. Il faut que nous…

— Non, coupa-t-il avec brusquerie et désinvolture à la fois, toujours sans soutenir son regard. Je ne pense pas que nous ayons quoi que ce soit à nous dire. En ce qui me concerne, c'est une histoire finie.

— Mais pourquoi ? Ne peux-tu pas m'écouter, me donner une chance de… ?

— Au fait, je sais que je t'ai rendu ta clef mais j'aurais besoin de ton autorisation pour aller chercher certains trucs chez toi. J'ai laissé mes cannes de golf... J'aurais dû les reprendre tout de suite mais je n'y ai pas pensé.

Son autorisation ? À qui croyait-il parler, à la reine d'Angleterre ?

— Tu peux, bien sûr... Tu veux passer plus tard et... ?

— Il faut que j'y aille tout de suite, si ça te convient.

— D'accord.

Blessée par son attitude brutale et hautaine, Nicola attrapa son sac, y pêcha ses clefs et les lui lança.

— Merci.

— Ne peut-on vraiment pas... ?

Les mots moururent sur ses lèvres quand elle se rendit compte qu'il avait déjà quitté la pièce.

Elle s'approcha de la fenêtre et le vit monter dans sa voiture garée sur le parking puis démarrer en arborant une expression plutôt amusée. Qu'est-ce que cela signifiait ? Qu'y avait-il de si drôle, bon sang ? Prenait-il plaisir à se moquer d'elle ?

La colère s'empara brusquement de la jeune femme. D'accord, il croyait avoir vu quelque chose ce fameux soir, et elle avait commis l'erreur de lui mentir, mais la moindre des choses aurait été de la laisser s'expliquer. Or pas du tout ; il avait tiré les conclusions qui l'arrangeaient avant d'aller bouder comme un enfant gâté. Peu importait qu'il ait interprété la situation de travers, peu importait que Nicola n'ait jamais désiré revenir vers Dan – non, Ken avait décidé qu'il avait assisté à une scène accablante et point à la ligne. Eh bien, qu'il aille se faire voir !

Nicola revint à son bureau. Pour qui se prenait-il, à lui parler de cette façon et à disparaître de la circulation sans prévenir qui que ce soit ? Elle avait passé ces derniers jours à se faire du mauvais sang à son sujet, à s'inquiéter de ce qu'il pouvait ressentir, de ce qu'il pouvait penser... Qu'il aille se faire voir – bis !

Et qu'il n'oublie pas d'embarquer dans la foulée son coffret de DVD du *Seigneur des Anneaux*, ses bouquins de Grisham, sa Playstation 2, et...

Nicola s'effondra sur son bureau. C'était donc ça ? C'était fini ? Elle ne s'imaginait pas sans Ken, tant il avait pris de place dans sa vie. Il *était* sa vie maintenant. Que ferait-elle sans lui ?

Elle ne put s'interroger longtemps car son téléphone sonna et Sally la mit en contact avec l'un de leurs fournisseurs de matériel. Elle pesta intérieurement pendant que le représentant lui expliquait qu'il allait devoir lui reprendre sept des dix tapis de jogging qu'il avait fournis au centre à des fins d'entretien.

— Vous ne pouvez pas les réviser sur place ? s'enquit Nicola.

Mais le cœur n'y était pas. Dans l'état où elle était, ils pouvaient aussi bien embarquer la piscine, elle s'en fichait !

À l'issue d'un long mais vif échange, elle finit par raccrocher, fatiguée et contrariée. Sentant poindre sous son crâne une migraine qui promettait, elle entreprit de se masser les tempes dans l'espoir de l'endiguer.

Quand, avec une irritation croissante, elle se tourna vers son PC, ce fut pour constater que pendant qu'elle était au téléphone, son disque dur avait planté ; toutes les données qu'elle avait entrées en omettant de les sauvegarder étaient parties en goguette dans les abysses du néant informatique ! Elle dut se retenir pour ne pas balancer l'engin par la fenêtre.

Quel sale coup l'attendait encore aujourd'hui ?

— Nicola, vint alors lui annoncer Kelly hors d'haleine, les gosses de Mme Murphy-Ryan viennent de...

— *Aaaaaah !* hurla-t-elle en se plaquant les mains sur les oreilles. Je t'en supplie, Kelly, pas un mot de plus... Je crois que je ne le supporterai pas !

La surveillante de la piscine recula lentement.

— D'accord, fit-elle, désorientée. Je vais m'adresser à quelqu'un d'autre.

— Merci ! souffla Nicola avec soulagement.

Elle se remit au travail mais sans parvenir à se concentrer, et elle avait bien peu avancé lorsque Ken réapparut dans son bureau. Sans lui accorder le moindre regard, il laissa tomber les clefs devant elle avant de tourner les talons. Ce geste nonchalant, assorti de sa brusquerie patente et éhontée, fut la goutte d'eau qui fit déborder le vase.

— *Dis donc, attends une minute, toi !* lança-t-elle d'un ton qui ne souffrait pas la contradiction.

— Quoi ? rétorqua Ken.

Elle vit bien que derrière sa mine innocente il s'efforçait de ne pas sourire. Il s'amusait !

— Quoi ? *Quoi ?* répéta-t-elle, furieuse, en feignant de l'imiter. Je ne sais pas pour qui tu te prends, Ken Harris, mais si tu crois que tu peux me traiter comme une vieille chaussette, tu vas devoir trouver autre chose ! Tu es gonflé de te tenir comme ça – de bouder et de ronchonner comme un sale gosse, et de bien faire savoir à tout le monde que tu as une dent contre moi ! Tu as le culot de disparaître pendant des jours, en refusant de m'écouter et de me parler alors que tu sais pertinemment que je n'ai rien fait de mal !

— Comme ça, tu n'as vraiment rien fait de mal ? rétorqua Ken sur un ton qu'elle trouva d'une impudence criante.

— Oui ! Enfin… non ! Je n'ai rien fait de mal or tu me traites comme si j'étais responsable d'une pandémie de grippe aviaire ! J'en ai plus que marre, Ken ! Tu refuses de m'écouter, tu ne veux même pas me regarder… Mais pour qui est-ce que tu te prends ?

— Très bien, je te crois.

Face à son haussement d'épaules indolent, elle sentit son pouls s'accélérer encore, et elle fut hors d'elle quand, sans ajouter un mot, il se dirigea vers la porte.

— *Ne me tourne pas le dos comme ça !* cria-t-elle, se retenant de lui lancer un objet quelconque à la tête. Je te parle… Que… ? Qu'est-ce qu'il fait ici, lui ?

Éberluée, elle regarda Barney qui franchissait tranquillement la porte de son bureau et se mettait à flairer le parquet en agitant la queue avec enthousiasme.

— Tu vois ce que je vois ? siffla Ken, les yeux écarquillés dans une feinte innocence. Ce coquin a dû se glisser à l'arrière de ma voiture pendant que j'étais chez toi, et il s'est caché pendant tout le trajet jusqu'ici.

— Il s'est *glissé* et *caché* à l'arrière de ta voiture ? Bon sang, Ken, c'est un labrador adulte… Comment aurais-tu pu ne pas le remarquer ?

— Je ne sais pas. Je devais être distrait. En tout cas, il va être bien ici avec toi, non ?

— Nous sommes ici dans un centre de remise en forme, Ken Harris. Les chiens sont interdits…

Comme Barney se glissait auprès d'elle, elle lui tapota la tête.

— Désolée, Barn, j'adorerais te garder, mais tu ne peux pas rester ici. Cet idiot de Ken va devoir te ramener à la maison… Mais qu'est-ce que tu es encore allé déterrer cette fois… Oh !

Le cœur de Nicola bondit quand le chien déposa sur ses genoux l'objet qu'il tenait dans la gueule. Incrédule, elle fixa l'écrin habillé de velours bleu marine…

Elle releva la tête. Ken l'observait avec une expression… non plus morose mais presque… d'attente.

— Bien joué, Barney ! fit-il, puis à Nicola : Voilà un moment que nous répétons ce petit tour.

— Ken ? souffla la jeune femme, presque craintive. C'est… ce que je pense ?

— Si tu l'ouvrais pour voir ? suggéra-t-il en s'approchant.

Barney s'affala sur le parquet et posa la tête sur ses pattes, ses yeux sombres dardés avec curiosité sur les gestes de sa maîtresse. Celle-ci ouvrit l'écrin – un peu gluant, il fallait le reconnaître – pour découvrir une bague en diamant, originale et magnifique.

Nicola porta la main à sa bouche et, durant un moment, se trouva incapable de penser – et plus encore de prononcer un seul mot. Était-ce vraiment… ?

— Alors ? la pressa Ken, le regard empli d'émotion. Tu veux ?

Elle regarda tour à tour la bague, Barney, Ken, la bague à nouveau. Le labrador émit un grognement impatient, sans doute agacé par son absence de réponse.

— Je suis… tout simplement bouleversée… Je ne sais pas quoi…

Elle reporta les yeux sur Ken, doutant encore de ce qui était en train se passer.

— Mais je croyais que tu voulais me quitter… tu étais tellement en colère…

— Je me suis conduit comme un crétin. Tout de suite après avoir aperçu Dan chez toi, j'étais furieux et fâché contre toi. Ensuite, quand tu as nié l'avoir vu, j'ai pensé…

— Oh, Ken.

Elle savait qu'elle avait été stupide de nier au téléphone, mais elle s'était sentie acculée et elle avait réagi à contretemps, sans réfléchir. Elle ignorait alors que Ken avait bel et bien vu Dan devant chez elle. Ensuite, il ne lui avait pas laissé la possibilité de s'expliquer.

— Qu'est-ce qui t'a fait changer d'avis ?

— Je suis parti bouder un moment, décidé à ne pas te parler avant d'y être prêt. Pour être franc, j'avais aussi un peu peur que tu ne sois retournée avec Hunt. Et puis j'ai rencontré Helen en ville pendant le week-end, et elle m'a raconté ce qui s'était passé : que tu avais simplement voulu le pousser à clarifier les choses avec sa petite amie.

— Je te l'aurais expliqué si tu m'en avais laissé le loisir.

— Je me suis conduit comme un imbécile. Excuse-moi. J'aurais dû te laisser parler mais, je te dis, j'avais une peur bleue que tu ne m'annonces que tu retournais avec Hunt. Je voulais repousser cette éventualité le plus loin possible.

— Mais alors pourquoi... aujourd'hui ?

Ken haussa les épaules, le regard pétillant.

— Après des jours sans te parler et après t'avoir bêtement rendu ta clef, je n'avais pas d'autre moyen de faire venir Barney ici. Puis j'ai pensé que ce serait aussi bien d'en finir avec notre première vraie dispute, ajouta-t-il malicieusement. Tu es super à regarder quand tu es en colère. Ton visage se chiffonne de partout et tes yeux...

— Ken Harris ! Tu n'es pas en train de me dire que tu as fait exprès de me faire sortir de mes gonds aujourd'hui !

— Je ne voyais pas d'autre moyen d'obtenir ta clef. Sauf qu'à l'origine le plan ne prévoyait pas d'amener Barney au bureau. J'avais prévu de te demander ta main avant... en fait, je venais pour ça ce fameux soir.

Bouleversée, Nicola se carra dans son fauteuil. Elle comprenait à présent la fureur de Ken, et pourquoi il avait si mal réagi en voyant Dan chez elle. Mais prévoir cette petite mise en scène avec Barney... Ses yeux s'emplirent de larmes.

— Puisque tu ne m'as pas encore répondu et comme tu m'as l'air un tantinet troublé, au cas où tu n'aurais pas percuté, je me vois dans l'obligation d'être plus clair...

Il s'agenouilla auprès d'elle et prit ses mains dans les siennes.

— Je t'aime, Nicola, et je veux passer le reste de ma vie avec toi. Acceptes-tu de m'épouser ?

Elle le regarda, contempla son bon visage ouvert, ses francs yeux bruns expressifs, et n'eut pas à réfléchir longtemps à sa réponse.

— Oui ! Oui, Ken... Bien sûr, j'adorerais me marier avec toi !

Jetant les bras autour de son cou, elle l'embrassa avec ardeur.

Barney les observa un moment puis, comprenant que cela risquait de durer, émit un puissant grognement avant de rouler sur le dos.

38

C'était un après-midi magnifique, avec un air froid et piquant, un ciel sans nuage.

Helen serra son écharpe autour de son cou, savourant autant sur son visage la morsure vive de la brise que la chaleur du soleil. Ces longues promenades avec Kerry étaient devenues une habitude et, pour la énième fois, la jeune femme se demanda pourquoi elle n'avait pas fait cela plus tôt. Plus loin devant elle, Kerry appelait joyeusement le nouveau membre de la famille : un beagle blanc et roux aux oreilles tombantes qui répondait au nom de Fuzzy.

Kerry avait changé, songea Helen en regardant la fillette courir sur l'herbe. Si son langage ne s'était pas amélioré de façon notable, Helen lisait dans son regard qu'elle avait gagné un peu de confiance en elle, en particulier vis-à-vis de sa mère. À présent, elle bégayait à peine en sa présence, se sentant soutenue, encouragée, et ne craignant plus de la fâcher ou de la contrarier par les approximations de son expression.

Les moqueries n'avaient pas cessé à l'école mais ses camarades ne la malmenaient plus physiquement. Mme Clancy avait puni les coupables en les changeant de classe. Entre-temps, Kerry s'était fait une amie, une minuscule gamine nommée Fiona qui, d'après Mme Clancy, avait également eu à souffrir des railleries des autres car c'était une enfant adoptée et elle devait parfois porter des lunettes.

Fiona, apparemment, refusait le rôle de souffre-douleur ; c'était plutôt une dure à cuire qui s'était un jour dressée devant l'un des gamins qui la tourmentaient, une petite brute du nom de Dean. Les bras croisés, le menton pointé en avant, Fiona avait informé Dean qu'au moins sa maman à elle l'avait choisie « chpéchialement » parmi un paquet d'autres bébés, alors que la pauvre maman de Dean, que ça lui plaise ou non, devait se le farcir, lui, par obligation. Le discours avait porté : le soir même, Dean demandait d'une voix paniquée à sa mère si elle allait le « rapporter pour l'échanger contre un autre enfant ».

Les audaces de Fiona commençaient à déteindre sur Kerry. Mme Clancy avait rapporté à Helen que l'autre jour encore la fillette avait répliqué à un gosse qui se moquait d'elle en imitant son bégaiement :

« T'es même pas cap'de b-b-b-bégayer c-co-cor-rectement. Il va f-f-falloir que je t'a-t'a-t'apprenne. »

Le gamin, surpris par son humour courageux, considérait maintenant la fillette d'un autre œil.

Mais le changement chez Kerry, pensait Helen, tenait principalement à la modification de leur relation mère-fille. Désormais, non seulement Helen parlait à son enfant, mais elle l'écoutait. Tout en découvrant que Kerry était agréable et drôle, Helen avait également commencé à la considérer davantage comme une personne que comme un fardeau. Elle était vive d'esprit, intelligente, facile à vivre, et Helen regrettait les années perdues, gâchées par son égocentrisme. Elle aurait pu causer beaucoup de mal à sa fille. Elle pensait à l'exemple de Laura : son désir de complaire à sa mère et de la rendre fière d'elle en avait fait un individu timoré, dépourvu de confiance en soi.

Helen éprouva au creux du ventre une douleur familière en songeant au rôle qu'elle-même avait joué dans le manque d'assurance de son amie. Qui pouvait lui reprocher de s'être sentie médiocre comparée à

Helen ? Mais Laura était à présent parvenue à un statu quo avec sa mère, et ce contrat avec Amanda Verveen... c'était incroyable ! Cette fois, Helen était ravie pour son amie, et c'était là un sentiment autrement plus agréable que la jalousie qu'elle avait ressentie lorsqu'elle avait tenté de séduire Neil.

De façon stupéfiante, Laura lui restait attachée, continuait à la considérer comme une amie. Quand Helen s'était accusée de l'état de Kerry, elle lui avait carrément remonté les bretelles, suggérant que c'était peut-être la meilleure chose qui puisse arriver.

« Ne vois pas ça comme la sonnerie agressive d'un réveil qui t'arrache au sommeil, mais plutôt comme un coup de coude gentil qui te secoue de ta rêverie. »

Helen avait compris. Elle avait encore le temps de réparer bien des choses avec Kerry.

Quant au reste, elle ne savait pas trop. Elle allait laisser Laura respirer un peu, et décider si elle souhaitait ou non poursuivre leur relation. Helen espérait que leur amitié perdurerait car, au cours des mois passés, elle avait fini par apprécier Laura, ce qu'elle était, ce qu'elle avait toujours été, une amie formidable. Helen avait également eu une petite conversation avec Nicola, afin de s'excuser pour sa conduite juste après l'accident.

« Tu ne vas pas ruminer ça ! Ça remonte à des années ! » avait dit Nicola, étonnée et nullement rancunière.

Il en aurait fallu beaucoup pour tracasser Nicola ces temps-ci, songea Helen en souriant, tout absorbée qu'elle était par son prochain mariage avec Ken. Malgré leur querelle, l'annonce de leurs fiançailles n'avait rien eu de surprenant, et Helen n'était pas mécontente d'avoir, pour une fois, joué un petit rôle positif dans la vie amoureuse d'une de ses amies.

Elle se mit à courir derrière Kerry et le toujours très excité Fuzzy. Ce n'était plus un chiot mais il était aussi joueur que tous les jeunes chiens que Helen avait connus. Voilà maintenant qu'il aboyait et courait après des oiseaux qu'il n'avait aucune chance d'attraper, Kerry faisant de son mieux pour le suivre.

— 'ega'de, maman, F-F-F...

Helen se demanda une fois de plus si elle n'avait pas commis une erreur en donnant au chien un nom difficile à prononcer pour l'enfant. Le phoniatre, pour sa part, l'avait conseillé. De cette façon, Kerry ne pourrait éviter les consonnes difficiles. C'est ainsi qu'un jour, quand Helen était revenue du refuge pour animaux avec un jeune chien et avait déclaré qu'il portait déjà un nom, Kerry n'avait eu d'autre choix que de travailler ses f et ses z.

— Fuzzy v-v-veut jouer au f-f-foot ! s'écria-t-elle.

Ravie, elle désignait le chien qui s'était rué sur le ballon au beau milieu d'un match.

— Fuzzy, viens ici ! lança Helen, gênée.

À l'évidence, il ne s'agissait pas d'une partie improvisée : les deux équipes portaient la tenue de rigueur et il y avait bon nombre de spectateurs.

Ignorant la présence de sa maîtresse, le chien s'était mis en tête de disputer la balle à l'avant-centre.

— Je suis sincèrement, sincèrement désolée, déclarat-elle aux autres joueurs tout en s'avançant au pas de course, la laisse à la main, sur le terrain. Fuzzy, viens ici *tout de suite* !

Cette fois, l'injonction eut l'effet désiré. Fuzzy lâcha le ballon et, après ce que Helen interpréta comme un regard éploré vers le but, se laissa attacher et entraîner hors des lignes. Kerry les attendait, la main sur la bouche, pouffant de rire.

— Vilain chien, Fuzzy, déclara-t-elle sans conviction et sans oublier de le chatouiller derrière les oreilles.

Auprès d'elles, un spectateur s'amusait de la scène.

— Ce chien devrait jouer pour l'Irlande ! assura-t-il.

488

Kerry pouffa de plus belle. Helen, gênée et essoufflée après sa course, ne réagit pas et regarda le match
qui continuait. Apparemment, la partie opposait des
joueurs de moins de quinze ans, et les deux équipes
semblaient d'un bon niveau. Les passes étaient vives,
précises, et les joueurs se déplaçaient aisément d'une
moitié du terrain à l'autre.

L'un d'eux attira l'attention de la jeune femme. Il
paraissait occuper une position flottante, entre milieu
de terrain et défenseur lorsque c'était nécessaire, mais
en l'espace de quelques minutes Helen put juger de son
talent. À cet instant, il reçut le ballon dans la surface
de réparation et partit le long de l'aile, rapide comme
l'éclair. Les spectateurs frémirent quand, dépassant
aisément trois défenseurs, il approcha du but.

Comme il était encore loin, Helen pensa qu'il allait
passer le ballon à un équipier mieux placé, mais non,
l'adolescent évalua ses repères, fit un genre de petit
shimmy, frappa... et le ballon se retrouva dans le filet
au fond du but. Les applaudissements crépitèrent
dans le public. Helen ne fut pas en reste. C'était l'un
des buts les plus habiles et les plus spectaculaires
qu'elle ait vus.

Kerry aussi battait des mains, emballée.

— Il est bon, maman, cria-t-elle. Comme M-M-
Michael Owen.

— Ça fait longtemps que Michael Owen n'a rien fait
d'aussi joli, commenta Helen avec un sourire narquois. Mais tu as raison, ce gars-là est très bon.

— Ces dames m'ont l'air de s'y connaître en football.

Levant les yeux vers l'homme qui se tenait debout
auprès d'elles, Kerry eut un sourire à la fois timide,
amusé, et surtout flatté – ce n'était pas tous les jours
qu'on la qualifiait de «dame».

— Ma fille est incollable, assura Helen en souriant
de l'attitude de sa petite. Elle était à peine sortie de

ses langes qu'elle suivait déjà Michael Owen. Hein, ma chérie ?

Puis se tournant légèrement vers l'homme, elle baissa la voix pour ajouter :

— Quoique je ne puisse pas dire que je sois heureuse de voir ma fillette de quatre ans non seulement avoir déjà des béguins, mais des béguins pour des footballeurs !

L'homme partit d'un rire sourd et agréable.

— On ne sait jamais, elle peut bien finir par épouser un jour son footballeur. On a vu des choses plus étranges.

— Ne parlez pas de malheur ! feignit de s'offusquer Helen. Enfin, je n'ai à m'en prendre qu'à moi-même pour lui avoir inoculé le virus. Mais ne me dites pas que j'ai fabriqué un monstre !

C'était nouveau, tout à fait inhabituel pour Helen de bavarder ainsi simplement avec un inconnu, sans chercher à le séduire. Elle pensait en connaître la raison exacte : pour une fois, il ne s'agissait pas de savoir si cet homme était un amant potentiel ou non, ni même si elle lui tapait dans l'œil. Helen en avait terminé avec ce genre de problématique. Désormais, si cela devait arriver, très bien, mais elle s'était fait la promesse de faire passer Kerry avant tout. Les hommes venaient en second.

Voilà pourquoi Kerry et elle se retrouvaient à converser agréablement avec l'inconnu. Cormac, ainsi qu'il s'était présenté, était un homme grand et sec, avec des yeux verts saisissants qui étincelaient lorsqu'il riait et provoquaient la sympathie sans que l'on sache trop pourquoi. C'était du moins ce que ressentait Helen, mais sans doute Kerry éprouvait-elle la même chose car, rompant avec sa timidité coutumière, elle s'était mise à parler gaiement avec Cormac, en bégayant à peine.

— À votre place, je ne m'inquiéterais pas trop, dit-il à Helen, faisant de nouveau allusion au béguin de Kerry pour Michael Owen. Ma femme en a pincé toute sa vie pour Gary Lineker.

— Comment a-t-elle fini par s'en débarrasser? plaisanta Helen. Oh, je devine… c'étaient ses oreilles. Elle a fini par remarquer ses oreilles, je me trompe?

— Non, elle est morte, répondit sobrement Cormac.

Helen fut horrifiée d'avoir été si désinvolte.

— Je suis désolée, fit-elle. Je ne voulais pas…

— Comment auriez-vous pu savoir? rétorqua Cormac avec un vague sourire. Sans compter que c'est moi qui ai abordé le sujet. Enfin, poursuivit-il, elle était dingue de lui… elle le tenait pour le plus grand buteur de tous les temps. Je n'ai jamais eu le cœur de lui dire qu'il n'avait jamais marqué un but de sa vie.

— Il était peut-être le meilleur *piqueur* de buts, suggéra Helen avec un sourire.

Cormac la considéra avec un respect décuplé.

— Dites, vous vous y connaissez vraiment.

— Ne prenez pas cet air surpris!

— Eh bien, si. La plupart des femmes se mettent à avoir les yeux vitreux dans ce genre de conversation, et elles ne resteraient pas comme vous le faites à regarder un match.

— On pourrait qualifier votre commentaire de sexiste! s'exclama Helen, feignant d'être offensée tout en réprimant un sourire.

— Sexiste peut-être, mais néanmoins vrai.

Helen reporta les yeux vers le terrain.

— Ce jeune-là, l'ailier… il est génial.

— Greg? fit Cormac d'un ton qui suggérait que l'adolescent était du coin. C'est sûr. D'ailleurs…

Il se pencha vers Kerry.

— Si tu me promets de ne le dire à personne… Enfin, tu peux le dire à ta maman, mais c'est tout… je vais te confier un secret à propos de Greg…

Helen sourit en voyant Kerry écarquiller les yeux tandis que Cormac lui chuchotait son secret à l'oreille. Puis Kerry fit signe à sa mère de se pencher et lui murmura :

— Il va jouer en Ligue 1, môman !

— Ooooh ! souffla Helen, puis elle posa sur Cormac un regard interrogateur : C'est vrai ?

— Aussi vrai que je vous parle. Newcastle l'a engagé après son premier essai.

— Waouh ! Enfin, je ne suis pas étonnée qu'on l'ait repéré. Quand commence-t-il ?

— À la fin de cette saison, probablement en juin.

— Vous croyez qu'il s'habituera là-bas ?

Helen savait que bon nombre de footballeurs irlandais avaient du mal à quitter leur pays si jeunes.

— J'en suis quasiment certain, assura Cormac au moment où l'arbitre sifflait la fin du match.

— Comment se fait-il que vous sachiez tant de choses sur ce garçon ? s'enquit Helen au milieu des applaudissements.

Au même instant, elle s'aperçut que Greg, le vainqueur, avançait dans leur direction. Cormac souriait.

— C'est mon fils, répondit-il fièrement.

39

Par un glacial après-midi de janvier, vêtue de ses atours de Reine des Neiges, Chloé s'apprêtait à remonter l'allée centrale de l'église Saint-Antoine.

Très élégant dans sa queue-de-pie et coiffé de son haut-de-forme, son père avait reculé afin de laisser le photographe mitrailler uniquement la mariée.

— Quel dommage que nous n'ayons pas de neige, se plaignait le professionnel.

Pour peu qu'elle se soit laissée aller, Chloé aurait juré entendre une moquerie derrière ce commentaire…

Elle se tourna légèrement de côté et adressa un sourire radieux à l'homme de l'art. Du moins était-ce censé être un sourire radieux. Elle se demanda si l'objectif risquait de saisir sa nervosité, de l'immortaliser sur la pellicule. Mais il ne s'agissait pas tout à fait de nervosité, se dit-elle, c'était plutôt comme… comme une incertitude.

Pourquoi éprouvait-elle cela ? Elle ne savait pas trop. Elle avait attendu cet événement pendant si longtemps et, malgré les contretemps, le jour de son mariage était enfin arrivé.

Pourquoi alors ne ressentait-elle pas ce qu'elle aurait dû ressentir – allégresse, émotion, empressement ? Où étaient passés les sentiments qui eussent été de mise ?

Chloé suivit les demoiselles d'honneur à l'intérieur. Au fond de l'église avec sa mère, avec Lynne qui s'empressait pour arranger sa traîne, elle était... la proie du doute.

Que lui arrivait-il ?

À cet instant, Lynne leva les yeux vers elle et lui sourit. Chloé se demanda si elle avait imaginé cette sourde anxiété sur le visage de son amie. Lynne doutait-elle, elle aussi ? Avait-elle commis une erreur en se confiant à elle ? Mais qu'aurait-elle pu faire d'autre ?

Après avoir rencontré Nicola, Chloé n'avait pas su comment interpréter la conduite de son fiancé à l'égard de son ex-épouse. Elle n'ignorait pas que toute histoire peut se raconter de deux façons différentes mais Dan avait admis avoir abandonné sa femme lorsqu'elle avait le plus besoin de lui.

« Comment savoir s'il n'agira pas de même avec toi ? avait souligné Lynne. Comment savoir s'il ne prendra pas la poudre d'escampette au premier pépin ? »

Mais Dan n'avait pas pris la fuite. Il s'était contenté de reconnaître qu'il ne pouvait continuer ainsi.

« J'étais incapable de faire face à cette situation, Clo, avait-il dit. Il était inutile de feindre le contraire. Ça n'aurait procuré aucun bien à Nicola à long terme. »

Certes, Nicola paraissait s'en être très bien sortie sans lui, mais elle n'avait guère eu le choix.

« Ce n'est pas tant qu'il l'ait quittée qui pourrait t'inquiéter, avait encore commenté Lynne, mais le fait qu'il n'ait pas eu l'intention de t'en parler pose problème. »

Lynne avait-elle vraiment dit cela ?

Non, songea Chloé, Lynne ne l'avait pas dit, c'était une petite voix en elle qui avait parlé.

Cette même petite voix qui, à cet instant crucial, faisait son possible pour rendre Chloé terriblement nerveuse...

494

Les premières mesures de la «Marche nuptiale» retentirent. Voilà. Ça y était. Chloé sentit en elle un afflux soudain d'adrénaline... ou était-ce de la panique? Elle respira profondément et tressaillit quand son père lui effleura le coude.

— C'est à nous, ma chérie, murmura-t-il en lui offrant son bras.

Tout en suivant les demoiselles d'honneur le long de l'allée, Chloé laissa errer son regard ébloui par les flashes d'appareils photo sur les rangs d'invités souriants, puis jusqu'à l'autel. Là, au bout de l'église, elle ne vit pas les élégantes corbeilles de fleurs, n'entendit pas la harpiste... elle se fichait même de savoir de quoi elle avait l'air. Toute sa vie, Chloé s'était imaginé que ce jour-là serait le plus beau, que l'amour, la fête, le fait d'être la reine d'un jour la combleraient.

Or elle n'éprouvait nullement le transport espéré.

Elle avait seulement l'impression de commettre une grave, grave erreur.

Levant les yeux, elle vit Dan, face à l'autel, qui l'attendait avec raideur.

Une fois encore, elle respira profondément. Elle aurait voulu extirper cette incertitude de son esprit, comme on procède à une ablation. Elle aimait Dan. N'était-ce pas tout ce qui importait? Et tout ce qui était arrivé dans le passé n'était que cela : du passé.

Ils étaient de plus en plus proches à présent, et le cœur de Chloé cognait dans sa poitrine. Brusquement, des taches blanches apparurent devant ses yeux, sa gorge se serra, sa bouche...

Alors les demoiselles d'honneur s'immobilisèrent, Lynne se retourna pour prendre le bouquet des mains de la mariée afin de le garder le temps de la cérémonie.

Dan souriait.

Son père souriait.

Le prêtre souriait.

Alors…

Chloé leva les yeux. Personne ne savait ce que lui réservait l'avenir. Personne ne pouvait être certain à cent pour cent. Existait-il une seule mariée au monde qui, le grand jour venu, au milieu de l'agitation et des fastes, pouvait dire réellement, honnêtement, que le futur était écrit ?

Pouvait-on jamais être sûr ?

La mariée s'avança pour prendre sa place devant l'autel.

Probablement pas.

ÉPILOGUE

Semaine de la mode à Londres

Laura planait sur un nuage. Elle attendait encore que le réveil sonne, que Neil l'appelle pour la tirer du sommeil, n'importe quoi qui l'eût convaincue que tout cela n'était qu'un rêve.

Or les mois avaient passé, et le réveil ne s'était toujours pas produit.

Et voilà qu'elle était assise face au podium, attendant de voir défiler la très attendue collection Amanda Verveen. La tâche n'avait pas été facile, Amanda pouvant se muer en virago, mais malgré les nuits blanches passées à dessiner et à remanier – pas toujours dans le bon sens, à ses yeux – certains des bijoux les plus remarquables qu'elle ait jamais produits, la jeune femme en avait savouré chaque instant.

Assis à sa gauche, Neil rayonnait de fierté. À sa droite…

— Tu ne crois pas qu'avec tout l'argent qu'elle gagne, ta grande créatrice pourrait s'offrir une montre, Laura ? Déjà une demi-heure qu'on poireaute. Franchement, ne dirait-on pas que nous n'avions rien de mieux à faire que de traverser Londres et…

Joe tapota la main de son épouse.

— Rien ne presse, Maureen. À ta place, j'arrêterais de regarder ma montre et je ferais un grand sourire à ce photographe. Sans doute veut-il nous immortaliser pour *The Clarion*, ajouta Joe en adressant un clin d'œil à Laura.

— *The Clarion* ? Qui verra notre photo là-dedans ? Joe Fanning, si tu as vu un jour quelqu'un de Glengarrah lire ce torchon prétentieux, je te donne vingt euros !

Laura ne put s'empêcher de sourire. Sa mère n'avait pas changé, rien à craindre de ce côté-là. Mais elles s'étaient expliquées et, si Maureen ne s'était pas amendée, Laura avait cependant l'impression qu'elle la soutenait à sa manière, même si ses craintes n'étaient pas complètement endormies.

Laura regarda son père. Depuis qu'elle avait eu connaissance de sa passion pour l'écriture, elle lui avait acheté un ordinateur d'occasion et avait commencé à lui apprendre à se servir du traitement de texte. Sans le pousser, car elle ignorait s'il maîtriserait l'usage de la machine ou s'il renouerait avec le goût d'écrire. S'il désirait raconter une histoire, cela viendrait en son temps. Maureen en tout cas n'avait pas trouvé à y redire, ce que Laura jugeait de bon augure.

La jeune femme consulta sa montre et scruta la salle. Aucun signe des autres pour le moment. Pourvu qu'ils arrivent à temps ! Elle n'imaginait pas Helen manquer un tel événement. La semaine de la mode à Londres ! Son amie serait dans son élément.

Laura sourit. Actuellement, Helen était dans son élément en permanence. Elle passait de plus en plus de temps avec Cormac Doyle et, bien qu'elle jurât qu'ils étaient « seulement bons amis », Laura trouvait qu'ils formaient un couple idéal. Plus encore, elle n'imaginait personne de mieux pour Helen. C'était un homme mature, facile à vivre, qui adorait les enfants et avait pour fils un footballeur plein de promesses ! Helen et Greg, le fils de Cormac, s'entendaient à merveille – Greg nourrissant un grand respect pour la première femme de sa connaissance qui comprît quelque chose au foot. Plus important encore, Kerry les adorait tous les deux. Ces derniers temps, sa proximité et sa complicité avec sa mère avaient donné les résultats les plus heureux.

Laura était ravie pour Helen. Son amie avait fini par trouver ce qu'elle cherchait, et ce alors qu'elle ne le cherchait plus. Kerry semblait une enfant différente.

Sentant qu'on lui tapait sur l'épaule, Laura se retourna.

— M'accorderiez-vous un autographe, ma p'tite dame ? plaisanta Ken.

Rieuse, Laura lui fit signe de se taire et embrassa Nicola.

— Je suis désolée, Nic, je n'ai pas pu vous avoir de places au premier rang à toi et Helen. Ces dames sont plutôt difficiles à déplacer.

Nicola suivit son regard vers la lisière du podium.

— Mon Dieu, je dois être victime d'hallucinations, fit-elle.

— Soit ça, soit Kate et Gwyneth ont des sosies, ajouta Ken.

— Et c'est bien Madonna, là-bas ? souffla encore Nicola, très impressionnée.

Maureen se pencha en avant et regarda par-dessus les verres de ses lunettes.

— C'est donc elle, cette blonde platinée ? J'ai bien envie d'aller lui dire ce que je pense de sa chanson, il y a quelques années, où elle se moquait de Notre-Dame. Je crois que je vais y aller maintenant, avant que ça commence.

Laura parut se pétrifier.

— Ne fais pas attention à ce qu'ils racontent, maman, déclara-t-elle le plus calmement possible. Il ne s'agit pas de Madonna, mais d'une femme qui lui ressemble, c'est tout.

Maureen se renfonça dans son siège.

— Eh bien, c'est dommage.

— Vues de près, elles sont loin d'être aussi jolies, tu ne trouves pas ? demandait Neil à Ken, le regard fixé sur l'une des sœurs Corr.

Les filles du célèbre groupe musical irlandais, The Corrs, étaient également assises au premier rang.

— Très loin… acquiesça Ken. Aïe !

Nicola venait de lui donner un coup de coude dans les côtes.

— Où est Helen ? s'enquit-elle ensuite auprès de Laura. On dirait que ça va commencer.

En effet, les lumières baissèrent et la musique explosa dans les enceintes. Tendue sur son siège, Laura éprouvait à la fois le trac et la joie de sa vie. Mais une pensée soudaine la traversa. Si à la dernière minute, Amanda décidait de laisser tomber les bijoux, ne les trouvant pas assez bien ? Sa gorge s'assécha. Non, quand même pas, elle ne ferait pas une chose pareille, pas après tout ce travail…

— Mesdames et messieurs… La collection Amanda Verveen !

Aussitôt l'annonce faite, le premier mannequin apparut sur le podium.

Laura n'osa pas regarder, sentit seulement Neil lui presser la main. Quand elle se résolut à lever les yeux, elle ne vit rien d'abord – ni la fille ni ce qu'elle portait – tant les larmes lui brouillaient la vue.

Elle entendit alors son père lui murmurer :

— C'est ton heure de gloire, ma petite. Savoure-la.

Sa vision s'éclaircit à temps pour voir le premier mannequin effectuer une petite pirouette au bout du parcours. Comme elle faisait demi-tour, les spots accrochèrent le collier de chien qui lui ceignait le cou. *Mon* collier, pensa Laura. Pendant un moment, elle fut incapable de respirer.

Il en alla de même pour les deux, et même les trois modèles suivants, après quoi Laura commença enfin à se détendre et à prendre plaisir au défilé. Il était impossible de décrire les sentiments de fierté, de réussite qu'elle éprouvait. Si rien ne devait ressortir de cela, si elle ne recevait pas d'autre commande, ce serait sans importance. Là, aujourd'hui, elle touchait au cœur et à la chair de son rêve, et bien davantage.

Elle sentit qu'on lui pressait furtivement l'épaule.

— Désolée pour le retard, chuchota Helen.

Laura leva la tête pour sourire à son amie. Helen était superbe ; question allure, elle pouvait rivaliser avec les célébrités présentes – si ce n'était avec les filles qui défilaient.

Elle portait un pantalon moulant avec un bustier scintillant très ajusté qu'elle avait assorti aux pendants ornant ses oreilles, confectionnés par Laura dans le style Belle Époque. Elle avait tanné Laura pour que celle-ci les lui fasse rapidement, sans que Laura en soupçonne la raison. Elle comprenait à présent que c'était la façon de Helen de lui manifester son soutien aujourd'hui. Soit cela, soit Helen, fidèle à elle-même, voulait avoir un temps d'avance sur les accros de la mode. Les deux hypothèses étaient également flatteuses.

Laura se carra de nouveau dans son siège pour savourer le reste du défilé, et le temps lui parut très court avant qu'Amanda Verveen, séduisante et souriante, ne monte sur l'estrade pour saluer son public en adoration. La salle vibrait d'applaudissements frénétiques, quelques personnes se levèrent, puis le public dans son ensemble pour ovationner la styliste. Le succès était total.

Laura n'était pas en reste, battait des mains à tout rompre, fière d'avoir apporté son petit tribut, ravie pour Amanda. Et puis – elle ne sut trop comment cela se fit dans la pénombre –, elle croisa le regard

501

d'Amanda et, brusquement, se retrouva entraînée sur le podium avec elle, et l'on prononça son nom dans les enceintes, et elle put voir Neil, Nicola, Helen, sa mère, son père, qui tous lui souriaient et l'applaudissaient.

À cet instant, elle se crut sur le point d'exploser de joie.

Pour finir, Amanda se retira, la salle s'alluma, et tout fut terminé. Un sourire radieux aux lèvres, Laura rejoignit sa famille et ses amis.

— C'était super ! lui lança Nicola en l'attirant vers elle pour la serrer dans ses bras. Tu es géniale !

— Merci, souffla Laura en essuyant ses larmes.

Simultanément, elle découvrit sa belle-mère debout auprès d'elle.

— Pamela ! Je ne savais pas que vous viendriez !

— Tu plaisantes ! fit Pamela en l'embrassant. Pour rien au monde je n'aurais manqué le grand moment de ma belle-fille préférée !

Laura se réjouit de voir la mère de Neil en bonne forme. Elle avait récemment terminé sa chimiothérapie, et le dernier scanner faisait état d'une rémission de la maladie. Si ses cheveux n'avaient pas encore repoussé, son teint avait retrouvé des couleurs et elle avait repris un peu de poids depuis la dernière fois que Laura l'avait vue.

— Elle a toujours été très douée pour ce genre de chose, n'est-ce pas, Joe ? déclara alors Maureen. Mais il faut reconnaître que tout a l'air bien plus joli sous le feu des projecteurs.

Pamela décocha à sa bru un clin d'œil complice.

— Je pense que c'est la façon de ta mère de te féliciter, murmura-t-elle.

Laura sourit.

— Bon, fit Neil en lui enlaçant les épaules, ma femme a bien mérité une petite fête après tout ça. Je vous emmène tous dîner. Donnez-moi juste le temps d'aller dire à mon père où nous allons.

Il rejoignit son père et Joe qui, assis côte à côte, riaient de quelque plaisanterie.

Laura s'accorda un instant de recul pour savourer la présence de ceux qu'elle aimait. Sa mère était en grande conversation avec Pamela, lui expliquant qu'elle et Joe avaient toujours su que leur fille était différente des autres.

— La plupart du temps, voyez-vous, il était difficile de savoir ce qui lui passait par la tête tant ses idées étaient bizarres. Enfin, nous savions qu'elle finirait par prendre le bon chemin.

Toujours assise au deuxième rang, Helen était accompagnée d'un Cormac très soigné de sa personne (elle lui avait apparemment fait réviser sa garde-robe), et tous deux bavardaient avec Ken. Ce dernier, pour sa part, quittait à peine Nicola des yeux. Ils étaient actuellement en pleins préparatifs de mariage, et jamais Laura n'avait vu Nicola si heureuse.

Toutes trois avaient parcouru un long chemin au cours de l'année écoulée et, en dépit de tout, chacune avait trouvé ce qu'elle cherchait – même si cela ne s'était pas produit comme elles s'y attendaient.

À cet instant, Nicola croisa le regard de Laura.

— Je suis si fière de toi, dit-elle en s'approchant. C'était fantastique, et tu le mérites bien !

— Tu n'as pas entendu ? souffla Laura, mutine, en désignant sa mère d'un signe de tête. Moi je n'ai rien fait… c'est grâce aux éclairages !

— Non, sérieux, insista Nicola. Tu peux être fière de toi.

— Je le suis.

Les deux femmes restèrent silencieuses un moment.

— Nic, je ne t'ai pas demandé si tu es allée… commença Laura.

— Au mariage de Dan ? Non. Tu ne pensais quand même pas que j'irais ?

Laura ne sut que répondre. Elle trouvait que Dan avait eu un culot monstre en téléphonant pour inviter Nicola et Ken à son mariage.

« Puisque nous sommes tous copains maintenant », avait-il dit.

— Je dois reconnaître que j'ai été tentée, poursuivit Nicola, un sourire aux lèvres. Mais à mon avis la pauvre Chloé avait assez de motifs d'inquiétude pour ne pas souhaiter me voir dans les parages.

— Tu imagines ? fit Laura. Si tu étais à la place de Chloé, tu t'entêterais à épouser Dan après ce que tu as appris sur lui ?

— Ce n'est pas à moi qu'il faut demander ça ! répondit Nicola en riant. Mais non, je ne crois pas.

— Moi non plus.

— À quel propos, ces messes basses ?

Helen venait de surgir, le visage animé, les yeux brillants. Depuis sa rencontre avec Cormac, elle rayonnait littéralement.

— En fait, nous parlions mariage, dit Laura. Nicola, maintenant que j'y pense… j'ai complètement oublié de te donner le numéro de Debbie. Rappelle-le-moi quand nous serons rentrées.

— Qui est Debbie ? s'enquit Helen.

— L'imprimeur de Laura, Projets des Grands Jours.

— Mon Dieu, pas ça ! s'exclama Helen. Avec la chance que j'ai, *tu* vas te retrouver avec les invitations au mariage de Jamie !

Les trois filles éclatèrent de rire, mais Laura et Nicola échangèrent un regard furtif. Pas une fois depuis le départ de Jamie, Helen n'avait plaisanté à son sujet. C'était un grand progrès.

— Ça n'ennuyait pas Kerry de rester avec la sœur de Cormac pendant votre absence ? questionna Nicola.

— L'ennuyer ? Elle avait hâte de nous voir partir. Pour le plaisir de passer du temps avec Greg. Elle l'adore et, curieusement, c'est réciproque. Je n'imaginais pas qu'un footballeur bien macho comme lui s'amuserait à jouer à la poupée, mais nous en sommes là.

Le rire les reprit de plus belle.

— Dites, il est temps que j'aille chercher mon manteau, fit Laura en croisant le regard de Neil. On se retrouve au restaurant, d'accord ?

— Oui, à tout de suite.

En s'éloignant, Laura entendit Nicola essayer d'extorquer à Helen des informations sur sa relation avec Cormac.

— Tu dois savoir qu'il est fou de toi, disait Nicola.

— Tu le crois vraiment ?

Pour une fois, Helen se montrait pudique.

Comme elle revenait vers les siens, Laura fut arrêtée par Amanda.

— Un défilé fantastique, n'est-ce pas ? J'entends beaucoup parler de tes bijoux. Les gens adorent ton travail !

— Oui, je crois que ça s'est bien passé.

— Bien passé ! Personne n'a remarqué les vêtements ! C'était ton heure, ma chérie, le jour de ton succès !

Sur ces mots, Amanda disparut, ayant avisé un autre interlocuteur. Un sourire aux lèvres, Laura secoua la tête. Elle avait travaillé suffisamment longtemps avec Amanda pour savoir que, tout en étant une styliste extraordinaire, elle n'était par ailleurs que fausseté et qu'il ne fallait pas croire un mot sorti de sa bouche.

— Vous êtes bien Laura ? questionna derrière elle une voix masculine à l'accent irlandais. La créatrice des bijoux de ce soir ?

— Oui.

Cet homme appartenait au sérail. Vêtu de la tête aux pieds en Jean-Paul Gaultier, il incarnait la « fashion victim ».

— Enchanté de vous connaître, fit-il en tendant la main. Je suis à votre recherche depuis la fin du défilé.

— Et vous êtes…? interrogea Laura en se demandant comment un cabotin pareil pouvait s'intéresser aux bijoux artisanaux.

Il lui décocha un sourire éblouissant.

— Vous ne me connaissez pas, mais vous devez connaître mes filles.

— Vos filles?

— Oui! insista-t-il, le sourire toujours scotché aux lèvres. Elles raffolent de tous ces machins gothiques, vous savez, et comme en plus vous êtes irlandaise… voilà, c'est le top! Imaginez que c'est très difficile pour moi de dégotter des bijoux irlandais un peu actuels… Les croix celtiques et les pierres oghamiques, c'est dépassé aujourd'hui!

— Je… vois…

Laura commençait à battre en retraite, avec l'impression d'avoir affaire à un individu quelque peu dérangé.

— Bref, madame Connolly, je ne veux pas vous retarder, vous devez être très occupée, mais ce serait gentil de votre part si quelqu'un de chez vous pouvait nous passer un coup de fil bientôt. Nous aimerions que vous nous concoctiez quelque chose, spécialement pour nous… Les filles étaient carrément en délire en voyant les trucs que vous avez faits pour le défilé d'Amanda.

— Nous?

— Eh bien, oui.

Il se tut, dérouté par la réaction apathique de Laura, puis ses idées parurent se remettre brusquement en place.

— Oh zut! s'exclama-t-il. Je ne me suis toujours pas présenté. Je suis styliste, madame Connolly, dit-il en lui tendant sa carte de visite, son sourire retrouvé. Styliste du groupe The Corrs!

Laura en resta bouche bée.

Remerciements

D'abord, tout mon amour et toute ma reconnaissance envers Kevin pour ton soutien merveilleux, tes conseils et ta bonne humeur, et surtout pour m'avoir aidée à garder la tête froide quand tout s'emballait : je n'y serais pas arrivée sans toi. Également à Homer, dont les facéties m'ont inspiré le chien Barney !

À ma famille, maman, papa, et particulièrement Sharon, qui, grâce à un effort phénoménal l'été dernier, a dû vendre la plupart des exemplaires de mon précédent roman. À Amanda, qui s'en est tirée à bon compte la dernière fois mais qui, je le sais, était avec moi en pensée.

Ce roman raconte les heurs et malheurs d'une bande de copines, et je suis heureuse d'en avoir quelques-unes, formidables : merci, Maria, Fiona, Lisa, Breda et Aine, de m'avoir soutenue dans cette aventure.

Une fois encore, merci à Ger Nichol pour son pilotage et son appui inlassable. À Poolbeg – surtout à Paula, Brona et Lynda pour avoir fait de mon coup d'essai une expérience si agréable, à Sarah pour ses efforts de promotion herculéens, et à Gaye pour sa finesse d'éditeur et son enthousiasme. Travailler avec vous tous est un grand plaisir.

Mille remerciements aux libraires à travers tout le pays pour la promotion, les vitrines et leur accueil chaleureux, ainsi qu'aux librairies de ma région : Bridge St Books à Wicklow ; Eason à Clonmel ; et surtout le Book Nook à Cashel pour son soutien sensationnel durant l'été. De grands mercis également à

John et Carmel Dolan et à tout le personnel de Super-Valu, à Cahir, pour avoir lancé le livre avec une telle ardeur. Vous ne mesurez pas à quel point j'ai apprécié. À mes amis et voisins de Tipp et de Wicklow pour leurs remarques encourageantes, leurs vœux de réussite et leur appui.

À tous les journalistes qui ont eu la bonté de parler de moi et de mon livre, en particulier Tony Butler à Tipp et Lynne Glanville à Wicklow, et aux critiques qui ont dit des choses si gentilles. Merci aussi à Carol et Denis, de Tipp FM, pour m'avoir laissée occuper si longtemps l'antenne !

À mes camarades auteurs Clare Dowling et Mary Hosty pour les dîners délicieux, aux Irish Girls pour les conversations pleines d'enseignements, et spécialement à Sarah Webb pour ses conseils inestimables et sa bienveillance à l'égard d'une nouvelle venue.

À toutes celles qui m'ont confié leur histoire avec une sincérité qui a rendu ce roman possible. Je vous suis infiniment reconnaissante et espère vous avoir été fidèle.

Pour finir, un immense remerciement à tous ceux qui ont acheté et lu mon précédent roman. Quand on voit les cohortes de livres formidables sur les rayonnages, je suis stupéfaite que tant de gens aient parié sur un auteur inconnu. Merci à tous ceux qui m'ont adressé des courriers électroniques pour me dire combien ils avaient aimé mon roman ; j'espère parvenir à vous répondre à tous. Entendre la voix de ses lecteurs est l'une des plus belles gratifications de l'écrivain, alors, je vous en prie, envoyez-moi un mot quand cela vous chante.

Mariée dans l'année est mon deuxième roman et me tient particulièrement à cœur – je souhaite qu'il vous plaise.

www.melissahill.info

Achevé d'imprimer en France (La Flèche)
par Brodard et Taupin
le 25 mars 2008 46238
Dépôt légal mars 2008. EAN 9782290006528

Éditions J'ai lu
87, quai Panhard-et-Levassor, 75013 Paris
Diffusion France et étranger : Flammarion